怪奇日和

ジョー・ヒル

白石 朗、玉木 亨、安野 玲、高山真由美 訳

STRANGE WEATHER
BY JOE HILL
TRANSLATION BY ROU SHIRAISHI,
TORU TAMAKI, RAY ANNO, MAYUMI TAKAYAMA

ハーパー
BOOKS

STRANGE WEATHER
BY JOE HILL

Published by K.K. HarperCollins Japan, 2019

本書をミスター・ブルースカイこと、
エイダン・ソウヤー・キングに捧げる。
愛してるぞ、坊主。

目次

挿絵

スナップショット (Snapshot)
Gabriel Rodriguez

こめられた銃弾 (Loaded)
Zach Howard

雲島 (Aloft)
Charles Paul Wilson III

棘の雨 (Rain)
Renae De Liz

怪奇日和

スナップショット

白石 朗[訳]

SNAPSHOT

白石 朗
Rou Shiraishi

東京都生まれ。早稲田大学第一文学部卒。英米文学翻訳家。主な訳書にヒル『ファイアマン』（小学館）、キング『ミスター・メルセデス』（文藝春秋）、共訳書にブロック編『短編画廊 絵から生まれた17の物語』（ハーパーコリンズ・ジャパン）など多数。

1

そのときシェリー・ビュークスはドライブウェイのとっつきに立ち、わたしの一家が住んでいた薄紅色の砂岩づくりのランチハウスを、初めて見るような目つきで見あげていた。身に着けていたのはハンフリー・ボガートにこそ似合いそうなトレンチコートで、手にはパイナップルや南国のエキゾチックな花が描かれた大きな布製のトートバッグをもっていた。スーパーマーケットへ行くところだといわれても信じそうだったが、それは歩いていける距離にスーパーがあればの話で、じっさいには一軒もなかった。二度見してようやく、その姿のどこがおかしいかが理解できた。シェリーは靴を履きわすれていて、そのせいで足が汚れていたのだ——いや、はっきりいうと泥で真っ黒になりかけていた。

わたしはガレージで〝カガク〟に勤《いそ》しんでいた——〝カガクする〟というのは父の用語で、動作になんの問題もない掃除機やテレビのリモコンをわたしがめちゃくちゃに破壊すると決めて実行しているときを指していた。なにかをつくるよりも壊すことのほうが多かったが、〈アタリ〉のジョイスティックとラジオを巧みに接続して、〈発射〉ボタンを押せばラジオ局からラジオ局へ一気にジャンプできるように改造したこともあった。きわめて初歩的で単純な仕掛けだったにもかかわらず、八年生の科学コンテストの審査員たちが感心した結果、独創性ありとしてブルーリボン賞をもらえた。

シェリーがうちのドライブウェイのとっつきに姿を見せた朝、わたしはパーティーガンの製作にとりくんでいた。見た目はパルプ雑誌時代のSFに出てきた死の光線銃にそっくり――あちこちへこんでいる真鍮《しんちゅう》製の大きならっぱと、ルガーのグリップと引金とを組みあわせたものだった（本体をつくるため、じっさいにトランペットとモデルガンをはんだでくっつけていた）。けれどもこの光線銃もどきの引金を引くとクラクションめいた音が鳴って、フラッシュが光り、同時に紙吹雪と紙テープが嵐のように噴きだすことになっていた。このパーティーガンが首尾よくつくれたら、父さんとふたりでどこかのおもちゃ会社にアイデアをもちこんでもいいし、パーティーグッズやノベルティ商品で有名な小売チェーンのスペンサー・ギフト社あたりにアイデアを貸しだすライセンス契約も結べるかもしれないと考えていた。絶賛売りだし中の発明家の例に洩《も》れず、わたしも基本的には一連の幼稚でふざけた思いつきを研《と》ぎあげることで、なにかをつくろうとしていた。グーグル社内には、子供のころ女の子のスカートを透視できるX線ゴーグルの発明を夢想しなかった者はひとりもいないのではないか。

最初にシェリーに気がついたのは、パーティーガンの銃身を外の通りにむけているときだった――照準のまんなかにシェリーが見えた。わたしは昔のらっぱ銃めいた馬鹿げた形のパーティーガンをおろすと、目を細くしてシェリーをまじまじと見つめた。こっちから向こうの姿は見えたが、向こうからこっちは見えていなかった。向こうにいるシェリーがガレージをのぞきこむのは、鉱山のひらけた入口よりも奥、先の見とおせない闇をのぞくようなものだったはずだ。

声をかけようかと思ったが、足が目にはいるなり、のどの奥で空気が詰まって声が出なくなった。しばらくまったく声を出さずに、ただシェリーを見ていた。シェリーは唇を動かしていた。ひとりごとをいっていたのだ。

それからシェリーは、何者かがこっそり背後から忍び寄ってくるのを恐れているかのように、いきなりうしろをふりかえった。でも、外の通りにはだれもいなかった——世界は湿気でむんむんしていて、あいかわらず垂れこめた雲という蓋《ふた》で覆われたままだった。いまでも覚えているが、近所の家々はどこもごみを出しおわっていたのに収集車の巡回が遅れていたせいで、外の通りには異臭が立ちこめていた。

シェリーの姿を目にするのとほぼ同時に、この女性を驚かせるのは禁物だと感じられた。そう警戒したことに、はっきりした理由があったわけではない。しかし人間の最上の思考の多くは、意識で認識できているレベルよりも下、つまり無意識の部分でかたちづくられるもので、論理的な考え方とは縁もゆかりもない。猿の脳味噌《のうみそ》は、わたしたち人間が受けとってはいても、そのことにさえ気づかない微細な手がかりを受信して、大量の情報を引きだしている。

そんなこんなだから、スロープになったドライブウェイをぶらぶら下っていくときには、両手の親指をポケットにひっかけ、シェリーのほうをまっすぐ見もせず進んでいった。地平線のほうへむけた目を細くして、いかにも遠くの空を飛んでいく飛行機を見ているようなふりをしたのだ。いってみればシェリーに近づいていくときのわたしは、足を引きずっている野良犬に近づく流儀にならっていた——親しくなりたいという希望から手をぺろぺろ舐《な》めてくるか、あるいは上唇をめくりあげ、口中の牙を剝《む》きだしにして跳びかかってくるかもわからない野良犬に。だからわたしは、腕を伸ばせば相手に触れられるほど近づいてから初めて声をかけた。

「ああ、こんにちは、ビュークスさん」わたしは、これまでまったく気づかなかったような顔でいった。「どうかしました？」

シェリーはさっと顔をわたしにむけてめぐらせ、ふっくらした丸顔の表情がたちまち愛想のいい柔和なものに変わった。「それが、なんだかわけがわからなくて！　だって、ここまでわざわざ歩いてきたのに、なんで歩いてきたのかを忘れちゃったの。きょうはお宅のお掃除にうかがう日ではないのに！」

まったく予想外の言葉だった。

さらにさかのぼった昔々、シェリーは毎週火曜日と金曜日の午後うちに来て、四時間かけて家の床にモップをかけ、掃除機をかけ、整理整頓をしてくれていた。そのころすでに年をとってはいたが、身ごなしも筋力のたくましさもオリンピックのカーリング選手なみだった。金曜日に帰る前には、棗椰子《デーツ》の実を詰めたケーキのように柔らかいクッキーをひと皿つくり、サランラップをかけていってくれた。絶品中の絶品のクッキーだった。あんなクッキーはいまではどこへ行こうとも食べられない。フォーシーズンズ・ホテルで食べるクレームブリュレといえども、紅茶の一杯といっしょに食べるあのクッキーにはぜったいかなわないだろう。

しかし、わたしがあとわずか数週間でハイスクールに通いはじめるという一九八八年八月のこの時点では、シェリーが定期的にわが家を訪れて掃除をしなくなってから、すでにわたしの人生の半分が経過していた。シェリーが来なくなったのは一九八二年に心臓の三重バイパス手術を受けたあと、医者から時間をとって体を休めるように申しわたされたことがきっかけだった。そんなわけでシェリーはそのあとずっと療養生活だった。そのことを当時のわたしはあまり真剣に考えなかったが、考えていれば、そもそも最初にどうしてこの仕事についたのかと疑問を感じたはずだ。というのも、シェリーにはお金に困っている雰囲気がこれっぽっちもなかったからだ。

「ビュークスさん？　ひょっとしてマリーを手伝いに、うちに来てくれと父から頼まれたんじゃないですか？」

マリーというのはシェリーの代わりにうちの掃除に来るようになった二十代はじめの女性で、立派な体格をしていたものの、おつむはあまり立派ではなかった。笑い声は大きく、ハート形のおっぱいは当時のわたしが夜ごと股間のソーセージをしごく儀式に妄想のイメージを供給してくれた。ただし、父がマリーに手伝いが必要だと考える理由には心当たりがなかった。わたしの知るかぎり、わが家には来客の予定はまったくなかった。そもそも、当時のわが家に来客があったかどうかさえ、いまのわたしにははっきりわからない。

つかのま、シェリーの顔から笑みが薄れた。それからまた頭をうしろへめぐらせ、不安をたたえた例の目つきで道の先のほうをながめた。そのあとわたしの顔に視線をもどしたときには、シェリーの顔にはもう愛想のよさの淡い名残がのぞくだけになり、両目は恐怖をいっぱいにたたえていた。

「わからないのよ、坊っちゃん――教えてほしいくらい！　わたしはバスタブをお掃除するはずじゃなかった？　ほら、先週はちゃんときれいにできなくて、ずいぶん汚れていたから」シェリー・ビュークスはトートバッグの中身をかきまわしながら、ぶつぶつひとりごとをいった。そのあと顔をあげたときには、シェリーはもどかしい気持ちもあらわに上下の唇をぎゅっと横に引き結んでいた。「ちくしょう。家を出てくるときクソったれ《ファッキング》な〈エイジャックス〉を忘れてきたみたい」

わたしは思わずびくんとした――たとえシェリーがトレンチコートの前をひらいて裸を見せたとしても、ここまで驚きはしなかっただろう。シェリー・ビュークスは人が思うような堅苦しくてお上品ぶったご婦人ではなかった――ジョン・ベルーシのTシャツを着て家の掃除をしていた覚えもある――が、〝ファック〟のような卑語をわたしの前で口にしたことはなかった。〝ちくしょう〟でさえ、ふだんのこの女性の会話からすれば、いささか乱暴な言葉づかいだといえた。

シェリーはわたしの驚きにも気づかないまま、言葉をつづけていた。「バスタブはあしたには掃除しますと、そうお父さまに伝えておいて。ええ、それこそ十分もかけずに、だれもおケツを入れてない新品のバスタブみたいに、ぴっかぴかにしますって」

シェリーが肩にかけていた布製のトートバッグの口がだらしなくひらいていた。バッグをのぞくと、そこにはいっていたのは芝生に飾る地の神《ノーム》の汚れた人形がひとつと炭酸飲料の空き缶が数個、それにぼろぼろになったスニーカーの片っぽだけだった。

「やっぱり家に帰ったほうがいいみたい」シェリーはいきなり、ロボットっぽい口調になっていった。「あのアフリカーナーが、わたしはどこへ行ったのかと心配しそうだから」

アフリカーナーといえばもっぱら南アフリカ共和国のヨーロッパ系白人を指すが、いま話に出たのはシェリーの夫のロレンス・ビュークスのことだった。ラリーという愛称で呼ばれていたこの人は、わたしが生まれる前に南アフリカのケープタウンからこっちに移住してきた。この話の時点で七十歳だったラリー・ビュークスは、わたしが知っているなかではもっともたくましい体格の男だった。なにせ元ウェイトリフティングの選手で、腕はまるで彫刻のよう、血管が浮きあがった首はサーカスの怪力男そのままだった。巨体であることはラリーの職業上の必要条件だった。アーノルド・シュワルツェネッガーのオイルを塗られた圧倒的迫力の肉体が、筋肉の力で大衆の意識にずんずんわけいっていったように、ラリーは七〇年代にトレーニングジムのチェーン店を次々にひらくことで富を築いた。ラリーとアニーことアーノルドは、かつておなじカレンダーに出たことがある。ラリーは二月、雪の降るなか、金玉専用ハンモックといえそうなタイトな黒い下着一枚の姿でストレッチにはげんでいた。アニーは六月、ビーチでぬらぬらと光る裸体をさらし、巨人にふさわしい太い腕のそれぞれにビキニ姿の若い女をすわらせていた。

シェリーは最後にもう一度だけ顔をうしろへむけて視線を飛ばすと、せかせか歩きはじめた——といっても、家からはさらに遠ざかる方向へ。しかもわたしの顔から視線をはずした瞬間、もうわたしのことをきれいに忘れてもいた。シェリーの顔からあらゆる表情が瞬時にすっぱり落ちてしまったのを見れば、そのことはわかった。シェリーの唇が動きはじめて、ささやき声の疑問を自分へ投げかけていた。

「シェリーさん！　すいません、あの……ぼく、ビュークスさんにたずねたいことがあって……」いいながらわたしは、自分とラリー・ビュークスが話しあえるような話題を必死にさがしていた。「……庭の芝刈りにアルバイトを雇うつもりがありませんかってききたくて！　だって、ビュークスさんには大事な仕事がほかにあるでしょう？　だから、ぼくもいっしょにお宅まで歩いていってもいいですか？」

いいながらわたしは手を伸ばし、シェリーがふらふら手の届かないところへ行ってしまう前に肘をつかむことができた。

シェリーはわたしを見ると、体をぎくりとさせた——わたしがこっそり忍び寄ってきたとでもいいたげだった。しかしすぐに、意気揚々とした挑戦するような笑みをむけてきた。

「ええ、うちの老いぼれさんには、人を雇って刈ったほうがいいと話してたの……あれを刈る……あれを……」シェリーの目の光が翳《かげ》った。この人は〝芝を刈る〟という言葉の〝芝〟という単語が思い出せないのだ。結局シェリーは最後に小さくかぶりをふって、言葉をつづけた。「そう、だれかにあれを刈らせたほうがいいって、もうずいぶん前からいってる。いっしょにいらっしゃい。そうそう、いいことを教えてあげる」シェリーはその手でわたしの手をぎゅっと包んだ。「あなたが大好きなクッキーがあったと思うの」

シェリーはそういってウィンクし、この一瞬にかぎっては、わたしがだれだかわかっているにちがいないと思えた——いや、それ以上に自分がだれなのかがわかっているにちがいないとも思った。シェリー・ビュークスがこの一瞬にかぎってはきっちりピントの合った姿になって……またすぐぼやけた。意識が遠ざかっていくのがありありと見えた——調光スイッチがまわされ、電灯がいまにも消えそうなほど暗くさせられるように。

そんなわけで、わたしはシェリーを家まで送っていった。道路が熱くなっているのに裸足《はだし》で歩いているシェリーが気の毒でならなかった。蒸し蒸しと暑い日で、蚊が飛んでいた。ややあってシェリーの顔が紅潮し、おばあさんらしいもみあげのあいだを汗のしずくが流れているのが目について、トレンチコートを脱いだほうがいいんじゃないかと思った。ただし、そのときにもひょっとしたらコートの下は本当に全裸なのではないかという思いが頭をよぎったことは認めよう。頭がいろいろと混乱しているいまの状態では、その可能性も除外できないと思ったのだ。わたしは落ち着かない気分を抑え、よければコートをわたしが運ぼうと申しでた。シェリーはすばやく首を横にふった。

「わたしだと見抜かれたくないの」

この最高に馬鹿らしい言葉を耳にして、わたしは一瞬いまの情況も忘れ、シェリーが昔ながらのシェリーであるかのように応じてしまった――つまりテレビの〈ジェパディ！〉を愛し、無慈悲なまでの決意をにじませてオーヴンの掃除をしていたころのシェリーであるかのように。

「見抜くってだれが？」わたしはそうたずねたのだ。

シェリーはわたしの顔に顔を近づけ、〝しゅっ〟という息づかいだけのような声でこういった。「ポラロイド男《マン》。コンバーティブルを走らせてる、ずるがしこい鼬《いたち》みたいなクソ男。アフリカーナーがそばにいないときを狙って、わたしの写真を撮るの。あの男のカメラで、これまでどのくらい盗まれたのかはわからない。でも、もうこれ以上は盗ませるものですか」シェリーはわたしの手首をつかんだ。あいかわらず体の肉づきはよかったし、胸も大きかったが、手は骨ばっていて鉤爪《かぎづめ》っぽく、童話に出てくる年老いた魔女の手そっくりになっていた。「あの男に写真を撮られないように用心おし。あの男にいろいろ盗まれるようになっちゃいけないよ」

それからシェリーはぐいっと頭を反らして目を細め、じろじろとわたしを穿鑿《せんさく》しはじめた――怪しげな契約書のいちばん下に小さな字で印刷された文章を調べるときのようだった。そのあとシェリーはふんと鼻を鳴らし、肩を揺らしてコートを脱ぐと、わたしに手わたしてきた。コートの下は全裸ではなかった――下は黒いジムショーツ、上は裏返しのT

シャツをさらに後ろ前に着ていて、タグがあごの下でひらひらしていた。足はごつごつしたこぶだらけで、思わずぎょっとするほど白く、静脈瘤《りゅう》だらけの血管がふくらはぎを這《は》いまわっていた。わたしは汗を吸って皺《しわ》だらけになっているコートを畳んで片腕にかけ、シェリーの手をとって、また歩きはじめた。

カリフォルニア州クパティーノの街の北にある、わたしたちが住んでいた住宅団地は〈黄金の果樹園《ゴールデン・オーチャード》〉といい、このなかを走っている道路は一本のロープをいくたびも折ってからひとまとめにしたようなつくりで、まっすぐな道はどこにもなかった。最初にざっと見ただけでは、さまざまな様式の一軒家がごちゃまぜにならんでいるように見える――こちらはスペイン風のスタッコづくり、あちらは煉瓦《れんが》づくりの植民地時代様式というふうに。それでもしばらくここで過ごして近所を歩きまわれば、多少の差はあれ、どの家もおなじつくりだということがわかる。間取りもおなじならバスルームの数もおなじで、窓のスタイルもみんなおなじ――そんな家々が、それぞれ異なる衣装をまとっているだけだ。ビュークス家は擬似ヴィクトリア朝様式だったが、そこに海岸の雰囲気がいくぶん加味されていた――玄関前ステップに通じているコンクリートの通路のそこかしこに貝殻が埋めこまれ、玄関ドアには漂白されたひとでの飾り物が吊《つ》ってあった。もしかしたらミスター・ビュークス経営のスポーツジムは海神の名前を拝借して〈ネプチューン・フィットネス〉という名前だったのか？　それとも〈アトランティス・アスレチックス〉？　いや、ジムでつかわれている筋トレマシンが、同名の有名な潜水艦がある〈ノーチラス〉というブランドだったからか？　そのあたりはもう思い出せない。この日――一九八八年八月十五日――の多くのことは、いまもまだ鮮明に記憶に残っているが、いま話に出た特定の部分については、当時からあまりはっきりとは記憶していなかったようだ。

　わたしはシェリーを玄関まで連れていってドアをノックし、さらにドアベルを鳴らした。なにもせずにシェリーを家のなかへ入れてもよかったのだろうが――なんといっても、ここはシェリーの自宅だ――この日の場合にはふさわしくないと思えた。わたしはご主人のラリー・ビュークスにシェリーがどこを徘徊《はいかい》していたのかを伝え、シェリーの頭がどれほど混乱しているのかを――できれば相手にばつのわるい思いをさせずに――伝えられる言葉を見つけなくてはならなかった。

　シェリーは、ここが自宅だとわかっているそぶりをいっさい見せていなかった。ステップのあがり口で足をとめ、落ち着き払った顔でまわりを見わたしながら、辛抱づよくただ待っていた。ついさっきまではどこか抜け目なく、ちょっと怖いような雰囲気さえただよわせていた。それがいまでは戸別訪問で雑誌の定期購読を勧誘してまわっているボーイスカウト所属の孫息子に付き添っている、退屈顔のおばあちゃんそのままだった。

　マルハナバチたちが、お辞儀をしているように揺れる白い花にもぐりこんでいった。それを見て、ひょっとしたらラリー・ビュークスは本当にだれかを雇って庭の芝刈りをさせる必要があるのではないかという思いが初めて頭に浮かんだ。庭は手入れもされずに雑草が茂り、芝生のあちこちからたんぽぽが顔を出していた。家の外壁も高圧洗浄器できれいにしたほうがいい——外壁のずっと上、軒下のあたりには点々と黴《かび》がはえていた。わたしがこの家の前を最後に歩いてから、ずいぶんたっていた。おまけに、とおりいっぺんに視線を滑らせるだけではなく、最後にちゃんと見たのがいつだったかとなると、まったく見当もつかなかった。

以前ならラリー・ビュークスが、それこそプロイセンの陸軍元帥にも匹敵する勤勉さと行動力で家と庭の維持管理《メンテナンス》をしていた。週に二回は筋肉をよく見せるノースリーブのTシャツ姿で庭に出て、電動ではない手押し式の芝刈機をつかっていた——よく日焼けした肩を覆う三角筋をぷるぷると小刻みに震わせ、中央に切れ込みのあるあごをこれ見よがしに空へとむけた姿で（ラリーは癪《しゃく》にさわるほどわざとらしくポーズをとっていたのだ）。ほかの家の芝生は緑で、きれいにととのえてあった。ラリーが手入れをした芝生は彫琢されていた。

もちろん、この話の出来事はわたしが十三歳のときのこと——当時は理解できなかったことが、いまでは理解できる。ラリーことロレンス・ビュークスはすべてを盗まれていったのだ。すでに自分の面倒を見られなくなった女性の面倒を見るというストレスに押しひしがれ、しだいに疲弊していくなかで、ラリーがそなえていた管理能力や、郊外住宅地の暮らしで求められる軽い義務をこなす能力さえ、少しずつじわじわと衰えていたのだ、と。それでもラリーが、まだすべてをこなせると自分を騙《だま》しながら、それまでどおり先へ進んでいけたのは、ひとえに生来の楽観的な性格と精神への条件づけ——お好みならラリーならではの健康観といってもいい——のおかげだったのではあるまいか。

やっぱりシェリーを連れて自分の家へ帰り、いっしょに待っていたほうがいいのかもしれない……そんなふうに思いはじめたところに、ラリー・ビュークスが運転する十年もののフォード・タウンカーが急ハンドルを切ってドライブウェイに乗りこんできた。刑事スタスキー&ハッチから逃げている犯罪者のような運転だったし、道路からいきなり曲がったせいで片方のタイヤが歩道の縁石にぶつかって乗りあげていた。スエット姿で車外へ降り立ったラリーは足をもつれさせ、あやうく庭にばったり倒れそうになった。

「ああ、よかった、おまえはここにいたのか！　おまえをさがして、これまでずっとそこいらじゅうを走りまわっていたんだぞ！　おかげで心臓発作を起こすかと思った」

ラリーの訛《なまり》のある言葉をきけば、人はだれしもアパルトヘイトや拷問を、はては壁にイモリが這う大理石の宮殿で金箔《きんぱく》をはった玉座に陣取る独裁者あたりを連想したことだろう。残念なことだ。ラリーは不法な紛争《ブラッド》ダイヤモンドではなく、重い鉄をもちあげることで財をなした男だ。欠点もあるにはあった——レーガンに投票したり、カール・ウニザースを偉大な悲劇役者だと思いこんでいたり、ABBA《アバ》の曲をきくとセンチな気分になったりした——が、妻をうやまい、妻を愛慕していたことは事実で、その重みの前にはほかのあらゆる欠点が帳消しになったほどだ。

ラリーはつづけた。「なにをしてた？　隣のバナーマンさんに洗剤をわけてもらえるかどうかきいて、すぐにもどってきたのに、おまえはデイヴィッド・カッパーフィールドのマジックショーの娘っ子《ご》みたいに消《き》え失《う》せてたんだ！」

　ついでラリーはシェリーを両腕でがっしりとらえた――いかにも体を激しく揺さぶるのかと思いきや、そのまま強く抱きしめた。ラリーは妻の肩ごしにわたしを見つめた――その目は涙で濡《ぬ》れ光っていた。

「心配ありませんよ、ビュークスさん」わたしはいった。「奥さんならなんともありません。道に迷っていただけです」

「迷ってたわけじゃないわ」シェリーはそういうと、淡い笑みをわけ知り顔にのぞかせて夫を見あげた。「ポラロイドマンから隠れていただけよ」

ラリーはかぶりをふった。「静かに。なにもしゃべるな。さあ、おまえを日の当たらない家のなかへ連れていかなくては――ああ、足も大変だな。家のなかに連れていく前に、おまえにその足をきれいにさせなくては。そのままだと、家のいたるところに足跡が残《のこ》りそうだ」

　血も涙もない残酷な言葉にきこえたかもしれないが、話しかけているラリーの目は涙ぐんでいたし、荒っぽい口調ではあったが、傷ついた愛情がにじんでいた――外で喧嘩《けんか》に巻きこまれ、片耳をなくして家に帰ってきた愛する老猫に話しかけている飼い主のような口調でシェリーに語りかけていたのだ。

　それからラリーはシェリーを歩かせてわたしの前を通りすぎ、ふたりで煉瓦のステップをあがって家のなかへ消えていった。わたしは帰ろうとしかけていた――どうせもうわたしのことなど忘れられたはずだと思っていた。しかしラリーはすぐ外へ引き返してきて、震える指をわたしの鼻先に突きつけてこういった。

「きみにわたしたいものがある。ふらふら浮かんで、どっかに行ぐなよ、マイグル・フィグリオン」

それだけいうと、ラリーはドアを一気に閉めた。

2

ある特定の視点で見るなら、ラリーの言葉の選択は笑えるといっても過言ではなかった。わたしがふわふわ浮かび、ラリーをすっぽかしてどこかへ行ってしまう危険はゼロだった。そういえば、みんなが知っていながら避けているあからさまな話題のことを〝部屋のなかの象〟にたとえることがあるが、わたしはどこの部屋に足を踏み入れても〝部屋のなかの象〟だった。わたしは〝立派な体格〟ではなかった。〝頑健〟でもなかった。ただの〝大柄〟でもなかった。たとえばわたしがキッチンを歩けば、食器棚でグラスが揺れて音をたてた。八年生のクラスメイトたちに囲まれて立っていると、プレーリードッグの群れに迷いこんだバッファローそっくりになった。

ソーシャルメディアが席捲《せっけん》し、いじめ問題に敏感な世相の現代なら、だれかのことを〝でぶちん〟などと罵ったら、人の容姿を嘲笑《あざわら》ったりあげつらったりする〝ボディシェイミング〟だとして発言者が批判されるだろう。しかし一九八八年にはまだ〝ツイッター〟という単語は、雀《すずめ》や人の噂《うわさ》が好きな雌鳥《めんどり》の〝さえずり《ツイッター》〟の意味でしかつかわれていなかった。わたしは太っていて、わたしは孤独だった。あのころ前者には自動的に後者の境遇がくっついてきた。だからわたしには、おばあさんたちを家まで送る時間がたっぷりあった。同年代の仲間たちを無視していたわけではない。そもそも仲間なんかいなかった。とにかく同年代の仲間は。たまに父に車でベイエリアへ連れていってもらい、そこでSF・GRUE――〈ロボット工学利用者および愛好家のサンフランシスコのつどい《サンフランシスコ・ギャザリング・オブ・ロボティクス・ユーザーズ・アンド・エンスージアスツ》〉――という団体の月一回の会合に出席してはいた。しかし、ほかの出席者はわたしよりずっと年上だった。年上で、だれもがステレオタイプの人間になっていた。ここでわたしが描写するまでもなく、みなさんの脳裡《のうり》には彼らの姿が見えているのではないか――不細工な顔、分厚いレンズの眼鏡、ひらきっぱなしのズボンのチャック。あの連中のただなかに落とされたとき、わたしは回路基板について学んでいただけではなかった――あのときわたしは、自分の未来を見ているのだと信じた。深夜までおよぶ気の滅入《めい》るような〈スタートレック〉にまつわる議論と独身生活と。

もちろんわたしの苗字《みようじ》がフィグリオンだったことも助けになりはしなかった。この苗字は一九八〇年代の小学校英語になおせば〝でぶばかちん《ファッツ・バロニー》〟とか〝カマぼっち《ファグ・アローン》〟とか、あるいはもっとシンプルに〝カマ助《ファグ》〟になり、この手の綽名《あだな》は二十代になるまで、スニーカーにくっついたガムのようにへばりついて離れなかった。五年生のときの科学担当で、わたしも好意をもっていたケント先生さえ、あるときうっかりわたしを〝カマぼっち《ファグ・アローン》〟と呼んで爆笑の渦を引き起こした。それでも先生には顔を赤らめて恥じ入った表情を見せ、謝罪の言葉を口にするという、人としてのたしなみがあった。

わたしの毎日の暮らしは、もっと落ちるところまで落ちてもおかしくはなかった。わたしは身ぎれいにし、整理整頓を心がけ、あえてフランス語の勉強をサボることで優等生名簿に名前が載らないようにしていた——あの名簿に載るのは、なんでも知っていると思いあがっているやつらとか、教師におべっかをつかい、〝食いこみパンツの刑〟なるいたずらの餌食になる連中ばかりだ。わたしはといえば、低レベルの侮辱を受ける程度ですんだ。からかわれたときには、親友からちょっとふざけてちょっかいを出されただけというように、余裕ある笑みをのぞかせるのがつねだった。シェリー・ビュークスはきのうなにがあったのかも思い出せなかった。わたしの場合は、おおむね思い出したくもなかった。

ドアがまたいきなりひらいて、ラリー・ビュークスが外へもどってきた。ふりかえるとラリーがたこのある巨大な手で濡れた頬をぬぐっていた。わたしはきまりわるくなって、道路のほうへ顔をそむけた。泣いている大人たちと接した経験はなかった。父はそれほど感情的な男とはいえなかったし、母がよく涙を流すとは思えなかった……が、これはさだかではなかった。というのも、母と会えるのは毎年三、四カ月にかぎられていたからだ。ラリー・ビュークスはもともとアフリカからこの国にやってきた。母は人類学者として研究のためアフリカへ行っていた。ある意味では、行ったきりで帰ってこなかったともいえる。たとえ自宅にいるときでさえ、母の一部はどうしても手が届かない一万キロの遠方にいたままだった。当時のわたしは、そういったことに怒りを感じてはいなかった。子供が怒るには例外なく距離の近さが必要だ。その事情も変わる。

「あいつをさがして近所一帯を車《ぐるま》で走りまわらされたよ――ああ、あの単細胞のばあさんをね。これで三回めだ。だから思った……いよいよ今度《こんど》こそ……いよいよ今度《こんど》こそ、あいつが車道にふらりと出ていぐにちがいない！　あの単細胞を……ごうしておれのところに連れ帰ってきてぐれてありがとう。マイグル・フィグリオン、きみに神のお恵みを。きみのやさしき心《ごころ》に神のお恵みを」

ラリーはポケットの布地を引きだした。たちまちお金が四方八方に落ちた――くしゃくしゃになったお札やばらばらの銀貨が通路や芝生にばらまかれた。わたしはそれを見て、ラリーが礼金を出そうとしていることを察し、パニックめいたものを感じた。

「ああ、やめてください、ビュークスさん。いいんです。そんなつもりじゃなかったし……もし受けとったら自分が馬鹿に思えそうで……」

ラリーは片目を細くし、反対の目でわたしをにらみつけた。「いや、ただの礼じゃない。手付け金だ」いいながら身をかがめて十ドル札を拾いあげ、わたしにさしだす。「さあ。受けとれ」それでもわたしが受けとらないと、ラリーはわたしのアロハシャツの胸ポケットに紙幣を押しこめた。「マイグル。わたしが用事で家をあけるとき、きみに家へ来て妻を見ていてもらいたい。わたしはだいたい毎日ずっとうちにいて、あの頭がいかれたばあさんの面倒を見てる。でも、たまに食料の買出しに出かけたり、トラブルの火を消すためにスポーツジムの支店へ駆けつけたりで家をあけなぐちゃならないごともある。いつだって消さなぐちゃならない火事が起ごるんだ」ラリーは紙幣を入れた胸ポケットをとんとんと叩《たた》くと、わたしの腕からシェリーのコートをとりあげた。コートはウエイターのタオルみたいにずっと腕から垂れ下がっていたのに、わたしは存在を忘れていた。「どうだ？　話は決まりでいいか？」

「わかりました、ビュークスさん。奥さんには昔、ベビーシッターをしてもらってました。だから、今度はぼくが……その……」

「そう、妻のシッター役をつとめてぐれ。妻は子供返りしてる。妻を助けて、ついでにおれのごとも助けてぐれ。ふらふら外へ出かけないように、だれかが目を光らせてなぐちゃいけない。妻はあいつをさがすために外へ出てぐ……」

「ポラロイドマンですね？」

「あいつが話したのか？」

わたしはうなずいた。

ラリーは頭を左右にふると、ブリルクリームを塗った薄くなりかけている髪を片手でうしろへ撫《な》でつけた。「心配なんだよ――いつか妻がたまたま行きあった通行人《つうごうにん》をあいつだと思いごみ、キッチンナイフで刺すんじゃないかと。ああ……そんなごとになったら、わたしはどうすればいい？」

精神が崩壊しかけた老妻の世話をさせるため、これからお金で雇おうとしている子供にこんな話をきかせるのは決して賢明ではなかった。わたしはいやでも、シェリーがわたしをポラロイドマンだと思いこみ、肉切り庖丁《ほうちよう》でわたしを刺す可能性もあるのではないかと考えてしまった。しかしラリーは気もそぞろで悲しみにくれていたので、うっかり口が滑っただけだったのだろう。そもそも問題ではなかった。わたしはシェリー・ビュークスを恐れてはいなかった。シェリーがわたしのことも、それから自分のこともすっかり忘れてしまうこともあるのは感じとれたが、変化がシェリーの土台にまではおよばないことも察していた――愛情ゆたかで効率第一、およそ本物の悪意を抱けない人物という土台にまでは。

ラリー・ビュークスは血走った哀れな目でわたしの視線を受けとめた。「マイグル、いずれきみは大金持ちになりそうだ。きみは未来を発明して、ひと財産つぐる。そうなったらわたしのためにひと肌ぬいでぐれるか？　古い友だちのラリー・ビュークス、脳味噌の代わりにオートミールが頭に詰まって、うつけ者になりはてた妻の身の上を案じて気が変になりそうな晩年を送《おく》っているラリーに力を貸してぐれるか？　いっておけばその女房は、ラリーにはもったいないほどの幸せをもたらした女なんだ」

ラリーはまた涙を流していた。わたしはどこかに隠れたくなった。それでも、わたしはうなずいた。

「もちろんです、ビュークスさん。もちろんですよ」

「年をとらない方法を見つけてぐれ」ラリーはいった。「年をとるっていうのは、人をいたぶる恐ろしいいたずらだ。老いるごとは、〝もう若ぐなぐなる〟こととは大ちがいなんだ」

3

わたしはなんの心づもりもないまま歩いていた――どこへむかっているかはいうにおよばず、自分が歩いていることもろくに意識していなかった。暑くて頭がぼうっとしていたし、シャツの胸ポケットには受けとりたくなかった十ドル札が押しこめられていた。わたしの汚れたアディダス・ランＤＭＣは、この十ドル札を処分できそうな手近な場所へわたしを運ぼうとしていた。

住宅団地〈ゴールデン・オーチャード〉の入口と幹線道路をはさんで反対側に、〈モービル〉の大きなガソリンスタンドがあった。給油機が十台ばかりもずらりとならんでいたほか、ありがたくもひんやり冷房の効いた小さなコンビニエンスストアが併設されていて、ビーフジャーキーやオニオンリングスナックの〈ファニオン〉のほかにも、それなりの年齢に達していればヌード雑誌も買えた。この話の夏のあいだ、わたしはオリジナルのミックス・フローズンドリンクをよく口にしていた――一リットル近い特大サイズの氷のコップをコカ・コーラ・バニラで満たしたら、〈アークティックブルー〉というシロップを上からかける。車のウィンドーウォッシャー液そっくりの真っ青なこのシロップは、かすかなチェリーっぽい味とかすかな西瓜《すいか》っぽい味がまざっていた。当時はこのシロップが好きでたまらなかったが、いま行きあっても食欲はそそられまい。四十歳の味覚には、あのシロップが思春期の悲しみの味としか感じられないだろう。

〈アークティックブルー〉+コカ・コーラの特製ミックス・フローズンドリンクで頭がいっぱいになっていたせいだろう、〈モービル〉のトレードマークの赤いペガサスの看板が十二メートルのポールのてっぺんで回転しているのが見えるまで、わたしはそれにまったく気づかなかった。スタンドの駐車場は舗装しなおされたばかりで、新しいアスファルトは黒々としてケーキのように分厚かった。アスファルトの表面から熱気が立ちのぼり、スタンド全体をかすかに揺らめかせ、渇きで死に瀕《ひん》した人間が幻覚で見るオアシスのような光景に見せていた。そんなこんなで、わたしは十号の給油機の前にとまっている白いキャデラックに気づかなかったし、キャデラックの横に立っている男にも、いざ話しかけられて初めて気がついたくらいだった。

「おい」男はそう声をかけ、わたしがなにも答えないと——というのも直射日光にあてられて白日夢を見ていたからだ——若干けわしい声でくりかえした。「おい、ピルズベリー」

これで初めて男の声を耳にした。わたしのレーダーは、いじめの脅威に通じかねないシグナルを敏感にとらえる機能に特化されていて、そのレーダーが食品メーカーの社名の〝ピルズベリー〟という語と、気さくな調子の声の裏にある侮蔑を感知した。

とはいえ男のほうも、他人のルックスを腐《くさ》せるルックスではなかった。着ている服はそこそこ上等だったが、場ちがいでもあった。カリフォルニアの名もない郊外住宅地にある〈モービル〉のガソリンスタンドではなく、むしろサンフランシスコのナイトクラブの正面入口に身をおいたほうがふさわしい服装。シルクのような黒い半袖シャツ——ガラスとおぼしき赤いボタンがついていた——と刃物のように鋭い折り目のついた黒いスラックス、そして赤と白の糸の刺繍《ししゅう》飾りのある黒いカウボーイブーツを履いていた。

しかし、男は熱に浮かされそうなほど醜かった。あごは細く、長い首のほうに曲がって埋まりそうになっていたし、頬は昔のにきび痕で侵食されていた。濃く日焼けした前腕には、左右ともに黒いタトゥーがほどこされていた——筆記体文字のような線が、長く伸びたり蛇のようにとぐろを巻いたりしながら手首にまで達していた。そして男はストリングタイを締めていた——八〇年代に人気があったのだ。タイの留め具は透明なアクリル合成樹脂製で、内部では黄色くなりかけた蠍《さそり》が体を丸めていた。

「なんですか?」わたしはたずねた。

「店に行くのかい? 〈トゥインキー〉あたりを買うつもりか?」男はクリームの詰まったスポンジケーキの名前をあげながら、給油ポンプのノズルを大きな白いボートのような車の給油口に差しこんで、ずしんと音をたてた。

「そうです」わたしは答えた。頭のなかでは《おれの股間の〈トゥインキー〉でもしゃぶってろよ、カスが》と思っていた。

男はスラックスの前ポケットに手を突っこみ、黄ばんで汚れた紙幣の束を引きだすと、そこから二十ドル札を一枚剝ぎとった。「よし、話をきけ。この金をもって店にはいって、十号の給油機のスイッチを入れるよう店員にいい、それから――おい、ランド・オ・レイクス小僧、おれが話をしているんだ。ちゃんときいてろ」

そんなふうに男からバターで有名な会社の名前で呼びかけられたのも道理、わたしの注意は一瞬だけ別のほうにそれていた――そう、キャデラックのボンネットの上に置いてあった品物に。そこにあったのは、ポラロイド・インスタントカメラだった。

若い人のなかにはポラロイドをつかったこともないとか、つかっているところを見たことさえない人もいるだろうが、そんな人でも外見くらいは知っているのではないか。最初に発売されたポラロイド・インスタントはひと目でそれとわかるほど有名だし、テクノロジーのすばらしい大躍進を象徴する製品でもあるために、時代のシンボルにもなった。ポラロイドは八〇年代の世界に属していた――パックマンやレーガンとならんで。

いまどきは、だれもがポケットにカメラを入れている。写真を撮って、その場ですぐ出来ばえをチェックするのを、ことさら驚異的な行動だと思う人はいないはずだ。しかし一九八八年の夏においては、写真を撮影してから、ほぼ時間差なく現像できる道具はポラロイド以外にないも同然だった。写真を撮ると、カメラから白く分厚い四角形の紙が出てきた――紙の中央には灰色の薄い膜のようなものが貼りつけてあった。そのまま二、三分待っていると――四角形の紙をひらひらとふることで化学物質用の薄い袋におさまった現像液を活性化させれば、時間を少し短縮できた――灰色の薄闇のなかから画像がゆらゆらと立ちあらわれ、やがて鮮明な写真に変わった。

ボンネットの上のカメラを目にしたとたん、この男こそが例の人物――つまりシェリー・ビュークスが見つかるまいとして逃げていたポラロイドマンにほかならないとわかった。ぺてん師めいた鼬野郎は、キャデラックの白いコンバーティブルを乗りまわしていた――幌《ほろ》とシートは真っ赤。最低最悪の色のとりあわせだった。

シェリー・ビュークスがこの男のことをどう思っていても、いうまでもなく事実の裏づけのない話だということはわかっていた――いってみれば、完全に詰まって壊れかけたエンジンのミスファイアのようなものだ、と。しかし、シェリー・ビュークスのこんな言葉がしつこく頭に残っていた。《あの男に写真を撮られないように用心おし》という言葉。いろいろすべてを組みあわせると――ポラロイドマンが老いて耄碌《もうろく》した頭の産物ではなく実在の人物であり、いま当人が目の前に立っているとわかると――背中と両腕に寒気が走って、鳥肌が立った。

「ええと……話してください。うかがってます」

「さあ」男はいった。「この二十ドル札をもって店へ行き、店員にこの給油機のスイッチを入れさせるんだ。おれのキャデラックが腹をすかせていてね。でも、話はまだ先がある。釣りが出たら、ぜんぶおまえのものだ。ダイエットコークを買うといい」

わたしは顔を赤らめもしなかった。いまの言葉は意地のわるいあてこすりだった。それなのに、このときのわたしはすっかり別のことに気をとられ、あてこすりにも心はかすり傷ひとつ負わなかった。

あらためてしげしげ見てみると、カメラはポラロイドではなかった。似ているがちがう。ポラロイド社の製品ならよく知っていた――前にひとつを分解した経験があった。だから、こちらのカメラがわずかながら異なっていることがわかった。まず第一に、カメラの本体が黒くて前面だけは赤いことだ――男の車や衣服とマッチした色だ。しかし、そのほかにもわずかにちがっている。正規の品よりもほっそりしている。いまカメラはボンネットの上、ミスターぺてん師の手の届く場所にあり、レンズはわたしとわずかにちがう方向をむいていたので、商品名が見えなかった。コニカだろうか？　すぐに気がついたいちばん大きな相違点は……そう、ポラロイド社の製品なら前面に蝶番《ちょうつがい》つきの抽斗《ひきだし》状の開口部があるはずだった。インスタント写真用のフィルムを入れるところだ。しかしこちらのカメラを見ても、どうやってフィルムを入れるのかがわからなかった。見たところ、ひとつの大きな部品だけで出来ているように見えた。

わたしがカメラを見ていることに気づくと、男は妙なことをした――守るかのようにカメラに手をかけたのだ。老婦人が街を歩いていて柄《がら》のわるい連中の前を通るとき、ハンドバッグをもった手に少しだけ力をこめるように。それから男は反対の手で、汚れた二十ドル札を差しだした。

わたしはリアバンパー側をまわって、紙幣に手を伸ばした。その拍子に、男の前腕をくねくねと這いあがっている文様《もんよう》めいた文字に視線が引き寄せられた。何語かはわからなかったが、ヘブライ文字に似ていた。

「しゃれたタトゥーだね」わたしはいった。「どこの言葉？」

「フェニキア語だ」

「なんて書いてあるの？」

「《おれの邪魔をするな》と書いてある。いやまあ、そんなような意味だ」

わたしは紙幣をシャツの胸ポケットに突っこむと、そろそろとすり足でうしろむきに男から離れはじめた。男のことが恐ろしくて、とても背中をむけられなかった。

自分が進んでいる方向を見ていなかったので、わたしはいつしかコースをそれてリアフエンダーにぶつかり、あやうく倒れかけた。わたしはトランクの蓋に片手をかけて体を支え、あたりを見まわした。写真のアルバムが目に飛びこんできたのはそのときだった。

後部座席には全部で十冊以上のアルバムが積んであった。そのうちの一冊のページがひらいていて、透明なビニールのポケットにポラロイド写真が差しいれてあるのが見えた。一ページに写真が四枚。特別な写真ではなかった。ひとりの老人が誕生日のケーキのキャンドルを吹き消そうとしているところをとらえた露出過多の写真。雨でびしょ濡れになって、いかにも悲しげで飢えもあらわな目でカメラをのぞきこんでいるコーギー犬。陽気なオレンジ色のタンクトップを着た筋肉質の男が、〈ナイトライダー〉に出てきたようなトランザムのボンネットにすわっている写真。

この最後の写真に目を引かれた。タンクトップ姿の若い男には漠然と見覚えがあった。

テレビで見たのだろうか？　もしレスラーだったら、ハルク・ホーガンとリングにあがって何ラウンドか戦ったのか。

「写真をいっぱいもってるんだね」わたしはいった。

「それが商売でね。おれはスカウトマンだ」

「スカウトマン？」

「映画のね。人の興味を引くような場所を見つけると、そこの写真を撮影しておく。人の興味を引くような顔を見かけると、その相手の写真を撮っておく」男は片方の口角をにっと吊りあげて、乱杭歯《らんぐいば》をのぞかせた。「理由かい？　どうだ、坊主、映画に出てみたくないか？　おれに写真を撮ってほしいか？　いいか、先のことはだれにもわからないぞ。どこかのキャスティング・エージェントがおまえの顔を気にいるかもしれない。そうなれば、次に気がついたら――おっとびっくり、ハ、リ、ウ、ッ、ドだぞ」

男はカメラを指でいじくっていた。わたしにはそのいじくり方が気にくわなかった――なんというか、カメラをつかいたくて指がうずうずしているように見えた。

理屈の上ではいまよりも安全だったとされている一九八〇年代後半においてさえ、わたしは〈トイザらス〉ならぬ〈ペ、ドザらス〉で服を買っているような男のために写真のポーズをとる気にはとてもなれなかった。シェリー・ビュークスにいわれた言葉もひっかかっていた――《あの男に写真を撮られないように用心おし》という言葉。あの警告の言葉が、いま毛むくじゃらの脚をもつ毒蜘蛛《どくぐも》になって背すじを這いおりてきた。

「遠慮しておく」わたしはいった。「たぶんだけど、一枚の写真でぼくの全体像をすっきりおさめるのはむずかしいと思うもん」いいながら、内側からシャツを張りつめさせている太鼓腹を両手で強調してみせた。

男は穴だらけの顔のなかで一瞬だけ目を丸くしたかと思うと、すぐに声をあげて笑いはじめた。下品な馬鹿笑いの声からは、信じられないという思いと、心底愉快に思っている気持ちが半々に感じとれた。ついで男は親指を拳銃の撃鉄のように突きあげ、わたしに突きつけてきた。

「おもしろいやつだな。気にいった。レジに行くまで道に迷わないように気をつけろ」

わたしは男から離れたが、足に力がはいらなかった――醜い口もとと、それ以上に醜い顔の不気味な男から逃げていたからだが、理由はそれだけではなかった。わたしは理知的な子供だった。アイザック・アシモフの本を読み、カール・セーガンを英雄とあがめ、テレビドラマでアンディ・グリフィス演じる弁護士マトロックにある種の親近感めいたものを感じていた。シェリー・ビュークスのいうポラロイドマン（ただしこの時点でわたしはこの男を〝フェニキア人〟と考えるようになっていた）にまつわる考えのあれやこれやは、崩れかけた精神が生みだした錯乱の幻覚だとわかってもいた。シェリーの警告の言葉には、あらためて検討する値打ちのあるはずもなかった――しかしわたしは考えなおしてしまった。この土壇場の瞬間になって、シェリーの警告が神託なみの力をそなえて、わたしを不安にさせた――それこそ十三日の金曜日に乗った飛行機が一三一三便で、おまけに座席番号が13だったときのような不安に（どうでもいいことだが、13は実にクールな数字だ。素数だからとか、1からはじまるフィボナッチ数列の数字のひとつだからというだけではない。13は〝数素《すうそ》〟でもある――〝数素〟とは、数字の順番を逆にしても素数になる素数のことだ）。

わたしはスタンド併設の狭いコンビニに足を踏み入れると、ポケットから紙幣を引きだしてカウンターに落とした。

「このお金で、キャデラックに乗ってる立派な紳士のために十号機のスイッチを入れてよ」わたしはレジカウンターの内側に立っているミセス・マツザカにいった。ミセス・マツザカの隣には息子のヨシが立っていた。

ただし、この若者をヨシという名前で呼ぶ者はひとりもいなかった――通り名は、末尾のtがひとつだけのマットだった。マットはスキンヘッドでロープのように細長い腕をもち、口数すくない青年で、サーファーっぽいリラックスした雰囲気をまとっていた。わたしよりも五歳年上で、この話の夏がおわるころにはバークレーに行った。夢はガソリンがいらない車を発明して、両親をガソリンスタンド商売から引退させてやることだった。

「よお、カマ助《ファグ》」マットはいい、わたしにうなずいてよこした。これで気分が少し晴れた。そう、たしかにマットはわたしをカマ助呼ばわりした――でも、それを恨みに思ったりしなかった。たいていの連中にすれば、わたしの呼び名にすぎなかった。いまになればずいぶん同性愛嫌悪的な話に思えるかもしれないが――じっさいそのとおりだった！――一九八八年というAIDSとエディー・マーフィーの時代においては、だれかをオカマだのホモ野郎と呼ぶのが洒落《しゃれ》たセンスの発露だと思われていた。当時の基準に照らせば、マットは標準的な感受性のもちぬしだった。技術雑誌の『ポピュラー・メカニクス』を全ページ読む忠実な愛読者で、わたしが〈モービル〉のコンビニをたずねると雑誌のバックナンバーをくれたりもした――わたしが興味をもちそうな記事が載っていたから、といって。たとえば背中につけるジェットパックの原型についての記事だったり、ひとり乗りの個人用潜水艦の記事だったりした。マットについて誤解を誘う書き方は本意ではない。わたしたちは友だちとはいえなかった。マットは十八歳でクールそのもの。わたしは十三歳で、クールとは絶望的なほど正反対。そのふたりが友情を結ぶなんて、当時のわたしが女優のタウニー・キタアンとのデートに漕《こ》ぎつけるのとおなじくらいのありえなさだった。とはいえマットはわたしに憐《あわ》れみまじりの好意をいだき、漠然とわたしの面倒を見たいと感じていたのではないか――なぜならマットもわたしも、心の底ではともに機械が好きな回路オタク《サーキットヘッド》だったからだ。そして当時のわたしには、まわりの子供たちからむけられる親切なら、そのすべてがありがたかった。

それからわたしは〈アークティックブルー〉+コカ・コーラという特製ミックス・フローズンドリンクの特大サイズのコップを買いにいった。いつも以上に飲みたくてたまらなかった。胃が落ち着きなく〝ごろごろ〟と鳴っていて、それを落ち着けるためにも炭酸を少し入れたかった。

ネオンなみのまばゆい色をした〈アークティックブルー〉を最後のトッピングとしてコップに入れおわるかおわらないかのとき、フェニキア人が店のドアを前腕で押してはいってきた。荒っぽく押すようすは、ドアに恨みでもあるかのようだった。ひらいたドアがちょうど炭酸飲料のディスペンサーを隠してくれたので、男が店内をにらみまわしながらカウンターに近づいていくあいだ、わたしの姿は男に見られずにすんだ。男は一歩も足どりを乱さず、まっすぐミセス・マツザカに近づいた。

「おいおい、このスタンドでまっとうな男がクソったれなガソリンを車に入れるには、あとなにをしろというんだ？　なんであのポンプのスイッチを切った？」

ミセス・マツザカは身長わずか百五十センチで華奢《きゃしゃ》な体格だった。英語は問題なくわかるにもかかわらず、言葉の壁に困惑しているふりをしたほうが楽な場合もあるとわきまえている第一世代の移民ならではの表情——〝話が理解できずにぽかんとしている〟表情——を巧みにつかいこなした。いまもミセス・マツザカは小さく肩をすくめただけで、しゃべる役目は息子のマットにまかせていた。

「あんたは十ドル払った。だから十ドル分のガソリンを入れたってことさ」カウンターの反対側でタバコのラックの下にあるスツールに腰かけているマットはそういった。

「おまえたちふたりとも、英語で数もかぞえられないのか？」フェニキア人はいった。

「おれはあのクソガキに二十ドル札をもたせたぞ」

そのひとことで、わたしは〈アークティックブルー〉＋コカ・コーラの特製ミックス・

フローズンドリンクをひと口で飲み干した気分になった。冷たいショックで全身の血がどっとざわついた。恐怖にひっと声をあげながら片手でシャツの胸ポケットを叩いた。自分がなにをしでかしたかが一瞬でわかった。さっきわたしはポケットに指を入れて紙幣をつまみだし、まったく見ないでカウンターに投げ落とした。つまり、あのときわたしが出したのはその前にラリー・ビュークスからもらった十ドル札で、駐車場でフェニキア人からあずかった二十ドル札ではなかったのだ。

いま自分にできることとして唯一思いついたのは、とにかくできるだけ早く、四の五のいわずに頭をさげて、ひたすら謝りまくることだった。フェニキア人からはまだ怒鳴られてもいなかったが、わたしは早くも泣きそうだった。よろよろと店の入口のほうへ歩いていった。途中でポテトチップス類がならぶスチールラックに尻をぶつけ、〈レイズ〉の袋を四方八方に散乱させてしまった。それからわたしは、胸ポケットから二十ドル札を抜きだした。

「すみません……すみません……ごめんなさい……ほんとにすみません。ぼくがしくじったんです。ごめんなさい、ほんとにごめんなさい。お金をまったく見ずにカウンターに出してしまったんです。あなたからあずかった二十ドル札じゃなく、前からポケットにあった十ドル札のほうを出してしまったんです。でも誓っていいます、誓っていいます、ぼく、そんなつもりはこれっぽっちも――」

「釣りはおまえにやるからダイエット薬でも買えとはいったが、こんな詐欺まがいのことでおれを騙していいといった覚えはないぞ」男はいいながら、わたしの頭に一撃を食らわそうと考えているみたいに片手を高くかかげた。

男は店に例のカメラをもってきていた――反対の手でしっかりとつかんでいる。わたしは激しく動揺していたが、それでも男がカメラを車に置いてこなかったことを奇妙だと考えてもいた。

「ちがいます……ほんとに……ぼく……そんなことぜんぜん……神さまに誓います――」

わたしはとりとめもなくしゃべっていた。目がしくしく痛んで、いまにも涙があふれそうになっていた。わたしは心せくままに、一リットル近くの〈アークティックブルー〉+コカ・コーラの特製ミックス・フローズンドリンクのコップをカウンターの端においた。しかし手を離したとたん、ただでさえ困った局面だったのが、一気に最悪の局面にスケールアップした。コップが倒れ、カウンターから床に転がり落ちて、輝くような青い氷が爆発の勢いでまきちらされた。青くきらめく氷の細片がフェニキア人の完璧な折り目を誇る黒いスラックスにかかり、股間にしぶきを浴びせかけ、サファイアブルーの水滴をカメラにふりかけた。

「なんてことしやがる!」男は叫び声をあげ、カウボーイブーツで爪先立ちをしてあとずさった。「おい、馬鹿でかいクソの山、おまえは知恵が足りないうつけ者なのか?」

「およし!」マットの母親が声をあげ、フェニキア人に指を突きつけた。「はいはい、およしおよし。店で喧嘩は御法度《ごはっと》だ。警察を呼ぶよ!」

フェニキア人は〈アークティックブルー〉が飛び散っている服を見おろし、わたしに視線をもどした。顔がどす黒くなっていた。男はポラロイドではないカメラをカウンターに置くと、わたしに一歩近づいた。男がなにをするつもりなのかはわからなかったが、激昂《げっこう》していたせいだろう、床で広がりつつあった〈アークティックブルー〉+コカ・コーラの特製ミックス・フローズンドリンクで左足を滑らせた。男が履いていたブーツには、中程度の高さの太いキューバンヒールがついていた。見た目はかっこよかったが、いざ歩くとなれば二十センチ弱の高さのピンヒールなみに危なかったはずだ。おかげで男はあやうく片膝を床につきかけた。

「ぼくがきれいにします！」わたしは大きな声でいった。「ほんとにごめんなさい、ぼくがぜんぶきれいにしますから、ほんとです、信じてください、だれかを騙そうなんてしてません、いつだってぼくは正直なんです、おならをしたときだって正直に自分だっていいます、スクールバスに乗ってるときでもです、神さまに誓って、誓って――」

「そうだよ、お客さん、落ち着けって」マットがスツールから立ちあがりながらいった。上背があって筋骨たくましく、頭はスキンヘッド――あえて脅しめいた言葉を口にしなくても、その姿が相手への脅しになった。「頭を冷やすんだ。カマ助はまっとうな子だよ。こいつにあんたを騙す気がなかったことは、おれが保証する」

「おまえはつまんねえ口出しをするな」フェニキア人はマットにいった。「でなきゃ、ちゃんと頭をつかって、どっち側につくかを決めろ。このガキはおれから十ドルを騙しとり、おれにドリンクをぶっかけ、おかげでこっちはこの泥水みたいなものに足をとられてケツの骨を折るところで——」

「履いたらまともに歩けなくなるようなブーツなら、最初から履くなよ」マットは男を見もせずにいった。「そのうち本当に怪我《けが》をしかねないぞ」

マットはカウンターの向こうから、わたしにペーパータオルの大きなロールをさしだしてきた。わたしがロールを受けとるのと同時に、マットはウィンクを送ってきた——あまりにもすばやく、あまりにもさりげなかったので、うっかり見逃すところだった。ありがたく思う気持ちで体が震えそうだった——マットが味方になってくれたことに、わたしはそれくらい安堵《あんど》していた。

ペーパータオルをひとつかみ引きちぎるなり、わたしは溶けかけてどろどろになっているドリンクのなかに膝をつき、フェニキア人のスラックスを拭きはじめた。そんなわたしを見て、謝罪のためにフェラチオのひとつもする気だと思った人がいたとしても、まあ、大目に見てやろう。

「ほんとに、ぼく、いつだってぶきっちょなんです……ローラースケートもまともにできないし——」

男は踊るような足どりで（またもや足を滑らせかけて）わたしから離れると、腰を折り、わたしの手から濡れたペーパータオルの塊をひったくった。「おい！　おい、よせ、触るな！　そんな姿勢で前にひざまずかれちゃ、なんだかやたらにそっち方面のテクに慣れてるみたいじゃないか。頼むから、おれのちんぽに触るな。もういいから」

男がむけてきた視線から、わたしが一線を越えたことが察せられた——それまでのケツをひっぱたくべき相手が、瞬時にして近くにいてほしくない相手に変わったのだ。男はスラックスやシャツをペーパータオルで拭きながら、なにやら不機嫌そうにひとりぶつぶついっていた。

そのときもまだわたしの手にはペーパータオルのロールがあった。わたしはどろどろのドリンクの上を歩いていき、男のカメラを手にとって汚れを拭きとろうとした。

このときにはまだ神経が落ち着かずに気もそぞろで、体が引《ひ》き攣《つ》ったようにしか動かず、カメラを手にとった拍子に、写真撮影のときに押す大きな赤いボタンをうっかり押してしまった。ポラロイドカメラが即座に一瞬の白い閃光《せんこう》と内部のメカニズムが動く高い音を同時に発した——このときレンズはカウンターの奥、マットの顔の方向をむいていた。

カメラは写真を排出しなかった。むしろ、スロットから写真を発射したといえる——射《う》ちだされた四角形の薄いプラスティックはカウンターを躍り越え、反対側に飛んでいった。マットがくりと頭をのけぞらせ、突然のフラッシュで目がくらんだのか、ぱちぱちとまばたきをくりかえしていた。

わたしも多少目が見えづらくなっていた。瞼《まぶた》の裏側を不気味な発光性の銅色をした虫がうねうねと這っていた。わたしは頭を左右にふり動かし、それから右手でもっているカメラを馬鹿みたいにぼんやり見おろした。カメラには〝ソラリド《Solarid》〟というブランド名がはいっていた――当時もそんな会社はきいたことがなかったし、いまでは――この国であれ外国であれ――そんな会社が存在しなかったことも知っている。

「そいつを下へおろせ」フェニキア人がこれまでとまったく異なる調子の声でいった。

怒鳴られたときは最悪の声を耳にしたと思ったが、今度の声はまったく異質で、前よりもずっとずっと不気味だった。たとえるならリボルバーの弾倉が回転する音であり、撃鉄が起こされる音だった。

「ぼくはただ、これをきれいに――」口のなかでふくれたように感じられる舌を動かしながら、わたしはいいかけた。

「おまえは自分から痛い目にあおうとしている。おまけに、首尾よく成功しかけてる」

男が手をさしだし、わたしはその手にソラリドのカメラをもどした。ここでカメラを落としでもしたら――汗でぬるぬるして、おまけに震えてもいた手からカメラが落ちていたら――男はわたしを殺していたはずだ。わたしののどに手をかけ、ぐいぐい絞めあげて。このときはそう信じていたし、いまも信じている。男の灰色の瞳が冷たく凝固した激怒もあらわにわたしを見つめ、あばただらけの顔はゴムのマスクなみに完全な無表情になっていた。

ついで男がカメラをわたしから引き離し、その瞬間は去っていた。男はさっと視線を動かし、カウンターの内側にいる若い男と高齢の女性を見すえた。

「写真。さっきの写真をよこせ」

マットはフラッシュの影響で、まだ朦朧《もうろう》としているようだった。まずわたしを見た。それから母親に目をむけた。これまでの会話の流れの記憶が、頭からすべて抜け落ちたような顔つきだった。

フェニキア人はそんなマットを相手にせず、注意のすべてをミセス・マツザカへむけていた。男が手をさしだした。「そいつはおれの写真だ。だから欲しい。おれのカメラ、おれのフィルム、そしておれの写真」

ミセス・マツザカは自分の周囲の床にひとわたり視線を滑らせてから顔をあげ、また肩をすくめた。

「写真はカメラからぽんと飛びだして、カウンターのそっち側に落ちたんだ」フェニキア人はことさら声を高めて、ゆっくりしゃべっていた。外国人相手に激しく怒っている人はよくこんなしゃべり方をする――声が大きければ通訳代わりになるといいたげに。「おれたちみんなが見ていたじゃないか。写真をさがしてくれ。足もとをよく見るんだ」

マットは両手の親指の付け根のふくらみを目に押し当てて、ごりごりマッサージしていた。そのあと手をおろし、あくびをしてから、「どうしたんだ？」といった。ついさっき起きてシーツをはねのけ、寝室から議論の場にふらりと途中で割ってはいってきたかのように。

母親が日本語で話しかけた。早口で、いかにも困っている口調。マットはまだ頭の靄《もや》が晴れずにぼんやりしているような顔で母親を見つめてから、ぐいっとあごをもちあげ、フエニキア人に目をむけてたずねた。

「ええと、どうかしたのかな、お客さん？」

「写真だよ。あのでぶガキが撮ったおまえの写真。あれをよこせ」

「なにを大騒ぎすることがある？　もしおれが見つけたら、その写真におれのサインをしてほしいのか？」

　フェニキア人にはもう話をつづける気はなかった。すばやく歩いて腰高のスイングドアに近づく——このドアを抜ければカウンターの内側で、レジマシンにも近づける。マットの母親は物悲しいようすでまた床に視線を走らせていたが、すかさずさっと顔をあげると、男が通り抜ける前に内側からスイングドアを手で押さえた。顔には断固として承服しかねるという表情がのぞいていた。

「だめ！　お客さんはこっち側にはいれない！　だめ、だめ！」

「なあ、おれはあのクソな写真が欲しいんだよ」

「よお、お客さん」先ほどまでのマットは朦朧としていたかもしれないが、このときにはすでに靄を払いのけていた。声を出しながら母親とフェニアキア人のあいだに割ってはいると、いきなりマットの体が大きくなったように見えた。「母さんの話はきこえてたな。スイングドアから離れてくれ。あいにく会社の方針でね——従業員以外、カウンター内にはぜったい立入禁止。気にくわないか？　だったら葉書の一枚も買って、クレームを書いて〈モービル〉本社に送るといい。本社はあんたからの声を死ぬほどききたがってるぞ」

「ちょっと、早くしてくれない？　車に赤ちゃんを置いたままなんだけど」わたしのすぐうしろに立ち、腕いっぱいにキャットフードをかかえた女性客がいった。

なんだって？　これだけのことが起こっているあいだ、〈モービル〉のコンビニにいたのはわたしたち四人だけだと思ったかい？　わたしが〈アークティックブルー〉のスペシャルドリンクをフェニキア人にぶっかけ、フェニキア人が罵り、不機嫌になり、脅しの言葉を口にしていたあいだも、ほかの客が店内にはいってきてドリンクやチップスやセロファンに包んであるサブマリンサンドを手にとり、わたしのうしろにならんでいた。このときには、レジ待ちの行列が店の奥までの半分ほどにまで延びていた。

マットはレジのうしろに移動していた。「次のお客さん」

両腕いっぱいに缶詰をかかえた女性客が、床に広がっているＳＦチックな色あい——目にまぶしいほど鮮やかな青い色——の溶けかけたどろどろのドリンクを慎重によけて近づき、マットが客の買物の値段をレジに打ちこみはじめた。

フェニキア人は信じられない思いもあらわに見つめていた。マットのそっけない拒否にあって、男はわたしが〈アークティックブルー〉のフローズンドリンクでスラックスを汚したときにも負けないほどの怒りに駆られていた。

「なんだと？　なにもかもクソ食らえだ。こんな店はクソ食らえ、そこのでぶガキもクソ食らえ、ついでにおまえもクソ食らえ、吊目《つりめ》野郎。こんなクソ溜《だ》めからおさらばするだけのガソリンはある。それで充分、お釣りがくるぜ。こんな汚れ便所には、必要以上の金なんか一セントだって落としたくない」

「一ドル八十九セント」マットはキャットフードを買った女性客にいった。「午後のお楽しみショーはサービス、お代はけっこう」

フェニキア人はドアに手をかけたが、体の半分が外に出て半分が店内に残っている状態でぴたりと足をとめ、ふりかえってわたしをにらみつけた。「おまえのことは忘れないぞ。道路をわたるときには、ちゃんと左右を確かめたほうが身のためだ――どういう意味かはわかるな？」

わたしは恐怖でのどが完全に詰まったようになり、返答の言葉ひとつ絞りだすこともできなかった。男は音高くドアを閉めた。一拍置いて、キャデラックが轟音《ごうおん》とともに給油機から離れ、タイヤを耳ざわりにきしらせながら二車線の幹線道路へ出ていった。

わたしは残っていたペーパータオルで、床を汚している溶けかけたどろどろのドリンクをきれいにした。床に膝をついてしゃがむと、ほかの人の視線よりも下に体を置けてほっとした――これだと、ほとんど人目につかずに泣けたからだ。このとき、わたしはまだ十三歳。買物客たちはわたしをよけて進んでいき、買った品の代金を払って店から出ていった――そのあいだ思いやり深く、わたしが洟をすすりあげる音や押し殺せずに洩れた嗚咽《おえつ》がきこえていないふりをしてくれた。

床に広がったドリンクを拭きおわると（床はまだべとついてはいたが、もう濡れてはいなかった）、わたしはぽたぽたとしずくを垂らす汚れたペーパータオルの大きな塊をカウンターへ運んでいった。ミセス・マツザカは息子の隣に立って、どこか遠くを見る目つきになり、口をぎゅっとすぼめた渋面を見せていた――しかし、濡れたペーパータオルという荷物をもったわたしに気がつくと、物思いから我にかえってカウンターの裏の大きな業務用のごみ箱に手を伸ばした。それからキャスターつきのごみ箱を転がして近づけてくれたが、その拍子にそれが目に飛びこんできた。床の隅に写真が裏返しになって落ちていた――ごみ箱の下に滑りこんでいたので、これまで見えなかったのだ。

ミセス・マツザカも写真を目にとめ、引き返してとりにいった。そのあいだわたしはぐしゃぐしゃのペーパータオルをごみ箱に捨てていた。ミセス・マツザカは、わけがわからないという顔で写真を見おろしていた。ついでわたしに目を移す――それから写真をさしだして、わたしにも見えるようにしてくれた。

本当ならそこにはマットの顔のアップが写っているはずだった。あのときレンズはまっすぐマットの顔をむいていたのだから。

しかし、そこにあるのはわたしの写真だった。

そうはいっても、数分前のわたしをとらえた写真ではなかった。数週間前のわたしだった。写真のわたしはソーダマシンの前にある成形プラスティックの椅子にすわって、『ポピュラー・メカニクス』を読みながら、巨大なプラスティックのコップからソーダを飲んでいた。ポラロイド写真（いや、ソラリド写真というべきか？）のわたしは白いヒューイ・ルイスのTシャツと膝まであるデニム地のショートパンツ姿だった。きょうのわたしはチノパンと胸ポケットのあるアロハシャツという服装だ。アングルからして、この写真を撮った人物はカウンターの内側に立っていたにちがいない。

だけどまるっきり筋が通らない。わたしは狐《きつね》につままれた気分で写真を見つめつつ、この写真がいったいどうやって出来たのかを解き明かそうと頭を働かせた。どう考えても、さっきわたしがボタンをうっかり押して撮影した写真ではありえなかったが、数週間前のスナップだというのも納得できかねた。マットに貸してもらった雑誌を読んでいるわたしを、マットなり母親なりが撮っていた覚えはない。そもそも、このふたりがわたしの写真を撮る理由がひとつも思いあたらず、ふたりがポラロイドカメラを手にしていたところを見たことも一度もなかった。

わたしはごくりと唾を飲みこんでいった。「その写真をもらえますか？」

ミセス・マッザカは最後にいま一度だけ、困惑のまなざしを写真にむけると、唇をぎゅっと結んで写真をカウンターへ置いた。それから、わたしのほうへ滑らせてよこした。そのあと手を引っこめたミセス・マッザカは、写真に触れた指先をこすりあわせていた——あまり歓迎できない汚れが指先の皮膚を覆ってしまった、といいたげに。

わたしはいましばらく写真を見つめていた——そのあいだ胸骨の裏あたりにぎゅっとよじれたような、忌まわしい感覚が宿っていた。不安がつくりだす強く締めつけるような感覚の原因は、フェニキア人の激怒と脅し文句だけではなかった。わたしは写真を胸ポケットに入れると、レジの前へ進んでいった。ぞくっと体を震わせつつレジ前のカウンターに二十ドル紙幣を置くいっぽう、こんなことを思った。

《これはあいつの金だぞ。おまえが金を金輪際返さないとわかったら、はてさて、あの男はなにをするだろうかね？　道をわたるときには左右をよく確かめたほうが身のためだ。ちゃあんと左右どっちも確かめることだね、カマ助》……ほらね、わたしはこんなふうに自分で自分を皮肉っていた。

「店を汚しちゃってごめん」わたしはいった。「これで特大サイズのソーダの代金を払うよ」

「いやいや、あれの代金をおまえからもらう気はないさ。なに、砂糖水がほんの少しこぼれただけだ」マットはそういって、紙幣をわたしのほうへ押しもどした。

「わかった。うん。それと、あいつがぼくの尻を蹴り飛ばすのを防いでくれてありがとう。マット、あんたはあそこでぼくの命を救ってくれたんだよ。ほんとにね」

「ああ、わかったわかった」マットはそういったものの……目を細め、困惑しているような笑みをわたしにむけていた。わたしがなにを話しているのか、心当たりがまったくないという感じだった。マットはまたひとしきりわたしを見つめてから、小さくかぶりをふった。「なあ、ちょっと質問してもいいか？」

「いいよ。どんなこと、マット？」

「おまえはおれと知りあいみたいな口ぶりだけど……前にどこかで会ったかい？」

4

わたしは神経がぴりぴりと落ち着かず、頭のなかで不気味な雑音が鳴っている状態で店をあとにした。店を出るときには、マットにはわたしがだれなのか、これっぽっちもわかっていないのは確実だ、と思っていた——前に会ったことも覚えていないし、そもそもわたしが毎日のように〈モービル〉のスタンドに立ち寄って、マットの『ポピュラー・メカニクス』のバックナンバーを読むようになって、ほぼ一年にもなることすら覚えていないようだ。簡単にいうなら、マットにとってわたしはもう完全な赤の他人だ——そう考えると動揺を抑えられなかった。

わたしは自分にむかって理解できないといい、いかれた話だ、まったく筋が通らないといいつづけていたが、これは完全な事実ではなかった。このときにはもうマットがいきなりわたしにまつわる記憶をなくした件の原因について、ひとつの考えがわたしの意識のへりをかりかり噛《か》んでいた。その考えに気がついたのは、壁の内側を走っている鼠《ねずみ》に気がつくようなものだった。鼠の爪がこっそりなにかを引っかく音や、胴体が壁の内側にあたる鈍い音がきこえたりして、鼠がいることはわかっている……けれども、姿を目で確かめていないだけ。マットとソラリドカメラにまつわるわたしの考えはホラー映画なみに恐ろしかったので――そのうえスティーヴン・スピルバーグの映画なみに突拍子のないものでもあったので――考えた当人のわたしも正面からむきあって考えられなかったのだ。まだこの時点では。

わたしは低レベルのパニックが持続したままの状態で自宅へ帰りついた。〈モービル〉のスタンドからプラム・ストリートの自宅までの道のりに十分かかった。その十分のあいだに、わたしは自分の頭のなかで七回は死んでいた。

まず、フェニキア人の車のタイヤがアスファルトの路面で激しくきしる音がきこえる。あわててふりかえると、ぎらぎら輝くクロームめっきのフロントグリルが目に飛びこんできて、半秒後にキャデラックが激突してきたことが二回あった。また一度はフェニキア人がわたしの背後で車をとめてバール片手に降り立ち、わたしを森へ追い立て、灌木《かんぼく》の茂みでわたしを撲殺した。

またあの男がサッチャー家の前庭を走って逃げようとしているわたしを車で轢《ひ》き、あの家にある紫色の子供用ビニールプールでわたしを溺死させたこともあった。断末魔のわたしが最後に見たのは、プールの底に沈んでいたＧＩジョーだった。またフェニキア人が安全な徐行運転でわたしを追い越しながら、窓から左腕を突きだして拳銃をかまえ、わたしを二回つづけて撃ちもした――一発はわたしの首を、もう一発はわたしの頬をとらえた。

フェニキア人が安全な徐行運転でわたしを追い越しながら、錆《さ》びついた大鉈《マチエーテ》でわたしの首を切り落としたこともあった。ずばっ。フェニキア人が安全な徐行運転でわたしを追い越しながら、《やあ、坊主、元気でやってるか?》と声をかけ、でっぷり肉のついた胸の奥のわがひよわな心臓がそれだけでとまったこともあった。重度の心停止で、わたしは十三歳の前途洋々たる若さで死んだ。

例の写真はシャツの胸ポケットにあった。ポケットのなかの写真が熱を帯びた四角い放射性物質に——わたしに癌《がん》をもたらしてもおかしくない物体のように——感じられた。児童ポルノを胸ポケットに入れていても、ここまで不安にはならなかったはずだ。写真を所持しているだけでも犯罪行為に思えた。写真は証拠物件に思えた……ただし、どんな犯罪の証拠なのかはなんともいえなかった。

わたしは庭の芝生を横切って家へはいっていった。なにかの機械がぶーんとうなっている音がしたので、音を追ってキッチンへ行った。父が起きだしていて、電動ハンディミキサーを片手にボウルでオレンジ色のホイップクリームをつくっているところだった。オーヴンではなにかが焼けているところらしく、あたりにはぬくもりのあるグレイヴィの芳香が立ちこめていた——たとえるなら、缶をあけたばかりの〈アルポ〉のドッグフードに似たにおいだった。

「夕食のにおいがするね。オーヴンにはなにがはいってるの?」

「〝スターリングラード攻防戦〟」

「いま父さんがホイップしているオレンジ色のものは？」

「〝パナマスリル〟のトッピングさ」

クールエイドを飲もうと思って冷蔵庫をあけると、〝パナマスリル〟が目にはいってきた——ジェローのゼリーを山のかたちに固まらせたもので、ぷるぷる震える山体《さんたい》の内部にチェリーが浮かんでいる。父がつくりかたを心得ている料理はごくわずかだ。ジェロー、牛の挽肉《ひきにく》をつかったパスタディッシュ、キャンベルの缶詰スープでつくったソースをかけたチキンステーキ。父がキッチンで発揮する本物の才能は料理のネーミングだった。ある夜は〝スターリングラード攻防戦〟で、また別の夜は〝悪魔のいけにえ〟（ちなみにこれは血のような赤いソースに白い豆と肉が浮かんだ不気味なひと皿）、ランチは〝フィデルの葉巻〟だったりした（細切りにした豚肉とパイナップルを詰めた茶色いトルティーヤ）。さらに朝食には〝農夫のピザ〟（広げたオムレツの上にチーズとありあわせの残り物のみじん切りを載せたもの）。父はわたしのようなおでぶではなかったが、こういった食生活のおかげで、だれがどう見てもスリムとはいえない体形だった。家の廊下ですれちがうときには、わたしも父も体を横向きにしなくてはならなかった。

わたしはグラスにクールエイドを入れ、四口で飲み干した。まだ足りなかった。わたしはお代わりをそそいだ。

「もうすぐ出来るぞ」父はいった。

わたしは了解のしるしにハミングめいた声を出した。〝スターリングラード攻防戦〟はマッシュポテトの上に薄切りのステーキを載せ、出来あいのマッシュルーム入りグレイヴィソースをかけた料理だった。この料理を食べるのは、おおむねバケツのなかでまだ固まっていないセメントを食べるのに似ていた。〈モービル〉のスタンドまで行って帰ってきたことで、わたしは茹《ゆ》であがった気分だった。そこへもってきて夕食のドッグフードめいたにおいで、気分がわるくなってきた。

「おやおや、あんまりうれしそうじゃないな?」

「そんなことない。うれしいよ」

「母さんのアップルパイじゃなくてすまないね。でも、これだけはいっておく——母さんがいたとしたって、パイなんかつくらなかったはずだぞ」

「ぼくがパイを欲しがるようなガキに見える?」

父はわたしを横目で見ながら答えた。「むしろ胃薬のペプトビスモルを飲んだほうがよさそうなガキに見えるな。大丈夫か?」

「ちょっと暗いところで腰をおろして、体を冷やしてくるよ」わたしはいった。「こんなに体が熱くなったのは、ケサン郊外でヴェトコンのやつらを追い払おうとして戦ったとき以来だ」

「その話はやめにしようじゃないか。あっちに残してきた男たちのことを思い出すと、このホイップクリームに涙をこぼしかねないからね」

わたしはビリー・ジョエルの〈グッドナイト・サイゴン〉を口笛で吹きはじめた。父とわたしはこのころくりかえし、いっしょに北ヴェトナムで戦った時代のことを話題にしたり、ニカラグアの反革命ゲリラ組織〈コントラ〉に運んだ武器について話したり、イランでの人質救出作戦のときにヘリコプターの墜落事故であやうく命を落としかけたときのことを話したりしていた。ただし真相を打ち明ければ、父もわたしもカリフォルニアを出ためしがなかった――例外は一度だけ、まだうちが昔ながらの意味で家族だったころ、そろって旅行に行ったハワイだ。遠く離れた土地で冒険をくりひろげているのは、わが家では母親だけだった。

厳密にいえば両親はこのときまだ結婚していることになっていたが、母はアフリカ南西部の沿岸地帯に住む現地の部族民たちのもとで暮らし、こっちの家で年に一カ月、あっちの家で一カ月を過ごすだけだった。母がアメリカにいると、わたしは落ち着かない気分になった。まず、わたしたちにはおよそ会話というものがなかった――母と話すのは、フェミニズムや社会主義から、わたしの性的アイデンティティの自認にいたる各種テーマにまつわる口頭試問のようなものだった。たとえば母はわたしをソファで自分の隣にすわらせ、ナショナル・ジオグラフィック誌に掲載された女性器切除についての記事を音読する。さらにつづけて、女性が腋毛《わきげ》を剃《そ》る行為は家父長制における支配の一形態だと宣言し、挑発しながらも誘いこむかのような目つきでわたしをじっと見つめる――わたしが、母の腋の下に生えている灰色のもじゃもじゃの剛毛は好きではないといいだすのを待ちかまえているかのように。以前、父にどうして母といっしょに住んでいないのかとたずねたことがある。父は、母がすばらしい才能のもちぬしだからだと答えた。

わたしも母には才能があったと思う。母の著作を読んだこともある。いわゆる読みだしたらやめられないたぐいの本とはいえない。それでも些細《ささい》な観察をいくつも統合していき、突然読者の前に――扇をひらくようにして――すべてをならべ、そこからひとつのすばらしい洞察を提示する手ぎわには賞賛を惜しまない。母はみずからの好奇心に完全にとらわれ、無我夢中になっていた。そうなるともう頭のなかには、夫や息子のことを思う余裕はいっさいなくなっていたのだろう。

わたしは薄暗い居間にはいると、はめ殺しの窓の下のソファに横たわった。いつしかシャツの胸ポケットの上から例の写真のへりに親指を滑らせていたが、それに気づいたのは三十秒ばかりもたってからだった。わたしのなかには写真をもう二度と目にしたくないと強く思っている部分があったが、これは奇妙な感じ方だったといえる。しょせん、ソーダマシンの横にすわって雑誌を読むわたしの写真だ。おかしなところはひとつもなかった――この写真がきょう撮影されたにもかかわらず、写っているのが数日前、あるいは数週間も前のひとこまだということさえ知らなければ。

わたしのなかには写真を見たがらない部分があった――そして、見たくて我慢できなくなっている部分もあった。

わたしは写真をポケットから抜きだし、嵐が迫っている午後の不気味な光でよく見えるように写真をかたむけた。幽霊に色があるのなら、荒れ狂う寸前の八月の激しい雷雨の色だ。いま空は現像がはじまったばかりのポラロイド写真とおなじ、汚らしい灰色だった。写真のわたしは、皺だらけになった『ポピュラー・メカニクス』の誌面に顔を近づけていた——いかにも太って、可愛《かわい》げがない。天井の蛍光灯が落とす光のせいで、わたしの肌はジョージ・ロメロの映画に出てくるゾンビのような青っぽい色あいになっていた。《あの男に写真を撮られないように用心おし》シェリー・ビュークスはそういった。《あの男にいろいろ盗まれるようになっちゃいけないよ》

しかし、あの男はわたしの写真を撮ったのではない。写真に写っているのはわたしだが、あの男はわたしにカメラをむけてボタンを押したわけではない。いや、そもそもあいつは一枚の写真も撮っていない。撮影したのはわたしだ——そしてそのときわたしはソラリドをマットにむけていた。

わたしは嫌悪のようなものを感じて、写真を手から落とした——もぞもぞ蠢《うごめ》く蛆虫《うじむし》を手にしていることに、いきなり気づいた人のように。

それからしばらく、わたしはひんやりした暗がりで寝そべり、なにも考えないように努めていた——頭のなかのあれやこれやのすべてが腐っていて、不気味に思えたからだ。なにも考えないように努めた経験はあるだろうか？　呼吸をしないように努めるのにも似て、だれがやっても長つづきしない。

成熟というのは、あるとき突然、一気に実現するようなものではない。ふたつの国家をへだてる目に見えない境界線をひとたびまたぐと、大人の国という新しい国土の上に立って、それまで外国語だった大人の言葉をしゃべりだす――人はそんなふうには成熟しない。成熟はむしろ遠いところにある放送局で、そこへむかって車を進めることに似ている。激しい雑音に埋もれて放送がほとんどきこえなくなるときもあれば、つかのまでも受信状態が良好になり、なんの支障もなくく信号がくっきり明瞭に受けとれることもある。

思うにこのときのわたしは、〝大人の国ラジオ〟の放送がきこえないかと耳をそばだてていたのだろう――役に立つニュースや緊急事態への対処法を教えてくれる電波をとらえられるかもしれないという希望のもと、じっと体を動かさずに横になったまま。なにかを受信したとはいえない――しかし、自分に強いたこの不動の状態のなか、わたしの視線は、部屋の片隅にある書棚の最上段に父がきちんとならべた、数冊の家族写真のアルバムをとらえた。父はあれこれの品をきちんと秩序だててならべるのが好きだった。仕事に行くときには工具ベルトをつけていった。ベルトではいつもすべての工具が、所定の位置におさまっていた。ペンチ類はそれぞれのホルスターに、電線から絶縁体を剥がすワイヤストリッパーは、そのためにつくられた専用リングにおさまっていた。

わたしは適当に目についたアルバムを一冊抜きだして、またソファへ身を横たえると、ページをひらきはじめた。いちばん最初の写真はつやつやした長方形をしていて――諸君、びっくりめされるな、嘘でもなんでもなく――モノクロ写真だった。この最初の写真に写っていたのは、結婚前の両親だった。写真の両親はヒッピーになるにはもう年を重ねていて、生まじめすぎた。写真の両親を魅力的なカップルと形容していいものかどうか、正直いって自信がなかった。父が当時の世相に譲歩を見せているのは、もじゃもじゃに伸ばしたもみあげと色つきのサングラスだけだった。母――アフリカを専門とする偉大な人類学者――は、一族集合の場にあってさえチノクロスのショートパンツをへその上まで引っぱりあげ、ずっしりしたハイキングブーツを履いていた。顔には絵筆で描いたような笑みを貼りつけていた。ふたりがハグしたりキスしたりしている写真はもちろん、おたがいに見つめあっている場面の写真すら一枚もなかった。

少なくとも、両親がかわりばんこにわたしを抱いている写真なら数枚はあった。母が床にすわりこみ、仰向けに寝ている丸ぽちゃの赤ん坊の上にゴムの鍵のおもちゃを吊るしているところ。赤ん坊はふっくらした指で鍵をつかもうとしている。それからこっちは、だれかの家の庭のプールらしいところで父が腰まで水につかり、両腕で裸の幼児を抱きかかえているところの写真。このときわたしはすでにバターボールなみに丸々と太っていた。

しかし、わたしといっしょにいちばんたくさん写っていたのは父でも母でもなく……だれあろう、シェリー・ビュークスだった。はっきりいって、これはショックだった。シェリーがうちの仕事を辞めたのは五年前で、そのときわたしは格別なにも感じなかった。父からサイドテーブルを買い替えることにしたという言葉をきかされたとしても特段の関心をもたなかったはずだが、それとおなじだった。サンフェルナンドヴァレー出身の恵まれた家庭環境にある子供が他人からの助力を当然視していたと知って、これを読む人はショックを受けるだろうか。当時父は、心臓切開手術のことをひとことも口にしていなかった。

シェリーは少し年をとってきたし、年をとると前よりも休むことが必要になると話しただけだ。それに、シェリーは近所に住んでいるのだから、顔を見たかったら、いつでもたずねていけるとも話した。

では、わたしはシェリーを自宅にたずねただろうか？　そう、まれに思い出したように家をたずね、ふたりして〈ジェシカおばさんの事件簿〉が流れるテレビの前にすわり、紅茶を飲み、デーツクッキーを食べた。シェリーはわたしに元気でやっているかとたずねた。当時のわたしが礼儀正しく接していたことにも、できるだけ急いでクッキーを食べたことにも確信がある。暖房の効きすぎている居間で老女とふたりきり、午後の再放送ドラマを流すテレビの前にすわっていることが、子供のときにはキューバはグアンタナモ湾の基地への片道切符にさえ思えるものだ。ここには愛の要素のはいる隙はなかった。どれだけ自分がシェリーに世話になり、シェリーにとってわたしがどんなに大きな意味をもっていたのか、そんなことさえ一度も頭をかすめなかった。

しかし、シェリーはここにいる――何枚も何枚もの写真のなかに。

アルカトラズ島の昔の連邦刑務所を見学したときに、ふたりならんで監房の鉄格子をつかんでいる写真――ふたりとも、わざとらしい恐怖の顔つきをよそおっていた。

わたしがシェリーに肩車をしてもらって、桃の木の枝から桃の実をとろうとしている写真――わたしはあいているほうの手で、シェリーの麦わら帽子のつばを顔のほうへ押しさげていた。

わたしがケーキのキャンドルを吹き消そうとしていて、うしろにシェリーが立っている写真――写真のシェリーは両手をもちあげて拍手の用意をしていた。そして、そう……この段階では、どれもがポラロイド写真だった。もちろんうちにも一台あった。どこのうちにもあった。どこの家にもビデオデッキがあり、電子レンジがあり、ハンバーガーチェーンが宣伝文句につかい、のちにお決まりの表現になった《**肝心なものはどこにある**《ホエアズ・ザ・ビーフ》**？**》というフレーズのTシャツがあったように。

　こういった写真に写っているシェリーはそれなりに年をとってはいたが、きらきら輝く少女のような目と、その目に見あう茶目《ちゃめ》っけあふれる笑みを見せていた。あるポラロイド写真では、髪をバーにあるビールのネオンサインそっくりな赤にしていた。別の写真では、髪をおかしな人参《にんじん》色にして、ネイルもおなじ色にしていた。こういったスナップショットでシェリーはいつもわたしを抱きかかえていたり、髪の毛をくしゃくしゃと乱していたり、わたしを膝にすわらせて、デーツをいっぱいに詰めたお手製クッキーをわたしに食べさせたりしていた――スパイダーマンの上下セットの下着姿で、あごをグレープフルーツ・ジュースで汚れたままにしている、でっぷり太った幼い少年に。

　アルバムを三分の二ほどめくったところで、とうの昔に忘れていた裏庭でのバーベキューの写真に出くわした。今回シェリーは髪を〈アークティックブルー〉を思わせる青に染めていた。夫であるアフリカーナーのラリーも同席していた。ラリーは砂色のタイトすぎるスラックスを穿《は》き、白いボタンダウンのシャツの袖をまくってポパイなみに太い腕を見せていた。ふたりが左右からわたしの手を握っていた——薄闇のなか、ふたりにぶらんこされているわたしの姿がぼやけて写っていた。シェリーは楽しげな大声をあげているポーズのまま凍りついている。まわりでは楽しそうな顔をした大人たちが、白ワインのコップを片手にこのようすをながめていた。

こういった過去の日々がシェリーから奪われたのは悪辣だとしか思えなかった。腐って固まりかけた牛乳をうっかり飲んだ気分だった。不届きな話だ。シェリーが記憶も理解力もなくしたことはどうやっても正当化できないし、シェリーの精神が病んだことは、宇宙のなにをもってしても弁護できない。シェリーはわたしを愛してくれた——あいにくわたしは鈍かったので気づかず、その愛を大事にすることもしなかった。ここにある写真を見ればシェリーがわたしを愛していたことはだれにだってわかるだろうし、いくらわたしがぶよぶよふくらんだ頬っぺたでうつろな目をしていて、なにかを食べれば悪趣味なTシャツの前を食べ物でべったり汚しがちな子供でも、シェリーがわたしとの時間を楽しんでいたこともわかる。わたしは無思慮にも、シェリーの注目や愛情を当たり前のものとしか受けとめていなかったのに。そしていま、すべては溶けて流れつつある……あらゆる誕生日パーティーも、あらゆるバーベキュー大会も、そして木から摘みとった熟した桃のひとつひとつまでもが。いまシェリーは一度に少しずつ消されつつある。消しているのは癌、シェリーの肉体だけではなくシェリーの内面の生活や、心のなかにひとり貯《たくわ》えている幸せまで貪る癌だ。そんなふうに思うと、アルバムを部屋の反対側の壁に投げつけたくなった。泣きそうな気分だった。

わたしは泣かず、目もとにこみあげてきた水のしずくを拭って、次のページをめくった──そして目に飛びこんできたものに、思わず驚きの声をあげていた。

さっきフェニキア人の車の後部座席をちらりとのぞいたとき、わたしはボディビルダーの写真を目にとめていた。よく日焼けしてオレンジ色のタンクトップを着た若者が、トランザムのボンネットに腰かけていた。わたしのなかには、この若者を知っていると──以前にどこかで顔をあわせたことがあると──認めている部分もあった。ただし、どういう人物かは明確にはわからず、わたしとこの若者の道筋がどこで交差していたのかもわからなかった。そしていま、またこの若者があらわれた──ほかならぬ、わたし自身の写真のアルバムのなかに。

若者は左右それぞれの手で、背もたれつきの木の椅子を頭の上にまでもちあげていた。どちらの椅子も一本の脚だけを握って。片方の椅子にはわたしが腰かけ、楽しさと恐怖がいりまじっているような顔でなにやら叫んでいた。身につけているのは濡れた水着だけで、でぶ少年のおっぱいの表面に水の宝石が光っていた。もうひとつの椅子にはシェリー・ビユークスが腰をおろして座面を両手でぎゅっとつかみ、わずかに顔をのけぞらせて笑っていた。この写真では、大柄な若者はタンクトップではなく海軍の白い軍服姿だった。トム・セレック風のひげの下で口が狼《おおかみ》っぽい笑みをのぞかせていた。さらに──ほら、見てよ──例のトランザムも写っている。ドライブウェイにとめてあるこの車の車体後部だけが、シェリーの家の角の先にのぞいていた。

「おいおい、おまえはだれなんだよ？」わたしは小声でつぶやいた。

　これはひとりごとだったので、答えは期待していなかった。しかし、父がこう応じた。

「だれってだれのことだ？」

　父はオーヴンミトンを片手にはめて、キッチンに通じる戸口に立っていた。いつからそこに立ってわたしを見ていたのかはわからなかった。

「この筋肉男だよ」わたしはいい、部屋の半分もの距離にいる父からは見えないはずの写真をさし示した。

　父はふらりと近づいてくると、首を伸ばして写真を見た。「ああ。あの間抜け野郎か。シェリーの息子だよ。シンバッド？　アキレス？　ま、そのたぐいの名前だった。それは、息子が紅海へ送りだされる日の前日のパーティーだよ。シェリーが送別会のバーベキューパーティーを自宅でひらいたんだ。戦艦そっくりでサイズも戦艦なみのケーキもつくっていたっけ。パーティーのあとで残ったケーキをもらってきた。それから一週間も、わたしとおまえはずっと朝食にその戦艦を食べていたもんだ」

　そのケーキなら覚えていた。ケーキでつくった航空母艦（戦艦ではなかった）の立体モデルで、青と白のフロスティングでつくった波を蹴立てていた。さらにぼんやりとだが、シェリーがわたしにむかって、このパーティーは進級祝いも兼ねていると話していた――そう、わたしのお祝いだ！　わたしは三年生をおわったところだった。なんとシェリー・

ビュークスらしいおこないだろうか――本当はまったく関係ないパーティーなのに、その場にいた孤独な少年に〝あなたのためのパーティーだ〟と話しかけるとは。

「そんなに悪党っぽく見えないけど」わたしはいった。先ほど父がこの若者を〝間抜け野郎〟と評したことがひっかかっていた。ついでにシェリーのこともあっさりけなしているようにも思えたが、わたしはそんな気分ではなかった。

「ああ、おまえはあの男に首ったけだったからね。あの男はどこまでもどこまでもラリーの息子だった。ボディビルのコンテストで張りあい、筋肉男ならではの芸当を見せびらかすのが好きでね。ほら、ちんぽこで車をもちあげるとかなんとか、あの手の芸当さ。当時のおまえは、あの男をインクレディブル・ハルクだと思いこんでた。その写真の芸当も覚えているよ。同時におまえとシェリーのふたりを椅子ごともちあげ、ふたりがそれぞれの椅子でバランスをとっているあいだ、あの男が歩きまわってたんだ。シェリーが頭からまっさかまに落ちてしまい、わたしは新しいベビーシッターをさがす羽目になるんじゃないかと気が気でなかったな。あるいはおまえが落っこちてしまって、わたしは〝パナマスリル〟を食べてくれる新しい息子をさがす羽目になるんじゃないかとね。さあ、おいで、夕食ができたぞ。いっしょに食べよう」

わたしと父は、それぞれの皿に〝スターリングラード攻防戦〟を盛りつけて、テーブルの対角線上の席についた。わたしは空腹を感じてはいなかった――だから、最後に残ったグレイヴィソースをロールパンで皿から拭きとって食べている自分に気がついて驚いていた。パンを皿の上でぐるぐると動かして肉汁を拭きながら、わたしはフェニキア人の車の後部座席に置いてあったたくさんのアルバムのことを考えた。それから本来であれば写っているはずのないものが写っている、胸ポケットのなかの写真についても考えた。ひとつの考えが形をなしつつあった——ポラロイド写真が浮かびあがってくる流儀に似ていなくもなかった。ゆっくりゆらゆら揺れながら、しかし否応《いやおう》もなく明瞭なかたちをとってきてしまう、という意味で。

ずっと遠くで、わたしが妙にわざとらしい落ち着いた声を出していた。「きょう、シェリー・ビュークスに会ったよ」

「おや、ほんとに?」父は考えをめぐらせている視線をちらりとわたしにむけ、こうたずねた。「どんな感じだった?」

「道に迷ってた。だから家まで送ってあげたよ」

「それはよかった。おまえだったら、そうしてくれると思ったよ」

それからわたしはシェリーを道で見つけたことや、シェリーがきょうはうちで仕事をする日だと思いこんでいたこと、わたしの名前を覚えていなかったので口にできなかったことなどを父に話してきかせた。それから夫のラリー・ビュークスがパニック状態で車をドライブウェイに突っこませてきたことや、妻がふらふら車道に出ていったり永遠に迷ったりするのではないかと思って、ラリーが死ぬほど怯《おび》えていたことも話した。

「奥さんを家に連れ帰ってくれたからって、ラリーは十ドルくれた。別に欲しくはなかったけど、ラリーが無理やり押しつけたんだ」

父ならこの件は気にいらないだろうと思ったし、金を受けとったことを父が恥じ入るのではないかと予想している部分もあった――いや、むしろ父が恥じ入ることを望んでいたともいえた。ところが父は立ちあがって〝パナマスリル〟をとりにいき、うしろをふりむいてこういっただけだった。「それはよかった」

「ほんとに？」

父は、十センチの厚みがあるシャーベット色のホイップクリームの下でぷるぷるしているジェローをテーブルに置くと、ボウルにたっぷりとりわけはじめた。

「もちろん。ロレンス・ビュークスのような男がおまえに金を払うのは、自分が事態を掌握する立場に返り咲いたと実感するためだ。あの男は自分が年をとって妻の世話を充分できなくなったからといって、ぼけた妻を見はなすような人間じゃない。問題解決のためなら、他人に金を払う手だてを心得ている男だよ」

「ときどきでいいので手伝いにきてくれって、ラリーに頼まれた。どうしても家をあけなくちゃいけないとき……食料品の買出しとか、いろんな用事で外出しなくちゃいけないとき……家に来てシェリーのそばにいてくれないか、って」

父は〝パナマスリル〟をスプーンで口もとまで運んだきり、その手をとめた。「それはいいね。おまえには人を助ける才能がある。おまえがあの年寄りを愛していることは、父さんも知っていたし」

おかしなこともあったものだ。わたしがシェリー・ビュークスを愛していることを父がすでに知っていたとは……そもそもわたし自身、つい数分前まではそんなことを知りもしなかったのに。

「きょうの午前中には、それ以外になにかあったかい？」

わたしの親指がシャツの胸ポケットに這いあがり、そこにはいっているポラロイド（ソラリド？）写真のへりに沿って滑るように動いた。家に帰ってからずっと、そわそわと落ち着かず、自分でも止められない手の動きで、ずっとこんなふうに写真を触ったり手を離したりしていた。フェニキア人と〈モービル〉のコンビニでのひと悶着《もんちゃく》のことを話そうかと思ったが、動揺した幼いガキみたいな口調にならずにこの話題をもちだす方策がわからなかった。

それだけじゃなく、意識のへりのあたりにじわじわ忍び寄ってきている考えがあった——その考えを、わたしはかたくななまでに無視しようとした。そんな考えにはぜったい近づきたくなかった。フェニキア人のことを話しはじめれば、もうその考えを避けられなくなりそうだった。

そこでガソリンスタンドでの悶着については黙っていた。その代わり、わたしはこんな話をした。「パーティーガンがもうじき完成しそうだよ」

「すばらしい。完成したら、すぐにでもお祝いができるぞ。おまえが引金を引けばパーティーのはじまりだ」父は立ちあがって、汚れた食器をシンクへ運んだ。「マイク？」

「なに？」

「おまえがだれなのかシェリーがわからなかったり、あの人が意味のわからない話をしても、あんまり落ちこむなよ」

「うん、わかった」

「いってみれば……そう、住んでいる人が引っ越して出ていった家みたいなものだ。家はまだ立ってるけど、荷物はもうすっかり運びだされてる。だれかが家具を運びだし、カーペットを丸めてね。引っ越し業者がシェリー・ビュークスをつくっていた部品を残らず箱に詰めて送りだしてしまった。だからシェリーはもうほとんど残っておらず、空家だけが残っているわけだ」父は話しながら、皿の上の残り物をディスポーザーに落としこんでいった。「残っているのは、それとその古い写真だけだよ」

5

「家にひとりでも大丈夫か?」父がドアから外へ出る途中でそうたずねた。片足は外の玄関前の階段にかかり、反対の足はまだ豆っぽい緑のシャギーカーペットを踏んでいた。父の背後では稲光が音もなく閃《ひらめ》き、その光で沸き立つような低い雲が浮かびあがっていた。

「シェリー・ビュークスがいなくちゃ寝つけなかったのは、もうずいぶん昔だよ」わたしは答えた。

「ああ、そうだな。当然そうなってることも父さんは知らなかったが、まあ、そういうことなんだろう――な?」

そんなことを口にするのは――わたしたちの暮らしがとても理想的ではないことを少しでも認めるのは――ふだんの父からは考えられなかった。わたしは口をひらいて答えかけたが、気がつくと答えるべき言葉がなにもなかった。

父は雷雲が荒れ狂っている薄闇の空をちらっと見あげた。「夜勤はいやだな。アルがローテーションに復帰してきたら、昼勤に変えてもらうよ」

電力会社勤めの父は、この年の夏は夜勤つづきだった。会社が人員不足に悩まされていたのだ。いちばん仲のいい相棒のアル・マードックはリンパ腫治療のために欠勤中だった。架線作業員のひとりのジョン・ホーソーンは最近、別れた妻への暴行容疑で逮捕されていた。パイパー・ウィルスンは赤ん坊が生まれるというので仕事を辞めた。そんなわけで父はいきなり主任架線作業員に格上げになり、週に六十時間の勤務を――それもおおむねわたしが寝たあとの夜の時間に――こなすようになっていた。

最初のうちは楽しかった。本当なら寝てなくてはいけない時間でも起きていて、当時のわたしたちが〝スキンマックス〟と呼んでいたテレビ局でソフトコア・ポルノを見るのは楽しくてたまらなかった。でも七月も中旬になると、夜のあいだ家にひとりでいる楽しさもすっかり色褪《いろあ》せた。もとよりわたしは鮮烈な想像力のもちぬしだ。そんなわたしがうっかり読んでしまったのは、有名な連続殺人鬼について新聞記者が書いたノンフィクション『ゾディアック』だった。この本を読んだあとでは、だれもいない家の雰囲気が半端ないほど不気味に思えはじめて、頭が変になりそうだった。わたしは夜中の二時になっても口をからからにしたまま、じっと静寂に耳をそばだてていた――高名な連続殺人鬼のゾディアックがバールで窓をこじあけるときの、材木がめりめり裂ける音がいつきこえてきてもおかしくないと思いながら。そのあとゾディアックはキッチンの庖丁《ほうちょう》の一本をつかって、わたしの腹に占星術のしるしを刻みこむ――わたしが死んでからではなく、まだ息のあるあいだに。そうすればわたしの悲鳴をきけるからだ。

こういう話は父にはいっさいきかせなかった。夜になって不安に襲われること以上に歓迎できない事態があるとすれば、父がだれかを雇ってわたしの世話をさせようと思い立つ事態だ。ゾディアック殺人鬼《キラー》はしょせんわたしをいたぶって殺すだけだ。でも父がサンフェルナンドヴァレーの十代の女の子あたりを雇ったりしたら、その子はわたしを九時半にベッドに寝かせ、そのあとはうちの電話でひと晩じゅう友だちとおしゃべり三昧に決まっていて、そうなったらわたしはいっそ死にたいと思うはずだ。そんな不面目な目にあわされたら、わたしという十三歳の少年の傷つきやすいエゴはめちゃくちゃに踏みにじられてしまう。

フェニキア人との悶着があったあとだけに、その夜はとりわけひとりになるのが怖かった。おまけに空には雷雲が出ていて、あたりの空気がはらむ電気は前腕の産毛をちりちりさせるエネルギーとして感じられた。雷鳴は午後じゅうずっとごろごろ響いていて、もうじき解き放たれて暴れだすことはわかっていた――暴れだして吠えたけるのだ。

「パーティーガンの作業を少し進めるつもりかい？」父はたずねた。

「たぶんね。ぼくは――」

その直後に鳴りわたったのはメロドラマっぽいホラー映画の雷鳴ではなく、SF映画で世界を砕けさせるミサイルが発射されるときの轟音、すべてを消滅させる巨砲の砲声だった。あまりにも大きな騒音にわたしは息ができなくなった。

父はこれから終夜、鉄のクレーンに載せられて捧《ささ》げ物のように高いところへともちあげられ、そこで電線を修繕する予定だった。いつもは考えないようにしていたが、あえて考えると不安で腹のなかがぎゅっとよじれた。父は雷にも不機嫌そうな、そしてわずかながら倦《う》んだような顔を見せただけだった——あの雷も、車の後部座席で喧嘩をしている子供たちの声とおなじ、うんざりさせられる苛立《いらだ》ちの種にすぎないといいたげに。父は片手を右耳のうしろにあてがい、わたしの声がきこえなかったという手ぶりをしてきた。

「きょうの午後、シェリーがここへ姿を見せたときには、ほとんど完成してたんだよ。もし完成したら、あした父さんに見せるね」

「楽しみだな。せいぜい大車輪でつくって、まず最初の百万ドルを稼いでくれ。そうすれば父さんも早めに退職して、本当に好きな道楽に集中できる——そう、ジェローをつかった新作デザートづくりにね」父はそういうと階段を降りてパネルヴァンのほうへむかいかけたが、すぐに足をとめてふりかえり、眉を寄せた。「ちゃんと電話をかけてくれよ、もし——」

またしても大きな雷鳴が炸裂《さくれつ》した。父はかまわずに話しつづけていたが、わたしにはなにもきこえなかった。実に父らしい行動だった。父は、自分には気にならない背景のあれやこれやを意識からきっちり締めだせるという不似合いな才能をもっていた。高所作業用のクレーンに乗って変圧器の修理をしている最中だったら、たとえ地表でダラス・カウボーイズのチアリーダーたちが全裸でポンポンをふって跳ねまわっていても、下をちらりと見ることとさえしなかったのではないか。

わたしはさも話がきこえたような顔でうなずいた。もしなにかあったら事務所に電話をかけて、無線で自分を呼びだしてもらえという、いつもながらの注意を口にしただけだろう。父は手をふって体の向きを変えた。雲のずっと上のほうで青い稲光が閃いた――世界最大のカメラのフラッシュ。わたしはひっと身をすくめ――《あの男に写真を撮られないように用心おし》――玄関ドアを半分だけ閉めた。

パネルヴァンのヘッドライトがつくと同時に、午後の光がふっと消えた。八月のなかばで、まだ午後六時十五分――ふだんならあたりが暗くなるまでたっぷり三時間はあるはずだが、いま日の光は息の詰まるような闇にかき消された。父のヴァンはバックで離れていった。わたしはドアを閉めた。

6

そのあとどのくらいの時間、玄関ホールに立ったまま耳の底に響く脈の音をきいていたのかはわからない。なにかを期待しているような張りつめた午後の静寂が、わたしをとらえて放さなかった。途中で気がつくと、片手で心臓のあたりを押さえていた――これから忠誠の誓いをする子供のように。

いや、ちがう――心臓を押さえていたんじゃない。ポラロイド写真だ。

この写真を処分してしまいたい、いっそ投げ捨ててしまいたいという強い衝動を感じた。ポケットに入れておくのは恐ろしいように思えた――恐ろしいばかりか危険なことにも。病気に感染した人の血がはいっているガラス瓶をポケットに入れて歩きまわるようなものだ。わたしはキッチンまで行って、シンク下のスペースの扉をあけさえした――そのまま写真をごみ箱に突っこんでしまおうと思ったのだ。

しかしいざポケットから抜きだしても、写真を見つめて立ちつくしていただけだった。ヒューイ・ルイスのTシャツを着て、『ポピュラー・メカニクス』のページに顔を埋めんばかりにしている太った赤ら顔の少年を見つめて。

《前にどこかで会ったかい？》マットは申しわけなさそうな笑みをのぞかせ、わたしにそうたずねた。

外で光が閃いた。わたしはぎくりとしてのけぞり、写真をとり落とした。ついで顔をあげたその一瞬だけ、あいつの姿が見えた。キッチンの窓のすぐ外に、あのフェニキア人が立っていて……あの男に写真を撮られないように用心しなくちゃだ、大変だ、あの男に写真を――

しかし、そこにいたのはソラリドをもったフェニキア人ではなかった。一瞬の閃光もフラッシュの光ではなく、またしても空を走った青い稲妻だった。窓の外に見えたのは自分だった――わたしの姿がぼやけて、ガラスに浮かんでいるように映りこんでいたのだ。

その次に激しい雷鳴が鳴りわたったとき、わたしはガレージにいた。慎重な手つきで写真を作業台に置き、写真のへりを台の直線にぴったりあわせる。それからラクソ製の電気スタンドをつけて蝶番つきのアームを動かし、熱を帯びた白く丸い光が写真をまともにとらえるようにした。それから最後に――いささか意地のわるい喜びをおぼえながら――写真が動かないよう上部に画鋲《がびょう》を刺した。気分がよくなってきた。写真がわたし専用の手術劇場に収容され、解剖台に固定されたからだ。こここそ、これまでわたしがいろいろな品物をばらばらに腑分《ふわ》けし、すべてを――彼らがそなえるパワーの数々や弱点のすべてを――品物にみずから語らせた場だ。

自信と支配の感覚をさらに高めるために、わたしはズボンのボタンをはずして足首まで布地が落ちるにまかせてから、外側に足を踏みだした。少し前に、こんなふうにズボンをすとんと落とすこと以上に精神を解き放つ行為がないことを発見していた。疑うのなら実行してみればいい。もしだれもがズボンを脱いで仕事ができるようになれば、アメリカの生産性は倍増するにちがいない。

　だれがボスかを写真風情に思い知らせてやるために、わたしは写真を無視してパーティーガンの作業をすすめた。引金を引くと、本体内部でファンが回転する〝ぶうん〟という音がきこえた。つづいてネジをゆるめて側面パネルをとりはずし、回路基板をもちあげて、あちこちつつきまわした。最初のうちは気が散らされた。存在するはずのない写真をしょっちゅう見てしまったし、そのあと新しいおもちゃに目をもどしても、自分が直前までなにをしていたのかさえ思い出せないしまつだった。けれどもしばらくして自分がつくりだした集中力のカプセルに身を落ち着かせると、フェニキア人もシェリー・ビュークスもソラリドもすべてが灰色に変わった――ポラロイド写真の現像過程を逆まわしで見れば、写真がまだ変化していない灰色一色の化学物質へもどっていくように。

　それからわたしは、はんだづけをしたり電線をつないだりした。ガレージのなかは暖かく、わたしがいまでも好きな香りが満ちていた――溶けたゴムや熱せられた銅やオイルの香りだ。両手に少量のＷＤ‐40のオイルがついていた。ぼろきれで拭うと、ピンクの肌があらわれた。わたしはぼろきれに目を落とし、オイルのしみが広がって繊維に滲《し》みこんでいくようすを見つめた。吸いとられていくようすを。吸収されていくようすを。

わたしは〈モービル〉のガソリンスタンドで、マットことヨシ・マツザカの写真を撮影した。しかしソラリドカメラがとらえたのは、マットの頭のなかにあったものだった。マットの精神にしまいこまれていたイメージ——それもわたしの姿だ。写真は記憶を吸いあげた——わたしが握っているぼろきれがオイルを吸いこむように。

窓の外で青い稲妻がフラッシュのように閃いた。

とりたてて不安は感じなかった。いざその考えが頭に浮かんだときにもショックはなかった。それというのも意識よりもずっと深いレベルでは、すでにそのことを知っていたからではないか。わたしたち人間の無意識がなんらかの考えにたどりついても、その考えを脳のもっと上位の部分に提示してくるまでに数時間か数日、あるいは数週間、さらには数年もの時間がかかることは珍しくない——わたしはそう信じている。なんといっても、シェリー・ビュークスその人がわたしにあますところなく説明していたではないか。《あの男に写真を撮られないように用心おし。あの男にいろいろ盗まれるようになっちゃいけないよ》と。

奇妙だったのは、いったんこれを知ると——理解すると——怖い気持ちがなくなったことだ。じっとり冷や汗をかくとか、体の震えがとまらないとか、自分は正気をなくしているにちがいないと自分にいいきかせるとか、そのたぐいのことはなかった。わたしはほぼ冷静といえる状態だった。いまでも覚えているが、わたしは落ち着いて写真に背をむけて、またパーティーガンに顔を近づけると、ネジでガンを組み立てなおし、きらきら光るスパンコールの飾り物を銃口から本体内部へとふり入れていった——マスケット銃に装塡《そうてん》するときの要領だ。そのときのわたしは、あまり重要ではない数学の問題を解きおわったばかりのようにふるまっていた。

パーティーガンの最後のパーツはフラッシュだった。凄腕《すごうで》の狙撃手ならスコープをとりつけるはずの箇所に部品をはめこむだけだ。この目的のために、すでにわが家にあったポラロイドカメラ用のつかい捨てフラッシュをひとつ拝借してきた。そのフラッシュを——重さを確かめるような手つきで——もちあげながら、わたしはマットの顔のまん前でカメラが熱い純白の光を一瞬だけ発したときのことや、マットがせわしなくまばたきしながら、よろけてあとずさったときのことを思った。

シェリー・ビュークスのことも思った——少なくとももう二十年は住んでいる界隈《かいわい》を困惑しきった目つきで見まわしていたシェリーや、ついさっき顔のなかでフラッシュの光が消えたように、ぼんやりした顔つきを見せていたシェリーを。フェニアキア人のキャデラックの後部座席にあった何冊もの黒い写真アルバムを思った。アルバムのなかに見かけた一枚を……それも、シェリーの息子にちがいない人物をとらえた写真のことも思った。

ごろごろと長く転がっていくような雷鳴が轟《とどろ》きわたって、ガレージ全体を震わせた。その雷鳴が消えたあとも、まだ奇妙な響きが空中に残っていた。ついでわたしは自分が震えていることに気づいて弾《はじ》かれたように立ちあがり、そこで軽い眩暈《めまい》に襲われた。ラクソ製の電気スタンドを消すと、暗闇のなかに立ったまま、銅の香りのする空気を深々と吸いこんだ。ひょっとして、吐くんじゃないか——と思った。

耳鳴りはしつこくつづいていた。それから、いきなりわかった。いま耳にきこえているのは雷鳴の後遺症の耳鳴りなどではない。だれかがわが家のドアベルをずっと鳴らしているのだ。

そんなドアベルに応じて玄関をあけたくはなかった。十三歳なりの論理では、訪問者はフェニキア人以外にはありえないと感じられた。あの男はわたしがソラリドの謎を解明したことをなんらかの力で察しとり、秘密を知ったわたしの口を永遠に封じるためにやってきたのだ。武器としてつかえそうなものはないかとガレージに目を走らせた。いったんはドライバーを考えたが、手にとったのはパーティーガンだ。これでも、薄暗い玄関ホールでなら本物の銃に見えるかもしれない——そんな馬鹿げたことを考えた。

玄関ドアへむかうあいだにも、雷雲がまたもや家を揺るがす雷の一斉砲撃をくりだした。ついでわたしの耳に、南アフリカ訛のある野太い声が小さく罵るのがきこえた。一瞬にして不安が消え、安堵のあまり足から力が抜けてがくがくしたばかりか、ふうっと気が遠くなりかけた。

わたしはドアを細くあけて声をかけた。「こんばんは、ビュークスさん」

ロック・ハドソンを思わせるラリー・ビュークスの顔はいまげっそりとして深い皺が刻まれ、唇は色が失せていた。寒いなかを延々と歩いたあとのようだった。最後にわたしと会ってからいままでに十歳も年をとってしまったように見えた。

雷鳴とまばゆい稲光はひっきりなしだったけれど、雨はまだ降りだしていなかった。しかし強い風はラリーのトレンチコートに吹きつけ、堂々とした体幹や引き締まった腰のまわりでコートの生地を激しくはためかせていた。午前中にシェリーが着ていたコートだった。ラリーのほうが似合っていた。強い風に吹かれたラリーの髪が、禿《は》げあがって皺のあるひたいにかかった。

「マイグル」ラリーはいった。「いやはや、ごんなに早ぐ、おまけにごんな天気の夜にきみの助けが必要になるとは思ってもいなかったよ。申しわけなぐ思ってる。ただ、わたしは——ああ、神よ。なんという日だ！　きっときみは忙しぐしてるんだろうね。友だちと遊んだりなんだり。気が引けるよ——ごんな急な話で——」

　こんな場合でなければラリーの言葉は、ジョークのおちの文句《パンチライン》のための伏線でもおかしくなかった。だいたいわたしはしょっちゅう友人のもとをたずねる社交好きな蝶々《ちょうちょう》というよりも、むしろ社交ぎらいの毒蛾《どくが》みたいな人間だ。しかし、嵐の暗闇が猛然と突き進んできていながらも、まだ豪雨が降りはじめていなかったこのとき、わたしが友だちと遊んだりなんだりしているはずだというラリーの言葉は、ほとんど頭にはいってこなかった。

　嵐、帯電した空気のぴりぴりするような感覚、ラリー・ビュークスの苦しげで耳ざわりな息づかい……それにくわえて、この日一日にあった奇妙なことのありったけのせいで、わたしは神経過敏になっていた。緊張のあまり全身が震えそうだった。それでいてわたしは、こうしてラリーが玄関先にいるのを見ても心底から驚いてはいなかった。わたしの一部は、午後のあいだずっと、ラリーが来ることを予期していた……そう、わたしのなかには、きょうという日の舞台の第三幕の開幕をずっと待っていた部分があった。わたしが主役でもあり観客でもある不条理劇のしめくくりとなる第三幕を。

「どうしたんですか？ シェリーさんは大丈夫ですか？」

「シェリーが……？ 大丈夫だ。いや、大丈夫なものか」ラリーは苦々しく笑った。「あれのようすは、きみも知ってるだろう。いまは眠っているよ。実はちょっとしたごとが起ごってね。きょうのわたしは沈みゆぐ長靴《ブーツ》に乗った男《おとこ》……それもスプーンで水をかきだそうとしている男《おとこ》だ」

一拍おいて〝沈みゆく長靴《ブーツ》〟とはラリーの訛のせいでそうきこえただけで、本当は〝沈みゆく船《ボート》〟だと気がついた。

「ちょっとしたことって……なにがあったんです？」

「わたしが経営しているジムの話を、きみにきかせただろう？ ジムではいつだってトラブルの火消しが大変だという話だ」ラリーはまた寒々しく笑った。「たとえ話を口《ぐち》にするのなら用心しないとな。ジムの一軒がゴンピューターショップの〈マイグロセンター〉の近所にあってね。そごで火事があった――比喩じゃなぐ本物の火事だ。ありがたいごとに怪我人は出なかった。営業後の時間だったからね。消防車が出て火を消してぐれた。それでもごれから現地へ行って、被害の程度を確かめてごなくちゃならん」

「どんな種類の火事だったんです？」

ラリーには想定外の質問だったらしく、趣旨をつかむのにわずかな間が必要だった。ラリーがあっけにとられたのも無理はないと思う。わたし本人もあっけにとられていた。自分の口から出たその質問を耳にするまで、わたしは自分がなにをたずねるかも知らなかったのだから。

「ええと……雷のせいだと思う。出火原因は教えてもらってない。雷のせいであってほしい――古ぐなった電気配線のせいとかじゃなぐね。そんなごとになったら、保険会社がわが皺々の老いぼれた玉袋《たまぶくろ》を締めあげてぐるだろうし」

さりげなく出てきた〝皺々の老いぼれた玉袋〟の一節に、わたしは馬鹿笑いの発作を起こした。大人が――それもロレンス・ビュークスのような年配の立派な男ならなおさら――こんなしゃべり方をするのをきいたのは初めてだった。下品な言葉、これ以上ないほどあけすけな口ぶり、ブラックユーモアと隠し立てしない弱点の絶妙な組みあわせ。電気ショックを感じるような体験だった。同時にわたしの頭にある考えが閃いた。ごく短い思考――《やつのしわざだ！》――が頭をよぎり、たちまち頭が軽くくらくらした。

つづけていくつもの思いが猛スピードで頭をめぐっていった――ディーラーがトランプをシャッフルしていて、ちらりと絵柄が見えたときのように。

《行っちゃだめだっていわなきゃ》わたしは思った。しかし火事があったのだから、ラリーは現場のジムに行かなくてはならないし、うまく引き止めておける口実――それなりに筋が通っている口実――のもちあわせもなかった。もしここで、人の思考を盗めるカメラをもった怪人が奥さんをつけ狙っているなどと話したら、ラリーは二度とわたしをシェリーに近づけないだろう。そんなことになったら、ラリーは自宅にとどまるかもしれない――奥さんをこのわたしから守るために。

わたしは思った。《ラリーを行かせる。そのあとぼくが警察に電話で、ラリーの奥さんの身が危険だと通報しよう》

しかし、このときもわたしは自問した。危険というが、どんな危険なのか？　だれが危険をもたらすのか？　ポラロイドカメラをもった男が危険？　このときのわたしは三十歳の大人ではなく十三歳だった。いくら恐怖や不安を感じていようとも、警察からすればなんの意味もないだろう。ヒステリックになった子供だと思われるのがおちだ。

おまけにわが脳味噌の四分の一はこのときもまだ、自分で自分をいかれた怪談もどきで怖がらせているだけだ、という希望にしがみついていた――その怪談もどきは、山のようにコミックスを読み、テレビの〈トゥモロー・ピープル〉のエピソードを数えきれないほど見まくった子供時代の成果だ、と。この理性的な部分は、わたしに説得力ゆたかで反駁《はんばく》できない論点をならべて反論してきた。いわく、シェリー・ビュークスはポラロイドのコピー商品じみたカメラの呪いで病気になったのではない。アルツハイマー型認知症をわずらっているだけで、超自然的要素という説明の必要はない。『ポピュラー・メカニクス』を読むわたしが写っていたあの写真については――だからどうした？　だれかが一週間ばかり前にわたしの写真を撮っていて、わたしが気づかなかっただけだ。単純な説明には、それこそが最上の説明になるという肩すかしな側面がある。とはいえ理性的な部分のこういった反論は、たわごとというクソの山であり、そのこともわかっていた。そう、わかっていた。ただ、わかりたくないだけだった。

　そんな思いのすべてが、わずかな一瞬のあいだに頭を通りすぎていった。風が空き缶を道路にからころと転がしていき、ラリーはふりかえって缶を目で追いかけてから、心配で動揺して集中できなくなっている目を、アイドリングをつづける愛車のタウンカーのほうへむけた。

「車《ぐるま》できみを連れていぐよ。ごんな天気だし。けさのごとがなければ、妻をひとりで家に残していぐ危険もおかしたかもしれん。妻は関節炎の薬《ぐすり》を飲んでいてね。ぐっすり眠るんだ——ときには十時間も。でも、今夜《ごんや》は雷の音がする。一分でも妻をひとりにしたぐないが、そんなわたしがきみにはさぞや変人に思えるだろうよ」

　満十三歳になるやならずだったわたしには、心配でうろたえている年配の男性——おまけに容赦なく自分の責任を追及している男性——にうまく応じるための感情面の備えはなかった。結局わたしは、相手を慰めるための雄弁な言葉を口にしただけだった。

「いいえ、そんなことないです。ぜんぜん思ってません」

「最初はごの家に電話をかけた。でも、だれも出なかった。だから、あの子《ご》はきっとガレージにいて電話がきごえないんだなと考えた。それで妻に〝行ってきます〟のキスをして——起ごさないよう本当にそっとキスをして——まっすぐごごへ来たんだ」ラリーはわたしに笑みを見せたが、渋面のような笑みだった。「眠っている妻は昔の妻そのものだ。夢のなかでは、すべてをとりもどしてるんだろうよ。昔のシェリーにつながっている道は、いまでは雑草が伸びて茨《いばら》に隠れてしまった。しかし眠っているときの精神は……きみはどう思うかな、マイグル……眠っているときの精神は独自の道をそなえているのかな？目覚めている精神が決して歩かないような道を？」

「わかりません、ビュークスさん」

ラリーは倦み疲れたようにうなずき、自分の質問をふり払った。「さあ、来てぐれ。きみを車《くるま》で連れていぐよ。本があったほうがいいかもしれない……ほかになにが必要かはわからないが……」ラリーは視線を下へ移動させて、わたしがトランクスと靴下という姿であることを目にとめると、思わず感歎《かんたん》するほどもじゃもじゃの白髪の眉を片方だけ吊りあげた。「ま、ズボンはあったほうがいいな」

「すぐそこですから、車で送ってもらわなくてもいいですよ。このままジムが無事かどうかを確かめにいってください。シェリーさんのことはご心配なく。五分でお宅に行けますから」

ラリーの背後で雷鳴のうなりがあがった。ラリーはまた不安げなまなざしで空を見あげ、それからひらいたドアに体を入れてきて、わたしの片手を両手に包みこんだ。

「きみは本当にいい子《ご》だな」ラリーはそういった。「シェリーがいつも話してぐれたよ。家に帰ってぐるたびにね。『ほんとにとってもいい子《ご》よ、ラリー。おもしろいのはね、とにかぐなにかを組《ぐ》み立てる話ばかりしてるごと。気をつけたほうがいいわ、アフリカーナー。わたしがあの子《ご》に頼んで、シャワーでひげを剃《そ》らない旦那さんを組《ぐ》み立ててもらうかも——あそこでひげを剃られると、フェレットが爆発したみたいになっちゃうもの』」

いいながらラリーは思い出に口もとをほころばせ、それ以外の顔のすべてをくしゃくしゃにしていた。ほんの一瞬だけど、わたしはラリーがまた泣きだすのではないかと思ってぞっとした。しかしラリーは泣かず、片手をもちあげて、わたしのうなじにぎゅっとあてがってきた。

「ほんとにいい子《ご》だ……シェリーはそういってた。あいつには、偉大さを裡《うち》に秘めている人間の見分けがついた。二流の人間とつきあうような時間の無駄はしなかった——ぜったいに。つきあう相手は最上の人間だけだった。昔からずっと」

「昔からずっと？」わたしはたずねた。

ラリーは肩をすくめて、「だからシェリーはおれと結婚《けっこん》した——そうだろ？」といい、ウィンクをした。

ズボンをとりにいく途中でキッチンに寄り道して、ノーウェス電力に電話をかけた。代表番号は暗記していたし、そこにかければ、もしかすると電話を無線で父に直接つないでもらえるかもしれないと思った。これからどこへ行くかを父に伝えておきたかった――今夜はビュークス家のソファで寝るかもしれなかったからだ。しかし、電話にはだれも出なかった――そもそも向こうの呼出音が鳴らなかった。単調なヒスノイズが延々とつづくだけだった。いったん電話を切ってかけなおそうとしたとき、そもそも発信音がきこえていないことに気がついた。

7

そしていきなり、キッチンが妙に薄暗いことに気づいた。ためしに明かりのスイッチを動かしてみた。しかし、キッチンは明るくならなかった。

居間のはめ殺しの窓に近づき、外のひっそりした道路を見わたしてみた。日暮れ前にもかかわらず外は暗くなっていたが、どこの家の窓にも明かりはのぞいていなかった。道路の反対側にあるアンバースン家では、いつも午後のいまごろはテレビをつけている――しかしきょうは、居間の窓を見ていてもあの特徴のある青っぽく脈搏《みゃくう》つような光は見えていなかった。ラリー・ビュークスとわたしが話をしているあいだに、どこかで電線が切れてしまって、このあたり一帯に電気が来なくなっていたのだろう。

わたしは思った。《ちがう。やつのしわざだ》

胃がでんぐりがえった。いきなりすわりこみたくなった。口のなかに〝パナマスリル〟の後味がよみがえってきた——甘く味つけをした胆汁というような味だった。

風が吹きつけてきて家が揺れ、あちこちからきしんだり弾けたりする音がきこえた。今夜はずいぶんあちこちで電線が切れそうだ。そうなったら、ラリーのジムの火災の原因が嵐にあるという話もすんなり信じられるだろう——その火災が好都合にもシェリーをひとりで家に残しただけではなく、トラブルが発生しても他人に急を報じることができなくなっても、だ。そう、たとえ警察への通報のやりかたをシェリーが覚えていても、うちとおなじく電話が通じないはずだ。

だったら道の反対側まで走っていって、ミスター・アンバースンの家のドアをがんがんノックし、大声で助けを求めたらどうだろう——？

でも、それでどうする？　ミスター・アンバースンになにを話す？　腕にタトゥーを入れている残酷な男が、火事と停電をわざと引き起こした……それもこれも、頭がぼけたおばあさんのポラロイド写真を撮りたいがために？　そんなわたしが他人にどう見えるかを話そう——もとから頭のなかがホラー映画でいっぱい、そこへちょっとばかり雷が鳴って稲妻が光ったせいですっかりヒステリー発作を起こしたでぶガキだ。

このまま家にいるわけにはいかないだろうか？　認めたくないが、わたしが本当に向こうの家まで歩いていってシェリーのようすを見たかどうか、ラリーにはわかりっこないという思いが頭をかすめたのは事実だ。たしかに二時間もすればラリーは帰ってくるし、そのときわたしはあっちの家にいない。でも、それならいつだって嘘でごまかせる――自分の枕をとりに少しだけ自宅にもどって、またすぐ来るつもりだった、とかなんとか。

短いあいだだったが、この考えがわたしの胸を恥ずべき安堵の念で満たしてくれた。わたしは家にこのままいられる。フェニキア人がやってきてシェリーになにかしても――なにか恐ろしいことをしても――わたしがそこに介入することはないし、そもそもそんなことも知らずにすませられる。わたしはまだ十三歳。そんな子供が、体に全長で数キロにもなるタトゥーを入れたサディスティックないかれ野郎から頭が不自由なおばあさんを守れるなんて、だれも思わないに決まっている。

わたしは出かけるのが怖かった――しかし結局は、家にとどまることのほうが怖くなった。というのも家に帰ってきたラリー・ビュークスがベッドから転げ落ちているシェリーの姿を発見する光景が頭に浮かんできたからだ。首の骨が折れて頭が百八十度回転したシェリーが、左右の肩胛骨《けんこうこつ》のあいだから背後をにらんでいた。目を閉じれば、その光景が見えた。唇が恐怖と苦痛に歪《ゆが》んで皺がより、硬直しかけているシェリーの死体のまわりに何百枚ものポラロイド写真が散らばっていた。わたしが怖《お》じ気《け》づいて家に閉じこもっているあいだにフェニキア人がシェリーのもとをたずねたところで、ラリー相手なら嘘で巧みに切り抜けられるかもしれない。しかしいくら嘘をついても、自分からは切り抜けられない。そんなことになれば罪の意識に耐えきれなくなる。罪の意識はわたしを内側からむしばんで腐らせ、生活のあらゆる楽しみを色褪せさせてしまうだろう。なかでも最悪だったのは、そんな臆病な行動を父が直観で察し、わたしがもう二度と父の目をまっすぐ見られなくなりそうなことだった。父なら、わたしが本当はシェリーのようすを見にいっていないことを見抜く。これまで父相手に上手な嘘をつけたためしはなかった――大事なことにからむ嘘はなおさらだ。

ひとつの考えがわたしにズボンを穿かせて外へ出かけさせることになった。ビュークス家にそっと忍び寄って窓から室内をのぞくだけでもいいではないかと思ったのだ。家にいるのがシェリーだけで、しかもシェリーがベッドで眠っていたら――いいかえれば万事順調だったら――片手にナイフ、片手にパーティーガンをもったままキッチンの裏口近くに陣取ろう。そこなら、もし何者かが無理やり家に押し入ろうとしても、すぐに走って外へ出て大声で悲鳴をあげられる。わたしはこのときもまだ、夜近くの薄闇なら、パーティーガンを見せることで相手を一瞬ひるませることができそうだ、と思っていた。だれも騙せなかったら、その場に捨ててしまえばいい。

家から出かける前にわたしはキッチンテーブルの前にすわり、父にあてて置き手紙を書いた。その手紙には、もしフェニキア人が姿を見せたら父に話すチャンスがなくなってしまうようなことすべてを書いた。自分がどれほど父を愛しているかを父に伝えたかったし、虫けらのように殺されるその瞬間まで、この地球でどれほど楽しい思いをしたかを話しておきたかった。

同時に、そういった手紙を書くことで自分を泣かせたくなかった。さらに、結局はシェリーのキッチンのテーブルでクロスワードパズルをして夜を明かすだけで、なにも起こらなかった場合、あとあとずっと気恥ずかしい思いをするような手紙も書き残したくなかった。結局、書いたのはこんな手紙だ。

ぼくなら大丈夫。ビュークスさんから、シェリーに付き添ってほしいと頼まれた。ビュークスさんのジムで火事があった。びっくり。きょうはビュークスさんにとってバグだらけの一日だ。愛してる。〝パナマスリル〟は最高においしかったよ。

8

ドアをあけるなり、風が強くわたしを押してきた——この強風はわたしの横を勢いよくすり抜け、酔っ払ったように渦を巻きながら家に侵入してきた。わたしは激しい風に対抗するために肩をすぼめ、うしろ歩きで家から出なくてはならなかった。

けれどもいざ角を曲がってビュークス家へむかいはじめると、風が背中を押してくれた。強い風が吹きつけて薄手のウィンドブレーカーを船の帆につくりかえ、わたしを小走りのペースで前へ前へと進ませてくれたのだ。角の家の一軒が売りに出ていた。わたしがちょうどその前を通りかかったそのとき、風にあおられて前後に激しく揺れていた不動産屋のブリキの看板がついに引き離され、五、六メートルほどすっ飛んだあげく、ほかの家の庭の柔らかい土に肉切り庖丁のように突き刺さった——ぶすっ！　シェリーの家へむかって歩いているというより、風に吹かれて運ばれているだけのような感じだった。

生ぬるい大きな雨粒が横から顔に叩きつけてきた——たっぷり大量に吐きだされた唾のような感触だった。風がまたもやぐっと強まり、いきなりばらばらと雨が降ってきた——十粒程度の大きな雨粒がわたしのすぐ前のアスファルト舗装面に落ち、世界でもいちばんすてきな香りのひとつをつくりだした。熱せられたアスファルトが夏の夕立を浴びたときのにおいだ。

背後で音が高まりはじめていた。耳が潰れそうなほどの騒音は、歯にも振動として感じられるくらいだった。それは滝のような豪雨が木々に上から襲いかかり、タール紙を下張りにつかった家々の屋根や駐車中の車のルーフを叩いている音だった——それは歯止めなく荒れ狂って、いっときも途切れない咆哮《ほうこう》だった。

わたしは足どりを早めたが、背後から迫ってくる相手をふり切るのは無理で、三歩進んだだけで追いつかれた。あまりにも勢いが激しいために、路面を打った雨粒が跳ね返り、膝までの高さの小刻みに震える水しぶきの波をつくりだした。雨水が茶色く泡立った洪水になって排水溝へ流れこみはじめた。あれよあれよという間の出来事だった。それこそ十歩も進まないうちに、足首まで水につかっているようなありさまだった。プラスティック製のピンクのフラミンゴが急流に運ばれて、たちまちわたしを追い越していった。

稲光が閃いて、世界がレントゲン写真のようにネガとポジの反転した世界に変わった。わたしは自分の計画も忘れた。そもそも計画があったのか？　こんな嵐のなかでは考えられるものではなかった。

わたしはつづけざまに打ちつけてくる豪雨のなかを走り、シェリーの家の隣家の庭を突っ切った。しかし、庭の芝生は溶けかけていた。わたしが踏んだせいで細長いマット状の芝がずるりと剝がれて、その下の水びたしの地面があらわになった。わたしは体のバランスを崩して地面に片膝をつき、両手でなんとか体を支え……泥にまみれ、おまけにびしょ濡れになって立ちあがった。

わたしはよろよろ歩きつづけ、ビュークス家のドライブウェイを横切り——このころにはドライブウェイは幅のある浅い運河と化していた——家の裏手へまわった。スクリーンドアをがちゃがちゃ動かしてあけ、野犬に追いかけられているような剣幕《けんまく》で家のなかへ飛びこむ。背後でドアが音をたてて閉まった——雷鳴とほとんど差のない大きな音で、そんな大きな音をさせてしまってから、自分ができるだけこっそり行動しようと心がけていたことを思い出した。

わたしの体からぽたぽた水滴が垂れ、パーティーガンからもしたたり落ちていた。服がびしょ濡れになっていた。

キッチンは静かで暗かった。過去にこのキッチンではシェリー・ビュークスのデーツクッキーを食べては紅茶を飲み、多くの時間を過ごした。そのころキッチンはつねに芳香と人を安心させる秩序に満ちた場所だった。ところがいまは、汚れた食器がシンクに置かれたままになっていた。ごみ箱からごみがあふれ、積みあげられたペーパータオルやペットボトルの上を蝿《はえ》が這いまわっていた。

耳をすましたが、屋根を打つ雨音以外はなにもきこえなかった。まるで列車が走っていくときのような音だった。

背後でスクリーンドアがひらき、また大きな音をたてて閉まった。わたしは悲鳴を飲みこんだ。さっとふりかえり、すぐにでも床に膝をついて懇願しようと思っていたのだが……そこにはだれもいなかった。風のいたずらだった。スクリーンドアを手前に引いて、しっかり閉めなおした――しかし、ほぼ同時に強い風が年代物の蝶番に打ち勝ってスクリーンドアがまたしても引きあけられ、たちまち一気に閉ざされた。わたしはあきらめて、そのままにした。

キッチンよりさらに先まで足を進めることを思うと、それだけで体のなかがきゅっとよじれた。というのも、フェニキア人がすでにこの家にやってきていて、わたしがこの家にやってきた物音をききつけ、薄暗がりのどこか……廊下の先や角を曲がったところで……辛抱づよく待ちかまえているにちがいない、と強く感じられたからだ。いっそこっちからハローと声をかけてやろうかと思ったが、考えなおしてやめた。

結局わたしの足を動かしたのは、勇気ではなく礼儀だった。足もとに水たまりが広がりつつあったのだ。わたしは食器用のふきんを手にとって拭きはじめた。これが家の奥へ足を踏み入れるのを先延ばしする口実になった。わずか二歩で外へ出ていけるスクリーンドアの近くに身を置いていたかった。

ようやく床を拭きおわった。しかし、わたし自身はまだ濡れていて、タオルを必要としていた。キッチンの戸口まで進んで、角から顔だけ突きだした。薄暗くひっそりした廊下が待っていた。

わたしはじわじわと廊下を先へ進んだ。ドアの前を通るたびに、パーティーガンでつついてドアをあけていった――どの部屋にもフェニキア人がいた。狭い書斎にもいた――片隅にじっと動かずたたずんでいた。その姿が視界の隅に見えるなり、わたしの脈が狂騒的にはねまわりはじめた。そこであらためて見まわすと、正体はただのコート掛けだった。

フェニキア人は客用の寝室にもいた。そう、最初にさっと見たときには寝室は無人に思えた。きっちりきれいにメイクされたクイーンサイズのベッド、ストライプの壁紙、大きくも小さくもないテレビ――どこにでもある〈モーテル6〉あたりの客室といっても通りそうな寝室だった。ただしクロゼットの扉が細くあいていて、じっと見ていると扉がわずかに揺れ動いたように思えた。ついさっき、内側から引っぱって閉じられたばかりのように。クロゼットのなかで息を殺しているあの男の存在が感じとれた。クロゼットまでの三歩の距離を進むのに、ありったけの意志の力が必要だった。扉を一気に引きあけたときには、そこで死ぬものと覚悟していた。クロゼット内の小さなキャビネットには、奇妙な衣装のコレクションがおさまっていた――襟が毛皮になっているピンクのジャンプスーツ、七〇年代にエルヴィス・プレスリーが好んで身につけていたような白いシルクなど――が、あの異常者の姿はなかった。

ついに残っているのは主寝室のドアだけになった。わたしはゆっくりとノブをまわし、ドアを慎重に室内へむけて押しあけた。この瞬間を狙いすましたように、キッチンのスクリーンドアがまたも大きな音をたてた――その音が銃声のように響いた。

背後に目をむけて待つ。そのときふと、いま自分が廊下の端で罠《わな》にかかったように身動きがとれなくなっていることに気がついた。いまこの家から外に出ようと思ったら（窓を突き破って逃げるのならともかく）、来たコースを逆にたどるほかはない。わたしの体がぐらぐら揺れた。いつフェニキア人が廊下に出てきて、わたしと脱出経路のあいだに身を置いてもおかしくなかった。一秒が過ぎ、また次の一秒が過ぎた。

だれも出てこなかった。なにかが動く気配はなかった。雨が屋根を叩いていた。

わたしは寝室に顔を突き入れた。シェリーはふわふわの白い布団をかけて、横向きで眠っていた。わたしに見えるのは、たんぽぽの綿毛のような白い髪だけだった。寝息はざらついた雑音まじりの低い音で、一瞬も途切れずに響いている雨音のせいでほとんどきこえなかった。

わたしは小刻みなすり足で、そろそろと部屋へはいっていった。びくびくして体に力がはいらない感じだったが、最初にこの家に足を踏み入れたときのびくびくした気分、体に力がはいらない気分に比べるとずいぶんましになっていた。わたしはパーティーガンでカーテンを横へずらした。裏にはだれも隠れていなかった。クロゼットも無人だった。

神経はあいかわらずぴりぴりしていたものの、家そのものを怖く感じることはなくなっていた。だいたい、フェニキア人のような男がなぜクロゼットに隠れるというのか？　見たところメガホンなみの脅威しか感じられないおもちゃの銃器をかまえた十三歳の太ったガキから身を隠すとしたら、フェニキア人はいったいどんな悪党なのか？

このころには〝大人の国ラジオ〟の電波が、思春期のいつもの雑音を突き抜けて、くっきりと鮮明にとどくようになっていた。ニュースキャスターが無味乾燥で単調な口調で、今夜のニュースを読みあげていた。キャスターはわたしに、「途方もない主張をするのなら途方もない証拠が必要になる」というカール・セーガンの名言を思い起こせ、といった。さらにキャスターは、かつてわたしがゾディアック殺人鬼にまつわる本を一冊読んだだけで、その殺人鬼が家に押し入ってわたしを殺す、とあっけなく信じこんだことを指摘した。またキャスターは聴取者に、マイクル・フィグリオンはかつて十二歳のとき、自分の家の裏庭に埋まっているスペインのダブロン金貨を見つけるため、なんと半年分の小遣いを貯金して金属探知器を買ったことを思い起こさせた。そして〝大人の国ラジオ〟は、わたしの目下の仮説――フェニキア人がもっているカメラには他人の思考を盗む性能があるという仮説――の根拠になっているのは、ひとりの老婆の愚にもつかないたわごとと、ごみ箱の下から出てきたすり傷だらけのスナップ写真という〝確固たる証拠〟だけであることを知ってほしいと聴取者に訴えていた。

しかし、しかし、しかし――ジムでの火事のことはどうなる？　いかにも――〝大人の国ラジオ〟は認めた――ラリー・ビュークスが経営するジムで猛火が荒れ狂ったのは事実だ。つい先ほど到来した雷をともなう激しい嵐の規模を考えれば、今夜クパティーノの消防署は多くの火災発生の通報に応じて出動することになるだろう。もしやわたしは、ひょっとしたらこの嵐までもがフェニキア人のしわざと考えていたのか？　これもあの男の〝スーパーパワー〟のなせるわざだと？　あの男は人の精神を壊すカメラをもっている。

だったら、雷をともなう嵐を空にむけて噴出できる傘ももっている？　だとしたらフェニキア人が魔道で釘《くぎ》の雨を降らせなかったことに感謝するべきだろう。

しかし、〝大人の国ラジオ〟のあざけりをこれ以上ききたくはなかった。わたしは濡れ、わたしは寒く、そのうえ安全だ――これ以上望むことはない。ただし、あとになれば――そう、あとになれば――番組の残りをききたくなって、またラジオに耳をかたむけるかもしれない。ひょっとしたらわたしのなかに、自分がめった打ちにされて、ただでさえ酷使されている〈トワイライトゾーン〉脳が切り裂かれるような事態を望む部分があったのかもしれない。

いよいよ濡れた服がうとましくなってきたので、わたしは主寝室のバスルームに顔を突き入れた。シャワー横のフックに、金色の糸で縁どりされた白いタオル地のバスローブがかかっていた――五つ星のホテルの部屋に用意されていそうなローブだった。ローブは、どこかのベッドで丸くなって寝ることの次にすてきなものに思えた。

わたしはパーティーガンをとんとん叩いて水気を切り、シンク横に置くと、湿った音をさせながらシャツを脱いだ。バスルームと寝室のあいだのドアはあけっぱなしにしておいたが、わたし自身はドアの裏に立っていた。もしシェリー・ビュークスが目を覚ましても、むっちりとしたピンクのわが体を見て驚いたりしないようにだ。

このころには雨脚も弱まって、屋根を打つ雨の音は眠気を誘う深みのある音に変わっていた。男子おっぱいや背中の水気をタオルで拭うと気分が落ち着いてきた。さっきまでは異常者が姿を見せたらすぐ逃げられるよう、スクリーンドア近くのキッチンの椅子にすわっていようと思っていたのに、このときにはもうホットココアとガールスカウトが売り歩くクッキーにまつわる幻想にふけりはじめていた。

雨の勢いは弱まっていたが、雷はまだ全力で暴れていた。いまも稲光が閃いた――かなり近くに落ちたらしく、一瞬バスルームが目のくらみそうな銀色の光の搏動《はくどう》に満たされた。わたしは格闘しながら、ぐっしょりと濡れたズボンを脱いだ。水びたしになっているソックスを剝がすように脱ぐ。またしても稲光――これまでで最高のまぶしさだった。わたしは体をくねらせてローブを身につけた。想像以上に生地が柔らかくて、ふわふわしていた。イウォーク族をそのまま着た気分だった。

そのあと濡れた髪や首すじを拭いていると、三度めの稲妻が閃いた。シェリーがこれに、苦しそうなうめき声で反応した。それを耳にして、自分もうめき声をあげたくなっていることに気がついた。稲光は何度も閃いているのに、雷鳴はいっぺんも響いていなかった。

体のなかで恐怖が風船のようにふくらんだ――体のまんなかでぐんぐん膨張する恐怖は、内臓をその場から押しのけていた。またもや白い強烈な光が閃いた――それも外で光ったのではなく、寝室のなかで。

バスルームにはひとつだけ窓があったが、そこからは逃げられそうもなかった――シャワー室の壁に埋めこまれた窓は半透明のガラス煉瓦製で、開け閉めできなかったからだ。寝室から出ていくのなら、あの男の横をすり抜けるしかない。わたしは震える手をパーテイーガンに伸ばした。これをあいつに——あいつの顔に——投げつければ、もしかしたら逃げられるんじゃないか。

わたしはドアのへりからこっそり寝室をのぞいた。脈搏がぐんぐん激しくなってきた。稲光が閃いた。

フェニキア人はベッドの横に立ってカメラをかまえ、シェリーにむかって上体をかがめ、ファインダーをのぞいていた。シェリーがかけていた布団は男の手で剝がされていた。シェリーは横向きに体を丸めて片手で顔をかばっていた。しかしわたしが見ているあいだにも、フェニキア人がシェリーの手首をつかんで手を動かした。

「そういうことをするな」男はいった。「おまえを見せてくれ」

またしてもフラッシュが光り、ソラリドカメラが〝うぃーん〟という動作音をたてた。ソラリドが写真を一枚、床に吐きだした。

シェリーが低く苦しそうな声をあげて拒んでいた——《いや》という言葉のようでいて、その言葉になりきれていない声だった。

男が履いているキューバンヒールつきの洒落たブーツのまわりに、たくさんのスナップ写真が積みあがっていた。またフラッシュが光り、新しい一枚が写真の山にくわわった。わたしは寝室のほうへ小さな一歩を踏みだした。たったそれだけなのに、全身がぐにゃぐにゃで頼りなくなっているために、手足をまっとうに動かすことさえ荷が重かった。おまけにパーティーガンがドア枠にぶつかって音をたて、その音に思わず〝ひいっ〟という声が出た。しかしフェニキア人はわたしには目もくれず、自身の作業に没頭していた。カメラが動作音をたてて写真を撮影した。シェリーはまた片手をあげて、顔を隠そうとした。

「よせ、クソ女」フェニキア人はそういってシェリーの手首をつかみ、手を下におろさせた。「さっきもいっただろうが。顔を隠すな」

「やめろよ」わたしはいった。

自分が言葉を発するともわからないうちに、自然と口から出た言葉だった。そうさせたのは、くりかえし何度もシェリーの手をおろさせている男の手つきだった。腹が立った。こんなおかしな話があるか。なによりも逃げたかったのに逃げられなかった。フェニキア人があんな手つきでシェリーに触れるなんて、考えるだけでも耐えられなかった。不届きそのものだった。

フェニキア人は心からの驚きを見せぬまま、頭だけをめぐらせてうしろに目をむけた。視線を一瞬だけ下へ動かしてパーティーガンを目にとめ、軽蔑にふっと鼻で笑う。このおもちゃだけではだれも騙せない。

「おやおや、これはこれは」フェニキア人はいった。「おでぶ小僧。あの老いぼれじじいが、このばあさんの世話をさせるのにだれかをよこすとは思ったよ。でも、世界じゅうにあれだけたくさんの人がいるのに、それでもおれがおまえを選ぶとしたら、おまえしかいなくなったときだけだ。これから数分間の出来事を、おれは死ぬまで喜ばしく思い出すだろうよ。そう、おれはね——あいにく、おまえはそうならないが」

フェニキア人はカメラをかまえて、わたしにむきなおった。わたしはすばやくパーティーガンをもちあげた。投げつけてやるつもりだったが、指が引金をとらえた。

　クラクションが耳をつんざくような悲鳴をあげた。爆発とともに一気に紙吹雪が噴きだし、小さなスパンコール素材の紙片がきらきら輝いて舞い飛び、フラッシュバルブがぽんと音をたてて閃光を発した。フェニキア人はだれかに胸を強打されたかのように、よろよろとあとずさった。片方のブーツのハイヒールが積み重なった写真の小さな山をとらえた。写真はプラスティックなみにつるつるしている。次の瞬間ブーツの足が大きく滑って、もう体を支えなくなった。男の足の裏側がサイドテーブルにぶつかった。フロアスタンドが倒れて床にぶつかり、電球が鋭い音をあげて破裂した。フェニキア人は前へ一歩ジャンプしたが、シェリーが腕を伸ばし、男のズボンをつかんでぐいっと引っぱった。男は目を強く閉じたままよろめき——まっすぐわたしのほうへむかってきた。

　フェニキア人はうめき声とわめき声の中間じみた声をあげていた。スパンコール素材の紙吹雪が頬にへばりつき、睫毛《まつげ》をまだらに見せていた。そればかりか、スパンコールは男の口にもはいりこんでいた——舌に金色の紙片が貼りついていた。そしてフェニキア人は赤ん坊をかかえる母親のようにカメラを胸もとに引き寄せ、あいている手をわたしめがけて突きだしてきた。まさにその瞬間、わたしは運命を決するような勇気を見いだした——それまで存在さえ知らず、その後もまったく経験しなかった勇気を。

わたしは男にむかって突進した――男はフラッシュの光で目がくらみ、わたしの姿が見えていないとわかっていたからだ。わたしが勢いよく体当たりすると、ソラリドのカメラが手から滑った。ついでわたしの膝がフェニキア人の下腹部をとらえた――強烈な膝蹴りとはいかず、弱々しくかすった程度だが、それでも相手はおそらく本能的に膝を閉じた。男がカメラを落とすまいとあわてている隙に、すかさずその手からカメラを奪いとる。男は叫び声をあげようとして声を詰まらせ、ソラリドをとりかえそうと手を伸ばした。わたしはカメラの代わりにパーティーガンを押しつけた。男の手が引金をとらえると、またしてもやかましい騒音があがった。わたしはそのまま前へ進みつづけ、二歩でフェニキア人の横を通りすぎた――わたしはいまや男の背後、ベッドのすぐ横に立っていた。

男はそのままふらふらと寝室のドアまで歩いていき、そこでようやくなにが起こったかに気づいたらしい。あいている手を伸ばしてドア枠につき、体を支えた。それからフェニキア人はせわしなくまばたきしながら、心底からの困惑もあらわにパーティーガンを見おろした。おもちゃの銃をフェニキア人は落とさなかった。床に力いっぱい叩きつけて大きな音を出させ、さらに蹴り飛ばした。

だれかの手がわたしの足の外側を撫で、やさしく膝を叩いていた。シェリーだった。シェリーは緊張もほぐれたようで、夢見るような情愛のこもった目でわたしを見あげていた。

血色をなくして白くなったみみずのようなフェニキア人の唇が、ユーモアの仮面をかぶった激怒もあらわにぱくぱく動いていた。

「おれがおまえになにをするのか、おまえには想像もできないだろうよ。いや、殺したりするものか。いいや、痛めつけたりもしない。どっちもおまえに敬意を示すことになるが、そんな敬意はおまえにはもったいない。ああ、おれはおまえをきれいさっぱり消去してやる」黒々とした男の目が、わたしの両手のなかにあるカメラをとらえてから、またわたしの顔へもどってきた。「そいつをそっとおろせ、でぶちんクソ小僧。そのカメラにどんな力があるのか、おまえにわかってるのか？」

「うん」わたしは震える声で答えると、カメラをもちあげてファインダーを目にあてがった。「わかってるよ。はい、チーズ」

9

この夜のことで、まだ理解できないままになっていることは多い。

わたしは立てつづけに何枚も何枚もフェニキア人の写真を撮った。ソラリド写真が一枚ずつカメラから吐きだされては、足もとにたまった。ポラロイドカメラの標準的なカートリッジには印画紙が十二枚はいっている。特別サイズのカートリッジだと十八枚の写真が撮影できる。しかしソラリドはカートリッジを新たに入れなおす必要もないらしく、印画紙切れにはならなかった。

フェニキア人は襲いかかってこなかった。わたしが最初の一枚を撮影しただけで――マットとおなじように――すっかり朦朧としてしまったのだ。写真を撮られたことでフェニキア人はまた高さのあるキューバンヒールでも立てるようになったらしく、うつろな目のまま、二度と見ることのなさそうな彼方《かなた》の景色に見入っていた。その場でじっと動かずにたたずむフェニキア人は、再起動中のコンピューターだった。しかし、その状態から抜けだせなかった。わたしが延々と写真を撮りつづけていたからだ。

十枚ばかりも写真を撮りおわるころ、フェニキア人はようやく動くようになった。しかし、わたしに突進してきたりはしなかった。慎重な――優美といってもいいような――身ごなしで足首を交差させ、床に体を沈めてすわりこんだだけだ。ヒンドゥー教の僧院あたりで瞑想《めいそう》中の修行者のようだった。つづけて二十枚ばかりスナップ写真を撮影すると、体が片側に傾きはじめた。さらに十枚撮りおわるころには、フェニキア人は床に寝そべって胎児のように体を丸めていた。そのあいだも小ずるいような、事情を心得ているかのようなごく淡い笑みが顔にずっと残っていた。それでも、いつしか片方の口角のあたりが涎《よだれ》で濡れて光りはじめた。

シェリーは、ソラリドカメラが麻薬のような効果でつくった霧からもぞもぞと抜けだして、このころには上体を起こせるまでになり、眠たげなまばたきをくりかえしていた。しぼんで皺だらけになった肉団子のような顔のまわりに、青っぽい色の髪がもつれて突き立っていた。

「そこにいるのはだれ？」シェリーはフェニキア人を見ながらわたしにたずねた。

「さあ、知らないよ」わたしはそういって、また写真を一枚撮った。

「妖怪アラマグーセラム？　アラマグーセラムは壁のなかに住んでいて人の涙を飲む妖怪だって、父さんが話してたわ」

「ちがうよ」わたしは答えた。「でも、こいつとは親戚かもしれないな」

フェニキア人が人の涙を飲むとは思えなかったが、人が涙を流すのを見るのは大好きにちがいない。

合計で五十枚ばかり撮影しただろうか、そのころになるとフェニキア人の瞼が半分閉じて、裏にある目玉がぎょろりと上をむいて瞼の隙間から白目だけがのぞき、体がまた震えだしていた。呼気が短い間隔で荒っぽく口から噴きだすようになっていた。わたしはカメラをおろした。このままフェニキア人が発作を起こすのではないかと思ったからだ。じっくりと男のようすを観察した。ややあって、震えはおさまりはじめた。いま男はぼろ人形のように力なく横たわり、頭が絶望的なほど空っぽになった表情を見せていた。電気ショック療法のようなものだったのだろう。脳味噌に電流を通すのもいいが、肉体というシステムが過負荷にさらされて心臓がとまってしまう前に切りあげなくてはならない。わたしはフェニキア人にひと息つく時間を与えようと決めた。それから体をかがめ、床からひとつかみの写真をとりあげた。そんな写真を見るのはまちがった行為だとわかってはいたが、それでも見てしまった。なにを見たかというと――

・五十代なかばの泣いている太った男。裸で砂利敷きのドライブウェイに両膝をつき、二本の車のキーを必死にさしだしている。全身が切り傷だらけ、ざっくり切り裂かれた多くの傷から血がたらたらと流れ落ちている。大きな白いキャデラック――フェニキア人が乗りまわしていた車――が背景に見えている。柳の木の下にとめてあるキャデラックは一九五〇年代の雑誌の広告から抜けでたばかりのようにぴかぴかで、汚れひとつない。

・キャデラックの運転席側のサイドミラーがとらえた景色が写っている写真。舗装されていないドライブウェイに土埃《つちぼこり》が立って、全裸の男の姿が一部ぼやけている。男はドライブウェイにうつぶせで倒れ、腰のあたりに園芸用のこてらしきものが突き立っている。どうしてこの写真が喜びにあふれて屈託のない雰囲気なのか、ほかの人には説明できない。晩春の光がある種の質をそなえているからか。脱出の雰囲気があり、また苦労せずにやすやすと移動している雰囲気もある。

・ひとりの子供――女の子――が耳垂れのついた防寒用の帽子をかぶり、巨大サイズのロリポップキャンディをつかんでいる。少女は撮影者に心もとなげな笑みをむけている。片腕の下から熊のパディントンが顔をのぞかせている。少女はこのぬいぐるみを腕でしっかりと体に押しつけている。

・柩《ひつぎ》に横たわるおなじ少女。ビロードのガウンを着せられ、胸の上で肉づきのいい手を組みあわせている。顔はすべすべ、夢で苦しんでいるようすはない。これ以上ないほど濃厚なワイン色のスカーフが、芸術的な手ぎわで首まわりを飾っている。おなじ腕が熊のパディントンをかかえ、前とおなじようにぬいぐるみが顔をのぞかせている。フレームの外側から痩せた手が差し入れられている――カールしたひと筋の黄色い髪を、少女のひたいから払いのけようとしているみたいに。

・地下室。背景になっているのは水漆喰《しっくい》を塗られた古い煉瓦の壁。床から百八十センチほどの高さに細長く蜘蛛の巣の張った窓がある。窓のすぐ下に、だれかが黒い塗料で乱雑なしるしを書いている――わたしにはこれがフェニキア文字だという確信がある。コンクリートの床には灰色の輪が三つ――それぞれ少し重なりあって――描かれている。いちばん左側の輪のなかに、割れた鏡の破片が円をつくっている。いちばん右側の輪のなかには熊のパディントン。中央の輪にはポラロイドカメラ。

・高齢者たち、さらなる高齢者たち。少なくとも十人と少しはいるだろう。酸素のチューブを鼻孔に挿入されている瘦せこけた老人。ホビット族のように小柄な体のたるんだ年寄りは、日焼けで鼻の皮がむけかけている。ぼんやりした顔つきの肥満した老女は、片方の口角がめくれて歯をのぞかせているが、これは重度の脳卒中を起こした人に見られる口のかたちだ。

・そして最後に……わたし。マイクル・フィグリオン。シェリーのベッドの横に立ち、満月みたいにまん丸の顔にすさまじい恐怖の表情を見せ、両手でソラリドカメラをかまえて、フラッシュを光らせている。わたしがいよいよ写真を撮りはじめたあのとき、最後にフェニキア人が見た光景だ。

わたしはつるつる滑りやすい四角い写真をまとめて束にすると、ふんわりした白いローブの深いポケットにしまいこんだ。

フェニキア人は寝返りを打って横向きになっていた。目には多少澄んだ光がもどっていて、まるで魅いられているような愚かしげな顔でじっとわたしを見ていた。しかも失禁していた——黒っぽいしみが股間から腿のほうにまで広がっていた。しかし、当人が気づいていたとは思えない。

「立てるか？」わたしはたずねた。

「どうして？」

「ここを出ていく時間だからだ」

「ほう」

ただしフェニキア人がいっこうに動かなかったので、わたしはかがみこんで肩をつかみ、立てといった。フェニキア人は困惑顔を見せたが、おとなしく立ちあがった。

「頭がぼうっとしているみたいだ」と、そう口にする。「それで……おまえとは……前にどこかで……会ったか？」

短く途切れ途切れに話すその口調は、適切な単語を見つけるのに手間どっているかのようだった。

「いや、会ってない」わたしはきっぱり答えた。「さあ、来い」

わたしはフェニキア人を引き立てて、廊下を正面玄関のほうへ進ませた。

ここまでわたしは、この一夜が投げつけてくる衝撃をひととおりすべて受けとめたと思いこんでいた。しかし、もうひとつの衝撃がわたしを待ちうけていた。玄関の階段まで出たところで、わたしの体は凍りついた。

庭にも外の通りにも鳥の死骸が散らばっていた。雀だったと思う。一千羽近くの雀が死んでいたのではないだろうか——羽と爪の生えた足とBB弾そっくりの目からできている、こわばった小さな黒いぼろきれ。さらに芝生には小さなガラス状の小石がびっしりと落ちていた。ステップを降りていくと、靴の下で小石が砕けて乾いた音をたてた。雹《ひょう》だった。

わたしは地面に片膝をついて——両足に力がはいらなかった——死んだ鳥の一羽を見つめた。さらに不安な指で死骸をつつくと、雀がついさっき凍ったばかりだとわかった。冷凍庫から出したばかりのように冷たく、かちんかちんだった。立ちあがって道路を見わたすと、ずっと先のほうまで——それこそ目の届くかぎり——羽の生えた死骸が落ちていた。

フェニキア人は立ったまま体を揺らし、なにも考えていない顔で雀の大虐殺を見まわしていた。そのうしろ、ひらいたままの玄関ドアのすぐ内側にシェリーが立っていた——その顔には、さらに落ち着き払った表情が浮かんでいた。

「車はどこにとめてある？」わたしはフェニキア人にたずねた。

「とめて……ある？」フェニキア人はそうききかえすと、下へおろした手でスラックスの前を押さえて、「濡れちまった」といったが、不快に思っている口調ではなかった。

　雷をもたらした入道雲は東へ吹き流されて、いくつもの山のような雲の島に分裂していた。西の空はまばゆく燃えあがる黄金の色、地平線のあたりでは暗くなって濃い赤をのぞかせていた――不気味な色、人間の心臓の色だった。不気味な時刻だった。

　わたしはフェニキア人を庭に残して、この男の車をさがしに出た。みなさんは驚いているだろうか？　わたしが庭にいるフェニキア人をシェリー・ビュークスとふたりきりにして、なにもしないまま家を離れて歩きだしたことに？　しかし、不安は一瞬もわたしの頭をよぎらなかった。このころには、ソラリドのカメラで撮影されることで生じる驚くべき効果は、撮影のたびに倍増していくことがわかっていた。フェニキア人を五十回以上も撮影したことで――一時的なものだろうが――わたしはあの男に前頭葉切除《ロボトミー》手術をほどこしたのだ。いまでもわたしは、あのときフェニキア人の頭の内部に与えたダメージは、治療不可能な状態にするに足るものだったと考えている。

　当然だが、シェリーは恢復《かいふく》しなかった。そのことはすでにみなさんもご存じだったことと思う。親切で勇敢な老女がすべてをとりもどす結末をお望みなら、この作品はあなたを失望させるだろう。あれだけの鳥のうち、起きあがって大空へ飛んでいった鳥は一羽もいなかったし、シェリーが失ったものは一片ももどってこなかった。

　道を歩きはじめるのとほぼ同時に、わたしは泣きだしていた。人目もはばからずにしゃくりあげる大泣きではなかった――涙が力なくみじめにはらはらと流れ、息がひっかかる程度だった。最初のうちは鳥の死骸を踏まないようによけて歩いていたが、五、六十メートルも歩くうちにあきらめた。死骸があまりにも多すぎた。踏みつけると、なにかがへし折れる音がくぐもって響いてきた。

家にいたあいだに気温はいったんさがっていたが、いまはまた上昇しはじめていた。見つけたとき、フェニキア人のキャデラック周辺の濡れたアスファルト舗装からは水蒸気が立ち昇っていた。あの男はそれほど遠くに車をとめていたわけではなかった。ビュークス家から少し先の角を曲がった先、住宅地といいながら、まだ造成がはじまっていないあたりの歩道ぎわにとめていたのだ。道の片側には何軒ものランチハウスが小ぎれいにならんでいたが、反対側には林や灌木の茂みがあるばかり。人目につかずに車をとめておくにはもってこいの場所だった。

ビュークス家にもどると、フェニキア人は歩道の縁石に腰かけ、鱗《うろこ》の生えている足をつまんで鳥の死骸をかかげ、しげしげと見つめていた。シェリーはどこからか箒《ほうき》をとりだし、むなしく芝生を掃いて小さな骸《むくろ》をひとところにあつめようとしていた。

「さあ」わたしはフェニキア人にいった。「行くぞ」

フェニキア人は鳥の死骸をシャツのポケットにおさめて、すなおに立ちあがった。

それからわたしはフェニキア人を歩かせて庭を横切り、外の通りを歩いて角を曲がった。箒を手にしたシェリーがあとをつけていることに気がついたのは、フェニキア人の大きなキャデラックにたどりつこうとしているときだった。

わたしは車のドアをあけた。フェニキア人はひとしきり、うつろな目で前部座席をのぞきこんでいたが、すぐ運転席に乗りこんだ。それからすがるような目でわたしを見つめ、なにをすればいいかをわたしが教えるのを待っていた。

この男はいまも車の運転方法を覚えているだろうか？　怪しいものだ。わたしは車内に上体を突き入れ、フェニキア人のズボンのポケットを叩いて車のキーをさがそうとした。そのときだった——目がうるむほど強烈なガソリンの臭気がして後部座席に目をやると、赤い燃料缶が写真アルバムの山の隣に置いてあった。そのとたん、本来なら火災捜査官たちが特定するまで三週間かかるはずの出火原因がわかった——クパティーノ市内にあるラリー・ビュークスのジムの火災は、雷の一撃ではなく悪意の一撃によるものだった、と。

一方、この界隈の停電は、純粋に雷雨の副産物にすぎなかった。ただし雷雨そのものについては、純粋に自然現象だったかどうか、そこまで強く断言できない。一時間前だったら、フェニキア人がオカルト的な能力で天候に影響をおよぼした可能性もあるのではないかと考えたのち、いくぶん愉快な気持ちを感じつつ、馬鹿馬鹿しいと一蹴していたはずだ。しかしいま、広範囲にわたって地面に落ちている大量虐殺された鳥を見ていると、それほど馬鹿馬鹿しい考えとは思えなかった。では、あの雷をともなう嵐そのものにもフェニキア人が関与していたのか？　そうかもしれない——そうではないかもしれない。いったはずだ……この夜の出来事には、わたしでは理解しきれないことがたくさんあると。

キャデラックの後部座席に手を伸ばし、缶に残っているわずかな量のガソリンをフェニキア人の体にかけて、車のライターをぽんと膝に落としてやっているところを、わたしは空想していた。しかし、もちろんそんな真似《まね》をする気はなかった。そもそも雀の死骸を踏んづけるだけでも気分がわるくなった。そんなわたしが人を殺せるはずもなかった。だからガソリンの缶には手をつけなかったが、ふと思い立ってアルバムの山のいちばん上にあった一冊をつかんで腋の下にはさみこんだ。キーはダッシュボードの灰皿にあったので、わたしが代理でエンジンをかけた。

フェニキア人はわたしを熱っぽく見あげていた。

「もう行っていいぞ」わたしはいった。

「行くってどこへ？」

「知るかよ。この近くでなければ、どこだっていいさ」

フェニキア人はのろのろとうなずいた。にきび痕だらけの顔に夢見るようなやさしい笑みが浮かんできた。「スペインのジンを飲むと頭がおかしくなっちまうぞ？　おれも一杯でやめておけばよかった！　なんだかあしたの朝には、こんなことはもうすっかり忘れてるような気がするぜ」

「だったら、わたしがあなたの写真を撮っておくべきね」シェリーがわたしの背後からいった。「あなたが忘れないように」

「そうだな」フェニキア人はいった。「そいつは名案だ」

「さあ、にっこり笑って、坊っちゃん」シェリーはいい、フェニキア人がその言葉に従うと、箒の柄を男の歯に強く打ちつけた。

骨っぽい〝ぼきっ〟という音とともに、フェニキア人の頭が一気に片側にかたむいた。シェリーが大笑いした。ついでフェニキア人が顔をあげると、口もとは手で覆われていたが、指のあいだから血がしたたっていた。両目はまるで子供のようで、恐怖をあらわにしていた。

「そのクソばばあをおれに近づけないでくれ！」フェニキア人は叫んだ。「おい、クソばばあ！　せいぜい気をつけろよ。おれにはマジで悪人の知りあいがいるんだぞ」

「もういないよ」わたしはそういい、フェニキア人の顔のまん前で車のドアを勢いよく閉めた。

フェニキア人はすばやくドアロックのボタンを押しこむと、無言のまま恐怖の顔でわたしたちを見つめていた。口もとを隠していた手が下へおりると、歯が血まみれになっていることや、みるみる腫れつつある上唇が歪んで、痛々しい嘲笑の形をつくっていることが見えた。

この男が出発するところを見ていたくはなかった。わたしはシェリーの肩を押さえて体を逆むきにさせ、家へ引き返しはじめた。あと少しでビュークス家の庭に着くころ、フェニキア人が車を発進させた。あの男は自分の大きなキャデラックの運転方法を忘れていなかったのだ——いま、もっと知識の増えた大人としての視点からふりかえれば、意外なことはいえない。運動系の記憶は機能別に分化されていて、思考プロセスとは別の場所にある。認知症がもたらす霧、なにも見えなくなる純白の霧に包まれていても、子供のころに習い覚えた曲の一節をなんなくピアノで弾ける人は珍しくない。頭が忘れたことでも、手が記憶しているのだ。

フェニキア人はわたしたちにちらりとも目をむけなかった。背中を丸めてハンドルの上に身を乗りだし、不安でぎらぎら光る目をあちらこちらにむけていた。わたしはきょうのもっと早い時間に、これとまったくおなじ表情をシェリーの顔に見ていた。見覚えのあるものが——なんでもいいから——見えないかと必死になって近所に目を走らせていたシェリーの顔に。

道路のつきあたりまで進むと、フェニキア人はウィンカーをつけ、右折で幹線道路へはいっていき、それっきりわたしの人生から走り去った。

シーツをかけてやると、シェリーは眠たげに微笑《ほほえ》んで手を伸ばし、わたしの手を握った。

「マイクル、わたしが何回あなたをこんなふうに寝かしつけたかわかる？　人生にはブックエンドがある――でもそれをちゃんと見るためには、いつも目を光らせていなくちゃだめよ、坊っちゃん」

　わたしは身をかがめ、シェリーのこめかみにキスをした――肌は古い上質皮紙《ベラム》のように柔らかく、パウダーをはたいたような感触だった。このあともシェリーがわたしのことを思い出しているらしい日はあったが、名前はもう二度と口にしなかった。わたしのことがだれかわからない日のほうがずっと多かったが、わたしを思い出した光が目にのぞくこともおりおりにあった。

　そして最期のあのとき、シェリーにはわたしがわかっていたにちがいない。その点についてはいささかの疑いもない。

10

11

ラリー・ビュークスは、午前二時を過ぎるまで家に帰ってこなかった。それだけの時間があれば、あたりを整理して服を乾燥機にかけるには充分だった。庭の鳥の死骸を熊手でひとところにあつめるだけの時間もあった。ストロベリー味の〈クイック〉をグラス一杯つくって飲む時間もあったし――ラリーは粉末の〈クイック〉をプロテインに追加して飲んでいたが、わたしはたっぷり肉のついたわが尻に追加する栄養として飲むのが好きだった――在庫を調べる時間もあった。

盗んできた写真アルバムのページをめくる時間もあった。表紙をめくったところの扉には、黒い油性ペンで《S・ビュークス》と書かれていた。

だれの記憶をコレクションしたものでもおかしくなかったが、アルバム中でいちばん古いポラロイド写真には、カラー写真が一般大衆のものになるよりもずっと昔の景色が写っていた。また、だれもわざわざ撮ったりしないような景色の写真もたくさんあった。

木の車輪がついた木馬の写真――頭部にあいている穴にロープが通してあり、だれかがコンクリートの歩道でこの木馬を引っぱっている写真。

日ざしが明るく、雲がひとつだけぽっかり浮いている青空の写真。雲は猫そっくりの形で、カーブしている尻尾はまるでクエスチョンマーク。写真の下のへりから、幼児の肉づきのいい手が雲へむかって伸ばされている。

つづいて、大きな乱杭歯《らんぐいば》のあるたくましい体格の女性がシンクの前に立ってトマトの皮をむいている写真。背景のキッチンカウンターの上では、ウォルナット材の筐体《きょうたい》のラジオが光っている。顔かたちが似ていることから、わたしはこの女性がシェリーの母親であり、おおよそ一九四〇年前後の光景ではないかと見当をつけた。

そして二十歳のノックアウト級美人の写真。オリンピックの水泳選手なみの肉体にまとっているのは白い下着だけ。裸の胸の前で腕を組んで、頭にはちょこんとフェドーラ帽が載っている。全身が映る姿見で自分をチェックしているところだ。鏡にはまた、女性のうしろにあるベッドのマットレスに腰かけている、全裸の筋骨たくましい男も映りこんでいた。男は狼を思わせる笑みを顔にたたえ、心底から賛美する目で女性を見ている。三十秒ばかり見ていて、ようやくわかった――この若い女はシェリーその人で、うしろにいる男はシェリーの未来の夫だ、と。

アルバムのなかほどで行き当たった四枚組の写真に、わたしは忌まわしいショックを与えられた――まったく説明のつかない四枚のスナップ写真だ。写っていたのはあの女の子――熊のパディントンのぬいぐるみをかかえた女の子だ。フェニキア人の精神をとらえた写真（心をとらえるのだから〝写心〟というべきか？）で見かけた女の子だ。してみるとフェニキア人もシェリーも、この女の子を知っていたのか？

写っている光景は一九六〇年代末期から七〇年代初期。一枚めでは、頬を涙で濡らしている少女がキッチンカウンターに腰をおろしていた——膝小僧にすり傷ができていて、そばかすのある大きなシェリーの手がバンドエイドをもってフレームの外からはいりこんでいた。別の写真では、シェリーの力強く自信たっぷりな指が縫い針をあやつって、帽子を熊のパディントンの頭に縫いつけている最中で、そのようすを例の女の子が心配そうな黒っぽい瞳で見つめていた。三枚めの写真では少女が裕福な少女ならではのベッドで、たくさんの熊のぬいぐるみに囲まれて眠っていた。しかし眠りながらも少女がしっかりとかかえこんでいたのは、ほかならぬ熊のパディントンだった。

そして最後の写真では、幼い少女は世界でもいちばん急勾配の石づくりの階段の下で死んでいた——広がりつつある血だまりにうつぶせになって、片腕を後方へむかって伸ばしているところはパディントンを求めていたように見えるし、そのパディントンは階段のせいぜい半分くらいのところで落ち着いていた。

この少女がだれなのか、いまだにわからない。シェリーの娘ではなかった。シェリーがもっと若いころに世話をしていた子供か？　最初のベビーシッターの仕事だったのか？　急勾配の石づくりの階段はクパティーノのものとは思えなかった。サンフランシスコあたりだろうか？

この熊のぬいぐるみの少女が、シェリーやフェニキア人とどんな関係で結ばれていたのかはわからない――前にもいったとおり、理解できないことはたくさんある。しかし、わたしなりの考えはある。フェニキア人は自分自身を消去しようとしていたのではあるまいか。だからフェニキア人になる前の自分を知っていた人や、知っていたかもしれない人たちをたずねていたのではないだろうか。あの車に積んであった写真アルバムはどれも、あの男のことや、もっと若い少年時代のあの男のことを覚えているかもしれない人々の記憶を、写真のかたちでおさめていたようだ――そう、忘れ去られて当然の言語の文字による罰あたりな文句で全身を覆われる前のフェニキア人を知っていた人々の記憶を。ただしフェニキア人が、生きている人々の記憶から以前の自分にまつわる部分を徹底して消さずにいられなかった理由については、推測を控えたい。

シェリーの記憶アルバムの最後のページは、見るのがいちばんつらいページだった。そこになにがあったのかは、もうみなさんにもおわかりだろう。

そこにいたのはわたしだった。コンクリートの玄関前の階段に腰かけて、シェリーが靴《くつ》紐《ひも》を結んでくれるのを静かに待っているわたし。つかい古されて歳月にすり減らされたシェリーの手は、熊のパディントンのころの写真よりもずっと年老いた人の手だった。それからシェリーの膝にすわって、あとで映画にもなった『アレクサンダーの、ヒドクて、ヒサンで、サイテー、サイアクな日』の絵本を読んでもらっているわたし。丸々と太った七歳のわたし――くしゃくしゃに乱れた前髪の下から期待をみなぎらせた目で上を見あげつつ、シェリーによく見てほしいのか褒めてほしかったのだろう、二十五セント硬貨とおなじくらいの大きさの緑と金色の蛙《かえる》を手に載せてさしだしている。

わたしの体にまわされているのは本来なら母の腕であり、本を読んでいるのは父だったはずなのに、そうではなかった。そこにいたのはシェリーだった。くりかえしくりかえしあらわれるシェリー・ビュークスは、どの写真でも、他人の関心を切実に必要としていた孤独な太った少年を愛していた——さらには慈《いつく》しんでもいた。母はその仕事に気が進まず、父はどうやら本当にその仕事のやりかたを知らず、それゆえすべてはシェリーの肩にかかっていた。そしてシェリーはクイズ番組〈ザ・プライス・イズ・ライト〉で新車を獲得した女性にも負けないほどの熱意で、わたしを熱愛した。まるで、シェリーが幸運に恵まれたかのようだった——わたしを手に入れるという幸運、わたしのためにクッキーを焼き、わたしの下着を畳み、小学生のわたしの癇癪《かんしやく》に耐え、わたしのかすり傷におまじないのキスをするという幸運に。けれども本当に幸運だったのはわたしのほうで、おまけにわたしはそのことをまったく知らなかった。

12

つづく一年半のあいだ、日々のシェリーのようすは次のどちらかに分類された――具合のわるい日と、もっと具合のわるい日だ。ラリー・ビュークスとわたしはふたりでシェリーの世話をしようと努めた。シェリーがナイフのつかい方を忘れれば、わたしたちが代わって料理を小さく切ってやる必要に迫られた。トイレのつかい方を忘れてからは、わたしたちがおむつを交換した。またラリーがだれかも忘れてからは、ラリーが部屋にはいると怯えることもあった。わたしには怯えを見せたことはなかったが、わたしがだれなのかを思い出せないことはしょっちゅうだった。それでも、わずかな記憶の痕跡が頭のずっと奥のどこかを小さくくすぐることもあったようだ――わたしがビュークス家へはいっていくと、シェリーがこんなふうに大声で叫ぶこともたまにあったからだ。「お父さん！　サービスマンの人がテレビの修理に来てくれたわ！」

またラリーがそばにいないときには、わたしがシェリーの隣にすわって、フェニキア人が盗んだ記憶のアルバムを見ることもあった――濁ったような色あいで光の具合も貧弱な〝写心〟にシェリーの興味を引き寄せようと思ったからだ。しかしシェリーは毎回決まって不機嫌な顔になり、写真をかたくなに見まいとして顔をそむけ、こんなような言葉を口にした。「なんでそんなものをわたしに見せるの？　早くテレビを修理しておくれ。次は〈ミッキーマウス・クラブ〉の時間よ。好きな番組はぜったい見逃したくないの」

アルバムのなかの写真にシェリーが反応したのは、わずか一回だけだった。ある日の午後、いきなり階段のいちばん下で死んでいる少女の写真を子供のように夢中になってながめはじめたのだ。

　シェリーは写真に親指を押しつけてこういった。「押された」

「なあに、シェリー？　この女の子が押されたの？　だれが押したか見てた？」

「消えたの」シェリーはいいながら、芝居がかったしぐさで手を〝ぱっ〟と広げて、突然消えたことをあらわした。「幽霊みたいに。それでテレビは修理してもらえる？」

「もちろん」わたしは約束した。「もうすぐ〈ミッキーマウス・クラブ〉の時間ですもんね」

　わたしがハイスクールの二年生だった年の秋、ラリー・ビュークスがテレビを見ながらうっかり居眠りをして、その隙にシェリーが家からふらりと外へ出てしまうという事件が起こった。なかなか行方がわからず、見つかったのは翌日の朝四時だった。自宅から三キロ以上離れた〈デイリー・クイーン〉の店舗裏で、食べ物を求めて大型のごみ収集容器をあさっているところをふたりの警官に発見されたのだ。両足は黒く汚れ、服はぼろぼろで血だらけ、爪は割れて指は皮膚が剥けてしまっていた――側溝にでも落ちてしまい、手で懸命に地面を掻《か》いて脱出したかのようだった。指にはめていた結婚指輪と婚約指輪は、何者かが頂戴していた。迎えにいったラリーを見ても、もうだれだかわからなかった。自分の名前を呼ばれても反応しなかった。これまで自分がどこにいたのかもわからなければ、自分がどこへ行こうとも――そこにテレビさえあれば――いっこうに気にかけなかった。

　翌日の午後、シェリーのようすを見ようとビュークス家を訪れると、ラリーが《メキシコ！》という文字がはいったぶかぶかのTシャツとトランクスだけの姿で玄関に出てきた。銀色の髪の毛が頭の片側に突き立っていた。シェリーのことでなにか手伝えそうかとわたしがたずねるなり、ラリーの顔がくしゃくしゃになり、あごが小さくわななきはじめた。

「ヘグターがあれを連れていった！　そう、わたしが寝ているあいだにシェリーを連れていってしまったよ！」

「父さん！」ラリーの背後から大きな声が響いた。「父さん、だれと話してるんだ？」

　ラリーはこの質問を無視して玄関前の階段を降り、日ざしのなかへ足を踏みだしてきた。

「きみからどんな人間に見られるだろうな。わたしはヘグターがシェリーを連れていぐのを許した。必要な書類すべてにサインをした。いわれたとおりにしたよ――わたしはもう疲れたし、シェリーがあまりにも重荷になったからだ。信じられるか……シェリーがわたしのごとさえあきらめてしまうなんて？」

　そういうとラリーは両腕で自分を抱きしめて、すすり泣きはじめた。

「父さん！」ヘクターがふたたび声をあげて玄関に近づいてきた。

それからヘクター当人が姿をあらわした。ボディビルダーで海軍所属、〈ナイトライダー〉から出てきたような極上のコンディションのトランザム八二年型の誇り高きオーナー。シェリーとラリーのあいだにこんな息子がいることを、わたしはたまにしか思い出さなかった。母親がすわっている椅子を片腕だけでもちあげる軽業をパーティーで披露した息子。あのころと比べると体にはスペアタイヤなみの脂肪がつき、伝説の刺青師《いれずみし》セーラー・ジェリー風のタトゥーはインクがぼやけ、にじみはじめていた。ファッションセンスは家を出ていたあいだにも成熟したとはいえず、ダイエットコーディネーターのリチャード・シモンズ・スタイルという形容がいちばん当たっているかもしれない。まぶしいほど赤いスエットバンドでちりちりの髪が目にかかるのを防ぎ、海賊のイラストのあるタンクトップを着ていた。顔には恥じ入っている表情がのぞいていた。

「やめてくれよ、父さん。勘弁してくれって。その男の子に怖い思いをさせてるじゃないか。そのいいぐさだと、母さんを野犬収容所あたりに連れていったみたいだ。毎日だって母さんに会いにいけるんだよ。ぼくもね！　こうするのが母さんにとって、いちばんいいんだ。ふらふら出歩く母さんを追いかけてばかりじゃ、父さんの寿命が縮むだけだよ。母さんがそんなことを望むと思う？　勘弁してくれって。さあ、もう行こう」ヘクターは丸太のように太い腕を父ラリーの肩にかけ、その体をそっとわたしから引き離した。そのまま父親を家のほうへむかせながら、ヘクターは悔しそうな笑みをのぞかせた。「せっかくだから、寄っていってくれ、坊っちゃん。ちょうどデーツクッキーを焼いたところさ」

この男から〝坊っちゃん〟と呼ばれると、体がぞくりと震えた。

シェリーが連れられていったのはベリヴァー館という施設だった。この日の午前中、ラリーがうとうとと居眠りをしているあいだに、ヘクターが車で連れていったのだ。フォーシーズンズのような高級ホテルとは比較にならないが、決められた時間に薬を飲ませてもらえるうえ、〈デイリー・クイーン〉の大型ごみ収集容器をあさって食べ物をさがす必要もない。ヘクターは、それから父がずっと泣いていると話した。そんなふうに話してくれたのは、ラリー・ビュークスがよろよろと寝室に引っこんでいったあと、ほぼ終日にわたって寝室にこもりきりだったときだ。ヘクターとわたしは居間で裁判ネタの番組〈ピープルズコート〉を放映中のテレビを前に、お茶を飲みながら、まだ温かいデーツクッキーを食べていた。クッキーの中身はねっとりと甘く、こまかく砕いた胡桃《くるみ》が噛むたびに〝かりっ〟という感触を伝えてきた。

ヘクターが自分の皿の上にまで身を乗りだし、秘密めかした声でわたしに話しかけてきた——そんな口調はそもそも必要なかった。部屋にいるのはわたしたちだけだったからだ。

「前はきみのことをねたましく思ってたんだよ。母さんがきみのことを話すときの口調とかね。きみがなにもかも、きっちりやりこなしているところもだ。立派な成績。決して口答えしないところ。前に東京から母さんに電話で、天皇《エンペラー》の親戚と鮨《すし》を食べたと自慢したんだ。そしたら母さんはこういったね。『あら、すごい。ところで、坊っちゃんはこのあいだ余ったレゴのピースと輪ゴムで立派に動く原子炉をつくったのよ』ってね」ヘクターは頭を左右にふり、トム・セレック風の口ひげの下でにやりと笑った。「でも、きみについては母さんが正しかった。きみは母さんが話していたとおりの立派な少年だった。もしきみがいなければ、親父《おやじ》がこの一年半ものあいだ、どうやっていたかは想像もできないよ。それに母さん……頭のなかからなにもかもが滑り落ちてしまう前の母さんにとって、きみは毎朝寝床から起きだす理由になっていた。きみは母さんを笑わせてた。たぶんきみはおれ以上に、母さんに幸せな気分を味わわせていたんだろうな」

身の置きどころのない気分だった。どう答えればいいかもわからなかった。だから、テレビに視線を貼りつかせて口のなかを半分いっぱいにしたまま、こういった。「このクッキー、すごくおいしい。あなたのお母さんがつくってくれたものとそっくりだし」

ヘクターは疲れたようにうなずいた。「まあね。母さんのノートの一冊にレシピが書いてあった。母さんがこのクッキーをなんて呼んでいたか知ってるかい？」

「デーツクッキー？」

「〝マイクの大好物〟だよ」ヘクターはいった。

13

そのあと二年ばかりのあいだ、わたしはおりおりにシェリーのところへ面会に行った。ラリーといっしょのときもあれば、両親の近くに住むためにサンフランシスコへ越してきたヘクターと行ったこともあった。のちには自分で車を運転していった。

最初の一年かそこらは、シェリーはわたしの顔を見ると——あいかわらずテレビを修理するサービスマンだと思いこんでいたが、それでも——喜んでいた。しかしわたしがハイスクールの最上級生のころになると、もうわたしがたずねても、そのことがわからなくなっていた——わたしにかぎらず、だれのことも。シェリーは混みあった共用ホールのテレビの前にすわっていた——共用ホールは小便と高齢者と埃《ほこり》のにおいが立ちこめる日あたりのいいスペース、不潔な床と布地が擦り切れそうな家具だけのスペースだった。シェリーの頭は力なく前にごろりと倒れ、皺のあるあごが胸に埋もれていた。「次のチャンネル、次、次、次よ」と小さくひとりごとをいうこともあった。だれかがテレビのチャンネルを替えるとシェリーはむやみに昂奮《こうふん》して、腰かけたまま二、三度跳ねてから、また体が溶けたような力ない姿勢に落ち着いた。

あれはマサチューセッツ工科大学《MIT》に入学する一カ月ほど前だったと思うが、自作コンピューター・マニアたちの会合に出るために車でサンフランシスコまで行った帰途、ふと思い立つままに州間高速道路をふたつ手前の出口で降りて、ベリヴァー館にシェリーの顔を見にいったことがある。シェリーは部屋にいなかったし、ステーションにいた看護師たちにきいても、テレビの前にいなかったのなら居場所はわからない、といわれただけだった。結局シェリーは、居室から出て廊下を進んだ先、目の行きとどかない通路の自動販売機の前で、付添もなく、車椅子にすわって忘れられた存在になっていた。

わたしがだれだかわかっていた日々はいうにおよばす、わたしがやってきたことに気づいていた日々もずいぶん昔のことになっていた。けれども、わたしが車椅子の隣に膝をついたそのときは、なにかが——おぼろげな意識のようなものが——海辺に落ちているガラスの破片のように曇って色褪せていたシェリーの緑の瞳を、ひととき明るく輝かせた。

「坊っちゃん」シェリーはささやいた。視線がいったんあさってにそれてから、またもどってきた。「もういや。お願い。忘れたい。息の仕方を」つづいてシェリーの目に、ごく淡いながらも愉快に思っているような光がのぞいた。「ね。あのカメラはどうしたの？　わたしの写真を撮ってくれない？　最高のガールフレンドを忘れないための写真を」

だれかにバケツ一杯の氷を浴びせられたように、背中が上から下までさあっと冷えて鳥肌に覆われた。わたしは飛びすさってシェリーから離れると、背後にまわって車椅子のハンドルをつかみ、狭い通路から廊下へ出ると、そのままシェリーを押してロビーへむかった。シェリーの真意を知りたくなかった。考えたくもなかった。

それからわたしはステーションにいた看護師のひとりに詰めより、口汚くなじった。あんなクソたわけた自動販売機の前にわたしの母を放置したのはどこのだれなのか、たまたまわたしが通りかかったからよかったが、そうでなかったら母はあとどのくらいあのまま放置されていたのかを教えろ、と迫った。シェリーを自分の母親だと話したが、これはいかなる意味でも嘘だとは思えなかった。それに、怒るのは気分がよかった。悲しいかな、愛される気分の前には二位に甘んじるが、それでもなにもないよりはましだ。

わたしが怒鳴りつけているうちに、看護師は顔を赤らめ、穴があったらはいりたいような恥じ入った表情になった。看護師がティッシュで涙をぬぐうようすや、上司を呼ぶために電話の受話器をとりあげた手がわななないていたようすに満足感をおぼえた。こうしてわたしがガス抜きをしていたあいだ、車椅子のシェリーは頭を胸もとにまで垂れたまま、先ほど自動販売機前にいたときと変わらず、忘れられた透明な存在になっていた。人はなんと簡単に忘れてしまうことか。

14

その夜は熱い風が——それこそ熔鉱炉《ようこうろ》のひらいた口から吹きつけてくるような風が——クパティーノ全域を吹き荒れ、おまけに雷も暴れたが、雨は降らなかった。朝になって自分の車まで行くと、ボンネットに鳥の死骸が落ちていた。雀が強風でフロントガラスに叩きつけられ、その衝撃で首の骨がぽきんと折れたのだ。

15

父から、マサチューセッツに出発する前にシェリーを見舞いにいくつもりかと質問された。

行きたいと思っている——わたしはそう答えた。

16

ソラリドのカメラは箱に入れて、寝室のクロゼットにしまってあった――シェリーの思考を写した写真のアルバムや、フェニキア人の記憶の写真を入れたマニラ封筒などといっしょに。まさか――みなさんは、わたしがこの手のものを処分したと思っていただろうか？　わたしがこの手のものを捨てて、しまえると思っていた？

以前……というのはフェニキア人を最後に目にしてから数週間たったころ、わたしはあの男から奪ったこの〝カメラではないしろもの〟をクロゼットの最上段からガレージへ運んでいった。触るだけでも胸騒ぎがした。『指輪物語』ではフロド・バギンズが指輪をはめると、その姿が冥王サウロンの赤い目に見えるようになるが、それを思い出したわたしは、ソラリドに触れるだけでもフェニキア人を呼びもどしてしまうのではないかと怯えていた。《やあ、でぶちん。おれを覚えてるか？　そのようだな？　覚えてるんだろう？

そんな昔のことではないし》

しかし、ひとしきり手のなかでひっくりかえして、ためつすがめつしたあと、結局わたしはソラリドをまたクロゼットにしまいこんだ。ただし、なにもしなかった。分解もしなかった。どうすれば分解できるのかもわからなかった。継ぎ目が見当たらず、プラスティックの部品を組みあわせている箇所も見つからなかった。ありえないことだが、全体がひとつの部品だった。写真を撮影すればなにかわかったかもしれないが、そんな気になれなかった。そう、だからわたしはあのカメラをクロゼットの奥に押しこめ、ケーブルや回路基板を入れた箱を前に置いて隠した。一、二カ月もすると、うまくすれば十五分ばかりはソラリドのことを考えずに過ごせるようになった。

ボストンへむけて出発する予定日の前の週末――ちなみにボストンへは父といっしょに飛行機で行くことになっていた――わたしはクロゼットをあけてカメラをさがした。心のどこかではカメラがないことを期待していた。心のその部分はもう何年も前から、フェニキア人なんてたまたま発熱していて感情的にも動揺していたある日、妄想ででっちあげた存在でしかないと信じこみかけていた。しかし、ソラリドはわたしの記憶どおりの場所にあった。クロゼットの最上段から、なにも見ていない空虚なガラスの目がわたしを見おろしていた――機械じかけの隻眼巨人《キュクロープス》。

わたしはソラリドをホンダ・シビックの後部座席に慎重な手つきで置いた。ここに置けばベリヴァー館まで車を走らせるあいだ、目に入れずにすむからだ。見るだけでも危険に感じられた。もしかしたらカメラがいきなり復讐心《ふくしゅうしん》もあらわに動きはじめ、これまでの四年間ただ埃をかぶるにまかせていたわたしを罰するために、わたしの記憶を消し去ってしまうのではないか……。

シェリーは個室にいた――刑務所の独房よりも若干広い程度のスペースだった。ヘクターとラリーが数時間前にシェリーの見舞いに来たことはわかっていた――ふたりはいつも決まって土曜の午前中にここを訪れていた。そしてわたしは、ふたりの訪問からわずかな時間差でシェリーと会えるように計算していた――ヘクターとラリーのふたりに、シェリーと過ごす最後の時間をつくってやれるように。

わたしが部屋へ行くと、シェリーは車椅子にすわって窓のほうをむいていた。せめて、じっくりながめていられる美しい景色だったらよかったのにと思わずにいられなかった。オークの木が立ちならぶ緑の公園……噴水とベンチがあって、子供たちがいるような公園だったら。しかし個室の窓からは、日ざしに焼かれる駐車場とふたつならんだ大型ごみ収集容器が見えただけだった。

シェリーは膝にウォークマンを置き、ヘッドフォンをつけていた。ヘクターはいつも帰りがけに、こうやってシェリーにヘッドフォンをつけていく。シェリーが映画〈スタンド・バイ・ミー〉のサウンドトラックをきけるようにだ――ラリーがまだこの国に来て間もないころ、シェリーがハイスクールを出たてだったあのころ、ふたりはこの曲にあわせて踊ったのだ。

しかし曲はもうとっくにおわっていて、シェリーはすわっていただけだった。頭がひくひくと動き、あごからは涎が糸を引いているほか、お尻が包まれているおむつは交換の必要があるらしい。鼻がそう教えてくれた。ああ、これがシルバーエイジの威厳だとは。

わたしはシェリーの頭からヘッドフォンをはずし、車椅子をそっと動かしてベッドのほうをむかせた。わたしはシェリーとむきあうようにベッドのマットレスに腰かけた。ふたりの膝小僧が触れあいそうになっていた。

「お誕生日」シェリーはそういい、ちらりとわたしを見て、すぐ目をそむけた。「お誕生日。ね、だれのお誕生日？」

「あなたのだよ」わたしはいった。「シェリー、あなたのお誕生日。写真を撮ってもいい？ お誕生日をむかえた女の子の写真を撮らせてくれる？ そのあとで――そう、そのあといっしょにキャンドルの火を吹き消そう。いっしょに願い事をして、いっしょにキャンドルを残らず吹き消すんだ」

シェリーの視線が一気にわたしへともどり、たちまちその目に鳥を思わせる関心の光が宿った。「写真。ええ。いいわ。坊っちゃん」

わたしはシェリーを写真に撮った。フラッシュが光った。そのくりかえし。くりかえし。またくりかえし。

写真が床に落ちては現像されてきた。腰の曲がったシェリーの祖母が、口の端にタバコをくわえたまま、オーヴンからデーツクッキーの載ったフライパンをとりだしているところ……白黒テレビとミッキーマウスの耳をつけた子供たち……もちあげたピンクの手のひらに黒インクで書きこまれたビュークスというぼやけた文字と、その下の電話番号のメモ……両のこぶしをふりあげ、あごにジャムの汚れがあり、早くも髪がちりちりになっていた太った赤ん坊のヘクター……。

　わたしは三十枚をわずかに超える写真を撮影したが、最後の三枚は現像されなかった。それを見て、わたしには仕事がおわったことがわかった。三枚はいずれも灰色で毒をはらんだ虚無、入道雲の色ばかりだった。

　立ちあがったとき、わたしは怒りを感じながら声を殺して泣いていた。口のなかに銅めいた味がした。シェリーは力なく背中を丸めていた。両目はあいていたが、もうなにも見ていなかった。呼吸はつっかえつっかえで、詰まりがちだった。唇は――キャンドルを吹き消すための空気を吸っているかのように――引き結ばれていた。

　わたしはシェリーのひたいにキスをして、シェリーが人生最後の日々を過ごした部屋の香りを深々と吸いこんだ――埃と排泄物《はいせつぶつ》と錆《さび》、そして放置がつくりだす芳香を。このときのわたしが暗澹《あんたん》とした気分だったとすれば、シェリーにカメラをむけたからではなかった――むしろカメラをむけるのを、ここまで先延ばしにしてしまったからだった。

17

翌日ヘクターから電話で、シェリーが午前二時に死去したことを知らされた。死因など知りたくなかったし、たずねもしなかったが、ヘクターは教えてくれた。

「肺がふっと動かなくなったんだ」ヘクターはそういった。「まるで母の体が、息の仕方を忘れてしまったみたいに」

18

電話を切ったあと、わたしはキッチンの椅子にすわったままオーヴンの上の時計がたてる〝かち・かち・かち〟という音をきいていた。やけに静かな朝、やけに暑い朝だった。父は仕事に出ていた——このころは午前中のシフトだった。

それからわたしは寝室にはいっていって、ソラリドをとりだした。このときにはもう、手にするのも怖くなかった。わたしはカメラをもったまま外に出ると、ドライブウェイに置いた——わたしのシビックの運転席側の前輪のすぐうしろに。

車をバックさせてタイヤで踏むと、いかにもプラスティックが割れるときのような音とともにカメラが壊れるのがわかった。わたしはシビックのギアをパーキングに入れ、外へ降り立って目で確かめた。

しかしドライブウェイでそれを見るなり、わが心臓は烈風につかまった鳥のように跳ねあがり、そのまま肋骨《ろっこつ》という頑丈な壁になすすべもなく叩きつけられていた。カメラの筐体は潰れ、ぬらぬらした感じの大きなひとつの破片になっていた。しかし筐体のなかに、部品のようなものはひとつもなかった。歯車もリボンも、いかなる電気部品も見当たらなかった。内部は見た目がタールのような、ねっとりとした黒い液体に満たされていたらしい――そのスープのような液体に目玉が浮かんでいた。黄色い大きな目玉には、中央に細い切れ込みのような虹彩《こうさい》があった。ブラックベリー色のぷるぷるするゼリーでつくった大きな〝パナマスリル〟のなかに、目玉がひとつ浮かんでいるようなものか。タールめいた不気味な液体が水たまりのように広がっていくあいだ、ひとつきりの目玉がごろりと動いてわたしを見たことは誓ってもいい。悲鳴をあげたくなった。肺のなかにそれなりの量の空気があったら悲鳴をあげていたはずだ。

とはいえ黒い液体は、わたしが見ているあいだにも固まりはじめ、みるみる色が薄くなって銀色に変わってきた。ついでへりが硬化してめくれあがり、化石のようになった。銀色の硬い部分が内側へむけて広がり、ついには黄色い目玉にたどりついて、目玉をかちかちに凍らせた。

わたしが拾いあげたときには、黒い液体はもうすっかり鈍い色あいをした軽い金属の板になりはてていた。マンホールの蓋より少し小さく、厚さはディナー皿と同程度だった。稲妻のような、雹のような、そして鳥の死骸のようなにおいがした。

それを手でもっていられたのもわずかなあいだだけだった。それ以上は耐えられなかった。手で拾いあげるなり、頭のなかがヒスノイズや無線の雑音めいた音、それに意味のわからないささやき声などで満たされてきたのだ。わたしの頭蓋骨がAMラジオになって、遠くのラジオ局の周波数にダイヤルをあわせていた――〝大人の国ラジオ〟ならぬ〝調子っぱずれ頭のラジオ〟だ。アケメネス朝ペルシアのキュロス大王がフェニキア人を踏みつけた時代にはすでに古代のものだった声が、こうささやいていた。《マイクル、おお、マイクル。わたしを熔《と》かして組み立ててくれ。おまえなりの考える機械を組み立ててくれ。コン・ピュー・ターを組み立てろ、マイクル。そうすれば、おまえの知りたいことを残らず教えてやろう。どんな質問にも答えてやるぞ、マイクル、どんな謎でも解き明かしてやれるしおまえを金持ちにしてやれるしおまえとファックしたがる女たちをつくってやれるしわたしなら――》

わたしは一種の嫌悪とともに、それを投げ飛ばした。

そのあともう一度拾いあげたが、そのときには庭仕事用のトングをつかってつかみあげ、ごみ袋に滑りこませた。

そしてその日の午後には車で海岸へ行き、この忌むべき品を海に投げ捨てた。

19

ははは。本当にそうしたんだ。

20

そう、あれを拾いあげるときにトングをつかったことも、あれをごみ袋に入れたことも事実だ。ただし、ごみ袋を海に投げ捨てはしなかった——ごみ袋はクロゼットの奥、長いあいだソラリドをしまっていたところに投げこんだ。

その年の秋、母が飛行機でアメリカへやってきて、ケンブリッジで父やわたしと再会し、わたしがＭＩＴに入学するのを見とどけた。母と会うのは一年ぶり以上だったこともあり、鼠っぽい色だった髪の毛がすっかり銀色に変わり、縁なしの遠近両用眼鏡をかけるようになっていたことに驚かされた。そのあとわたしたち三人はマサチューセッツ・アヴェニューにある〈ミスター・バートリーズ・グルメバーガー〉で、家族として夕食をとった。親子三人でテーブルを囲んだ記憶が残る数少ない食事の一回だった。母はシュートストリング・オニオンリングを注文し、お義理でちょっとつついただけだった。

「大学でいちばん楽しみにしているのはなにかな？」父がわたしに質問した。

母が代わって答えてくれた。「たぶん、もう隠さなくてもよくなって、この子もほっとしてるんじゃないかしら」

「隠すってなにを？」

母はオニオンリングの皿を遠ざけた。「自分になにができるかを。人はひとたび完全に素《す》の自分を出せる場所にたどりつくと……ええ、もう立ち去りがたくなるの」

母から愛しているという言葉をかけてもらった記憶はないが、このとき母は空港でぎこちなくわたしの首に両腕をまわすハグをしながら、避妊はあなたの責任であって将来のデート相手の責任ではない、と釘を刺してきた。母は一九九三年六月、コンゴ北西の国境地帯の山中を通る道路において、ウガンダの反政府武装勢力〈神の抵抗軍〉のメンバーに殺害された。母とともにフランス人の恋人も殺された――のちに明らかになったが、母はこのフランス人とかれこれ十年近くも同棲《どうせい》していた。母の死は『ニューヨークタイムズ』の紙面で報じられた。

父はこのニュースを、スペースシャトル〈チャレンジャー号〉の悲報を知ったときとおなじように受けとめていた――深刻に受けとめたが、個人的な悲しみを派手にあらわにすることはなかった。ふたりが愛しあっていたことがあったのかどうか、どんないきさつで子供が生まれたのか、そのあたりはわたしにはわからない。シェリー・ビュークスとフェニキア人をめぐる謎以上に不可解な謎。わたしにいえるのは、わたしが知っているかぎり、ふたりが離れていたあいだ――最初はアフリカによって引き離され、のちに母の死によって引き離されてからも――父の暮らしに女性がいたことはなかった、ということだけだ。

そして父は母の著作を読んでいた。一冊残らず。そして写真のアルバムのひとつ下の段にならべていた。

父はわたしがＭＩＴを卒業し、今度はカリフォルニア工科大学で修士号の（そのあとは博士号の）取得を目指すため、西海岸にもどるのを見とどけるまでは生きていた。そして、わたしが二十二歳になる一週間前に死んだ。ある風雨の強い夜、通電していた副送電線が切れ、作業車の横に立って工具箱を回収しようとしていた父の背中を直撃したのだ。父の体に百三十八キロボルトの電流が流れこんだ。

かくしてわたしは単身で二十一世紀に足を踏み入れた。怒れる孤児としてのわたしは、同年代の人たちが親のことで文句をいうのを耳にすると、ひとり憤慨していた（「法律なんか勉強したくないっていったからママがめちゃくちゃ怒ってる」とか「うちの親父は卒業式で居眠りしてたんだぞ」――ぺちゃくちゃ、ぺちゃくちゃ）。しかし同時にわたしは、それぞれの両親についての不満を口にしないばかりか、愛情たっぷりに話題にする連中にも憤慨を禁じえなかった（「ママがいってくれてるの――わたしさえハッピーなら、なにをしててもかまわないって」とか「親父はいまでもおれを〝ちっちゃい兵隊くん〟なんて呼ぶんだぜ」――ぺちゃくちゃ、ぺちゃくちゃ）。

若く孤独だったころのわたしが心にかかえこんでいた憤慨の念がどのくらいの分量だったのか、それを正確に表現できる計測システムは存在しない。個人的な不満は癌のようにわたしをむしばんで内面を空っぽにし、その結果わたしはげっそりとやつれて衰弱した。十八歳でＭＩＴへ入学した時点では百五十キロあった体重が、六年後には七十七キロにまで落ちていた。エクササイズの結果ではない。怒りの作用だった。憤慨とは飢餓の一形態だ。憤慨は魂のハンガーストライキだ。

　四月の、黴くさいばかりか気の滅入るような休暇の大半を費やして、わたしはクパティーノの家を片づけた——衣類やふちが欠《か》けた食器を箱に詰めては慈善団体のグッドウィルへ送ったり、本を地元図書館に寄付しにいったりした。この年の春はとりわけ花粉が多く、窓ガラスに鮮やかな黄色い靄がかかったようになった。このころにわが家をたずねてくる人があれば、鼻の頭からぽたぽた涙を垂らしているわたしを見て悲しみの涙だと思っただろうが、なに、じっさいは花粉症だった。一人前になるまでずっと住んでいた家を片づけるのは驚くほど気力を削《そ》がれる仕事だった。大量生産品の家具と毒にも薬にもならないストライプの壁紙以外、わたしたち一家がこの家に残した痕跡はほとんどなかった。

　かつてクロゼットの奥にみずから突っこんだ例の不気味な金属の円板のことは、いざそこに手を差し入れて指先で触れる瞬間まで、嘘いつわりなく完全に忘れていた。円板はいまもごみ袋にはいっていたが、ビニールごしにも金属の凹凸は指先に感じとれた。わたしは袋を運びだすと、口を縛ってつくった持ち手を両手でつかみ、長いこと袋をもちあげていた——重苦しく緊張感にあふれた静寂、それは夏の強烈な雷雨がやってくる寸前、この世界にやってくる静寂と通じるものがあった。

　ささやき声を出す金属は、二度とわたしに話しかけてこなかった——少なくともわたしが目を覚ましている時間には。ただし、夢のなかで話しかけてくることはあった。また、やはり夢のなかで、ソラリドの筐体が押し潰されて最初に外へ流れだしたときのまま見えてくることもあった——目玉がひとつ浮かんでいたタールを思わせる液体として。この現実世界に存在するはずのない原形質。

あるとき見た夢で、わたしは夕食のテーブルをはさんで父とむかいあわせにすわっていた。父は職場の制服姿で、ボウルにはいった紫色の〝パナマスリル〟を見おろしていた。容器のなかでジェローが落ち着かないようすでぷるぷると震えていた。

《デザートは食べないの？》わたしはたずねた。

父は目をあげた。その目は黄色で、猫の目のような細長い虹彩があった。沈んだ苦しげな声で父はいった。《食べられないんだ。なんだか吐きそうなのでね》

そういうなり父はぐわっと口をひらいてテーブルに吐きはじめた——どろりとした軟泥のような黒々したものが、ねっとりとした動きで父の口からあふれ、じわじわと落ちはじめた。同時に、耳ざわりなヒスノイズや無意味なたわごとがきこえてきた。

カリフォルニア工科大学での最後の年、わたしは斬新なメモリーシステムのアーキテクチャー構築に着手し、クレジットカード大の回路基板をつくりはじめた。わたしがつくった初期の原型は、例の存在するはずのないグロテスクな金属からつくった部品にかなり依存していた。基板が発揮した計算能力は、どこの研究所だろうとも、どこのだれだろうとも匹敵するものがなかったはずだと確信できる。最初の基板はわたしにとってのアフリカ、つまり母にとってのコンゴとおなじ意味をもっていた——魅惑に満ちた異国の地、あらゆる色彩がより鮮やかで、新しい一日がつねに新鮮、かつ胸のときめく啓示の訪れが確約される研究の一日になるような地だ。わたしはその地に何年も住んだ。帰りたくなったことはない。帰りたいと思う目的もなかった。そう、そのころには。

やがて仕事が完成した。最終的にはある種のレアメタル——おおむねイッテルビウムで、そこにセリウムがくわわる——を採用すれば、斬新さは多少薄れるものの充分画期的といえる結果が得られるとわかった。例のささやく金属を利用した回路で達成できたことの足もとにもおよばなかったのは事実だが、この分野における長足の進歩を意味するものだった。わたしは、しゃきしゃきした歯ざわりのジューシーな果物を社名にした企業に見いだされて契約書にサインし、その場で百万長者になった。あなたが携帯電話に三千曲の音楽と千枚の写真を保存していたら、あなたはわたしの仕事の一部をポケットに入れていることになる。

あなたが忘れたことをコンピューターが記憶しているのは、わたしがいてこそだ。これでもう、なにかを忘れてしまう人はいなくなった。わたしがそれを確実にしたのだ。

21

シェリーが他界してからすでに四半世紀が過ぎた。わたしは二十五歳になる前にシェリーを、母を、父をなくした。三人のだれにも結婚するわたしを見せられなかった。三人のだれも、わたしのふたりの息子とは会えなかった。父が一生かかって稼いだ額に匹敵する金額を毎年寄付にまわしても、金持ちになって当然のどんな人物をも上まわる金持ちだ。いまのわたしは不届きなほどの幸せを手にしているが、告白しておこう――その幸せの大半は、コンピューター・サイエンスの分野における技術開発の最先端をつねにフォローすることが無理になってから手に入れたものだ。いまわたしはカリフォルニア工科大学時代に契約を結んだ企業の、いわば名誉教授職にある――これは、会社が懐旧趣味だけでわたしを会社においているという事実を遠まわしに表現した言葉だ。わたしはもう十年以上も、専門分野で意味のある貢献をしていない。あの存在するはずのない不気味な金属はとうにつかいきった。わたしの才能もまたしかり。

ベリヴァー館は二〇〇五年に取り壊された。以前あの施設があった場所に、いまはサッカー場が立っている。サッカー場の先の土地はたんねんに手入れされて植栽が配され、その道のプロがほどこした造園術で牧草地を思わせる公園になっている、公園には白い敷石の曲がりくねった遊歩道があり、人造池があり、広大な児童遊園があった。建設費用はあらかたわたしが出した。シェリーにこの景色を見せてあげたかった。わたしの頭にはフェニキア人の記憶がとり憑《つ》いて離れないが、おなじようにシェリーが末期に見ていたのが駐車場と大型ごみ収集容器だったことも忘れられなかった。シェリーが人生最後の日々を狭苦しく陰気なあの部屋で過ごした事実は、できれば考えたくない——しかし、もし記憶を消せるとしても、わたしはあの記憶を消したりしないだろう。いくらおぞましくともあの種の記憶はどれもわたしであり、失えば、わたしらしさが薄れる。

　盛大な開園式の日には、家族そろって公園に足を運んだ——妻と息子ふたりといっしょに。開園式は八月で、朝には雷が鳴っていた——連続砲撃そっくりに、ごろごろ転がるような大きな雷鳴が轟いていたが、午後になると空から雲が一掃されて青空が広がり、これ以上は望めない好天に恵まれた。街が立派な余興を用意していた。野外ステージで三十人編成のブラスバンドが古きよき時代のスウィングを演奏した。無料のフェイスペイント・サービスがあり、細長い風船をつかって巧みに動物をつくるおなじみの芸人が出ていたほか、わが母校のハイスクールからチアリーディング・チームが出場して、さかんに飛び跳ねたり転がったり大声で声援を送ったりしていた。

　息子たちがとりわけ楽しんだのは、黒髪を撫でつけてオールバックスタイルにし、口ひげをワックスで固めたいでたちで公園内を歩きまわっていたマジシャンだった。身につけていたのは紫色の燕尾服《えんびふく》とやたらにひだの多い緑色のシャツ。十八番の演物《だしもの》は物を消してしまうマジックだった。たとえば火のついた松明《たいまつ》でジャグリングをすれば、落ちてきた松明が最初から存在しなかったかのように一本ずつどこかへ消えていった。片手に生卵をもって反対の手に勢いよく叩きつけると、卵は影も形もなくなった――殻も中身もだ。つづけてその手をひらくと、手のひらでひよこがぴよぴよ鳴いていた。それからマジシャンは背もたれのまっすぐな椅子に腰をおろした。しかし次の瞬間、地面に尻もちをついた――椅子が瞬時に消え失せたからだ。六歳と四歳のわが息子たちは、ほかの何十人もの子供たちといっしょに芝生にすわり、この妙技を食い入るように見つめていた。

わたしはといえば、もっぱら雀をながめていた。池の先にある斜面に雀の群れがいて、満ち足りたようすで地面をつついていた。妻は写真を撮っていた――ポラロイドではなく携帯電話で。夢のなかのように遠くでチューバとトロンボーンの音が鳴りわたっていた。目を閉じると、過去がすぐ近くに感じられた――きのうときょうをへだてているのは、これ以上は薄くなりようのない薄膜一枚だ。

うとうとして眠りかけたころ、下の息子のブーンがわたしのショートパンツを引っぱった。マジシャンの男は一本の木の裏へはいっていって姿を消していた。ショーはおわっていた。

「あの人、消えちゃったんだよ！」ブーンは驚嘆しきりに声をあげた。「父さんは見てなかったけど」

「おまえから話をきくよ。それで父さんには充分だ」

長男のネヴィルが小馬鹿にしたように笑った。「そんなことあるもんか。ちゃんと見てなきゃだめだったんだよ」

「あれは父さんのマジックトリックだったんだぞ。父さんは目を閉じるだけで全世界を一瞬で消せるんだ」わたしはいった。「さて、わたしたちでもアイスクリームを消せるかどうかを確かめたい人はいるか？　たしか、池の反対側にソフトクリームの屋台が出ていたと思うんだ」

わたしは立ちあがってネヴィルの手をとった。妻がブーンの手をとる。それからわたしたち四人は歩きだし、緑の芝生を横切って雀たちを驚かせた。雀たちはにぎやかな音をたててはばたきながら、いっせいに空へ舞いあがった。

「父さん」ブーンがいった。「きょうのことをずっと忘れないでいられるかな？　ぼく、さっきのマジックを忘れたくないよ」

「父さんもだ」わたしはいった——そしていまなお忘れていない。

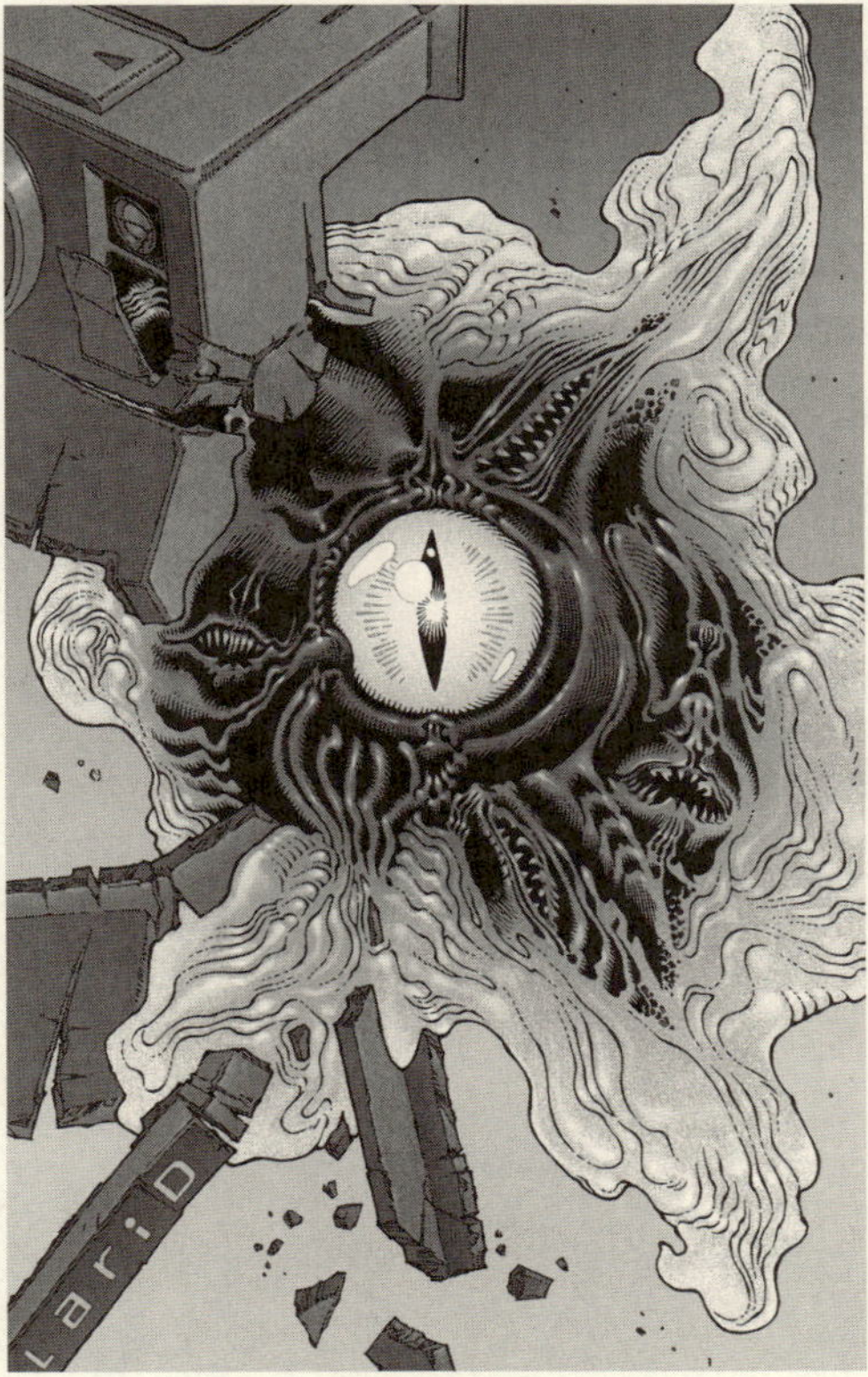

こめられた銃弾

玉木 亨［訳］

LOADED

玉木 亨
Toru Tamaki
東京都生まれ。慶應大学経済学部卒。英米文学翻訳家。主な訳書にトラス『図書館司書と不死の猫』クリーヴス『空の幻像』ケリー『凍った夏』(以上、東京創元社)、ハンター『マスター・スナイパー』(扶桑社)など多数。

一九九三年十月十四日

血のつながりはなかったものの、アイシャにとって彼は〝お兄ちゃん〟だった。

彼の名前はコルソン。だが、友だちのあいだでは〝ロミオ〟と呼ばれていた。去年の夏、公園での野外公演でその役を演じて、白人の〝ジュリエット〟――チューインガムの広告に出てきそうなぴかぴかの歯をした女の子――といちゃついていたからだ。

アイシャがその舞台を観《み》たのは、夕暮れが何時間もつづくように感じられる七月のある暑い晩のことだった。地平線は赤く輝く光の帯となり、薄暗い空には黄金色に縁どられた雲が浮かんでいた。アイシャは十歳で、王子さまっぽい紫のビロードの衣裳に身をつつんだコルソンが口にする台詞《せりふ》の半分も理解していなかったが、それは問題ではなかった。コルソンをみつめるジュリエットのまなざしの意味は、説明されなくてもわかった。それに、ジュリエットの従兄弟《いとこ》のティボルトがロミオを憎む理由も、難なく理解できた。ティボルトは、口の上手《うま》い黒人少年が白人の女の子に――しかも、自分の親戚に――しつこく言い寄るのが許せなかったのだ。

いまは秋で、アイシャは自分の舞台にむけて準備しているところだった。〝ホリデー・

ヴォーグ〟という催しのため、週に二日、放課後にモダンダンスの教室にかよっていたのだ。木曜日の教室は午後六時半に終わるが、その晩は、母親のかわりにコルソンが二十分遅れで迎えにあらわれた。ほかの少女たちの姿はすでになく、アイシャは石造りの階段のところでひとりで待っていた。コルソンは黒のデニムのジャケットに迷彩柄のパンツで決めており、暗闇のむこうから大またでちかづいてきた。

「よお、ダンス好きの可愛《かわ》い子ちゃん」コルソンがいった。「踊ろうぜ」

「もう踊ってきた」

コルソンはこぶしでアイシャの頭のてっぺんを小突くと、彼女の通学用のバックパックの肩紐《かたひも》を片方つかんだ。アイシャはもう片方の肩紐をはなさず、そのまま彼にひっぱられるようにして暗闇のなかへとはいっていった。草の匂いがした。太陽で温められたアスファルトと、遠くからただよってくる潮の匂いも。

「母さんは？」アイシャはたずねた。

「仕事だ」

「どうして？　四時にはあがれるはずでしょ？」

「さあね。きっとディック・クラークは黒人が嫌いなんだろ」コルソンがいった。アイシャの母親は〈ディック・クラークのバンドスタンド・レストラン〉の厨房《ちゆうぼう》で働いており、南のデイトナ・ビーチまでバスで一時間かけてかよっていた。週末には、バスで北に一時間いったところにあるセント・オーガスティンの〈ヒルトン・ベイフロント〉で掃除係をしていた。

「どうして父さんが迎えにこなかったの？」

「今夜は酔っぱらいどもの後始末をしてるからさ」アイシャの父親は肉体労働者を対象にしたアルコール依存症のためのリハビリ施設で管理人をしており、清掃員としての楽しい作業をこなすかたわら――施設には常に、モップがけしなくてはならない吐瀉物《としゃぶつ》があった――禁断症状の苦しみで理性を失った麻薬常用者と格闘するという力仕事も担わされていた。そのため、腕に嚙《か》み跡をつけて帰宅することもしばしばだった。

コルソンはアイシャの家族と暮らしていた。彼の母親はアイシャの継母ポーラの姉にあたる人物で、他人はおろか自分の面倒さえ見られなかったからだ。その理由について、アイシャは一度もきちんと説明されたことがなかったが、正直、あまり気にしていなかった。コルソン・ウィザーズは、そこにコーラがあって、アイシャがそれをちょっと欲しがれば、ためらわずにひと口飲ませてくれた。ふたりでゲームセンターにいって、彼のポケットに二十五セント硬貨があれば、それはアイシャのものだった。アイシャがダンス教室でいっしょのシェリル・ポーティスの馬鹿げた発言について長々ととりとめのないおしゃべりをしても、コルソンは――きちんと聞いてはいなかったものの――決して〝黙れ〟とはいわなかった。

アイシャとコルソンは足早にコッパー・ストリートをミッション・アヴェニューへとむかった。町のこのあたりの東西を走るストリートには、すべて色の名前がつけられていた。

銅色《コッパー》。金色《ゴールド》。バラ色《ローズ》。青色《ブルー》のストリートはなかった。黒色《ブラック》のも（ニグロ《ネグロ》ポンテ・アヴェニューならあったが、これは人種差別にあたるのではないかとアイシャは考えていた）。とはいえ、このあたり一帯は昔から〝ブラック＆ブルー（青黒い痣《あざ》）〟と呼ばれていた。なぜコルソンが実の母親と暮らしていないのかという疑問が頭に浮かばなかったのと同様に、アイシャはなぜ自分の住んでいるところが地区名というよりは打撲痕のような名称で呼ばれているのかを、誰かにたずねてみようとは思わなかった。

ミッション・アヴェニューは、コッパー・ストリートと交差する地点で四車線になっていた。道路の反対側には〈コースタル・マーカンタイル〉という大きなショッピング街があり、数ブロックにわたって駐車場つきの店がならんでいた。ショッピング街にはひと気がなく、駐車場には数台の車が停《と》まっているだけだった。

暖かい晩で、暑いといってもいいくらいだった。あたりには通りをいきかう車の排気ガスの匂いがただよっていた。パトカーが猛スピードで、赤信号になる直前の黄信号を突っ切っていった。目のくらむような青い閃光《せんこう》が、闇のなかで点滅していた。

「……だから、イギリスじゃ〝パンツ〟は〝下着〟のことだって教えてあげたの。そしたらシェリルがイギリス人は言葉を正しく使うべきだっていうから、それならあたしたちはなんで学校で〝英語〟じゃなくて〝米語〟を勉強しないんだっていってやったわ」アイシャはこの反論が誇らしかった。イギリス訛《なま》りは実在するか、それとも映画用のまがい物にすぎないのかという長く不毛な議論で、最後にシェリル・ポーティスをやりこめてやったと感じていた。

「ふうん」歩行者用の信号が青に変わるのを待ちながら、コルソンがいった。いつのまにかアイシャの手からバックパックをもぎとって、自分の肩にかけていた。

「ああ、そうだ！　それで思いだしたんだけど、ねえ、コール？」

「うん？」

「イギリスにはどれくらいいってるの？」

コルソンがロンドン音楽演劇アカデミーに入学願書を送ったと聞かされてからというもの、アイシャの頭にはずっとその遠い異国のことがあった。まだ返事がきていないにもかかわらず（それは春まで待たなくてはならないだろう）、彼はそれ以外のところに願書を出しておらず、まるですでに入学許可がおりているかのように——もしくは、すくなくとも不合格になろうと気にしていないとでもいうように——ふるまっていた。

「さあな。とにかく、どれくらいかかろうと、ジェーン・シーモアに会えるまでだ」

「ジェーン・シーモアって？」

「『ドクター・クイン　大西部の女医物語』のクイン先生さ。彼女は俺の最初の奥さんになるんだ。大勢いるなかの」

「彼女、西部に住んでるんじゃないの？　あの番組の舞台は、そこよ」

「いや。彼女はロンドン出身だ」

「彼女が結婚したくないっていったら？」

「その悲しみを演技に注ぎこむさ。彼女に拒まれたらつらいだろうけど、そこで感じた心の痛みをすべて取り入れて、これまでで最高のハムレットを舞台で演じてやる」

「ハムレットって黒人なの？」

「俺が演じたら、そうなる。さあ、走って渡るぞ。ここの信号は壊れてるみたいだ」

ふたりは車の流れが途切れるのを待ってから、手をつないでミッション・アヴェニューを急いで横断した。歩調をゆるめて反対側の歩道にのぼったとき、けたたましいサイレン音が聞こえてきて、また別のパトカーが猛スピードで通過していった。アイシャは無意識のうちに、『全米警察24時 コップス』の冒頭に流れるレゲエの曲を口ずさみはじめていた。夜のこの時間帯に警察が騒ぎたてるのは——ディスコの照明よろしく光を点滅させ、サイレンで人びとをぎょっとさせながら、通りをパトカーで疾走していくのは——ごくありふれた光景だった。誰もその理由を知らなかったし、それを気にかけもしなかった。コオロギの鳴き声同様、夜の音のひとつにすぎなかった。

このとき警察は、ちょうど盗難車のミアータをさがして、ブラック&ブルー地区を走りまわっているところだった。四十分ほどまえに、セント・ポッセンティの北端で——化粧漆喰《しっくい》の塀と赤いスペイン・タイルの屋根からなる大邸宅がたちならぶ一帯だ——カップルが帰宅したときを狙って押し入る強盗事件が発生していた。犯人の男は作業服を着ていて、女物のストッキングを頭にかぶっていた。カップルの片割れであるウィリアム・ベリーは、腹部を二度刺された。彼の妻は逃げようとしたところで、背中を十九回刺された。襲撃者はそのあとで冷静に彼女の紫のエルメスのハンドバッグをあさり、寝室にあった宝石、DVDプレーヤー、ひと目でポルノとわかるDVDを頂戴した。男は欲しいものを盗むあいだ口笛を吹き、ときおりウィリアム・ベリーに――床に横たわってうめいている四十二歳の投資銀行家に――話しかけた。室内装飾を褒め、とりわけカーテンに感心してみせ、ふたりの回復を祈ると約束した。キャシー・ベリーが回復することはなかったが、ウィリアム・ベリーのほうは――大腸の穿孔《せんこう》で集中治療室にはいっていたものの――助かりそうだった。彼は意識がはっきりしており、犯人は〝黒人っぽいしゃべり方〟をしていて酒臭かった、といった。ベリー夫妻のミアータがブラック&ブルー地区にはいっていくのが交通指導員によって目撃されてから、まだ二十分もたっていなかった。

ショッピング街のまえの駐車場は傾斜してひび割れており、割れ目はタールで乱雑に補修されていた。そこにならんでいるのは、小切手換金店（営業中）、酒屋（営業中）、煙草《たばこ》屋《や》（営業中）、歯医者（休診中）、〈聖なる再生体験〉という名称のバプテスト教会（閉館中）、〈ワーク・ナウ・スタッフィング〉という職業紹介所（永遠に休業中）、コインランドリー（いまは営業中。午前三時にもたぶん営業中。キリスト再臨でえらばれしキリスト教徒が空中に避難しているあいだもおそらく、料金の割りにパワー不足の洗濯機と乾燥機のサービスは提供されつづける見込み）といった顔ぶれだった。

横腹に砂漠の風景が描かれたエコノラインのヴァンのとなりにきたところで、コルソンが歩調をゆるめた。運転席側のドアの取っ手をひっぱる。鍵がかかっていた。

「なにしてんの？」アイシャはたずねた。

「いかにも誘拐に使われそうなヴァンだから」コルソンがいった。

「うしろに縛られてる少女がいないか確かめたんだ」

アイシャは目のまわりを両手で囲んで、色付きのバブルウィンドウに顔を押しつけた。ヴァンの後部に縛られた人はいなかった。

ヴァンには鍵がかかっており、なおかつ誰ものっていないことが確認されたので、ふたりは満足して歩きつづけた。すこし先で建物の角を曲がり、ショッピング街の側面をとおって裏の金網フェンスを乗り越えると、その先にはスズカケノキとキャベツヤシと蟻塚《ありづか》とビールの空き瓶からなる四エーカーの〝絡《タングルズ》みあい〟と呼ばれる荒れ地が見えてくることになっていた。

青のミアータのそばをとおったとき、コルソンがふたたび歩調をゆるめた。黒い革張りの内装。光沢のあるサクラ材のダッシュボード。このショッピング街には似つかわしくない高級車だ。コルソンがドアの取っ手をひっぱった。

「いまのは、どうして？」

「レディがきちんとドアをロックしたか、確認しないと。こんな車をブラック&ブルーに駐車しとくようなやつに、自分の持ち物をまともに管理できるわけがない」

アイシャは、コルソンがドアの取っ手をひっぱるのをやめてくれればいいのにと願っていた。面倒なことになるのを心配していない本人のかわりに、彼女が心配しなくてはならなかった。

「どうしてこれが女性の車だってわかるの？」

「ミアータは、車というよりは口紅みたいな車だからだ。相手が男だったら、ディーラーは絶対にこんな車を売りつけようとはしないだろう。その客がタマなし野郎でないかぎりは」ふたりはそのまま歩きつづけた。

「それじゃ、ジェーン・シーモアと結婚したら、いつフロリダに連れてきて会わせてもらえるの？」

「そっちがくるんだ。ロンドンに。俺が有名人になる勉強をするのとおなじ学校で、ダンスを習えばいい」

「ロンドンでは演技を勉強するんでしょ」

「おなじことさ」

「あっちにいるあいだにイギリス訛りを身につけるの？」

「もちろん。着いたその日に、バッキンガム宮殿のみやげ物屋でお買い上げだ」だが、コルソンの声は上の空で、どうでもよさそうに聞こえた。

ふたりはおんぼろのアルファロメオのそばをとおった。運転席側のドアは灰色がかったマットブラックで、そこ以外はゲータレードのレモン・ライム味のようなけばけばしい黄色だった。ダッシュボードにはＣＤが散乱していた。銀色に輝くフリスビーのコレクションといったところか。コルソンが運転席側のドアをためすと、ロミオどうし（あるいは、ロメオどうし)が呼応しあうかのように、それはすっとあいた。

「おやおや」コルソンがいった。「誰かさんは安全第一を忘れてるみたいだぞ」

アイシャは足をとめずに、コルソンがあとをついてくるようにと念じた。五歩いったところで、思いきってふり返ってみる。コルソンはアルファロメオのそばにとどまり、しゃがみこんで車内に身をのりいれていた。それを見て、アイシャは気分が悪くなった。

「コルソン?」アイシャは大声で叱りつけるような感じでいおうとしたが——彼女の声質は叱責にむいていた——口から出てきた声は惨めに震えていた。

コルソンは上半身を起こして、うつろな目でアイシャのほうを見た。それから、彼女の『リトル・マーメイド』のバックパックをひざの上にのせたまま(ジッパーが半分あいていた)、車内をあさりつづけた。

「コルソン、い、いこうよ」アイシャはいった。

「あとちょっと」コルソンは紫のバックパックからもらせん綴《と》じのノートをとりだし、手探りで鉛筆をさがした。ノートを一枚破りとって、車の屋根にのせ、なにやら書きはじめる。

「俺たちはいま重要な公共奉仕をしてるんだ」

アイシャは、たちならぶ店のほうへちらりと目をやった。かれらはコインランドリーのまえにいた。ショッピング街のなかで、いちばん店先の明るいところだ。店のドアは開けたまま軽量コンクリートブロックで固定されており、なかで回転している乾燥機の音がアイシャの耳にも届いていた。いつなんどき店の入口に誰かがあらわれて怒鳴りつけてきても、おかしくなかった。

アイシャは忍び足でコルソンにちかづいていった。彼の手をとってひっぱっていきたかったが、いざそばまできて彼のジャケットの袖をつかむと、手をふりはらわれてしまった。コルソンはそのまま鉛筆を動かしつづけた。

殴り書きしながら、コルソンがその文面を読みあげはじめた。「〝拝啓。今夜、貴兄の新車同然のアルファロメオが無施錠の状態で停められていることに、わたくしどもは気がつきました。それゆえ、勝手ながら貴兄にかわってドアを施錠させていただきました。この近所には身なりを整えずに悪臭をはなっている浮浪者が大勢たむろしており、貴兄の車をトイレ代わりに使用する可能性がなきにしもあらずだということを、どうかご承知おきください。貴兄が現在、飲んだくれの臭い小便のなかにすわってこれを読んでいるのでなければ、それは〈正常な放尿を奨励する会（Promoters Of Normal Urination ＝PONU）〉の面々のおかげです。いますぐ地元の〈Ｐ-ＯＮ-Ｕ《ピー・オン・ユー》（〝おまえに小便をかける〟の意）〉に寄付を！〟」

アイシャは思わず笑った。コルソンは無関心にちかい冷静さで、さりげなく芝居のある場面から別の場面へと移動することができるのだ。

コルソンはノートのページを折りたたむと、それをダッシュボードの上に置いた。腕をひっこめたとき、デニムのジャケットの袖が一枚のＣＤにひっかかった。彼は床に落ちたＣＤを拾いあげ、じっくりとながめてから、それを車の屋根の上にのせた。先ほどの書き置きを回収して、ふたたび鉛筆を走らせる。

「〝追伸《ピー・エス》〟」コルソンは読みあげた。「〝貴兄をスピン・ドクターズから守るため、貴兄の所有する同バンドのCD《ポケット・フル・オブ・クリプトナイト》を預からせていただきます――〟」

「コルソン、コルソン！」アイシャは叫んだ。もういきたくてたまらなかった。

「〝――彼《か》のバンドの音楽は貴兄の聴力を損傷する恐れがあります。どうか代わりにパブリック・エナミーを毎日聴いて、もっと野暮《やぼ》でない人間になってください〟」

「コルソン、コルソン！」アイシャはふたたび叫んだ。悲鳴にちかかった。もはやおかしくもなんともなかった。たしかにくすりと笑いはしたものの、もともとほんとうにおかしかったわけではないのだ。

コルソンは乱暴にドアを閉めると、アイシャのバックパックを肩にかけて、ぶらぶらと歩きはじめた。人差し指をCDの真ん中の穴に突っこんでおり、その表面が虹色に輝いていた。彼は三メートルほどいったところで足をとめ、ややいらだたしげにふり返った。

「いくのか、いかないのか、どっちなんだ？　さっきまではやくいこうと怒鳴ってたくせに、今度は足の動かし方を思いだせないみたいに、そこに突っ立ってる」

アイシャがあとをおって駆けはじめると、コルソンはむきなおって歩きつづけた。

コルソンにおいついたアイシャは、彼の手首をつかんで、その場で踏ん張った。

「戻してきて」

コルソンが立ちどまり、指にひっかけたCDを見てから、右の手首にからみついたアイシャの両手に目をやった。「いやだね」

コルソンはアイシャをひきずるようにして歩を進めた。

「戻してきて！」

「できない。こいつは、きょうの俺の善行だ。たったいま、俺は誰かさんの耳を救ったんだ」

「も・ど・し・て・き・て！」

「無理だ。ドアをロックしたから、もう誰もあの車からほんとうに価値のあるものを盗めない。たとえば、バックミラーにかけてあった聖クリストフォロスの金のメダルとか。ほら、いこうぜ。あきらめろ。俺のいい気分に冷や水を浴びせるつもりか」

コルソンがCDを盗《と》った理由を、アイシャは知っていた。彼が盗《ぬす》っ人《と》だからではない。それが笑えるからだ。より正確にいうと、このことを友人たちに話したときに笑えるからだ。〝P-ON-U〟《ピー・オン・ユー》のオチにたどり着いたとき、収穫物のCDはそれがただの作り話ではないことの証拠になった。拳銃が殺し《スレイ》のために銃弾を必要とするように、コルソンは笑い《スレイ》のために逸話を必要としていた。

だが、アイシャは指紋についても知っていた。警察がスピン・ドクターズのCDの重窃盗でコルソンを逮捕しにくるのは、時間の問題に思えた。そうなったら、彼はロンドンにいってハムレットになることもなく、その人生は台無しになってしまうだろう。アイシャの人生も。

コルソンはアイシャの手をとり、いっしょに歩いて角を曲がった。わき道の路面はでこぼこしていて、正面の駐車場よりもひどい状態だった。ふたりはショッピング街の裏の角を通り過ぎ、生い茂る雑草のなかにはいって、たるんだ金網フェンスのほうへとむかった。フェンスは背の高い草と下生えで半分隠れていた。このころになるとアイシャは声をあげずに泣いており、ひっきりなしにしゃくりあげていた。

アイシャがフェンスをよじのぼるのに手を貸そうと、コルソンがしゃがみこんだ。そして、彼女のあごから涙が滴り落ちているのを見て、本気でショックを受けていた。

「よお！　どうした、ダンス好きの可愛い子ちゃん？」

「それを・戻して・きて！」アイシャはコルソンに面とむかって叫んだ。自分がどれほど大きな声を出しているのか、ほとんど気づいていなかった。

コルソンは強風に吹かれた低木みたいにのけぞると、目を大きく見開いた。「どうどう！　落ちつけよ、ゴジラ！　できない！　いっただろ。もうあいつの車をロックしちまったんだ」

アイシャはさらになにか叫ぼうと口をひらいたが、出てきたのはすすり泣きだけだった。コルソンはアイシャの肩をつかんで、彼女が震えながらつらそうな声を出しているあいだ、しっかりと支えてくれた。自分のTシャツを使って、顔を拭ってくれた。視界を曇らせていた涙が取り除かれると、アイシャの目のまえにはコルソンの戸惑ったような笑みがあった。ジュリエットが彼のためなら命でさえ投げだそうとした理由を知りたければ、その笑みを見るだけでよかった。

「スピン・ドクターズのCDのことなんか、誰も気にしやしないさ」コルソンはそういったものの、アイシャはすでに自分が勝利をおさめたのを知っており、ほっとして、つぎのすすり泣きをこらえることができた。「まったく、おまえのせいで最高のジョークが台無しだ。わかってるか？　おまえはまるでジョーク警察だな。えらくおかしいからって理由で、切符を切るってか？　だったら、さっきのところに戻って、あの車の屋根にCDを置いてくるってのはどうだ？　そのほうがいいか？」

アイシャはうなずいたが、まともにしゃべれるか自信がなかったので、そのか細い腕をコルソンの首に巻きつけて抱きしめることで、自分の喜びを相手に伝えた。それから何年たっても、彼女は目を閉じると、そのときのことを正確に思いだせた。コルソンを抱きしめたときの感触。彼の笑い声。肩甲骨のあいだにあてられた彼の腕。別れの抱擁だ。

コルソンは立ちあがると、アイシャをフェンスのほうへむきなおらせた。そして、金網に指をかけたアイシャのお尻を下から押しあげて、てっぺんを乗り越えるのに手を貸してくれた。アイシャは反対側の生い茂った低木のなかに飛び降りた。

「そこで待ってろよ」コルソンはそういって、金網フェンスを手で叩《たた》いた。

歩み去っていく彼は、あいかわらず無造作にアイシャのバックパックを肩にかけ、CDを右手の人差し指にぶらさげていた。暗闇のなかで、CDが銀色に光っていた。まるで、ロミオの短剣のようにきらきらと。すぐに彼は角を曲がって、姿が見えなくなった。

アイシャはビロードのような闇に包まれて待っていた。夜の下生えのなかで、昆虫たちが眠りを誘う子守唄を奏でていた。

戻ってきたとき、コルソンは駆け足だった。それが全速力になったところで、誰かが叫んだ。コルソンが姿を消してから、まだすこししかたっていなかった。長くて、せいぜい三十秒といったところか。彼は頭をさげ、バックパックを肩のところで跳ねあげながら、でこぼこのわき道を駆けてきた。

そのあとをおいかけてくる男がいた。いろいろな物をぶらさげた重たそうなベルトをしており、それらがぶつかりあってがちゃがちゃと音をたてていた。せわしなく閃《ひらめ》く銀と青の光で、夜が明るくなった。舞台の偽物の雷雨のようだった。ベルトをした男は足が遅く、息切れしていた。

「そいつを置け！」がちゃがちゃとうるさいベルトをした男が叫んだ。警官だった。白人の男で、年齢はコルソンとほとんど変わらないように見えた。「そいつを捨てろ！　捨てるんだ！」

コルソンがフェンスに飛びつき、金網が大きな音をたてた。その勢いに圧倒されて、アイシャは思わずあとずさりし、低木の薄闇のさらに奥のほうへとはいった。フェンスを半分ほどのぼったところで、コルソンの動きが止まった。

コルソンが肩にかけていた『リトル・マーメイド』のバックパックは（のちにレブ・ムーニー巡査は、それがその晩の強盗刺殺事件の現場から盗まれたエルメスのハンドバッグだと思った、と供述することになる）駆けているうちに肩からずり落ちており、コルソンがフェンスに飛びつくころには、片方の肩紐だけで彼の手からぶらさがっていた。フェンスの下端は、古い金網が曲がって鉤《かぎ》のようになっていた。そのため、それがバックパックの生地にひっかかって、フェンスをよじ登るコルソンの手から肩紐がもぎとられた。

コルソンはバックパックを見おろし、顔をしかめて一瞬考えてから、ふたたび地面に飛び降りた。そして、泥のなかからバックパックを拾いあげようと片ひざをついた。

警官は二、三メートル離れたところで、よろめきながら立ちどまった。そのときはじめて、アイシャは彼の右手に拳銃が握られていることに気がついた。ムーニー巡査は顔を真っ赤にして、ぜいぜいあえいでいた（このそばかす顔の大柄な若者は、わずか二週間後に高校時代からの恋人と結婚することになっていた）。パトカーが警告灯を点滅させながら、ショッピング街の角をまわって姿をあらわした。

「地面に伏せろ！」ムーニー巡査はちかづいてきながら拳銃をかまえ、そう叫んだ。「両手をあげろ！」

コルソンは顔をあげ、両手をあげはじめた。片方の人差し指には、あいかわらず例のCDが馬鹿みたいにすっぽりとはまりこんでいた。若い警官がコルソンの肩にブーツをあて、乱暴に蹴飛ばした。コルソンは金網フェンスに激突し、うめき声をあげると同時に跳ね返された。その勢いがあまりにもすごかったので、警官に突進していくようにも見えた。彼の手のなかでCDがきらりと光った。

銃が発射された。一発目の銃弾は、コルソンをふたたび金網フェンスに叩きつけた。ムーニー巡査は全部で六発発射した。最後の三発は、うつ伏せで地面に倒れているコルソンの背中に撃ちこまれた。のちに大陪審で、ムーニー巡査とその相棒のポール・ハッデンフィールド巡査は、CDをナイフだと思った、と説明した。

すべてが終わったとき、夜は銃声の残響で満たされており、どちらの警官もアイシャ・ランタングラスが荒れ地の茂みのなかへと逃げこむ音に気がつかなかった。

翌年の夏、セント・ポッセンティ劇団はその年の〈公園でシェイクスピアを〉の野外公演を、亡くなったコルソン・ウィザーズに捧《ささ》げた。演目は『ハムレット』だった。主役は白人男性が演じた。

二〇一二年九月――二〇一二年十二月

ベッキーとログが会うのは、いつでも銃の射撃場と決まっていた。ふたりはまずそこで銃弾を数百発発射し、それからログのチェリーレッドのランボルギーニに場所を移して、彼がベッキーのなかで発射した。

はじめてふたりで射撃場を訪れたとき、かれらはかわりばんこにログのグロックを手にとり、三十三発入りの弾倉《マガジン》が空っぽになるまで人型の標的に弾《たま》を撃ちこんだ。

「すごい」ベッキーはいった。「こんなおっきな挿弾子《クリップ》、この州では合法なの？」

「ハニー」ログが彼女にいった。「ここはフロリダだぞ。きみが年齢的に合法かどうかはさておき、弾倉は問題ない」まるで、彼女がまだ高校生であるかのような――すでにコミュニティ・カレッジで企業経営のコースをとっていることを無視したような――発言だった。

ログは射撃場でうしろに立ち、股間を彼女のお尻に押しつけながら、両腕を腰に巻きつけてきた。いい匂いがした。レモンと白檀《びゃくだん》と海のような匂い。そうして抱きしめられたとき、彼女は宝石のようにきらめく海面とヨットを思い浮かべた。彼といっしょに海に潜って宝探しをし、そのあとで彼の身体に石鹸《せっけん》を塗りたくって、熱いシャワーで大西洋の海水を洗い落としたかった。

「片方の手で反対の手を包みこむんだ」ログが彼女に指導した。「親指どうしを重ねあわせて、足をひらく。そんな感じで。いや、それじゃ広すぎる」

「もう濡《ぬ》れちゃった」ベッキーは彼にむかってささやいた。

彼女は標的をログの奥さんのでっかい偽物のオッパイに見立てて、三十三発の銃弾を撃ちこんだ。すると、オルガズムを感じたあとのように全身がじんじんした。ふたりにとっては、それがいつでも前戯のかわりとなった。

はじめてロジャー・ルイスと会ったとき、ベッキーはまだ十六歳だった。父親に連れられて、ショッピングモールのなかにある〈デヴォーション・ダイヤモンド〉を訪れたのだ。つぎの日曜日に教会で純潔の誓いをたてることになっており、その儀式で身につける贈り物の金の南京錠《なんきんじょう》をえらぶためだった。彼女はログに手伝ってもらって、いくつか試着してみた。そして、ガラスのカウンターの上の小さな鏡のまえであちこちむきをかえながら、首のまわりの輝きをうっとりとながめた。

「きれいだ」ログがいった。「瑕《きず》ひとつない」

「瑕ひとつない」ベッキーはくり返した。その言葉に妙に魅了されていた。

「この夏、女子店員を募集しているんだが、いま身につけているような南京錠をお友だちに売ってくれたら、きみの手もとには給料にくわえて、その値札の十パーセントがはいることになる」

ベッキーは金鎖についている値札を見てから、手をはなした。重たい南京錠がふたたび胸骨の上に落ちた。いま着用しているものの十パーセントといったら、彼女が〈ウォルマート〉で一週間ずっと袋詰めをしてもらう額よりも多かった。

彼女は南京錠を身につけたまま店を出た。バッグには応募用紙がはいっていた。つぎの日曜日、彼女は両親と祖父母と妹と教会の信徒全員のまえで、結婚するまで自分の人生における男性は父親とイエス・キリストだけだ、と誓った。

店の奥のオフィスではじめてログにパンティの上から射精されたとき、彼女はまだその南京錠を身につけていた。そのころには、すでに高校を卒業して、歩合だけで月に五百ドルちかく稼ぐようになっていた。

いっしょに射撃場を訪れた最初の数回、かれらはひたすらグロックを撃ちまくった。ベッキーは町のチンピラを気どって、髪の毛が顔にかからないように、ひっつめにしてスカーフでくるんでいた。ログはそれに文句をつけなかったが、彼女がギャングみたいな撃ち方を試したときはちがった。映画で観たギャングを真似《まね》て、拳銃を横向きにして腕をまっすぐにのばし、手首をすこし下にかたむけて撃ってみたのだ。だが、一発撃っただけで、すぐにログの手がのびてきて、前腕をつかまれた。彼は銃口を床にむけさせると、こういった。

「いまのはなんだ？　射撃場で弾倉をいくつか空にしただけで、アイス・キューブにでもなったつもりか？　クリームチーズのはいったタンクに漬けたって、それ以上は白くならないって肌をしてるくせして。もう二度とそんな撃ち方をするんじゃない。そんなところを、ここにいる誰かに見られたくない――わたしまでが恥をかく」

そこで、ベッキーは彼に教えられたとおりに撃った。足をすこしひろげて（片方の足をすこしまえに、反対の足をすこしうしろに）、腕をまっすぐのばして（ただし、すこし遊びをもたせる）、上半身の真ん中を狙う。なぜなら、ログいわく、胸に命中させれば血がどばっと出るからだ。すぐに彼女は、十メートルの距離から心臓のあたりにまとまって弾を命中させられるようになっていた。

そのあとで、ログはひとつ段階をあげてきた。射撃場に、弾頭重量百四十九グレインのフルメタルジャケット弾を装填《そうてん》した自分の七・六二ミリ口径のSCAR《スカー》を持参したのだ。ベッキーはそれをバースト射撃で撃った。ダダダダ。ダダダダ。彼女は発射火薬の匂いがログのオーデコロンよりも好きだった。彼の服や薄くなりつつあるブロンドの髪に染みついた硝煙の匂いを嗅ぐのが好きだった。

「これって機関銃《マシンガン》みたい」ベッキーはいった。

「実際、そうだ」ログは彼女の手からアサルトライフルをとりあげ、セレクタースイッチをいじくってフルオート射撃に切り替えた。そして、伸ばしてある折りたたみ式の銃床を左肩にあてると、目を細めて引き金をひいた。けたたましい音とともに弾が勢いよく発射され、ベッキーは誰かが古い手動式のタイプライターを力まかせに打ちまくるところを連想した。人型の標的はまっぷたつになっていた。ベッキーは自分でも撃ちたくて仕方がなく、ログの手からもぎとるようにしてアサルトライフルを奪い返した。人がどうしてコカインを必要とするのか、彼女には理解できなかった。銃を手にするだけで、こんなに気持ちよくなれるのに。

「自動小銃をぶっ放すには特別な許可証が必要なんじゃないの?」ベッキーはログにたずねた。

「必要なのは弾薬とぶっ放す理由だけさ」ログがいった。「許可証も必要なのかもしれないが、どうだろう。調べてみたことがないんでね」

ログは頭髪を気にしており、禿《は》げた部分が黄色の薄い巻き毛で隠れるように全体をなでつけていた。目尻には深いしわが刻みこまれていたが、その身体は少年のようなピンク色で清潔感があり、胸は黄金色の細い毛で覆われていた。ベッキーはそのやわらかい毛をもてあそぶのが好きで、絹のような手触りを楽しんだ。彼が裸でとなりに横たわっているとき、ベッキーはいつでも絹と金《きん》のことを考えていた。絹と金と弾丸のことを。

クリスマスの十日まえ、仕事のあとでログのランボルギーニにのりこんだベッキーは、これから射撃場へいくのだろうと考えていた。だが、かわりに彼がむかったのは、セント・ポッセンティの三十キロ南にある〈ココナッツミルク・バー&イン〉だった。そこの一階のスイートルームが、〝クライド・バロウ〟と〝ボニー・パーカー〟の名前で予約してあった。その偽名もログの冗談のひとつなのだろう、とベッキーは察しをつけた。あたりさわりのない笑みを浮かべて相手の気分を損ねないようにするのに慣れていたので、なんのことかさっぱりわかっていないのをログに悟られる心配はなかった。彼の会話には、ベッキーの知らない映画や音楽の情報がちりばめられていた。『ダーティハリー』、ニルヴァーナ、MTVの『リアルワールド』。どれもグーグル検索で調べるほどの価値もない古臭いものばかりだ。

ログは、取っ手が南京錠で固定されたテフロン製の黒い鞄《かばん》をもってきていた。ベッキーは以前、これと似たような鞄で彼が宝石をはこぶのを見たことがあったが、なにもいわなかった。

受付カウンターにいた年輩の女性は、ベッキーからログ、そしてふたたびベッキーへと視線を戻すと、口のなかで不快な味がするとでもいうように顔をしかめた。ベッキーはその意地悪な視線を涼しい顔で受けとめた。

「あしたも学校があるんじゃないの？」受付の女性がカウンターにのせた鍵を押しだしながらいった。

ベッキーはログの腕をとった。「こういうところがお年寄りを雇うのって、ほんとうにいいことよね。そうでなきゃ、この人たちはどこかの老人センターでビンゴをやるくらいしかないもの」

ログが煙草でしわがれた笑い声をあげて、ベッキーの尻を叩いた。そして、髪をオレンジ色に染めた年輩の女性にむかっていった。「彼女に嚙みつかれなくて、よかった。まだ注射を打ってないから、なにがうつるかわかったもんじゃない」

ベッキーは、受付カウンターのむこうで気分を害しているクソ婆《ばばあ》にむかって歯をむきだしにしてみせた。ログにひじをとられ、廊下のほうへといざなわれる。そこには、まだ誰の足にも踏まれたことがないように見えるぶ厚い白い絨毯《じゅうたん》が敷かれていて、ずらりとならぶ煉瓦造《れんがづく》りのアーチから屋外のパティオへ出られるようになっていた。外には高低差のあるプールが三つあり、それぞれが滝でつながっていた。背の高い屋外用の暖房器具と鉄格子入りの炎の柱にはさまれて、カップルが籐椅子《とういす》にすわっていた。ヤシの木にはクリスマス用の装飾がほどこされており、エメラルド色のクリスマス・ライトが葉っぱにぶらさがっているところは、まるで華麗な花火がひらく途中で永遠に凍りついているような感じだった。ベッキーは目を閉じて、グラスのなかで氷がかちあう音をもっとよく聞こうとした。飲まなくても、酔っぱらっていた。その音だけで、興奮していた。ログがスイートルームのドアのまえで足をとめるまで、彼女はずっと目を閉じていた。

ベッドを覆うシーツはなめらかな手ざわりの絹で——それか、絹っぽい素材のもので——ヴァニラの糖衣のような色をしていた。広びろとした浴室にある浴槽は、大きな溶岩のかたまりをくりぬいたものだった。ログがドアにチェーンをかけているあいだに、ベッキーはキングサイズのマットレスの端に腰をおろした。

ログが例の鞄をベッドにもってきた。「こいつは今夜だけだ。明日の朝には、すべてもとのところに戻っている」

そういうと、彼は鞄の鍵をあけて固い留め金をはずし、さかさまにして、ベッドの上に宝の山を出現させた。金のイヤリング。銀のロープチェーンについた淡水真珠。ダイヤをちりばめた腕輪。ブリリアントストーンの首飾り。光沢のあるオパール色のシーツの上に、鞄いっぱいの光がぶちまけられたかのようだった。香水をいれるようなクリスタルガラスの小さな瓶もあって、なかに白い粉がはいっていた。砕いたダイヤといっても通用しそうだった。ベッキーはログから、セックスのまえにコカインを少々たしなむことを教えられていた。それは彼女を淫らでいい気分にさせてくれた。なにかとんでもないことをやらかそうとしている背徳者のような気分に。

光り輝く宝飾品をまえにして、ベッキーは息が止まりそうになった。

「これって、いくらくらい……?」

「五十万ドルといったところかな。ほら、着けてみろ。なにもかも。きみが宝飾品に埋もれて身動きとれなくなっているところを見たい。イスラム教国の君主《サルタン》の愛妾《あいしょう》のように。わたしがこれできみを買ったみたいに」ログはベッキーが知っている誰よりも言葉を巧みにあやつることができた。ときおり古い映画に出てくる恋人のような話し方になって、詩的な文句を歯切れよくさらりと口にしたりした。まるで、ふだんからそういうことを言い慣れているかのように。

宝飾品の山のなかに、おそろいのブラジャーとパンティがあった。金のストラップに、ラインストーンがちりばめられている。メタリックゴールドの包装紙に銀のリボンのついた細長い箱もあった。

「略奪品は、すべて明日の朝までに店に戻さなくてはならない」ログがそういいながら、その贈り物用の箱をベッキーのほうへ押しやった。「だが、こいつはきみのものだ」

ベッキーは幅広でつるつるした包みをつかんだ。贈り物は大好きだった。毎月クリスマスがくればいいのにと思っていた。「なんなの？」

「これだけ大量の光りものを身につけている女性は」ログがいった。「自分でそれを守るようにしておかないと」

ベッキーは包装紙とリボンをひきちぎり、勢いこんで箱をあけた。スミス＆ウェッソンの357マグナム・リボルバーだった。サテンホワイトの握りは、真珠のように見えた。ステンレススチール製の銃身には、イチハツとツタの渦巻きが彫りこまれていた。ログが彼女になにかを放って寄越《よこ》した。黒い革紐《かわひも》と留め具が絡みあっていて、一瞬、ベッキーは今夜のセックスがボンデージ方面へむかうのだろうかと考えた。

「脚につけるんだ」ログがいった。「それで太ももの内側に拳銃を留めておけば、ペンシルスカートで歩きまわっても、誰もきみが武装しているとは思わない。それじゃ、シャワーを浴びてくるよ。きみはどうする？」

「あとでいいわ」ベッキーはそういって立ちあがると、つま先立ちになって彼にキスをした。彼の下唇を噛む。ログが彼女のぴちぴちの黒いスラックスのまえをつかんで、自分のほうへひき寄せた。彼はクールにふるまっていたものの、すでにモノが硬くなっているのがカーキ色のズボン越しにわかった。

シャワーの水音は十五分間つづき、そのあいだにベッキーは服を脱ぎ、みずからの身体をひと財産で飾りたてた。銃は最後に身につけた。太ものの上のほうに革紐がぴたりと張りついているのが気にいった。銀の留め具と黒い線が白い肌に映えているのも。彼女は鎖を身にまとい、ベッドの上でひざまずいた。胸のあいだではダイヤが輝き、喉もとは銀のチョーカーで飾られていた。鏡のなかの自分にむかって、銃で狙いをつける練習をする。

ベッキーが待ちかまえているところへ、ログがシャワーから出てきた。腰にタオルを巻いており、胸もとでは水滴が光っていた。ベッキーは両手で銃をかまえた。

「タオルを落とせ」命令する。「死にたくなければ、こちらのいうとおりにしろ」

「そいつを別のところへむけてくれ」ログがいった。

ベッキーは唇をとがらせた。「弾ははいってないわ」

「みんなそう思うんだ。誰かさんのタマが吹き飛ばされるまでは」

ベッキーは回転式弾倉《シリンダー》をあけ、弾がはいっていないことが彼にも見えるように、かたかたとまわしてみせた。それから、弾倉を銃の本体に戻し、ふたたびログにむけた。

「素っ裸になれ」ベッキーはいった。

ログは依然としてS&Wの銃口をむけられているのが面白くなさそうだったが――ベッキーには、それが見てとれた――彼女の胸もとがきらきらと輝くダイヤモンドで飾られているのを見て、興奮してきていた。彼がタオルを落とすと、その細長いペニスがまえでひよこひょこ揺れた。笑えると同時に、ぞくぞくする光景だった。ログがベッドの上を這《は》い寄ってきて、彼女にキスをした。舌で彼女の上唇をなめまわす。ベッキーはいつものように欲望の渦に押し流され、我を忘れて沈着さを失っていくのを感じていた。ログが彼女の髪の毛と金の鎖をつかんで、無理やり――とはいえ、それほど手荒にではなく――ベッドの上に横たわらせた。ベッキーは彼がひざで脚を押しひろげてくるまえに、どうにか銃をホルスターにおさめた。革紐の締め方がゆるすぎたらしく、ログの太ももに押されて銃の台尻が彼女の股間にあたった。

正直、ベッキーはこのときの最初の数分間以上に――彼にキスされ、陰核《クリトリス》にS＆Wの真珠のような握りの固くて柔らかいゴムがぐいぐいあたっていた数分間以上に――激しくイッたことはなかった。彼女は銃を発射するみたいにイッた。実際のセックスは、そのあとの反動にしかすぎなかった。

二〇一三年四月十二日

ランダル・ケラウェイが勤務シフトを終えて警備員のオフィスに戻ってみると、保安官代理が待ちかまえていた。にやけた笑みを浮かべたラテン女で、例のヒラリー・クリントン風のみっともないパンツスーツを着て、でかいケツの上に拳銃――グロックだ――をのせていた。白人警官を目にすることなど、もうなくなっていた。いまでは、どこもかしこも〝多様性の推進〟だ。ケラウェイはイラクで従軍したあとで、州警察、地元警察、保安官事務所、それにFBIの仕事に応募したが、どれも面接にさえたどり着けなかった。州警察では、年を食いすぎているといわれた。保安官事務所では、管理分離（軍事裁判の代用）によって除隊したものに用はないといわれた。FBIでは、心理テストのあとで不適合と判定された。地元警察には仕事の空きがなく、逆に九百ドル分のスピード違反のチケットが未払いだと催促された。はやい話が、黒人英語を話す黒人男は、走行中の車から誰も撃ち殺さずにどうにか高校を卒業しさえすれば、雇ってもらえる。ところが白人男性となると、イェール大学にはいってボランティアでエイズの孤児の相手でもしないかぎり、スタート地点にさえ立たせてもらえないのだ。

外から戻ったところなので、ケラウェイはくだんの〝チキータ・バナナ〟巡査とおなじく、オフィスのデスクのお客さま側にいた。デスクの奥――プレシキガラスの窓のむこう――には、受付のジョーニーがたのきたキャスター付きの事務用椅子にすわっていた。そのほかに、もうひとり警備員がいた。エディ・ダウリングだ。彼はベルトをはずして、自分のロッカーにしまおうとしているところだった。勤務シフトのあける十分まえに仕事を切りあげているなんて、いかにもエドらしかった。

「ほら、きましたよ、アコスタ巡査。いったでしょ。彼は自分の勤務シフトが終わるまで仕事を放りだしたりしないって。ケラウェイさんは、とても時間に厳格なの。ランディ、こちらはアコスタ巡査よ。保安官事務所の方で――」

「いわれなくてもわかるよ、ジョーン。その制服を見れば」

警察や保安官事務所の連中は、しょっちゅう警備員のオフィスに立ち寄っていた。一月のときは、ショッピングモールの軽食コーナー《フードコート》で働く女の子の婚約者が指名手配中の重罪犯人だと判明して、その顔写真を見せるためだった。三月のときは、すぐ近所に前科もちの小児性愛者が住んでいるので目を光らせておくようにと警告するためだった。

今回は、つい最近〈ブースト・ヤー・ゲーム〉で働きはじめた黒人のガキにかんすることかもしれなかった。ケラウェイは一週間まえに、そのガキが〈ブースト・ヤー・ゲーム〉の通用口から大量の箱をはこびだして錆色《さびいろ》のおんぼろフォード・フィエスタに積みこんでいるところを発見した。彼はガキが靴を盗む《ブースト》ことで自分の盗っ人稼業《ゲーム》に弾み《ブースト》をつけようとしているのだと考え、「車にむかって両手を屋根につけ」と命じた。開店一時間まえのことで、ガキは制服を着ていなかったし、その顔をケラウェイは一度も見かけたことがなかったからだ。彼が雇われたばかりの新人だとは知らなかったし、店主からお洒落《しゃれ》なナイキの靴をデイトナ・ビーチにある〈ブースト・ヤー・ゲーム〉のアウトレットへはこぶように指示されていたのも知らなかった。もちろん、いまとなっては、ケラウェイはうっかり思い違いをした男ではなく、人種差別主義者のように見えた。

ただし、それはあくまでもケラウェイが思い違いをしていたとすればの話だ。あのガキは自分の車に〈同性婚とマリファナの合法化を〉というバンパーステッカーを貼っていた。それはまさしく、規則が重視される世界にむかって中指を立ててみせるのとおなじことだった。もしかするとこのアコスタという巡査は、例のガキが悪名高いギャングの一員で、濃縮コカイン《クラック》と銃を見つけるために彼のフィエスタを捜索する必要があることを知らせにきたのかもしれなかった（それにしても、どうしてアメリカを代表する自動車会社のフォードが自分のところの車に〝フィエスタ〟なんてスペイン語の名前をつけるのか、不思議でならなかった。まるで、〈タコベル〉のお徳用メニューにのっているメキシコ料理みたいではないか。とはいえ、こういう車を作っている工場はティファナにあるのだろうから、その意味ではお似合いの車名ともいえた）。

だが、アコスタ巡査が口をひらくまえに、ケラウェイはエド・ダウリングの顔がやけに青ざめていることに気がついた。それに、ジョーニーがわざとケラウェイのほうを見ずに、旧型のデル・コンピュータの画面の内容にさも興味があるふりをしていることにも。どんな会話にも口をはさんできて、オフィスに訪問者があれば何十ものくだらない質問――仕事はなにかとか、出身地はどこかとか、先週のドクター・フィルのトーク番組は見たかとか――を浴びせずにはいられない、あのジョーニーが。ケラウェイはかすかな不安をおぼえた。いやな予感がちらりとした。遠くで稲妻がぼんやりと光るのに似ていた。

「用件を聞かせてくれ」ケラウェイはいった。

「いいわよ、ダーリン」アコスタ巡査はそういうと、ケラウェイの手に折りたたんだ書類を押しこんだ。

ケラウェイは文字のかたまりにすばやく目を走らせた――**家庭内暴力に対する仮差し止め命令、法廷審問の通知、そして出頭と証言の予定表。**

「あなたはフロリダ州によって、ホリー・ケラウェイに肉体的に接近することを禁じられています。彼女が現在居住しているトルトーラ・ウェイ一四一九番地、および勤務先の〈トロピック・ライツ・ケーブル・ネットワーク〉のあるキッツ・アヴェニュー五〇四〇番地を訪れてはなりません。また、彼女の息子――」

「俺たちの息子だ」

「ジョージ・ケラウェイへの接近も禁止されていますので、トパーズ・アヴェニューにあるブッシユウィック・モンテッソーリ小学校にちかづいてはなりません。もしもあなたがかれらの住居、彼女の勤務先、息子の学校の百五十メートル圏内にいるところを発見された場合、あなたは差し止め命令に違反した罪で逮捕されます。ここまではいいかしら？」

「差し止め命令の根拠は？」

「それは法廷審問で判事に訊《き》いてちょうだい。日にちは――」

「俺はあんたに訊いてるんだ。なにを根拠に、フロリダ州は俺を自分の子供から遠ざけておくという決定をくだせるんだ？」

「ほんとうに、あなたはこの件を同僚たちのまえで論じたいのかしら、ケラウェイさん？」アコスタ巡査がいった。

「俺は一度として、あのヒステリックなクソ女に手をあげたことはない。それに、息子にも。あの女がそうじゃないといってるのなら、そいつは嘘だ」

アコスタ巡査がいった。「彼女に銃をむけたことは、ケラウェイさん？」

ケラウェイは黙りこんだ。

ジョーニーがくたびれた馬みたいに鼻を鳴らして息を吐きだすと、猛烈な勢いでキーボードを叩きはじめた。目はコンピュータの画面に釘付《くぎづ》けだった。

「奥さんに電話するつもりなら」アコスタ巡査がいった。「やめたほうがいいわ。あなたは彼女と直接連絡をとることを禁じられているから。彼女になにかいいたい？　だったら、弁護士を雇うことね。彼のほうから伝えてもらうの。どちらにしろ、法廷審問のために弁護士が必要になるわ」

「それじゃ、六歳の息子におやすみをいうために電話したら、俺は逮捕されるのか？　毎晩寝るまえにおとぎ話を読み聞かせるのに、弁護士を雇わなくちゃならない？」

アコスタ巡査は、彼がなにもいわなかったかのように先をつづけた。「あなたには法廷審問が予定されていて、日付と時間はその差し止め命令に記載されています。もしもあなたが法廷審問に出なければ、差し止め命令は無期限に継続されることになるでしょう。弁護士をともなわずに法廷審問に出ることもできますが、それはとんでもなく愚かなことで、決めるのはあなたです。あなたはいま、奥さんが出ていってから冷凍ディナーばかり食べていて、それにはもううんざりしているのかもしれない。でも、いいかしら。それは郡刑務所で出される食事よりもマシよ。悪いことはいわないから、法廷審問で顔をあわせるまで、奥さんとは会わないことね。わかったかしら？」

ケラウェイは気分が悪くなった。目のまえのぶくぶくとしたレズ顔に、クロムの取っ手のついた懐中電灯を叩きこんでやりたかった。髪型もレズっぽくて、海兵隊員といってもおかしくなかった。

「それだけか？　もうおしまいか？」

「いいえ」

ケラウェイはその言い方が気にいらなかった。いかにも楽しそうな口調だった。

「ほかになにがある？」

「いま手もとに、もしくは車のなかに銃をもっているかしら？」

「だったら、なんだ？」

「あなたはフロリダ州の命令により、所持している小火器を保安官事務所に提出するように求められています。あなたがそれらを所持していても安全だ、と判事が判断するまでの処置です」

「俺は警備員なんだぞ」ケラウェイはいった。

「ショッピングモールの警備員が武装する？　あなたの同僚はここに戻ってきたとき、銃をもっていなかったけど」ケラウェイがこたえずにいると、アコスタ巡査は窓のむこうのジョーニーとエドのほうを見た。「あなたたちは勤務中に武器をもつことが義務付けられているのかしら？」

張りつめた静寂が部屋にたれこめた。自動販売機が小さなカタンという音とともにうなりをあげはじめた。

「いや」エディ・ダウリングがようやく顔をしかめてそういい、すまなそうにケラウェイのほうにちらりと目をむけた。

「そもそもあなたたちには銃の携行が認められているの？」

「一年目はだめだ」エドがいった。「でも二年目からは、目立たないようにもっていれば問題ない」

「そうなの」アコスタ巡査はそういって、ふたたびケラウェイのほうを見た。「あなたはいま銃を携行しているのかしら？」

ケラウェイは自分のひたいの真ん中で血管が脈打っているのがわかった。アコスタ巡査はじっくりと彼を見て、ベルトに一瞥《いちべつ》をくれた。そこには携帯無線機と懐中電灯しか装着されていなかった。それから、彼女の視線は足もとまでおりていき、ふたたびあがっていった。

「足首に着けているのは、なに?」アコスタ巡査がたずねた。「コルト・パイソン? それとも、シグ?」

「どうしてそれが——」ケラウェイはいいかけて、口を固く閉じた。ホリーだ。あの役立たずのバカ女が、彼の所持する銃のリストを保安官事務所に提出したのだ。

「ケラウェイさん、武器をひき渡してもらえますか? 受領書をお出しするので」

ケラウェイは長いこと、黙ってじっとアコスタ巡査をみつめていた(そのあいだじゅう、巡査の顔にはずっと楽しげな笑みが浮かんでいた)。それから、ようやく壁際にある小さなソファに片足をのせ——芥子色《からしいろ》のソファには、継ぎをあてたクッションがのっていた——ズボンの裾をあげた。

「足首のホルスターにコルト・パイソンをいれて持ち歩けるわけがないだろ。あんた、コルト・パイソンを見たことあるのか?」ケラウェイはホルスターの留め具をはずして揺さぶり、それごと銃を足首からはがした。

「フルサイズのコルト・パイソンなら邪魔でしょうがないだろうけど、銃身の短いやつなら足首ホルスターで携行できるわ。あなたの別れた奥さんは、亭主がどちらをもっているのかよくわかっていなかったから」

ケラウェイはアコスタ巡査にシグを渡した。彼女は手際よく弾倉を抜くと、スライドをひいて弾を排出させ、薬室をのぞきこんで弾が残っていないことを確認した。そして、安全を確信してから銃を大きくて透明なビニール袋にいれ、化粧板のカウンターに置いた。肩紐のついた革製の小さな鞄をさぐって紙片をとりだし、目を細めてそれを見る。

「それじゃ、コルトはあなたのロッカーかしら？」

「捜索令状はあるのか？」

「必要ないわ。そこの捜索の許可は、すでにこのショッピングモールを所有しているサンベルト・マーケットプレース社のラス・ドア社長からもらってあるから。疑うなら、自分で彼に電話して訊いてみるといいわ。あなたのロッカーは、あなたのものではなく、彼のものよ」

「もしもそこになかったら、どうするつもりだ？　俺の家までついてくるのか？　そこの捜索には令状を用意したほうがいい」

「あなたの家にいく必要はないわ、ケラウェイさん。すでに捜索済みだから。奥さんが鍵といっしょに、自宅にはいる許可をくれたの。彼女は家のローンの共同名義人でしょ。でも、そこではコルトもシグも見つからなかった」アコスタ巡査は紙片にちらりと目をやった。「あと、ウージーも。嘘でしょ？　短機関銃まで？　まさしくランボーね、ケラウェイさん。あなたのためにも、それが改造されていないことを願うわ」

「そいつは骨董品《こっとうひん》だ」ケラウェイはいった。「一九八四年製だから、既得権条項によって、一九八六年の銃器所有者保護法にはひっかからない。あんたのお仲間が俺の書類キャビネットを調べていれば、それ関係の書類が見つかっていただろう。すべて合法だ」

「そういう品を手にいれるには、さぞかしお金がかかったはずよ。ショッピングモールを巡回する仕事って、お給料がいいのね。シナモンロールをひっつかんでドアへ駆けていくやつがいないように目を光らせていることで、高給をもらっている。でしょ？」

　ケラウェイはロッカーをあけてコルトをとりだすと、回転式弾倉《シリンダー》をあけた状態で彼女のほうに台尻をむけてさしだした。アコスタ巡査は手のひらの上に銃弾をふり落とし、弾倉をまわして空であることを確認してから、手首をすばやく動かして弾倉を本体に戻した。コルトがシグといっしょにビニール袋のなかにおさめられる。ケラウェイはアコスタ巡査が受領書を書くのを見守っていた。受領書の帳面は、ウェイトレスが注文を書き留めるのに使うメモ帳に似ていた。この女も、〈ワッフルハウス〉かどこかで注文取りをしているべきなのだ。

「ウージーは車かしら？」アコスタ巡査がたずねた。

　ケラウェイは捜索令状の有無をたずねようとしたが、口をひらいたところで、顔をあげたアコスタ巡査と目があった。そのにこやかに落ちつきはらった態度は、耐えがたかった。もちろん、彼女は捜索令状をもっているに決まっていた。こちらにいま一度恥をかかせられるよう、訊かれるのを待っているのだ。

　ケラウェイはアコスタ巡査をしたがえて長い廊下を歩いていき、金属製のドアから駐車場に出た。一日じゅうショッピングモールのなかですごしたあとで浴びる午後遅くの日の光に、彼はいつでもぎょっとさせられた。世界は輪郭がはっきりとしており、空気には海の香りがした。ヤシの木の葉っぱが、かさかさと乾いた音をたてて揺れていた。太陽は西の彼方《かなた》に沈もうとしており、空は煙霧をふくんだ黄金色の光に染まっていた。

ケラウェイについてアスファルトの駐車場を横切ってきたアコスタ巡査が、彼の車を目にしたとたんに笑い声をあげた。

「マジで？」彼女がいった。「これは予想外だったわ」

ケラウェイは彼女のほうを見なかった。彼の車は真っ赤なプリウスだった。息子のために、そのハイブリッド車を買ったのだ。なぜなら、ジョージはペンギンのことを——ひいては、地球温暖化のことを——気にかけているからだ。ケラウェイはジョージを連れて、毎週のように水族館にペンギンを見にいっていた。彼の息子は一日じゅうでもペンギンが泳ぐのを見ていられた。

ケラウェイはハッチバックをあけた。ウージーは、硬くて黒いケースのなかだった。彼がコードを入力すると、ケースの鍵がかちっとあいた。アコスタ巡査がなかを見られるように、うしろにさがる。短機関銃は黒い発泡プラスチックの切り抜き部分にしっかりとおさまっていた。ケラウェイはこの短髪のスペイン女が大嫌いだったが、それでも驚いたことに、これを見せることにある種の喜びをおぼえた。ウージーは隅々まできれいにオイルを塗られており、新品みたいに黒光りしていた。

だが、アコスタ巡査は感銘を受けてはいなかった。彼女が口をひらいたとき、その口調はにべもなく、信じられないといった響きがあった。「あなたはフル・オートマチックのウージーを車に置きっぱなしにしてるの?」

「撃針はロッカーにしまってある。そいつもいるのか? だったら、戻ってとってこないと」

アコスタ巡査はプラスチック製のケースを閉めると、例のウェイトレスの伝票帳面をとりだし、ふたたびなにやら書きはじめた。

「さっきの差し止め命令に目をとおしておいてちょうだい、ケラウェイさん」彼女は受領書をちぎってケラウェイに渡しながらいった。「もしも理解できない部分があったなら、弁護士に説明してもらうの」

「息子と話したい」

「それは判事が決めるわ。そう、十五日以内に」

「息子に電話して、俺は大丈夫だと伝えたい。あの子を怯《おび》えさせたくないんだ」

「わたしたちもよ。だから、あなたは差し止め命令を受けているの。それじゃ、ごきげんよう、ケラウェイさん」

アコスタ巡査が背をむけ、プラスチック製の黒いケースを手に一歩進んだところで、ケラウェイは彼女にむかって差し止め命令を投げつけた。我慢できなかった。あの最後の言葉――彼女は自分の仕事を、息子を父親から守ることだと考えている。差し止め命令はダーツのようにアコスタ巡査の肩甲骨のあいだに命中した。彼女は身体をこわばらせ、そのままケラウェイに背中をむけてじっと立っていた。それから、ウージーのはいったケースをそっとアスファルトの路面に置いた。

アコスタ巡査がケラウェイのほうにむきなおったとき、その顔には大きな笑みが浮かんでいた。彼女がベルトから手錠をはずしたらどういうことになるか、自分がなにをしでかすか、ケラウェイ自身にもよくわからなかった。だが、彼女はそうするかわりに身体をかがめ、差し止め命令を拾いあげた。そして、黙ってケラウェイのほうにちかづいてきた。彼女がすぐそばまでくると――二、三センチしか離れていなかった――ケラウェイは相手の大きさに驚かされた。ミドル級のようながっしりとした体格をしていた。彼女は差し止め命令をケラウェイのシャツのポケットにそっとねじこんだ。それは、万能ツールをおさめた小さな革製のケースのとなりにすんなりとおさまった。

「いいこと、ハニー」アコスタ巡査がいった。「これをしっかりとなくさないようにして、弁護士に見せるの。子供への訪問権が欲しければ――息子と会うどんな権利でも欲しければ――自分がなにと戦っているのかを知っておく必要がある。あなたはいま森のなかで迷子になっていて、これはあなたにとって、いちばんコンパスにちかいものよ。わたしの話を理解している？」

「ああ」

「それじゃ、フロリダ州の警官を襲ったり脅したり困らせたりするのはやめなさい。あなたは同僚や通行人や神やみんなのまえで逮捕され、恥をかかされることになるかもしれない。法の執行にたずさわる男女に面倒をかけたら、かれらはあなたの法廷審問に顔をだして、あなたが感情を抑制できずにものを投げつけたことを証言するかもしれない。わかったかしら？」

「ああ。わかった。ほかにもまだなにかあるか？」

「いいえ」アコスタ巡査はそういって、ウージーのはいったケースをもちあげた。それから、足をとめて、ケラウェイの目をのぞきこんだ。「そうだ。ひとつ訊きたいことがあるの。奥さんにむけて銃を突きつけたことがあるかとたずねたとき、あなたはこたえなかった」

「ああ。いまもこたえるつもりはないね」

「いいわ。でも、わたしの頭にはいまべつの質問があるの」

「というと？」

「あなたは自分の息子に銃をむけたことがあるか？　もしも自分から息子を奪い去ろうとしたら、この子の脳みそを壁にぶちまけてやる、と奥さんにいったことが？」

ケラウェイは胃が酸でむかつくのを感じた。なにか差し止め命令以外のものを投げたかった。なんでもいいから彼女の顔に投げつけ、唇を傷つけ、血を見たかった。ブタ箱にはいりたかった。だが、いまここで彼女に逮捕されたら、ジョージにかんする権利は永遠に失われてしまうだろう。ケラウェイは動かなかった。なにもいわなかった。

アコスタ巡査の笑みがさらに大きくなることは不可能に思えたが、実際にそうなった。

「ただ興味があったから、ハニー。とにかく、面倒を起こさないことね。わかった？　わたしはもう二度とあなたと顔をあわせたくはないけれど、あなたのほうはそうなったら、もっとマズいんだから」

二〇一三年七月一日

この日はジム・ハーストの誕生日ということで、ケラウェイは車でセント・ポッセンティを発つと、煙のなかへとはいっていった。助手席には、旧友への贈り物が置かれていた。煙がハイウェイを横切っていった。灰色で目がちくちくしてくる煙には、ごみ捨て場の火事のような悪臭がつきまとっていた。きっかけは、ガキどもだった。独立記念日のお祝いを数日前倒しではじめて、自分たちの暮らすトレーラーパークの裏手の低木地帯でおたがいにブラック・キャット社の爆竹を投げつけあったのだ。いまや三千エーカーちかくが火災に見舞われており、オーカラ国有林はわら山のように燃えあがろうとしていた。

ジム・ハーストが住んでいる農家はハイウェイから砂利の小道を四百メートルほどいった突き当たりにあり、両側をブラック・マングローブの茂みと沼沢地にはさまれていた。建物はどれも平屋建てで、苔《こけ》と白カビだらけだった。ところどころで屋根がへこんでおり、雨どいには落ち葉が詰まっていた。家の半分はビニールシートで覆われていて、その部分では羽目板がひきはがされ、窓が歯のように抜きとられて、壁にぽっかりと穴があいていた。もう三年も、ずっとこんな状態だった。ジムが金をかき集めて改築にとりかかったものの、仕上げるには額が不足していたのだ。家には明かりがついておらず、車椅子仕様のヴァンもとまっていなかったので、裏から射撃の音が聞こえてこなければ、誰もいないのかと思うところだった。

ケラウェイは家の未完成の側をとおって裏へとまわった。風に吹かれて、巨大なビニールシートが物憂げにはためいた。四分の四拍子を刻むメトロノームのように、銃が規則的に発射されていた。ケラウェイが角をまわって裏庭に出たところで、銃声がやんだ。

ジム・ハーストは電動式の車椅子にすわっていて、すぐわきの地面にはビールの六缶パックが置かれていた。すでにふた缶が空になり、草むらに投げ捨てられていた。ひざの上に銃がのっていた。洒落た照準のついた小型の自動拳銃で、弾倉は抜いてあった。車椅子にはARライフルがたてかけられていた。ジムはたくさんの銃器を所有しており――大量の銃器だ――車庫の作業台の下の床下にはフルオートの軽機関銃M249が隠されていた。湾岸戦争のときにふたりが半年間同乗していた高機動多用途装輪車両《ハンヴィー》に搭載されていたものと、まったくおなじ機関銃だ。だが、その車がロシアの地雷を踏んだとき――そして、その結果として車両とジム・ハーストの身体があやうく真っ二つにされかけたとき――ケラウェイはその場にいなかった。すでに憲兵隊に転属になっていたからだ。そして、その転属先で吹き飛ばされたのは、軍隊におけるケラウェイの将来だけだった。

「ヴァンが見あたらなかったから、てっきり俺がくるのを忘れて、どこかへ出かけちまったのかと思ったぜ」ケラウェイはいった。「誕生日、おめでとう」

ジムがむきなおって、手をさしだした。ケラウェイはボウモアの瓶を放り投げた。二十九年物のシングルモルトのスコッチは、まるで誰かが朝焼けを蒸留するすべを発見したかのように、真鍮《しんちゅう》っぽい柔らかな黄金色の輝きをおびていた。ジムは瓶の首をつかんで掲げ、見惚《みと》れていた。

「ありがとよ」ジムがいった。「メアリーがスーパーでレモンケーキを買ってきてくれた。ひと切れもらってくるといい。そしたら、俺のあたらしいおもちゃでいっしょに遊ぼう」

そういって、ジムはひざの上の銃をもちあげてみせた。灰色のウェブリー＆スコットで、スパイ映画に出てくるようなレーザー照準器がついていた。腰のすぐ横に、スターファイアー社製の九十五グレインの弾のはいった箱が置いてあった。やわらかい組織に命中したら先端がキノコのようにひらくホローポイント弾だ。

「メアリーからのプレゼントか？　愛されてるな」

「いや、こいつは俺からのプレゼントだ。彼女がしてくれたのは、俺の前立腺をマッサージすることだ」

「それって、ケツの穴に指を突っこむやつか？」ケラウェイは嫌悪感を隠そうとしながらいった。

「彼女はバイブをもってる。そいつを使って俺のチンポコに真空ポンプをあてれば、一丁あがりさ。それこそが愛だ。なんたって、彼女にとっちゃ、そいつはセックスというよりも詰まった排水管を掃除するようなもんだからな」ジムが笑いはじめたが、それは激しい咳《せ》きこみへと変わった。「くそっ、このいまいましい煙め」

　ケラウェイはジムのひざの上からスコッチの瓶をとりあげた。「グラスをもってくる」

　網戸をあけて家のなかへはいっていくと、メアリーがキッチンのテーブルのまえにすわっていた。やせて骨ばった女性で、口のまわりには深いしわが刻みこまれていた。かつては光沢のある赤褐色だったふさふさの髪は、ずいぶんまえにネズミ色に変わってしまっていた。彼女は携帯電話にメッセージを打ちこんでいるところで、顔をあげなかった。ごみバケツはふちまでいっぱいで、てっぺんには大人用のおむつがのっていた。部屋には糞《くそ》の匂いがただよっており、ごみのまわりとテーブルの上のレモンケーキのまわりでハエが羽音をたてていた。

「ケーキひと切れとスコッチ一杯を交換だ」

「のったわ」メアリーがいった。

　ケラウェイは食器棚をあさって、コーヒーカップを三つとりだした。そのうちのひとつにウイスキーを三センチほど注《そそ》いで、彼女のとなりに置く。身をのりだした拍子に、彼女が誰かに宛ててずらりとならんだハートのマークを送っているのが見えた。

「ヴァンは？」ケラウェイはたずねた。

「もってかれた」

「もってかれた？」

「支払いが半年遅れてたの」メアリーがいった。

「復員軍人局からの小切手は？」

「あの人がほかの必需品のために使った」

「ほかの必需品？」

「いま、そのうちのひとつの引き金をひいてるわ」銃声がふたたびはじまっていた。それがやむまで、ふたりは耳を澄ましていた。メアリーがいった。「わたしよりもああいったものを撫《な》でまわすほうが好きなのよ」

「そいつはまたけっこうなイメージを植えつけてくれたな、メアリー。おかげで、頭から離れなくなっちまった」

「あのなかの一挺《ちょう》か二挺を売ってくれたら、居間の壁の穴に窓をいれられるんだろうけど。そしたら素敵よね。窓のある家に住めるなんて」

ケラウェイはケーキをふた切れカットしながら身をのりだし、もう一度携帯電話の画面をのぞこうとした。メアリーは顔をあげなかったが、携帯電話をひっくり返して画面を伏せた。

「ジムはけさ、ひと切れ食べたわ。ふた切れ目は必要ない」

「そうなのか？」

「彼は太りすぎてて糖尿病よ。ひと切れ目だって必要なかった」メアリーは疲れているように見えた。目の下に隈《くま》ができていた。

「ヴァンなしで、移動手段はどうするんだ？」ケラウェイはたずねた。

「職場の友だちで乗せてくれる人がいるから」

「いまそいつにメッセージを送ってたのかい？　職場の友だちに？」

「裁判所の管理下でしかお父さんと会えないことに、子供はもう慣れてきた？　どちらにとっても気まずいでしょうね。刑務所の家族面会みたいな感じで」

ケラウェイは自分とジムの皿にケーキをひと切れずつのせてから、マグカップとスコッチの瓶をそれぞれ脇に抱えて出ていった。

彼はジムの左ひざの上に片方の皿を慎重にのせると、そこにあった銃を手にとった。そして、ジムが指をつかってケーキを食べているかたわらで、弾倉に弾をこめはじめた。ジムは軍隊のなかでも大柄な男だったが、当時は大きいのはおもに胸と肩だった。だが、いまや大きいのは腰まわりで、その小さなえくぼのあるふっくらとした丸い顔は畝《うね》状になっていた。

裏庭の奥には斜めに傾《かし》いだぼろぼろの羽目板の柵があり、標的が留められていた。ゾンビ版のバラク・オバマとゾンビ版のオサマ・ビン・ラディンと引き伸ばされたディック・チェイニーの写真だ。政治にかんしては、ジム・ハーストはどの陣営も平等に蔑んでいた。

「こいつを自分のために買ったって？」ケラウェイはもちあげて重さを確かめながらいった。「おもちゃの水鉄砲みたいだ。この握りはなんだ？」

「文句をたれるまえに、撃ってみたらどうだ？」

銃は、ケラウェイの手にすっぽりと隠れてしまうくらい小さかった。かまえて照準をのぞきこむと、バラク・オバマのひたいに緑の点が浮かんでいるのが見えた。

「いつからこういったジェームズ・ボンドのおもちゃに手をだすようになった?」ケラウェイはたずねた。

「昔からジェームズ・ボンドのおもちゃには目がなくてね。レーザー照準器。焼夷弾《しょういだん》。全米ライフル協会《NRA》が認めるかどうかはともかく、使用者を認識するスマートガンの未来には大いに期待してるよ。俺は銃に自分の名前を知っといてもらいたい。俺のコーヒーの好みも。みんな、そうだろ?」

「俺はちがうな」ケラウェイはそういって、引き金をひいた。オバマの左目に一発、ひたいに一発、のどに一発、ゾンビのビン・ラディンの口に一発、ディック・チェイニーのペースメーカーに二発。「どんなときだろうと、俺はロジャー・ムーアよりもブルース・ウィリスのほうがいい。レーザー照準器とイギリス訛りのついた銃なんて、ごめんだ。俺が欲しいのはアメリカ語をしゃべる銃だ。スクール・バスにいくつも穴をあけられるような銃」

「スクール・バスを撃ち抜く必要がどこにある?」

「俺の近所のガキどもがどんなだか知ってたら、おまえにもわかるさ」

ケラウェイは銃を置いてグラスを手にとり、スコッチをぐいと飲んだ。ヴァニラの香りとともに、液体が灯油のようにのどの裏地に火をつけながら下っていった。あとはピンを抜くだけの爆弾になったような気がした。

「メアリーはご機嫌斜めだな」ケラウェイはいった。

「あいつはいつだってご機嫌斜めだ」ジムはそういって、空気中の煙霧にむかって手をふった。赤くなった目をしばたたかせ、弱々しく咳《せき》をする。その咳が煙のせいにすぎないのか、それとも風邪なのか、ケラウェイには判断がつかなかった。「あいつは土曜日に、夜遅くまで帰ってこなかった。そのころには、俺の満杯になった尿袋の管がはずれて、ズボンがびしょ濡れになってた」

ケラウェイはまったく同情しなかった。「自分で尿袋をとりかえられないのか?」

「確認するのを忘れちまうんだ。いつもメアリーがかわりにやってくれてるから。けど、あいつは〈TGIフライデーズ〉で女友だちとぐでんぐでんに酔っ払ってるところだった。週末になるとみんなで出かけて、おたがい自分の男の悪口をいいあうのさ。メアリーはほかの女どもより悪口の種がたくさんあるんだろうな。なにせ、あいつの友だちにいえるのは、せいぜいがあまり夜の営みにありつけないってことくらいで、連れ合いのアレをおったたせるのに油圧機械が必要だったりはしないだろうから」ジムは念入りに弾を再装填していった。「俺が尿まみれですわってると、あいつが帰ってきて、金のことであれこれいいはじめた。クレジットカードが使用停止になってたらしい。まるで、俺が尿まみれになってるだけじゃ足りないとでもいうように」

「ああ。なかで彼女から聞いたよ。メアリーはおまえに銃を何挺《なんちょう》か売っぱらってもらいたがってる」

「どうせ大した金にはならないさ。いまじゃ誰もがネットで銃を売ってる。原材料の鋼鉄よりも安い値段で」

「処分したい銃があるのか？　俺がいってるのは、アメリカ人として持ってて恥ずかしくないような銃だ。撃つときに小指を立てなきゃならないと感じるような銃じゃなくて。女王といっしょにスコーンを食ってティーカップをもってるような気分にさせられる銃は、ごめんだ」

ジムがスコッチのはいったマグカップを唇の下にあてたまま、飲まずにいった。「プロの拳銃使いみたいな気分が味わいたいっていうんなら、44スーパーマグナムがあるぞ。おまえに狙いをつけられた不運な標的に、キャベツくらいのでっかい穴をあけてやれる銃だ」

「もうすこし小さいのはないかな」

ジムがぐいとスコッチをあおり、自分のこぶしにむかって激しく咳きこんだ。「いくつかある。相談できるんじゃないかな。おまえが古い銃をどれか買いとってくれたら、俺はメアリーにうるさくいわれずにすむ」

ケラウェイはいった。「ジム、俺は身元調査でひっかかる。頭の上に例の差し止め命令がぶらさがってるんだ。うちのやつの弁護士をしているクソ女に、法廷でめちゃくちゃにやられた」

「よお、俺はなにも聞いてないし、なにもたずねなかった。俺は身元調査をやる必要がない。銃の売人じゃないんだから。俺が面倒にまきこまれることはない。おまえがどうかは知らないが、俺はない」ジムが右のひじ掛けにある操作棒にふれると、車椅子がサーボモーターの音とともに半回転した。ジムが車椅子を止め、むっつりとしたけんか腰といってもいいような表情でケラウェイの顔を見あげた。

「おまえに銃を売ってもいいが、ひとつ約束してもらいたいことがある」

「約束？　なんだ？」

「そいつで人を撃ち殺してまわると決めたなら」ジム・ハーストはいった。「真っ先に俺から殺《や》ってくれ」

二〇一三年七月六日

午前九時三十八分

ログからメッセージが届くと（〝始業時間の三十分まえに店にこられないか〟）、ベッキーはすぐに返信した（〝わたしもヤリたい　すっごく〟）。だが、ログから返事はなかった。

ベッキーは車を降りるまえに、白っぽい口紅をつけた。唇がうっすらと精液に覆われているように見えるやつだ。それから、カーディガンを調整して、胸もとから黒とエメラルドグリーンのレースのブラジャーがすこしのぞくようにした。すこし考えたあとで、スカートの下に手をのばし、身をくねらせながらパンティを脱いで、それをダッシュボードの小物入れに突っこむ。そこには、クリスマスにもらったプレゼントがそのまま放置されていた。

この時間、〈ミラクル・フォールズ・ショッピングモール〉はひんやりとして静まりかえっており、ほとんど人がいなかった。店の大半はまだ閉まっていて、間口の広い店先にはスチール製の格子戸がおりていた。〈ブースト・ヤー・ゲーム〉の格子戸はあいていたが、朝番のふたりの若者はふざけあっているだけで、店の中央にしつらえられたバスケットのゴールにむけて交互に三点シュートをはなっていた。その楽しそうな大声とスニーカーのこすれる音が、通路をとおってショッピングモールの中央大広間にまで響いていた。〈デヴォーション・ダイヤモンド〉にむかって歩いていくあいだにベッキーが見かけたのは、〝ケラウェイ〟という、ショッピングモールでいちばん偉いおまわりだけだった。とはいえ、もちろん彼は本物のおまわりではなかった。ログの話によると、ほんとうの警察は彼を欲しがらなかったのだという。イラクでアブグレイブ刑務所のような胸糞《むなくそ》悪いことをやって、不面目な形で除隊となっていたからだ。ケラウェイが勤務中によく黒人の若者をつけまわしているという話も、ログから聞かされていた。そういうとき、彼は誰かの頭をぶち割る理由をたださがしているかのように、長さが三十センチはある懐中電灯を撫でまわしているという。ベッキーとケラウェイはおなじ方角へむかっていたが、ベッキーは歩調をゆるめ、彼の数歩あとから中央の階段をのぼっていった。彼の目は妙に色が薄く、義眼のような印象を人にあたえた。すごく淡い色の石がすごく冷たい水に浸《つ》かっているといった感じの目だ。

〈デヴォーション・ダイヤモンド〉は階段をのぼってすぐのところにあり、プレキシガラスのドアが半分あいていた。ベッキーは身体を斜めにして、その隙間をとおり抜けた。

　陳列ケースのあるエリアは、いつでもお金の匂いがしているような気がした。新車のなかとおなじだ。宝石類はまだ展示されておらず、鍵のかかるひきだしにしまいこまれたままだった。

店の奥にあるオフィスのドアは、閉めた状態だとサクラ材の羽目板の壁に完全に溶けこんでわからなくなるが、いまはすこしだけあいていて、蛍光灯に照らされた立方体の空間が見えていた。

ベッキーはドアを最後まで押しあけた。ログは机のうしろにいた。黄色いシャツに幅広の茶色いニットタイという恰好《かっこう》だった。彼が煙草を吸っていたので、ベッキーは驚いた。午前中に彼がそうするところを、一度も見たことがなかったのだ。部屋の奥にある大きな窓が、すこしあいていた。煙草の匂いを外へ逃がすためだろうが、実際のところ、それはおかしな話だった。そこから外へ送りだされる煙より、はいってくる煙のほうが多かったからだ。オーカラ国有林の火事で発生した煙霧で、空気はかすんでいた。ログは大きなシルバーのiＭａｃになにかを入力してから、革張りの椅子をぐるりとまわして彼女のほうを見た。あいている窓にむかって指で吸い殻をはじき飛ばしたが、そちらには目もくれなかった。彼の動作はぶっきらぼうでぎくしゃくとしており、いつもの彼らしくなかった。ベッキーは不安をおぼえた。

「やあ、きみ《ビーン》」ログがいった。

「どうしたの？」ベッキーはたずねた。〝ビーン〟と呼ばれたことで、よりいっそう不安がつのっていた。それはふたりがファックしはじめるまえまでの呼び方で、ログはお店の女の子の何人かをやはりそう呼んでいた。父親っぽい親しみをこめて使われる愛称だ。

ログが指先で鼻梁《びりょう》をもんだ。「妻が友人のひとりから、きみのインスタグラムを見るようにと勧められた」

ベッキーは胃がきゅっとよじれるのを感じたが、表情を変えずにいった。「それで？誰が気にするっていうの？　わたしたちがいっしょに写った写真はないわ」

「きみがわたしのボートにのっている写真がある」

「それがあなたのボートだなんて、誰にわかるの？」ベッキーは目を細め、あの写真になにが写っていたかを思いだそうとした。自撮りの写真で、彼女は自分の携帯電話を見あげていた。反対の手には、ライムグリーンのビキニのトップとあう緑のアップルティーニのグラスをもっていた。説明文は、たしかこんな感じだった。南フランス――彼氏のヨットで裸で日光浴ができる唯一のところ――にいく日まで！(笑)。「ボートなんて、どれも似たり寄ったりだわ」

「妻がわたしのボートを見て気がつかないと思うか？」

「だったら……わたしに頼まれたっていえばいいじゃない。〝ボーイフレンドといっしょに出かけたいから貸してくれ〟って頼まれたって」ベッキーは両手を机の端について胸を腕で押し寄せ、身をのりだして彼にキスしようとした。「それなら、嘘をついたことにさえならない」彼女はささやいた。

ログは椅子をうしろに動かして、ふれられないように彼女から遠ざかった。「妻にはすでにちがう話をした」

ベッキーは身体をまっすぐに起こして、両腕で自分を抱きしめた。「なんていったの？」

「きみが勝手にわたしの机から鍵をとっていき、ボートを乗りまわしたにちがいない、と説明したんだ。きみを解雇するのかと訊かれて、わたしは妻にこうこたえた――開店するまえに、きみをクビにする、と」ログは机の上にあった小さな段ボール箱を押しだした。彼がそれにさわるまで、ベッキーはその存在に気づきもしなかった。「わたしの車に、きみのものがいくつかあった。それと、きみのロッカーにあった私物だ。すべてそこにはいっていると思う」

「まったく、もう。これからは、もっと気をつけなくちゃならないわね。でも、クビなんて残念。このあとのお給料の使い道は、もう予定をたててあったのに。それに、あなたが奥さんにとっさについた嘘も、不愉快だわ。わたしが不道徳でどうしようもない人間みたいに見えるもの」

「ビーン」ログがいった。「わたしはその一分一秒たりとも後悔はしていない。まったく。だが、これ以上つづければ、そうなるだろう」

つまりは、そういうことだった。

ログがふたたび段ボール箱を彼女のほうへすこし押しだした。「きみのために、あるものもいれておいた。わたしの気持ちだ」

ベッキーは段ボール箱の蓋をあけ、ごたまぜの物のてっぺんにのっていた小さな黒いビロードの箱を手にとった。なかには銀の腕輪がはいっていた。五線譜のようなものの上に、模造ダイヤでト音記号があしらわれている。店にずっと売れ残っていた安っぽい代物だ。「きみはわたしの毎日を彩る音楽だった」その文句も安っぽかった。お悔やみのカードで目にしたとしても、クサく感じられただろう。

ベッキーは黒いビロードの箱を机の上に放り投げた。「こんなガラクタ、欲しくないわ。自分がなにをしているのか、わかってるの？」

「わたしがなにをしているのか、きみにはわかっているはずだ。これ以上、むずかしくしないでくれ。いまだって、じゅうぶんつらいんだ」

「わたしよりも奥さんをえらぶなんて、どうかしてるんじゃない？」ベッキーは呼吸するのが困難になっていた。部屋にはキャンプファイアのような不快な匂いがたちこめていて――オーカラ国有林の火災による悪臭だ――じゅうぶんな空気を肺にとりこめないような気がした。「あなたは奥さんを憎んでいる。声を聞くのも耐えられないって、いってたじゃない。どうやったら彼女とすごさずにいられるか、一日じゅう考えてるって。それに、あなたがなにを失うっていうの？　婚前契約があるんでしょ？」〝婚前契約〟という言葉を使った自分が、すごく大人っぽく感じられた。

「たしかに婚前契約はある。彼女のほうに。ベッキー……この店はすべて妻のものなんだ。彼女が出ていったら、わたしにはシャツ一枚残らないだろう。それはきみも承知の上だと思っていた」ログが腕時計に目をやった。「十分以内に、どうなったかを確認する電話が妻からある。それに、店をあけなくてはならない。基本原則をおさらいしておいたほうがよさそうだな。きみはわたしと会おうとしない。店には戻ってこない。最後の給料の小切手は郵送する。メッセージは寄越さない」

ベッキーののどがさらにきつく締まった。彼の声のそっけなさのせいだった。冷たいといっていいくらい、てきぱきとした口調。まるで、あたらしく雇った人物にむかって店の方針を説明しているかのようだった。

「冗談じゃない」ベッキーはいった。「こんなふうにして終わりにできると思ってるわけ？　わたしを使用済みのコンドームみたいにポイ捨てできると思ったら、大間違いよ」

「なあ、いいかい」

「射精したらもう二度と見たくないものみたいに」

「よすんだ、ビーン――」

「その呼び方はやめて」

「ベッキー」ログは両手の指を絡みあわせ、疲れたように手のひらを見おろした。「なにごとにも終わりがある。よかったときの思い出を大切にしよう」

「そして、ここから出ていけっていうのね。この半額になったクソみたいな腕輪をもって」

「声が大きい！」ログが鋭くいった。「誰がそのへんをうろついてるか、わからないだろ。〈バス＆ボディ〉のアン・マラマッドは妻の友だちなんだ。わたしが思うに、きみのインスタグラムを見るよう妻に勧めたのは、彼女だろう。きっと、わたしたちがいっしょにいるところを見かけたんだ。ランボルギーニでいちゃついたりしているところを。アンが妻になにをいったか、わかったもんじゃない」

「わたしが奥さんになにをいうのかもね」

「どういう意味だ？」

「わたしが奥さんと話をすれば、あなたにもわかるんじゃないかしら？」ベッキーがいいたかったのは、もしもふたりの関係があきらかになれば、もはや自分たちが別れる理由はなくなる、ということだった。彼の奥さんの四十八歳のアソコと自分のアソコを較《くら》べたら、ログがどちらをえらぶかは目に見えていた。

「そいつはやめておけ」

「どうして？」

「なぜなら、わたしはこれを気持ちよく終わらせたいからだ。そうしようと努力している。わたしたち双方を守ろうとね。きみが妻のところへいって、わたしたちが寝ていたことを話すとしよう。すると、彼女はそれを、逮捕された店員の恨み言にすぎないと考えるだろう」

「馬鹿いわないで。わたしはあなたのボートを盗んでいない。わたしの話を聞いたあとで、奥さんがあなたのたわごとを信じると思う？」

「きみが八百ドルのダイヤのイヤリングを店から持ち逃げしたという話は、信じるだろうな。なぜなら、きみは十二月に自分のパスカードを使ってそれを店から持ちだし、そのまま戻していないんだから」

「なにいってるのよ？　わたしは八百ドルのイヤリングなんて盗んでいない」

「クリスマスだよ」ログがいった。「あのホテル」

「ホテル？」ベッキーはくり返した。わけがわからなかった。そのとき、思いだした。彼から象牙の握りの拳銃をもらった晩、彼のために五十万ドル相当の宝飾品で着飾った晩だ。

「あの晩、ふたりで遊ぶために宝飾品を持ちだしたとき、わたしは自分のではなく、きみのセキュリティカードを使った。ホテルの部屋をかたづけたとき、イヤリングを見落としたんだろう。あくまでも事故だ。わたしたちはどちらもすごく酔っぱらっていたから。問題は、きみが持ちだしたあとでイヤリングがなくなったという点だ」

その考えがベッキーの頭に浮かんでくるまでには――そして、それと同時にすべてに思いがいたるまでには――すこし時間がかかった。

「十二月の時点で、すでにわたしと別れるつもりだったのね」ベッキーは信じられないといった口調でそっといった。ログというよりは自分にむかっていっているような感じだった。「半年まえに、いずれわたしを捨てることになるとわかっていた。だから、わたしが泥棒に見えるような嘘を用意した。この脅迫を半年もまえに計画していた」ベッキーは、イヤリングがホテルの部屋でたまたま紛失したとは一瞬たりとも信じていなかった。それは事故ではなかった。保険だったのだ。

ログが首を横にふった。「そんなことはない、ビーン。そんなふうに考えるなんて、ひどいな」

「どうするつもりなの？　あのイヤリングを？」

「どこへいったかわからないんだ。ほんとうに。わたしにわかっているのは、それが戻ってこなかったということだけだ。なあ。こんなことをいわなくてはならないなんて、わたしだってつらい。だが、わたしの結婚生活はきみの年齢よりも長くつづいている。若い娘が最初から手にはいらないものを欲しがってヒステリーを起こし、復讐心《ふくしゅうしん》からそれをめちゃくちゃにするのを、許すわけにはいかない」

ベッキーはぞくぞくするような寒気をおぼえた。自分の吐いた息が白く見えるのではないかと思った。「こんなことは許されない。この仕打ちは間違ってる」

ログは椅子の背にもたれかかると、すこしむきを変えて両足を投げだし、足首で組んだ。ベッキーはこのときはじめて、彼がすこしビール腹であることに気がついた。ベルトの上から、やわらかい脂肪のかたまりがはみだしていた。

「うちに帰るんだ。きみは動揺している。すこしひとりの時間が必要だ。ひとりになって、感じなくてはならないことを感じる時間が。信じないかもしれないが、わたしも悲しんでいる。ここでなにかを失ったのは、きみだけではないんだ」

「あなたがなにを失ったっていうの？　なにも失っちゃいない。いままであったものを、すべてもってる」

「きみを失った。それを悲しんでいるんだ」ログが伏せたまつげ越しに彼女のほうを見た。

「もういくんだ。いい子にして、わたしに連絡をとろうとするんじゃない。それに、頼むから、わたしの妻にも。馬鹿な真似はよすんだ。わたしはただ、われわれ双方にとって最良のことを望んでいるだけだ」

「あなたが悲しんでる？　悲しんでるですって？」

「信じようが信じまいが、ほんとうだ。残念だよ。もっと……もっと友好的な形で終わらせられなくて」

ベッキーはぶるぶると震えていた。熱っぽかったかと思うと、つぎの瞬間には凍えるように冷たくなっていた。いまにも吐いてしまいそうだった。

「わたしはあなたのことを悲しんではいない」ベッキーはいった。「それに、ほかのみんなも悲しんだりしないわ」

ログは眉間にしわを寄せ、問いかけるようなまなざしでベッキーのほうを見た。だが、彼女はそれ以上なにもいわなかった。自分でも気がつかないうちにあとずさっており、あけっぱなしのドアの角に腰がぶつかった。そのはずみで身体のむきがログからずれると、彼女はそのまま身をひるがえして、店の売り場に出ていった。走りはしなかった。ひざを曲げずに、ぎくしゃくした動きでゆっくりと歩いていった。

そして、そのわずか三十分後にはここに戻ってきていた。

午前十時三分

ベッキーは泣かなかった。

長いこと、ハンドルをぎゅっと握りしめてすわっていた。こぶしが白くなるくらい、きつくつかんですわっていた。どこへむかうでもなかった。ただ駐車場に車をとめて、ショッピングモールの入口にずらりとならぶ黒いプレキシガラスのドアをながめていた。ときおり、怒りで全身が押しつぶされそうな気がした。まるで、宇宙飛行士がより巨大で密度の高い過酷な世界の重力を体験しているかのようだった。彼女は圧縮されていた。空気が完全に身体から押しだされてしまっていた。

ログは仕事から帰るとき、たいていショッピングモールのこちら側から出てきた。いま彼を見かけたら——彼があのぴかぴか光る黒いドアのひとつからあらわれて、朝日にむかって目を細めたら——ベッキーは車のエンジンをかけてアクセルを踏みこみ、この小さなフォルクスワーゲンを彼に突っこませていただろう。彼を車でひくことを考えると——ドサッ、ギャッ、ボキボキ——ベッキーはぞくぞくして、あの過酷な別世界の重力に対抗するのがいくらか楽になった。

彼はベッキーとヤリながら、何カ月もまえからどうやって彼女を厄介払いしようかと考えていた。彼はベッキーの顔でイキ、髪の毛でイッた。そして、彼女はそれを楽しんでいるふりをした。彼にむかって目をしばたたかせ、満足げな声をあげてみせた。いまにして思うと、彼はベッキーのことを哀れで子供っぽいと考えていたのだ。そして、それは間違ってはいなかった。そう考えると、ベッキーはのどが痛くなるまで叫びたくなった。重力が二倍にふえた。三倍に。彼女は身体じゅうの臓器が押しつぶされるのを感じた。

腹がたって仕方がなかった。彼はいとも簡単にベッキーを打ち負かしてみせた。かかとで踏みつぶしてみせた。てきぱきと手際よくおいつめてみせた。おそらく、いまごろは電話で奥さんに報告しているのだろう。どんなふうにベッキーと対決したのかを。泣きながらいいわけをならべたてて懇願するベッキーのクビを切るのが、いかに大変だったのかを。奥さんは、そんな彼をなだめる。まるで、けさひどい体験をしたのは彼のほうであるかのように。そんなのは間違っていた。

「そんなのは間違ってる」ベッキーは食いしばった歯のあいだからそういい、ひと言はっするごとに無意識のうちにアクセルを踏みこんでいた。車はとまっていたが、それでも彼女はペダルを踏んだ。「そんなのは間違ってる」

ベッキーは、なにか自分を落ちつかせてくれるものを必要としていた。ダッシュボードの小物入れをあけ、なかを手探りすると、ログがもってきたプトゥマヨ産のコカインの瓶があった。彼がエメラルドの買い付けでコロンビアに旅したときに、みずから仕入れてきたキレッキレのブツだ。それを吸いこむと、ベッキーの脳みそに銃弾がぶちこまれたような衝撃がはしった。

あけっぱなしの小物入れのなかにある黒いレースのパンティが目にとまった。ベッキーはなんとなく屈辱感をおぼえて、パンティをはこうと、そちらへ手をのばした。パンティはクリスマスにもらった拳銃の握りにからまっており、そのふたつがいっしょに転がり出てきた。357マグナム・リボルバーは、革紐と留め具からなる太もも用のホルスターにおさまっていた。あれ以来、一度も装着していなかったが、そのままにしておいたのだ。

拳銃を目にすると、大きく深呼吸したような効果があった。ベッキーは両手でそれをつかんで、そのままじっとしていた。

子供のころ、ベッキーはクリスマスのまえになると、お気にいりのスノードームを手にとって——小さな池があって、十九世紀の服装をした人びとがきらきらした光のなかでスケートをしているやつだ——ガラスのなかの人びとの物語をよく想像していた。土台についている鍵をまわし、クリスマス・キャロルの《牧人《まきびと》ひつじを》に耳をかたむけながら、その物語を自分に語って聞かせていた。

気がつくと、いまもおなじことをしていた。ただし、手にしているのはスノードームではなく、拳銃だったが。ベッキーはエッチング・シルバーの銃身を見おろし、自分がそれをもって〈デヴォーション・ダイヤモンド〉にのりこんでいくところを思い描いた。その想像のなかでは、ログはまだオフィスにいて、奥さんと電話でしゃべっていた。ベッキーが店にはいってきたことには、気づいていなかった。ベッキーは顧客の注文処理コーナーにある付属電話機にそっとちかづいていき、受話器をとる。

「ミセス・ルイス？」ほがらかに愛想よくいう。「どうも、ベッキーです。わたしにかんして主人から聞かされていることはすべて嘘だと、お知らせしておきたくて。彼はなんとしても、自分がわたしとヤッてたことを、あなたに知られたくないんです。わたしがその関係をあなたに正直に話そうとしたら、わたしが店から商品を盗んだように見せかけて逮捕させてやる、と脅されました。でも、わたしは自分が一日でも――いえ、ひと晩だって――刑務所では生きていけないとわかっています。それに、彼と姦淫《かんいん》の罪を犯していたなんて、気分が悪くなります。あなたに償うすべはありませんけど、とりあえず謝ることはできます。ほんとうにごめんなさい、ミセス・ルイス。あなたにはおわかりにならないくらい、後悔してます」それから、彼女は拳銃で自分を撃つ。彼の店で。電話口で。そうすれば、それは一生、彼についてまわるだろう。死体と、白いシャギー・カーペット一面に飛び散った血。

それか、彼のオフィスにつかつかとはいっていって銃口を自分のこめかみにあて、彼の目のまえで引き金をひいてもいいかもしれない。その直前に彼が悲鳴をあげるのを聞きたかった。彼女はこの三十分間、ハンドルのまえにすわったまま、ずっと頭のなかで「ノー！」という言葉をくり返し叫んでいた。今度は彼が叫ぶ番だった。彼が一度でも「ノー！」と叫ぶのを聞けるのなら、自分の脳みそを吹っ飛ばすだけの価値はあるような気がした。彼の顔に浮かぶ恐怖の表情を見る必要があった。彼がすべてを支配しているわけではないことを、本人に思い知らせる必要があった。

だが、彼の顔に恐怖の表情が浮かぶのを見たければ、銃口は彼にむけたほうがいいかもしれなかった。アソコを狙うのだ。ベッキーとおなじように彼も懇願するかどうかを確かめる。それか、奥さん宛てに真実を告白するメッセージを送らせる。一万ドル相当のダイヤを食べさせる。〈デヴォーション・ダイヤモンド〉の全員にむけてメールを書かせ、そのなかで自分が二十歳の従業員とヤッていたことを——奥さんと主のまえでみずからの顔に泥を塗っていたことを——直接謝罪させる。さまざまな可能性がベッキーの頭のなかを駆けめぐっていた。まるで、スノードームのなかの輝く雪片のように。ダイヤの輝きをはなつプトゥマヨ産のコカインの結晶のように。

考えをめぐらせているあいだに、ベッキーは身をよじりながらふたたびパンティをはいた。まえよりもすこし穢《けが》れが薄れたような気がした。太陽はすでに木立の上のほうまでのぼっており、車内は息苦しくなりつつあった。ふいにベッキーはもっと涼しい空気のなかに出る必要を感じて、銃をもったまま車から降りた。

昼ちかくのかすんだ明るい日差しに、ベッキーは頭が痛くなった。むきなおって、車のなかにある安物のピンクのサングラスに手をのばす。このほうがいい。これで充血した目も隠せるだろう。ベッキーは自分がなにをしようとしているのかよくわかっていなかったが、それをやるときには恰好よくありたかった。ふたたび車のなかに身をのりいれ、射撃場にいくとき身につけていた花柄のスカーフを手にとる。それで頭を覆って髪の毛が顔にかからないようにしてから、最後にスカートをたくしあげ、ホルスターを太ももに留めた。

まだはやい時間帯なので、ショッピングモールのなかは閑散としていた。店のあいだをまばらな客がそぞろ歩きしていた。ベッキーのヒールが大理石の床にあたって、銃声のような音をはっした。一歩進むごとに、彼女はすべての思考や不安がうしろに置き去りにされていくのを感じた。

ベッキーは中央大広間の階段をのぼっていった。その朝、二度目だった。半分ほどのぼったところで、ホルスターが太ももをずり落ちてきた。それがいきなりひざにあたるまで、彼女はほとんどそのことに気づいていなかった。歩調をゆるめずに、ぎごちなくホルスターをひっぱりあげる。彼女は前方をよく見ておらず、階段をおりてきた男とすれちがう際に肩がぶつかった。相手は〈ブースト・ヤー・ゲーム〉で働く背の高いやせた黒人の若者で、冷たいコーヒー飲料をふたつ手にもっていた。ベッキーは彼と目をあわせず、ふり返らずにホルスターをなんとか所定の位置に戻した。若者が足をとめてこちらをみつめているのが、なんとなくわかった。

ベッキーは冷静そのものだった。自分のことを、子供のころにもっていたスノードームのなかのスケーターとおなじくらい冷たくて無機質だと感じていた。そのため、階段のてっぺんで足首をひねってよろめいたとき、驚きをおぼえた。自分の脚ががくがく震えていることに、気づいていなかったのだ。縮れ毛の太った若者がどこからともなくあらわれ、彼女のひじをつかんで支えた。反対の手には〈タコベル〉のクランチラップが握られており、そこからスクランブル・エッグが滑り落ちて床で跳ねた。

「大丈夫かい？」太った若者がベッキーにたずねた。にきび面の丸顔の男で、小さすぎる縞柄《しまがら》のポロシャツがおっぱいみたいな胸にはりついていた。ぴりっと辛いサルサソースと童貞の匂いがした。

「さわらないで」ベッキーはそういって、男のやわらかい手から自分の腕を勢いよくひっこ抜いた。ふれられることに耐えられなかった。

男がぎょっとしてわきへどき、ベッキーはおぼつかない足どりでコッコッと歩きつづけた。だが、またしてもあのいまいましいホルスターがひざのところまでずり落ちてきた。きちんと紐が締まっていなかったのだ。ベッキーは悪態をついて留め具をひっぱり、ホルスターを太ももからはがして、それごと胃のあたりでつかんだ。誰かに見られても、ハンドバッグと間違われるかもしれなかった。

〈デヴォーション・ダイヤモンド〉の店内にはガラスの陳列ケースが迷路のように配置されており、防弾の棺《ひつぎ》のなかに腕輪やイヤリングや十字架やメダリオンが美しくならべられていた。ログは奥の隅にある注文処理コーナーで、肌の浅黒いきれいな女性客の相手をしているところだった。女性は鳩羽色《はとばいろ》のケープだかドレスだかを着て、アラブ人が着用する例のヘッドスカーフをしていた。そう、ヒジャブだ。それを知っていたことで、ベッキーはなんとなく誇らしい気分になった。彼女はログが思っているほど無知ではないのだ。ログはイスラム教徒の女性の注文を、落ちついて静かに処理していた。金を払ってくれようとしている相手にいつも使う、やさしくて満足げな声でしゃべっている。奥のオフィスにつうじる羽目板のドアは、あけっぱなしになっていた。ベッキーは銃が陳列ケースよりも下にくるように——彼からは見えない位置にくるように——手を低いところに保ったまま、そちらをめざした。そして、そばをとおりすぎるときに彼の目をとらえると、うなずいて、ついてくるように合図した。

ログのあごがこわばった。イスラム教徒の女性が彼の表情の変化に気づいて、ふり返った。女性の胸もとにはベビービョルンの抱っこひもにいれられた赤ん坊がいるのがわかった。赤ん坊は顔を母親のほうにむけており、縞柄の青い帽子の下で眠っていた。母親は黒い瞳に長いまつげをしていて、ほんとうにすごくきれいだった。彼女もなにか試着して、やはりログから「瑕ひとつない」といわれたのだろうか、とベッキーは思った。

ベッキーはふたりのそばをとおりすぎてオフィスにはいると、羽目板のドアを半分閉めた。アドレナリンで身体が震えていた。ほかの人が店にいるのは想定外だった。裏の敷地を見渡せる窓は、まだ大きくあいたままだった。外の空気をもう一度深く吸いこめば気持ちも落ちつくかもしれないと考え、ベッキーは机のうしろへむかった。

そして、ログのｉＭａｃの画面が見える位置まできたところで、ぴたりと足をとめた。サングラスをはずして下に置き、画面にむかってまばたきをする。

「少々お待ちください、奥さま」ログが例のなめらかな落ちついた声でいっていたが、ベッキーは彼のことをよく知っていたので、そのすぐ下に隠しきれない焦りが潜んでいるのがわかった。「すぐに戻りますので」

「なにか問題でも？」

「いえ、いえ、とんでもない。すみましたら、お会計いたしますので。すみません。ほんとうにすぐですから」

ベッキーの耳には彼のささやくような声が届いていたが、内容はほとんど頭にはいってこなかった。それはエアコンの吹出口の音同様、背景音にしかすぎなかった。

巨大なiMacの画面には、通信ソフトがひらいたままになっていた。ログはボーという人物とメッセージのやりとりをしていて、最後にベッキーの写真を送信していた。彼女が艶《つや》やかなシルバーのパンティをはいてひざまずき、顔に髪の毛がかかったまま、口をあけてペニスのほうへ身をのりだしている写真だ。その下にはログのメッセージがついていた。すくなくとも、わたしには彼女を思いだすよすがとなるものがある。それに、彼女はケツの穴に突っこまれるのが大好きだった。こちらから頼む必要すらなかった。二回目のデートでだ。

そして、ボーからの返信。くそっ、まったく、うらやましいったらないぜ。どうして俺にはそういうことが起きないんだ？

ログがすべるような足どりでオフィスにはいってきた。そして、彼女がコンピュータの画面をみつめているのに気がつくと、しゅんとなった。

「そうだ」彼はいった。「認めよう。そいつは思いやりに欠ける行為だった。あの写真を誰とも共有すべきではなかった。わたしは気分が落ちこんでいて、無神経でいやらしくなることで自分を元気づけようとしたんだ。そう、わたしにだって感情はあるさ。そのことに文句があるのなら、わたしを撃てばいい」

そのひらきなおったときに使われる決まり文句を聞いて、ベッキーは大声で笑った。

午前十時三十七分

最初の銃声を耳にしたとき、ケラウェイは思わずコーヒーを手にこぼした。二発目の銃声には、まったく反応しなかった。軽食コーナーの真ん中に突っ立って、首をかしげて耳を澄ます。独立記念日をすぎたばかりなので、ガキどもがあまった爆竹を破裂させているのかもしれなかった。こぼした熱いコーヒーで手がひりひりしていたが、彼はじっと動かず、聞き耳をたてていた。三発目の銃声が響くと、コーヒーのはいった紙コップをごみ箱に投げ捨てた。紙コップはごみ箱のわきにあたって中身がそこいらじゅうに飛び散ったが、ケラウェイはそれを見てはいなかった。そのころには、しゃがんだ姿勢で銃声のしたほうへと駆けていた。

〈スペンサー・ギフト〉と〈サングラス・ハット〉と〈リズ〉のまえをとおりすぎる。子連れの女性たちが柱や飾りつけのうしろにしゃがみこんでいるのが見えた。耳のなかで心臓がどくどくいっていた。誰もが手順を知っていた。テレビで見たことがあるからだ。身体を低くして、銃撃犯の姿が見えたらすぐに走りだせるようにしておく。ケラウェイの携帯無線機がやかましい音とともに目をさまし、怯えた声やさまざまな反応が聞こえてきた。

「みんな、いまのはなんだ？　おい？　みんないるのか？　誰か知らないか——」

「くそっ！　銃声だ！　いまのは銃声だ！　ちきしょう！」

「いま〈シアーズ〉にいる——封鎖措置をとったほうがいいのかな？　誰か指示してくれ。封鎖すべき状況なのか、それとも客を避難させて——」

「ミスタ・ケラウェイ？　ミスタ・ケラウェイ、こちらエド・ダウリング。そちらの現在地は？　くり返す、そちらの——」

ケラウェイは携帯無線機を切った。

二十歳そこそこの太った若者が——俳優のジョナ・ヒルにすこし似ていた——ぴかぴかの石造りの床にうつ伏せに寝そべっていた。〈デヴォーション・ダイヤモンド〉の真ん前だった。若者はケラウェイがちかづいてくる音を耳にして、ふり返った。そして、片方の手をふりはじめた。どうやら〝伏せろ、伏せろ〟という合図らしかった。反対の手には、包装されたサンドイッチだかブリトーだかが握られていた。

ケラウェイは片ひざをついた。武装強盗にちがいないと考えていた。目出し帽をかぶった男たちが大きなハンマーで陳列ケースを叩きこわし、手づかみで宝石を強奪していくところを想像する。彼の右手が左の足首に留めてある重たい鉄のかたまりのほうへとのびた。

太った若者はあえいでいて、なかなか口から言葉が出てこなかった。片手を〈デヴォーション・ダイヤモンド〉のほうへ激しくふっている。

「情報をくれ」ケラウェイは若者にささやきかけた。「なかに誰がいる？」

若者がいった。「イスラム教徒の女の銃撃犯とオーナーだ。たぶんオーナーは死んでる」

ケラウェイ自身の呼吸もせわしなく、かすれていた。では、こいつはクソいまいましいアルカイダのテロなのだ。黒いベールと自爆犯とはイラクでおさらばしたと思っていたのに、やつらはここにもあらわれた。ケラウェイはズボンの裾をひきあげ、足首ホルスターの留め具をはずした。そこには、ジム・ハーストから百二十ドルで譲ってもらったルガー・フェデラルがおさまっていた。その素晴らしい重みを感じながら、拳銃を抜く。

ケラウェイは店の入口にある鏡張りの柱まで走り、そこに身体を押しつけた。彼の息でガラスが曇った。すばやく柱の角から店内をのぞく。陳列ケースに区切られてできた通路が、いくつも交差していた。奥にあるプライベート・オフィスにつうじる羽目板のドアは、あいていた。天井の黒い球体は、店内を監視する隠しカメラだ。ショッピングモールの監視カメラは共有部分にだけ設置してあるので、これは店が独自につけたものだろう。人の姿は見あたらなかった。人っ子ひとりいなかった。

ケラウェイは両手を床につき、よつんばいで店内にはいっていった。あたりには硝煙の匂いがただよっていた。右手の隅のほうで、なにかが動くかさかさという音がした。顧客の注文処理コーナーがあるあたりで、ケラウェイのいまいる位置からは、角度が悪くてよく見えなかった。彼はZの形をした陳列カウンターの端にたどり着いた。ひらいているオフィスのドアまでは、わずか一メートル。いよいよ勝負のときだった。最後のときになるかもしれなかった。ケラウェイは目を閉じた。息子のジョージのことを考える。あの子がペンギンのぬいぐるみを自分の胸に押しあててから、それをもちあげて父親にキスさせようとするところが、まざまざとまぶたに浮かんだ。

ケラウェイは目をあけて立ちあがると、オフィスのドアのすぐわきの壁にむけて身体を投げだした。くるりとむきなおって、注文処理コーナーのほうに銃をむける。それと同時に、女が立ちあがった。小妖精のような小柄なイスラム教徒の女で、ヒジャブと長いガウンを身にまとい、胸には爆弾でふくれあがった自爆用ベストをつけていた。片方の手に銀色のスイッチを握っている。ケラウェイは女の上半身の真ん中を狙って弾を撃ちこんだ。撃った瞬間、自分が爆薬の詰まった自爆用ベストもいっしょに撃ち抜いてしまったのがわかった。火花と閃光が発生し、強烈な光とともに吹き飛ばされるのを待つ。だが、それは爆発しなかった。女はくずおれた。弾丸は女の身体を貫通してうしろの鏡に命中しており、ガラスに赤い蜘蛛《くも》の巣のような亀裂ができていた。

左手のオフィスのほうで、がたんという音がした。ケラウェイは目の隅で動きをとらえ、そちらをさっと見た。べつの女がいた。やはりヒジャブを着用していたが、それは可愛らしい花柄で、薄い紗《しゃ》のような布地でできていた。女の手には、洒落た線条細工がごてごてと施された銀の拳銃が握られていた。こちらの銃撃犯は白人だったが、ケラウェイは驚かなかった。連中はインターネットで白人女をアラーのための戦士に変えるのが得意なのだ。

ケラウェイと女のあいだの床には死体があった。ロジャー・ルイス。この店のオーナーだ。彼はうつ伏せに横たわっており、シャツの背中が血でぐしょ濡れになっていた。まず机の上に倒れこみ、身体を支えようとして大きなｉＭａｃをつかむかなにかしてから、くずおれて床でうつ伏せに転がったのだろう。コンピュータが、もうすこしで彼の道連れとなって机から落ちそうになっていた。巨大なシルバーのモニターが机の隅であぶなっかしくバランスを保っており、いまにも落下しそうに見えた。

アルカイダへの転向者はすぐそばにいたので、ケラウェイは手をのばせばその女をつかめそうだった。頭にかぶったスカーフから、ブロンドの髪がいくらかこぼれだしていた。紅潮した頬の片方に、黄金色の長い房がはりついている。女は口をぽかんとあけて彼を見てから、となりの店内へと目を転じた。だが、このオフィスからは注文処理コーナーにある死体は見えなかった。

「あんたのお仲間は死んだ」ケラウェイはいった。「そいつを置くんだ」

「あなたは思い違いをしているわ」女は落ちつきはらってケラウェイにいった。

バンという鋭い音とともに彼女の銃が発射され、閃光が走った。ケラウェイはとっさに撃ち返し、彼女の左の肺の大部分を机の上に飛び散らせた。

ケラウェイは頭皮がちりちりするのを感じた。女の３５７マグナム・リボルバーの銃口は床にむけられたままで、もしも撃たれたのだとしても、まだその感覚がなかった。女は驚愕《きょうがく》と当惑のいりまじった目で彼をみつめていた。しゃべろうとしてひらいた口から、血がごぼごぼとあふれだしてきた。銃をもつ右の手があがりはじめたので、それに気づいたケラウェイは女の手から銃をもぎとった。そして、そのときはじめて、iＭａｃが机の端から床に転げ落ちていることに気がついた。バンという鋭い音と閃光を頭のなかで再生し、その考えがはっきりとした形をとりはじめるまえから、それを否定する。ちがう。自分が聞いたのは銃声だった。間違いない。パソコンが床に落ちた音なんかではなかった。すぐそばをかすめていった鉛弾がシャツの繊維をぐいとひっぱっていった感覚の記憶さえ、ぼんやりと残っていた。

転向者の身体ががくんとくずれ、ケラウェイはもうすこしで、それを抱きとめようとまえに進みでそうになった。だが、最後の瞬間に左腕で彼女のむきを変え、相手が自分のほうへ倒れこんでこないようにした。この女はもはや人間ではなく、ただの証拠品だった。彼女はロジャー・ルイスの上にばたりと倒れ、そのまま動かなかった。

おかしな耳鳴りがしていた。世界が膨張して、まわりが明るくなり、ケラウェイは一瞬、自分が気絶しようとしているという馬鹿げた考えを抱いた。

銃火のせいで、空気が青みがかっていた。ケラウェイは死体の山からあとずさりして、オフィスを出た。

もうひとりの過激派の女に目をやる。女は仰向《あおむ》けに横たわって天井をみつめており、まだ爆弾のスイッチを握りしめていた。ケラウェイはその手をボタンからどけようと、一歩ちかづいた。自爆用ベストには、いったいどんな爆弾が装着されていたのだろう？　ベストの形状は、すこしベビービョルンの抱っこひもに似ていた。

女の着衣のまえの部分をつかむ小さなふたつの浅黒いこぶしが見えたが、はじめのうち、ケラウェイにはそのイメージが意味をなさなかった。女の右手に握られているスイッチに目をやると、それが黒いボタンではなく、握りにオパールのついた銀のペーパーナイフであることがわかった。ケラウェイは眉をひそめた。ふたたび自爆用ベストに目をやる。その下から、赤ん坊の頭にかぶせられた帽子が飛びだしてきていた。褐色の綿毛にうっすらと覆われた頭が、二センチほどのぞいていた。

「なんだよ、こりゃ」ケラウェイの右手のほうで声があがった。

ケラウェイがそちらに目をやると、例のジョナ・ヒルに似た太った若者がいた。あいかわらず手に朝食のブリトーをもったまま、店にはいってきて、ケラウェイのすぐうしろまでちかづいてきていた。彼はオフィスで重なりあっている死体を見てから、女性と赤ん坊の死体に目をやった。

「なんで彼女を撃ったんだよ？」太った若者がいった。「彼女はただ隠れてただけなのに」

「店に誰がいるのか訊いたら、おまえはイスラム教徒の女の銃撃犯だといったじゃないか」

「ちがうよ！」太った若者がいった。「ここに誰がいるのか訊かれたから、俺はこういったんだ――イスラム教徒と女の銃撃犯とオーナーだ。まったく。店に飛びこんでいって彼女を救うのかと思ったら、あんたは頭のいかれたやつみたいに彼女を吹き飛ばしちまった！」

「俺が吹き飛ばしたんじゃない」ケラウェイはのろのろと重たい声でいった。「オフィスにいたあのいかれたクソ女が、この女性を殺したんだ。わかったか？　俺じゃない。あの女だ。わかったといえ」

太った若者は、すこしたがが外れたような感じで笑った。彼はわかっていなかった。まったく理解していなかった。若者は、イスラム教徒の女性と赤ん坊を貫通した弾丸が命中した鏡張りの壁のほうに手をふった。命中した地点を中心に、銀色がかったピンクの亀裂が蜘蛛の巣のように広がっていた。

「なあ、俺はあんたが彼女を撃つところを見たんだ、い、い、い、この目で見た。それに、連中はあの壁から弾丸を回収するだろう。鑑識の連中が」若者はかぶりをふった。「あんた、ほんとにいかれてたぜ。虐殺を止めてくれると思ってたのに、そいつを自分でつづけたんだから。あんたは彼女よりも大勢の人を殺した！　まったく、あんたに撃たれなくて、俺はラッキーだったよ！」

「たしかに」ケラウェイはいった。

「えっ？」

「いわれてみりゃ、そのとおりだ」そういうと、ケラウェイは銃撃犯から奪いとった洒落た線条細工の施された拳銃をもちあげた。

午前十時五十二分

ハーバーは重さが三十キロちかい黒いテフロン製の防護具を身につけ、先頭に立って吹き抜けの階段をのぼっていった。途中でなにかやわらかいものを踏みつけ、悲鳴があがった。やせた黒人の若者が階段に身を伏せており、その手を片方のブーツのかかとで押しつぶしてしまったのだ。ハーバーは謝りもせずに、そのままのぼりつづけた。銃の乱射事件のまっただなかにいるとき、最初に犠牲となるのが礼儀作法だった。

階段のてっぺんまでくると、ハーバーは漆喰の円柱に背中を押しつけ、そのかげから二階の回廊をこっそりのぞいた。まさに世界の終末を思わせる光景がひろがっていた。明るい照明に照らされた二エーカーのぴかぴかに光る大理石の床。あちこちに散らばるまばらな人影は、みんな鉢植えのかげに隠れたり床に伏せたりしている。あのゾンビがショッピングモールをのっとる映画みたいだった。音響システムからは、マッチボックス20の曲が流れていた。

ハーバーは行動に移った。走って通路を横切る。そのすぐあとにチームのふたりのメンバー――スローターとベラスケス――がつづいた。ハーバーはこの間《かん》、ずっと光学照準器を装着していた。かれらはこれをＸｂｏｘの時間と呼んでいた。おいつめて、撃つ。

ハーバーは店の入口のわきの壁に身体をつけると、ヘルメットをかぶった頭ですばやく店内をのぞきこんだ。だが、ひと目見て、すぐに武器を数センチおろした。ひとりの警備員が店の片隅で、割れた鏡にむかって立っていた。無我夢中で放心したように、鏡の真ん中にある銃弾の穴に指を突っこんでいる。警備員は武器を手にしていなかったが、そのうしろの陳列ケースの上には拳銃が二挺のっていた。

「おい」ハーバーは小声でいった。「警察だ」

警備員の男は、はっと我に返った様子で首を横にふった。そして、割れた鏡からあとずさった。

「警戒態勢は解除してかまわない。すべて終わった」男がいった。

ショッピングモールの警備員は四十代で、彫りの深い顔立ちをしていた。太い腕。太い筋肉質の首。海兵隊のような短い角刈りの髪。

「何人やられた?」ハーバーはたずねた。

「銃撃犯はオフィスにいる。犠牲者のひとりの上に」警備員がいった。「どちらも死んでる。あと、ここに三人いる。ひとりは赤ん坊だ」警備員は、言葉に詰まりこそしなかったものの、最後の部分を口にするまえに咳払いしなくてはならなかった。

それを聞いて、ハーバーは胸が悪くなった。腹から力が抜けた。彼にも生後九カ月の赤ん坊がいるので、幼児の頭がピンクの卵みたいにぱっくり割れているところを見たくなかった。だが、それでも彼は店のなかへはいっていった。ぶ厚い絨毯のおかげで、ブーツでもほとんど足音がしなかった。

太った若者――二十歳くらいか――が陳列ケースにもたれかかっていた。眉間のほぼ真ん中に銃弾の穴があいていて、口はまるで抗議するかのように大きくひらいていた。ハーバーは頭にスカーフをまいた若い女性の死体に一瞥をくれた。こちらは、オフィスにいる白人男性の上に覆いかぶさるように倒れていた。

「怪我《けが》は？」ハーバーはたずねた。

警備員は首を横にふった。「いや……ただ……立っていられないかもしれない」

「すみませんが、この現場からは立ち退いてもらわないと。同僚が案内します」

「ちょっと待ってくれ。この女性とすこしいっしょにいたいんだ。謝るために」

警備員は自分の足もとを見ていた。ハーバーが相手の足首のむこうに目をやると、そこには鳩羽色のローブを身につけた女性がいた。目をひらいて、吊り天井をうつろなまなざしでみつめている。抱っこひものなかの赤ん坊はじっと動かずに、母親の胸に顔を押しつけていた。

警備員は陳列カウンターに手をついてゆっくりとしゃがみこみ、女性のとなりの絨毯にすわった。彼女の手をとり、そのこぶしを指で撫でてから、手を自分の口もとにもっていってキスをする。

「この女性と赤ん坊は死ななくてもよかったんだ」警備員がいった。「俺が躊躇《ちゅうちょ》してたら、あのオフィスにいるいかれたメス犬が彼女を殺した。彼女と赤ん坊を、一発で同時に。そんな記憶を胸に、これからどうやって生きていけばいいんだ?」

「かれらの身に起きたことの責任は、すべて引き金をひいたものにあります」ハーバーはいった。「それを忘れないでください」

警備員はその言葉を噛みしめてから、ゆっくりとうなずいた。その色の薄い目はうつろで、焦点があっていなかった。

「ああ、忘れないようにするよ」警備員がいった。

午前十一時十一分

緊急出動部隊の〝ハーバー〟という男に手を貸してもらって、ケラウェイは立ちあがった。そして、そのまま抱きかかえられるようにして、いっしょに通路に出た。拳銃と死者をあとに残して。

ハーバーはケラウェイを通路にあるステンレス製のベンチに連れていき、そこにすわらせた。ふたりの救急救命士が台車付き担架を押してそばを通過した。ハーバーは、その場から動かないようにとケラウェイに言い残して、去っていった。

通路は人で混みあいはじめていた。制服警官たちが到着していたし、十メートル先にはインディアン——アメリカ先住民ではなく、インド人のほうの〝インディアン〟だ——のガキどもがたむろしているのが見えた。そのなかのふたりが自分の携帯電話ですべてを動画撮影していた。誰かが野次馬《やじうま》たちにさがるようにと怒鳴っていた。ふたりの警官がバリケードをもって偉そうに歩いていった。

ベンチの横にショッピングモールの警備員があらわれた。エド・ダウリングだった。彼はコウノトリのような滑稽な外見をした男で、やたらと喉仏がでかく、誰とも目をあわせることができなかった。

「大丈夫か？」ダウリングが自分の足もとを見ながらたずねた。

「いや」ケラウェイはいった。

「水は？」ダウリングがいった。「いるなら、もってくるぞ」

「しばらくひとりになりたいんだ」

「ああ、なるほど。そうか。わかった」そういうとダウリングは、壁面の高いところにある狭いでっぱりをそろそろと進んでいくときのように、横歩きで移動しはじめた。

「いや、待った。立つのに手を貸してくれ、エド。吐きそうだが、その様子をユーチューブで世界中に拡散されたくない」十五歳くらいのヒンドゥー教徒だかなんだかの集団のほうにうなずいてみせる。

「ああ、わかった。いいよ、ミスタ・ケラウェイ」ダウリングはいった。「〈リズ〉にいこう。あの店の奥の物置には便所がある」彼はケラウェイの前腕をとって立たせた。

ふたりは〈デヴォーション・ダイヤモンド〉のとなりにある〈リズ〉にはいり、野球帽のならぶ陳列棚のまえをとおっていった。鏡張りの壁に映る一ダースのケラウェイが、いっしょについてきた。目の下に隈のある疲れた表情の大柄な男で、制服の腰のあたりに血がついていた。どうしてそこに血がついたのかは、謎だった。ダウリングは自分の鍵束を使って、物置のドアにあたる鏡張りの羽目板の鍵をあけた。ふたりが奥の部屋へはいろうとしたとき、誰かの怒鳴る声がした。

「おい！」ピンクのぽっちゃりとした顔の制服警官だった。こんなやわで体形のくずれた郊外のお父さんタイプの男が警察に採用されるのに自分はだめだったなんて、ケラウェイには信じられなかった。「おい、待つんだ。彼には見えるところにいてもらわないと困る。目撃者なんだから」

「彼はいま気分が悪いんだ」ダウリングはいったが、その語調の強さにケラウェイは驚いた。「あのうすのろどもが動画を撮ってるところでゲロするつもりはない。彼は銃の乱射事件を防ごうとして、もうすこしで自分も殺されかけたんだぞ。気を落ちつける時間を三十秒くらいもらったっていいだろう。それが当然だ」ダウリングはケラウェイを物置に押しこんでから、くるりとむきなおり、入口に立ちふさがった。まるで、そこにはいろうとする人間を力ずくでも阻止しようとするかのように。「さあ、ミスタ・ケラウェイ。用をすませて」

「ありがとう、エド」ケラウェイはいった。

物置の左右の壁際には埃《ほこり》をかぶったスチール製の棚があって、てっぺんに箱がいくつかのっていた。奥の片隅には粘着テープであちこち補修された汚いソファがあり、そのとなりの染みだらけのカウンターにはミスタ・コーヒー（コーヒーメーカー）が置かれていた。すごく幅の狭いドアがあって、そのむこうが陰気くさいトイレだった。洗面台の上の蛍光灯からチェーンがぶらさがっていた。便器の上の壁に落書きのようなものがあったが、ケラウェイはそれを無視した。

彼はドアを閉め、差し錠をかけた。片ひざをついてポケットをまさぐり、割れた鏡の奥の壁からほじくりだした変形した鉛弾をとりだす。鉛弾は、彼がシャツのポケットに常備している小さな万能ツールをすこし使っただけで、すぐにぽろりと出てきた。ケラウェイは鉛弾を便器のなかに落とした。

すでに頭のなかには、きちんとした話ができあがっていた。警察には、こう供述する――銃声を耳にしたあとで、状況を確かめに〈デヴォーション・ダイヤモンド〉へむかった。実際そのとき耳にした銃声は三発だったが、供述のなかでは四発というつもりだった。ほかの連中がなんといおうと、関係ない。人はパニック状態にあるとき、細かい部分の証言が変わりやすくなるものだ。三発か、四発か――いったい誰がそれについて確信をもてるというのか？

彼は宝飾店にはいっていき、三つの死体を見つけた。イスラム教徒の女性とその赤ん坊と店主のロジャー・ルイスだ。そして、金髪女の銃撃犯と遭遇し、言葉をかわした。やがて女が発砲しようとしたので、彼は先手を打って引き金を二度ひいた。一発目が女に命中し、もう一発ははずれた。警察は、そのはずれた弾がひらいた窓から外へ飛んでいったと考えるだろう。最後に、ジョナ・ヒルそっくりの若者が店にはいってきて、銃撃犯がこと切れる直前にその太ったあほ面に一発ぶちこんだ。実際、ケラウェイは女の拳銃を二度撃っていた。一度は若者にむけて、もう一度は窓の外にむけて。鑑識が空の薬莢《やっきょう》の数を計算すれば、すべてぴたりとあうはずだった。店主に三発。アラブ女とその赤ん坊に一発。太っちょに一発。

ケラウェイはトイレを流そうとボタンを押した。がちゃんと音がしただけで、水は出てこなかった。彼は顔をしかめ、もう一度流そうとした。なにも起こらない。鉛弾はひしゃげた小さなうんこみたいに便器の底に沈んだままだった。

誰かがドアをノックした。

「ミスタ・ケラウェイ?」聞き覚えのない声がいった。「大丈夫なのかな?」

ケラウェイは咳払いをした。「ちょっと待ってくれ」

なんとはなしに視線をあげていき、そこではじめて彼は、便器の上の壁にあるシャービー（油性マーカー）で殴り書きされた文字を読んだ――〈故障中　公衆トイレを使用のこと〉。

「ミスタ・ケラウェイ、外に救急救命士がいて、きみを診察したがっている」

「手当ての必要はない」

「ああ。だが、それでも救急救命士はきみを診たいといっている。俗にいう精神的外傷《トラウマ》になるような体験をしたあとだから」

「ちょっと待ってくれ」ケラウェイはふたたびいった。

彼はシャツの左袖のボタンをはずしてひじまでまくりあげると、手を水のなかに突っこんだ。そして、アラブ女とその子供の命を奪った鉛弾を拾いあげ、床に置いた。

「ミスタ・ケラウェイ、なにか力になれることがあれば――」

「いや、けっこうだ」

ケラウェイは便器の奥にあるタンクの重たい蓋をもちあげて、そっと便座の上に置いた。左手を床にのばして鉛弾を拾いあげ、それをタンクのなかに沈める。それから、蓋をもちあげて、慎重に音をたてないように元に戻した。一日か二日、長くても一週間以内には、ここに戻ってきて鉛弾を回収し、永遠に処分する機会が訪れるだろう。

「ミスタ・ケラウェイ」ドアの向こう側で声がいった。「誰かに診てもらってくれ。わたし、しもきみの顔が見たい」

ケラウェイは洗面台の蛇口をひねり、石鹸で手を洗ってから、顔に水をかけた。ハンドタオルをとろうと手をのばしたが、取り出し容器には一枚も残っていなかった。たまたまとは思えなかった。その証拠に、トイレットペーパーもまったく見当たらなかった。トイレのドアをあけたとき、ケラウェイの顔は濡れたままで、水滴が眉毛やまつげで光っていた。

ドアの外にいた男はケラウェイよりもゆうに三十センチは背が低く、〝セント・ポッセンティ警察〟と書かれた青い野球帽をかぶっていた。頭はほぼ完全な円筒形で、短く刈りこまれた薄黄色の髪の毛によって、それがいっそう強調されていた。顔は赤く、光沢をおびていた。熱帯地方で暮らすドイツ系の男性が、住んでいる期間に関係なくそうなる肌色――痛みをともなわない濃い日焼けの色――だ。男の青い目は、感動と喜びで潤んでいた。

「お待たせ」ケラウェイはいった。「で、なんの用かな?」

野球帽をかぶった男は唇をぎゅっと結んでから口をひらき、閉じてから、またあけた。いまにも泣きだしそうに見えた。「ああ、くそっ。わたしのふたりの孫はけさこのショッピングモールにいたんだ。母親といっしょに――わたしの娘だ。かれらは全員無事だ。そして、それ以外の大勢の人たちも。だから、わたしは英雄がどういう男なのかを、ぜひこの目で確かめたかったんだ」

そういうと、セント・ポッセンティ警察のジェイ・リックルズ署長は両腕をケラウェイの身体にまわして抱きしめた。

午前十一時二十八分

いま忙しいかと電話でティム・チェンから訊かれたとき、アイシャ・ランタングラスはすでにパトカーの警告灯とけたたましいサイレン音をおって、ショッピングモールにむかっていた。

「ちょうど忙しくなりそうなところよ」ランタングラスはいった。「いま車でそちらへむかってるの」

「ショッピングモールか？」

「ええ。警察無線では、なんて？」

「発砲事件だ。全部隊に出動命令が出てる。死者が数名」

「ああ、もう最低」というのがランタングラスの思慮深い返事だった。「銃の乱射かしら？」

「どうやら、この町の番がまわってきたみたいだな。火災のほうの状況は？」

この日の朝、ランタングラスはヘリコプターに同乗して、オーカラ国有林の火災を空から視察させてもらっていた。汚れた茶色い壁のような煙は、琥珀色《こはくいろ》の熱っぽい光をともないながら上空三千メートルにまでたちのぼっていた。彼女の付き添い役は国立公園局の役人で、ヘリコプターの絶え間ない回転翼の音に負けじと、大きな声でぞっとするような事実をいろいろと聞かせてくれた。救急サービスに対する州の予算削減。災害救助に対する連邦政府の予算削減。風にかんするこれまでの運の良さ。

「運がいい？　この風のどこが運がいいのかしら？」ランタングラスは彼に訊き返した。「この火事で一日あたり千エーカーの森林が失われているって、いってませんでしたっけ？」

「ええ。けれども、すくなくとも風は北向きに吹いてます」国立公園局の男がいった。

「おかげで、火は人の住んでいない低木林のほうへ進んでいる。もしも風向きが東に変わったら、火は三日以内にセント・ポッセンティに迫る可能性があります」

いま、ランタングラスは上司の編集長にむかってこういっていた。「なんのかんのいって、しょせん火は火よ。かっかしていて、がつがつしていて、決して満足することがない」

「かっかしていて、がつがつしていて、決して満足することがない」ティムはランタングラスの説明を、一語ずつゆっくりと嚙みしめるようにくり返した。「どうやって火を満足させるんだ？」

「ティミー。いまのは〝フリ〟よ。あなたはオチで、こういわなくちゃ――〝俺の別れた女房みたいだ〟。お願いだから、つきあってよ。さっきみたいな完璧なフリがきたら、それを受けとめてくれないと」

「わたしには別れた女房はいない。しあわせな結婚生活を送っている」

「まずもって、それが驚きよ。あなたはアメリカの報道業界のなかでもっともクソまじめで融通がきかない男だっていうのに、どうして奥さんはあなたのそばにとどまってるのかしら？」

「そうだな、子供たちの存在が一種の歯止めになっているんだろう」

アイシャ・ランタングラスは、彼がクイズ番組で間違った答えを口にしたかのようなブザー音をはっした。「ブブー。不正解よ。もう一度やってみましょう、ティミー。あなたはアメリカの報道業界のなかでもっともクソまじめな男なのに、どうして奥さんはそばにとどまっているのか？　よく考えて。これもまた極上のフリかもしれないわよ」

「なぜなら……」ティムの声が確信なさげに小さくなっていった。

「あなたならできるわ。わたしにはわかってる」

「わたしの皮かむりの太いペニスのおかげとか？」ティムがいった。

ランタングラスは歓声をあげた。「ほら、やったじゃない！　最初の答えよりもずっといい。あなたには素地があるって、わかってたのよ」だが、そのとき、ショッピングモールの駐車場に車をのりいれたランタングラスの目に、黄色いバリケードと救急車と半ダースのパトカーが飛びこんできた。赤道付近のような熱気のなかで、青と銀の警告灯が弱々しく点滅していた。まだ昼になっていなかったが、ランタングラスはすでに、テニス・キャンプに参加している娘を時間どおり公園・レクリエーション局に迎えにいくのはむずかしいかもしれない、と考えはじめていた。「もう切らないと、ティム。誰が誰を殺したのかを突きとめるために」

ランタングラスは駐車した車から降りると、人込みをぬって、ショッピングモールの中央大広間の入口まえに設置されたバリケードの列にむかった。テレビ局のヴァンが到着した。地元の5チャンネルと7チャンネルだ。おそらく死者は三、四名程度で、全国放送のケーブル局の注意をひくほどではないのだろう。バリケードの向こう側の犯行現場は、いつものように混沌《こんとん》としていた。警官たちがうろつき、携帯無線機がやかましい音をたてていた。

制服警官のなかに知っている顔がひとつもなかったので、しばらくするとランタングラスは自分の車——十二年もののパサート——のボンネットにすわって、待ちの態勢にはいった。駐車場はうだるような暑さで、やわらかくなったアスファルトからもわっとした熱気がたちのぼっていた。車体に接している尻が熱くなりすぎたため、すぐにランタングラスはまた立たなくてはならなかった。なにごとが起きたのかと、さまざまな人たちが車で駆けつけてきていた。あるいは、たまたま買い物にきて、この騒ぎがどういうことなのか確かめようと、とどまっている人たちかもしれない。すこし離れたところ——ショッピングモールを囲む通りのむかいにあるパーティ用品店のまえ——に、ホットドッグの移動販売車がとまっていた。

ランタングラスの娘で八歳になるドロシーは、三週間まえに菜食主義者になって以来、感情をそなえていたものを食べるのを嫌がっていた。ランタングラスもできるだけそれにつきあい、パスタやフルーツサラダや豆のブリトーの食事をとっていたが、ホットドッグの匂いは彼女にも感情をもたらしていた。そして、その感情は他のものに対する共感とは無縁のものだった。

ランタングラスはふらふらと、あとで後悔しそうなランチを買いにむかった。そして、風船ガムのような色をした小型のスポーツカーのそばをとおったとき、まわりにたむろする黒人の若い娘たちのひとりがこういうのを耳にした。「オケロは最前列にいたの。いま救急救命士に手を治療してもらってるわ。SWATのメンバーに手を踏まれたから。SWATがすぐわきを駆け抜けていったんですって。機関銃やなんかをもって」

興味をひかれる情報だったが、アイシャ・ランタングラスはそのまま歩きつづけた。若い娘たちに気づかれずに盗み聞きするのは不可能だった。ホットドッグの移動販売車はアジア料理風を売りにしていて、ランタングラスはキャベツとプラムソースたっぷりの特大サイズのホットドッグを注文した。娘には、お昼にキャベツとフルーツを食べたといえばいい。それは嘘ですらなかった。たんに細かい部分を省いたというだけのことだ。

ランタングラスは若い娘たちのグループのほうへゆっくりと戻っていくと、風船ガムっぽい色の車のリアバンパーの付近で足をとめ——ナンバープレートは〈OOHYUM（〝ああ美味しい〟の意）〉だった——ホットドッグにかぶりついた。若い娘たちは高校を出たてくらいの年齢で、三人とも、尻ポケットに携帯電話もしまえなさそうなくらいぴっちりとしたジーンズをはいて、車の前部のあたりをぶらついていた。その車種——アウディ——からして、彼女たちはブラック&ブルー地区の住民ではなさそうだった。おそらくは、町の北にあるブールバード地区からきているのだろう。そのあたりでは、どの家にも砕いた白い貝殻を敷きつめた邸内路があって、そこにはたいてい銅製の人魚のいる噴水がついていた。

SWATについてしゃべっていた娘は携帯電話になにかを打ちこんでから、ほかのふたりにむかっていった。「オケロはいま、自分の荷物をとりにいかせてもらえるのを待ってるところよ。そしたら、私服に着替えるの。彼、あの〈ブースト・ヤー・ゲーム〉の制服が大嫌いで、それを脱ぐのが一日でいちばんしあわせなときなのよ」

「それって、あんたにとって一日でいちばんしあわせなときかと思ってたけど」ほかの娘のひとりがそういい、三人はいやらしくけらけらと笑った。

テレビ局のカメラがつぎつぎとバリケードのまえに集まっていくのを目にして――撒《ま》かれたばかりのパン屑《くず》にむらがるハトのようだった――ランタングラスもそちらへむかった。急いでホットドッグを食べきり、地元テレビ局のニュース取材班のなかにわけいる。そこにいる活字媒体の記者は――そして、やりとりを記録するために携帯電話を使っているのは――おそらくランタングラスだけだろう。もう慣れっこだった。わずか十年まえは三十二名いたセント・ポッセンティ・ダイジェスト紙の専属記者は、いまや八名にまで減っていて、そのうちの二名はスポーツ担当だった。多いときには五本が彼女の署名記事という日もあった。

ショッピングモールから、リックルズ署長があらわれた。数名の制服警官と地方検事局の男――カウボーイハットをかぶった、すらりとしたハンサムなラテン系アメリカ人――をひきつれていた。リックルズ署長は消火栓のような身体つきをした男で、背丈もそれとあまり変わらなかった。すごく色の薄い金髪なので、日焼けしていなければ、そのいかにもドイツ人っぽい青白い肌にまぎれて、眉毛はほとんど見えなくなるところだった。署長はアスファルトを横切ってテレビ局のカメラにちかづいてくると、そのまえでとまって、野球帽を脱いだ。ランタングラスはどうにかして、彼のほぼ真正面に陣取っていた。だが、署長は彼女の姿が目にはいっているそぶりをまったく見せなかった。彼女の左肩の上の宙の一点を、じっとみつめていた。

「わたしはジェイ・リックルズ。セント・ポッセンティ警察の署長です。本日ここで起きた事件について、いまからみじかい声明を発表します。けさ十時半ごろ、ショッピングモールが開店した直後に、二階の通路で発砲があり、銃の乱射と思われる行為で四名が殺害されました。その場に居合わせた警備員によって実行者が排除されたため、被害が混みあった軽食コーナーにまで拡大することはありませんでした。現時点では、実行者はひとりしか確認されていません。銃撃犯は、十一時十六分に現場で死亡を宣告されました。この犯行を途中で阻止した英雄は無事ですが、いまはそれについて語る準備ができていません」署長はあごをひき、ピンクの頭皮を掻《か》いた。彼が強烈な感情のこみあげを抑えようとしているのを見て、ランタングラスは驚いた。署長が顔をあげたとき、そのすごく青い目には喜びの涙が光っていた。「個人的なことをいわせてもらうと、きょう、わたしのふたりの孫は母親に連れられて――わたしの娘に連れられて――ショッピングモールにきていました。そして、銃撃のあったところから百メートルも離れていない軽食コーナーで、回転木馬にのっていた。かれらは、その場にいた大勢の子供や母親や買い物客のなかの三人にしかすぎません。けれども、おそらくはその全員が、銃撃がエスカレートするまえにそれを食い止めようとした男性の献身的な行動によって命を救われたのです。ほんの数分まえに、わたしはその男性に感謝の気持ちをじかに伝えることができました。わたし以外にもそうしたい人は、きっと大勢いることでしょう。ここで、質問をいくつか受けつけます」

ランタングラスをふくめて、みんながいっせいに大声で質問を口にした。署長はランタングラスの目のまえにいたが、それでもまだ彼女のほうを見ようとはしなかった。それほど驚くことではなかった。ふたりのあいだには複雑な過去があったのだ。

「犠牲者が四名に銃撃犯が一名といってましたが、負傷者は何名ですか?」5チャンネルの女性が叫んだ。

「数名がショックと軽傷で治療を受けています。この現場とセント・ポッセンティ病院の両方で」

大きな声でさらに質問が飛んだ。「現時点では、ノーコメント」べつの質問が飛ぶ。「それはまだ不明です」ランタングラスは、うしろから突きだされる何本ものマイクでもみくちゃにされていた。リックルズ署長からわざと無視されていると感じていたが、そのとき、彼女が口にした質問に対して、署長がさっと顔をむけてきた。明るく面白がっているようなまなざしで、愛想よく彼女をみつめる。

ランタングラスのはなった質問は、こうだった。「銃撃犯と目されている人物は、以前から警察に知られていたんですか?」

「銃撃犯が男だといった覚えはないが」署長がランタングラスにむかっていった。彼の顔に笑みはなく、目が輝いていた。テレビ局のカメラのまえで意表を突くことを口にするのが、大好きなのだ。それに、犯罪の実行者にかんするランタングラスの憶測の誤りを指摘できたのも、満更ではなかったのかもしれない。

ランタングラスのまわりは騒然となった。ほかの報道記者たちは小躍りして喜んでいた。リックルズ署長はなだめるような感じで手のひらをまえに突きだすと、うしろにさがりながら、いまのところは以上だ、といった。きびすを返した署長にむかって、誰かが大声で孫の名前をたずねた。メリットとゴールディだ、と署長はこたえた。せめて犯人の年齢と性別を教えてもらえないかという声があがると、署長は顔をしかめてこういった。「いまは、きょう亡くなった人たちのことに集中しよう。マスコミが考えるべきは、かれらのことではないかな。安易に視聴率を稼ぐために、加害者のいかれた行為を宣伝するのではなく」ふたたび、あたりは騒然となった。これにも、みんな小躍りしていた。ランタングラスの知る報道記者は、そろいもそろって公の場ですこしばかり叱責されるのが大好きだった。

それから、署長は背をむけて去っていった。ここでまた彼がひき返してきたとしても、ランタングラスはあまり驚かなかっただろう。リックルズ署長は声明を出すのが大好きで、機知に富んだ公人、口うるさい批判者、道徳家、法律を語る男といった役割を演じるのを楽しんでいた。その意味では、嬉々《きき》としてマスコミをもてあそんで引用しやすい文句を残していく政治家のドナルド・ラムズフェルドと、すこし似ていた。おそらくリックルズ署長は孫たちが現場にいたことを喜んでいるのだろう、とランタングラスは意地悪く考えていた。なぜなら、そのおかげでふたつの役割を同時に演じる機会があたえられたのだから。断固とした法の執行者と、感謝と安堵《あんど》の念にあふれた家族思いの男。

だが、ランタングラスは署長がまたひき返してきてなにかいうかということに、あまり関心がなかった。どうせ、伝える価値のある情報はもう出てこないだろう。たとえ質問にこたえたとしても、それはマスコミではなく、彼自身の必要を満たすためのものになるはずだ。それに……ランタングラスは目の隅でピンクのちらつきをとらえていた。つま先立ちになって首をのばすと、若い娘たちをのせた風船ガムのような色の車が走り去っていくのが見えた。車はハイウェイには出ずに、ショッピングモールの角を曲がって視界から消えた。

ランタングラスは、そのあとをおった。

午後二時十一分

ショッピングモールの北東側には窓がなく、特徴のないさえない茶色のドアと荷物の積み下ろし場所が砂岩煉瓦の壁にいくつかついているだけだった。こちら側にくるのは、ショッピングモールの従業員だけだった。駐車場は狭くて細長かった。それを挟んで建物のむかいには高さ三メートルの金網フェンスがあって、その先には一面に雑草が生い茂っていた。こういう場所にくると、ランタングラスの神経はぴりぴりした。二十四歳のレブという警官がコルソン・ウィザーズに六発の銃弾を撃ちこむのを目撃した日のことを思いだすからだ。

駐車場の両端には、それぞれパトカーがとまっていた。ランタングラスは車のスピードを落とした。前方をふさぐようにして、ひげをきれいに剃《そ》ってミラーサングラスをかけた大柄な警官が立っていた。車がゆっくりと停止すると、警官は運転席側にまわりこんできて、窓をおろすようにと片方の手をだるそうにまわしてみせた。

「駐車場にはいれるのは従業員の家族だけだ。あなたは?」

「家族のものです、おまわりさん」ランタングラスは嘘をついた。「息子のオケロが〈ブースト・ヤー・ゲーム〉で働いてるんですけど。事件が起きたとき、あの子は建物のなかにいました。あなたがいまとおしたあの娘たちといっしょにきたんです」ランタングラスは〈OOHYUM〉というナンバープレートの車を指さした。車はちょうど駐車場を三分の一くらい進んだところで、空き区画に滑りこもうとしていた。

だが、警官はランタングラスが名前を口にした瞬間に関心を失っており、黙って手をふってわきにどいた。

ランタングラスが空いている区画に車をのりいれたとき、三人の娘たちはすでにストロベリー・ミルクシェーキ色のアウディから降りていた。運転していた娘がつま先立ちになって、ひょろりとした黒人の若者に抱きついていた。建物から退去させられた従業員がまだ駐車場のあちこちに残っていて、興奮さめやらぬまま、間一髪で死をまぬがれた話をえんえんとくり返していた。舞台で生き生きとしていたコルソンのことを思いだしていたせいか、陽気にざわめく目撃者たちを見て、ラングラスは芝居が成功をおさめたあとの舞台裏にいるような気分になった。上演が上手くいった血なまぐさい悲劇のあとの舞台裏といったところか。

ランタングラスが駐車した車から降りたとき、ちょうど恋人たちが抱擁をといて、ピンクの車へとむかいはじめた。ランタングラスは、その途中でふたりに声をかけた。

「事件が起きたとき、なかにいたんでしょ?」ランタングラスは前置きなしにいきなり若者にたずねた。すでに録音するための携帯電話をとりだしていた。「ぜひ話を聞かせてもらいたいわ」

若者は歩調をゆるめた。眉間に考えこむようなしわがあらわれていた。彼はただ黒いだけではなかった。真っ黒な黒人だった。溶岩砂の浜辺のような黒さだ。光は彼の肌に吸収されてしまっていた。もちろん、ハンサムだった。そうでなければ、〈ブースト・ヤー・ゲーム〉では雇ってもらえない。かれらの売りは、若さと健康と黒さだった。そして、その顧客の大半は郊外に住む白人だった。若者はまだ店の制服を着ていた。どうやら警察から、私服に着替える許可をもらえなかったらしい。

「ああ、なかにいたよ。俺は撃たれなかった人のなかで、いちばん現場のちかくにいた。ミスタ・ケラウェイを除いては」

三人の若い娘たちは、ランタングラスを警戒心と好奇心のいりまじった目でじろじろと見ていた。なかでもいちばん可愛い娘が、オケロのガールフレンドだった。団子鼻、すらりとした首、縮毛矯正したショートヘア。その彼女がいった。「なんで話を聞きたいの？」

「わたしはセント・ポッセンティ・ダイジェスト紙の記者なの。すごく興味があって――すぐそばを銃弾が飛びかっているときの心境について。裏話ってやつね。どうやって切り抜けたか」ランタングラスはガールフレンドの質問にこたえていたが、目はずっと若者の顔からはなさなかった。

「俺の写真が新聞に載る？」若者がたずねた。

「もちろん。サインを求められるようになるわよ」

若者はにやりと笑ったが、ガールフレンドがいった。「百ドル」そして、これ以上ランタングラスをちかづけまいとするかのように、恋人のまえに進みでた。

「いまハンドバッグに百ドルあったら、わたしはベビーシッターを雇えていたでしょうね。でも、それができないから、あと三十分で町のサマーキャンプから戻ってくる娘を迎えにいかなくてはならない」

「それがなによ」オケロのガールフレンドがいった。「この人がどんな体験をしたのか知りたければ、『デイトライン』で見ることね。きっとあの番組なら百ドル払えるだろうから」

このピンクのアウディの新車をのりまわす若い娘のクレジットカードの利用限度額は、

おそらくランタングラスのよりも高いのだろう。したがって、彼女が金のことをもちだしてきたのは、ポーズにすぎなかった。ちょっとした即興のパフォーマンス・アートだ。彼氏はブラック&ブルー地区の出身で、彼女はブールバード地区の出身。だから、ここでストリート風にふるまうことで、彼氏を感心させてやろうという肚《はら》だ。

「でも、はたして『デイトライン』がここまで取材にくるかしら」ランタングラスはいった。「仮にきたとしても、あなたは自分の彼氏を取材してもらいたいんじゃない？ きょうショッピングモールにいたほかの大勢のなかの誰かじゃなくて？ たいていは、いちばん最初に自分の体験を報じられた人だけが、くり返し取材を受けることになるわ。それに――」ランタングラスは、ここでガールフレンドの目をまっすぐみつめた。「――わたしはあなたたち両方の話に興味があるの。銃撃のことを聞いて、あなたがどう感じたか。ボーイフレンドが建物のなかにいるのは知っていたけど、彼ともう一度会えるかどうかはわからなかったわけでしょ」

この説得に、ガールフレンドは態度を軟化させた。オケロのほうにちらりと目をやる。彼は金のことをなにもいっておらず、落ちついて興味深げにランタングラスをみつめていた。

「なにがあったか話すよ」オケロがいった。「金はいらない」

「録音してもいいかしら？」ランタングラスは自分の携帯電話を示しながらたずねた。

オケロはうなずいた。

「あなたの名前は？」ランタングラスはすでに答えを知っていたが、インタビューのいいとっかかりになるので、それをたずねた。

「オケロ・フィッシャー。〝オセロ〟とおなじ。ただし、〝セ〟じゃなくて〝ケ〟だ」

アイシャ・ランタングラスの心のなかで、コルソンがふたたび死んだ。彼はいまでも、日に三度か四度は死んでいた。自分の血のなかに顔を突っ伏して。あのとき失血死していなかったら、彼は溺れ死んでいたかもしれない。

「めずらしい名前ね」ランタングラスはいった。

オケロは肩をまわしながらすくめてみせた。「お袋がアフリカの文化にいれこんでるんだ。俺の十歳の誕生日には、大花カリッサの果実のはいったケーキを焼いて、部族のドラムを買ってくれた。俺は、〝チョコレートケーキにプレイステーションでよくね？〟って口だけど」

ランタングラスはすでにこの若者が気にいっていた。彼は引用するのにぴったりの文句をいろいろと口にしてくれそうだった。彼のガールフレンドの名前は〝サラ〟といった。誰の機嫌も損ねないように、ランタングラスは友人たちの名前もたずねた。ケイティとマディソン。三人ともブールバード地区っぽい名前だ。

「なにかがおかしいって、いつ気づいたの？」

「たぶん、銃を見たときかな」

「銃撃犯を見たの？」

「ショッピングモールが開店して、まだ数分しかたっていないときだった。俺はアーヴィンと自分の分のフラペチーノを買おうと、軽食コーナーにいってた。アーヴィンと俺は〈ブースト・ヤー・ゲーム〉の朝番なんだ。やつがどうしてあそこで働いてるのかは、謎だ。やつのうちはすごい金持ちだから。たぶん、お袋さんはやつに、仕事をもつのがどういうものかを体験させたいんじゃないかな」オケロの感受性の鋭そうな大きな目に懸念の色が浮かんだ。「いまのは記事にしないでくれ。アーヴィンはいいやつだ。夕食で家に招いてくれたし」

「あなたが望まないことは、いっさい記事にしないわ」

「とにかく、〈ブースト・ヤー・ゲーム〉にはバスケットのゴールがあって、そこで俺たちはいつもシュートゲームをやってるんだ。負けたほうが勝ったやつのフラペチーノ代を払う。ただし、買いにいくのは勝ったほうだ」

「あなたが最後に飲み物代を払ったのは、いつだっけ?」ガールフレンドのサラがいくらか誇らしげに、からかうようにたずねた。

「アーヴィンはそんなに下手なわけじゃない。俺も何度か支払わされた。でも、あいつは左サイドからのシュートがあまり得意じゃないから――そう、たいていはやつが払って、俺が買いにいく」

「いまのも記事にはしないわ」ランタングラスは約束した。「あなたの勝利の秘訣《ひけつ》をばらしたくないから」

オケロはふたたびにやりと笑い、ランタングラスはますますこの若者のことが好きになった。彼はブラック＆ブルー地区の出身だろう、という考えがまたしても頭をよぎる。だが、それは彼のしゃべり方がストリートっぽいからではなく、そうではないからだった。彼はすらすらとしゃべっていたが、その言葉づかいにはすこし用心深さが感じられた。正確さを期して言葉をえらぶ――その衝動は、ランタングラスにはお馴染《なじ》みのものだった。ひとつ言葉を間違えるだけで自分は街角の酔っぱらいみたいに聞こえるのではないか、という不安からくる衝動だ。ランタングラスはロンドンで一年間ジャーナリズムを勉強したことがあり、そこでコルソンがはたせなかった夢をいくつかかなえてきていた。そのとき、彼女はイギリスの階級制度にかんする論文を読んだ。それによると、イギリス人はその話し方や言葉づかいによって烙印《らくいん》を押されるのだという。誰かが口をひらいてしゃべりだしたとたんに、その人物が上流階級か貧しい人間かがわかるのだ。それは、アメリカの黒人によりいっそうあてはまる考察だった。黒人は〝ハロー〟というだけで、その言い方からどういう人間かを決めつけられてしまう。

オケロが先をつづけた。「俺がフラペチーノをもって〈ブースト・ヤー・ゲーム〉に戻るときに、彼女がむこうからやってきた。俺は中央大広間のでっかい階段をおりていくところで、彼女はのぼってくるところだった。思わず彼女を二度見したけど、それは彼女が脚の上のほうをなにやらいじくってたからだ。はじめは、ストッキングをなおしているのかと思った。でも、よく見ると、なおしてたのは銃のホルスターだった。太ももにつけるホルスターだ。俺とすれちがうとき、ちょうど彼女はそれをはずしてた。あと、彼女は泣いてたな。サングラスをかけてたけど、それでも彼女の目もとからマスカラが流れ落ちてるのがわかった」

「どんな女性だった?」

「小柄。ブロンド。すごく可愛い。名前は、ベッキーだと思う。ベティかな? いや、たしかベッキーだ」

「どうして名前を知ってるの?」

「〈デヴォーション・ダイヤモンド〉で働いてた女性だからさ。彼女が銃を撃ちまくった店だ。毎月このショッピングモールでは、最終土曜日の開店まえに全館あわせた従業員の表彰式がおこなわれる。彼女は一度、店長のロジャー・ルイスから賞をもらってた。今月の最優秀従業員賞とかそういったやつだ。彼女はまず最初に、その店長を殺した。すくなくとも、俺はそう考えてる。一発目の銃声がする直前に、ミスタ・ルイスが叫ぶのが聞こえたから。彼は亡くなった。台車付き担架ではこびだされるのが見えたんだ」

「話をすこしまえに戻しましょう。あなたは彼女と階段ですれちがった。彼女は銃をもっていた。そのあとは?」

「俺はふり返って、彼女を見送っていた。それから、あとをおいかけはじめた。彼女が大丈夫かどうか確かめ——いてっ!」

オケロのガールフレンドが彼の肩を拳固《げんこ》で叩いていた。「馬鹿ね。いいこと、彼女は銃をもってたのよ！」そういって、もう一発パンチを見舞う。

オケロは肩をさすっていた。ふたたび口をひらいたとき、その説明はラングラスだけでなく、ガールフレンドにもむけられていた。「もちろん、そんなにちかづきはしなかった。どうせ彼女はずいぶん先をいってたし。で、すこしたつと、今度は警備の人間をさがしたほうがいいんじゃないかと思いはじめた。それで階段をおりはじめたときに、ミスタ・ルイスが叫ぶのが聞こえた。そして、そのあとで銃声が。俺は階段の上にぴたりと身を伏せて、そのままじっと動かなかった。そのうちにミスタ・ケラウェイの怒鳴り声が聞こえてきて——警備主任だ——それから、また銃声がした」

「何発だったか覚えてる？」

オケロは片方の目を閉じ、反対の目を空にむけた。「最初に三発。彼女がミスタ・ルイスを撃ち殺したときだ。一分ほどして、また一発。そして、なにかが倒れるような音。それから、五発目。そのあと、五分くらいしてから、さらに二発だ」

「それは確かなの？　五発目と最後の二発のあいだに、まるまる五分もあった？　ストレスのかかる状況下では、時間の感覚が簡単に狂ってしまうものだけど」

オケロは首を横にふった。「いや、間違いない。四分か五分だった。サラとメッセージのやりとりをしてたから、自分の携帯で時間を確認できたんだ」

ラングラスはうなずいたものの、いまの話を疑っていた。目撃者は往々にして、話にあわせてあっという間に記憶を書き換えてしまう。そもそも話というのはうろ覚えの事実を劇的に解釈したもので、常にどこかしら作られた部分がふくまれているのだ。

オケロがふたたび肩をすくめてみせた。「話はそれだけだ。俺がじっと伏せてたら、二分ほどして防護具をつけた警官たちが階段を駆けあがっていった。ISISをやっつけようと、機関銃をもって。ただし、やっつけたのは俺の手だけだったけど。警官のひとりがそばを駆けていくときに踏んづけてったんだ」彼は言葉を切り、首を横にふった。「いまのも書かないでもらえるかな。かれらは命を救うために突進していったんだ。銃火を浴びせられるかもしれないと知りながら。そんな人たちのことを悪くいいたくない。供述をとられてるあいだに、救急救命士が俺の手を診てくれた。骨は折れてなかった」

「そして、あなたは無事に外に出てきた」サラがそういって、つま先立ちになってボーイフレンドの頬にキスをした。「ただし、いまここで〝万事順調〟っていったら、乳首をつねるからね」

オケロはにやりと笑って、ガールフレンドと唇を重ねあわせた。ラングラスは思わず、〈OOHYUM〉の看板に偽りなしだ、と考えていた。

「どうしてなの?」ラングラスはたずねた。

「〝万事順調〟がこの人の口癖なの」サラがそういって、目をまわしてみせた。「お父さんとの馬鹿げたジョークにもなってる」

「俺はいつもよりもっと万事順調さ。でも、赤ん坊が殺されたのは——」

「赤ん坊?」ラングラスは訊き返した。

オケロの目が伏せられ、その顔に突然、怯えた悲しそうな表情が浮かんだ。「ああ。母親といっしょに撃たれた。ヒジャブ姿の女性と、その赤ん坊。太ったやつ。そして、ミスタ・ルイス。この四人が被害者で、全員が死亡した――あと、銃撃犯も。でも、オーロラの映画館やコロンバインの高校で起きた銃の乱射事件のことを考えると、それ以上の被害がでなくてよかった。銃撃戦にならずにすんで、警察はほっとしてるんじゃないかな」それから、オケロは笑った。ほんとうに面白がっているわけではない、とげとげしくて耳ざわりな笑い声だった。「それに、間違いなくミスタ・ケラウェイは、ようやく誰かを撃つことができて喜んでるはずだ」

ランタングラスは、そろそろ切りあげなくてはと考えていた。記事に使うつもりのない話を女性陣からいくつか聞きだして、さっさと退散する。さもないと、テニス・キャンプを終えた娘のお迎えに遅れてしまうだろう。迎えの人がくるのを最後まで待つときの胸が悪くなるような心細さを、彼女はまだはっきりと覚えていた。モダンダンスの教室の窓から雨に濡れた外の景色をながめ、誰でもいいから迎えにきてくれる人はいるのだろうかと考えていたときの心細さ。だが、オケロの最後の発言を聞いたあとでは、そのまま立ち去るわけにはいかなかった。すっかり興味をそそられていた。

「どういう意味かしら？　ようやく誰かを撃つことができて喜んでるって？」

オケロの顔に浮かんでいた勢いこんだような笑みが消えた。「あー、こいつも書かないでおいてもらったほうがいいかもしれない」

ランタングラスは録音をやめた。「あなたがここで面倒にまきこまれるようなことは、いっさい記事にしないわ、オケロ。わたしはただ知りたいだけ。ケラウェイにはなにがあるの？」

ミシシッピ川の色をしたオケロの目が、突然冷たい光をおびた。その目でランタングラスをみつめながらいう。「あの老いぼれナチ野郎は、ここで働きはじめて三日目の俺の首に銃を押しつけたんだ」

「銃を……どうしたんですって？」

「俺は、自分の車で商品をデイトナ・ビーチにはこぶよう、〈ブースト・ヤー・ゲーム〉の売り場主任のミスタ・ボストンから頼まれてた。このときはまだ制服の準備ができてなくて、いろんな使い走りをやらされてたんだ」オケロは黄金色のふざけたバスケットボールのシャツをひっぱりながらいった。そこには店名と、オレンジ色の炎のボールをつかんだ黒い手がプリントされていた。「俺はこの場所で、自分の車の後部に商品の箱を積みこんでた。そこへケラウェイがこっそりうしろからちかづいてきて、銃を俺の首に突きつけたんだ。そして、こういった。〝刑務所か、死体安置所か――おまえしだいだ。どっちをえらぼうが、俺にはどうだっていいが〟」

「嘘でしょ」ランタングラスはそういいながらも、いまの話を信じていた。彼女の口調がそれを物語っていた。

サラのあごがこわばり、口もとが険しく一文字に結ばれた。ボーイフレンドの指をぎゅっと握りしめる。まえにもこの話を聞いたことがあるのだ。

「誓ってほんとだよ」オケロはそういって、胸に手をあててみせた。「やつは無線で、不審者が〈ブースト・ヤー・ゲーム〉の裏の荷物の積み下ろし場所で商品を盗もうとしていた、と報告した。俺がカッターナイフと銃をもってることも。けど、警備員のオフィスから警察に連絡がいくまえに、ミスタ・ボストンが事態に気づいて走って出てきた。そして、なにも問題はない、この若者は従業員だ、とケラウェイにいった」

「あなたは銃《ガン》をもってたの？」

「テ、テープ・ガンをね」オケロがいった。「封をしなくちゃならない箱がいくつかあったから。その取っ手が、俺のスウェットシャツのポケットから突きだしてた。でも、カッターナイフについては、やつのいうとおりだった。そいつは俺のズボンの尻ポケットにはいってた」

容疑者が立ちあがり、そのとき彼の手のなかでなにかが光るのが見えたんです。彼はさっと飛びかかってきた。だから、ナイフで襲われるのだと思って、自分の身を守るために発砲したんです——それがムーニー巡査の大陪審での証言だった。何年もたってから、ランタングラスはその全文を読んでいた。CDをナイフに、テープ・ガンを四五口径の拳銃に変えるには、ちょっとした想像力とちょっとしたパニック、それにたくさんの偏見があれば、じゅうぶんなのだ。

「撃たれなくてツイてたわね」ランタングラスはいった。「でも、どうしてケラウェイはクビにならなかったの？」

オケロの片方の口の端が映画スターのようにぐいともちあがったが、いまはそこにすこし冷笑が垣間見《かいまみ》えて、ランタングラスは残念な気分になった。「ミスタ・ボストンは、そのあと一時間はぶるってた。顔がすごく青白くなってて、流感にかかっているときみたいだった。彼は、ショッピングモールの警備を担当している会社の苦情窓口に電話するといった。でも、いざかけてみると、その番号は使われてなかった。だからメールを送ったけど、それは配信不能で戻ってきた。そこは南部のでっかい会社で――ファルコン警備会社だったかな？――いろんなショッピングモールに警備員を派遣してる。そんな会社なら、もっと簡単に連絡がとれそうなもんだろ。ミスタ・ボストンは俺に、警察へいって被害届を提出するかと訊いてきた。でも、俺はどうせなにも起きやしないだろうと思ったから、いいですと断《ことわ》った」

「どうしてここを辞めなかったの？」

「このハンサムな顔は大学の授業料のかわりにはならないからさ」

「ケラウェイは謝罪したの？」

「ああ。その場でね。あと、翌日にやつのオフィスでも。そこでは、このショッピングモールのどの店でも使える二十五ドル分の商品券をくれた」

「それはそれは。太っ腹なこと。二十五ドルもなんて。それをなにに使ったの？」

「まだもってるよ」オケロがいった。「ショッピングモールで誰かが防弾チョッキの安売りをはじめるまで、とっとくつもりだ。いま欲しいのは、それだから」

午後五時十五分

ランタングラスは記者会見の模様を、娘のドロシーといっしょにテレビで見た。ドロシーは画面の三十センチほど手前でひざ立ちになっていた。そこが彼女のお気にいりの場所だった。長い首とどこまでもつづく脚をもつ黒い肌の八歳の少女は、ウサギの耳のついたはでなピンクの帽子をかぶっていた。いまは帽子にはまっていて、ひきだしはそれで一杯だった。朝、彼女を家から連れだすのは、ランタングラスにとって日々の苦行となっていた。その日にぴったりの帽子が見つかるまでに、二十分ちかくかかることもあったのだ。

「『キム・ポッシブル』を見逃しちゃう」ドロシーが、大好きなディズニー・チャンネルのアニメ番組のことで文句をいった。

ちょうどそのとき、地元ニュースの番組の画面がどこかの会議室に切り替わった。ショッピングモールで起きた銃撃事件にかんするセント・ポッセンティ警察の会見がそこでひらかれることになっており、被害が拡大するまえに凶行を食い止めた勇敢な警備員の身元もあきらかにされるかもしれなかった。

「仕事で、どうしてもこれを見なくちゃならないの」ランタングラスはキッチンのテーブルからいった。そこに置いたノートパソコンで、オーカラ国有林の火災についての二千語の記事を書いているところだった。気持ちをそちらへもっていくのは、そうむずかしいことではなかった。火災から何キロも離れているにもかかわらず、この居間にいても煙の匂いが嗅ぎとれたからである。風向きが変わりつつあるのだろうか、とランタングラスは思った。

「あたしもテレビを見たりヘリコプターをのりまわしたりする仕事につきたいな」

「つぎにチェンさんと会ったときに、雇ってもらえるか訊いてみるといいわ。この家にはもうひとり稼ぎ手がいても悪くないから」ドロシーの父親から扶養料がはいってくる見込みはなかった。彼女が生まれてすぐに、音楽家としてのキャリアを赤ん坊に邪魔させるつもりはないということで、いなくなっていたからだ。ランタングラスが最後に聞いたところでは、彼はいまニューヨークのクイーンズ地区でべつの女性とふたりの娘をもうけていて、音楽家としてはタイムズ・スクエアで白いプラスチックの桶《おけ》を叩いて帽子に小銭を集めているということだった。

会見場で、つぎつぎとカメラのフラッシュが焚《た》かれた。葉の生い茂る木々が風に吹かれたときのようなざわめきが起きる。画面に映っていない記者たちがささやいたり身動きしたりする音だ。ジェイ・リックルズ署長とすらりとしたキューバ系の地方検事補が、折りたたみ式のテーブルの上にずらりとならぶマイクのむこうに腰をおろした。ふたりのあとから、三人目の男が登場していた。〈シーワールド〉という文字と宙に飛びあがるシャチの姿がプリントされた、だぶだぶのスウェットシャツを着ている。この三人目の男は四十代で、白髪まじりの口ひげをたくわえ、軍人っぽい髪型をしていた。海兵隊員かボクサーのような太い首。大きなごつい手。カメラを見まわすその目は妙に色が薄く、冷淡だった。

ジェイ・リックルズ署長は場が静まるのを待ってから、さらにしばらく間をおいた。長くて劇的な沈黙を楽しんでいるのだ。ドロシーがひざ立ちのまま、さらにすこしテレビのほうへ跳ねた。

「ちかづきすぎよ」ランタングラスはいった。

「画面のすぐそばにいたいの。誰かが嘘ついてたら、それがわかるように」

「あなたの帽子が邪魔で画面が見えない」

ドロシーがほんのすこしだけあとずさった。

「どうも、みなさん」リックルズ署長が口をひらいた。「警察署長のジェイ・リックルズです。まず手短に、けさ〈ミラクル・フォールズ・ショッピングモール〉で起きた出来事について説明します。午前十時半ごろ、ショッピングモールの二階にある〈デヴォーション・ダイヤモンド〉で銃撃事件が発生しました。銃撃犯の身元はレベッカ・コルバートであることが確認されています。セント・ポッセンティ在住の二十歳の女性で、〈デヴォーション・ダイヤモンド〉で店員をしていました。ミズ・コルバートは店にはいったのちに、当小売店チェーンの支配人をつとめる四十七歳のロジャー・ルイスと店の客ヤスミン・ハスワール、および彼女の男の赤ん坊イブラヒムを撃ったと考えられています。その時点で、ショッピングモールの警備主任をつとめるランダル・ケラウェイがミズ・コルバートのまえに立ちはだかりました。彼はファルコン警備会社の警備員で、アメリカ陸軍の元憲兵です」ここでリックルズ署長はまえに身をのりだし、テーブルの反対端にすわるスウェットシャツ姿の大柄な男のほうへ賛美のまなざしをむけた。「ミスタ・ケラウェイはミズ・コルバートに銃を置くように命じましたが、彼女がそれに対して銃をかまえようとしたため、相手を撃ちました。ミスタ・ケラウェイは彼女が絶命したものと考え、急いでミセス・ハスワールのもとへ駆けつけて応急手当をほどこそうとしました。そのとき、べつの男性ロバート・ラッツがそれに手を貸そうと店にはいってきて、ミズ・コルバートに撃たれました。この時点でミスタ・ケラウェイは銃撃犯の武器をとりあげ、直後に現場はSWATと救急隊員であふれかえりました。ミズ・コルバートは午前十一時十六分に死亡を宣告されました」リックルズ署長は身体のまえで手を組んでおり、張り出し玄関にすわってビール缶を片手に見事な夕日をながめている男のような穏やかな表情を浮かべていた。「すでにご承知の方もいるかと思いますが、この事件が起きたとき、わたしの娘とふたりの孫はショッピングモールにいました。かれらの身にも危険がおよんでいたかもしれないと考える理由は、どこにもありません。しかし、それをいうならば、そうでなかったと考える理由もないのです。ミズ・コルバートは無差別に、罪もない命を奪っていました。彼女の最終目的がなんであれ、死ぬまで殺しつづけるつもりでいたことは確かです。ミスタ・ケラウエイがあれほどすばやく決断力のある行動で対応していなければ、はたしてどうなっていたか……。それについては、考えたくもありません。とにかく、これだけはいえます。今回の件は、筆舌につくしがたい悲劇でした。わずか数分のあいだに、われわれは尊敬すべき地元の雇用主、勇敢な思いやりから店にはいっていった罪もない第三者、それに母親とその赤ん坊を失いました。赤ん坊です。セント・ポッセンティの愛国的なイスラム教徒の共同体の一員であった、素晴らしい男の赤ん坊。この先、数日間、数週間、数カ月間にわたって、わたしたちは各自の苦しみとむきあうことになるでしょう。しかし、きょうわたしたちは、銃をもった悪党が銃をもった善人と会うとどうなるかを知りました。きょう、わたしたちの悲しみは感謝の念によってやわらげられ、痛みは誇りの念とともにあります」リックルズ署長は言葉を切り、まえに身をのりだして地方検事補のほうを見た。「ミスタ・ロペス？　ここでつけくわえたいことは？」

「どうして赤ん坊を撃つ人がいるの？」ドロシーがたずねた。「ほんとうにそんなことが起きたの？」

ランタングラスはいった。「ええ、ほんとうに起きたのよ」

「そんなことするなんて、馬鹿みたい」

「そうね。わたしもそう思う」

テレビの画面では、ロペス地方検事補がマイクに口をちかづけてこういっていた。「フラグラー郡の地方検事局は、全力をあげて——専属の調査員を二名つけて——本日の憎むべき行動の動機を解明し、ミズ・コルバートが単独でこのおぞましい行為におよんだのか、それとも共謀者の協力があったのかを突きとめようとしています」それから三十秒間、彼は陳腐で使い古された文句をならべたてた。情報をおもちの方がいたら……。現時点では誰も告発されておらず……。鑑識が最新技術を駆使して……。彼の話がすむと、ふたたびリックルズ署長がまえに身をのりだした。

「ランド？　なにかいいたいことは？」リックルズ署長は、テーブルの反対端にいる〈シーワールド〉のスウェットシャツを着た大柄な男のほうへ目をやりながらたずねた。

あらためて、カメラのフラッシュがいっせいに焚かれた。

ランダル・ケラウェイは手をひざの上にのせてうなだれており、不安げで、すこしおいつめられているようにも見えた。しばらく考えてから椅子の上で身体をまえにずらし、マイクに顔をちかづける。

「息子がこれを見てたら、とにかく父さんは無事だということを伝えたい」ケラウェイはいった。

集まっていたマスコミ関係者は、これを聞くと小さくのどを鳴らして喜んだ。ランタングラスは思わずハトを連想した。

「この人、そんなにいい人じゃないわ」ドロシーが宣言した。

「彼は銃を使って、頭のおかしな人を制止したのよ」

「でも、〈シーワールド〉にもいってる」ドロシーはそういって、彼が着ているスウェットシャツを指さした。「あそこはシャチをすごーくちっちゃな水槽に閉じこめてるの。クロゼットに押しこまれて、そこに一日じゅういさせられるようなもんだわ。〈シーワールド〉なんていくべきじゃない」

「そうか」ジェイ・リックルズ署長がそっといった。喜びに打ち震えんばかりだった。「父さんは無事だ、か。いいかな、みなさん、父さんは無事だ。父さんは心配いらない」

最後にもう一度、カメラのフラッシュが激しく焚かれた。その目のくらむような断続的な光のなかで、ケラウェイのやけに青白い肌は砲金《ガンメタル》のような青い光沢をおびて見えた。

午後九時十八分

連中はまだ外にいた。ニュース番組のヴァンや撮影隊が彼の家のまえの通りを埋めつくしていた。ケラウェイは居間の真ん中にあるソファにすわって、ひざの上に固定電話をのせていた。携帯電話は警察に押収されていた。大きな見晴らし窓にかかるカーテンの隙間から、放送局のヴァンが何台か見えた。CNN。FOX。テレビはついたままで、それが居間の唯一の明かりだった。音声は消してあった。テレビでは、ジェイ・リックルズ署長が銃をもった悪党と銃をもった善人について語った場面が何度もくり返し流されていた。

ケラウェイは、自分が銃にこめられた銃弾になったように感じていた。装填され、いまにも飛びだして最終的な衝突地点へ勢いよく飛んでいきそうな気がした。自分にかんする世間の思いこみに穴をあける力をもった弾。その弾をこめた銃が発射されたとき、みんなはふり返るだろう。そして、今度は彼のことも見る。彼の虚像ではなく、彼のほんとうの姿を。

ケラウェイは電話が鳴るのを予想していた。そして、そのとおりになった。受話器を耳にあてる。

ホリーの声は小さく、息切れしているように聞こえた。「いたのね。家にいるかどうかわからなくて。いまあなたがテレビに映ってるのを見てたの」

「そいつは何時間もまえの映像だ。いまちょうどやってるのか？」

「え、ええ。それを見てるの。大丈夫なの？　怪我はない？」

「ないよ、おまえ《ラブ》」ケラウェイは妻にむかっていった。いまでもホリーは彼の妻だった。とりあえず、書類上は。

小さく息を吸いこむ音。「そんなふうに呼んじゃだめよ」

「〝おまえ《ラブ》〟はまずいのか？」

「ええ。そんなふうに考えるのさえよくない」

「彼女に殺されることになってたら、そんなふうに考えてただろうな。きょう彼女に撃たれてたら、それが俺の最後の考えになってたはずだ」

ふたたび呼吸音が小刻みに震える。ホリーは泣かないように努力していた。すぐに泣く女なのだ。クリスマスを題材にしたテレビ映画のラスト。米国動物愛護協会のコマーシャル。映画スターの死去。彼女はいつだって〝感情〟という薄手のビロードのガウンを身にまとっていて、その生地は、彼女が世界のなかへ一歩踏みだすごとに波打ち、どこへいこうと彼女にまつわりついてきた。

「店にはいってくなんて、無茶《むちゃ》よ。警察を待たなきゃ。彼女に撃たれてたら、どうするの？　あなたの息子には父親が必要だわ」ホリーがいった。

「おまえの弁護士は、そうは思ってないようだけどな。俺がジョージと会うのは月に一度きりでじゅうぶんだ、と考えてる。しかも、俺を監視するためのお目付け役までつけて」

ホリーが洟《はな》をすすりながら息を吸いこんだ。彼女が泣いているのは間違いなかった。しばらくしてふたたびしゃべれるようになったとき、その声は感情でぼろぼろになっていた。

「あれこれ指示されてるのは、あなただけじゃないわ。わたしもよ。あなたと話しあおうとするなら弁護をおりる、と脅されたわ。彼女と話してると、自分がすごい馬鹿みたいに思えてくる。あなたがわたしたちを傷つけることは絶対にない、って彼女にいったの。そしたら――」

ホリーの姉がうしろでぎゃーぎゃー騒ぎたてていた。ケラウェイには、それがスヌーピーとチャーリー・ブラウンのアニメに登場する大人の耳ざわりで意味不明なしゃべり声のように聞こえた。ホリーは自分の足で立つすべを知らなかった。彼女にとっては、他人からの期待はすさまじい強風のようなもので、彼女自身は、それに翻弄されてあちこち浮遊する一枚の新聞紙にすぎなかった。ケラウェイにいわせれば、ホリーの姉のフランシスは隠れレズビアンで、彼女が結婚した男はまず間違いなくオカマ野郎だった。なにせ、〝タンジェリンオレンジ〟とか〝ティールブルー〟といった怪しげな色のはでなシャツを着て、テレビで熱心にフィギュア・スケートを見るようなやつなのだ。

「フランシスはなにを騒いでるんだ？」ケラウェイはたずねた。擦ったマッチに火がつくときのように、自分のなかでなにかがぱっと燃えあがるのを感じていた。

だが、ホリーはもはや彼の言葉を聞いてはいなかった。姉の言葉に耳をかたむけていた。それに対して、ホリーがいった。「ええ」さらにぎゃーぎゃーいう声。「いやよ！」それから、もう一度。「いや、いや！」めそめそと懇願するような声だった。

「余計なことに首を突っこむな、と姉さんにいってやれ」ケラウェイはいった。ホリーが自分の手の届かないところへ遠ざかっていくのがわかって、ものすごく腹がたった。「彼女の話に耳を貸すんじゃない。彼女がなんといおうと、関係ないんだ」

ホリーの注意がふたたびケラウェイのほうにむけられたが、その声は狼狽《ろうばい》していて、感情をひきずっていた。「ジョ、ジョージがあなたと話したがってるわ、ランド。いまかわるわね。わたしはこれ以上あなたと話しちゃいけないって、フランシスがいってるから」

まさにこういうことになるから、ケラウェイはホリーといっしょに暮らしていたとき、彼女が姉と話していいのは自分がおなじ部屋にいるときだけ、と規則のひとつで定めていたのだ。フランシスがメッセージを送ってくる危険があったので、ホリーが携帯電話をもつことも禁止していた。ところが、ホリーは勤務先のあのクソいまいましい会社から携帯電話を支給され、それを持ち歩くようにと命じられてしまった。

「あの毛深いおまんこ女にいってやれ――」ケラウェイはいいはじめたが、そのときかたんという音につづいて、ジョージの声が聞こえてきた。

「パパ」ジョージがいった。母親とおなじ、興奮して息せき切っているような声で、やはりやわらかくて不明瞭なところがあった。「パパがテレビに出てたよ！」

「ああ」ケラウェイはいった。声を落ちつかせ、そこに温《ぬく》もりをもたせるには、かなりの意志の力を要した。「パパは午後じゅう、テレビの人たちが暮らすテレビの国にいたんだ。いちばん大変なのは、そこにいき着くまでだ。まず、身体をすごーく小さくしてもらわなくちゃならない。テレビのなかにはいりこめるように」

ジョージがくすくすと笑った。その響きの愛らしさに、ケラウェイは胸が苦しくなった。いまここでジョージをひざにのせ、息子が大声をあげて自由になろうともがくまでぎゅっと抱きしめたかった。浜辺へ連れていき、息子に空き瓶を撃つところを見せてやりたかった。ジョージはこぶしを握りしめて、瓶が砕け散るたびに小躍りするだろう。息子のそういう姿を見るためならば、ケラウェイは世界だって撃ち砕くつもりだった。

「ウソだぁ」ジョージがいった。

「ほんとさ。まず身体をすごーく小さくしてもらってから、渡された切符をもって、きかんしゃトーマスにのってテレビの国にいくんだ。パパのとなりには、テレタビーズのひとりがすわってた」

「まさか」

「ほんとうだ。嘘じゃない」

「どのテレタビーズ？」

「黄色いのだ。マスタードみたいな匂いのするやつ」

ジョージがふたたびくすくすと笑った。「パパは人が死なないようにしたんだって、ママがいってる！　悪い人がいて、パパがそいつを撃ったんだって――ズドンって！　そうだったの？」

「ああ、そうだ。まさにそのとおりだ」

「ふうん。よかった。パパが悪い人を撃ってくれて」うしろで騒ぎたてる声がはじまった。フランシスがまたぎゃーぎゃーいっているのだ。ジョージはその声に耳をかたむけてから、いった。「エッゴ（冷凍ワッフル）を食べて、もうベッドにはいらなくちゃ」

「そうするんだ。さあ、食べてこい。愛してるよ、ジョージ」

「ぼくも愛してる」

「またママにかわってくれ」

「フランおばさんが話したいって」

ケラウェイが返事をするまえに、ふたたびかたんという音がして、電話口のむこうにべつの人物があらわれた。その息づかいを聞くだけで、ケラウェイは虫唾《むしず》がはしった。か細くてゆっくりとしたわざとらしい息づかい。
「どうも、ランディ」フランシスがいった。「妹と話すのを禁じる裁判所命令が出ている
はずだけど」
「彼女のほうから電話してきたんだ」ケラウェイは我慢強くいった。「俺が自分ちの電話
に出ちゃいけないって裁判所命令はない」
「おなじ裁判所命令で、銃の所持は禁止されてるはずよ」
「あの銃は」ケラウェイはいった。「借りたんだ。軽食コーナーのベトナム料理店のカウ
ンターにあったやつを。ミスタ・グエンの銃だ。そのことを警察がマスコミに発表しなか
ったのは、俺じゃなくて彼を守るためだ。ミスタ・グエンはビザで入国してるから、銃を
もってたことがばれると移民局と面倒なことになる。けど、いいさ。やれよ。騒ぎたてる
といい。そして、銃の乱射事件を食い止めるのに必要だった武器を俺に提供してくれた男
を、国外退去にすればいい。さぞかしみんなから賞賛されるだろうよ。さあ、俺の妻と話
をさせてくれ」ケラウェイはこの嘘を念入りに考え抜いており、フランシスにはそれを論
破するだけの力はないと踏んでいた。
思ったとおりだった――彼女は挑んでこようともしなかった。かわりに、もっと狙いや
すいところを攻撃してきた。「妹はもうあなたの妻じゃないわ」
「俺がこの目で離婚書類を見るまでは、そうだ」
フランシスが息を吸いこむ音がした。あの長くて曲がった鼻の先についている穴が狭《せば》ま

るところを、ケラウェイはまざまざと思い浮かべることができた。彼女はホリーとおなじ顔立ちをしていたが、すこしいびつなため、妹のような美しさにまったく欠けていた。ホリーは表情豊かなやわらかい口もとと感情できらきら輝く目をもち、人を喜ばせたいという性格を生まれながらにそなえていた。それに対して、フランシスの目はどんよりとして疲れており、唇の両側には深いしわが刻みこまれていた。ホリーは誰にでもすぐに抱きついたが、フランシスから抱きつかれたいと思うものはいないだろう。あの硬くて小さなおっぱいの鋼のような先端で痣をつけられるのが、せいぜいだからだ。

「もしかして、この件でどうにかして妻と息子を取り戻せると考えてるのかもしれないわね」フランシスがいった。「でも、そうはならないわよ。妹はあなたのもとに戻らないし、甥《おい》っ子《こ》もそう。あなたがあんなことをしたあとではね」

「俺がきょうしたのは」ケラウェイはいった。「いくつもの命を救うことだった。頭のいかれた女が大虐殺をはじめるまえに、そいつを撃ち殺した」

「あなたが妻か息子のどちらかにちかづこうとするなら、そのまえにべつのいかれた女を撃つしかないわよ。なぜなら、わたしの屍《しかばね》を越えないかぎり、あなたがあのふたりを連れ去ることはできないから」

「そうか」ケラウェイはいった。「そいつは間違いなくいいおまけになるな。だろ?」

そういって、ケラウェイは電話を切った。

フランシスがすぐにまたかけてくるとは思えなかったが、ケラウェイが受話器から手をはなすまえに、電話が鳴りはじめた。フランシスは相手に捨て台詞をいわれるのが耐えられないのだ。

「その舌を休ませてやったらどうだ？」ケラウェイは受話器を耳にあてていった。「あとでおまんこを舐《な》めまわすときのために」

電話口のむこうで、ぎごちない沈黙がつづいた。それから、若い男の声が聞こえてきた。

「ケラウェイさんですか？　わたしはスタンリー・ロスといいます。ＮＢＣの『テリング・ストーリーズ』のプロデューサーなんですけど？　ほんとうに、あなたの連絡先を突きとめるのは大変でしたよ。この番号はランダル・ケラウェイさんの電話のものですよね？」

ケラウェイは立ち直るのにすこし時間を要した。「その番組なら見てるよ。メタドン《メス》の詰まったオレンジ郡のスイカ《ウオーターメロン》をとりあげてただろ」

「ええ。そうです。間違いなく、うちでいちばん有名な回だ。われわれのソフトボール・チームの名称も、〈メス・ウォーターメロン〉っていうんです。去年の夏、同業者のリーグ戦で『20／20』の連中を打ち負かしました。そしていま、われわれはその再現を狙っている——今週の視聴率で。きっと、あちらもあなたに連絡をとって、自分たちの番組できょうの出来事を語ってもらおうとしているはずです。運良くこちらが先にあなたをつかまえられたのであれば、こんなにうれしいことはないんですけど」

スタンリー・ロスの熱意あふれるせわしない口調に圧倒されていたため、ケラウェイはいったん頭のなかでいまの話を再生してから、ようやくそれが提案であることに気がついた。

「あんたの番組に俺を出演させたいっていうのか?」

「そう、そのとおりです。そして、あなたの話をうかがいたい。銃をもった善人の話を。あなたはクリント・イーストウッドだ。しかも、実在する」

「クリント・イーストウッドは実在する。だろ?」

「ええ、まあ……そうです。けれども、彼がお金をもらって演じているのに対して、あなたは実際にそういう人間だ。どう反撃すればいいのかを知っている。たいていのことで、人は自分をすごく無力だと感じています。相手の力に圧倒されていると。だから、食料や飲み水が必要なのとおなじくらい、こういった話を必要としているんです。降参するほうが楽なときに、もっとも勇敢で正しい選択をした人の話を。それによって、クソでかいちがいを生みだした人の話を。汚い言葉を使って、すみません。でも、この件ですっかり舞いあがってるんです」

「俺はニューヨークにいかなきゃならないのか?」

「いえ、そちらにいたままで大丈夫です。地元のスタジオで中継インタビューをおこない、それをテープに収録しますから。その気になっていただけるかもしれないのでつけくわえておきますと、すでにジェイ・リックルズ署長からは出演の承諾を得ているので、おふたりいっしょにカメラのまえに立っていただくことになります。署長はあなたのことをものすごく気にいっています。あなたを養子にしたいと考えてるんじゃないかな。それか、娘のひとりと結婚させたいと。もしかすると、彼自身が結婚したいのかも。彼があなたの話をするときの畏敬の念に満ちた口調は、うちの息子がバットマンについて話すときとまったく変わらない」

「署長だけにしておいたほうがいいかもしれないぞ。彼はマスコミにむかってしゃべるとき、自分のしていることを心得てるように見える。俺は人前でしゃべることに慣れてないんだ。テレビなんて、一度も出たことがない」

「人前でしゃべり慣れてる必要なんてありませんよ。自然体でいればいいんです。どうってことはない。カメラのむこうで三百万の人びとが自分を見ていて、自分の言葉をひと言も聞き漏らすまいと耳をそばだてている、ってことを考えなければ。それだって、女が無差別に人を殺しまくっている店に駆けこんでいくのに較べれば、恐れるには足りないでしょう」

「店に駆けこむのは、べつに恐ろしくはなかった。そう感じるひまがなかったんだ。俺はただ身をかがめて行動しただけだ」

「完璧だ。ああ、すごい。もう非の打ち所がない。もう一度身をかがめる準備をしといたほうがいいですよ。女性たちがこぞってパンティを投げてくるでしょうから」

「俺には妻がいる」ケラウェイはやや険のある口調でいった。「それに、幼い息子も。最高の六歳児だ」

敬意のこもった沈黙のあとで、スタンがいった。「その子にもう一度会えると思ってましたか?」

「いや、あんまり」ケラウェイはいった。「けど、俺はまだここにいる。ここにいて、二度とあの子を手放すつもりはない」

そのあと会話はさらに二十分間つづいた。スタンがいうところの〝事前インタビュー〟というやつで、ケラウェイは番組でどんなことが話題になるのかをプロデューサーから教えられた。収録は十日の午後で、放送はその日の晩の予定だった。「寝落ちするようなネタはニュースじゃない」とスタンは何度も口にしていた。ケラウェイは彼からカメラ映りをよくするための助言をいくつかもらったが、すべて頭の上をとおりすぎていった。電話を切ったときに覚えていたのは、ブラックベリーを食べてはいけないと強くいわれたことだけだった。なぜなら、種が歯のあいだにはさまって、デンタルフロスをしない男に見えてしまうからだ。

受話器を置いたとたん、ふたたび電話が鳴った。どうせまたスタンだろう、とケラウェイは思った。あとひとつ、どうしてもいますぐ伝える必要のある細かいことがあるのだ。それか、ABCかCNNの関係者が自分のところの番組でインタビューさせてもらおうとかけてきたのかもしれなかった。

だが、それはスタンでも、CNNでも、フランシスでもなかった。ジム・ハーストだった。電話は雑音まじりで、ジムの声は遠くのほうから聞こえた。まるで、世界の反対側とか月の裏側とかからかけてきているような感じだった。

「おいおい、きょう有名人になったやつがいるな」ジムがそういって、乾いた激しい空咳をした。

「というより、ツイてたやつだな」ケラウェイはこたえた。「俺が誰かに頭を吹っ飛ばされるとしたら、それはあっちで海兵隊にいるときかと思ってた。こっちでショッピングモールにいるときじゃなくて」

「たしかに。まあ、どこかのいかれたあばずれは、きょう間違った場所でトラブルを物色しちまったわけだ。そして、支払いきれないものに手をだした。だろ？」ジムがふたたび咳きこんだ。すこし酔っているように聞こえた。

「俺がもってったスコッチを飲んでるのか？」ケラウェイはたずねた。

「ああ。ひと口かふた口やったかな。おまえに乾杯したんだよ、兄弟。おまえが生きてて、ほんとによかった。死んだのが彼女のほうで。おまえと肩を組みたい気分だよ。もしもおまえが殺されてたら、俺も死んでただろう。わかるか？」

ケラウェイは強い感情に慣れておらず、自分の目がちくちくしているのに気づいて驚いた。「俺におまえが考えてくれてる半分の価値でもあったら、と思うよ」ケラウェイは目を閉じたが、すぐにひらいた。閉じた瞬間、女が見えたのだ。ガラスの陳列カウンターのうしろから立ちあがるヤスミン・ハスワール。目は恐怖で大きく見開かれている。ケラウェイはむきなおると、ふたたび彼女を撃った。胸にくくりつけられた赤ん坊もろとも。

「自分を卑下するな。その必要はない。おまえはきょう大勢の命を救ったんだ。そして、俺を誇らしい気分にさせてくれた。ひさしぶりに、生きて帰ってこられてよかったという気分にさせてくれた。いいか、ぶっちゃけた話、自分が社会の役立たずのお荷物として五十年も六十年も生きてくなんて、ガキのころには思ってもみなかった。だが、きょう俺は、自分もまったくの役立たずってわけじゃないって考えてた。俺の親友のランダル・ケラウエイが銃を必要としたとき……そう、きょうおまえは手ぶらじゃなかった。それが俺のはたした役割だ。俺のわずかばかりの栄誉だ」

「そのとおりだ。おまえはきょうの午後、俺を救ってくれた。たとえ、誰もそれを知ることはなくても」

「たとえ、誰もそれを知ることはなくても」ジムがくり返した。

「大丈夫か？　気分が悪そうだぞ」

「ああ。このクソいまいましい煙のせいだ。今夜はこの家を直撃してる。目がひりひりするんだよ。火災はまだ三キロ先だっていうが、廊下の端だってほとんど見えやしない」

「もうベッドにはいったほうがいい」

「もうすこししたらな。もうすこししたら。寝るまえに、もう一度ニュースをひととおり見ておきたい。おまえに再度乾杯できるように」

「メアリーにかわってくれ。彼女におまえをベッドにいれてもらうよ。俺は再度乾杯してもらう必要はない。おまえには身体を大切にしてもらわないと。さあ、メアリーを頼む」

突然、ジムの声が不機嫌で怒りっぽくなった。「そいつは無理だ。あいつはここにいない」

「そうか。なら、どこにいるんだ？」

「さあな」ジム・ハーストがいった。「そのうち戻ってくるさ。あいつの持ち物はすべてここにあるんだから！」そういってジムは笑ったが、やがてそれは、死の床で血をのどに詰まらせているような途切れ途切れの激しい空咳へと変わった。

二〇一三年七月八日

午前八時五十一分

ランタングラスは、まず最初にロバート・ラッツの遺族と接触することにした。いやな仕事は、さっさとすませてしまうにかぎる。彼女は遺族に連絡をとるのが大嫌いだった。自分がカラスになって、車にはねられて死んだ動物の臓物をついばんでいるような気分にさせられた。

電話帳では連絡先を突きとめられなかったものの、弱冠二十三歳で亡くなったロバート・ラッツはブッシュ小学校で子供たちにピアノの個人レッスンをおこなっていたことが、小学校のウェブサイトに記載されていた。偶然にも小学校の教頭は、ブライアン・ラッツという名前だった。教頭のオフィスに電話すると、録音された音声が応答した。それによると、彼はサマースクールのあいだじゅうメッセージを確認しているが、緊急の場合は携帯電話でつかまるということで、その番号も録音されていた。

ランタングラスは、そこにかけてみた。ドロシーがテニス・キャンプをしていたポッセンティ・プライド・グラウンドにほどちかい〈スターバックス〉のまえの歩道に立ち、手にはアイス・コーヒーをもっていた。コーヒーはすごく冷えており、口をつけた瞬間に鳥肌がたった。神経がたかぶりすぎていて、とても飲めなかった。いまは、気分をしゃきっとさせるのにカフェインは必要なかった。ブライアン・ラッツが携帯電話に出ると考える理由はどこにもなかったが、なぜか彼女には彼がそうするだろうとわかった。そして実際、二度目の呼び出し音で彼は出た。

ランタングラスは落ちついた穏やかな声で自己紹介をし（「セント・ポッセンティ・ダイジェスト紙の記者です」）、相手の調子をたずねた。

ブライアン・ラッツは、わずかにかすれた太いバリトンの声をしていた。「二日まえに弟が顔を撃たれたところでね。だから、あまり調子がいいとはいえないだろうな。そちらは？」

ランタングラスはそれにはこたえず、かわりにお悔やみの言葉を口にした。そして、悲しみにくれているときにお邪魔して申しわけない、といった。

「そういいながらも、きみはこうして邪魔をしている」そういって、ブライアン・ラッツは笑った。

アイシャ・ランタングラスは、彼にコルソンのことを話したかった。彼の気持ちがわかること、自分もそちら側にいた経験があることを伝えたかった。コルソンが亡くなったあとの数日間、アイシャの家族が暮らす二世帯住宅のまえには、ずっとジャーナリストたちの車がとまっていた。アイシャが母親のポーラに連れられて徒歩で学校へむかうとき、記者たちはそのまわりに群がり、テープレコーダーをふりまわした。母親はアイシャの手をぎゅっとつかみ、まっすぐまえをみつめていた。そして、「んー！」という以外、なにも言葉をはっしなかった。それは、**あたしにはあんたたちは見えてないし、あんたたちの声は聞こえてないし、あたしの娘もそうだよ、**といっているように聞こえた。いまなら、母親は恐怖で胸がむかついていたのだということがわかる。注目を浴び、くわしく調べられることを恐れていたのだ。母親は過去に何度か警察のお世話になったことがあり、記者たちにいろいろ書きたてられたらふたたび警察に目をつけられてしまうのではないかと、びくびくしていたのだろう。アイシャ自身は、みんなにほんとうのことを知ってもらいたかった。記者たち全員に、コルソンがどのようにして撃たれて死んだのかを話すべきだと思っていた。彼はただ馬鹿げたCDを一枚盗っただけなのだ。彼女は、コルソンがロンドンにいってジェーン・シーモアと会ってハムレットを演じるはずだったことを包み隠さず話したかった。世界中のみんなに知ってもらいたかった。

彼を失っただけじゃ足りないのかい？　母親はアイシャにいいきかせていた。**あたしまでいなくなってもいいの？　警察が悪く見えるようなことをあたしたちがしたら、あいつらがそれを放っておくと思うかい？**

結局、アイシャ・ランタングラスはすべてを世界にむかってぶちまけた（ただし、十五年待たなくてはならなかったが）。セント・ポッセンティ・ダイジェスト紙でコルソンの話を五日間ぶっとおしで掲載したのだ。この一連の記事はピュリッツァー賞の地方報道部門の候補となり、そのおかげでランタングラスは、ダイジェスト紙のほかの専属記者のほとんどが不景気で一時解雇されているにもかかわらず、まだ失業せずにすんでいるのだった。

だが彼女は、ブライアン・ラッツにコルソンのことを話さなかった。記事をものにする方便としてコルソンの死を使うことは決してすまい、とずっと昔に自分に誓っていたからだ。誰かを失ったあとでも、その人物との関係はつづく、ということを彼女は発見していた。その関係は、生きている友人や血縁者との関係とおなじように、大切にする必要があった。コルソンはいまでも彼女にとって大切な人であり、その彼を利用したりしないように気をつけていた。

そこで、ランタングラスはこういった。「わたしはただ、ご遺族のほうで新聞に載せたい弟さんの写真がおありになるかどうか、お訊きしたかったんです。いま以上につらい思いをさせるつもりは、まったくありません。ご承知のとおり、弟さんはほんとうにりっぱなことをなさいました。たいていの人が走って逃げだすような場面で、ほかの人を助けようと〈デヴォーション・ダイヤモンド〉にはいっていったんですから。その勇敢さを、記事のなかできちんととりあげたいんです。でも同時に、ご遺族の気持ちを尊重して、その望みどおりにしたいとも考えています。ですから、もしも詮索好きなジャーナリストの相手をするのはごめんだというのであれば、すぐにひきさがります。嘆き悲しむ人をさらに苦しめるのに見合うだけの給料は、もらってませんから」

ブライアン・ラッツは長いこと沈黙していた。それから、ふたたび笑った。辛辣でうちひしがれた響きがあった。「あいつの勇敢さをとりあげたいって？　まったく、そいつは笑えるね。それがどれほど笑えることか、きみにはわかってないんだ。ボブより臆病な人間を、わたしはひとりしか知らない――わたしさ。一度、叔父がわたしたち兄弟を小さな子供用のローラーコースターにのせたことがある。郡共進会にある幼児用のやつだ。わたしは十三歳、ボブは八歳だった。ふたりとも、ずっと泣きわめいてたよ。いっしょにのっていた五歳児たちは、みんなとまどっていた。あいつがどうして店にはいっていったのかは、知らない。とにかく、まったく弟らしくない行動だ」

「きっと、銃撃は終わったと思ったんです」ランタングラスはいった。

「だとすれば、よっぽど強く確信していたにちがいない」ブライアン・ラッツはそういって、ふたたび笑った。その声は、むせび泣きにちかかった。「リトル・ズーム・ズーム・コースターで泣きわめくようなやつだったんだぞ！　わたしなんて、パンツにすこし漏らしていた！　叔父は、ローラーコースターから降りてきたわたしたちの顔をまともに見られなかった。そのまままっすぐわたしたちを家に連れて帰った。わが弟について、これだけはいっておこう。やつだったら、自分が殺されるかもしれない場所に足を踏みいれると考えただけで、くたばっていただろう。その場で昇天していたはずだ」

午前九時三十八分

ランタングラスは、ロジャー・ルイスの未亡人であるアリョーナ・ルイスから二通のメールを受けとった。一通目は彼女の代理人をつとめる弁護士からで、午前九時三十八分に届いた。ランタングラスは、ダイジェスト紙の間仕切りのないオフィスにある自分の机でそれに目をとおした。

「本日アリョーナ・ルイスは、二十一年間連れ添った最愛の夫ロジャー・ルイスの死を悼んでいます。彼は〈ミラクル・フォールズ・ショッピングモール〉で起きた無意味な銃の乱射事件によって命を落としました。また、故人の両親であるマーゴットとピーターのルイス夫妻も、最愛の息子の死を悼んでいます。そしてセント・ポッセンティも、陽気で溌《はっ》剌《らつ》とした心の広い地元共同体の一員の死を悼んでいます」

メールはこの調子で、さらに八百字ほどつづいていた。すべて形式的で、すぐに忘れてしまうような内容だった。アリョーナとロジャーは一九九四年にマイアミで一軒目の宝飾店を開業し、ネクスト・レベル・バプテスト教会にかよい、ブリュッセルグリフォンを三匹飼い、スペシャルオリンピックスに気前のよい寄付をおこなっていた。供花をする場合は、ローレンス葬儀場まで。それはきれいにまとまったプロの手による声明文で、ランタングラスが記事に引用できそうな文言はひとつもなかった。

午後十時三分

二通目のメールは、アリョーナ・ルイス本人から送られてきた。ランタングラスはその半時間まえにベッドにはいっていたが、まだ起きていて、シングルシーツの下から天井をみつめていた。携帯電話がぴんと鳴ったので、彼女は寝返りを打ち、画面をのぞいた。メールアドレスから、すぐにそれがアリョーナ・ルイスからのメールだとわかった。あけてみると、なかには文章がひとつあるだけだった。

主人は間違いなくあの女とヤッていた。

こちらのメールも、どうやったら記事に引用できるかわからなかった。

二〇一三年七月九日

午前五時二十八分

電話帳を調べてみたが、ラシド・ハスワールの名前は載っていなかった。彼はツイッターもインスタグラムもやっておらず、彼の妻のフェイスブックの個人アカウントは非公開になっていた。彼の勤務先はフラグラー・アトランティック天然ガス会社の経理部門だったが、ランタングラスが問い合わせても、受付は彼の携帯電話の番号を教えてくれなかった。

「報道関係者に話を聞いてもらいたいのであれば、ミスタ・ハスワールのほうからご連絡がいっていたでしょう」受付はか細い声で憤然といった。「彼がそうしていないのは、それを望んでいないからです」

だが、ランタングラスにはもうひとつ考えがあった。そこで、火曜日の朝、夜が明けるまえにドロシーを起こし、車にのせた。ドロシーはまだ三分の二ほど寝ており、目を半分閉じたまま、露で濡れた草の上を車までのろのろと歩いていった。きょうかぶっているのは、白クマの顔のついた厚手の白くてふわふわした帽子だった。車が街を横断するあいだに、ドロシーは後部座席でふたたび眠りに落ちていた。

そのイスラミック・センターは、ブラック＆ブルー地区にあった。背の低い醜いコンクリート製の建物で、通りのむかいのショッピング街には〈ハニー・デュー・ドーナツ〉と保釈金立て替え業者と安売りの靴屋が軒をならべていた。早朝の礼拝に参加する信者の最後のほうの人たちが、建物のなかに吸いこまれようとしていた。女性は建物のわきにあるドアを、男性は正面の両開きのドアを使っていた。その多くはダシキ（おもに西アフリカの民族衣装）とクフィ（帽子）を身にまとった黒人だったが、なかには中東諸国の人も数名いた。ランタングラスは〈ハニー・デュー・ドーナツ〉のまえに車をとめ、通りを見張ることのできる窓際のカウンターの席に陣取った。ドロシーはそのとなりの高いスツールによじのぼった。目のまえにグレーズド・ドーナツとミルクの大きな瓶が置かれていたが、彼女はドーナツをひと口かじっただけで、すでにうなだれていた。窓の外の空はすこし青っぽい深紫色で、雲はわずかに金色がかっていた。気持ちのいい風に吹かれて、ヤシがかさかさと葉音をたてていた。

ランタングラスがその男性に気づいたのは、イスラム教寺院《モスク》を見張りはじめて十分ほどたったころだった。男はやせてはいるが強靭《きょうじん》そうな身体つきで、黒い野球帽をかぶってドーナツ店の入口のすぐ内側に立ち、くぼんだ胸のまえで腕を組んでいた。男の視線も、やはり通りにむけられていた。最初にちらりと見たとき、ランタングラスは男の充血した目の下に隈ができていることに気がついた。まるで何日も寝ていないかのようだった。彼女がもう一度そちらへ目をやることにしたのは、男の青いデニムのシャツの胸ポケットに刺繍《ししゅう》してある文字のせいだった――〈フラグラー・アトランティック天然ガス会社〉。ランタングラスは娘の頰にキスをすると――されたほうは気づいていないようだったが――自分のドーナツとコーヒーをもって、三つ右どなりのスツールに移動した。男とほぼ横並びの位置だった。

「ハスワールさん？」ランタングラスはそっと声をかけた。

男は、身体に静電気がはしったかのようにぎくりとして、首をまわした。驚きで大きく見開かれた目には、すこし怯えた色があった。ランタングラスは、相手がこのままドアから駆けだして逃げていくのではないか、となかば本気で思った。だが、男はそうせずに、ひどく身構えたまま、その場に立っていた。

「そうですが？」男は訛りのない英語でいった。

「礼拝に参加しないんですか？」

男はランタングラスにむけている目をしばたたいた。ふたたび口をひらいたとき、その声には怒りも過剰な自己防衛もなく、ただ好奇心があるだけだった。「マスコミの方ですか？」

「申しわけありませんが、そうです。ダイジェスト紙のアイシャ・ランタングラスといいます。ずっとあなたと連絡をとろうとしていたんです。奥さまと赤ん坊の写真を提供していただけないかと思って。おふたりのことを、できるだけきちんと報じたいんです。あなたとその悲しみ、そしてご家族の悲しみについても。ほんとうに大きな喪失ですから」ランタングラスはいったが、自分の言葉がいまほど嘘っぽく聞こえたことはなかった。

男はふたたびまばたきしてから、首をまわし、もう一度モスクに目をやった。「あの惨事をとりあげたあなたの記事を読みました」

それ以上はなにもいわなかった。いう必要はないと感じているようだった。

「ハスワールさん？　どうして奥さんがあの朝あそこにいたのか、ご存じですか？」

「わたしのためです」男はランタングラスのほうを見ずにいった。「わたしが彼女に頼んだ。上司のオークリーさんが引退し、わたしが昇進して彼女の地位につくことになっていました。妻は、わたしがパーティでオークリーさんに渡せるようなものをえらびにショッピングモールを訪れていた。ヤスミンは……妻はほかの人のためになにかを買う機会があると、いつもわくわくしていました。贈り物をあげるのが大好きだったんです。大きくなってきた息子にイードでなにかあげられることにも、わくわくしていた。〝イード・アルフィトル〟はご存じですよね？」

「ええ」ランタングラスはいった。「断食明け《ラマダン》のお祭りですね」

男はうなずいた。「そして、きょうがラマダンの初日だということも？」それから、愉快そうに鼻を鳴らして――もっとも、ほんとうに面白がっているようなところはまったくなかったが――こうつけくわえた。「もちろん、ご存じのはずだ。だからこそ、こうしてモスクのまえに張りこんでいる」怒って非難するような口調ではなかったが、その穏やかさのほうが、ある意味ではずっとこたえた。ランタングラスはどう返事をしていいのかわからず、考えこんでいるあいだに、彼がつづけた。「わたしはヤスミンの母親をここまで送ってきたんです。彼女はほかの女性たちとなかにいます。わたしが祈りに参加していないことは、知らない。男と女はべつべつの部屋で祈るので。それも知っている？」

ランタングラスはうなずいた。

「ヤスミンの父親は、自分で彼女を早朝の礼拝に送り届けることができなかった。いま病状観察のために入院しているので。あのニュースを聞いて以来、何度か失神していて。みんな死ぬほど心配しています。義父は去年、バイパス手術を受けたんです」男は親指で自分の胸を軽く叩いた。「ヤスミンはひとりっ子でした」親指のへりで胸骨をなぞっていき、彼の妻が撃たれた箇所をもむ。彼はぼんやりと寺院をみつめたあとで、ようやくつづけた。「彼女がイスラム教徒だったせいだと思いますか？」

「えっ？」ランタングラスは訊き返した。

「撃たれたのは。妻と息子が撃たれたのは」

「わかりません。それは永遠に謎のままかもしれない」

「よかった。知りたくないですから。きのうの晩、息子がはじめての言葉をしゃべるところを夢に見ました。その言葉は〝ケーキ〟でした。〝んー、ケーキ！〟。おそらく、最初に口にする言葉としては、あまり現実味のないものなんでしょう。ヤスミンの夢は、まだ見ていません。でも、それをいうなら、わたしはあまり寝ていないので」それから、彼はこういった。「あなたはドーナツに口をつけていない」

「こういうのは嫌いなんです」ランタングラスは皿を押しのけながらいった。「どうして注文したのか、自分でもわからない」

「無駄にするのはもったいない。美味しそうな匂いだ」男はそういうと、たずねもせずに彼女の皿からドーナツをとりあげ、しっかりと彼女の目をみつめたまま、大きくひと口かじった。「んー、ケーキ」

二〇一三年七月十日

午後五時四十分

『テリング・ストーリーズ』のインタビューの収録が終わったあとで、ケラウェイはジェイ・リックルズ署長から自宅での夕食に誘われた。家族に会わせたいというのだ。ふたりでビールを何本かあけ、九時に放送される番組をいっしょに見ればいい。ほかに予定もなかったので、ケラウェイは招きに応じた。

リックルズ署長の家は、キウイ・ブールバードにあった。大邸宅ではなかった。家の正面を飾る噴水や敷地を囲む白い化粧漆喰の塀はおろか、プールすらない。だが、それでもすごくいい家だった。赤いスペイン・タイルの屋根をもつ大農園の母屋っぽい家で、広い中庭には砕いた白い貝殻が敷きつめられていた。正面入口の階段の両脇には、ウェルシュコーギーくらいの大きさの緑の銅製のニシキゴイの彫像が置かれていた。

家のなかはテキサス流メキシコ風味のレストランといった感じで、壁に投げ縄や漂白した長角牛の頭蓋骨が飾られていた。それに、人であふれ返っていた。加工された革のブーツにデニムのスカートという恰好のすらりとした優美な若い女性たち。集団で部屋から部屋へと駆けまわる幼い子供たち。きっとリックルズ署長はパーティをひらくことにして、ご近所さんの半分を家に招いたのだろう、とはじめのうちケラウェイは考えていた。だが、一時間ちかくたってから、そのブロンドの髪をもつ女性たちがすべて署長の娘で、幼い子供たちが彼の孫であるということが、じょじょにわかってきた。

ケラウェイは署長といっしょに、キャデラックのボンネットくらいある巨大なテレビのまえに置かれたキャデラックくらいある巨大なトライバル柄のソファに腰をおろした。コーヒーテーブルの上には、すでに氷で満杯の巨大なスチール製のバケツとコロナの瓶が用意されており、そのとなりに塩の皿とライムの切れ端をいれた鉢が置かれていた。リックルズ署長はビールの瓶を自分の口もとにはこびつつ、空いているほうの手で長身で脚の長い女性のヒップを撫でまわしていた。女性は猥褻《わいせつ》といっていいくらい肌にぴったりとはりついたラングラーのジーンズをはいていた。最初にちらりと見たときは、ケラウェイは署長が娘のひとりのケツを叩いているのだと考えた。だが、二度目に見たとき、その女性が六十歳くらいかもしれないということに気がついた。口や目のまわりの厚い化粧の下に細かいしわが隠されていたし、黄色い髪はほぼ間違いなく染めたものだった。彼女はスーパーモデルのクリスティ・ブリンクリーのような力強い美しさをそなえていた。これまでも、これからも、ずっと美しくありつづける女性。美しいことが習慣になってしまっている女性だ。

「ミスタ・ケラウェイかしら？」女性がいった。「それとも、ケラウェイ保安官代理とお呼びする？」

リックルズ署長が片方の手で彼女のケツをぴしゃりと叩くと、女性は飛びすさって、笑いながら自分のお尻をさすった。

「口を閉じてろ。まったく、なんでも台無しにするんだから」署長がいった。

「男の計画を台無しにするのが、わたしのライフワークよ」女性はそういうと、扇情的な感じで腰を左右にふりながら、ぶらぶらと去っていった。たんに、それが彼女のいつもの歩き方なのかもしれなかったが。

女性がいなくなると、ケラウェイはリックルズ署長のほうを見ていった。「保安官代理？」

警察署長の目は、こみあげてきた感情で潤んでいた。「驚かせるつもりだったんだ。来月、きみを名誉保安官代理に任命する予定だ。市の鍵も贈呈する。大がかりな式典をひらいて。それが発表になったときは、知らなかったふりをしてくれ」

「自分の記章《バッジ》をもらえるのか？」

「もちろん」リックルズ署長はそういって、ビール臭いかすれた笑い声をあげた。「きみが本物の保安官代理じゃないのが不思議なくらいだ」

「俺は応募して、あんたに落とされた」

「わたしに？」リックルズ署長は胸に手をあて、困惑して信じられないというように目を大きく見開いた。

「まあ、警察にってことだが」

「きみはイラクで従軍してたんだろ?」

「ああ」

「それなのに落とされた? どうしてだ?」

「ひとつの勤め口に五十名の応募があった。それに、俺にはメラニン色素が不足していた」


リックルズ署長が残念そうにうなずいた。「まったく、いつだってそうだ。それなのに、こっちがいくら多様性に気を配っているとアピールしてみせても、それだけではじゅうぶんじゃないんだ。ダイジェスト紙がわれわれを攻撃した記事を読んだか? 演劇をやってた生徒をとりあげた記事。読んでない? そうか。二十年まえの話だ。頭のいかれたアフリカ系アメリカ人にかんする全域指名手配が発令された。そいつはナイフで白人夫婦を切り刻み、かれらのミアータと大金の詰まったエルメスのハンドバッグを盗んだんだ。奥さんは亡くなったが、旦那は一命をとりとめた。警官たちは、ミアータがブラック&ブルー地区の駐車場にとめられているのを発見した。そして、手配されている人物と外見が一致する男がその車から歩み去るところを目撃した。かれらは男に、地面にうつ伏せで横たわれと命じた。そいつはそうせずに逃げだしたんだが、なぜか小さなショッピング街の角をまわったところで気を変えて、ひき返してきた。警官たちは、角の先でそいつと鉢合わせした。そして、そいつが自分たちのほうへ突進してきているのだと考え、ひとりがその黒いケツを吹き飛ばした。まあ、結局そいつがもってたのはナイフじゃなかったことが判明した。CDだったんだ。肩にかけていたエルメスのハンドバッグは、やつが従妹《いとこ》のかわりにもってやってた『リトル・マーメイド』のバックパックだった。そいつは口の達者な十七歳の若造で、野外劇場の夏季公演に参加し、ロンドン演劇学校に出願していた。やつが逃げたのは、ぶらぶら歩きながら車のドアをあけてまわり、車内を物色して、けちな盗みを働いていたからだった。要するに、やましさのせいで命を落としたわけだ」

ケラウェイは心のなかで、ふたたびあのイスラム教徒の女を撃っていた。彼女のことを考えると、はらわたが煮えくり返った。どうして、あのクソ女は立ちあがったんだ？　どうして、じっとしていなかった？　自分に銃を撃たせた彼女のことを、ケラウェイは恨んでいた。

「そういうときは、アドレナリンがあふれだすもんだ」ケラウェイはいった。「あたりは暗いし、自分たちがおいかけてるのは、すでにナイフで何人か傷つけているイカレ野郎だとわかっていた。だとすれば、警官たちが銃を使ったとしても責められない」

「そう思うだろ。そして、大陪審もおなじ意見だった。だが、それでもこの件はスキャンダルになったし、じつに痛ましい結果を招いた。かわいそうに、そのガキを撃った警官は、やがて薬と酒で深刻な問題を抱えるようになった。そして、ついには家庭内暴力でクビにしなくてはならなかった。それはともかく、例の『リトル・マーメイド』のバックパックの持ち主だった従妹は、十五年後にセント・ポッセンティ・ダイジェスト紙の記者になった。そして、この件にかんする暴露記事をでかでかとぶちあげた。フロリダの警察業務における根深い人種偏見だの、公権力を濫用した警官を反射的に守ろうとする警察の体質だのを批判して。なにはともあれ、わたしは彼女とひざを突きあわせてインタビューを受け、いうべきことをすべていった。警察がさまざまなマイノリティを雇っていることを提示し、例の事件の起きた一九九三年は文字どおり前世紀のことになっていると語った。われわれの務めは、警察が黒人コミュニティから占領国ではなく同盟国として見られるようにすることだ、とね。わたしは彼女を自分のオフィスへ案内するとき、タイプ課に黒い顔ばかりならんでいるよう手配した。刑事の机のひとつにＩＴ関係のやつを、べつの刑事の机には窓拭きの男をすわらせることまでした。部屋のなかはほんとうに真っ黒だったから、彼女がはいってきたとき、そこは警察署というよりもルーサー・ヴァンドロスのコンサート会場みたいになってた。こうしたインタビューを受けるとき、選択肢はふたつある。相手が聞きたがっていることをいうか、さもなければ本心を口にして、思想上の罪を犯したかどでマスコミから袋叩きにあうか。わたしは気が進まなかったが、それでも前者の道をえらんで、この件を切り抜けた。彼女から話を聞かれたとき、きみもそれを覚えておいたほうがいいかもしれない」

「彼女から話を聞かれる？」

「彼女はいまきみのケツをおいかけまわしているからだよ、相棒。アイシャ・ランタングラス。亡くなった演劇好きの生徒にかんする記事を書いて、わが警察署をKKKの地方支部みたいに見せた女だ。ショッピングモールの件は、彼女が取材を担当している。あの女には気をつけたほうがいい、ケラウェイ。白んぼ嫌いだから」

ケラウェイはコロナをすすり、じっくりと考えた。

「夫婦をナイフで襲った男は捕まったのか？」ようやく彼は口をひらいてたずねた。「頭のいかれた黒人野郎は？」

リックルズ署長は遺憾そうにかぶりをふった。「そんな黒人野郎は最初からいなかったんだ。夫には恋人がいたことが判明した。やつは妻を殺すと、その恋人に何度か自分を刺してもらい、彼自身も被害者であるかのように装ったんだ。それから、恋人にミアータで走り去らせ、車をブラック＆ブルー地区にとめさせた。恋人の姿が監視カメラに映っていた。彼女が駐車場に車を乗り捨てるところが」署長はため息をついた。「くそっ、〈デヴォーション・ダイヤモンド〉で起きたことを撮った監視カメラの映像がもっとあればいいんだが。犯人が店にはいるところまではとらえられているが、店のなかでの出来事はまったく残っていない。そいつがあればな。『テリング・ストーリーズ』はその映像を死ぬほど欲しがるだろう」

「それじゃ、ロジャー・ルイスのパソコンからはひきだせていないんだ」〈デヴォーション・ダイヤモンド〉の監視カメラの映像は、ロジャー・ルイスのオフィスにあった巨大なｉＭａｃに送られ、そこに保存されていた。だが、コンピュータは事件の最中に机から転がり落ちており――ケラウェイも駄目押しで、一、二度蹴りをくわえていた――使い物にならなくなっていた。

リックルズ署長はどっちつかずの感じで、片手を小刻みに動かしてみせた。「技術畑の連中は、ハードドライブを救える可能性があると考えている。だが、わたしは現物をこの目で見るまでは信じない」署長はビールをすすってからいった。「映像をとりだせたら、『テリング・ストーリーズ』からまたわれわれにお声がかかるかもしれないな」

もしも技術畑の連中がハードドライブを救うことに成功したら、そこにはケラウェイが生後半年の赤ん坊とその母親に銃弾を撃ちこみ、それからベッキー・コルバートの銃を使ってロバート・ラッツを撃ち殺す場面が残されていることだろう。すべてが明るみにでたときに自分がすでにべつの銃を手にいれていることを、ケラウェイは願った。となりの部屋で警官たちの怒鳴り声がするなか、きわめて冷静に浴室でトイレの便器にすわって、三八口径のみじかい銃身を口蓋に押しつける……。自分ならできる。ケラウェイにはそれがわかっていた――おのれの頭に一発ぶちこめる。自分らしいやり方で死ぬほうが、タブロイド紙になぶりものにされ、大衆から憎まれ、息子からひき離されて生きるよりもましだった。刑務所で受けるであろう仕打ちよりもましなのは、いうまでもなく。

トイレの便器にすわることを考えていたら、べつのトイレのことが頭に浮かんできた。そこで、ケラウェイはたずねた。「いつになったら、またショッピングモールにはいれるのかな？　とってきたいものが、いくつかあるんだ。それに……そうだな。現場を歩いてみたい」

「一週間はかかるな。あそこがまた営業をはじめてからだ。そうしてほしければ、いっしょに現場を歩いてもいいぞ。わたしもそうしたい。もう一度、きみの目をとおして現場を見るんだ」

リックルズ署長はうちに越してくるつもりなのだろうか、とケラウェイは考えていた。二段ベッドを買っておいたほうがいいかもしれない。

ケラウェイが首をまわすと、目のまえに十点満点の女性が立っていた。身長がすくなくとも百八十センチはあるブロンド美人で、花柄のペンシルスカートに光沢のある白いシルクのブラウスを着て、麦わらのカウボーイハットをかぶっていた。両脇にひとりずついる幼い子供と手をつないでいる。子供のうち、ひとりは上向きのブタ鼻をしたものすごく醜い太った女の子だった。ピンクの『ハンナ・モンタナ』のシャツが、出っぱった腹の上でずりあがっていた。もうひとりは男の子で、まさにジェイ・リックルズの〝ミニ・ミー〟版といった感じだった。亜麻色の髪。ブルーの細い目。ラバのような頑固そうな表情。母親の背がすごく高いので、ふたりともその手をつかむのに腕をぴんと上にのばさなくてはならなかった。

「ケラウェイさん」十点満点の美女がいった。「メアリアン・ウィンスロー、ジェイの娘です。うちの子たちが、あなたにいいたいことがあるそうです」

「ありがとう」子供たちが口をそろえて暗唱した。

「なにかありがとうっていってるの？」母親がそういって片方の子の腕をひっぱり、つづいてもうひとりの子の腕もひっぱった。

ブタのような顔立ちをした女の子がいった。「あたしたちの命を救ってくれて」そういうと、鼻をほじくりはじめた。

男の子がいった。「悪いやつを撃ってくれて」

「この三人はショッピングモールにいたんだ」リックルズ署長はそういうと、ケラウェイのほうへ顔をむけた。その目は、感謝と驚嘆で潤んでいた。「その六十メートル先では、銃弾が飛びかっていた。かれらは回転木馬のところにいたんだ」

「あら、お父さん」メアリアンがいった。「わたしたちはまだショッピングモールにはいってさえいなかったのよ。回転木馬にはのるつもりでいたけれど、建物の入口まできたところで、警備員に自分たちの車へおいかえされたの。そのころには、もうすべて終わっていたわ。十分ちがいで、事件にまきこまれずにすんだの」

リックルズ署長はケラウェイにいった。「たとえそうだとしても、神の恩寵《おんちょう》に感謝しないとな」そして、ビールの瓶をケラウェイのほうへさしだした。ふたりはビール瓶の長い首を軽くふれあわせた。

「彼女をなにで撃ったの？」男の子がケラウェイに質問した。

母親が息子の腕をぐいとひっぱった。「メリット！　失礼でしょ！」

「327ルガー・フェデラルだ」ケラウェイはいった。「銃にくわしいのかい？」

男の子がいった。「ぼくは二二口径のブローニング・バック・マークをもった」

「メリット！　そうじゃないでしょ」

「ぼくにも銃があるんだ！」

「ブローニング・バック・マークをもっているよ」母親はそういうと、息子の正しい文法への恥ずべき無頓着ぶりを嘆いて、目をぎょろりとまわしてみせた。

「銃が好きなのかな？」ケラウェイはまえに身をのりだし、ひざの上にひじをついてたずねた。

男の子がうなずいた。

「うちにも、きみよりすこし年が下の男の子がいる。その子も銃が好きでね。ときどき、いっしょに釣りにいくんだ。そして、そのあとで浜辺を歩いて、銃の標的にする瓶をさがす。一度、古くて臭い長靴を見つけたことがあって、そいつを撃った。長靴を踊らせてやろうと思って」

「長靴は踊った？」

ケラウェイは首を横にふった。「いや。ただひっくり返っただけだった」

男の子はぼうっとした表情になり、もうしばらくその真っ青な目でケラウェイをみつめていた。それから、ぐいと顔をあげて、母親のほうを見た。「ねえ、もうＸｂｏｘで遊んでいい？」

「メリット・ウィンスロー！　なんて失礼なの！」

「かまいませんよ。年寄りは退屈だから」ケラウェイはいった。「うちのせがれにも一度そういわれたことがある」

メアリアン・ウィンスローは口だけ動かして「ありがとう」とケラウェイに伝えると、子供たちを連れて去っていった。母親に手を握られたままだったので、ふたりとも転ばないように、ぴょんぴょん飛び跳ねてついていかなくてはならなかった。

リックルズ署長がため息をつき、ソファの背にもたれかかった。そして、ぼんやりとテレビの画面をながめながらいった。「銃のことで、きみに訊こうと思っていたことがある」

「うん？」ケラウェイはいった。うなじがちくちくしていた。

「なに、ちょっと調べてみたんだ。そしたら、この州ではきみの名義で登録されている銃はなかった」リックルズ署長は眉をかいた。ケラウェイのほうを見ようとはしなかった。

「わかるだろうが、それが問題となるかもしれない」

「ああ。あの銃はファルコン警備会社のほうで登録されてるものなんだ。あれはかれらの銃だ。なんだったら、それにかんする書類を誰かに見つけといてもらおうか？　この警備会社はテキサスを拠点にしているから、銃はそっちで登録されてるのかもしれない。それか――」

だが、リックルズ署長は話を聞いていなかった。そんなことはそっちのけで、興奮してケラウェイの肩を叩き、まえに身をのりだしていた。テレビの画面には、〈ミラクル・フォールズ・ショッピングモール〉が映しだされていた。駐車場への入口がパトカーで封鎖されている場面だった。

「いまやこの国では、こういった光景が日常茶飯事となっています」男の深みのある声が淡々と伝えていた。「もうお馴染みでしょう。不満を抱いた従業員が銃をもって職場へはいっていき、恨みを晴らそうと殺しはじめる。しかし、このフロリダ州セント・ポッセンティのショッピングモールでつぎに起きたことは、みなさんを驚かせ、希望をあたえてくれるはずです」

「さあ、はじまるぞ」リックルズ署長がいった。「白状すると、わたしは自分の姿をテレビで見るのが大好きなんだ。そうだ。ＦＯＸニュースのビル・オライリーの関係者から連絡は？」

「ああ、あった。それと、『20／20』からも」

「われわれはそのふたつにも出演するんだな？」

「たぶん」

「よし」リックルズ署長はそういうと、ため息をついた。「ときどき、自分が殉職したときのことを考えるんだ。それでなにがひっかかるか、わかるか？　自分が死んだときに流れるであろうこうした感動的な報道を、この目ではいっさい見られないことだ」

「それじゃ、もしも七十五歳になってから自分のベッドで朝早く一発ヤッたあとで死ぬのだとしたら？」

「それだったら、銃で吹っ飛ばされるほうがいい」リックルズ署長はそういうと、ビールをもうひと口飲んだ。「あとあとまでの語り草になるような死に方をしたいんだ。だが、そう都合よくはいかないだろうな」

「あんたの望みがかなうように祈ってるよ」ケラウェイはいった。

二〇一三年七月十一日

午前十時

黒人の新聞記者を懐柔するために、一度オフィスに黒い顔をそろえたことがある――リックルズ署長がケラウェイに語ったその話には、誇張があった。実際に署長が窓拭きの男を机にすわらせて刑事のふりをするよう指示したことはなかった。窓拭きの男はカンボジア人だったし、そもそもその日は仕事にきてさえいなかった。

だが、ランタングラスが過去の悲劇――一九九三年に武器をもたない黒人青年が警官に射殺された件――についてリックルズ署長にインタビューをしにきた日の朝、シェーン・ウルフがオフィスにいたのは事実だった。彼はアトランティック・データストリーム社から派遣されているＩＴの専門家で、ふだん週に二、三度の頻度でセント・ポッセンティ警察を訪れて、署内のネットワーク――信じられないことに、まだウィンドウズＸＰが使われていた――の再構築をおこなっていた。そして、リックルズ署長がシェーン・ウルフを正面入口ちかくの空いている刑事の机にすわらせたのも、また事実だった。アイシャ・ランタングラスが部屋にはいった瞬間に、ネクタイ姿の黒人男性が目に留まるようにしておくためだ。

そのとき、ランタングラスはシェーン・ウルフのほうにうなずき、彼のほうも控えめにうなずき返した。そして、それ以降、ふたりはつとめて相手を無視した。もちろん、ランタングラスには彼のことがすぐにわかった。彼がダイジェスト紙のコンピュータの保守・点検も担当していなかったとしても、それは変わらなかっただろう。シェーン・ウルフとコルソンはおなじ学校にかよっていて、デートする女の子が何度か重なったこともある間柄だったのだ。とはいえ、おおっぴらに彼を知っていることを示すのは得策ではなかった。たまたまだが、シェーン・ウルフにとってセント・ポッセンティ警察での業務は、いちばん実入りのいい仕事だった。まず、警察から支払いを受ける——それから、もしもアイシャが使えそうな情報に出くわしたときには、彼女からも。

木曜日にシェーン・ウルフがダイジェスト紙のオフィスにあらわれたとき、アイシャ・ランタングラスはちょうど朝の運動を終えようとしているところだった。階段をふたつ駆けあがり、また戻ってくるという、一周四十八段の運動だ。それ以外にも、階段の下の薄暗がりには彼女のダンベルやバーベルがしまわれていた。ランタングラスが娘のドロシーと暮らす四部屋のアパートメントには置き場所がなく、編集長のティム・チェンはそこに鉄のかたまりがいくつかあっても気にしなかったからだ。

「何回のぼりおりするんだ？」シェーン・ウルフのたずねる声がコンクリートの階段吹き

抜けに響いた。

ランタングラスはいちばん下まで小走りで駆けおりながらいった。「五十往復よ。あとすこしで終わるわ。あと五周で。泣いてるの？」

シェーン・ウルフは駐車場につうじる金属製のドアから身をのりだしていた。技術畑のオタクには見えなかった。身長は百九十センチ、体重は九十キロはありそうで、首は頭とおなじくらい太かった。目は充血しており、そこから涙がぼろぼろ流れて悲惨な状態になっていた。

「煙のせいさ。ここへ車でくる途中に、でっかいかたまりのなかを突っ切ってきた。フロントガラスのワイパーを火の粉をふり払うのに使ったのは、はじめてだったよ。きのう警察に呼ばれて、風紀課のハードドライブをきれいにしてきた。だいたい一週間に一度の割合で、連中はオンライン・ポルノをさがしにいって、かわりにロシアのマルウェアをもらってくるんだ。とにかく、署にいたときに、ショッピングモールの事件の弾道にかんする報告書を目にした」

ランタングラスはふたたび階段を駆けあがりはじめており、ふくらはぎが脈動していた。

「ちょっと待ってて。すぐに戻るから」

「おい」シェーン・ウルフがいった。「そいつは臀部《でんぶ》に効くのか？　階段ののぼりおりは？　きっとそうにちがいないな」

ランタングラスはそれに気をとられて、もうすこしで階段を踏みはずしそうになった。

それから、なにもいわずにのぼりつづけた。

階段のてっぺんでは、ティム・チェンが彼女を待っていた。踊り場にすわって、あけた状態のダイジェスト紙のオフィスの防火扉にもたれかかっている。ひざの上には、ランタングラスのぼろぼろの古いＭａｃＢｏｏｋがのっていた。彼女の記事を編集しているのだ。

「最後の部分は削るぞ」ティム・チェンは気もそぞろな様子で、そっけなくいった。「五百字オーバーしてるし、これは重要じゃない」

「五百字くらい、いいじゃない」ランタングラスは踊り場でスピードを落として止まり、両手をひざにあてて大きく息を吸いこんだ。そして、編集長がどこを削ろうとしているのか見ようと首をのばした。「ああ、よしてよ、ティム。そこは削らないで。どうしてだめなの？」

「これじゃ、まるでケラウェイが軍隊から叩きだされたみたいだ。彼は叩きだされたわけじゃない。イラクでの勤務を最後まで務めあげたあとで帰国した。そして、銃の乱射事件を止めた」

「彼は管理分離によって除隊させられたのよ。それって、おいだされたってことだわ」

「自分の身体を痛めつけなくていいのか？」ティム・チェンがいった。

「まったく」ランタングラスはそういうと、小走りで階段を駆けおりていった。

彼女がちかづいてくるのを見守るシェーン・ウルフの赤い目からは涙がこぼれだしてきており、まるで墓穴のへりに立つ会葬者のようだった。

「いいわよ」ランタングラスはいった。「報告書について聞かせてちょうだい。〝捜査にちかい情報筋によると……〟」

「ベッキー・コルバートは357マグナム・リボルバーでロジャー・ルイスを三回撃った。一発目は正面から発射されていて、彼の胸に命中した。それから、彼は逃げようとむきをかえ、背中と左のケツを撃たれた。その時点で、おそらくベッキー・コルバートはオフィスを離れようとしたんだろう。そして、ミセス・ハスワールに驚かされた。状況から見て、どうやらベッキー・コルバートは一発でヤスミン・ハスワールと赤ん坊をあやめたようだ。上半身の真ん中を狙って」

「〝あやめた〟？　すごく旧約聖書っぽい言い方ね」ランタングラスはいった。「物書きにでもなったら」

「ハスワール親子が殺されたすぐあとで、ランダル・ケラウェイが〈デヴォーション・ダイヤモンド〉にはいってきた。ベッキー・コルバートはオフィスに退却し、そこでケラウェイと言葉をかわした。そして、ばん、ばん。ケラウェイが二発撃った。一発ははずれ、もう一発はベッキー・コルバートの左肺にあたった。彼女は倒れ、ケラウェイはミセス・ハスワールを介抱しようと背中をむけた。そこへロバート・ラッツがはいってきて、銃撃犯がまだ生きているかどうか確かめようとちかづいていった。彼にとっては生憎《あいにく》なことに、ベッキー・コルバートはまだ生きていて、軍人のような正確さで彼の眉間を撃ち抜いた。その時点でケラウェイが彼女の武器をとりあげたが、どのみちすべてはほとんど終わっていた。ベッキー・コルバートは、救急隊が現場に到着した直後に失血死した」

そのころにはランタングラスはすでに階段を駆けあがりはじめており、息切れしていて返事ができなかった。二十四段のぼって、編集長がすわっているコンクリートの踊り場にたどり着く。

「そろそろ終わりにするんだろ?」ティム・チェンがいった。「見ているだけで、こっちまでくたびれてくる」

「どうして彼の軍務のくだりを削るの?」ランタングラスはあえぎながらたずねた。

ティム・チェンは記事を書いた本人にむかって、最後の部分を読みあげた。「〝ケラウェイは湾岸戦争で武勲をたてる機会がなかったかもしれないが——彼の外地での勤務は問題の多いもので、名誉除隊を受けることはなかった——〈ミラクル・フォールズ・ショッピングモール〉の事件のあとで、ついにその働きに対して賞賛があたえられることになるだろう〟。どうして、こんなことを書くんだ? 彼の十年まえの軍歴は、関係ない。きみは文句なしに心温まる話の最後に、この奇妙で悪意に満ちた一節をつけくわえた」

「悪意に満ちた?」

「〝性悪女みたいな〟といおうとしたんだが、それでは政治的に正しくないからな」

「彼は、憲兵として過剰な力を行使したという理由で軍隊をおいだされた。それほど危険がさし迫っていない状況で日常的に銃を抜き、一度などは手錠をかけられた収監者を殴ったことさえある。記録を見てみて。この男は戦争の英雄なんかじゃない。先日の晩の『テリング・ストーリーズ』では、そんなふうに紹介されてたけれど」

「好奇心から訊くが」ティム・チェンがいった。「ケラウェイが憲兵のときに殴ったというその男、手錠をかけられた収監者というのは、黒人だったのか？」

「もう、かんべんして」ランタングラスはそういうと、ふたたび階段を駆けおりてシェーン・ウルフのもとへとむかった。

シェーン・ウルフは白いハンカチで目の隅をそっと押さえていた。「いいストレッチを教えてやるよ」

「なんのために？」ランタングラスはいった。

「臀部に効くやつだ。そんなふうに身体を酷使するまえに、きちんとストレッチしたほうがいい」

ランタングラスは階段のいちばん下にちかづいたところで、ふたたびスピードを落とした。「さっき、おかしなことをいってたわよね――〝状況から見て、彼女はヤスミン・ハスワールと赤ん坊を一発であやめたようだ〟」

「ああ。そしたら、きみに旧約聖書っぽいってからかわれた」

「いえ、そこじゃないの。〝状況から見て〟って、どういうこと？」

シェーン・ウルフは目の下をハンカチで拭った。「残された現場の状況に合致する仮説はそれしか考えられない、ってことだ。連中はまだ、そのふたりの命を奪った弾丸をさがしている。そいつは鏡とそのむこうの乾式壁を貫通して、〈ミラクル・フォールズ・ショッピングモール〉のはらわたにのみこまれちまったみたいなんだ」

「あやめる。はらわた。臀部。面白い言葉をたくさん知ってるのね、シェーン。ひとつ忠告してもいい？」

ランタングラスはふたたび階段を駆けあがりはじめた。

「なんだ？」

「女性の臀部のことを口にだして褒めるのは、彼女をデートに誘うやり方としてはまずいわよ。彼女の笑い声について、なにかいわなきゃ」

ランタングラスが二十段駆けのぼったところで、うしろからシェーン・ウルフの大きな声が聞こえてきた。「笑い声についてなにかいいことをいってほしけりゃ、そのまえにまずそいつを聞かせてくれよ。でなきゃ、無理だろ」

ティム・チェンは、まだ階段のてっぺんにすわっていた。

「いいわ。これならどう」ランタングラスはいった。「ケラウェイは憲兵隊にいたとき、黒人の兵卒に手錠をかけ、その男のガールフレンドの見ているまえで殴った。そして去年は、黒人の若者がショッピングモールから商品を盗んでいると考え、その若者に対して銃を抜いた。結局、若者は制服を着ていない従業員で、在庫品をひとつの店からべつの店へと移動させていただけだと判明した。そして、ここで問題なのは、被害にあったのがどちらも黒人だったということではない。問題は、ケラウェイが過去にランボーみたいになって、考えなしに暴力をふるったことがあるというところよ」

「記事には、彼が従業員を困らせたという記述はないぞ」

ランタングラスはティム・チェンのまえにとどまり、その場で駆け足をつづけていた。

「ええ。情報源から、その話は記事にしないでくれと頼まれたの。要は、ランダル・ケラウェイが過剰な暴力をふるいがちだという可能性を示唆するくらいしても、わが社の評判に傷はつかないんじゃないかってこと。都合よく壊れていたiMacから警察が監視カメラの映像を復元してみたら、そこには降伏しようとしているベッキー・コルバートを撃つケラウェイの姿が映っていた、ということだってなきにしもあらずでしょ」

「コルソンが撃たれたときみたいにか？」

ランタングラスはその場で駆けるのをやめ、ひざをぎゅっとつかんで頭をさげた。息を吸いこんだとき、胸の心臓のところにサボテンがあって、その針がちくちくと肺にあたっているような感じがした。

「やめてよ、もう」ランタングラスはいった。「いまのは卑怯《ひきょう》だわ、ティム」

「そうかな？」編集長は冷静にいった。「きみは、ランダル・ケラウェイが黒人の若者にいやがらせをしたという話を聞く。彼が軍隊にいたときに黒人の兵士に暴行をはたらいたという話を聞く。そしていま、彼は英雄になり、テレビでジェイ・リックルズ署長に抱きしめられ、署長から〝銃をもった善人〟と呼ばれている。もしもケラウェイの話がまやかしだとなれば、きみはそのふたりともに恥をかかせられる。一発でふたりを仕留められるわけだ」

「いいえ、ティム。言葉は銃弾じゃない。ヤスミン・ハスワールと赤ん坊が床に倒れたときとはちがうわ」

ティム・チェンはきっぱりと荒々しくキーをふたつ叩いた。そのうちのひとつは〝削除〟だった。「彼の軍歴にけちをつけるだけの理由をくれ。そしたら、すぐつぎの記事にこれを載せよう。だが、個人的な感情は理由にはならない」

胃をいきなりぐさりと刺されたような痛みをおぼえて、ラングラスは驚いた。「クソくらえ」という言葉が喉まで出かかったが、口にはしなかった。「そんなの不公平だわ、ティム」という言葉が喉まで出かかったが、それも口にはしなかった。彼女はむきなおって、その場から走り去った。階段を駆けおりた。なぜなら、心のどこかでは、それが不公平でもなんでもないとわかっていたからだ。そして、その場をはやく立ち去れば、自分の恥ずかしさを踊り場にいる友人かつ編集長のもとに置いてこられるかもしれないからだ。

階段のいちばん下まで戻ったラングラスにむかって、シェーン・ウルフが声をかけてきた。「なんだ、きみも煙に悩まされてるんだな」

「え？」

「目だよ」シェーン・ウルフがそういって指さした。「きみも涙を流してる。俺のハンカチを貸そうか？」

ラングラスは彼の手からハンカチをひったくると、それで顔を拭った。「ありがとう」

「屋上にあるすごくいいバーを知ってるんだ」シェーン・ウルフがいった。「五階建てのビルの屋上だ。俺はエレベーターを使うから、きみは階段を駆けあがればいい。そして、てっぺんで落ちあって、ふたりでビールをやる。最高の運動になるぞ」

「家に八歳の子供がいると、夜の外出はむずかしいの」ランタングラスはいった。「あなたに情報料を支払うのも、ベビーシッターに子守り代を支払うのも、なんの問題もない。でも、その両方となると、ちょっと無理」

「だから？　それじゃ、弾道にかんする報告書は俺のおごりだ。ビールも」

ランタングラスは彼の胸にそっとパンチをくれた。それから、むきなおって、ふたたび階段を駆けあがりはじめた。「ほんとうにやさしいのね、シェーン。でも、あなたのやさしさにつけこむような真似はしたくない。それと、わたしの臀部をみつめるのはよしてちょうだい」

ランタングラスは十二段あがったところで足をとめ、ふり返った。シェーン・ウルフは駐車場につうじる出入り口のひらいたドアのところに立って、彼女の臀部が見えないように手で目を覆っていた。

「ねえ……ちょっと待って」ランタングラスは彼にむかっていった。走るのをやめ、固めたこぶしを腰にあてて立っていた。「銃撃犯がロジャー・ルイスとハスワール親子を殺すのに四発。静寂。それから、ケラウェイが店にはいってきて銃撃犯を撃ったところで、さらに二発。また静寂。そして、銃撃犯がロバート・ラッツを始末したときに、もう一発。

全部で七発が発射された……そう、五分間のあいだに?」

「まあ、そんなところだ」シェーン・ウルフがいった。

「はっ」ランタングラスはそういうと、むきをかえて階段をのぼっていった。

てっぺんに着いてみると、ティム・チェンは依然として、あけっぱなしの防火扉にもたれてすわっていた。手にはランタングラスのノートパソコンをもっていた。

「きみに謝りたくてね」ティム・チェンがいった。「さっきいったことを」

「いいのよ」ランタングラスはいった。「その必要はないから」

ティム・チェンは大きくため息をついた。「この男の名誉を毀損することを検討してもいいだけの理由さえ、まったく思いつかない」

「これなら、どう?」ランタングラスはいった。「警察によると、銃撃犯はまず四発撃った。ロジャー・ルイスに三発、ヤスミン・ハスワールと赤ん坊に一発よ。その一分後にケラウェイが店にはいってきて、二発が発射された。一発は犯人に命中し、もう一発は誰にもあたらなかった。そして最後に、また一分ほどしてから、最後の一発が撃たれた。犯人がロバート・ラッツを殺した一発よ。鑑識の報告書では、そういう流れになっている」

「それで」

「でも、目撃者がいるの——実際には、聴取者ね——すべてを聞いていた人物。そして、その彼がいうには、銃声はまず三発、そして間があいてから二発、そしてまた間があいてから一発だった」

「だから？　きみの聴取者は死ぬほどびびっていて、思い違いをしたのさ。よくあることだ」

「彼は携帯でガールフレンドとやりとりをしていて、銃声がするたびにメッセージを送っていた。だから、確信があるの。三発、二発、二発だったって。四発、二発、一発ではなく」

「それがなんだっていうんだ」

「つまり、最後にロバート・ラッツが撃たれたときに、もう一発発射されてたってことよ。それを説明してみて」

ティム・チェンには説明できなかった。すわったまま、指でノートパソコンの端を軽く叩く。「きみの聴取者に、メッセージのやりとりを見せてもらったのか？　彼が現場で聞いたと主張していることを同時進行で裏づけてくれるやりとりを？　メッセージの時刻表示を見たのか？」

「いいえ」ランタングラスは認めた。「ドロシーをテニス・キャンプに迎えにいかなくてはならなかったから、メッセージのやりとりを見せてもらう時間がなくて。でも、きっと頼めば見せてくれるはずよ」

ティム・チェンはうなずいていった。「よし。そうか。こいつは面白いことになるかもしれない。けど、それがランダル・ケラウェイのどうしようもない軍歴と、なんの関係があるんだ？」

「なにもないわ」

「それじゃ、どうして彼の軍での活動にけちをつける？　たとえ、さりげなくにせよ」

「彼を怒らせて、なにが起きるか見るためよ。誰かを挑発することで、じつに多くのことがわかるわ」

「ほう？　ジャーナリズムの学校《スクール》で習ったやり方か、アイシャ？」

「Jスクールのやり方じゃないわ、兄弟」アイシャ・ランタングラスはいった。「ヒップホップでいうところの昔のスタイル《オールド・スクール》のやり方よ」

二〇一三年七月十二日

午後六時十三分

『ジ・オライリー・ファクター』の収録を終えたあとで――『テリング・ストーリーズ』や『20／20』でインタビューを受けたときとおなじ地元のテレビ・スタジオだった――ケラウェイとリックルズ署長は煙った暖かい夕暮れのなかへと出ていった。すると、そこではアイシャ・ランタングラスが待ちかまえていて、ふたりがリックルズ署長の小型トラックにたどり着くまえに声をかけてきた。

「どうも」アイシャ・ランタングラスがいった。「地元紙に十分ほど時間をもらえませんか？　それとも、テレビ番組をもっていないと、あなたたちの話は聞けないとか？」

彼女はにっこり笑って、真っ白な歯を見せた。まるで自分も男たちの仲間であるかのような、なれなれしい笑みだ。鍛えたすらりとした身体。ブルージーンズに袖なしの黒いトップス。紐つきのサンダル。彼女は幼い娘を連れてきていたが、ケラウェイにいわせれば、それはこちらを懐柔するための汚い手だった。少女はこの世でいちばん汚れていそうなパサートのボンネットにすわっており――灰色の耳のついた猫の顔の鉤針《かぎばり》編みのツバなし帽子をかぶっていた――大人たちを無視して、絵本のページをめくっていた。

ジェイ・リックルズ署長は、しわだらけの顔をさらにくしゃくしゃにして満面の笑みを浮かべると、ズボンのベルトをつかんでぐいともちあげた。「アイシャ！　留守番電話に残してくれたメッセージを聞いたよ。この三日間ずっと、きみに折り返し電話するのが、やることリストのいちばん上にあったんだ。うちの秘書に連絡して、仮の予定をいれておいてもらえるかな？」

「そうさせてもらいます」ランタングラスがいった。「でも、いま十分ほど時間をいただいて、数日後にじっくり腰を落ちつけて話をうかがえたら、最高なんですけど」

リックルズ署長がケラウェイのほうをちらりと見た。「いま時間を割いたほうがよさそうだな。わたしがこのままトラックにのりこもうとしたら、彼女にタックルされかねない」

ケラウェイはアイシャ・ランタングラスの顔をまともに見られなかった。はらわたが煮えくり返っていた。彼女が書いた記事のことは、朝いちばんで彼の耳にもはいってきていた。彼の軍歴にけちをつけた記事。それが朝のニュース番組でくわしくとりあげられていたのだ。

「先週〈ミラクル・フォールズ・ショッピングモール〉で起きた銃の乱射事件で英雄となったランダル・ケラウェイにかんして、あらたな事実が判明しました」テレビでぺちゃくちゃしゃべっているよりも食料品を袋詰めしているほうが似合っていそうな若い男のニュースキャスターがいった。「けさのセント・ポッセンティ・ダイジェスト紙によりますと、ケラウェイ氏は二〇〇三年、憲兵として過剰な力を行使したという度重なる申し立てを受けて、軍隊をおいだされたということです。銃規制派の活動家たちはすでに、ケラウェイ氏が銃をもって店にのりこんでいくことで状況はさらに悪化したのだと……」

のちにケラウェイはテレビ・スタジオの楽屋でくしゃくしゃになったダイジェスト紙を見つけ、自分で記事に目をとおした。目新しい情報はなかったが、最後の部分で彼は、兵士ではなく第三世界の拷問者のような書かれ方をしていた。記事のとなりには切手大のアイシャ・ランタングラスの写真が載っていた。ちょうど、いまみたいににこやかに笑っている写真だった。

ケラウェイが真っ先に考えたのは、息子のことだった。ジョージはすべてを耳にするだろう。数日まえにホリーから送られてきたメールによると、いまでは地元のニュースを決して見逃さないという。朝、学校へいくまえと、夜、夕食のときに見て、きょう父親はなんといわれているのかを確認するのだ。これであの子は、父親が怒りを抑えられないのを理由に軍隊から放りだされたことを知る。父親が国に仕えるには力不足だったことを。ビル・オライリーの番組の収録中、ケラウェイは平静を装うのが精一杯だった。

地元のテレビ・スタジオのまえの広い駐車場には昼間の熱がぐずぐずと居残っており、敷きなおされたばかりのアスファルトがやわらかくなっていた。太陽はまだ沈んでいなかったものの、入道雲のような黄土色の煙が西の地平線を覆っているため、その姿を拝むことはできなかった。ランタングラスが会話を録音しようと、携帯電話をナイフのようにケラウェイに突きつけてきた。

「ケラウェイさん、乱射事件から一週間ちかくたちますけど、うちの読者の多くが知りたがっていると思うんです——調子はどうですか？」

「いいよ。ぐっすり眠れている。いつでも仕事に戻れる状態だ」

「それはいつになりそうですか？」

「ショッピングモールは明日再開される。そのいちばん最初の勤務シフトにはいる予定だ」

「じつに献身的ですね」

「それが労働倫理というものだ」ケラウェイはいった。

「今回の事件で犠牲となった方の遺族と話をする機会はあったんですか？　ヤスミン・ハスワールのご主人やロバート・ラッツのご両親に連絡をとった？」

「なぜそんなことをするんだ？　かれらの愛する人を救えなかったことを謝るためか？」

ケラウェイはすこし嚙みつくような口調でいった。

リックルズ署長がケラウェイの肩を軽く叩いた。「いずれそういう機会は訪れるだろう。かれらの傷が癒えはじめたあとにでも——そして、ミスタ・ケラウェイ自身の傷が癒えたあとにでも」

ケラウェイは、リックルズ署長の言動に自分を戒《いまし》めるようなところがあるのを感じた。まるで、ペットの犬だ。**よし、伏せ**。それをやめさせようと、ケラウェイは肩をすくめて署長の手を払った。

「ああいった事件のあとでは、ご自身の家族が大きな支えになるんでしょうね」ランタングラスがいった。「たしか、息子さんがいる？」

「ああ」

「母親と暮らしている息子さんが？　お住まいはどちらになるんですか？　もうすこしご家族のことをくわしく知りたいんです。別居なさってるんですよね。離婚されるんですか？　郡の記録を調べてみましたが――」

「そんなことをしたのか？　ちょっとしたスキャンダルを見つけようとして？　誰にいわれて別居のことをさぐりはじめた？」

ケラウェイの荒らげた声に反応して、車のボンネットにすわっていた少女が顔をあげ、大人たちのほうをみつめた。

「誰にいわれたわけでもありません。こういう事件のあとでは、いつでも関係者の家族に話をうかがうんです」

「今回はやめてくれ。俺の妻と息子にはちかづくな」

「ママ？」少女の声には不安と不満がいりまじっていた。

ランタングラスがそちらへちらりと目をやり、手をふった。「あとすこしよ、ドロシー」

それから、ふたたびケラウェイのほうに視線を戻し、戸惑ったような笑みを浮かべて穏やかにいった。「ねえ、わたしたちは敵同士じゃないわ。おたがい、大きな声を出してうちの子を動揺させないようにしましょう」

「そういうあんたは、けさの記事で俺の軍歴に泥を塗ったときに、うちの子が動揺するかもしれないとは思わなかったのか？　その心配が頭をよぎりもしなかった？」

リックルズ署長の顔には、もはや笑みは浮かんでいなかった。彼はケラウェイの肩をふたたび軽く叩くと、こういった。「さあ、もういいだろう。ランドはずっと大きな緊張にさらされてきてるんだ。アイシャ、すこしは思いやりをみせて、彼にあまりきつくあたらないでもらえないかな」

アイシャ・ランタングラスはうなずくと、一歩うしろへさがった。彼女の顔にも、もはや笑みは浮かんでいなかった。「ええ、そうよね。ごめんなさい。大変な一週間だったのは、わかってます。それじゃ、ジェイ、そちらのオフィスから連絡をもらえるかしら。日時を決めて、今回の事件における警察の対応について話しあいたいので」

「わかった」リックルズ署長はそういうと、今度はケラウェイのひじのすぐ上をがっちりとつかんで、トラックのほうへと誘導しはじめた。

「ああ、そうだ」ランタングラスがいった。「最後に、あとひとつ。〈ミラクル・フォールズ・ショッピングモール〉の警備部門では雇用者に銃が支給されていませんけど、ということは、あなたが使用したのはご自身の銃だったんですか？」

その質問を聞いた瞬間、ケラウェイにはそれが罠《わな》だとわかった。この女は、彼が差し止め命令に逆らって銃を所持していたことを認めさせ、それを記録に残したいのだ。

「あんたも自分の銃があればよかったと思うんじゃないかな？」

ケラウェイの胃は、癌《がん》に冒されているみたいにきりきりと痛んでいた。

男ふたりをのせた小型トラックが駐車場を出ていくとき、アイシャ・ランタングラスはパサートのボンネットにすわって娘の背中を撫でながら、そばを通過していくトラックをじっとみつめていた。その目は、考えごとをしているかのように細められていた。リックルズ署長の小型トラックは後輪で小石を跳ね飛ばしながら勢いよく駐車場を出ると、スピードをあげてハイウェイを北上し、セント・ポッセンティへとむかった。

「さっきのはなんだったんだ、相棒？」リックルズ署長がいった。その口調はこれまでになくそっけなく、すこし不機嫌そうだった。

「うちの子は、朝、昼、晩とテレビのニュースを見て、父親にかんする最新情報を得ようとしてるんだ。あの女は、俺が軍隊を不名誉除隊になったととれるような記事を書いた。そして、息子はそれを耳にすることになる」

「きみの息子は、もうすぐ父親が特別保安官代理に任命されることも耳にするようになる。ランタングラスは、しがない地方新聞のしがない記者にすぎない。彼女が書くのは、ほとんどが広告と結婚の告示のあいだの埋め草記事だ。だが、きみが騒ぎたてれば、彼女は火のないところに煙はたたないと考えはじめるだろう。煙といえば」そういって、リックルズ署長は顔をしかめた。トラックは、濃密でもわっとした煙のなかに突っこんでいった。ケラウェイは目がひりひりするのを感じた。

それから一キロほど走ったところで、リックルズ署長が口をひらいた。「あの銃についてわたしが知っておく必要のあることは？」

「ある」ケラウェイはいった。「もしも俺があれをもっていなければ、死者はもっと増えていたってことだ」

リックルズ署長はなにもいわず、そのまま気まずい沈黙がつづいた。一分。さらに、もう一分。そこでようやく署長は小声で卑猥《ひわい》な言葉をはっすると、ラジオをつけた。ふたりは残りの道中、ずっとニュースに耳をかたむけ、まったく言葉をかわさなかった。イラクで起きた爆弾事件。イランへの制裁。そして、オーカラ国有林の火災を鎮火しようとしている消防士たちにとっては悪いニュース――風は東へとむきをかえようとしている。強風が予想されており、火はいまやセント・ポッセンティの西端にある家屋や商業施設を脅かそうとしていた。

その件については状況の変化に応じて随時お伝えしていきます、とニュースキャスターがいっていた。

午後六時二十七分

「いかないの？」ドロシーが後部座席からたずねてきた。「それとも、ここでただぼーっとすわってるつもり？」

「あとすこし、ここでただぼーっとすわってるわよ」ランタングラスはいった。「ママは電話をかけなくちゃならないかもしれないから」

ふたりはテレビ・スタジオのまえにとめた車のなかで、なにもせずにぶらぶらと時間をすごした。窓をおろし、小さな音で音楽をかけた。ランタングラスは先ほどの会話を頭のなかで再生していた。ケラウェイがいったこと。その言い方。

ケラウェイは彼女のほうを見ようとしなかったが、そうしたとき――ふたりの目と目があったとき――ランタングラスは自分に対する彼の憎悪を感じとった。彼を怒らせ、その反応を見たかったのだが、いまはその答えがわかっていた。

ケラウェイは、彼女に銃を連想させた。撃鉄を起こした大きな拳銃。ワイアット・アープが持ち歩いていそうな拳銃だ。ランタングラスは、撃鉄を起こした大きな拳銃が車の助手席にのっているところを頭のなかで思い描いた。車は猛スピードでわだちのあるでこぼこの泥道を走っており、がくんと揺れるたびに、銃が振動し、座席の上をすこし滑って、端のほうへとちかづいていく。それが座席から落ちたら、どういうことになるのかは、どんな馬鹿にでもわかった。暴発するのだ。ケラウェイが落ちたら、やはりそうなるのではないか――そんなむかつくような考えが、ランタングラスの頭には浮かんできていた。

使用したのが彼自身の銃だったのかをたずねたとき、ケラウェイはこうこたえた。**あんたも自分の銃があればよかったと思うんじゃないかな。**どうして彼女がそういうふうに思うというのか？

「ママ！　おしっこ！」

「そればっかしね。あなたの膀胱《ぼうこう》は、きっとクルミほどの大きさしかないんだわ」ランタングラスはそういうと、携帯電話を手にとって、州警察のリチャード・ワトキンスの番号にかけた。

ワトキンスは二度目の呼び出し音で出た。「フラグラー郡保安官局の被害者支援部門、リチャード・ワトキンスです。どうされましたか？」

「どうも！　セント・ポッセンティ・ダイジェスト紙のアイシャ・ランタングラスよ」

ランタングラスはまえの年に、ワトキンスのことを記事でとりあげていた。彼は子供を対象にした精神的外傷《トラウマ》の支援グループをはじめていて、バスで子供たちをオークランドまで連れていき、そこでイルカといっしょに泳げるようにしていたのだ。ランタングラスは、それをとてもいいニュースだと思った（それに、クリック数をすごく稼げそうだと）。だが、ドロシーの考えはちがった。イルカは囚《とら》われの身で、餌をもらいたければ観光客を楽しませなくてはならないのだから、精神的外傷《トラウマ》の支援グループはかれらにも必要だ、といっていた。

「やあ」ワトキンスがいった。「ショッピングモールの乱射事件のことで電話してきたのなら、セント・ポッセンティ警察に問い合わせたほうがいい。あれは、かれらのヤマだから。それに、もしも火災の件で連絡してきたのなら、いますぐ電話を切って車でオフィスに駆けつけ、ビルが焼け落ちるまえに、がらくたをすべて荷造りすることだ。火はおたくの新聞社のほうへむかってる。明日の朝には、避難命令が出されるかもしれない」

「冗談でしょ？」ランタングラスはいった。

「いや、冗談じゃない」

「やれやれ」

　ドロシーが運転席のうしろを蹴飛ばした。「ママ！」

ランタングラスはいった。「ねえ、ワトキンス。じつは電話したのは、郡保安官局で書類を送達しているのが誰なのか、あなたが知らないかと思ったからなの。離婚書類とか召喚状といった書類の送達よ」

「何人かいるけど、令状の送達者をうちで統轄してるのはローレン・アコスタだ。誰のもとにどんな書類が届けられたのかを知りたければ、彼女に訊くといい。彼女が自分で手渡したか、それを担当した人物を知ってるから」

「最高だわ。彼女と話せる？」

「携帯電話の番号なら知ってる。彼女が電話に出るかどうかはわからないが。いまアラスカにいってるんだ。姉妹そろっての周遊観光船の旅の真っ最中で、氷山とかトナカイとか、考えるだけで凍傷になりそうなものの写真を撮ってるよ。彼女、北極フェチでね。十二月になると、サンタの帽子をかぶって召喚状を届けてる」

「すごい」ランタングラスはいった。「サンタの帽子をかぶった女性に離婚書類を渡されるくらい、受けとった男性をクリスマス気分にさせてくれるものはないでしょうね。ええ、お願い、彼女の番号を教えてちょうだい。彼女をつかまえられたら、すこし聞きたいことがあるの」

ランタングラスがワトキンスに礼をいって電話を切ったとき、ドロシーがふたたび母親の座席のうしろを蹴飛ばした。

「やめなさい、いいわね？」ランタングラスはいった。

「それじゃ、後部座席がおしっこでびしょ濡れになってもいいの？」

「道路の先に〈マクドナルド〉があるわ。そこでトイレを借りられる」ランタングラスはパサートのギアをいれ、百八十度転回させて車を通りのほうへむけた。

「どこかべつのところにして」ドロシーがいった。子猫の帽子の片方の耳の毛をむしりながらつづける。「〈マクドナルド〉は、あたしの倫理的な基準を満たしていないから。肉を食べるのは殺戮《さつりく》とおなじよ」

「あと一度でもわたしの座席のうしろを蹴ったら」ランタングラスはいった。「あなたは身をもって殺戮がどういうものかを知ることになるわよ」

午後八時十一分

ケラウェイの車はキウイ・ブールバードにあるリックルズ署長の家に駐車してあったので、ふたりは署長のトラックでそこへ戻った。明日は十一時すこしまえにここへくるように、と署長はケラウェイにいった。そうすれば、ふたりでいっしょにショッピングモールにいける。

「現地で落ちあえばいい」ケラウェイはいった。「そのほうが簡単だ」

ケラウェイがトラックから降りると、足の下で貝殻の破片がざくざくと音をたてた。

「いや、いっしょにいったほうがいい。キャンドルの点灯式があるから。マスコミはきみがショッピングモールに戻るところを写真に撮りたがっている」犠牲者を追悼するために、軽食コーナーの回転木馬のまえでキャンドルに火をともす式典がおこなわれることになっていた。そのあとで、追悼の日の特別セールとして、ショッピングモール内のすべての店舗で一部商品が二十パーセントから四十パーセント値引きされる予定だった。

「マスコミ連中の要望なんて、どうだっていいだろ?」ケラウェイは中庭に立ち、トラックのなかをじっと見あげた。

リックルズ署長は片腕をハンドルにかけ、ケラウェイのいる助手席のほうへ身をのりだした。顔は笑っていたが、目は冷たく、よそよそしいといってもいいくらいだった。「きみにとっては、どうでもよくはない。ランタングラスは人種差別に抗議するうるさい小物の活動家で、警官はみんな群れた黒人に高圧の消火用ホースをむけたがっていると信じてる。だが、そう簡単にあしらえる相手じゃない。そして、きみはさっき彼女に、自分の過去をほじくり返してくれといわんばかりの態度をとった。きみがこれまでにどんな恥ずべき行為をしたことがあるのかは、知らない。だが、遅くともこの週末までには、そのすべてが紙面であきらかにされているだろう。きみにすこしでも分別があるのなら、明日の朝はまずきれいにひげを剃り、いちばんいいコロンをつけ、わたしといっしょに午前十一時にキャンドルに火をともす準備をしておくことだ。マスコミは怠け者ぞろいだから、気分の良くなる話を銀の皿にのせてさしだしてやれば、喜んでそれに食いつく。そして、連中にはきちんと定期的に食事をあたえておくようにしろ。さもないと、ナイフとフォークをこちらにむけてくるからな。わかるか《カピーシ》？」

ケラウェイは、リックルズ署長といっしょにショッピングモールに戻りたくなかった。彼よりも、いや、誰よりも先にいって、〈リズ〉の奥にある小さな従業員用のトイレを訪れたかった。そこで、彼はこういって反論しかけた——午前十一時なんて、そんな遅くに仕事場に到着したことは一度もない（実際、一度もなかった）。だが、そのとき自分にむけられたリックルズ署長の冷たい視線が目にはいった。その顔に浮かぶ笑みはかすかで、もはやあまり好意的ではなかった。ケラウェイは仕方なくうなずいた。

「わかった」そして、トラックのドアをばたんと閉めた。

ケラウェイはプリウスにのりこんで署長の家の邸内路を出ると、右に曲がるべきところを左に曲がった。家には帰りたくなかった。自宅のまえにとまっているテレビ局のヴァンを見たくなかったし、テレビ関係者に自分の姿を見られたくもなかった。かわりに、車を街とは逆の方向へむけ、煙と暗くなりつつある夜のなかへと突っこんでいった。

ジム・ハーストが暮らしている農家は、消し炭色の空を背景に黒く浮かびあがっていた。直角に配置された黒い箱の集合体だ。全体で明かりといえるのは、つけっぱなしのテレビだけだった。それが放つほのかに青い輝きが、家の西側の壁にあいた窓のない穴から見えていた。建物の端にかぶせてある巨大なビニールシートが突風でゆっくりと波うち、重苦しくて不気味なぱたぱたという音をたてていた。

ケラウェイは車から降りると、そのそばに立ったまま、潮のように強まったり弱まったりする風の音に耳を澄ました。テレビの音は聞こえなかった。きっと音声を消してあるのだろう。

家にむかって歩きはじめると、足もとで砂利がざくざくと音をたてた。それから、足をとめて、じっと聞き耳をたてた。べつの足音が聞こえたのだ。ほぼ確信があった。車の反対側に男がいるように感じられた。周辺視野にその姿が見えていた。ケラウェイは、自分が男を直接見るのを恐れていることに気がついた。そうしようと思っても、顔をそちらへむけることができなかった。

それはジム・ハーストだった——もう十年以上も自分の足で歩いたことのない男だ。その彼が三メートル離れた車の反対側をゆっくりと歩いていた。どこにいようと、ケラウェイには彼がわかった。その両脇にたらした腕の感じから、見分けがついた。煙った夜のなかに浮かびあがる頭の形に見覚えがあった。

「ジム！」ケラウェイは大声で呼びかけた。とても自分のものとは思えない声だった。

「ジム、おまえか？」

ジムが重たい足どりでゆっくりとちかづいてきたので、ケラウェイは思わず目を閉じた。夜の闇につつまれた道端でジム・ハーストの姿を見ることに、耐えられなかった。恐怖で息ができなかった。銃をもった女のいる〈デヴォーション・ダイヤモンド〉にはいっていくときだって、この半分も恐ろしくはなかった。

ジムがもう一歩ちかづいてくる足音がして、ケラウェイは無理やり目をこじあけた。

そのころには目が闇に慣れており、ケラウェイはすぐに自分の間違いに気がついた。男の影だと思っていたものは、じつは発育を妨げられたブラック・マングローブだった。ジム・ハーストの頭の輪郭に見えた曲線は、ずっと昔に枝が折れた部分に残る滑らかなこぶにしかすぎなかった。

家を覆っているビニールシートが、ふたたび物憂げにはためいた。それは、重たい足どりでゆっくりと歩く男の足音のように聞こえた。

ケラウェイは、詰めていた息を吐いた。暗闇のなか、ジムが以前のように自分といっしょに歩いていると考えるなんて、馬鹿げていた。とはいえ、家にむかって歩を進めるあいだ、そばに連れがいるという感覚を完全においはらうことができなかった。夜は落ちつきなくうごめいており、木の枝が狂ったように前後に揺れていた。草がざわついていた。風が強くなってきていた。

ケラウェイは戸枠をこつこつと叩いて、ジムの名前を呼んだ。メアリーの名前も。だが、返事がなくても驚かなかった。どういうわけか、そんな予感がしていた。彼は勝手に家のなかにはいった。

すべてのものに染みついているキャンプファイアのような匂いの下に、気の抜けたビールと小便の悪臭があった。ケラウェイは玄関の明かりをつけた。

「誰かいるか？」

居間をのぞきこむ。テレビの画面では、レースをくり広げるモンスタートラックが巨大な泥の丘から飛びだしてきていた。部屋には誰もいなかった。

「ジム？」ケラウェイはふたたび声をかけた。キッチンをのぞく。誰もいない。

そのころには、ケラウェイは実際に目にするまえから、自分がなにを発見することになるのかわかっていた。どうしてわかったのかは、不明だ。もしかすると、家のまえの私道にいたときからわかっていたのかもしれない。暗闇のなかでジムがそばにいるのを感じたときから。彼は主寝室をのぞきこみたくなかったが、そうせずにはいられなかった。

明かりは消えていた。ジムはベッドの上に横たわっていて、車椅子がわきにとめてあった。ケラウェイは明かりをつけたが、ほんの一瞬だった。彼は見たくなかった。スイッチを切ると、部屋のなかはまた暗くなった。

しばらくしてケラウェイはベッドにちかづき、ジムの車椅子に腰をおろした。銅のような血の匂いが鼻をついた。死ぬには不快きわまりない場所だった。プラスチックのごみバケツに突っこまれたおむつ。床に転がるビールの空き缶。ベッド脇のテーブルの上に置かれたオレンジ色の薬瓶とポルノ雑誌。ベッドからほんの数メートル離れたところにクロゼットがあり、ケラウェイはその明かりをつけた。それが投げかける光は部屋の明かりよりも慈悲深く、それでようやくケラウェイは、シーツの下にいる男のほうに目をやることができた。

ジム・ハーストは四四口径を口にくわえており、彼の脳みそはベッドの頭板じゅうに飛び散っていた。

ジムの枕もとには、ケラウェイが誕生日に贈ったスコッチの瓶——まだ四分の一ほど残っている——が置かれていた。まるで、ケラウェイがあとで立ち寄ることを知っていて、それを返そうとしていたかのように。ジムは、胸もとにパープル・ハート勲章をつけた礼装軍服の上着を身につけていたが、シャツは省略していた。そして、大きくでっぱった腹の下までシーツをひっぱりあげていた。

ケラウェイがスコッチをとろうとジムの死体のむこうへ手をのばしたとき、袖が一枚の罫線《けいせん》入りの紙をかすめた。彼は紙を手にとり、車椅子に深くすわって、クロゼットの明かりのほうへかざしてそれを読んだ。

ランドへ――

よお、兄弟。俺を見つけたのがおまえなら――そして、そうであることを願うが――この惨状をすまなく思う。これ以上はどうしても頑張れなかったんだ。三カ月ほどまえ、定期検査でかかりつけの医者のところへいったら、胸の音が気になるといわれた。レントゲンを撮ると、右の肺に影が写っていた。医者は精密検査をするべきだといい、俺は考えておくといった。

そして、よくよく考えた結果、こういう結論にたっした――それがどうした。もうこれ以上、自分の小便の臭いには耐えられない。テレビはクソつまらないし、メアリーはいっちまった。ある意味、彼女がいっちまってから一年ちかくがたつ。いまでも昼間は俺の面倒を見るためここにいるが、寝る時間になると、あいつは仕事場で知りあった男を訪ねるために出かけていく。ほとんどの晩はその男といっしょで、彼女が帰ってくると、そいつの匂いが嗅ぎとれる。彼女がやっとヤッてた匂いがわかるんだ。二日まえ、彼女ははっきりと口に出していった。もうここを出ていくことにしたと。

こんなのは人間の生き方じゃない。ときどき俺は、銃を口に突っこむ。そして、その感触の良さに驚く。その味の良さに。メアリーのアソコなら数えきれないくらい舐めたが、正直、四四口径のほうがいいくらいだ。

菜食主義者をおちょくった冗談と似てるな。もしも神がわれわれに動物を食べないでもらいたいのなら、あんなに美味《うま》く作らなきゃよかったんだ。それとおなじで、もしもコルト社が俺たちに銃をくわえてほしくないのなら、ガン・オイルをこんなに美味く作らなきゃいい。

ついにこれをやる勇気を俺にあたえてくれたのは、たぶんショッピングモールで起きた出来事だろう。おまえには度胸があった。肝心なときに立ちあがって、なにかしらの善を生じさせる可能性のあるところへ弾をぶちこむだけの度胸が。おまえには覚悟があった。止めるべきことを止めるために死ぬだけの覚悟が。そしていま、俺が感じているのも、まさにそれだ。もうこれ以上、俺はこんなふうに生きてはいけない。止める必要がある。そして、そのためには勇気をもつ必要がある。なにかしらの善を生じさせる可能性のあるところへ弾をぶちこむ勇気を。

首を吊《つ》る方法を考えなくちゃならない、あるいは手首を切ってゆっくりと失血死しなくちゃならないというのだったら、俺にはこれをやれなかっただろう。わかってるんだ。自分がぎりぎりになって怖気《おじけ》づくってことが。この脳みそは俺の敵だ。手早く簡単にかたづけられる方法があることを、神に感謝しないと。

ああ、そうだ。俺の武器で欲しいものがあれば、全部おまえのものだ。おまえならその価値をわかって、大切にしてくれるだろう。なんだったら、メアリーで試し撃ちしてくれてもいいぞ！　俺が無理心中で彼女を撃ったみたいに見せかけるんだ。そしたら、天国でおまえと同性結婚してやるよ。

ゲイっぽい意味ではまったくなく、俺はおまえを愛してる、ランド。俺を訪ねてきてくれたのは、おまえだけだった。気にかけてくれたのは。俺たちはいっしょになかなか楽しいときをすごした。だろ？

それじゃ。

ジム・ハースト

すこしまえに外にいたとき、ケラウェイはジムがそばにいるように感じた。不可能なことながら、旧友がどうにかして自分のそばを歩いているように。いまふたたび、彼はジムがそばにいるのを感じていた。ベッドにいるジムではない。そこにあるのは、ただのぐしゃぐしゃになった肉の残骸と冷えて固まっていく血にすぎない。そうではなくて、視界の隅にジムの姿をとらえられるような気がした。部屋の入口のすぐ外の廊下に潜んでいる大きな黒い影が、それだ。

先ほどは、ジムが自分のそばを歩いていると考えると、恐怖をおぼえた。だが、いまはまったく気にならなかった。逆に、そう考えると慰められた。

「これでいいんだ、兄弟」ケラウェイはジムにむかっていった。「これで」

彼は書き置きをたたんで、胸ポケットにしまった。そして、スコッチの瓶のコルクを抜くと、ひと口飲んだ。アルコールが体内でぱっと燃えあがった。

ショッピングモールで乱射事件のあった朝以来、はじめてケラウェイは自分が落ちついて集中しているのを感じた。もしも立場が逆だったら、自分はとっくの昔に拳銃自殺していただろう。だが、最後にはジムもそこに到達してくれて、うれしかった。

ケラウェイが死体の第一発見者になるのは、あまり好ましいことではなかった。それはメアリーにまかせよう、とケラウェイは思った。もしくは、ジムの妹に。それか、誰だっていい。もしもマスコミがまたべつの銃の被害者とケラウェイを結びつけたら……リックルズ署長はなんといっていたか？　そう、連中は間違いなく彼を食ってしまうだろう。

だが、ケラウェイは急いでその場を離れようとはしなかった。夜の十時ちかくにジム・ハーストの家を訪ねてくるものはいない。かれらふたりを邪魔するものはいない。これは上質なスコッチだったし、ケラウェイはまえにもジムの家のソファで寝たことがあった。それに、泊まっていけば、朝ここを出ていくまえに車庫に寄って、ジムの銃を見ていくことができる。

午後九時三十二分

携帯電話が鳴りはじめたので、ランタングラスはドロシーの鼻のてっぺんにキスをすると、明かりを消した娘の寝室から廊下に出た。三度目の呼び出し音で電話をとる。見覚えのない番号だった。

「ランタングラスです」彼女はいった。「ポッセンティ・ダイジェスト紙の。ご用件は？」

「わたしに訊かないでちょうだい！」かすかにラテン系の訛りのある雑音まじりの陽気な声が、衛星をつうじて地球の三分の一離れたところから聞こえてきた。「そちらが先に電話してきたんだから。保安官局のローレン・アコスタよ。うわーっ！」〝うわーっ〟という声は、どうやらランタングラスにむけてはっせられたものではなさそうだった。ほかの人たちも、うしろのほうでおなじような声をあげていた。

「折り返しお電話いただいて、ありがとうございます。いまアラスカなんですよね？」

「そうよ！　ちょうどクジラが水面から飛びだしてきているところなの！　うわーっ！」電話口のむこうの遠く離れた北極圏から、人びとの歓声やまばらな拍手や誰かが下手くそなチューバを演奏しているような音がかすかに聞こえてきた。

「休暇の邪魔をしては申しわけないわ。いまはクジラを見て、またべつの機会に電話をいただくとかにします？」

「いいえ、重さ三十トンの魅力的な野生動物がバク転するのに見惚れながら、同時に話もできるわ」

「どんな種類のクジラなの？」ドロシーの声がした。こっそり寝室の入口まで忍び寄り、ドア枠にしがみついて廊下をのぞきこんでいたのだ。その目は暗い窪《くぼ》みの奥で輝いており、頭には『ウォーリーをさがせ！』から失敬してきたような赤と白の縞模様《しまもよう》のナイト・キャップがのっかっていた。

「あなたには関係のない話よ」ランタングラスはいった。「ベッドに戻りなさい」

「なんですって？」アコスタがたずねてきた。

「ごめんなさい。うちの娘にいってたの。あなたのクジラの話に興奮しちゃって。どんな種類のクジラなのかしら？」

「ザトウクジラよ。十八頭の小さな群れ」

「ザトウクジラだって」ランタングラスはくり返した。「ほら、もういきなさい」

「おしっこしなきゃ」ドロシーは取り澄ましてそう宣言すると、気取って母親のそばをとおり抜け、廊下を歩いていった。そして、トイレにはいって、うしろ手にドアをぴしゃりと閉めた。

「ローレン、用件というのは、ランダル・ケラウェイのことなんです。ご存じでしょうけど──」

「ああ、あ、あの男ね」

ランタングラスは、はっと身体をこわばらせた。うなじに息を吹きかけられたときみたいに、奇妙なぞくぞくとした感覚が背筋を駆けあがっていった。

「彼を知ってるんですね？　彼に書類を送達した？」

「ええ、わたしが彼に差し止め命令を届けて、彼の武器庫の半分を押収した。残りの半分は、わたしの相棒のポーリーが彼の自宅からはこびだしたわ。あの男はフル・オートマチックのウージーを所有していて、それを車に積んで走りまわってたのよ！　ウージーを車に積んで走りまわるのがどんな人間か、わかる？　ボンド映画に出てくる悪の手下くらいのものよ。あの男がどうかした？　誰も銃で撃ってなければいいんだけど」

ランタングラスは壁にもたれかかった。「やだ。それじゃ、まだ聞いてないんですね」

「なにをよ？　ああ、まさか」アコスタがいった。その声からは、楽しげに浮かれ騒ぐ調子がすっかり影をひそめようとしていた。うしろのほうで、また誰かがチューバであのひどい音を出した。「お願いだから、奥さんはあいつに殺されていないといってちょうだい。あの幼い息子も」

「どうして……どうして、そう思うんです？」

「それを恐れて、わたしたちは彼の銃を押収したからよ。あの男は自分の家族に銃をむける悪い癖があったの。このときは、奥さんが息子を連れて、お姉さんの家にいったの。映画を観るために。旦那に宛てて書き置きを残していったんだけど、それが冷蔵庫から落ちちゃったものだから、ケラウェイは仕事から帰ったときに、それを読めなかった。だもんで、奥さんに逃げられたのかもしれないと思いはじめた。その結果、奥さんがようやく家に帰ってくると、ケラウェイは息子を自分のひざにのせ、〝おまえが俺のもとを離れるようなことがあれば、俺がなにをするか知ってるか〟とたずねた。そして、銃を息子の頭にむけて、〝ズドン〟といった。それから、今度は銃を奥さんのほうへむけ、ウインクしてみせた。あの男は第一級のいかれぽんちよ。子供は死んでないのよね？」

「ええ。そういう話じゃありません」ランタングラスはショッピングモールでの出来事を話して聞かせた。

説明が終わるころには、ドロシーはトイレから出てきており、そばの壁にもたれて、母親の腰にほっぺたをあてていた。「ベッドに戻りなさい」ランタングラスは口だけ動かして命じた。だが、ドロシーは口の動きを読みとれないふりをして、そのまま動こうとはしなかった。

アコスタがいった。「ふうん」

「彼には職場で銃を所持することが特例として認められていたんですか？　仕事上の理由で？」

「ショッピングモールの警備員に、それはないわ。本物の警官だったら、あるかもしれないけれど。あるいは兵士だったら。でも、はっきりとしたことはわからない。彼の法廷審問の記録を調べてもらわないと」

「公文書のウェブサイトをあたってみましたけど、離婚通知書にかんするものはなにもありませんでした」

「そうでしょうね。あの夫婦が離婚にいたることは、まずないわ。奥さんはすごく自信のない女性で、ストックホルム症候群にかかってるの。もう何年も自分の携帯電話をもつことを旦那から禁じられていた。それに、自分のメール・アカウントをもつことも。彼女が旦那のもとを離れた唯一の理由は、旦那よりも自分のお姉さんのほうが怖かったからよ。あと、差し止め命令は裁判所にファイルされているだろうから、ネットでは見られないわ。なんなら、そのコピーを誰かにメールでそちらへ送ってもらうことはできるけれど。明日か、あさってにでも？」

ランタングラスは黙ってじっくりと考えていた。この目で法廷審問の記録を確認してからでなければ、編集長はケラウェイが自分の妻子に銃をむけた件を記事には使わせてくれないだろう。だが、すくなくとも差し止め命令の内容については、明日の新聞になにかしら盛りこむことはできる。彼が武器の携帯を禁じられていたことを世に知らしめるのだ。その原因となったのは……なんと書けばいいだろう？　妻と息子を脅したから？　〝脅し〟なら、害のない表現だ。それくらいの言葉なら、ティム・チェンの許容範囲かもしれない。

「そうね。そうしてもらえると、すごく助かります。でも、かまわなければ、明日の新聞でもこの件についてふれておきたいんです。〝保安官局にいる情報筋によると……〟という形で引用させてもらえると……」

「あら、そんな気づかいは無用よ。わたしの名前を出してちょうだい。写真も載せてもらえたら、もっといいわ。自分の顔が紙面を飾るのを見たいもの」

「情報源をあなたと特定してしまってかまわない？」

「どうぞどうぞ。ケラウェイとわたしは、その一回の出会いでものすごく気があったの。きっと、わたしがまだ彼のことを考えていると知って、喜んでくれるはずよ」

チューバが物悲しい音をはっした。

「いまのは霧笛かしら？」ランタングラスはたずねた。

「クジラよ！」アコスタが叫んだ。うしろのほうで、さらに歓声があがった。「クジラたちがセレナーデを奏でてくれているの」

どうやってアコスタの言葉を聞きとったのかはわからないが、ドロシーがすぐさまその場でぴょんぴょん飛び跳ねはじめた。

「あたしにも聞かせて！　ねえ、いいでしょ？」

「ミズ・アコスタ？　娘がクジラの歌声を聴きたいから電話で拾ってくれないかといってるんだけど」

「娘さんを電話口に出して！」

ランタングラスは携帯電話を下へやり、ドロシーの耳にあてた。そして、立ったまま娘を見守っていた。八歳の少女は目を大きく見開き、落ちついて集中した表情を浮かべながら、世界が自分にむかって歌いかけてくるのに耳をかたむけていた。

二〇一三年七月十三日

午前八時四十二分

ケラウェイは九時まえに目をさますと、ソファから身体をひきはがすようにして起きあがり、そっとトイレにいって用を足した。それから十分後にトーストとコーヒーをもってソファに戻ったとき、テレビの画面には自分の無精ひげを生やした無表情な顔が映しだされ、その下には〝トラブル勃発？〟という字幕《テロップ》がついていた。まえの晩、彼は音を消したテレビをつけたまま酔いつぶれ、神秘的な光がちらつく静寂のなか、ジムの英国製のウェブリー＆スコットをかたわらの床に置いた状態で熟睡していた。ふたたび銃を手にして、より安らかな気分になっていた。

ケラウェイはソファの端に腰をおろし、無意識のうちに片方の手に銃を、反対の手にリモコンを握っていた。音をあげていく。

「……が軍隊から放りだされたのは、憲兵時代に過剰な暴力をくり返しふるったという申し立てがあったためでした。それにつづいて」朝のニュース番組を担当する男のニュースキャスターは、ウルフ・ブリッツァーが広めた例の歯切れが良くてやたらとドラマチックな部分を強調するしゃべり方をしていた。「ふたたびセント・ポッセンティ・ダイジェスト紙がランダル・ケラウェイにまつわるショッキングなニュースを報じました。なんと彼は、自分の妻と幼い息子に対しておこなった脅しを理由に、銃の所持を禁じられていたというのです。保安官局のローレン・アコスタ巡査がダイジェスト紙に語ったところによりますと、ケラウェイがショッピングモールの警備員という仕事上の理由から特例として武器の携帯を認められていたとはとうてい考えられない、したがって彼が327ルガー・フェデラルを所持していたのはあきらかに差し止め命令への違反であると思われる、とのことです。ケラウェイ夫人がどのような理由から差し止め命令を申請したのか、また夫からあたえられた脅しがどのような性質のものであったのかについては、まだなにもわかっていません。これまでのところ、コメントを求める問い合わせに対して、ケラウェイ氏とセント・ポッセンティ警察からはなんの返事もありません。しかしながら、リックルズ署長は本日午前十一時に〈ミラクル・フォールズ・ショッピングモール〉を訪れ、先日の襲撃事件で犠牲になった人たちを追悼するためのキャンドルの点灯式に出席することになっており、そこでなんらかの声明が発表されるものと思われます。ランダル・ケラウェイは最初のキャンドルに火をともす予定で、彼からもなにか言葉を聞けるかもしれません。はっきりとしたことはまだわかりませんが、われわれは生中継でその模様をお伝え……」

もちろん、あの女に決まっていた。あのランタングラスとかいう黒人女だ。きのうの夕方、彼が地元のテレビ・スタジオから出てくるところを待ち伏せしていた女。彼女はケラウェイを放っておくことができなかった。彼が二度と息子と会えなくなろうと気にしなかった。なぜなら、彼女にとってケラウェイは、新聞を売るための中傷記事に出てくる登場人物にすぎないのだから。

いままで勇気がなくて認めてこなかったが、ケラウェイは心のどこかでこう信じはじめていた——この降って湧いた名声のおかげで、すべてを取り戻すことができるのではないか？　ホリーやジョージはもちろんのこと、それ以外のものも？　〝自分の権利〟という言葉が、ふと頭に浮かんできた。たしかに、それはそうなのだが、それだけではなかった。それは彼が銃を所持する権利であると同時に、それ以外の権利のことでもあった。もっと大きなものだった。薄ら笑いを浮かべたラテン女が彼にむかって自分の息子にちかづかないよう命じることのできるアメリカは（彼が週五十時間働いていることなど——国を代表する兵士として異国の敵地で犠牲を払ったことなど——おかまいなしだ）、どこかひどく間違っているような気がした。あのにやにやした小柄な黒人女に携帯電話を顔のまえに突きだされ、ひっかけの質問をされたときのことを思いだすと、全身が熱くなった。不快なことだが、ケラウェイは、ああいった人間が彼を辱めることで生計を立てていける社会に暮らしているのだ。あの女は、ジョージがテレビで父親のことを耳にしようと——気にしなかった。父親が自分の家族に銃をむけたいかれた男だといわれるのを耳にしようと——からかわれ、いじめられようと――気にしなかった。ひと目見た瞬間から、ケラウェイを犯罪者だと決めつけていた。白人で、男性――だったら、犯罪者に決まっている。

ケラウェイはリモコンでテレビを消した。

外で砂利を踏むタイヤの音がした。

ケラウェイは立ちあがって、カーテンをわずかに横にずらした。メアリーの運転する車が私道にはいってくるのが見えた。バナナ色のRAV4。見覚えのない車だった。ヤシの木のてっぺんから渦を巻いて立ちのぼる煙が、早朝の光のなかで黄金色の泡へと変わっていった。

ケラウェイは、ウェブリー&スコットをソファの上に残して玄関へむかった。ドアをあけると、ちょうどメアリーが車をとめてエンジンを切るところだった。

「ここでなにをしてるの？」メアリーがたずねた。

「こっちも、おなじ質問をしたいね」

メアリーは四輪駆動車のまえに立っていた。やせてひきしまった身体に、カットオフ・ジーンズと男物のフランネルのシャツという恰好だった。照りつける陽光などないのに、彼女はまぶしさを防ごうとするかのように目の上に片手をあてていた。

「自分の物をいくつかとりにきたのよ」メアリーがいった。「彼から聞いたのね？」

「ああ」ケラウェイはいった。「彼の保険金でのんびり食いつないでおいて、それがなくなると、あっさり船を見捨てるわけだ？」

メアリーがいった。「彼のおしめを替えて毎晩ペニスをしごくのがのんびりやることだと思っているのなら、あなたがしばらくやってみたら」

ケラウェイはかぶりをふってからいった。「それはさておき、なかにはいって尿袋がどこにあるのか教えてくれないか？　いま彼がつけてるやつが破裂して、そこいらじゅう小便だらけなんだ」

「まったく、もう」メアリーがいった。「なにやってるのよ。きのうの晩、あの人にどれくらい飲ませたの？」

「たぶん、多すぎたんだろうな」

「なにが〝障害者を雇おう〟よ。いいわ。あたしがやる」

「頼むよ」ケラウェイは家の奥へひっこみながらいった。「寝室で待ってる」

午前九時三十八分

すべてが終わって、メアリーが右目のあった部分に穴をこしらえて床に倒れると、ケラウェイは彼女の手にジムの四四口径を握らせた。それから、しばらくベッドの端にすわって、手をひざの先からだらりと垂らしていた。頭のなかで銃声がまだ鳴り響いているような気がした。とっくに消えているはずの反響音が残っているような気がした。身体のスイッチが切れてしまったような感じだった。ぼんやりとした抜け殻だ。彼女は銃身をのぞきこみながら泣いていた。鼻水をたらしながら、彼のペニスをしゃぶると申しでていた。涙と鼻水の痕が残るのはいいことだった。彼女が拳銃自殺をしたときに泣いていたように見える。

警察はどう考えるだろう？　かつて愛した男の死体を発見したあとで、あの世でいっしょになろうと女性があとおい自殺した？　がりがりでくたびれたジュリエットが、身体障害者で糖尿病のロミオのあとをおったわけだ。ことによると、彼女のボーイフレンドはひと晩じゅう彼女が自分とおなじベッドにいたと断言できない可能性もあった。そうなると、彼女にジム殺しの罪を着せられるかもしれなかった。警察がジムの自殺の書き置きを発見することはない。なぜなら、ケラウェイが持ち去って、どこかで処分するつもりだからだ。あるいは、警察はこれが仕組まれたものだと感づくかもしれない。だが、それがなんだというのか？　連中には好きにさぐらせればいい。ショッピングモールの件を上手く切り抜けたのだから、これもなんとかなるだろう。

ケラウェイは新鮮な空気を吸いたくなって外へ出たが、そんなものはどこにもなかった。あたりは灰皿のような匂いにつつまれていて、家のなかのほうがましなくらいだった。

ケラウェイの頭のなかは、火災現場で崩壊した建物から立ちのぼる火の粉のようにぐるぐるまわっていた。それが落ちつくのを待っていると、空気のかすかな鼓動が聞こえた（というか、感じられた）。まわりで煙の細かい粒子が震えていた。けさは奇妙な振動だらけだった。首をかしげて耳を澄ますと、遠くで彼の携帯電話の呼び出し音が鳴っていた。ケラウェイは重い足どりで自分の車のところへいき、助手席にあった携帯電話を手にとった。七本の電話を受けそこねていて、その大半がリックルズ署長からだった。いまもそうだった。

ケラウェイは電話に出た。「もしもし？」

「朝からずっとかけてるのに、どこにいたんだ？」リックルズ署長が不機嫌そうにいった。

「散歩に出てたんだ。頭をすっきりさせる必要があって」

「もうすっきりしたのか？」

「ああ」

「けっこう。なぜなら、きみには解決すべきごたごたがあるからだ。あと一時間もたたないうちに、この州のあらゆるニュース専門チャンネルがきみの話を報じているだろう。きみが自分の幼子に銃を突きつけ、奥さんが出ていくようなことがあればその子を撃つ、と脅した話だ。それがどんなふうに見えるか、わかっているのか？」

「どこでそのことを？」

「どこでだと思う？　わたしは二時間まえに、きみのクソいまいましい法廷審問の記録に目をとおしたんだよ。自分がなにに直面しているのかを知るために、ほかの誰よりも先にそいつを手にいれて。このことをわたしに話そうとは思わなかったのか？」

「なんで俺がわざわざそんな話をもちだすんだ？　そんな恥になるような話を？」

「なぜかというと、それはいずれ明るみに出るからだ。わたしがテレビで世界にむかってきみのことをすごい英雄だと誉《ほ》めたたえたとき、きみがそのとなりにすわっていたからだ。きみは、所持することを認められていない銃を使って、銃撃犯をやっつけた」

「俺が差し止め命令にしたがってたら、どんな惨事になってたと思う？　俺が店にはいっていったとき、ベッキー・コルバートはまだ撃ちはじめたばかりだったんだぞ」

　リックルズ署長は震える息を深く吸いこんだ。

「イラクから戻ったとき、俺は心的外傷後ストレス障害《PTSD》を抱えてた。抗鬱薬はのまなかった。自分の問題を薬で解決したくなかったからだ。俺は装填された銃を息子にむけたことなど一度もない。だが、後悔するようなことはいろいろやってきた。なかったことにしたいと思うようなことを。それがなければ、息子はいまごろまだ俺といっしょに暮らしていただろう」そのほとんどは真実だった。彼はジョージに銃をむけたことが一度あったが――ホリーにこちらのいいたいことを伝えるためだ――そのとき銃は装填されていなかった。それに、ことによると彼はＰＴＳＤを抱えているのかもしれなかった。イラクから戻った兵士は、そういうやつのほうが多いというではないか。一度も抗鬱薬をのんだことがないというのも、嘘ではなかった。一度も勧められたことがなかったからだ。

　リックルズ署長は長いこと黙っていた。ようやく口をひらいたとき、その声はまだ感情でかすれていたが、だいぶ落ちつきを取り戻してきているのがわかった。「それじゃ、きょうのキャンドルの点灯式で、きみはいまいったことをマスコミにむけて話すんだな。いまいった言葉どおりに」

「わかってるだろ。すべては、あのクソをかきまわそうとする新聞記者のしわざだ」ケラウェイはいった。「あの黒人女の。あんたの部署を悪く見せようとしたやつ。みんな信じないが、黒人だって人種差別主義者になれるんだ。あの女が俺を見る目つきで、それがわかった。俺は銃をもった白人だ。連中にとっちゃ、みんなナチとおなじさ。黒人にとっちゃな。彼女はあんたのことも、そう考えてる」

リックルズ署長が笑った。「たしかにそうだな。わたしがいくら黒人のチビどもに——父親が刑務所にいて母親が食料引換券で暮らしているチビどもに——おもちゃを配ったところで、関係ない。黒人は自分がもってないものを他人がもってるのが不満で、自分よりいい暮らしをしているやつを妬《ねた》むんだ。それが勤勉に働いた結果だとは、考えもしない。いつだって、人種差別的なシステムのせいなんだ」

「ほんとうに俺をまだ点灯式に出席させたいのか?」ケラウェイはいった。「俺とは距離をおいたほうがいいかもしれないぞ」

「かまうものか」リックルズ署長がそういって、ふたたび笑った。ケラウェイには、それで万事オーケーなのがわかった。「どちらにしろ、もう手遅れだ。きみとわたしはこの一週間、ずっといっしょに毎晩ケーブル局のニュース番組に出演してたんだから。きみにはまだいってなかったが、全米ライフル協会のお偉いさんからメールが届いた。来年ラスベガスで、われわれふたりに基調演説をしてもらいたいそうだ。ホテル代も飛行機代もあちらもちで、さらに一万ドルの講演料がつく。わたしは例の差し止め命令の件を伝えたが、連中はまったく気にしていなかった。かれらにしてみれば、それこそまさに〝政府が介入して人びとの権利を奪うと、人びとは危険にさらされる〟ということの証拠なんだ」リックルズ署長はためいきをついてから、つづけた。「ふたりでこれをのりきろう。この件では、きみはまだ善人だ。ただし……これ以上の不意打ちはなしにしてくれ、ケラウェイ。いいな？」

「ああ、もうない」ケラウェイはいった。「それじゃ、三十分後に、あんたの家で会おう」

ケラウェイは電話を切ると、松ぼっくりの焼け焦げる匂いを吸いこみながら、燃えゆく世界の煙のなかですっくと立っていた。それから、携帯電話を助手席に放りこんだ。ここを出発するまえに、ウェブリー＆スコットをとってきてトランクにしまおうか、と考えていた。ジムにはもう必要ないからだ。

それに、ジムは車庫の銃も必要としていなかった。ケラウェイは、すこし時間を割いて、気にいった銃があるかどうか調べてみることにした。勝手にもっていってくれてかまわない、とジムの書き置きにもあったではないか。

午前九時四十四分

「ここだよ」オケロが自分の足もとを指さしていった。

かれらは〈ミラクル・フォールズ・ショッピングモール〉の中央大広間にある巨大な湾曲した階段の途中に立っていた。斜めの屋根についている天窓から、日の光が垂直にさしこんできていた。

「俺は身を伏せて、ここでじっとしていた」オケロがいった。「サラにいわれて、三十秒おきに彼女にメッセージを送ってたんだ。俺がまだ生きてることを知らせるために」

「そのことで質問があったの」ランタングラスはいった。「いちばん上までのぼりましょう。〈デヴォーション・ダイヤモンド〉を見ておきたいわ」

かれら三人は階段のてっぺんまでいった。オケロとランタングラスとドロシーだ。ランタングラスは朝食の時間帯にオケロに電話をかけ、彼が恋人に送ったメッセージを見せてもらえないか――なんだったら、引用させてもらえないか――と頼んでいた（ただし、その目的――メッセージについている時刻表示を見て、それぞれの銃声がどのタイミングで発生したのかを知りたい――については、黙っていた）。オケロは、それよりもさらにいい提案をしてきた。

「ショッピングモールはけさ再開されるんだ。十一時にキャンドルの点灯式がある」

「知ってるわ」ランタングラスはいった。「取材しにいくつもりよ」

「だったら、店があくまえの九時半にきてくれないかな。〈ブースト・ヤー・ゲーム〉のまえで会おう。そしたら、彼女とのメッセージのやりとりを見せられるし、現場を歩きながら、自分の行動や耳にしたことを説明できる」

「面倒じゃない？」

「まさか。俺の名前が新聞に出てるんで、妹たちは大騒ぎだ。見も知らぬ他人から、いっしょに自撮りを頼まれたりもしてる。俺は名声の味をしめつつあるのかもしれないな。俺にはあってる気もするし」

それを聞いてランタングラスは笑みを浮かべたが、同時にそっと胸をえぐられるような感覚もおぼえていた。その瞬間、オケロはコルソンそっくりに聞こえた。

〈デヴォーション・ダイヤモンド〉の入口はまだ黄色い犯行現場用のテープで封鎖されており、テープのむこうのドアはぴたりと閉じられて鍵がかかっていた。おなじ回廊にあるほかの店では、十一時からの点灯式と予想される大勢の人出にそなえて、準備が進められていた。中央大広間の巨大な空間には、大きな声がいくつも響いていた。〈デヴォーション・ダイヤモンド〉のとなりの帽子屋〈リズ〉の格子戸はあいていて、もじゃもじゃの黄色い髪を肩までのばした眠そうな顔のマリファナ愛用者が、テープ・ガンで野球帽に二十パーセント引きの札をつけていた。

「帽子だ！」ドロシーが母親の手をぎゅっとつかんで叫んだ。きょうはニワトリの頭の形をしたふわふわの黄色い帽子をかぶり、あごの下に紐をかけていた。「帽子よ！　ねえ、ママ！」

「はいはい」ランタングラスはそういうと、首をのばして、マリファナ愛用者の店員に聞こえるように声を張りあげた。「ねえ、娘が店のなかをぶらついてもかまわないかしら？」

「うん？　いいとも。はいりなよ」店員がそういうと、ドロシーはふたたび母親の指をぎゅっと握りしめてから、〈リズ〉の通路に飛びこんでいった。

オケロがいった。「ごめん——あんまり見るもんはないな。けど、俺の携帯を見たいんだろ」そういって、彼は携帯電話をランタングラスにさしだした。「あの日のやりとりのところまで、戻しておいた。えーと、それよりまえは見ないでもらえるかな？」

ランタングラスはいった。「写真とか？」

「わかってるじゃん」オケロがにやりと笑った。

「彼女はもう高校を卒業してるのよね？」

オケロが傷ついたような表情を浮かべて顔をしかめた。「俺よりひとつ年上なんだぜ！」

「で、あなたは高校を卒業している？」

「俺は大学生だって、いっただろ。だから、この仕事をしてるんだ。大学で必要な本は、ただじゃ手にはいらないから」

「根気よく勉強をつづけていれば、その見返りはたっぷりあるわよ」ランタングラスはそういうと、オケロから携帯電話を受けとった。

ぶったまげた　たったいま〈デヴォーション・ダイヤモンド〉にはいってった女が銃を撃

ちはじめた
10:37

マジだ　三発
10:37

えーっっっ！！！　いまどこ？　大丈夫？
10:37

でかい階段を半分くらいおりたところで身を伏せてる　実際になにが起きてるのか見えそうなくらいちかい
10:38

そのまま伏せてて　そこから逃げられない？　ああどうしようどうしようどうしよう　頭がおかしくなりそう
10:38

いま階段をおりってったら　上の通路にいる
人間から丸見えだ
10:39

俺もだ
10:39

愛してる
10:39

動かないで　そこでじっとしてるの　ああ神
さま　いま必死に祈ってるわ
10:39

女っていってたけど　見たの？
10:40

また一括
10:40

〝一括〟じゃなくて〝一発〟だ
10:40

ああ神さまああ神さま　お願いお願いお願い
あなたが撃たれませんように
10:40

それには同感だね
10:40

馬鹿　愛してるわ
10:40

なにかが落っこちて　それからまた一発
10:41

生きてる？　なにも送られてきてないけど
10:42

大丈夫だ
10:42

どうしてメッセージを送るのをやめたの
10:42

やめたわけじゃない一分しかたってないだ
ろ
10:42

あたしのことを気にかけてるなら　ずっと
なにか送ってきて
10:42

こっちは無地だ
10:43
まだ無事だ
10:44
クソっ　また一発
10:45

ああ神さま　ああ神さま
10:45

いまなにが起きてるのかよくわからない
10:46
そしてまた一発
10:46

ねえ　そこから逃げたほうがよくない　10:46

俺は無事だ　フラペチーノを置いていきたくない　10:47

なんですって？　このサイテー男　10:47

ここにフラペチーノがあるんだ　飲み物をもったままじゃ走れないだろ　こぼしちまうから　10:48

ほんとにもう　だいっきらい　10:49

そのあともやりとりはつづいていたが、それ以上オケロのメッセージに銃声は出てこなかった。彼は十時五十二分に、到着した警官たちに手を踏まれていた。最初の一発が発射されてから二十分もたっていなかったが、そのあいだに取り返しのつかないことがすでに起きてしまっていた。

セント・ポッセンティ警察の見立てによると、ベッキー・コルバートはまず上司に三発撃ちこみ、それからミセス・ハスワールとその子供を一発で仕留めた。そこへケラウェイがはいってきて二発撃ち、一発はベッキー・コルバートに命中、もう一発ははずれた。それから最後に、ベッキー・コルバートがふたたび起きあがって、ロバート・ラッツに一発を見舞った。全部で七発だ。

だが、この時刻表示によると、銃声の発生の仕方は異なっていた。間違っていた。まず三発。それから、すこしおいて二発（そして、なにかが落ちる音。なにが落ちたのか？パソコンとか？）。それから、一発。そして、最後にもう一発。それがなにを示唆しているのかについて、ランタングラスにはいくつか考えがあった。だが、どれも記事にできるほど確かなものではなかった。オケロのメッセージと正式な報告書のあいだの食い違いにふれることさえ、ティム・チェンが認めるかどうか怪しかった。

ランタングラスは携帯電話をオケロに返すと、自分の携帯をポケットからとりだした。

「画面取り込み《スクリーン・キャプチャ》で保存したけりゃ、どの部分でもかまわないよ」オケロがいった。

ランタングラスはいった。「そうさせてもらうかもしれないわ。でも、そのまえに編集長とすこし相談させてちょうだい」

ドロシーがスキップで帽子店の入口までやってきて、防犯ゲートの手前で止まった。アライグマの顔と肢《あし》のついた帽子をかぶっている。アメリカ開拓者のデイヴィ・クロケットがかぶっていそうなやつではなく、アライグマの手人形が頭にのっかっているように見える帽子だった。

「だめよ」ランタングラスがいうと、ドロシーの笑みが消え、かわりに不機嫌そうなしかめっ面があらわれた。

「二十パーセント引きなの」ドロシーがいった。

「だめ。戻してらっしゃい」ランタングラスはオフィスに電話をかけた。

ドロシーがいった。「おしっこ」

「ちょっと待って」ランタングラスはいった。

「たぶん店の奥に従業員用のトイレがあるよ」オケロがそういって、もじゃもじゃの髪をしたマリファナ愛用者の店員のほうをむいた。「なあ、兄弟、そこのガキっちょにおたくのトイレを使わせてもらってもいいかな?」

店員はゆっくりとまばたきしてからいった。「ああ、いいぜ。使いなよ」

ドロシーは意気揚々と店の奥のほうへとむかいはじめた。

「いや、ちょっと待った」店員が夢を見ているような口調でいった。たったいま身体を揺すって起こされた、といった感じだった。「そうだ。いまトイレには補修係がいるんだった。もう何カ月も水が流れないのを直してくれって頼んでたのが、銃の乱射事件が起きたとたんに、これだ」

ドロシーが目を大きくひらいて、困惑の表情を浮かべてみせた。**どうするの？**

「ちょっと待って」ランタングラスが小声でそういったとき、ティム・チェンが電話に出た。

「アイシャ」ティムが前置きなしにいった。「聞いたのか？」

「なにを？」

「避難命令だ」ティムの声は落ちついており、穏やかといってもいいくらいだった。「四十分まえに公園局の消防署から電話があって、正式に通告された。明日の朝十時までにオフィスをひきはらわなくてはならない」

「冗談でしょ」

「わたしは冗談はいわない」ティムがいった。

「そうよね。あなたはわたしが知るなかでいちばんの堅物だもの」

ティムがいった。「オフィスにきてくれ。全員に招集をかけてる。シェーン・ウルフも駆けつけて、コンピュータを荷造りしてくれる。ここから四百メートルも離れていないところで木が燃えてるし、風はしだいに強くなってきている」

「うちのビルにも延焼しそうなのかしら？」ランタングラスはいった。自分の冷静さに驚いていた。とはいえ、不安は存在していた。なめらかな固いかたまりとなって、のみこんだ石のように胃のなかにどっかと居座っていた。

「そうはならないという保証はもらえなかった、とだけいっておこう」

ランタングラスはいった。「キャンドルの点灯式は？」

「テレビが取材するだろう。われわれは機会があれば、それを画面で見ればいい」

「あしたの新聞は出せるの？」ランタングラスはたずねた。

ティム・チェンから返事がかえってきたとき、その声は力強く、荒々しいといってもよかった。彼がこんな口調でものをいうのを、ランタングラスははじめて耳にした。「もちろんんだ。この新聞は一九三七年に創刊されて以来、土日以外の毎日、一日も休まずに刊行されてきた。わたしはその伝統を絶やす最初の編集長になるつもりはない」

「ここから抜けられしだい、そちらへ戻るわ」ランタングラスはそう約束して電話を切り、娘の姿をさがしてあたりを見まわした。

店内に戻って帽子さがしをつづけているのかと思いきや、ドロシーはオケロといっしょに通路の先にあるステンレス製のベンチにすわっていた。ふたりがいるのは、ほぼ一週間まえにランダル・ケラウェイが〈デヴォーション・ダイヤモンド〉での銃撃事件のあとで腰かけていたのと、まったくおなじ場所だった。

かわりに、帽子店の入口にはべつの人物が立っていた。やせこけてやや年のいったアジア系の男性だ。男は染みのついた補修係の作業服を着ており、水の滴るレンチをマリファナ愛用者の店員にむかってふりまわしながら、小声で怒ったようになにやらいっていた。

「なにか問題でも?」ランタングラスは補修係の男にたずねた。

男は口を閉ざすと、険しいまなざしをランタングラスのほうにむけた。

「いまこいつにいったことをくり返してやろう。あのトイレを最後に使ったやつは」補修係の男がレンチをふりまわしながらいった。「あるものを残していった。誰かがそのブツを見たほうがいい」

マリファナ愛用者の店員はなだめるような感じで片方の手をあげた。「そして、さっきもいったけど、そいつはびっくりだ。そのブツがなんだろうと、残していったのは俺じゃないぜ。神に誓って、俺は一度もショッピングモールで糞したことがないんだ」

午前十時二十八分

ケラウェイがプリウスを白い貝殻の破片が敷きつめられた中庭にのりいれたとき、リックルズ署長はすでに小型トラックの運転台にいて、あけたままのドアから突きだした足をクロムめっきの踏み台にのせていた。ケラウェイはプリウスから降りると、署長の小型トラックにのりこんだ。

「きのうとおなじ服か?」リックルズ署長はそうたずねながら、運転席側のドアをばたんと閉め、エンジンをかけた。

署長はぴしっとした制服で決めていた。真鍮製のボタンが二列にならんだ青い上着。わきに黒い縦縞《たてじま》のはいった青いズボン。右の腰には黒い革製のホルスターが装着されていて、そこにおさめられたグロックはガン・オイルを塗られたような光沢をおびていた。ケラウエイはといえば、ポロシャツの上にくしゃくしゃの青いブレザーという恰好だった。

「テレビに出られるような服装といったら、これしかないんだ」ケラウェイはいった。

リックルズ署長がうなり声をあげた。きょうの彼は、にやけた笑みを浮かべてありがたがっている涙目のおじいちゃんではなかった。日焼けしていて、怒りっぽく見えた。トラックが不機嫌そうにがくんと勢いよく出発した。

「こいつは英雄を歓迎するための式典になるはずだったんだ」リックルズ署長がいった。

「わかるだろ? きみとわたしとで白いバラの花輪を献じることになっていた」

「ただキャンドルに火をともすだけかと思っていた」

「花輪は見栄えがする、と広報の連中が考えたんだ。それに、〈ミラクル・フォールズ・ショッピングモール〉を所有しているサンベルト・マーケットプレース社の最高経営責任者が――」

「ああ、ラス・ドアだろ?」

「そう、彼だ。彼がきみにロレックスの時計を贈呈することになっていた。それがまだ予定どおりおこなわれるかどうかは、わからん。人は誰しも、女房を殴る男に勲章をあたえるのをためらうもんだからな」

ケラウェイはいった。「俺は一度もホリーに手をあげたことはない。一度もだ」それは真実だった。もしも男が女にこぶしをふるわなくてはならないとすれば、それはその時点ですでに男が情けなくも状況をコントロールできていないことを意味する、というのがケラウェイの持論だった。

リックルズ署長は肩の力をすこし抜いた。それから、こういった。「すまない。いまのは取り消す。不必要な発言だった」すこし間をおいてから、つづける。「わたしは一度も女房に銃をむけたことはないが、いちばん上の娘にベルトを使ったことがある。あの子が七歳のときだ。クレヨンで壁じゅうに自分の名前を書いていた。わたしはそれを見てかっとなり、あの子をベルトで叩いた。そしたら、バックルが娘の手にあたって、指関節が三本折れた。もう二十年以上まえの話だが、いまでもはっきりと覚えている。そのとき、わたしは酔っていた。きみの場合も飲んでいたのか？」

「うん？　女房を脅したときか？　いや、いまのあんたとおなじくらい、しらふだった」

「きみが酔っていたのなら、まだそのほうがよかったんだが」リックルズ署長は親指でハンドルを叩いた。ダッシュボードの下の警察無線がぱちぱちと音をたて、男たちが物憂げでぶっきらぼうな声でコードをもちいたやりとりをした。「あれをやり直せるなら、わたしはなんだってするだろう――娘の手にしたことをやり直せるなら。じつにおぞましい行為だった。わたしは酒に酔って、自己憐憫《れんびん》にひたっていた。ローンの支払いが滞っていて、車を回収されていた。大変な時期だったんだ。きみは教会には？」

「いかない」

「それを考えてみてもいいかもしれないぞ。わたしは死ぬまで、自分の行為がおのれの心にあたえた傷を抱えて生きていくことだろう。だが、神の恵みによって救われ、結局は自分を許して先へ進む力を見いだすことができた。そしていま、あの素晴らしい孫たちに囲まれて――」

「署長？」警察無線で呼びかける声がした。「署長？　聞いてますか？」

リックルズ署長がマイクをさっとつかんだ。「こちらリックルズ、どうぞ、マーティン」

「ショッピングモールの件です。もうケラウェイを拾ったんですか？」マーティンがいった。

リックルズ署長はマイクを胸に押しあて、横目でケラウェイを見た。「きみがロレックスをもらえないことになった、という知らせだな。きみはここにいたいか？　それとも、いたくないか？」

「まだ俺とは会ってない、というだけでいいんじゃないかな」ケラウェイはいった。「りっぱな時計はもらえないことになったと聞かされても、うしろですすり泣いてあんたにばつの悪い思いをさせたりしないと、約束するよ」

リックルズ署長が笑うと、目の端に蜘蛛の巣のような細かいしわがあらわれた。一瞬、また以前の彼に戻ったように見えた。「わたしはきみを気にいっている、ランド。はじめて会った瞬間から、ずっとそうだった。それを知っておいてもらいたい」リックルズ署長はかぶりをふり、気分の高まりをかろうじて抑えこむと、マイクを握りしめて無線のスイッチを入れた。「いや、あいつはまだあらわれていない。なにがあった？」

トラックはハイウェイにたちこめる薄青の煙のなかを走っており、ショッピングモールまであと十分くらいのところにいた。風がぶつかってきて、車高の高いトラックがばねの上で揺れた。

「ふう」マーティンがいった。「よかった。いいですか、こっちはすごくヤバいことになってるんです。補修係の男が〈リズ〉の奥にあるトイレを修理してたんですけど――ほら、〈デヴォーション・ダイヤモンド〉のとなりにある帽子屋です――そしたら、そいつがタンクのなかで信じられないようなものを見つけました。鉛弾です。どうやら、われわれが見つけられなかった鉛弾みたいです。ハスワール夫人と赤ん坊の命を奪った。どうぞ」

「どうして、トイレなんかにあったんだ？　どうぞ」

「さあ、誰かがそこに置いてったのとちがいますか？　さらにマズいことに、署長、例のランタングラスって新聞記者がそこに居合わせてて、すべてを聞いてました。昼までには、この件がテレビで大々的に報じられてるんじゃないすかね？　どうぞ」

マーティンがぺらぺらとしゃべっているあいだに、ケラウェイは座席越しに右手をのばして、署長のホルスターのボタンをはずした。そして、リックルズ署長が下に目をむけたときには、グロックをひき抜いて、その銃身を署長のあばら骨に押しつけていた。

「俺の家にいくよう、指示するんだ。そして、そこで落ちあおうと。それから、無線を切れ」ケラウェイはいった。

リックルズ署長はマイクを手にしたまま、その澄んだ青い瞳に驚きの色を浮かべて、自分のわき腹に突きつけられた銃を見おろしていた。

「道路から目を離すな」ケラウェイがそうつけくわえると、リックルズ署長は顔をあげ、煙のなかをちんたら走っているカプリスに追突しないようにブレーキを強く踏んだ。

リックルズ署長はマイクを強く握りしめて応答した。「なんてこった。そうか。面倒なことになったな。それじゃ……ケラウェイの家で落ちあおう。やつはまだうちにあらわれていないから、自宅にいるんだろう。最初に到着した警官に、やつの身柄を押さえさせておけ。わたしもいまからサイレンを鳴らして、そちらへむかう。以上」リックルズ署長はマイクを握っていた手をゆるめ、それを無線受信機の下に掛けた。

「あそこのガソリンスタンドにはいれ」ケラウェイはいった。「右手にあるシェルのスタンドだ。あんたを車から降ろして解放する。なぜなら、俺もあんたを気にいってるからだ、ジェイ。あんたはずっと俺に親切にしてくれた」

リックルズ署長はウインカーを出し、速度を落としはじめた。その顔は無表情でこわばっていた。「ヤスミン・ハスワール？　それと、彼女の息子のイブラヒム？　あれはおまえだったのか？」リックルズ署長はたずねた。

「そんなつもりはまったくなかった」ケラウェイはいった。「よくいうだろ――人間を殺すのは銃じゃない、人間だって。だが、俺には銃があのふたりを欲しがってたように感じられるんだ。ほんとうに。ヤスミン・ハスワールは、いきなりどこからともなく飛びだしてきた。まるで、自分を待ちかまえている弾丸があることを知っていたかのように。そして、銃が弾を発射した。ときとして、銃が人間を殺すんだ」

トラックは、給油ポンプが八列ならぶ駐車場にはいっていった。朝のこの時間帯、給油ポンプはほとんどが空いていた。うっすらとした青い煙が絶えず駐車場を横切り、中央にある小さなコンビニの屋根の上を流れていった。トラックのウインカーは、まだかちかちいっていた。

「たわごともいいところだ」リックルズ署長はいった。「この大馬鹿野郎が。そそっかしい間抜けが。銃は自分で勝手に弾を発射したりしない」

「そうかな？」ケラウェイはそういうと、リックルズ署長を撃った。

午前十時四十一分

ケラウェイは署長のシートベルトのバックルをはずすと、この肉づきのよい小柄な男の身体を手前にひっぱって、助手席に横向きに倒れこませた。それから、車を降りて運転席側にまわり、自分がハンドルのうしろにおさまった。運転席側の窓は血と組織で汚れていた。まるで、誰かが窓ガラスにむかってピンクのどろどろしたものを大量にぶちまけたかのようだった。

邪魔だったので署長の身体を押すと、それは助手席の足もとの空間に落ちて、もつれあった脚だけが座席の上に残った。

男がひとり、コンビニから出てきた。白髪まじりの長い髪をした五十代の男で、ボタンを留めていないフランネルのシャツの下からレナード・スキナードのＴシャツがのぞいていた。ケラウェイは手をあげて、さりげなくそちらへふってみせた。男はうなずき返すと、煙草を口にくわえた。銃声を耳にして、なにごとかと確かめに外へ出てきたのかもしれなかった。それか、ただ煙草を吸いたかっただけなのかも。ほかに小型トラックに注意をむけているものはいなかった。テレビとはちがうのだ。人びとは、自分が耳にしたことに注意をはらったり目にしたことを分析したりしない。忙しい歩行者たちがホームレスの死体のそばを何時間もただとおりすぎていることだってある。そのホームレスが眠っているだけだと思いこんで。

ケラウェイはリックルズ署長の家のほうへハンドルを切り、自分がこの十五年間送ってきた生活をあとにした。このまま彼が逃げおおせる可能性は低かったが、それでも逃亡に役立ちそうなものはいくつかあった。彼の車に積みこんであるものだ。そのうちのひとつには、バナナ型弾倉が装着されていた。

ケラウェイは署長の家の中庭にトラックをのりいれてとめると、車から降りた。そのとき、玄関のドアがあいて、そこに例の亜麻色の髪をしたメリットという男の子があらわれた。ぼんやりと無表情にケラウェイをみつめている。ケラウェイは〝よお、元気か〟というようにうなずき、署長のグロックを手に、足早に自分の車のほうへ歩いていった。銃を助手席に放りこみ、プリウスを中庭から出す。バックミラーをのぞくと、男の子は首をまわして、おじいちゃんの小型トラックをみつめていた。もしかすると、どうして運転席側の窓の内側が汚物で覆われているのかと不思議に思っているのかもしれなかった。

横殴りの突風がプリウスを土堤のほうへと押しやろうとするので、ケラウェイはアスファルト舗装の道路からはずれないようにハンドルと格闘しなくてはならなかった。西へむかう車のまわりでは、煙が激しく渦を巻いていた。

あれこれ迷わずにすばやく行動すれば、息子をホリーと義理の姉から奪いとる時間があるかもしれなかった。ケラウェイは船外機のついた全長五メートル強の小さなボートをもっており、いまよりもしあわせだったころ、ときおりジョージを連れてそれで釣りに出かけていた。息子を連れてバハマ諸島へ逃げるというのも、ひとつの手だった。リトル・アバコ島沖の岩礁に隠れて、なんだったら最終的にはさらに南のキューバを目指す。とはいえ、グランド・バハマ島のフリーポートまでは三百キロかそれ以上あり、ケラウェイがあのボートで出かけたことがあるのは、沖合い四、五キロがせいぜいだった。だが、彼は深いうねりを恐れていなかった。コースをそれて漂流し、赤道直下の太陽に焼かれてじわじわと死んでいくことを恐れていなかった。ボートが転覆して、息子といっしょに溺れ死ぬことも。もっとも、可能性としては、沖合いで沿岸警備隊に見つかり、息子の目のまえでヘリコプターの狙撃手に脳みそを吹っ飛ばされるほうが、はるかに高そうだったが。

もちろん、それはヘリコプターから彼に弾を命中させられればの話だ。彼のほうが先に相手を仕留めなければの話だ。

　ほかにも可能性はあった。連中はケラウェイが息子になにをするのかわからず、様子を見守るかもしれなかった。彼は一度も息子に装填した銃をむけたことがなかったが、銃に弾がこめられているかどうかを、ヘリコプターからどうやって見分けられるというのか？

　ブールバードは横幅があって広びろとしていたが、西へむかうにつれて、まわりの家はだんだんと慎《つつ》ましやかになっていった。控えめなワンフロアのランチハウスが前方の煙霧のなかからあらわれ、またうしろへ消えていった。薄汚れた暗がりのなかで、ほかの車の型式はほとんど確認できなかった。ヘッドライトがスープのなかからいきなりあらわれ、影をひきつれて後方へと去っていった。映画では、殺しの許可証《ライセンス》をもつ男がボタンを押すと、アストン・マーチンの後部から煙がもうもうと吐きだされて、追跡者たちの目をくらまし、逃亡を可能にする。ケラウェイは英国製のスポーツカーのかわりにプリウスを押しつけられていたが、それでも彼の煙幕のほうがずっと効果的だった。

　フランシスの車――シルバーのBMWのステーションワゴン――は車庫の手前の私道に前向き駐車でとめられており、後部の〈平和共存〉というステッカーがはっきりと見えた。ケラウェイはそのすぐうしろにプリウスをとめ、BMWが出られないようにしてから車を降りた。風が芝生の上を吹き渡り、逆巻く煙で目がちくちくした。ケラウェイは片手にグロックをもったままプリウスのハッチバックをあけ、そこにあった寝袋を払いのけた。その下には、彼がジム・ハーストの車庫から頂戴してきた武器が隠されていた。選択肢はいろいろあった。ブッシュマスター。ウェブリー。四五口径。結局、ピストルグリップのついた単銃身のモスバーグを手にとった。そのモスバーグ社製の散弾銃にPDX1散弾を装填する。筒型弾倉に五発。薬室に一発。艶消し処理を施された黒い銃身は傷ひとつなく、まるで一度も発射されたことがないかのようだった。

ケラウェイは前庭を突っ切って、玄関へむかった。フランシスのランチハウスはワカモレグリーン色で、壁はすべてざらざらした化粧漆喰だった。おとなりとの境界にサボテンが植えられていたが、義姉の性格を考えると、まさにぴったりだった。玄関のドアの両側には縦に細長い脇窓があって、安物の白いパネルカーテンが掛かっていた。

ケラウェイがちかづいていくと、片側のカーテンがぴくりと動くのが見えた。誰がこちらをうかがっているのかはわからなかったが――ホリーか、フランシスか――ちょうどドアのまえまできたところで、差し錠のかけられる音が聞こえた。それで彼のことを締めだせると思っているのなら、お笑いぐさもいいところだった。

ケラウェイは散弾銃を低くかまえると、引き金をひいた。轟音《ごうおん》とともに散弾が発射され、錠前とその周辺の木材を吹き飛ばした。ドアの中央にブーツのかかとをあてて押すと、それは勢いよくあいた。そのまま家のなかにはいりこんだケラウェイは、もうすこしでジョージを踏みつけそうになった。

散弾銃は、こぶし大のドアのかたまりといっしょに、ジョージの顔の右上半分と頭蓋骨の大部分を吹き飛ばしていた。キッチンナイフくらいの大きさの木片が、彼の左目を貫通していた。その口はあいたり閉じたりしており、奇妙なごぼごぼという音が漏れだしてきていた。ピンクに輝く脳みそがあらわになっていて、小さく脈打っているように――鼓動しているように――見えた。心臓と似ていなくもなかった。ジョージはなにかいおうとしていたが、湿ったぴしゃぴしゃいう音しか出てこなかった。

ケラウェイは困惑して、わが子を見おろした。幻覚を見ているような気がした。目にとって意味をなさないものを見ているような気が。

二メートル離れたところに、携帯電話を頬にあてたホリーが立っていた。白いスラックスに袖なしの緑のブラウス。髪の毛にはタオルがターバンのように巻かれている。ジョージとおなじく、彼女の口もあいたり閉じたりしていたが、やはりなにも言葉は出てこなかった。

ふたたび銃が発射された。そして、もう一度。だが、それはケラウェイの頭のなかでだけだった。彼はしばらくしてから、自分が悲鳴をあげていることに気がついた。いつのまにか片ひざをついていた。いつのまにかグロックをかたわらに置き、手をそっと息子の胸にあてていた。時間がまえに飛び、気がつくと息子の上に覆いかぶさるように身をのりだしていた。ふたたび時間がまえに飛び、ホリーがジョージのそばにひざまずいて、赤い残骸と化した息子の頭を両手で抱えあげていた。血が彼女の白いスラックスにほとばしっていた。ジョージはもうしゃべろうとするのをやめていた。ホリーのひざのかたわらに置かれた携帯電話から、誰かがこういっているのが聞こえた。「もしもし？　ミス？　もしもし？」緊急電話のオペレーターが、べつの銀河からかれらに呼びかけていた。

ケラウェイはふたたび大きく息を吸いこんだ。もう悲鳴はあげていなかった。喉がぼろぼろで痛かった。彼は手を息子の胸にあてつづけた。シャツの下に潜りこませた手のひらで、その肌のぬくもりをじかに感じていた。ジョージの心臓の拍動が伝わってきた。胸でつかえながらつづく、怯えた激しい鼓動。それがやむのがわかった。

ホリーは泣いていた。涙がぼろぼろとジョージの顔に落ちていた。幼い男の子の顔には、茫然《ぼうぜん》としたうつろな表情が浮かんでいた。

「おまえがこの子に命じたんだ。ドアに鍵をかけて俺を締めだせと」ケラウェイはホリーにむかっていった。わずか二分まえには五体満足で生きていた息子が、いまでは突然顔をめちゃくちゃにされて死んでいるなんて、とても信じられない気がした。あまりにも急すぎて、理解がおいつかなかった。

「ちがうわ」ホリーにかわって、フランシスがいった。

彼女は低い間仕切りのむこうの居間に立っていて、片手に花瓶をもっていた。おそらくケラウェイの頭にそれを叩きつけるという英雄的な行動を思い描いていたのだろうが、いまは身動きができないように見えた。かれら全員がその場で凍りついていた。一発の銃弾でジョージが亡くなったという不合理な結末に、ショックを受けていた。

「あの子はわたしたちよりも先に、あなたがやってくるのに気がついた。あなたがくるのを目にして、怯えた」フランシスはいった。全身が震えていた。「あなたが銃をもっていたから」

「いまでももってるぞ、この腐れまんこが」ケラウェイはいった。

結局、フランシスのオカマの旦那エライジャは寝室に隠れていた。ケラウェイが彼を見つけるころには、散弾銃は空になっていた。フランシスに三発撃ちこんだあとで、ドアから走って逃げようとしたホリーに二発お見舞いしていたからだ。だが、グロックにはまだ弾が十四発残っており、ここでの仕事を終えるのには、あと一発あれば事足りた。

午前十一時三分

ケラウェイは、そのまま永遠にジョージのかたわらにすわっていたかもしれない。

頭のなかでは、本来そうなるべきであった状況をいろいろと考えていた。

前庭を突っ切って玄関へいき、錠前を吹っ飛ばしてドアを押しあけると、そこにはジョージが無事でいる。しゃがみこんで、両手で頭を抱えている。ケラウェイは息子を片腕ですくいあげ、ホリーに散弾銃をむけながら、あとずさりでドアから出ていく。**おまえはもうこの子とすごしただろ。今度は俺の番だ。**

あるいは、前庭を突っ切って玄関のドアのまえにいき、錠前とフランシスの腹を同時に吹っ飛ばす。ドアのむこうに立っているのはジョージではなく、フランシスだ。どうしてジョージがそこにいるというのか？　そんなのは筋がとおらなかった。どうしてジョージが父親を恐れるというのか？

そう、前庭を突っ切って玄関のドアへむかうと、彼が着くまえにジョージがドアをさっとあけ、「パパ！」と叫びながら両手をひろげて駆け寄ってくる。ジョージとホリーがまだ彼といっしょに暮らしていたころは、そうだった。彼が仕事から帰宅すると、ジョージはいつでも「パパ！」と叫んで駆け寄ってきた。まるで、たった数時間ではなく、何日も会っていなかったかのように。

そんなケラウェイを物思いからさめさせたのは、となりの部屋から聞こえてきた誰かの声だった。ぼんやりとした小さな声で、彼の名前を口にしていた。フランシスがまだ生きているのだろうか？　だが、それは不可能に思えた。彼女の内臓は絨毯じゅうに飛び散っていた。散弾銃でくらった二発で、彼女の身体は腰のすぐ上あたりでほぼ真っ二つになっていた。

ケラウェイはずっとジョージの小さな手を握りしめていたが、それはすでに冷たくなっていた（血行が止まると、手足はあっという間に冷たくなるのだ）。いま、その手を息子のほっそりとした小さな胸の上で折り重ね、立ちあがる。フランシスは低い間仕切りの向こう側で、手足をひろげて仰向けに横たわっていた。胃のあった部分は、ずたずたになった腸の赤黒い粘液物になっていた。三発目の散弾が彼女の首の左側をごっそりそぎとっていた。のどの一部を動物に嚙みちぎられたようにも見えた。ある意味では、まさにそうだった。ケラウェイが嚙みちぎってやったのだ。

ケラウェイの名前を口にしていたのは、ホリーでもなかった。彼女はキッチンに逃げこんでおり、そこでうつ伏せに横たわっていた。両腕を頭の上のほうへのばしているところは、飛ぶ真似をしている子供といってもおかしくなかった。ケラウェイは彼女の心臓《ハート》を撃ち抜いていた。彼女がケラウェイを射抜いたのとおなじところを。

居間から聞こえていた声は、テレビのものだった。いかめしい顔をした黒髪のニュースキャスターが、トイレに隠されているのが発見された鉛弾によって、ランダル・ケラウェイの供述には重大な疑問が呈されることとなった、と伝えていた。本日予定されていたキャンドルの点灯式は、説明もなしに急遽《きゆうきよ》中止になったという。このあらたな証拠を現場で確認したのは、ダイジェスト紙で記者をつとめる――ケラウェイはキャスターといっしょに、その名前を小さな声で口にした。

なぜジョージは父親を恐れたのか？　それはアイシャ・ランタングラスがそうなるように仕向けたからだ。あの女はここ数日、世界にむかってケラウェイが恐ろしい人間だとふれまわっていた。それほどあからさまにではなかったかもしれない。だが、その記事のはしばしで、そうほのめかしていた。嬉々として、あてこすっていた。駐車場で会ったとき、あの女は彼にむかって白い歯をみせた。そのきらきらと輝く目は、こういっていた――あんたをやっつけてやるからね、貧乏白人。たっぷりとやっつけてやる。あの女はそれを楽しんでいた。それが顔じゅうにあらわれていた。

ケラウェイはジョージの残されたひたいにキスをしてから、その場を立ち去った。

午前十一時二十六分

ランタングラスはのろのろ運転で、街の西端にあるオフィスまでの残り四百メートルを進んでいった。密集した煙がヘッドライトの光をほとんどとおさない黄色いかたまりとなって、道路の上をうねりながら通過していった。風がおんぼろパサートを左右に揺さぶった。一度、火の粉の渦巻きのなかに突っこんだときには、ボンネットやフロントガラスに火の粉があたって飛び散った。

「ママ、ママ、見て！」ドロシーが後部座席から指さしながらいった。道路の右側にある高さ二十メートルの松の木が、赤い炎に包まれていた。見たところ、周辺で燃えているのはその木だけだった。

「消防車はどこにいるの？」ドロシーがたずねた。

「火事と戦ってるのよ」ランタングラスはいった。

「でも、たったいま火事のそばをとおってきたじゃない！　あの木を見たでしょ？」

「道路の先で起きてる火事は、もっとひどいの。消防署の人たちは、そこで火を食い止めようとしている。火がハイウェイを越えてこないようにね」ランタングラスは、こうつけくわえるのは控えた——**そして、丘を下ってセント・ポッセンティまでこないようにね。**

ダイジェスト紙のオフィスに着く直前に、煙がすこし薄れた。オフィスは赤煉瓦造りのこれといった特徴のないずんぐりとした二階建てのビルのなかにあり、そこにはヨガ・スタジオとメリルリンチ社の支店もはいっていた。駐車場は半分埋まっていて、おなじビルで働くランタングラスの顔見知りたちが自分の車に箱をはこんでいくのが見えた。

ランタングラスは車から降りて、防火扉にむかって歩きはじめた。風が吹いてきて、うしろから背中を押される。ここでも火の粉が上昇気流にのってただよっており、目がしょぼしょぼしてきた。昼ちかくの空気は、焦げ臭かった。ランタングラスは娘の手をとり、いっしょに階段吹き抜けにむかって、なかば突風にはこばれるようにして走っていった。ふたりは二段抜かしでコンクリートの階段を駆けのぼった。ランタングラスがいつもやっている運動と似ていた。階段吹き抜けの下にしまいこんであるダンベルやバーベルをもちだすのは、無理そうだった。もしもこのビルが焼け落ちたら、それは融《と》けて、ただの鉄のかたまりに戻るのだろう。

ニュース編集室につうじる防火扉は、軽量コンクリートブロックで固定されて、あけっぱなしになっていた。その先のあまり広くないオフィスには、質の悪い安物のデスクが六つ、チップボードの低い衝立《ついたて》に仕切られてならんでいた。部屋のいちばん奥には床から天井まであるガラスの仕切り壁があり、そのむこうにはダイジェスト紙で唯一のプライベート・オフィスがあった。編集長のティム・チェンの部屋だ。いま彼はオフィスの入口に立ち、段ボールの書類ボックス——てっぺんに額入りの写真とコーヒーカップがあぶなっかしくのっていた——を抱えていた。

オフィスにはシェーン・ウルフの姿もあった。彼は防火扉のそばの机にすわって、パソコンを取りはずし、手際よく本体や周辺機器を段ボール箱に詰めていた。すでにほかの何台かのコンピュータがはこびだされていた。ほっそりとした神経質なインターン——ジュリアという十九歳の娘——が、壁のほぼ一面を覆いつくす書類キャビネットからスチール製のひきだしをひっぱりだし、それを台車に積みあげていた。背の低いがっしりとした体格のスポーツ記者——ダン・キグリー——が、それをゴムひもで固定していた。黙々と手を忙しく動かしている雰囲気が伝わってきた。

「ランタングラス」ティム・チェンがそういって、編集長のオフィスにいちばんちかい彼女の机のほうへうなずいてみせた。

「いまとりかかるわ。十分ですべて荷造りする」

「荷造りはいい。書け」

ランタングラスはいった。「冗談でしょ」

「たしか、わたしは名だたるユーモア欠乏者のはずだが。例の弾丸についてのアラートを設定して、検索をかけておいた。テレビのニュースでは、すでにその件が報じられている。

わたしとしては正午までに完全な記事をサーバーにあげたい。荷造りは、それがすんでからだ」ティム・チェンはそういいながら、箱をもって彼女のそばを急いでとおりすぎていった。

「わたしの車はロックされてないわ」ランタングラスはいった。「そこからノートパソコンをとってきてもらえないかしら？　後部座席にあるから」

ティム・チェンが頭をぐいと動かした。どうやら、同意のしぐさのようだった。彼は書類ボックスをオフィスの外へはこびだし、階段をおりていった。

ランタングラスはシェーン・ウルフのそばで歩調をゆるめた。「ここが焼けちゃったら、ほんとうに残念だわ。わたしの人生でもっともぱっとしない時間の一部を、まさにこの部屋ですごしてきたんだもの。あなたはここにこられなくなって残念に思う？」

「きみが階段をのぼりおりするのを見られなくなるのは残念だな」シェーン・ウルフがいった。「あれには、ぱっとしないところはまったくない」

「おえっ」ドロシーがいった。「ママ、この人、ママを口説いてる」

「そんなことをいってるのは誰かな？」シェーン・ウルフがいった。「俺はフィットネス・マニアなだけかもしれないぞ。体形を維持することに心を砕いている人を賞賛しているだけかも」

ドロシーは目を細めていった。「あなたはママを口説いてる」

「おっと」シェーン・ウルフはいった。「からかっちゃいけない。誰かさんとちがって、俺はニワトリのケツに頭を突っこんで歩きまわったりしてないぞ」

ドロシーは自分の頭にのっているニワトリの帽子にふれ、くすくす笑った。ランタングラスは娘の手をぐいとひっぱって、自分の机にむかった。

ティム・チェンのオフィスを囲むガラスの壁に、折りたたんだ段ボール箱の束がもたせかけてあった。ランタングラスはそれをひとつ手にとって組み立てると、ドロシーといっしょに机を空にしはじめた。箱が半分くらいいっぱいになったところで、ティム・チェンが彼女のノートパソコンのケースをもって戻ってきた。

ランタングラスは自分のおんぼろＭａｃＢｏｏｋを立ちあげ、ドロシーが箱詰めするのを横目に、あたらしい文書をひらいた。まず見出しからだった――犯行現場での発見で数々の疑問。全然ダメだ。あまりにも漠然としていて、具体性に欠けている。彼女はそれを削除し、べつの見出しをためした――弾丸速報　犯行現場での発見が……。ダメダメ。さっきのよりもひどい。

なかなか集中して考えられなかった。まわりで世界が崩壊していくように――縫い目がほどけてばらばらになっていくように――感じられた。ティム・チェンが自分のオフィスで紙挟みの山をつぎつぎと箱に投げこんでいた。シェーン・ウルフは部屋の反対端で絨毯の一部をめくりあげ、その下にあるイーサネットの長いケーブルをひっぱりだして、輪にまとめていた。書類キャビネットが、あけっぱなしのひきだしの重みに耐えかねて大音響とともに倒れた。ほっそりとしたインターンが悲鳴をあげ、スポーツ記者が声をあげて笑った。

ランタングラスのうしろでは、風が激しく窓を叩いていた。そのとき、ドロシーが急に立ちあがり、目を丸くして窓の外をみつめた。

「わぁ、ママ、ものすごい風」ドロシーがいった。

ランタングラスは外を見ようと、すわったまま机の椅子を回転させた。一瞬、オフィスにいた全員が手をとめ、じっと立ちつくして窓の外をみつめた。ガラスのむこうでは煙がうねり、泡立ち、眼下の駐車場をほとんど覆い隠していた。風がうなりをあげ、毒々しい黄色い煙をおいたてていた。火の粉が宙を舞っていた。このときはじめて、娘をいっしょにオフィスに連れてきたのは間違いだったのではないか、という考えがランタングラスの頭をよぎった。炎が消防隊を圧倒し、みんなが避難するまえにこのビルに到達するかもしれない。だが、そんな考えは馬鹿げていた。人びとは明日の朝まで、この建物にとどまることが許されているのだ。もしもほんとうに危険が迫っているのなら、公園局がそれほどの猶予をあたえるはずがない。それに、いまもまだ、この引っ越しを手伝おうと人が駆けつけようとしていた。鮮やかな赤いプリウスがハイウェイから下の駐車場にはいってくるのが、ぼんやりと見えた。それから、煙が濃くなり、駐車場は視界から消えた。

「ほら」ランタングラスは娘にいった。「さっさとすませて、ハニー。どうしてもこれをかたづけなくちゃならないの。それがすんだら、いけるわ」

ランタングラスはふたたびキーボードを打ちはじめた。あたらしい見出しだ――一発の銃弾がすべてを変える。よし、これなら勢いがある。見出しを読んだものは、つぎの一行に目をとおさずにはいられないだろう。たとえ、それがどんな一行であれ。そしてランタングラスは、すぐにそれに到達する道を見つけだす。彼女は狙いをつける狙撃者のように目を細めて、画面を見た。

「なんだ、ありゃ？」スポーツ記者が妙に甲高い声でいった。彼は階段吹き抜けにつうじるドアのところに立ち、階段をつかってゆっくりと台車をおろそうとしているところだった。ランタングラスは彼の声を耳にしていたが、そちらをむきはしなかった。自分の記事の世界に没頭していて、頭のなかでつぎの文をひねりだすのに忙しかったからだ。

だが、それも自動小銃の発砲音を耳にするまでのことだった。耳を聾《ろう》さんばかりの鈍いばりばりという音。つづいて、もう一度。さらに、三度目。ランタングラスがふりむくと、ちょうどスポーツ記者の頭がくんとのけぞるのが見えた。血が細かい飛まつとなって、彼の上にあるチップボードの天井と後方に飛び散った。スポーツ記者は仰向けに倒れ、それにひきずられて鉄製の台車が彼の上にのっかった。ゴムひもで固定されていた箱がくずれ、大きな音をたてて床に落ちた。

ケラウェイが死体をまたいでオフィスにはいってきた。肩から紐でぶらさげたブッシュマスター社製のＡＲ-１５を腰のすぐ上でかまえている。この鳩羽色のポロシャツを着た大男は、すでに全身血まみれだった。オフィスの反対の隅にいたシェーン・ウルフが、ぐるぐるに巻いたイーサネットのケーブルを手にしたまま、まっすぐに立ちあがった。空いているほうの手のひらを立てて、まえに突きだす。

「なあ、なにが望みか知らないが――」シェーン・ウルフはいいかけたが、腹と胸を撃たれて、うしろの窓に吹き飛ばされた。彼の両肩が勢いよくガラスにあたり、衝突点に蜘蛛の巣のようなひび割れができた。

ランタングラスは尻で椅子をうしろに押しやり、片ひざをついた。そして、なにが起きているのか見ようと立ちあがっていたドロシーの手首をつかんで、ぐいとひっぱった。ドロシーが両ひざをついた。ランタングラスは娘の身体に両腕をまわし、机の下にひきずりこんだ。

自動小銃の鈍くて激しい銃声がさらに聞こえてきた。おそらく、ケラウェイがインターンのジュリアを殺した音だろう。机の下にいるランタングラスからは、駐車場を見おろす窓と、幅広のガラスのパネルで仕切られたティム・チェンのプライベート・オフィスの一部が見えるだけだった。ティムは自分の机のうしろに立ち、困惑した目でオフィスのほうをながめていた。

窓の外では、風に吹かれて煙が荒れ狂っていた。火の粉の渦がまたひとつ通過していった。ドロシーはがたがた震えており、ランタングラスはそんな娘の頭を自分の胸にひき寄せた。口を娘の髪の毛に押しあて、わが子の頭皮の豊かな匂いと子供用のココナッツクリームのシャンプーの匂いを吸いこむ。ドロシーの針金のような腕は、母親の腰にしっかりとまきつけられていた。ランタングラスは頭のなかでつぶやいていた。**どうか彼に見られ**

ていませんように。ああ、神さま、お願いします。どうか彼に見られていませんように。お願いですから、この子は助けてください。

ランタングラスの視界からティム・チェンの姿が消えた。プライベート・オフィスの入口にむかったのだ。彼の手には大理石の本立てが握られていた。ピンクと白の石のかたまり。それしか対抗手段を見つけられなかったのだ。ランタングラスの耳に彼の怒鳴り声が聞こえてきた。恐怖と怒りのまざった不明瞭な叫び声。そのとき、ふたたび自動小銃が発射された。パン・パン・パン・パン。彼女が隠れている机のすぐむこうで、三メートルも離れていなかった。ティム・チェンが勢いよく倒れ、床が震えた。

ランタングラスは奇妙な耳鳴りを感じていた。わが子をこれほど強く抱きしめたことはなく、これ以上力をこめたら怪我をさせてしまいそうだった。すこしだけ空気を吸いこむ。あまり深く息をするとケラウェイに聞かれてしまいそうで、怖かった。だが、あれだけ何発も撃ったあとでは、彼にはなにも聞こえていないのかもしれなかった。なんのかんのいって、あの銃声のあとでは、震えている女の子と静かにあえぐ母親のたてる小さな音など、耳にはいっていないのかも。

風のうなり声がしだいに高まっていった。ランタングラスは窓の外の煙をみつめた。そして、薄暗がりのなかにそびえる高さ百メートルはあろうかという炎のねじれたロープを目にして、恐怖と感嘆のようなものをおぼえた。ハイウェイの真ん中を、火炎の独楽《こま》がくるくるまわりながら進んできていた。圧迫感のある白い空のさらに先へとのびて消えていく、細長い炎の竜巻だ。もしもあれがこのビルのほうにむかってきたら——ここを直撃したら——煉瓦をばらばらに吹き飛ばして、娘のドロシーを黄金色に燃える恐ろしくも素晴らしいオズの国へとはこんでいってくれるかもしれない。もしかすると、ふたりとも。この光景はアイシャ・ランタングラスの胸を畏怖の念で満たし、呼吸をしたときのように肺と心臓をふくれあがらせた。世界の美しさと恐ろしさが、風と炎とおなじように、ひとつに撚《よ》りあわされていた。汚れた黒い煙が立ちのぼり、窓ガラスに押し寄せてきた。そして、それがひくと、あの雲にむかってねじれながらのびていた炎の階段は、いつのまにか消えていた。

戦闘用ブーツがひとつ、母娘が隠れている机のまえにおりてきた。ドロシーは目を固く閉じていて、それを見てはいなかった。ランタングラスは息を詰めて、娘の頭越しにそれをみつめた。もう片方の戦闘用ブーツがあらわれた。彼は机の真ん前に立っていた。ゆっくりと、ものすごくゆっくりとケラウェイがかがみこみ、机の下をのぞきこんだ。右の脇の下に、自動小銃の銃床がはさみこまれていた。そのほとんど白にちかい薄青の目に穏やかさのようなものをたたえて、彼はランタングラスとその幼い娘をみつめた。

「考えてもみろよ。もしも自分が銃をもっていたらと」ケラウェイはランタングラスにいった。「そしたら、この話はちがった結末を迎えていたかもしれない」

雲島

安野 玲［訳］

ALOFT

安野 玲
Ray Anno

東京都生まれ。お茶の水女子大学文教育学部卒。翻訳家。主な訳書にキング『死の舞踏』（筑摩書房）、リーヴ『廃墟都市の復活』（東京創元社）、ウルフ『ナイト』『ウィザード』（国書刊行会）などがある。

1

小型飛行機の後部にみんなといっしょに押しこめられるのは最悪だった。ガソリンのにおいもパラシュート生地のにおいも自分の腐ったようなおならのにおいも最悪だった。高度千八百メートルに達した時点で、オーブリー・グリフィンにははっきりわかった――行くのは無理だ。

「あのですね、残念なお知らせが――」オーブリーは振り向いて、〝アックス〟とあだ名で呼ぶことにした男に声をかけた。

教師役のジャンプマスターの本名は、自己紹介された瞬間に頭からすっぽ抜けてしまった。その段階ですでに必要最低限の情報を忘れずにいることもむずかしい状態だったのだ。セスナの単発機に乗りこむまでの三十分間、パニックに翻弄されるオーブリーの頭のなかでは雑音がとどろいていた。みんながオーブリーの顔めがけてあれこれ話しかけた――というより、誰も彼もがアドレナリンでパワーアップしてがなり立てた――が、それも理解不能なノイズにしか聞こえなかった。たまに交じる卑猥《ひわい》なことばはなんとなくわかる気がしたが、それだけだった。

そんなこんなで、オーブリーはジャンプマスターをアックスと呼ぶことにした。アックス・ボディスプレーのアックス。下着姿で枕投げをするモデルと改造車《ホットロッド》と爆発が出てくるCMのセットから抜け出してきたみたいに見えたからだ。そのアックスだかなんだかは痩せ型のハンサムで、赤みがかった短めの金髪の後頭部を刈り上げにしていて、オーブリーの恐怖を和らげるどころか増幅させるような暑苦しいエネルギーを放っていた。名前もよく知らないこんなやつの手に命を預けるなんて、そんなバカな話があるか？

「なんだって？」アックスはどなった。

そこまで大声でどならなくてもよさそうな気がした。なにしろ相手はこっちのケツにくくりつけられているのだ。二人はハーネスでつながれていた。オーブリーはショッピングモールのサンタクロースにだっこされた子どもよろしく、アックスの膝に乗せられた格好だった。

「無理です！　できるって思ってたけど。ほんというと――」

アックスはかぶりを振った。「それがふつうだ！　みんなそうだ！」

こいつ、ぼくに泣きつかせようって魂胆か――。オーブリーは泣きつくのはいやだった。ここにはハリエットもいる。情けないことに、また油っぽいおならが立てつづけにほとばしった。エンジンのうなりのおかげで音は聞こえなかったが、ヒリヒリ熱くて臭い。それを一発残らずアックスに食らわせてやった。

ハリエット・コーネルの前で情けない真似《まね》をするわけにはいかないのだ。自分とハリエッとがぜったいデートすることがなくても、ぜったい恋に落ちることがなくても、ぜったいセント・バーツ島でフランス窓をあけ放って遠くの岩場に砕ける波の音を聞きながらひんやりした上掛けの下で裸で眠ることがなくても、関係ない。オーブリーは楽しい空想をまだ大事にしていたかった。ハリエットがアフリカに行く前のオーブリーの最後の記憶がこれだと思うとやるせなかった。

ハリエットとオーブリーはどちらも初ジャンプだ（「ハリエットは初ジャンプだ」というほうがたぶん正確だろう。オーブリーはこの数分で自分には無理だとわかったところだ）。二人はそれぞれタンデムで飛ぶ。つまり二人とも、これを毎日やっているジャンプマスターとカラビナでくっつけられている。セスナにはブラッド・モリスとロニー・モリスも乗っていた。ただし、この兄弟にとってこんなことは屁《へ》でもない。二人ともスカイダイバーとしての経験は豊富なのだ。

ジューン・モリスが死んで、みんなで彼女を偲《しの》んで飛ぶことになった。長兄のブラッドと次兄のロニー、親友だったハリエット、そして、オーブリーだ。ジューンが死んで六週間。彼女は二十三歳でガンに食い尽くされた。そんなのありか、とオーブリーは思う。そんなに若くてリンパ腫で死ぬなんて、ロックスターになれる可能性とどっこいどっこいじゃないか。

「こんなのふつうじゃない！　ぼくは医者にヘタレ病って診断されてて。まじめな話、無理やりジャンプさせたらゆるゆるウンコを漏らす――」

ちょうどそのとき、ステンレス鋼製の中空の軽飛行機を揺るがす轟音《ごうおん》がぱたりと途絶えて、その声は機内のすみずみまで響きわたった。オーブリーは、ブラッドとロニーがこっちを見ているのに気づいた。二人ともヘルメットにGoProのアクションカメラを装着している。きっとこの一部始終があとでYouTubeにアップされるのだ。

「スカイダイビングのルールその一――ジャンプマスターの上にウンコするな」アックスがいった。

エンジンの無情な咆哮《ほうこう》がふたたび高まる。ブラッドとロニーは顔をそむけた。

オーブリーはハリエットのほうを見まいとした。だが、がまんできなかった。

ハリエットはこっちを見ていなかった。きっとちょうど顔をそむけたところなのだろう。彼女はジュニコーンを握りしめていた。肩にかわいらしい虹色の翼があって額から銀色の角を生やした、紫色の小さなぬいぐるみの馬。ハリエットとジュニコーンの顔が向いているほうにはハッチがあった。大きくて、今にも外れそうにガタガタ鳴る、透明なプラスティックの扉だ。オーブリーは機体が左に傾くたびに、あの扉が勢いよくあいて自分がそっちへすべっていってアックス・ボディスプレーのラリったみたいなバカ笑いを聞きながら外へ放り出されるという、胸の悪くなるような確信に苛《さいな》まれた。扉をしっかり閉じておいてくれるものはなにもなさそうに見えた――いまいましいほどなにも。

こっちを見ていないハリエットの態度はあてつけがましくて、憐《あわ》れみと失望を込めて見つめられるのと同じくらい癇《かん》にさわった。機内に残るのにアックスの許可など必要ない。

あいつにどう思われようとどうでもいい。オーブリーが望むのは、ハリエットの「大丈夫よ」の一言だ。

いや、ちがう。オーブリーが望むのはセスナの外へ出ることだ――ハリエットといっしょに。ハリエットよりさきに。だが、そのためには別人にでもならないと無理だろう。たぶんいちばんいやなのは、腑甲斐《ふがい》ない腹具合でも臭いおならでもヘタレな性格でもない、それだ。そして、たぶんいちばん不様なのはバレることだ。自分を好きになってほしい相手にそれがバレる以上に悲惨なことがあるか？

オーブリーはハリエットの注意を引こうと、身を乗り出して自分のヘルメットを彼女のヘルメットにぶつけた。

ハリエットの顔がこっちに向いた。青ざめて、ひきつって、血の気がなくなるほどきつく唇を結んでいるのが、初めて見えた。彼女も怖がっているのだと思い当たって、安堵《あんど》めいた気持ちが込み上げてくる。オーブリーは淡い期待に必死ですがりついた――もしかしたらハリエットもいっしょに機内に残ってくれるかもしれない！　二人でいっしょにヘタレになるなら、もう恥でも悲惨でもない。はしゃぎたくなるような状況だ。

飛ぶのはやめるとハリエットに伝えるつもりだったが、この新たな期待に駆られるままに、オーブリーは叫んだ。「どうした？」慰める準備はできている。そうとも、むしろこのチャンスを待っていた。

「吐きそう」

「ぼくもだ！」オーブリーは叫びかえした。少しばかり勢いこみすぎたかもしれない。

「さっきから震えが止まらなくて」

「ほんとに？　よかった、ぼくだけじゃないんだ」

「もうこんなところにいるのはいや」ハリエットはそういうと、ヘルメットをオーブリーのヘルメットにもたせかけた。鼻と鼻とがくっつきそうだ。凍った湿地のような冷たい緑がかった茶色の目が、まぎれもない不安で見ひらかれている。

「だよね！」オーブリーはいった。「ぼくも。ぼくもだよ！」彼は笑いだしそうになった。彼女の手を握りそうになった。

ハリエットは、ガタガタ鳴る透明なプラスティックの扉に視線をもどした。「こんな飛行機、あと一秒だって乗っていたくない。とにかくすませちゃいたい。ジェットコースターの列に並んでる気分よ。こういう待ち時間って死ぬほどぐったりする。頭のなかでどんどん怖い気持ちがふくらんでいって。で、いざ乗ってみると、『なんであんなに怖がってたの？　もう一回乗りたい！』ってなったりして」

弱々しい、小さい、油っぽい失意のおならがすべり出た。彼女の声に聞き取れる熱心さが、愛らしい勇気のふくらみが、シアトルのグランジロック並みの絶望でオーブリーを打ちのめした。

ハリエットの目が見ひらかれた。彼女はガタガタ鳴る扉の外を指さして、子どもみたいに興奮した声で叫んだ。「ねえ！　見て、ほら！　宇宙船！」

「なんだって?」後ろから彼女をかかえている樵《きこり》っぽい大男が叫びかえす。ハリエットがくくりつけられているやつは、デブちんでヒゲもじゃだった。きっとクローゼットはフランネルのシャツでいっぱいで、副業にカフェでフェアトレードのエスプレッソでも出しているのだろう。ジャンプマスターとペアになるとき、オーブリーは迷わずアックス・ボディスプレーを選んだ。セスナから飛び出すときにハリエットがシャレ男といっしょなのはいやだった。降下のあいだ確実に硬くなっているはずのこいつのアレが彼女のお尻に寄り添うことになると思うと耐えられなかった。そんなわけで、片割れのウーキーがハリエットとペアになった。残念ながら（そして、予想どおり）、彼女と毛むくじゃらのデブ男はペアになった瞬間から笑いころげてばかりいた。ランチのときには、いっしょにボニー・タイラーの《愛のかげり》をアカペラでデュエットしてみせた。デブちゃん・ジャンプマスターは、温かみがあって、低くて、びっくりするほど情熱的な声で男声パートを歌いこなした。オーブリーはデブ男のことが大嫌いになった。情熱的になるのも笑いでハリエットをびっくりさせるのもオーブリーの役目だ。機転が利いて、感じがよくて、ハリエットにすんなりハグされるくらい親しくなるデブ男なんか、みんな大嫌いだ。

「ほら、あそこ!」ハリエットは叫んだ。「オーブリー! 見えない?」

「なにが見えるって?」ハリエットに話しかけられているわけでもないのに、ウーキーが叫んだ。

「あの雲! あの変な形、見てよ! UFOっぽい!」

オーブリーは見たくなかった。あの扉には一ミリも近づきたくなかった。だが、自分ではどうしようもなかった――彼女が指さしているものを見ようとアックスがそっちへにじり寄り、オーブリーは道連れにされた。

ハリエットが指さしている雲は、空飛ぶ円盤そっくりの形だった。一九五〇年代の宇宙人侵略ものの映画に出てくるあれだ。だだっぴろくて、円形で、まんなかへんだけが綿でできたドームみたいにこんもりとしている。

「UFOにしちゃでかすぎる!」と偽チューバッカが叫んだ。そのとおりだ――直径一キロ半くらいあるにちがいない。

「宇宙空母《マザーシップ》よ!」ハリエットがうれしそうに叫びかえした。

「前にドーナツそっくりなのを見た」とアックス。「神さまが吐き出した煙の輪っかって感じだった。まんなかがでかい穴になってるんだ。空の上では超自然的存在に近づける。三千六百メートルから落ちていくときは、なにもかも現実とは思えなくなる。現実がパラシュートシルクみたいに薄っぺらになって、心が新しい可能性に向かってひらかれるってわけだ!」

あんたもパラシュートシルクみたいに薄っぺらな現実もクソ食らえ、というのがオーブリーの感想だった。アックスもハリエットの前にひらかれる新しい可能性(つまり、アックスとハリエットの毛むくじゃらのジャンプマスターとの、ジャンプのあとの3Pか?)もクソ食らえだ。

ハリエットは満足げにうなずいた。「ジューンもあの雲に大喜びしたはずよ。あの子、人間のなかに〝彼ら〟がまぎれこんでるって信じてたから。ほら、〝グレイ〟よ。〝ビジター〟っていうか」

毛むくじゃらデブがいった。「すぐにもっと近くで見られる。そろそろジャンプ高度だ」

新たな恐怖に針で突き刺すようにつつかれながらも、目下、オーブリーの頭のなかではジャンプは二の次でしかなかった。彼は自分でも気づかないうちに前に身を乗り出していた。いっしょに身を乗り出さざるをえないアックスが、不審そうな顔をする。二人をくくりつけているハーネスが軋《きし》む。

セスナが上昇して雲のほうへ旋回しはじめる三十秒ほどのあいだ、オーブリーはじっくり雲を観察した――もうすぐ真上を通過する。彼はハリエットの後ろのヒゲもじゃ男を見やった。

「ほんとだ！」オーブリーはいった。「そうだよ、ハリエットのいうとおりだ。あの雲、変だ。もう一回見て」

ハリエットのジャンプマスターがいった。「絵に描いたような積乱雲だ。すごいな」

「じゃなくて。すごいんじゃない。変なんだ」

ウーキーがこっちに値踏みするような視線を投げた。哀れみながらも勘弁してくれといわんばかりの目つきだ。オーブリーはわかってもらえない苛立《いらだ》ちにかぶりを振りながら、ふたたび指さした。

「あれはあっちに行ってる」オーブリーは北を指さした。

「だから?」ブラッド・モリスがどなった。オーブリーが全員に見つめられるのは、この数分間で二度目だった。

「ほかの雲はみんな反対方向に行ってる!」オーブリーは叫んで、南を指さした。「あれだけ進む方向がちがう」

2

畏敬に満ちた沈黙のなかでひとしく全員の注意が雲に向けられたのもつかのま、デブちんジャンプマスターが解説しはじめた。「あれはエアボックスだよ。循環気流ってやつだ。ある高度で一方向に流れていた大気が、別の高度で折りかえして逆方向に流れる現象だね。熱気球フライトなんかでは、そういう気流に乗れば、いったん出発地点から離れたあと、六百メートルくらい降下してから出発地点にもどってこられる」デブちんジャンプマスターは当然ながら熱気球フライトもやっていて、いつかただで乗せてあげたいとさっきハリエットに申し出ていた――そんなものはオーブリーにいわせれば、コカインと手淫の自堕落な夜を過ごそうぜとセックスクラブに誘うも同然の下心みえみえの提案だ。スカイダイビングだの気球だのといった空の上でのふざけた行為に熱中する野郎など、みんなだいたいセックス目当てに決まっている。女の子をパッセンジャーハーネスでくくりつけたり、最高に不安なときにお尻や胸を撫《な》でまわして慰めたり、恐れ知らずなところを威勢よく見せつけて称賛を勝ち取ったりと、チャンスはそこらじゅうに転がっている。公平を期すなら、もちろんオーブリー自身、ハリエットにいいところを見せたいという思いがなければ飛行機になど乗らなかった。

「ふぅん」ハリエットが肩をすくめて大げさにがっかりしてみせる。「残念。今からコンタクトするのかと思ってたのに」

アックスが、ヨーロッパ戦勝記念日に勝利宣言するチャーチルみたいに、指を二本立てた。「あと二分！」

ハリエットがヘルメットをオーブリーのヘルメットにぶつけて、目を合わせる。「行ける？」

オーブリーは笑顔になろうとしたが、どちらかというとしかめっ面になった気がした。

「無理だ」彼はいった。「行けない」

「それでも行ける！」アックスがどなった。とうとう聞こえないふりをやめることにしたらしい。「この経験ぜんぶが〝できる〟ってパワーをくれる！」

オーブリーはアックスを無視した。アックス・ボディスプレーはどうだっていい。気になるのはただ一つ、ハリエットがどう思うかだ。

「本気でやりたいと思ったんだ」オーブリーは彼女にいった。

ハリエットはうなずいて、オーブリーの手を取った。「わたしはやるしかない。ジューンと約束したから」

いうまでもなく、ジューンと約束したのはオーブリーもおなじだ。ハリエットが飛ぶことにするといったとき、悲鳴をあげながらでも最後まで彼女の隣でおりてやるとオーブリーは誓った。ジューンが死んだ時点では、それこそが正しい行動に思えた。

「最悪だよね――」オーブリーはいいかけた。

「気にすることない！」ハリエットが叫んだ。「こんな上まで来ただけでもすごいと思う！」

「抗不安薬やなんかぜんぶ倍の量を飲んできたんだ！」言い訳をやめられればいいのにと、オーブリーは心から願った。

「一分！」アックスがどなる。

「大丈夫よ、オーブリー」ハリエットは励ますようにほほえんだ。「わたし、そろそろ自分の準備をしたほうがよさそう。平気ね？」

「平気だ」オーブリーはくりかえして、かくかくとうなずいた。

「おれから行く！」ロニー・モリスが叫んだ。「きれいな空気が吸いたいよ」

ブラッド・モリスが笑い、二人はハイタッチした。機内に充満するヘタレっ屁を笑いものにされて、オーブリーは傷ついた。自分が情けないほどびびっているのも悲惨だが、自分の体に裏切られたあげくそれをバカにされるのはもっと悲惨だ。

ハリエットを見やったが、彼女の視線は今は透明プラスティックの扉に向けられていた。オーブリーのことはもう頭にないようだ。それは想像以上につらく感じられた。ハリエットが失望するだろうと思っていたのに、失望どころか完全な無視。これをやるしかない、ジューンのために、ハリエットのために、ここにいるしかないと必死で自分に信じこませたのに、実際にはオーブリーがいようがいまいが関係ないのだ。

行かないとなると気力も萎えて、オーブリーはなにもかもどうでもよくなってきた。セスナが機体を傾けてUFO形の巨大雲めざして旋回しはじめた。ハリエットはジュニコーンを持ち上げ、そっちを指さしながらささやきかけている。

アックスが自分のヘルメットのカメラをいじった。「なあ、いいか、オードリー」

こいつもぼくの名前を知らなかったんだと、オーブリーはささやかな苦い喜びを味わった。

「もう心は決まってるんだろうな。まあ、やめるのはきみの権利だ。ただ、いちおういっておくが、行っても行かなくても料金は変わらない。DVD代の返金もできない」

「みんなの楽しい時間をだいなしにしてごめん」オーブリーは宣言した。もっとも、ほんとうに惨めなのは誰一人としてなに一つだいなしにされていないことだ。それどころか、誰一人としてなに一つ聞いてもいなかった。

旋回するセスナの傾きがさらに大きくなる。

「旋回して飛行場の上空にもどる――」アックスが説明しはじめた瞬間、あらゆるものがいっせいに停止した。

小さなセスナの機首のプロペラが物悲しげにうめいてカタカタいったかと思うと、急に回転が止まった。風が主翼の下を吹き抜けて、低いうなりが突然の静寂を満たす。ジャンプ・コンパートメント内のランニングライトがまたたいて消えた。

風がうなる果てしない静寂に、オーブリーは恐怖よりもむしろ畏怖を感じた。

「なんの、これ？」とハリエット。

「レニー！」アックスがセスナの前部座席に向かってどなる。「どうなってる？　エンストか？」

ふかふか耳当てのヘッドセットをつけたカーリーヘアのパイロットは、トグルスイッチを切り換え、計器盤から突き出したレバーをひっぱり、ボタンをつついた。

セスナは宙を漂っていた。まるで地下鉄通気口の格子窓の上でふわふわ舞う新聞紙だ。パイロットのレニーは首だけまわしてこっちを向くと、肩をすくめた。着ている白いTシャツの胸元で、クールエイドのトレードマークの赤いジュース入りピッチャーが、うつろにほほえんでいる。

レニーはヘッドセットを外して首にひっかけ、どなりかえした。「わからない！」不安そうな声ではない――どちらかというと怪訝《けげん》そうだ。「そうかもしれない！　でも、電気が来ない！　ぜんぶ死んでる。バッテリーの接触不良のときみたいだ」

セスナが小刻みに震えた。主翼が上へ下へとひっきりなしに揺れている。

「おれならかまわないよ」とブラッド。「どうせこのへんで飛ぶつもりだったし」

「おう」とロニー。「おれも脚をのばしたいと思ってたとこだ」

「行け！」レニーが叫んだ。「飛べ！　みんなが出たらエンジンを再始動してみる。うまくいかなけりゃ滑空するしかない。滑走路におりられるといいんだがな。無理なら着陸時は大揺れ覚悟だ」

「嘘だろ！」オーブリーはわめいた。「冗談じゃない！　こんなのありか！」

ブラッドは尻をついたままずるずるとハッチに近づくと、扉を固く閉ざしているステンレス鋼製のラッチをつぎつぎとまわしていった。扉が上に押しあけられる。開口部の大きさは、サッカーのゴールマウスくらいありそうに思えた。その下端を走るレールに、ブラッドは片足をかけた。

「オードリー」アックスがなだめるように声をかける。

「いやだ！」オーブリーはわめいた。「こんなのおもしろくもなんともない！　飛行機を動かせよ！　こんなことして無理やり飛ばせるなんてありえない！」

「じゃ、下で」ブラッドは開口部上端のレールに片手でつかまり、セスナの脇腹にしがみついて顔をこっちに向けた。それから、あいている手ですばやく気取った敬礼をしてみせると――このカッコつけが――機体から踏み出して、空にひっさらわれていった。

「オードリー！　オードリー、落ち着いてくれ」とアックス。「誰もきみをだましてなんかいない。ほんとうに機体にトラブルが発生したんだ」彼はことばを選びながら一語一語ゆっくり、はっきり口にした。「きみを怖がらせて飛ばすために飛行機を止めるようなことは、ぜったいしない。誓ってもいい。土壇場で飛ばない人間は大勢いる。こっちはそれでもぜんぜんかまわない。どっちみち料金は入るから」

「なんで飛行機が突然止まったりするんですか？」

「わからない。でもいいか、レニーがエンジンを再始動させるなら、その場にはいたくない」

「どうして？」

「急降下するってことだからだ」

兄につづいて、ロニー・モリスもすばやくハッチに移動した。彼は縁《へり》に腰をおろすと機体の外側を走るバーに両足をのせ、膝に肘をついてしばらく景色を楽しんだ。突風にあおられて皮膚に皺《しわ》が寄り、ぼってりした顔の肉が奇怪な形にゆがんでいる。やがて、居眠りしているみたいに体が前傾していったかと思うと、頭から落ちて消えた。

「後ろ、急いでくれ！」レニーがコックピットのシングルシートから叫ぶ。

ジャンプマスターの脚のあいだにすわっているハリエットは、怯《おび》えたように、魅入られたように、オーブリーからアックス、それからパイロットへと視線を移した。胸元には、誰かに取り上げられはしないか不安だといわんばかりにジュニコーンを抱きかかえている。ジュニコーンはジューンの身代わりだった。ハリエットはジュニコーンを肌身離さず大切に持ち歩き、ジューンがもうできないことぜんぶ――ピラミッド見物、アフリカでのサーフィン、そしてスカイダイビング――をやれという指令を実行中なのだ。オーブリーは、女の子とぬいぐるみにおなじように見つめられているという奇妙な感覚を味わった。

「オーブリー」ハリエットはいった。「わたしたちも行ったほうがいいわ。今すぐ。二人とも」彼女はオーブリーの後ろにいるアックスを見やった。「いっしょに行っちゃだめですか？ 手をつなぐとかして」

アックスがかぶりを振った。「こっちはきみらの三秒後に出る」

「お願い。せめて手をつなぐだけでも。オーブリーは怖がってるけど、いっしょなら行けますから」ハリエットはいった。オーブリーは彼女のことがたまらなく愛《いと》しくて、泣きそうになった。愛してると、今すぐ伝えたい。だが、それは上空三千六百メートルに踏み出す以上にむずかしかった。

「初めてのスカイダイビングではおすすめできない。減速用のドローグシュートが絡まる可能性がある。行って、ハリエット。追いかけるから」

デブちんジャンプマスターがこれまた尻をついたまま金属の床をずるずる移動しはじめた。ハリエットがハッチのほうへと遠ざかっていく。

「オードリー？」アックスが呼んだ。リラックスさせるような、落ち着いた、理性的な声。「行かないと、きみはもちろん、ぼくの命も危ないんだ。飛べるうちに飛びたい。納得してくれないかな」

「ああ、神さま」

「目を閉じて！」

「どうしよう。まずいよこれ。最悪だよ」

ハリエットとデブちんジャンプマスターが、あけ放たれたハッチにたどりついた。ハリエットの両脚は機外にぶら下がっている。彼女はもう一度だけ訴えるようにオーブリーのほうを振りかえってから、ジャンプマスターの手を握った。つぎの瞬間、二人の姿は消えた。

「気がついたら地面に立っているから」アックスがいった。

オーブリーは目を閉じた。オーケーとうなずく。

「こんなヘタレですみません」オーブリーはいった。

アックスが剝《む》き出《だ》しの金属床を移動しはじめ、開口部めがけてずるずると尻ですべっていく。ハリエットがアックスの膝にすわって、尻にぴったりくっつけられたこいつの腰がこんなふうに動くのを感じたりしなくてほんとによかったと、唐突にオーブリーは思った。

「ぼくよりひどい人と飛んだことありますか？」オーブリーは訊《き》いた。

「あまりないかな」アックスはいって、セスナの横腹から飛び出した。

高度三千メートル以上、地面までは一分のフリーフォールと、たぶん四分ほどのゆったりとすべるようなパラシュート降下のはずだった。だが、ちょうどビル四階分落ちたところで、オーブリー・グリフィンとジャンプマスターはUFO形巨大雲の縁《へり》にひっかかってそこで止まった。それは雲とは似ても似つかぬ代物だった。

3

恐怖は時間を濃密にする。のろのろした粘っこいものに変える。心底恐怖を感じているときの一秒は、いつもの十秒以上にも感じられる。オーブリーの落下はほんの一瞬だったが、旋回しながら上昇していくセスナで味わった長い長い時間よりもさらに長い長い一瞬だった。

ハッチをくぐり、アックスが機体から離れようとすると同時に、オーブリーは向きを変えて離れまいとした。ジャンプマスターを下にして、オーブリーはセスナを見上げたまま後ろ向きに落ちていった。ぞわぞわするような感覚がタマから喉まで走り抜けた。頭のなかでがんがん鳴り響く思考は一つだけ——

まだ生きてるまだ生きてるまだ生きてるまだ生きてる

——そして、着地。

着地したところは地面とまったくちがう、焼く前のパン生地に近い感触だった。もっちりとして弾力があって冷たい。落下した距離が三メートルなら、いや、五メートルでも、軽く弾むだけですんだかもしれない。だが、実際に落ちたのは十二メートル。その衝撃をすべてアックスが受け止めることになった。ハート形のもろい骨盤が三つに割れた。右大腿骨上部が音をたてて折れた。オーブリーのヘルメットの頭突きを顔面に食らって、ガラスが割れるみたいに鼻骨が砕けた。

オーブリーも完全に無傷というわけにはいかなかった。ひどい痣《あざ》になるほどの勢いで腰にアックスの膝が入った。尺骨をしたたかにぶつけて右手の感覚が完全になくなった。

ひんやりと乾いた霧がボフッと噴き出す。鉛筆の削《けず》りかすのような、電車の車輪のような、雷のような、きついにおいが漂う。

「ちょっと？」オーブリーは細い、震える声でいった。「ええっと、これ、どうなったのかな？」

「ああッ！」アックスが悲鳴をあげる。「あうッ……！」

「大丈夫ですか？」

「ああ……！　クソッ！　クソッたれが」

オーブリーのなかで甲高く歌っていた感情は衝撃で叩《たた》き出《だ》されてきれいに消えていた。さまざまな思考も叩き出されてきれいに消えていた。ひっくりかえってもがくゴキブリみたいに、彼はなすすべもなく両腕と両脚を動かした。青く澄んだ空を見上げる。まだセスナが見えた。二人の真上にいたが、やがて翼を傾けて東へ飛んでいってしまった。おもちゃみたいな大きさだ。もうあんな遠くだ。なんだか笑える。

アックスが泣きだした。

その声があまりにも思いがけなくて、恐ろしくて、驚いたオーブリーは麻痺《まひ》したような空白の虚脱状態から弾《はじ》き出《だ》された。とりあえず右手の感覚を取りもどそうと、強く握りしめる。

「ハーネス、外せないかな?」オーブリーは尋ねた。

「知るか!」とアックス。「ヤバい。これはマジでヤバそうだ」

「どこに落ちたんだろう?」オーブリーは訊いた。雲のようだが、いくらなんでもそれはないだろう。「なんの上でしょうね、ここ?」

アックスがぞっとするような、尋常でないあえぎを漏らした。また泣きだすのだろうか。

「とにかくこれ、外さないと」オーブリーはいった。

アックスの手がオーブリーの脇腹を探る。カチッとカラビナが一つ外れた。もう一つ。また一つ。そして、最後の一つ。オーブリーは横に転がってアックスの上からどくと、なんとか体を起こしてその場にすわりこみ、あたりを見まわした。

あの雲だ。果てしなく澄んだ青のなかを漂う、沸きかえる白いクリームの島。二人は直径一キロ半くらいの円盤の端っこにいた。中央にドーム状の巨大なでっぱりがある。オーブリーはロンドンのセント・ポール大聖堂を思い出した。

喉の奥を吐き気がくすぐる。頭がくらくらする。

彼は痺《しび》れた右手で雲を押してみた。初めのうち、下に向けた手の平は冷たく漂う霧のなかにすうっと吸いこまれた。ところが、体重がかかるにつれて霧は固くなっていった。この感触は、クリームチーズというかマッシュポテトというか——ああ、そうだ、あれだ、こむぎねんど《プレイ・ドー》だ。手をどけると、雲は溶けて霧にもどった。

「なんなんだよ」オーブリーはいった。さしあたりひねり出せる最高に凝った表現がこれだった。

「ああ、クソッ。マジであちこち折れた」アックスの声がした。

オーブリーは呆然《ぼうぜん》としたままかたわらの男に視線を向けた。アックスは形の定まらない霧のなかで力なくもがいていた。踵が霧を蹴りつけるたびに、薄気味悪い半固体のクリームに深い皺が刻まれる。ジャンプマスターの派手なゴーグル——レンズはケープコッドの夕焼けを思わせるカッパーレッド——はひび割れていた。片手であちこち探っているところをみると、たぶんよく見えないのだ。ヘルメットに装着してあるＧｏＰｒｏのアクションカメラが、ぽかんとバカみたいにオーブリーを眺めている。

「おれ、パラシュートをひらいたっけか？」アックスが尋ねた。「そのはずだよな？　地面にいるんなら。なにがどうなってる？　機体から離れるとき、扉の脇に頭でもぶつけたかな」痛みに強《こわ》ばった、弱々しい声だった。どこにいるのかわかっていないらしい。自分たちの身になにが起きたか理解できないのだ。

なにが起きたかはオーブリーにも理解できなかった。頭がうまく働かない。いっぺんにいろいろなことがありすぎたうえに、そのどれもがヘンテコで現実離れしていた。

アックスはパラシュートをひらかなかった——もっとも、ドローグシュートだけは最初に展開してあった。これは小型の予備パラシュートで、黄色と赤の小ぶりのバケツみたいな布地は、感謝祭のターキーを包むのにちょうどいいくらいの大きさだ。そのドローグシュートが風で真後ろにさらわれ、今は雲の端にひっかかって、凧《たこ》みたいにあちらへこちらへと揺らいでいる。ドローグシュートがなにをするものか、オーブリーにはよくわかっていなかった。最初にアックスから説明があったものの、あのときのオーブリーはどんな情報も頭に入らないくらいテンパっていた。

不意にオーブリーは気づいた。アックスはもがいてもいないし、踵で雲を蹴りつけてもいない。一方の腕をかばうように胸のあたりにのせ、もう一方の手で腰を押さえて、微動だにせず横たわっているだけだ。踵がミルク色のペーストに薄いぎざぎざ模様をつけているのは、ドローグシュートが少しずつ、じりじりとアックスを引きずっているからだ。

「あの」オーブリーはいった。「ちょっと……危ないですよ」

彼はアックスの胸元のハーネスをつかんでひっぱった。アックスが苦痛の悲鳴をあげる。耳を突き刺すその声に、オーブリーは思わず手を放してあとずさった。

「胸……！」アックスがあえぐ。「クソッ、胸が……。なんだってんだよ？」

「端から引きもどそうと思って」オーブリーはふたたびハーネスに手を伸ばした。アックスがその手を肘で押しのける。

「おまえ——事故にあった人間をむやみに動かすな！」アックスは声を荒らげた。「それくらいわかれ！」

「すみません」

アックスは空気を求めてあえいだ。頰が涙にまみれている。

「なんの端？」しばらくしてアックスが口をひらいた。頼りない、子供みたいな声だ。

そのとき風が吹いて、二人の周囲の霧のミルクをかきまぜた。ドローグシュートが揺らぎ、持ち上がり、いきなりがくんと真後ろへひっぱられて、青く明るい空に舞い上がった。風に鷲《わし》づかみにされたパラシュートコードがぴんと張る。アックスは引きずり起こされてすわった格好になり、またもや悲鳴をあげた。ブーツがぶよぶよのゴムめいた雲のなかを引きずられていき、深さ十五センチの溝をうがつ。オーブリーはまたしてもパン生地を連想した。誰かが指をつっこんだ、焼き上げる前のやわらかいパン生地。

オーブリーは離れていくブーツめがけて飛びついた。感覚のない右手がなんとか片足だけつかまえた。が、なにも感じられなくて、つかまえたと思うまもなくブーツは指のあいだからすっぽ抜けた。

「なんの端だよ⁉」引きずられながら、アックスがわめく。

風がドローグシュートを後方に吸い上げたかと思うと、ホテルのメイドがベッドのシーツを引きはがすように、アックスを一気に雲の端からすくい上げた。ジャンプマスターは鋭い悲鳴を放ち、雲から二メートルあまりの中空に吊《つ》り上《あ》げられたまま、あわててパラシュートをひらこうとした。と、風が弱まった。次の瞬間アックスは落下して、雲の縁《へり》をかすめ過ぎ、視界から消えた。

4

風が歌う。甲高く、あざけるような調子が、かろうじて聞き取れる。

オーブリーはアックスがいたところを呆然と見つめていた。見つめていれば、ひょっこりもどってきそうな気がした。

パニックはセスナに置いてきたはずなのに、気づけば震えが止まらなかった。今感じているのは、単純な怯えや驚きではない。ショックだ。たぶん。

あるいは、単に寒いのか。下の世界は八月三日、熱く乾いたぐったりするような午後だった。花粉の層が車を汚いマスタード色に染め、日射《ひざ》しに焼かれてしなびた芝生でマルハナバチの眠たげな羽音が響いていた。ところが、上のここは十月上旬のひんやりした朝なのだ。熟れた林檎《りんご》の一噛《か》みのように甘く、しゃっきり肌寒い。

こんなのあるわけない……

ビビりすぎて心の糸が切れたんだ……

飛行機の横に頭をぶつけたのかも。頭蓋骨骨折で死にかけてるんだ。こいつは今わの際のバカバカしい幻覚だ……

トランプをシャッフルするみたいにこんな考えが次々とオーブリーの頭に浮かんだが、どれも現実味が薄くて、曖昧で、浮かぶそばから消えていった。それから、鋭く澄んだE音でうなりつづけるぴりりと冷たい空気だけは議論の余地がない。それから、鋭く澄んだE音でうなりつづける口笛めいた風の音も。

オーブリーは長いことよつんばいになっていた。たなびく雲の縁《へり》を凝視したまま、動いても大丈夫だろうかと自問する。動く勇気が自分にあるのか。動いたら最後、重力がこっちの存在に気づいて、雲を突き抜けて落ちる羽目になりそうな気もする。

猫を撫でるときのように、そっと目の前の霧を撫でてみた。ちょっと触れただけで霧は凝固して、弾力のあるでこぼこの塊になった。

オーブリーはよつんばいのまま移動しはじめた。腿が震える。やわらかい粘土の上を這《は》っているみたいだ。一メートルかそこら進んで、振りかえった。スタート地点からここまでつづく這い跡が溶けて、ゆらゆらうごめく霧にもどろうとしている。

ほつれたようにたなびく雲の南の縁《へり》まであと一メートル半まで迫ったところで、オーブリーは腹這いになった。腹這いのままさらに少し前進する。心臓がバクバクいっていた。鼓動のたびに目の前が明るくなったり暗くなったりする。オーブリーは昔から高いところが怖かった。そうとも、いい質問だ。高所恐怖症の人間が――飛行機に乗ることも極力避けているような人間が――どうしてセスナから飛びおりる気になったのか？　答えはいうまでもない。腹立たしいほど単純。ハリエットだ。

雲は端に行けば行くほど薄くなった……薄くなったが、持ちこたえた。いちばん端は、厚さわずか二、三センチ。だが、コンクリートそこのけに固くて頑丈で、破れる気配はまったくなかった。

縁越《へりご》しに下を覗《のぞ》いてみる。

下にはオハイオが広がっていた。ほぼ真っ平らな地面に、エメラルド色や小麦色、焦茶色や薄茶色の四角が組み合わさった斑《まだら》模様がどこまでもつづいている。あれが愛国歌の《アメリカ・ザ・ビューティフル》のなかでも賛美されている、かの有名な〝そよぐ穂波〟というやつだろう。眼下の小麦畑は定規で引いたようにまっすぐな黒いアスファルト道路の線で細かく区切られていた。一本の黒い線の上を、そろばんの色鮮やかなスチール玉みたいな赤いピックアップトラックがすべるように動いている。

南から西へと走る焼けた赤土の滑走路が目に入った。手前にあるのが、〈クラウド9《ナイン》・スカイダイビング・アドベンチャーズ〉のオフィスが入っている格納庫だ。セスナがいる。ちょうど着陸するところだった。レニーはエンジンを再始動したか、もしかすると滑空して一発で滑走路におりられたのかもしれない。

一瞬後、パラシュートが見えた。いっぱいに風をはらんだ長方形の傘が白く光っている。パラシュートはゆっくりと地面に近づいていくと、なにかが植わっているらしい畑（黒っぽい土に緑が何列も並んでいる）におりた。パラシュートがしぼむ。ということは、アックスは地上にもどったわけだ。地上にもどった。意識をなくす前にちゃんとリップコードを引いた。アックスは下だ。すぐに助けが来るだろう。で、あいつはみんなに伝える――なにかを。なにをどう伝えるのかは、今一つ想像しにくかった。客を雲の上に置いてきた……とか？

下ではパラシュートが肺そっくりにふくらんだり縮んだりしながら、地面を撫でるように動いていた。

なにがあったかアックスが伝えれば、たぶん錯乱していると思われる。大怪我《おおけが》で失血したあげく雲の上におりたとまくしたてるような人間は、気の毒がられてお大事にといわれるのが落ちだ。みんなはいちばん筋が通りそうな説明に飛びつくだろう。きっと、オーブリーはセスナの横腹にぶつかったかなにかの不慮の事故で――それならアックスの怪我も説明がつくし――カラビナが外れて墜落死したと、そんなふうに思いこむことになるのだ。実際にはこうして雲から見おろしているオーブリー本人でさえ、そっちのほうがもっともらしい話に思えた。

恐ろしい考えだ。が、どこか違和感もおぼえる。その違和感の正体を、オーブリーは突き止めようとした。突き止めるには手際を要する。耳元で飛んでいるのに振り向くと消える蚊を探すのとおなじだ。探そうと思ってはいけない。心を無にして、あえて目の焦点をずらす。

眼窩《がんか》の奥で、どくんどくんと乾いた痛みが膨れ上がっていく。

アックス・ボディスプレーの最後の姿を、ドローグシュートにひっぱられて虚空にさらわれていく寸前の姿を、オーブリーはもう一度思い浮かべた――そして、突き止めた。心の目の焦点が合ったのは、ジャンプマスターのヘルメットに装着してあったＧｏＰｒｏのキラキラ光るバカみたいなレンズだった。ぜんぶ撮ってある。なにがあったか説明するのに、アックスのことばは必要ない。動画を見ればいい。それでわかってもらえる。

5

しばらくして、オーブリーは膝立ちになってあたりを見まわした。

巨大な雲の車輪は、あいかわらずパイ皿を思わせるＵＦＯ形状を保っていた。中央で例の巨大ドームがこんもりとした威容を誇っている。それ以外の部分は、表面が泡立ち、波打ち、そこらじゅう砂丘や塚を思わせるでっぱりだらけで、滑らかとはいいがたかった。オーブリーは青い空に目を凝らしたが、そうこうするうち目がまわってきて、しかたなく視線を落とした。頭のくらくらがおさまって、ふと気づいた。まだ雲の端にいる。こんなところにいるのはまずい。彼は尻をついてすわりこむと、その姿勢のままずるずると内側に移動して、危険な縁《へり》とのあいだに距離をとった。

やっとのことで、いちかばちか立ち上がってみる決心がついた。まだ震える脚で、彼は勢いよく立ち上がった。

オーブリー・グリフィンは雲の上、たった一人で立っている。

ハーネスの不快さがじょじょに意識にのぼってきた。股間にＶ字形に食いこむストラップがきつくて痛い。タマがつぶれそうだ。もう一本のストラップが胸元を横切っていて、息が苦しかった。いや、それは空気が薄いせいか。

バックルを外して、足のほうからハーネスを抜き取る。雲に放り出そうとしたとき、コートスタンドが目に留まった。

左手の、視野の隅。上向きにカーブしたフックが八個ついた、昔風のコートスタンドだ。雲でできている。

オーブリーはまじまじと見つめた。喉が渇いてきた。心臓が早鐘を打っている。

「なんだあれ？」誰に訊くともなく訊く。

もちろんなんなのかは訊くまでもない。なんなのかは目があればわかる。まさか本物のコートスタンドのわけがない、雲がたまたまおかしな形になっただけだ。オーブリーは自分にそういい聞かせると、その代物を一周してあらゆる角度から観察した。どこから見てもコートスタンドに見える。雲製とはいえ、まぎれもないコートスタンドだ。

ためしに、オリーブ色のハーネスをフックに掛けてみた。きっと下に落ちて、霧のベールを四散させるはずだ。

だが、ハーネスはフックにぶらさがったまま風に揺れている。

オーブリーは声を立てた。「ハッ！」

笑い声ではない。文字どおりの「ハッ！」だ。喜んだのではなくて、驚いたのだ。ほんとうは驚く理由などない。雲はちゃんとオーブリーを支えている。オーブリーの体重は八十キロ近い。重さ一キロもないキャンバス地のハーネスがなんだというのだ？　彼はヘルメットを脱いで、別のフックにひっかけた。

眼窩の奥で始まった痛みは、今やこめかみを左右に貫く痛みの焼串となっていた。きっと頭蓋骨が割れているのだ。セスナの横にぶつけたときやったのだろう。これはみんなそのせいだ。骨の破片が刺さった脳が見せる生々しい幻覚だ。

だが、その思いつきの下にはまったくちがう考えがあった。例の心の蚊がもう一匹、頭のまわりを――というか頭のなかを、飛びまわっていた。そいつはこんな蚊だった。コートスタンドがどんな形をしているか、どうして雲にわかるんだ？ なんてバカバカしい考えだろう。まるで雑誌の『ニューヨーカー』にのっている漫画のキャプションだ。

オーブリーは冷たい薄い空気を吸いこんだ。そういえば、六時間後に日が沈んだら、この気温はどれくらいになるのだろうか。

もっとも、そのころにはオーブリーはＣＮＮに出ているはずだ。彼のニュースは全世界の話題をさらうだろう。雲の上を歩く男のライブ映像を撮影しようと、テレビ局の取材ヘリがブユの群れみたいにあたりを飛びまわっているにちがいない。あと一時間もしたら、ＧｏＰｒｏの動画があらゆるチャンネルで放映され、ネットで流されることになる。

セスナであんなにわめいてパニクって醜態をさらしたりしなければよかった。自分の動画を全世界が目にするとわかっていたら、せめて度胸があるふりくらいはできたのに。

オーブリーは半ば上の空でふらふらとコートスタンドから離れた。何歩か進んだところで、足を止めて振りかえる。コートスタンドはまだそこにあった。あれにはなにか意味がある。コートスタンド以上の意味が。だが、その意味をとことん分析しようにも、こう頭痛がひどくてはむずかしかった。

オーブリーは歩きつづけた。

初めのうちは溶けかけた氷の上にでもいるような足取りだった。まず片足で行く手の霧を蹴るように掻《か》き分《わ》け、足をのせても雲が固いままかどうか確かめてから、そっと一歩踏み出す。表面が変化することはなかったので、やがて、知《し》らず識《し》らずのうちにふつうに歩きだしていた。

オーブリーは縁《へり》から最低でも二メートルほどの距離をつねに保ちつつ、とりあえずは雲の中央にあるドームには近寄りすぎないようにした。そんなわけで、おのずと外縁に沿《そ》ってぐるりと空の無人島を巡ることになった。歩きながら飛行機の姿を探し求め、一機見つけて足を止めた。ジェット機が真っ青な空に飛行機雲の白い筋を引いて飛んでいく。何キロも離れたところだ。ほどなく気にするのはやめた。仮にオーブリーが通うクリーブランド音楽院の上空をあの飛行機が飛んでいたとしても、キャンパスを歩く姿に気づいてくれる可能性は低いだろう。今ここで気づいてくれる可能性はそれ以上に低い。

めまいは治まらず、オーブリーはときどき足を止めては一息ついた。三度目には、頭を下げて膝に手をついて深呼吸しながら、くらくらしてひっくりかえりそうな感覚が消えるのを待った。体を起こした瞬間、不意に実感としてはっきり理解できた。

ここは酸素が足りない。

少なくとも、ふだん慣れている酸素の量よりは少ない。いったい高度はどれくらいだ？　セスナのエンジンが止まった段階で、確かアックスが高度三千六百メートルだといっていた。三千六百メートルでも息はできるのか。できる。現に今、息をしている。〝高度障害〟ということばが頭に浮かんだ。

歩きはじめてからもうだいぶたつが、ここはまさに霧で覆われた雲の巨大レコード盤と呼ぶにふさわしい場所だった。あちらこちらで少し高かったり低かったりする程度で、全体的にほぼ平坦《へいたん》なのだ。たまに丘にのぼることもあれば、浅い溝におりることもあった。東の端では複雑な谷の迷路に入りこみ、しばらくのあいだ白くてもふもふした狭い裂け目をさまよう羽目になった。北ではブルドッグの頭を思わせる雲の丸石の大群に遭遇して、思わず足を止めて目を瞠《みは》った。雲の西側では、巨大な減速帯そっくりの隆起をたてつづけに三つ乗り越えた。とはいえ、かれこれ一時間近く歩いたあげく、ホイールキャップに似た形状のこの島には驚くほど特徴がないという結論に達した。

コートスタンドまでもどるころには、オーブリーはふらふらで、体に力が入らなくなっていた。寒さにはもううんざりだった。水分を摂《と》らないとだめだ。唾を飲みこむのもつらかった。

経験上、夢というのはおよそありえないような突飛な飛躍をするものだ。たとえば、最初は妹の親友とエレベーターのなかにいると思ったら、こんどは家族や友人の見ている前で屋根にのぼって妹の親友とやっていて、次の瞬間その建物が暴風でぐらぐら揺れはじめ、最後には大竜巻がクリーブランド中を暴れまわっている、という具合だ。それが、雲の上のここには夢にありがちなめくるめく展開どころか、ストーリーさえまったくなかった。一つの時間がふわふわと次の時間につながっていくだけ。雲から飛び離れて、もっとましな別のなにかに飛びこむことができない。

オーブリーはコートスタンドを見つめた。こいつの写真をハリエットに送れたらいいのに。美しいものやありえないものを見ると、とにかくスマホで写真を撮ってハリエットに送りたいと思ってしまう。もちろん、どこかで死んでいるはずの友だちから雲の写真が送られてきたりしたら、きっとハリエットは天国から送信されてきたと思って大騒ぎしはじめて――

そこでオーブリー・グリフィンは思い出した。今は二十一世紀で、ポケットにはスマホがある。

ジャンプスーツの下に穿《は》いているカーゴパンツのポケットのなか。電源はセスナが滑走路を進みだしたとき切っておいたが（飛行機に乗ったらふつうそうするものだから）、持ってきている。それを思い出したとたん、腿に食いこむスマホを感じた。

アックスのGoPro動画がアップされるのを待つまでもない。直接電話すればいいのだ。電波状態がよければ、ビデオチャットもできるかもしれない。

オーブリーはジャンプスーツのファスナーをひっつかんだ。ファスナーをあけたところから冷気が入りこみ、下に着ているTシャツを切り裂く。なんとかスマホをポケットから取り出した——と思ったとたん、汗ばんだ手からスマホがすべり落ちた。まずい、スマホが雲を突き抜けてどこかへ行ってしまう——オーブリーは思わず声をあげた。だが、どこへも行かなかった。固まってソープディッシュそっくりの形になった雲の器に受け止められていた。

急に希望が湧いたショックでぶるぶる震えながら、オーブリーはあたふたとスマホを拾い上げた。電源ボタンを押しながら、心は早くも次の行動に飛んでいた。ハリエットに電話する。生きていると伝える。彼女は驚いて安堵のあまり泣きだすだろう。オーブリーも泣きだすだろう。いっしょにうれし涙にむせぶのだ。それからハリエットがこういう——ああ、オーブリー、いったいどこにいるのよ？　そして自分はこう答える——じつはさ、ベイビー、信じられないかもしれないけど……

スマホの画面は頑《かたく》なに真っ暗なままだ。オーブリーはもう一度電源ボタンを押した。やはり電源は入らない。馬鹿力が必要なこと（たとえば、パンクしてぺちゃんこになったタイヤの錆《さ》びついたナットを緩めるとか）をやっているときのように、オーブリーは歯を食いしばり、ぎゅうぎゅうと力いっぱい電源ボタンを押した。

変化なし。

「いったい——どういう——ことだよ？」といいながら、何度も何度も、手が痛くなるまで押しつづける。

壊れたスマホはなにも説明してくれなかった。

わけがわからない。充電はフルか、それに近いくらいになっているはずだ。強制再起動をためしてみる。

変化なし。

画面のガラスパネルを額に押し当て、いい子だから頼むよ、長年丁寧に扱ってやったことを思い出してくれ、と念じる。それから、こんどこそはと電源ボタンを押す。

だめだ。

オーブリーはスマホをにらみつけた。目が乾いて痛くなるまでにらみつけた。スティーヴ・ジョブズが憎い。契約している携帯電話会社が憎い。

「こんなのありか」右手に持った役立たずの黒いガラスの塊に向かって、オーブリーは話しかけた。「いきなり壊れるなよ。なんで電源が入らないんだよ」

心のなかで響いた返事は、自分の声ではなくてジャンプマスターの——アックスの声だった。どうなってる？　エンストか？　それから、パイロットのレニーの声。わからない！　ぜんぶ死んでる！

不吉な考えが形を取りはじめる。オーブリーはシャイノーラの腕時計をはめていた。母親からのクリスマスプレゼントで、ベルトはレザー、正真正銘の動く針が三本付いている。アプリは入っていないし、スマホとはつながっていないし、見栄えがよくて時刻を示す以外はなにもしない。オーブリーはジャンプスーツの袖をたくし上げて腕時計を見た。針が指しているのは四時二十三分。秒針が動いていない。まばたきをこらえて文字盤をにらみつづけた結果、分針も動いていないと認めざるをえなくなった。電磁波だかなんだかを放射して、この雲がなにかした。セスナが上空にさしかかったとき、腕時計の電池も、軽飛行機とスマホのバッテリーも瞬殺した。

ＧｏＰｒｏのアクションカメラのバッテリーも。

悲しすぎる考えだった。オーブリーは落胆のあまりわめきちらしたくなった。それを思いとどまったのは、ひとえに疲れきっていたからだ。どうがんばってもここの乾燥した冷たい空気のなかでわめきちらすのは無理そうだった。

もうはっきりわかった。雲島に取り残されたオーブリーの動画は誰もアップしない。空のロビンソン・クルーソーのことはネットでは広まらない。天空を歩く男にテレビ局の取材ヘリは群がらない。雲に近づいてもカメラにはなにも映らず、ヘリはコンクリートブロックみたいに墜落するだろう。そもそも、誰も来るわけがないのだ。セスナ搭載のバッテリーとともに、ジャンプマスターのヘルメットカムもおしゃかになったのだから。動画にはオーブリーが不安で吐きそうになっている情けない姿が何分か記録されているかもしれないが、機体から飛び出した時点でとっくにバッテリーがやられていたにちがいない。

事態の理不尽さがのしかかってくる。オーブリーはくずおれるようにすわりこんで膝をかかえた。だが、そうやってすわっていることさえつらくて、横になって胎児のように体を丸めた。雲がポフッと湧き立ってからまた静まる。そうだ、目を閉じてしばらく待ってみよう。次に目をあけたら、きっとセスナに乗りもしないうちに気を失っていたことがわかるだろう。深呼吸して一眠りしてから頭を起こしたら、きっと芝生の上に横たわっていて、心配そうな顔が――ハリエットの顔もそこにある――覗きこんでいるだろう。

とにかく寒くて、あまり寝心地がいいとはいえなかった。やわらかい、ゴムっぽい雲に抱かれてどのくらいたっただろうか。うとうとしながら伸ばした手が、毛布の角を探り当てた。厚手のキルトそっくりな渦巻く白い霧を肩までひっぱり上げて、オーブリーは眠りに落ちた。

6

いいところで目が覚めて、つぎの瞬間にはもうなに一つ思い出せなかった。オーブリーは雲一つない真っ青な空を見上げた。世界はなんとやさしいのだろう。思考は当然のようにハリエットに向けられる。朝、目を覚ましたときはたいていそうだ。寝返りを打つとハリエットが隣にいるという想像に浸る。一糸まとわぬ背中を思い、美しく際立つ肩甲骨と背骨のラインを思う。朝のお気に入りの空想だ。

寝返りを打つと雲の荒野が見えた。

ショックが全身を駆け抜けて、安らかで気だるい、あわてて飛び起きなくていいんだという気分が一瞬で消し飛んだ。体を起こすと、大きなベッドのなかだった。白いコットンでできた四柱式のベッドだ。クリームめいた雲の毛布が腰のあたりまで押し下げられていた。頭の位置にはこんもりとしたバニラカスタード色の枕がある。

すぐそこに、見張りをしているみたいにコートスタンドがぽつんと立っていた。ヘルメットもハーネスもそのままだ。

すでに夕暮れが迫っていた。燃える石炭そっくりの太陽が西のほう、オーブリーとほぼおなじ高さにひっかかり、影が雲島の端まで長く伸びている。ベッドのほうは影が見えにくくて、なんだか幽霊の影のようだ。

　そのときはベッドのことはたいして深く考えなかった。サイズが大きいだけで、コートスタンドと似たようなものだし、目下のところ、まだ眠気がとれなくて驚くどころではなかった。オーブリーは毛布の下から這い出すと、霧がたなびく雲島の端へと向かい、縁《へり》から一メートルあまりのところで足を止めた。

　眼下は一面深紅に染まっていた。畑の緑が黒ずんで見える。滑走路は影も形もない。下に広がるのはまったく見覚えのない景色だった。この雲はいったいどれくらいのスピードで移動しているのだろうか。〈クラウド9・スカイダイビング・アドベンチャーズ〉をはるか彼方《かなた》に置き去りにするくらいの速さだ。オーブリーは驚いてから、驚いている自分に驚きをおぼえた。

　眼下で暗くなっていくオハイオの地図を、彼はあらためて観察した。とりあえず、これはまだオハイオだと思いたかった。森が見える。太陽に炙《あぶ》られた地面の赤っぽい長方形が見える。残照の溶鉱炉の光にきらめくアルミ屋根が見える。ほぼ真下に見える黒々とした太い一筆書きは州道だろうが、いったい何号線なのかさっぱりわからなかった。

　日が沈む方角からして、少なくともまだ北東に運ばれているようだ。このさきはどこだ？　カントンか？　眠っているあいだにカントンは通り過ぎてしまったかもしれない。いまだに雲の移動速度を割り出すことさえできずにいる。時間を計る方法が見つからないかぎり無理だろう。

雲島の縁《へり》越しに見おろすうちに、不安がよみがえってくる。セラピストのドクター・ワンの助けで、高所恐怖症（ドクターといっしょに取り組んでいる無数の神経症的不安のうちの一つ）は順調に克服へと向かっていて、かなり改善されたと感じるようになっていた。セッション終了時には、オフィスの窓を押しあけ、いっしょに顔を突き出して、六階下の歩道を見おろすこともあった。長年のあいだ下を見るたびにめまいに襲われていた自分が、最終的には平然と窓枠に寄りかかり、虚空に向けて口笛でルイ・アームストロングの曲を吹くことができるまでになったのだ。ドクター・ワンは〝不安を試す〟療法の信奉者で、不安を直視することでその支配力を徐々に弱めていけると考えている。だが、ビルの六階にあるオフィスと地上三千数百メートルに浮かぶ雲の円盤とは、まったくの別物だった。

スカイダイビングに挑戦する計画を、ドクター・ワンはどう判断しただろうか。スカイダイビングなどできっこないといわれそうな気がしたので、ドクターにはなにも話していなかった。頭から否定されるのはまっぴらだ。それに、飛行機から飛びおりるつもりだと伝えたりしたら、理由を訊かれるに決まっている。そうなればハリエットのなにやかやを打ち明けるしかない。セラピーでは、空想のハリエットより生身の自分が優先される。

オーブリーは雲島の縁《へり》に背を向けて、雲の四柱式ベッドとコートスタンドと行く手に待ち受ける運命について思いをめぐらせた。

現状から目をそむけ、現在の境遇に文句をつけてもなんにもならない。自分は今ここにいる。このさきもずっとここにいる。必死で周囲の現実を否定しようとあがきながらも、オーブリーはその事実を受け入れた。

それでかまわない。それが正しい。自分はミュージシャンだ。物理学者でもジャーナリストでもない。幽霊を信じるかどうかは別として、そういうものが存在するという考えかたは嫌いではない。前にジューンとハリエットと三人で交霊会に参加したときも真剣だったし（半時間もハリエットと手をつなげた！）、ストーンヘンジはぜったいにＵＦＯの着陸地点だと思っている。事実をとことん追究して、証明されていない概念や実現の見込みが薄い願望をすべてデタラメだ、無駄だと切り捨てるのは性分ではない。受け入れるのが自然な状態なのだ。現状を受け入れて順応するのは、いいジャムセッションの基本でもある。

喉がひりひりして裂けそうだった。唾を飲むのが死ぬほどつらい。疲れもまたもどってきた。ゆっくり腰をおろして考えごとができるような場所があればいいのだが。この疲労は単に高度障害の問題なのだろうか。最悪の事態を想定するのが得意なオーブリーの心は、新たな考えに飛びついた。今いるのは、きっと空気より軽い放射性物質の雲だ。セスナやスマホの電力を飲み干したものがなんであれ、じきにそいつはこの心臓を動かしている電気刺激も消し去るのだろう。ことによるとこの雲は、メルトダウンした原子炉みたいに放射性物質を放出しているのかも……。

そう思ったとたん、腎臓が冷たく淀《よど》んだ水に変わったような気がした。急に脚がふらつきだして、オーブリーは無意識に支えを求めて手を伸ばした。その手がぶつかったのは、ふかふかの安楽椅子の肘掛けだった。

知らないうちに雲が背後で湧き立って安楽椅子の形になっていた。見るからにやわらかそうな、玉座風の巨大安楽椅子だ。残照でうっすらと美しい珊瑚《さんご》色に染まっている。

オーブリーは放射線の脅威も忘れ去り、好奇心と疑心と半々で安楽椅子を見つめた。試しに腰をおろしてみる。どうせ突き抜けると半ば覚悟していたものの、もちろんそうはならなかった。ほかの安楽椅子がうらやみそうな、ふんわりやわらかな安楽椅子だった。

コートスタンド、ベッド、安楽椅子。欲しいものが、欲しいときに。思い浮かべた瞬間に。

頭のなかでその考えをつかまえ、ひっくりかえしてつつきまわす。

こいつは雲じゃない。雲だと思うのをやめないとだめだ。こいつは……なんだろう？　装置？　機械？　そんなようなものだ、きっと。だとすると、つぎは当然こんな疑問が浮かぶ。いわゆる「ボンネットの下になにがある？」という疑問だ。というより、いったいどこがボンネットだ？

オーブリーの視線は、中央の巨大ドームのほうへおずおずと漂っていった。島のなかで探険していない唯一の場所。調べにいかなくてはなるまい。ただし、まだだ。自分に欠けているのは、力か勇気か。よくわからないが、たぶん両方だ。さっき少なくとも一時間は眠ったものの、まだ疲れが取れないし、あの生クリーム色の巨大ドームを見るとなんとなく胸苦しかった。

首を伸ばして、ドームの向こうへと視線をさまよわせる。ダークチェリー色の空に、気の早い星々がきらめきはじめていた。黄昏《たそがれ》の思いがけないほどの透明さに、オーブリーは目を瞠った。一瞬、危険なほど感謝にも似た気持ちが湧き上がる。ぼくは死んでいないじゃないか。それに、星があんなにたくさんきらきらと輝いて……。空の赤みが薄れていって闇に星座が描き出されていくようすを、彼はしばらくのあいだ眺めつづけた。

やがて中西部全域に夜の蓋がぴたりと覆いかぶさって、われに返ると、かなり寒くなってきていた。今のところ耐えられないほどではないものの、快適とはいいがたい。生き延びるという目の前の問題に集中したほうがよさそうだ。

重要なのは装備のチェックだろう。まず、今はジャンプスーツを着て、片足だけコンバースのハイトップを履いている。右の靴は下に置いてくるようにいわれたからだ。もっとも、理由は思い出せない。今となってはバカバカしいとしか思えなかった。どうして片方裸足で飛びおりるのだ？

ジャンプスーツの下はハーフカーゴパンツと厚手のコットンニットTシャツだ。お気に入りのTシャツ。前にハリエットがこれを撫でて、「こういう素材って好き」といってくれた。

それにしても、どうにかなりそうに腹ぺコだった。ただし、これについてはとりあえずなんとかなる。血糖値が下がった場合に備えてなにか持っていこうと思って、今朝、カーゴパンツのポケットにグラノーラ・バーを一本つっこんできた。それがまだある。深刻なのは喉の渇きのほうだ。すでに喉が渇いて痛いほどなのに、この問題をどうすべきか、今のところなんの解決策もなかった。

装備のチェックにもどる。ハーネスがあって、ヘルメットがある。ジャンプスーツのファスナーをおろすと、風の冷たさが身に染みた。カーゴパンツのポケットを上からさぐって、一つ一つ確かめる。

スマホ。役立たずの金属とガラスの板切れ。

財布。長方形の革の財布で、カードポケットに学生証とカードが数枚。身分証があってよかった。おかげで、雲から吹き飛ばされるとか足元を支えている奇跡の力がいきなり消えるとかしても、潰れた蕪《かぶ》みたいになった死体の身元はちゃんとわかってもらえる。本人が最後に目撃された降下ポイントから百六十キロも離れたオハイオ州北部――だか、ペンシルベニア州南部だか――にぺちゃんこの死体があらわれたら、腰を抜かす連中もいるんじゃないか？　オーブリーは財布とスマホを取り出して、サイドテーブルの上に置いた。

もう一つのポケットには――

――オーブリーはぱっと振り向いた。サイドテーブル？

夏の闇のなか、雲は一面に半月の光を浴びて清らかな銀と真珠の色に輝いていた。コートスタンドとベッドと安楽椅子のことがあったので、曖昧な希望に反応してサイドテーブルがあらわれても飛び上がるほど驚いたりはしなかったものの、いつのまにか後ろに生えていたのは、やはりそれなりにショックだった。だが、なによりも興味深いのは、自分がこのサイドテーブルを知っているということだ。実家にこれとそっくりなやつがある。母親といっしょにテレビ（PBSでやっている『SHERLOCK／シャーロック』とか『ダウントン・アビー』とか）を見るとき、いつも母親が寝転がるカウチとオーブリーが腰かける椅子のあいだにこれがあって、ポップコーン置場になっている。

ハリエットが電話で「息子さんがスカイダイビング中に事故で亡くなりました」と母親に伝えるところを想像してから、オーブリーは即座にその考えを押しやった。耐えられない。悲痛な声をあげて泣き崩れる母さんの姿など、現時点ではとてもじゃないが受け入れられない――

ではなくて、このサイドテーブルについて考えているところだった。広めの丸いテーブルトップと玉を連ねたようなデザインの長い一本脚。子供のころから見慣れているものにそっくりなサイドテーブル。唯一の相違点は、チェリー材ではなくて雲でできていることだ。これにはなにか意味がある。ちがうか？

オーブリーの片手はまだカーゴパンツの片方のポケットにつっこまれていた。指がすべすべした感触の小さな塊を何個か探りあてた。一個つまみ出して、オパール色の光のなかで目を凝らす。その物体の正体がわかると、喜びと欲求に胸が躍った。

セスナの格納庫内にある〈クラウド9〉の小さなオフィスの受付デスクに、ガラス皿に盛った個包装のスターバースト・ソフトキャンディが置いてあった。オーブリーはこっそりガラス皿を探って、ペールピンクのストロベリー味だけをぜんぶもらってきた。ストロベリー味が大好物で、だからこそ役立つかもしれないと思ったのだ——飛行機でパニックを起こしかけたら、一個口に放りこんで心身を甘さで満たすことができる。それに、口がふさがっていれば、気弱で聞き苦しいことをいわずにすむ。

だが、スターバーストはカーゴパンツのポケットのなか。上にジャンプスーツを着てハーネスをつけた状態では当然ながら取り出せないうえに、三時間たって上空に達するころには恐怖でいっぱいいっぱいで、もらってきたことも忘れていた。

何個ある？　三個か。もともとは五個あったが、二個はフライト前に権利放棄書類に目を通しながら、気持ちを落ち着けるために食べてしまった。

早く食べたくて喉が鳴る。オーブリーは震える指で包み紙を剝《は》がして、口に放りこんだ。快感で全身がわなないた。ペットボトルの水ほどではないにしろ、これでとりあえず喉の渇きはおさまりそうだ。残りの二個はまたあとで食べることにする。

それにしても、安楽椅子とサイドテーブルが出てきたということは、この雲の王国は水の入ったピッチャーも出せるのではないか？

いや、それはない。出せるものならとっくに出ているはずだ。雲はオーブリーの切羽詰まった要求に応じて、なにかが頭に浮かぶと同時に提供してくれた。ということはつまり——なんだ——テレパシー？　まあ、そんなところか。でなければ、サイドテーブルがどんなふうかわかるはずがない。雲が用意したのはそこらの適当な家具ではなくて、オーブリーの頭にあるサイドテーブルのプラトン的理想形態なのだ。ということは、『人間の生活』と題するマニュアルでも読むように、なんらかの方法でこっちの記憶や思考が読めるということだ。

だったらどうして水を出してくれないのか。小さくなったスターバーストを舐《な》めながら、オーブリーは考えこんだ。雲というのは凝結した水蒸気の塊ではなかったか。

たぶん――この雲はちがうのだ。凝固してできたベッドや椅子は、雪ではなかった。ドクター・ワンの待合室のコーヒーテーブルに、雑誌が並べてあった。『ニューヨーカー』と『ファイン・クッキング』と『サイエンティフィック・アメリカン』。『サイエンティフィック・アメリカン』で見かけた写真が頭にひらめいた。煉瓦《れんが》の幽霊みたいな仄青《ほのあお》い半透明の直方体が草の葉の尖《とが》った先端にのっかっている、ありえないような写真。エアロゲルとかいう、空気よりも軽い固体の写真だった。今この足が踏んでいるものもそいつと同じ組成の――ただし、ずっと高度な――物体なのではないだろうか。

口のなかにべたつく甘さを残して、スターバーストの最後の一かけらが溶けてなくなった。かえって喉が渇いた。

ダメ元でいいから、とにかく水のピッチャーを思い浮かべてみるほうがいいだろう。冷たい水の入ったピッチャー、水滴をまとったガラス、内側でカロンと鳴る氷――思い描くのはきっと簡単だ。だが、目を閉じて集中するまでもなかった。気づくともうあった。サイドテーブルにちゃんと置いてある。一瞬気を逸《そ》らした隙にできていた――ガラスの代わりに雲でできた完璧なピッチャー。隣にはタンブラーまである。

「だよな。はいはい、どうも」われながら、思いがけないほど尖った声が出た。

手のなかのピッチャーが恥じ入ったように溶けてなくなった。タンブラーが霧にまぎれ、サイドテーブルで音もなく泡立ってから雲にもどる。

オーブリーは震えながら足元を手さぐりして、波のようにうねる霧の毛布を腰までひっぱり上げた。これでましになった。さて、考えごとのつづきだ。なにをどこまで考えたのか、つぎになにを考えようとしていたのか、思い出そうとする。

そうだ、装備。装備のチェックをしているところだった。物理的装備のチェックは終わった。こんどは精神的装備について考えてみることにする。なにがあるだろう。

ぼくはオーブリー・ラングドン・グリフィン。男性。独身。独りっ子。二十二歳、もうじき二十三歳。ローラーブレードの腕はプロ級。MLBとNBAについてしゃべりだすと止まらない。チェロがめちゃくちゃうまく弾ける。

サバイバルスキルがほぼ皆無だということに、オーブリーは生まれて初めてショックを受けた。小学校のときアーウィン・オージックという友だちがいたが、あいつは針とコップ一杯の水で方位磁石を作ることができた。だが、今ここにコップ一杯の水があっても自分だったら飲んでしまうだろう。というより、方位磁石がいったいなんの役に立つ？　どっちの方角に動いていようと関係ない。どっちみち、このいまいましい雲島を操縦できるわけではないのだ。

「ほんとにだめかな」疑問が思わず声に出る。

雲島は、くたびれているときはベッドを出した。ひっかけたいものがあるときはコートスタンドを出した。反応している。

ひょっとして、クリーブランドまで引きかえしてもらうこともできるのでは？

そう思いついたとたん、別の、もっとすごい可能性に思い当たった。目を閉じて、ひたすら下に行きたいと考えるのはどうだろう？　とにかくおりたいと念じたら？

オーブリーは目を閉じて、冷たい空気をゆっくり吸いこむと、全身全霊で雲に伝えようとした――

が、望みを念じ終えもしないうちに、なにかに押しかえされるのを感じた。精神的な印象というよりも、肉体的な感覚。高密度で滑らかなガラスに似た黒い塊のイメージが、いきなり荒々しく頭を満たした。そいつはオーブリーの考えを押しもどすと、ブーツの踵でビールの缶をつぶすみたいに踏みつけた。

オーブリーは安楽椅子に腰かけたまま身をすくめ、両手を額に押し当てた。一瞬、目が見えなくなった。一瞬、頭のなかを満たす黒い塊（ちがう、塊じゃない……真珠だ）以外のものは存在しなくなった。神経終末という神経終末を不快な疼《うず》きが駆け抜ける。チクチク熱い、苛立たしい感覚。

目が見えるようになったとき、オーブリーはまた立っていた。立ち上がった記憶はまったくなかった。記憶が短時間抜け落ちている。長時間ではないはずだ。秒レベル。分レベルではない。

思考を押しつぶす黒い塊（真珠だ）は撤退していたが、頭がぼんやりして体に力が入らなかった。オーブリーはふらふらとベッドに行って、雪を思わせる分厚い上掛けの下にもぐりこんだ。果てしない透明な黒い夜を星々が巡っていく。空はガラスめいた黒い円（真珠だ）。オーブリーにのしかかり、踏みつぶす。

オーブリーは目を閉じ、底なしの無意識の闇のなかへと、どこまでもどこまでも落ちていった。

7

ハリエットとジューンは、〈スライシー・トーヴ〉というパブで土曜日の夜に開催されるオープンマイク・イベントの常連だった。たいていは一本のマイクを前に二人でウクレレを演奏する。セーターとプリーツスカート、それに、小粋な帽子という衣裳《いしょう》が目を惹《ひ》いた。ジューンはトップハット（紫色のベルベットで、鍔《つば》から剝製《はくせい》の小さな茶色いヤマシギが覗いている）、ハリエットは山高帽（ド派手な格子柄）だ。ベル＆セバスチャンやヴァンパイア・ウィークエンドのカバー曲にオリジナルを二、三曲交えての演奏で、ジューンがピアノに駆け寄って弾くこともあった。

オーブリーは二人の演奏を何度も見た。自分もゲーム・ミュージックを室内楽仕立てにする古楽合奏団のメンバーで、やはり〈スライシー・トーヴ〉で演奏していた。

ある夜、オーブリーの合奏団（グループ名はバーガー・タイム、由来はぜったい誰にもわからない）の出番がハリエットとジューンのデュオ、ジュニコーン（由来はきっと誰にでもわかる――ハリエットの名字がコーネルだからだ）のすぐあとにまわってくることになった。ステージの袖の暗がりにいたオーブリーは、弓に松ヤニを塗っておこうと、はやばやとケースからチェロを出したところだった。ジュニコーンは史上最悪のギグを終えようとしていた。まず、ハリエットが《オックスフォード・コンマ》の入りでまちがえて、曲はしっちゃかめっちゃかになった末に、終わりまでよろよろ進んでやっと止まった。と思うと、いちばん盛り上がる曲（モンティ・パイソンの《オールウェイズ・ルック・オン・ザ・ブライト・サイド・オブ・ライフ》をやって、客にもいっしょに歌わせる）に使うバンジョーをハリエットが忘れてきたことが判明して、ささやき声の喧嘩《けんか》が始まった。客の入りはよかったが、誰一人音楽を聞いていなかった。ハリエットは怒りで頬を染めながらも目頭をぬぐうそぶりは見せずに、涙を必死でこらえていることを人には悟らせまいとした。ジューンは店の外まで響きそうなささやき声でひとしきり文句をいってしまうと、ハリエットにも客にも目を向けずにピアノの前に腰をおろした。二人はそのまま目を合わせずに、つぎの曲目をめぐって激しくやりあった。ハリエットが肩越しに発する鋭い声には憤りがこもっていた。

　客のなかの酔っ払いが吼《ほ》えるように曲をリクエストしはじめた。「キッスをやってくれよ！　《地獄の回想《リック・イット・アップ》》は？　なぁ、ねえちゃんたち！　ねえちゃんたちってばよぅ！　《禁断のロックン・ロール《レッツ・プット・ザ・エックス・イン・セックス》》は？　やれよ！」

　けっきょくオアシスの《ワンダーウォール》をやるということで落ち着いた。客のざわめきがいったんおさまり、ほぼ静まりかえったその一瞬、ステージ付近の客の耳に、ジューンの「Ｆシャープだから！　Ｆ。〝ふざけんな《ドント・ファアック・イット・アップ》〟のＦ」という声がはっきり届いた。

いちばんステージに近い客たちがクスクス笑った。

ハリエットのアコースティック・ギターがコードを鳴らし、ジューンがピアノでメロディを探る。二人は歌いはじめた。かぼそい、痛々しい声。だが、客はまだ聞き入るところまではいかなかった。オーブリーはステージの袖で弾きはじめた。潮のように切なく弓で弦をこする音が、メロディに深みを与える。ハリエットもジューンも初めのうちは気づかなかった。トリオになったことを意識していなかった。客の注目がもどりはじめてようやくそうとわかると、二人の姿勢が変わり、声が力強く響いて絡みあった。客席の雑談の声が消えていき、歌が店内を満たした。さっきの酔っ払いが「キッスが聞きたいんだってばよぅ！ リック・イット・アーーーーップ！」とわめいたが、「黙って床でも舐めて《リック・アップ》ろ」とたしなめられて口をつぐんだ。

最後のリフレインを歌う二人の声は、大胆不敵で楽しげだった。二人とも救われたことを知っていた。そのとき初めてハリエットの耳にチェロの音が届いた。彼女は振り向き、袖にいるオーブリーを見た。目が見ひらかれ、眉が跳ね上がった。笑いだしたくてたまらないような顔。歌が終わって客が歓声をあげはじめたが、ハリエットは喝采を存分に味わいもせず跳ねるように袖に来ると、脱いだ山高帽をオーブリーにかぶせて、勢いよく頰にキスした。

「誰だか知らないけど、これだけはいわせて。あなたのこと、ずっと大好きでいるからね。ずっとずっとずぅっと」ハリエットはそういったのだ、オーブリーに。

ジューンは《リック・イット・アップ》を三小節だけ演奏したかと思うといきなり立ち上がり、八〇年代のアクション映画で刑事が自分のフェラーリのボンネットの上をすべって向こう側へ行くような具合にピアノの上をすべってこっち側へ来て叫んだ。「で？　トリオでやりたい気分の人はだぁれ？」それから、オーブリーの反対の頰にキスした。

もちろんジョークだった。だが、あろうことか、夏になるころには三人はトリオを組んでいた。その年の五月、オーブリーはクリーブランド管弦楽団の椅子を辞退して、ジュニコーンといっしょに東海岸をまわってライブ活動をする自由を手に入れたのだ。

8

荒々しい冷たい風で目が覚めた。空腹で腹がよじれそうだった。唾を飲むたびに鋭い痛みが喉を刺す。

目がまわって体に力が入らない。もふもふしたヒツジを思わせる雲の毛布の下で、オーブリーは縮こまった。毛布の手触りは羽毛そのもののやわらかさで、カプセルのようにぬくぬくと快適だ。だが、頭は外気にさらされていて、寒さで死ぬほど耳が痛かった。

グラノーラ・バーを取り出して包みを剝がすと、一口だけかじった。ねばつくココナッツ、塩味のアーモンド、隙間をふさぐ甘いチョコレート。残りも一気にむさぼりそうになったが、無理やり包みに押しこんでポケットにもどし、ついでにジャンプスーツのファスナーも閉めて、グラノーラ・バーと自分とのあいだにもう一つ障害物を作った。なにやかやいって、一つだけはサバイバルスキルが身についていたとみえる。そう、自制心だ。ジューンの車の後部座席でハリエットといっしょに過ごした何百という夜のあいだに磨かれた自制心。ハリエットはときどきオーブリーの膝枕で仮眠した。「おやすみ、愛しのおバカさん」とつぶやく唇が、腹に触れそうになることもあった。自制心なら誰にも負けない。

ハリエットへの欲望はグラノーラ・バーへの欲望以上に強烈だったものの、自分からはキスしたこともなかった。顔に触れたこともなかった。手を握ったのも、あちらから差し出されたときだけだ。例外はいうまでもなくシュガーローフでの一度きり。それにあのときだって、触れたのもキスしたのもオーブリーからではない。ハリエットからだった。

少しでも喉をうるおそうと、スターバーストを一粒しゃぶる。ハリエットが時間をかけて舐めているうちに、目が覚めて頭がはっきりしてきた。頭上に広がるのは一面の曇り空、下界に広がるのは鉛色の丘とピューター色の谷が入り交じるくしゃくしゃした白銀の景色だ。

毛布を押しのけて立ち上がると風がぶつかってきて、力の入らない足がさらわれそうになった。突風が髪をくしゃくしゃにかき乱す。たなびく雲島のしっぽのほうへと、オーブリーはよろよろ近づいた。

眼下の丘陵地帯は、深い森に覆われていた。枯葉色をした糸のように細い川が見える。四角く区切られた緑の部分は農地だ。あちこちに殴り書きしたみたいな道路が走っている。今見おろしているのはいったいどこだ？　メリーランドか。ペンシルベニアか。カナダか。まさか。カナダということはないだろう。一眠りしているあいだに広大なエリー湖を渡ってしまったとは思えない。どのくらいのスピードで移動しているのか定かではないが、下の道路をすべるように走っている車よりは遅い。

「どこへ行くんだ？」なんとなく熱っぽくて震えながら、オーブリーは尋ねた。

あのガラスめいた黒い塊——真珠だ——にまた頭のなかを踏み荒らされるものと思って

いたが、その手のことはいっさい起きなかった。

あれはなんだったんだろう？　そう自問しながらも、すでにオーブリーは答えを知っていた。あれは返事だ。断固としたノー。この雲島のテレパシー的言語による拒絶だ。

さまよえるオーブリーは、島全体にぼんやりと視線をさまよわせた。気づくとまたしても中央のドームに視線が吸い寄せられていた。ドームの大きさはセント・ポール大聖堂とほぼ同じ、形状もほぼ同じだ。

オーブリーは足元の霧のなかを探り、羽毛のようにやわらかい霞《かすみ》のローブと、ついでに長さ三メートル近い靄《もや》のマフラーをひっぱり出した。それから雲のなかに片手をくぐらせ、帽子をすくい取る。ぜんぶ身につけ、命を吹きこまれた雪ダルマそっくりの格好になると、雲の中央めざして出発した。

深い静寂と平安をかきわけて、広大なクリーム色の草原を進んでいく。驚くほど静かだった。世界がどれほど雑然として騒々しいか、下界からもほかの人間からも何キロも離れてみないと、なかなかわからないものだ。

雲島の中心のミルキーホワイトのドームにたどりついた瞬間、黒い閃光《せんこう》が頭蓋を満たした。オーブリーはよろめき、片手で頭を押さえてドームの脇に片膝をついた。痛み（真珠だ）が弱まり、頭の一角にヒリヒリする感覚を残して消える。こめかみがドクドク疼く。

オーブリーはさらなる黒い精神攻撃に備えた。黒曜石のボールで吹っ飛ばされるのを待ち受ける人間ボウリング・ピンになった気分だ。

なにも来ない。

このまま進みつづけたらどうなるか、だいたい察しがついた。オーブリーはドームの壁をよじのぼりはじめた。勾配は急で、両手両足で雲をほじくりながらのぼるしかない。じっとりした、カスタードっぽい感触。固めのプリンをよじのぼると、こんな感じかもしれない。

二メートルほどのぼっただろうか。ふたたび叩きつけるような黒い衝撃に襲われた。枝で顔を弾かれたときと似ている。涙がにじんだ。オーブリーは身を強ばらせ、のぼるのを中断した。今の頭蓋内の破壊的な爆発は、意識を失うよりまだ悪い。存在を失った気がした。一瞬、自分がいなくなった。

「上にのぼられるとなにかまずいことでもあるのか?」オーブリーは訊いてみた。

雲の答えはなかった。

のぼりつづけることにする。とりあえず、どうなるかだけでも確かめたかった――こっちがしつこくしたとき、こいつがどれだけ精神的滅多打ちにこだわるか見届けてやろう。

また雲をほじくって手掛かりを作り、さらに次の

重量級の暗黒が、落下したシャンデリアさながら意識を直撃する。

だが、あふれる涙がおさまって目が見えるようになったとき、オーブリーはあいかわらずのぼっていた――自分が存在しなくなったように思えた今の空白の一瞬のあいだも、ちゃんとのぼりつづけていたらしい。すでにドームの半分を越えたあたりで、勾配もだいぶなだらかになってきていて、もはやのぼるというより、よつんばいで進むという感じだった。このぶんなら、あと十分くらいがんばればてっぺんにたどりつく。ただし、この宿主《ドーム》が親指と人差し指でつまんだダニをつぶすみたいにオーブリーの心を押しつぶさないでいてくれればの話だ。

目を閉じて一休みする。必死で斜面を這いのぼったせいで、顔が汗まみれだ。

そのとき、感じた。雲（真珠だ）の中心部に、ちょうど人間が口にビー玉をくわえているような具合に、なにかが嵌《は》まっている。それはうなっていた。ごくかすかな、低い、くぐもったうなりだったが、すぐに聞き取れた。これもサバイバルスキルに数えていいかもしれない――オーブリーは敏感で鋭い耳を持っている。五十人の弦楽器パートでたった一本のバイオリンの音程がずれていてもわかるほどだ。このやわらかいブーンブーンという音からは、痛みのようなものが感じ取れた。人間に他人の痛みが感じ取れるものだろうかと思われながらどうかと思うような、バカバカしいイメージが頭に浮かぶ――ここは黒い家の固く閉ざされた扉の前。家の者たちが嘆き悲しんでいる。ベッドには冷たい骸《むくろ》となって横たわる祖父の姿が……。

そんな家の扉をノックして道を尋ねるような真似が自分にできるか？

このままのぼりつづければ、すぐにまた黒い殴打に襲われるにちがいない。こんどのはきっと、引きかえしてくれと雲に頼んだゆうべのに劣らず強烈なやつだろう。オーブリーは来たほうに向きなおってドームの脇腹に腰をおろすと、自分の雲の領地を見渡した。ふわふわした不毛の広大な白い封土。こんな上のほう（島のほかの部分よりたぶん四階分くらい上——それでもドームのてっぺんまではまだずいぶんある）からだと、もう積乱雲のベッドも、安楽椅子も、コートスタンドも見えない。すべて仄白《ほのじろ》い背景にまぎれて、雲の不規則な凹凸と区別するのは不可能だった。

しばらくすわっているうちに、冷たい風が汗に濡《ぬ》れた顔を冷やしてくれた。

ふと見ると、一キロか二キロ向こうをジャンボジェットが一機、頭上を覆う雲の天井のさきへのぼっていこうとしていた。オーブリーは跳び上がって両腕を振りまわした。意味がないのはわかっている。ベッドが見えないのとおなじで、向こうからはこっちが見えない。それでも叫び、跳び上がった。

三度目に跳び上がったとき足がすべった。尻餅をつき、そのまますべり落ちて、ドームの下の青白い吹きだまりのなかに顔からつっこんだ。顔がなにかふかふかしたやわらかいものに当たった。スポンジめいた雲のやわらかさとは異質のものだ。

顔をしかめながら手探りし、そのなにかを見つけて、靄のなかから拾い上げる——小さな紫色のぬいぐるみの馬だった。額に生えた銀色の角、肩のかわいらしい虹色の翼。ハリエットはこれを持ってセスナから飛び出したはずだが、途中で落としたらしい。つまるところ、オーブリーは雲の上に独りぼっちというわけではなかった。ジュニコーンもいてくれた。

9

ジュニコーンのぬいぐるみはハリエットのアイデアだった。Tシャツや限定盤CDといっしょに販売しようというのだ。結果的に、この経営判断は大当たりした。男たちがガールフレンド用に買った。女の子たちが自分用に買った。親たちが子供用に買った。馬がこれだけ売れるなんてドラッグの売人も真っ青だよね、とジューンはいった。

クリーブランド音楽院に在籍していた縁で、レコーディングスタジオを借りる手筈《てはず》はオーブリーがととのえた。ペラ紙のライナーノーツのクレジットは、ハリエットが一曲、ジューンが二曲、カバー曲が二曲。あとは全曲コーネル&グリフィン&モリスだった。メロディを作り、アレンジを考え、コーラスを練り上げたのはオーブリーだったが、彼としては、ハリエットの歌詞とジューンのピアノはクレジットに名前を並記するだけのことがあると思っていたし、どの曲もまぎれもないコラボレーションだと信じるにやぶさかではなかった。というより、誰よりも強くそう信じていた。

「音楽の天才はオーブリーなのに、ユニット名がジュニコーンってなんか変。そう思うのってわたしだけ？」ある日、天然木の梁《はり》が剝き出しになった広いスタジオでレコーディングしていたとき、ハリエットがいった。「グリフィンにしないとでしょ。鷲獅子《グリフィン》のぬいぐるみも売り出せるし」

「その気にさせちゃだめ」ジューンはそういって、ピアノで自作の《幻のわたし》を少しだけ弾いた。いや、あれはコールドプレイの《プリンセス・オブ・チャイナ》だったか。ジューンの曲はどれもなにかの曲に似ている。フィオナ・アップルの《シャドウボクサー》にそっくりすぎる曲もあって、一度などステージで自分の歌詞を忘れてフィオナ・アップルの歌詞で歌うという失態を演じたくらいだ。

三人は年季の入ったジューンのボルボで走りまわってギグをこなした。ジュニコーンのぬいぐるみは箱詰めされて、ロニー・モリスが運転する無骨な赤のフォード・エコノラインであとから運ばれてきた。モリス兄弟は設営スタッフとして周辺機器や販促商品の運搬も請け負い、ぜんぶのギグについてきた。バンドといっしょだと、しょっちゅうビールをただ飲みできるうえに、すぐやれる女たちとの出会いのチャンスにも事欠かない。ロニーもブラッドもそこに味を占めたようだ。ジュニコーンやTシャツを詰めこんだ箱といっしょに、二人はたいてい〝ペン・パルくん〟も連れてきた。

ペン・パルくんというのは、ハリエットの彼氏にオーブリーがつけたあだ名だ。ハリエットは九歳のとき、父親のサンディエゴ出張についていったことがある。そのまま長めの週末休暇をいっしょに過ごして、野球を観戦したり動物園に行ったりした。最後の日の朝は父親と海岸をぶらついて、瓶入りのコカ・コーラを買ってもらった。コーラを飲んでしまうと、ハリエットは瓶に一ドル札と手紙を押しこんだ。手紙にはクリーブランドの自宅の住所と、「この瓶を見つけてペン・パルになってくれた人にはお金をもっとあげます」という約束を書きつらねた。密封した瓶は、父親が沖合三十メートルあまりのところに投げこんだ。

二カ月後、クリス・ティボルトという名前の人物から封書が届いた。中身は名前の主の写真と自己紹介の手紙、それから、送りかえされてきた一ドル札だった。クリスは十一歳、趣味はモデルロケットを作って飛ばすこと。サンディエゴの少し南にあるインペリアル・ビーチへ新しいモデルロケットを飛ばしに行って、砂から突き出たコカ・コーラの瓶を見つけたそうだ。好きな大統領はJFK、ラッキーナンバーは63。爆竹の事故で右足の指が四本しかないことも書いてあった。写真は学校用のありきたりなもので、赤みがかった金髪とえくぼと歯列矯正用ブラケットの男の子が、くすんだ青を背にして写っていた。

二人は手紙のやりとりをつづけ、三年後、ペン・パルくんが祖母といっしょに東海岸へ来る途中で初めて会うことになった。彼は週末をコーネル家で過ごし、祖母とゲストルームに泊まった。ハリエットはペン・パルくんといっしょにロケットを飛ばした。空中で写真撮影ができるエステス社のアストロカム・モデルロケットだ。上空約百八十メートルで撮影された写真には、緑の野原に並んだ二つの白っぽい人影と、その足元まで伸びる幻の豆の木みたいなピンクの煙が写っていた。ハリエットがハイスクールの二年生になるころには、二人は「付き合ってる」関係になっていて、手紙はメールに変わり、お互いに愛しているとは認めあっていた。ペン・パルくんはハリエットの近くにいたいばかりに、ケント州立大学に航空宇宙工学専攻希望の願書を出した。

ペン・パルくんは、実際には二十代前半ということはさておき、オーブリーにはヤングアダルト小説に登場するソバカスだらけの少年探偵としか思えなかった。むかつくほど優雅にゴルフをやり、ニキビができたことなどないような顔をしているばかりか、怪我した小鳥を見つけてきては手当てしてふたたび野に放すという特技まで持っている。しかも、ジューンの兄たちのお気に入りでもあった。すぐ酔っ払うし、酔っ払うと二人にキスしようとするからだ――本人いわく、「兄弟のキス」だそうだ。この男が隠れゲイだとわかったらどんなにいいだろうとオーブリーは思うが、残念ながら、カリフォルニアっ子というだけのことだった。ハリエットとペン・パルくんが子供につける名前のことを相談しているのを聞いたとき――男の子ならジェットがいいな、女の子ならケネディね――オーブリーは自分の人生に絶望した。

ロニー・モリスのバンにはあと一人乗れるスペースがあるにもかかわらず、ハリエットはいつもオーブリーたちといっしょにボルボに乗った。ペン・パルくんに説得されたのだそうだ。

「クリスがそうしろっていうし」あるときハリエットが説明してくれた。「わたしたちのオノ・ヨーコになりたくないんですって」

「ああ」とオーブリーはいった。「バンドのせいで引き裂かれる恋人たちってわけか。ほくといっしょに後部座席に押しこまれるのは、お仕置きみたいなものなんだね」

「んー」ハリエットは目を閉じた。寝心地がいいように動かした頭がオーブリーの腿に触れた。「週二のお尻ペンペンかな」

運転席のジューンがわざとらしく咳払《せきばら》いして、しばらくするとハリエットは不満げなうめきとともに起き上がり、運転を交代した。ハリエットは自分用のジュニコーンを持っていた。このときはオーブリーと自分を隔てる三十センチの隙間に置いて、枕代わりに使っていた。

10

午後はそれから風が強まり、気むずかしい雲島の表面はかきまわされて無数の細波《さざなみ》に変じた。島はあちらへこちらへともてあそばれながら、帆走艇《カッター》のように暴風のなかを突き進んでいた。雨のにおいがした。

雲船は低く垂れこめた物騒な雲に向かってひた走り、何キロにもわたって広がる黒いスカーフめいた土砂降りのなかへとまっすぐにつっこんだ。雨粒が打ちつけてきたとたん、オーブリーはよろめいた。雲のコートが引き裂かれる。にわか雨に遭った母親が乳飲み子を守るように、オーブリーはぬいぐるみのジュニコーンを抱きしめると、避難場所を求めて退却した。コートスタンドの隣に出現した雲の傘立てから、白い霧でできた傘の柄が突き出ていた。ひっつかんで傘をひらく。固い雲の大きなテントが頭上に広がった。

オーブリーはときどき傘を傾けては、目を閉じて口をあけた。唇に刺さる氷のような雨粒は、冷たくてうまかった。ナイフの刃を舐めたみたいな味だった。

分厚い雲の巨大な猫足バスタブには、さらに大量の雨が降りそそいだ。氷の聖杯をなみなみと満たす水。霧に浮かぶ深い深い水溜《みずた》まり。

豪雨のなかで三時間あまり過ごしてから、ようやく巨大な雲の船は東へ針路をとって嵐をあとにした。オーブリーはまばゆい残照のなかで腹這いになって雲の縁《へり》から顔を出し、直径一キロ半の雲島の影が下界の緑の地図の上を動くようすを眺めた。深いバスタブから自分の頭くらいの大きさの手桶《ておけ》を使って飲みたいだけ水を飲んだせいで、腹が痛くなってきた。雲島の縁《へり》から三十秒近くかけてゆっくり小便をした。夕方のきらめきのなかに飛び出す金色の放物線。そのときには、オーブリー・グリフィンは高いところが怖いことをすっかり忘れていた。さしあたり恐怖心は感じなかった。

11

ハリエットが一度だけオーブリーの腕にすべりこんだのは、メイン州のシュガーローフ・マウンテンで演奏した夜のことだ。あのときはスキー・リゾートのゲレンデからすぐのガストロパブでギグをやった。ペン・パルくんは同行していなかった。学校の課題があるからとハリエットは説明したが、喧嘩したとジューンから聞いた。見苦しい涙、ひどいことばの投げあい、荒々しく閉じられたドア。ペン・パルくんがあえて話に出さなかった西海岸のガールフレンドからのメールを、ハリエットがたまたま見つけたのだそうだ。ペン・パルくんは彼女とはもうつきあっていないと断言しながらも、写真まで削除しなくてはならない理由が理解できなかったらしい。半分裸の自撮りがあったが、それはまだましだった。ハリエットが本気でキレたのは、百五十メートルの上空から撮影したインペリアル・ビーチの写真だ。アストロカムからの写真。並んで見上げるペン・パルくんと西海岸のサリー。ペン・パルくんはメールでサリーに〝ロケットくん〟と呼ばれていた。

それを聞いて、オーブリーは胸が苦しくなった——というより、胸が躍った。あと三週間で、オーブリーはヒースロー空港へ飛ぶはずだった。クリスマス休暇明けから半年間、英国王立音楽院で学ぶ予定になっていた。早ばやとフラットも借りて、半年分の賃貸料を前払いしてあった。その金は取りもどしようがなかったが、一瞬でもハリエットと過ごせるのならこちらに残ってもいい、トンボ帰りしてもいいと、無謀な考えが頭に浮かんだ。

ギグ会場までの十二時間におよぶドライブのあいだ、ハリエットは終始顔を強ばらせて無言のままだった。ステージではギタリストのニルス・ロフグレンの前座をつとめることになっていた。こっそり計算してみると出演料はガソリン代にもならなかったが、スキー・リゾートでの無料宿泊とミールクーポンがついて、リフト券も店のサービスだった。幸せいっぱいの時期は、ハリエットとペン・パルくんは丸一日スキーをする計画を立てていた。だが、ハリエットはスキー板も持ってきておらず、筋を違えたとかなんとか言い訳した。事情が変わった証拠だった。

「ほんとのとこ、筋を違えたのはロケットくんのほうじゃんねえ？」荷物を積みこみながら、ジューンがいった。ハリエットは返事の代わりに乱暴にトランクを閉めた。

道中ハリエットは親指の爪を嚙みながら、粉をまぶしたような樅《もみ》の木立と雪の積もった坂道をにらんでいた。前の週はずっと大雪で、道路の両側には鑿《のみ》で削いだみたいな白い崖がそそり立ち、雲にうがったトンネルを走っている気分にさせられた。

その夜は壁までぎっしり埋まった店内で演奏した。オーブリーたちより年上の裕福な客ばかりで、スキーをしたりクレジットカードを使ったりで大忙しだった土曜の夜にご機嫌な音楽を聞きたがっていた。暑い店内に充満するホップと湿ったウールと湿った髪と薪《まき》の煙のにおい。ハリエットはヒップハンガーのブルージーンズを穿いていて、楽器の上に腰をかがめるたびに、Tバック上部のエメラルド色がオーブリーの目を焼いた。その日の彼女はとりわけすばらしかった。自然体で、剽軽《ひょうきん》。ふだんは透明な声が風邪のなおりかけのときのようにかすれ気味なのも耳に心地よかった。三人は演奏した。飲んだ。ピンクの象のラベルのベルギービールだった。オーブリーは四杯でくらくらしてきた。よくよく見ればアルコール度数が八・五もあった。

「あたしの部屋ってぇ、どこだっけー?」とハリエットに訊かれた。「覚えてる?」

オーブリーはカードキーを見るようにいったが、カードキーはただのつるんとした黒い長方形で、なにも教えてくれなかった。

「ぼくの部屋からフロントに電話してみよう」とオーブリーは提案した。けっきょく電話はしなかった。

12

星々が姿をあらわした。冷たい闇に群がる火花のきらめき。大地から何千メートルも上のここは冬そのものだ。オーブリーはグラノーラ・バーの残りを食べつくすと、何枚も重ねた毛布にジュニコーンといっしょに潜りこみ、ぬいぐるみを顔に押し当て、そこに染みついているはずのハリエットの香りを嗅ぎ取ろうとした。メイン州のあの夜の彼女の髪の、松のような杜松《ねず》のような香りを思い出そうとした。

シュガーローフのことを考えると、むしるように服を脱がせあい、むさぼるようにキスしあったことを思い出すと夜更け、ハリエットへの渇望がさっきまでの水への渇望に劣らず強烈に身を苛んだ。すると、毛布を押しのけて、そっと、恥じらうように、かたわらに彼女が入ってきた。やわらかな白い乳房、ひんやりたゆたう絹の髪、乾霧の唇、冷霧の舌。雲でできたハリエット。

オーブリーは感謝のあまり泣きながら彼女を引き寄せ、彼女のなかに飛びこんだ。パラシュートなしの飛びこみの、なんと長く甘やかな――。

13

あの朝さきに目を覚ましていたら人生はすっかり変わっていたかもしれないと、オーブリーは思う。明るい日射しのなかで目を覚ますと、枕と白いシーツの山にうずもれていて、隣には一糸まとわぬハリエット――けっきょく、それがどんなものか知らないままで終わってしまった。彼女の裸の背中で躍る光を見てみたかった。肩へのキスで彼女を起こしてみたかった。

現実には、眠りから這い上がるとハリエットはもういなかった。ホテルの部屋のドアをノックしても返事はなかった。朝食ビュッフェにもあらわれなかった。

その後はシュガーローフにいるあいだずっと一度もハリエットを見かけなかった――いや、一度だけちらりと見かけた。ホテルの前庭にいて、ぺらぺらのデニムジャケットをはおっただけで震えながら、誰かと電話で話していた。話しながら泣いていた。相手はあいつだとオーブリーは思った。希望に胸が高鳴った。別れるんだ。あいつと別れるんだ。これからはぼくたちの時間だ。

前庭に面したロビーの窓の着色ガラス越しに、オーブリーは見つめていた。そばに行けるものなら行っただろう――必要とされているなら、そっと寄り添うことで支えになれるなら、そばにいたかった。だが、ロビーにおりたとき、オーブリーはジューンといっしょだった。ジューンは痛みに苦しんでいて、ひどい生理痛か食べたものに当たったのかも、といった。腕にしがみついていた彼女は、やはり前庭の光景をちらりと見やると、オーブリーをレセプションのほうへひっぱっていった。

「そっとしとこうよ」とジューンはいった。「あんたを必要としてるのは、あの子じゃなくてあたし。出血がすごいんだよね。生理っていうより後産みたい。名前もつけてないしオムツも買ってないのにこんなに出るってありえない」

ジューンはほんとうに具合が悪くて、オーブリーは運転を頼まれた。チェロを階下に運んだときは、ハリエットはもういなかった。モリス兄弟の車に乗って一足さきに出発していた。あの子は二日酔いで頭が痛くてバンの後部ベッドで寝たいんだって、とジューンがいった。オーブリーは混乱していた。ハリエットは出発したというより、むしろ逃げだしたように思えた。

「あたし、ゆうべ飲んだピンクの象のせいで生理がひどくなったのかも」ジューンはいった。「しかたないか。だいたい飲みすぎだし。ゆうべにもどれたらいいのにね。きっとハリエットも飲みすぎだよ。ほら、〝まちがいが起きた〟ってやつかな。レーガンがいったみたく」

今の話にビール以上の意味が込められているのなら、どういう意味なのか知りたかった。

ジューンがなにを知っているのか確かめたかった。だが、オーブリーには勇気がなくて、そのうちジューンは豪快ないびきをかいて眠ってしまった。

自分のアパートにもどると、オーブリーはハリエットにメッセージを送った。なんだかすごい！　あんなことになるなんてに始まり、この関係を大事にしたいとつづいて、どうしたの？　元気？で終わるまで、たぶん十通以上。

返信はなかった。不安で胸が悪くなりそうな沈黙。眠れなかった。ベッドに入ることもできなかった。吐き気がした。彼は小さなベッドルームをうろうろした。考えなくてすむようにスマホでゲームをした。しまいには、かすかに饐《す》えたピザのにおいがする中古のすり切れたカウチでうとうとした。

やっとメッセージの通知音が響いたのは、午前四時十五分だった。

ごめんねわたし最低。あんなことすべきじゃなかった。あなたにひどいことした。しばらくひとりになりたい。九歳からつきあってる人がいる。彼なしの自分がなんなのか考えたい。わたしのこと嫌いにならないで。どうか見捨てないで。オーブリーは大事な友だち。

いちばん下に、破れたハートの絵文字。

三週間後、オーブリーはロンドンへ飛び、イーストエンドのフラットに荷物を広げていた。その後ハリエットからはなんの音沙汰もなかった。三月になってようやく連絡があった。そのとき届いたメッセージは——

ジューンが重病。電話もらえますか？

14

目を覚ましたら雲のハリエットはいなくなっているだろうと思っていたが、ちゃんとオーブリーの胸元に寄り添って眠っていた。彫刻を思わせる盲《めし》いた瞳とすべらかな肌をした、幽霊のように繊細な女の子。そよ風になびき、うねる髪は、まるで白い絹の羽毛だ。彼女としたせいでペニスがカサカサだった。なんだか冷たいポリッジがいっぱいに入ったバケツとした感じだ。

もっとも、雲のハリエットに向かってそんなことはいわなかった。オーブリーは紳士を自認しているのだ。代わりに、こう声をかけた。「キスがじょうずだね」

雲のハリエットは、うっとりとオーブリーを見やった。

「いってることわかる?」

彼女は両手をきちんと膝に置いてベッドに正座すると、いささか盲目的な崇拝の念が込められた視線をうれしそうにこっちへ向けた。

オーブリーは霧の手を取った。強く握りしめると、少しだけ形が崩れた。

「下におりないとだめなんだ。ここにいたら飢え死にする」

指のあいだから水がこぼれるようにあっけなく、雲のハリエットの手からこぼれ落ちていく。一瞬、彼女が落胆して縮んだように思えた。肩が落ちたのは、あなた空気が読めない人なのね、といいたいのだろう。オーブリーは諦めなかった。「それが無理なら飛びおりさせてくれ。でも、いいかい？　このままここにいたら、ぼくは死ぬ。寒さか飢えで」「ぼくのことも考えてくれないと」オーブリーは諦めなかった。

雲のハリエットは精一杯の気遣いを込めて白い瞳でオーブリーを見つめると、やおら背を向け、ベッドの脇に細い両足を垂らした。それから、誘うようないたずらっぽい視線を肩越しにこっちへ投げかけ、雲の中心部のほうへ顎をしゃくってみせた。向こうにあるものに注意を向けさせたいらしい。

向こうにあったのは、『アラビアン・ナイト』に出てくるみたいな雲の宮殿だった。とがった光塔《ミナレット》やアーチ、中庭や城壁、階段やスロープの巨大な塊。空に高々とそびえる壮麗な建造物は、早朝の光を浴びて、真珠そのものの（真珠だ！）やわらかな光彩を放っていた。雲島の中央に鎮座するドームの周辺に、一夜にしてこんなものが生え育ったのだ。

立ち上がってハリエットを追おうとして、オーブリーはよろめき、片膝をつきそうになった。体に力が入らない。ふわふわした気分。自分が雲になったみたいな感覚。まだ飢餓状態とまではいかないが——そこに至るには何週間もかかるはずだし——空腹のせいで朦《もう》朧《ろう》として、すばやく動こうとすると目がまわった。

雲のハリエットに手を引かれ、しばらく進むと濠《ほり》に行き当たった。心臓がドクンと跳ねる。宮殿の周囲に環状の亀裂が走っていた。数キロ下に、起伏のある緑の大地が見える。峡谷。樅《もみ》に覆われて影になった斜面。ハリエットが腕を引く。導かれるままに、オーブリーは幅の広い雲の跳ね橋を渡り、城門をくぐった。

宮殿に足を踏み入れると、オーブリーはつないでいた手を離し、その場で体ごとゆっくりまわってあたりのようすを観察した。二人がいるのは、雪の色をした丸天井を戴《いただ》く大広間だった。巨大ウエディングドレスのスカートのなかにいるような気がする。

くるくるまわったせいでめまいがしてきて、またしてもひっくりかえりそうになった。ハリエットが肘をつかんで支え、そのまま立派な玉座まで連れていってくれた。オーブリーは腰をおろした。脚が体の重さから解放されたのがありがたい。膝の上にハリエットが身を沈める。ひんやりした細いウエスト。丸みを帯びた腰。目を閉じて、彼女の冷たい、心地よい肩に頭を預けた。抱いているだけで、とにかく癒やされる。

目をあけると、抱いているのは雲でできたチェロだった。すべすべした完璧な形の尻とほっそりしたウエストと青白い胸は、チェロのボディになっていた。

対流圏のハリエットは今は絹のような灰白いドレスをまとい、一メートルほど離れたところに腰かけて、ハンバーガーを手にした人間を見つめる犬そっくりの熱いまなざしをこっちに向けていた。

オーブリーは足元の雲に手をつっこみ、魚の骨の乳白色をした鞭《むち》のように細い弓をひっぱり出した。飢えていたせいか、まっさきに奏でたのは渇望の音楽だった。マーラーの

《交響曲第五番》第三部。なにもなしですませるということをめぐる瞑想、存在しないものや存在するはずのないものを具現化するということをめぐる瞑想《めいそう》。雲のチェロの鳴りかたは木製のチェロとおなじとはいかなかった。軒下を吹きすぎる風の、空《から》の瓶の口を吹き鳴らす息の、心をかき乱す音がする。それでも、旋律ははっきり聞き取れた。

雲のハリエットがスツールから立ち上がり、ゆらゆらと回転しはじめた。オーブリーは波にたゆたう海藻を連想した。唾を飲むと、音をたてて喉が鳴った。

ハリエットの回転はオルゴールのバレリーナを思わせた。この世のものとは思えぬすべらかな肌の、一本足の女の子。回転させているのはオーブリーなのだろうか。音楽の力で回転する轆轤《ろくろ》。つぎの瞬間、ハリエットが足元の雲からふわりと浮いて舞い上がり、幻めいた美しい翼を広げ、頭上をくるくる飛びまわりはじめた。

そのようすに魅せられて、オーブリーは弾くのを忘れた。関係なかった。弾き手なしでも音楽はつづいた。チェロはオーブリーの膝の前に立ち、宙に浮かんだ弓が、さわれるのにはっきり見えない弦をこすりつづける。

飛びまわるハリエットの姿に引かれるように、オーブリーは立ち上がった。よろめく足を踏みしめて手を伸ばす。抱かれたい――飛びたい。

ハリエットはふわりと舞いおりてその手を取ると、宮殿の丸天井の下の高みへと一気にオーブリーをひっぱり上げた。内臓が取り残される勢い。空気が口笛を吹く。チェロが切々と歌う。オーブリーは一声叫んでハリエットを抱き寄せた。腰と腰がぶつかる。二人は落下し、滑空し、ふたたび上昇した。血液が重く、頭が軽い。オーブリーはもう硬くなっていた。

雲のハリエットは、オーブリーを大階段のてっぺんの踊り場へと運んでいった。二人はもつれあうようにその場に倒れこんだ。翼がハネムーンのシーツになる。オーブリーとハリエットは、ふたたび一つになった。チェロが淫らで気取ったキャバレー音楽を奏ではじめた。

15

ジューンはよくなったかと思うと悪くなった。一月《ひとつき》ほどは体調もまあまあで、頭にスカーフを巻き、アルミの杖《つえ》をついて歩きまわり、新たな現実を受け入れるつもりだと話していた。そのうち受け入れる話をしなくなり、ガン病棟に入院した。オーブリーはウクレレを持っていったが、楽器は窓辺の折鶴蘭《おりづるらん》のあいだに置かれたまま、手を触れた気配もなかった。

ある日、オーブリーがジューンと二人きりになったとき――ハリエットとジューンの兄たちは階下のギフトショップにチョコレートバーを買いにいっていた――ジューンがいった。「これがみんな片づいたらさ、さきへ進みなよね。なるべく早く」

「気持ちを整理する時間くらいくれてもいいじゃないか」オーブリーはいった。「こんなことになるなんてきみ自身もびっくりだろうけど、でも、ぼくだって……きみのこと、そう簡単には割り切れないよ。ホテルに置き忘れた傘みたいにはさ」

「あたしのことじゃないってば、ニブちんめ」ジューンはいった。「あたしのことだったら、最低十年は泣いてもらうから。喪に服す期間はなるべく長くしてほしいし、みんなの前で未練がましく泣いてほしいし」

「でも、だったらなんの――」

「あの子。ハリエット。あのさ、そういうことにはならないから。あんたが二年近くあたしたちのヘッポコバンドでやってきたのって、あの子とそういうことになるのを期待してたからだよね」

「でも、そういうことになった」

ジューンは顔をそむけた。目は埃《ほこり》まみれのウクレレを通り過ぎて、窓の外の駐車場に向けられていた。窓ガラスに突き刺さる雨。

「ふぅん。そうくるか」ジューンは溜息《ためいき》をついた。「あたしだったら、そのことであんまり大騒ぎしないようにするけどね。あの子にとってはほんと最低な一週間だったんだよ。で、オーブリーなら安心だった」

「安心だったって、どういう意味だ?」

ジューンは呆《あき》れたようにオーブリーを見やった。答えは一目瞭然だといわんばかりだった。そうかもしれない。「オーブリーは半年間いなくなる予定だったじゃん。じきにどっかへ行くことになってて荷造りもすませてる男となんて、ふつうつきあいはじめたりしないでしょ。だから安心だった。嫌われるようなことしてもいいやって思ってたってこと」

リンパ腫と初めて診断されて以来、ジューンは珠玉の知恵をばらまきつづけていた。人生でほんとうに大事なことをテーマにした感動的映画で悲劇に見舞われる心の師を演じる、ジュディ・デンチかウーピー・ゴールドバーグにでもなったつもりでいた。勘弁してほしかった。

「もう眠ったほうがいいよ」オーブリーはいった。

「あたし、あの子にムカついてるんだよね」オーブリーがなにもしゃべらなかったかのように、ジューンはつづけた。

「ぼくたちが酔った勢いで寝たから？」

「ちがう！　そうじゃなくて。その前からのことぜんぶ。夜のドライブのあいだずっと膝枕させたりとか。あんたのこと自分のペットみたいにみんなに紹介したりとか。ああいうことしちゃいけないんだよ。好きになっちゃうかもしれないじゃん」

「いいんだ、大丈夫」オーブリーはいった。とても大丈夫そうには聞こえない声になった。

「ううん、よくない」ジューンはいった。「ずるい」

「ハリエットとは人生で最高に大事な話がいろいろできたし」

「それはあんたの人生の話。ハリエットのじゃない。オーブリーさ、お気に入りのセーターを交換して着るって歌を書いたよね。でもって、ハリエットが歌った。だけどね、オーブリー――いい？　あれはオーブリーの詞なんだよ。あの子のじゃない。あの子は、あんたがあの子のために書いたことばを歌ってただけ。別れなきゃだめ」

「つきあってない」

「頭のなかでつきあってるでしょ。空想のハリエットとは別れて、あんたのことちゃんと好きになってくれる人に恋しなきゃ。本物のハリエットがあんたのこと嫌いって意味じゃないよ。あんたのこと、そういうふうに好きなわけじゃないって意味」

「その本物のハリエットはいったいどこ行ったんだよ？」オーブリーは声を荒らげた。「チョコバー買いに、歩きでペンシルベニアのハーシーにでも行ったか？」

ハリエットは、ジューンの兄たちといっしょにそういう探求の旅に出かけることがよくあった。腫瘍をかかえて暮らす日々が少しでも明るくなればと、変わったチョコレートだの変わった炭酸飲料だの変わったTシャツだのをジューンのために探しまわった。

ジューンはひどく重々しい溜息をついて、窓の外を見やった。「春の歌って、どうしてロマンティックなのが多いかねえ。春は嫌い。雪が溶けて、なにもかも溶けた犬のフンみたいなにおいがして。あんたはロマンティックな春の歌なんてぜったい書かないでね。鬱陶しくて死ぬから。死ぬのは一度でたくさん」

16

そのあと、オーブリーはあえぎながら長いこと横たわっていた。満ち足りた疲労感。体を濡らす冷たい汗。空腹と運動のせいでくらくらしていたが、エンドルフィンの大量分泌に伴うその感覚は不快とはいいきれなかった。遊園地の絶叫系アトラクション体験と似たようなものかもしれない。

雲のハリエットはいなくなっていた——オーブリーが達したとき手のなかで溶けていき、震える霧の毛布となって床を流れていった。向こうも満足したのだと思いたかった。姿を求めてあたりを見まわすと、彼女は高いアーチを戴く通路のさきの、幽霊色をしたテーブルについて待っていた。

オーブリーはもぞもぞとジャンプスーツを着こむと、大食堂に歩み入り、大きなテーブルを見渡した。幽霊じみたゴブレット、綿菓子めいた白いターキー、鉢に盛った雲の果物が並んでいる。

空腹だった——いや、空腹などという生易しいものではない。震えがくるほど飢えていた。だが、雲の料理ではどうにもならない。だいいち、においがしなかった。ただの彫刻だ。こんなものはディナーとはいえない。

ハリエットは無を一切れ切り分け、とげとげした雲の果物と並べて大皿にのせると、オーブリーを見上げた。喜ばせたい一心の子供みたいな顔だ。

「ありがとう。おいしそうだね」

彼は青白いナイフを手に取って、雲の果物を一切れ、カヌーみたいな細長い形にカットした。それをフォークに刺して、仄《ほの》かな光の下でしげしげと見つめてから、かまうもんかと一口かじった。

果物はパリリと砕けた。氷砂糖に似ていなくもないが、銅っぽくて冷たい。雨の味だ。さっきのはオーブリーの思いちがいだった。近づくと、ちゃんとにおいがした。雷雨を思わせる、かすかなにおい。

彼は脇目も振らずにむさぼった。

17

幽霊ターキーの胸肉の二切れ目で、腹が痛くなってきた——キリキリと差しこむ痛みの攻撃。オーブリーは歯を食いしばり、雲の椅子にすわったまま体を二つに折ってうめいた。口のなかに滑らかな感触のものが残っていた。ポケットのなかの汚い小銭でもしゃぶっているようないやな味。またしても腸に縫い針を押しこまれたような痛みが走る。オーブリーは思わず大きな声をたてた。

斜向《はすむ》かいにすわっていた雲のハリエットが驚いて手を伸ばし、オーブリーの手を握ると、あいているほうの手で白い霧のゴブレットを渡してくれた。彼は夢中で飲んだ。ごくごくと二口飲んで、われに返った。これもしょせんは毒の泡だ。オーブリーはゴブレットを投げ捨てた。

狂乱したマルハナバチが内臓にたかり、そこらじゅう刺してまわる。

オーブリーはよろよろと立ち上がった。はずみで雲のハリエットの手を払いのけたが、彼女は気にしていないように見えた。またしても炸裂《さくれつ》する激痛。あわててアーチ通路を駆け抜ける。腸がよじれる。ああ、くそッ。

どこへ向かっているのかも定かでないまま、とにかく大急ぎで、けつまずくことも厭《いと》わず、転がるように大階段を駆けおりた。腸にスチールワイヤーが巻きつけられていて、それが一秒ごとにぎりぎりとしぼられていくような痛みが走る。ここまで切羽詰まって漏らしそうになったのは初めてだった。アームレスリングで使ったアームレスリング——括約筋を使ったアームレスリング——に、もうすぐ負けてしまう。

門から飛び出して、濠に架け渡された橋を突っ走る。キャデラック・サイズのベッドのそばにトイレがあった。膝までおろしたジャンプスーツに足を取られながら、最後の五歩を駆け抜ける。すわる。

噴出。オーブリーは苦痛にうめいた。大量のガラスの破片を体外に放出している気分だった。またもや内臓が鷲づかみにされ、激痛が膝に流れこむ。血の気が引いて、足が痺れてきた。三度目に腸が痙攣《けいれん》したとき、胸骨の内側に突き刺すような痛みが走った。激しいショックの波が胸部に広がる。

数メートル離れたところで、高高度のハリエットが見ていた。ギリシャの女神を思わせる顔に、なんともいえない悲嘆の表情が浮かんでいる。

「悪いけど、頼むから！」

新たに襲いかかった無数のステンレス鋼の棘《いばら》に身を強ばらせながら、オーブリーは声を高めた。ほんとうは、とっとと消えろ！　とわめきたいところだった。おれを殺す気か、このクソ女！　でもいい。だが、邪険にする勇気はなかった。そういう性格ではないのだ。

「独りにしてくれないかな。具合が悪いんだ」

彼女はふわりと溶けて流れ出し、絹の滝となって足元の雲に吸いこまれた。

18

彼女に対して、いうに事欠いて独りにしてくれないかな、か――。〝独り〟はないだろう。いや、それをいうなら、〝彼女〟もない。ここにあるのは雲だけだ。最初に雲のハリエットの顔を見た瞬間から、わかっていた。彼女はこっちを見ていなかった。少なくとも、その瞳では。

いや、考えようによっては、雲全体がオーブリーを見ていたことになる。〝見る〟ということばがふさわしいかどうかは知らない。〝観察する〟くらいが適当か。こっちの行動ばかりか、なんらかの方法で思考まで観察していたわけだ。そうでなければ、どうして頭のなかのサイドテーブルの形がわかる？　好きな女の、理想の女の姿がわかる？

つまり、思考がはっきりことばとして意識にのぼると――それを理解できるということか？

そう思うと、不安でくらくらしてきた。とはいえ、はっきりそうと決まったわけではない――雲がそこまで正確に心を読めるとはかぎらない。字の読めない子供が写真のたくさんのった雑誌をぱらぱらめくって眺めるようにこっちの思考を眺めているだけという気もする。いざとなったらなにも読ませないようにできるだろうか。知性雲の心の目を頭のなかから追い出すことができるだろうか。

痛みは引いてきたものの、内臓が引きむしられてボロボロになった気がした。もっとも、あのとき口にしたもののせいですぐ死ぬとは考えにくい。あれが濃縮毒素のようなものだったら、宮殿から出るのもむずかしかっただろう。とはいえ、あれは食べ物でもない。あれが引き起こしたことにオーブリーの体は耐えられなかった。体の内側から切り裂かれて耐えろといわれても無理な話だ。なにしろもともと体力がなくなっていて、十歩も歩けばぐったりするくらいだったのだ。なんであれ肉体的に負荷がかかれば、無駄にはできないカロリーをいたずらに消費することになる。

思考はそこから雲のハリエットの夜の訪問と、ガラス片の晩餐《ばんさん》の前の二度目の、さらに激しい行為のことへと移った。ひょっとして彼女は――いや、〝彼女〟じゃない、とオーブリーは自分を戒め、敢《あ》えて最初からやりなおした。ひょっとして雲はこっちを消耗させようとしているのか。体力を使わせて、活動のためのエネルギー貯蔵タンクを空《から》にしようという魂胆か。だが、殺したいなら、単純に実体のない霧になって下まで落とすほうがずっと簡単だ。

ちがう。雲が害意を持っているとは思えない。雲はオーブリーを満足させるもの、リラックスさせるもの、元気づけるものを持たせたいと思っている。こっちが望むものはなんでもみんな与えようと、最善を尽くしている。拒まれた望みはただひとつ――立ち去ることだ。

おそらく雲は無意識の望みにさえも応じないではいられない。この仮説の証拠なら、文字どおり手近なところにあった。集中して考えたわけでもないのに、コットンホワイトのトイレットペーパーのロールが一個、ホルダーに入った状態で雲から生えていた。オーブリーはペーパーを一つかみ手に取ると、拭いて、一瞥《いちべつ》した。血。手のなかの雲の塊は、血でぐっしょりだった。

できるだけきれいに拭く。腿の内側も血まみれだった。トイレに飛びこむ前から出血していたらしい。ありがたいことが一つ――どれだけ大量にトイレットペーパーを使っても、ロールの残りはぜんぜん減らなかった。終わると、オーブリーは綿雲を一握り分ほどまるめて下着のなかにつっこんでから、ジャンプスーツのファスナーを閉めた。

よろよろとベッドに行って、なんとか体を横たえる。毛布をひっぱり上げようとまさぐると、手がぬいぐるみのジュニコーンにぶつかった。つかんで顔に押し当てる。鼻をうずめると、洗剤と埃とポリエステルのにおいがした。ジュニコーンはびしょ濡れでくたびれていたが、それだけに愛しさが増した。雲から生まれたもの特有の冷たくてすべらかな完璧さがないものなら、なんだってありがたかった。本物でほんとうに抱きしめていられるものなら、なんだってありがたかった。なにが本物かの判断基準は、質ではない。不完全さだ。

かすむ目で宮殿を見やると、中央から巨大な白い卵のようなドームが突き出ていた。この雲島でただ一つの例外といえそうな、不変の物体。オーブリーの目に留まった不変のものといえば、けっきょくあれ一つだ。不意に、それは確かだろうかという疑念がうごめいた。少なくともあともう一つ、かなり特殊なものが——完全な偶然の産物として片づけるのがためらわれるほど特殊なものが、あった気がする。だが、それがなんなのか、どうしても思い起こすことができなかった。

まあいい。放っておけ。あとで考えよう。

オーブリーはさしあたり宮殿の中心部にあるドームについて、真珠について、考えることにした。あれにのぼろうとしたら、思考を頭からぜんぶ吹っ飛ばすほどの勢いで黒いガラスのハンマーが振りおろされた。オーブリーは降参して下にもどった。それからなにがあった? 雲は夢の女を具現化した。オーブリーが生まれて初めてといっていいくらい激しく求めた女を。

つまり、雲はこういっているも同然だった。われわれは争うべきではない。いいか。こちらの秘密を詮索《せんさく》しないでいてくれれば、そちらはハリエットを手に入れられる。葬られたものは葬られたままにしておけ。そして——

オーブリーの思考は、今の最後の部分にひっかかりを覚えた。皮膚が反応して、腕の細い毛が逆立つ。この島でまったくの偶然の産物には見えないものをなにか見かけなかったかとふたたび頭をひねり、ふと思いついた。少々不吉なものを。

とにかく、雲の中央のあの巨大な白い丘にのぼってみよう。それしかない。のぼればあれは追いかえそうとするだろう。前とおなじように、持てる武器をすべて使って攻撃してくるはずだ。

これからまたのぼろうとしていることは、もうバレてしまっただろうか。あれには頭のなかのこんな思いつきまで読めるのだろうか。オーブリーは最初に頭に浮かんだイメージにあらためて思考を向けた。手のなかのジュニコーン。小さな一本角とかわいらしい翼を持つ紫色のぬいぐるみ、ジュニコーン。自分の考えを自分自身からも隠す必要があるというのは、どうにもややこしい。

オーブリーは枕に頭を預けて目を閉じた。今は丘への道をたどる準備がととのっていない。気力もなければ、体力もなかった。エネルギーを取りもどす必要がある。眠りに落ちるまもなく、なにかに頬を撫でられた。はっとして目をあけると、雲でできた大きな馬の顔を見上げていた。

思わず悲鳴を上げると、馬は不安げに一歩下がった。ちがう。馬じゃない。額のまんなかに角が生えていて、肩にバカみたいなかわいらしい翼がある。気難しげで愚直で内気そうな白いまなざし。ジュニコーンだ。

体を起こすと無数の痛みの針に腹を刺され、オーブリーは顔を歪《ゆが》めた。ベッドの脇にいたジュニコーンが、うさんくさげにこっちを見やる。彼は手を伸ばして白い脇腹を撫でた。ひんやりと滑らかで、石膏《せっこう》の馬のようだ。ジュニコーンのイメージに集中したら、思ったとおり、ちゃんとあらわれて命令を待っていた。

ただし、地上まで乗せていってくれとか、白い巨大ドームのてっぺんまで飛んでくれとかいうのはだめだ。そういう寝言が実現しないことはとっくにわかっている。だが、こいつを利用しない手はない。今の体力で歩くのは無理でも、馬になら乗れそうだし、ジュニコーンは早くも鞍《くら》を付けていた。

オーブリーは鐙《あぶみ》に足を掛けて体を引き上げた。ずたずたになった内臓が悲鳴を上げる。あえぎながらジュニコーンの首に身を預ける。紅潮した顔に汗が噴き出す。手綱を探り、垂れ下がっていたのをつかんでたぐり寄せる。乗馬は数年ぶりだが、母方の親戚がみんな牧畜業なので、慣れていなくもない。

ジュニコーンは向きを変え、雲の縁沿《へりぞ》いに速歩《はやあし》で進みはじめた。鞍の上でオーブリーの体が弾む。最初のうちはきつかった。体が弾むたびに、内臓に金属の削り屑《けずくず》でも詰まっているみたいに、胃や腸がキリキリ痛んだ。そのうち、鐙の上に立つとそこまでつらくないことがわかった。ズキズキがツキツキくらいの痛みにやわらぎ、呼吸も楽になってきた。

低く連なる砂丘を越え、水のない川を渡り、雲島の海岸沿いにさきへと進む。なにもかも馴染《なじ》みがあるくせに目新しかった。地形は風で絶えず作り変えられていながらも、つねにどことなく似通っている。さながら何キロも何キロもつづくマッシュポテトだ。

前にこの小さな封土を一周したときは東の端で複雑な谷の迷路に迷いこんだが、今はそれがきれいになくなって、ほぼまったいらに吹《ふ》き均《なら》されていた。北にはブルドッグの頭を思わせるふくふくした丸石群があったはずだ。それも消えていた。

前回の遠征で記憶に残っているものとは一つも出くわさないまま、島を四分の三周ほどした。オーブリーはジュニコーンに揺られるうちに自然と眠気を誘われて、そのころには鞍の上でうとうとしかけていた。突然ひどく揺さぶられ、掻《か》きむしられた内臓が痛みに焼かれて眠気が吹っ飛んだ。あわてて見まわすと、ちょうど減速帯そっくりの雪色の隆起を一つ越え、二つ目にさしかかったところだった。すぐ向こうに三つ目が見える。平行に三つ並んだ細長い厚板。オーブリーは眉をひそめ、手綱を引いてジュニコーンを止まらせた。ゆっくりと、慎重に、尻をずらして鞍からおり立ち、世界の回転が止まるまでジュニコーンに寄りかかって体を支える。やっと落ち着くと、深呼吸した。自分がどこにいるのか思い当たった。

このあいだここを通ったときは目に入らなかったが、目印がある。まんなかの塚の頭の部分に斜めに埋めこまれた、大きなキューブ状の石碑めいたもの。表面はつるりとしてなんの特徴もないし、ＲＩＰ《安らかに眠れ》と刻まれてこそいないが、墓標と呼ぶのがふさわしいだろう。今あらためて自分の足で立って眺めてみると、最初に見たときここが埋葬地だと気づかなかったとは信じがたい。それをいうなら、目の前にあるものを見ようとしないという罪を、自分はしょっちゅう犯しているのかもしれなかった。

オーブリーは膝をつくと、第一の墓の冷たくて硬いペーストに指を差し入れた。疲労困《ひろうこん》憊《ぱい》していて、手でほじくりかえす気にはなれなかった。シャベルがあれば作業が楽になるだろう。目を閉じてこうべを垂れ、想像する。完全無欠のシャベル。長さは九十センチ。

だが、目をあけても、シャベルは都合よく手元にあらわれてはくれなかった。ジュニコーンは数メートル向こうに移動して、まぎれもない侮蔑の色を浮かべてこっちを見ている。雲がなにも出してくれなかったのは今回が初めてかもしれない。これはむしろ喜ぶべきことだ。やるに値する作業を見つけた証拠だと思えばいい。

ジャンプスーツのファスナーを引きおろした。カーゴパンツのポケットにスマホがある。シャベルというより、なまくらな移植鏝《いしょくごて》といったところだが、なにもないよりましだ。けずって、掘る。雲は少しずつ削《そ》ぎ取《と》られ、削ぎ取られた分よりたくさん湧き出して、もこもこと穴をふさいだ。なんだか雨の日にドブに流れこむ泥みたいだ。とはいえ、雲が穴を埋めるには一瞬の間が必要なようで、オーブリーの作業ペースにはついてこられなかった。掘りつづけるほどに疲労が薄らぐ。絶えず突き刺す痛みのおかげで集中力が研ぎ澄まされる。

ほじくりかえしてやわらかな白い塊を押し転がすと、色褪《いろあ》せた生地サンプルみたいな黒っぽい布地と鮮やかな黄色の絹の切れ端が出てきた――そのとたん、雲が降参したように思えた。埋葬塚が崩れ去ってあらゆる方向に流れていったかと思うと、霧のなかから死体があらわれた。虚《うつ》ろに見つめる眼窩から白い霧があふれ出る。

古風で優雅な三《み》つ揃《ぞろ》いの燕尾服《えんびふく》を着た骸骨。こぎれいに折ったカナリア色のポケットチーフ。オーブリーはその華やかな黄色に衝撃を受けると同時に、冷水に頭をつっこんだように気持ちが引きしまるのを感じた。石像の白、大理石の白、骨の白ばかりの雲の世界で、この黄色いポケットチーフは、まるで霊廟《れいびょう》に響く子供の笑い声だった。

男の死因を見て取るのはむずかしくなかった。ハンマーかなにかの強烈な一撃で側頭部に穴があいている。そんなことをされたというのに、死んだ男はあまり腹も立てていないようだ。オーブリーに向かって笑いかける口元には、灰色の小さい歯がトウモロコシの粒さながら整然と並んでいた。骨と化した片手はシルクハットの鍔《つば》をつかんでいる。

二つ目の墓に取りかかろうとしてオーブリーが振り向くと、すでに霧は溶け去って、雲が死者を差し出していた。女だ。パラソルといっしょに埋葬されていた。ドレスとペチコートの下から覗く、華奢《きゃしゃ》な黒革のブーツ。両目のあいだの骨が砕けている。風化による自然現象なのか死因なのかはわからなかった。

女の向こう側は、また男だった。生きていたときは太っていたにちがいない。だぶだぶの黒い三つ揃いのなかで骨が泳いでいる。鉤爪《かぎづめ》と化した片手が欽定《きんてい》訳聖書をかかえこんでいた。反対の手が握っているのは、太い鉄の銃身の中折れ式ピストルだ。その銃身を口にくわえてから撃ったにちがいない。頭蓋骨のてっぺんにあいた巨大な穴は、それ以外に説明がつかなかった。

オーブリーの呼吸が遅くなる。頭が痛い。体の内側がズキズキする。ここで三体の骸骨といっしょに横になって眠りたかった。その気持ちをこらえて太った男のそばに這い寄ると、聖書をもぎ取った。はずみで聖書が落ちて、表紙のすぐ内側の見返しがひらいた。古びた赤ワイン色のリボンが栞《しおり》代わりにはさんであった。

左側の見返しにはこう書かれていた。

マーシャルとネルへ――一八五九年二月四日、結婚記念日に
愛は寛容。『コリント人への前の書』より
ゲイルおばさんより愛をこめて

右側の見返しの文字はダークブラウンのインクで書かれていた。震える筆跡の殴り書きだった。

この者ども、気球乗りとネルは、余を置き去りにせんと目論《もくろ》み、それ故《ゆえ》、余は二人を諸共《もろとも》に殺害せり。今こそ余は斯《か》くも天の近くに至れり！　主を信ずるが故に非《あら》ず。この愚書に記されし言《こと》の葉《は》、一語たりとも真《まこと》に非《あら》ず。神は坐《いま》さず。空は悪魔のものなればなり

手のなかの聖書がひどく重く感じられた。書物というより煉瓦のようだ。オーブリーは太った男の胸元に聖書をもどした。

殺人。そして、自殺。マーシャルはまずシルクハット男――気球乗りにちがいない――を撃って、つづいて花嫁を撃って、最後に自分を撃った。それ以来、三人の骨はこの雲に

乗って漂っているのだ。聖書に書かれた日付から判断すると、かれこれ百六十年あまりのあいだ、ずっと。ネルが着ているのは花嫁衣装ではない。ということは、結婚したその日に気球で逃げたわけではなさそうだ。おそらく新婚旅行の最中にでもロマンティックな逃避行に踏み切ることにしたのだろう。オーブリーはマーシャルのもう片方の手に視線を向けた。ピストルを握っているほうの手だ。結婚指輪が見えた。歳月を経て輝きを失った、シンプルな金の指輪。

骨の揺籃《ゆりかご》からそっとピストルを抜き取る。銃身が一本でも二本でもなく、四本あった。渦巻きと羽根の模様。ゆるやかな曲線を描く黒胡桃《くるみ》の銃把。上の二本の銃身にはさまれた溝に、**ロンドン　ニュー・ボンド・ストリート　チャールズ・ランカスター**と刻印されていた。ニュー・ボンド・ストリート。英国王立音楽院に通っていたころ、毎日のように歩いた道だ。奇怪な天空の国で自分の知っている世界の一部と出会うとは……。オーブリーは不思議な驚きを覚えた。

銃をまんなかで折って薬室をあけてみる。弾薬は通常のピストル用のものというより、ショットガン用のものに似ていた。弾薬を振り落とす。真鍮《しんちゅう》の薬莢《やっきょう》は三個が使用済みだったが、四個目にはアオカケスの卵サイズの弾丸が付いていた。大きすぎてほとんど滑稽といってもいい――いいのだが、心の底から滑稽とはいえなかった。

そら、きみのために一発残しておいたぞと、太った男がいったような気がした。マーシャルの頭蓋骨は、小さい、鋭い、傾《かし》いだ歯列を見せてニヤニヤしている。役に立つかもしれん。存外な。あと二日もすれば、衰弱して立てなくなる。医者ならそんなときはこう指示するだろう――いざとなったら医者は呼ばずに一粒飲んで痛みを止めろ、と。まあ、そういうことだ。

オーブリーは立ち上がった。脳の血液が一気に下半身へと流れて、午後の光がかすんだ。ふらついて尻餅をつきそうになる。ベッドだ。眠らないとだめだ。気球乗りの悲劇的運命については、気分がよくなってからじっくり考えればいい。ふかふかの地面を苛立たしげに前肢で掻いているジュニコーンのほうに一歩踏み出してから、まだ四連銃身式ピストルを手にしていることに気づいた。またしても寒気に襲われる。自分は無意識のうちに腹を決めていたというのか。心のどこかに使おうという気がなかったら、銃を持ってきてしまうわけがない。

やはり置いてこようと、オーブリーは振り向いた。白日のもとにさらされた遺体。大きなキューブ状の墓標の根元に女の頭。

その瞬間、一本のきらめく糸に小さな事実のビーズを連ねるように、みるみるうちに事実がつながっていった。

この三人はここに来て立ち往生して死んだ。だが、重要なのは、彼らがパラシュートではなくて気球で来たということだ。ひょんなことからこの雲にたどりついて、少なくとも二人は出ていく計画を立てていた。いったいどんな方法で出ていくつもりだった？　それに、墓が暴かれたのに、あのつるりとした大きなキューブ状の目印がまだ残っているのはおかしくないか？　そうとも、おかしい。それから、これも今初めて気づいたことだが、石碑風の目印は、オーブリーが思い描くような（というより、人がふつう思い描くような）伝統的な墓標を模しているとはいいがたい。雲がなにか――ベッドやサイドテーブルや恋人など――を生み出すときは訪問者の頭のなかで手に入れた鋳型を使うはずなのに、これには鋳型がなかったわけだ。ということは、カムフラージュか。しかも、あまりうまいカムフラージュではない。

オーブリーはふらふらと骸骨のあいだを通り抜け、墓標ではない墓標の前に立った。蹴飛ばした。一度。もう一度、もっと強く。象牙色の雲のかけらが飛び散る。思いどおりにいかなかったので、膝をついて両手で引き裂いた。たいして時間はかからなかった。

キューブ状の墓標のなかは、籐《とう》細工のバスケットだった。五人家族が乗れるくらいの大きさだ。合衆国旗の色の絹地がふちまで押しこまれていた。バスケットを編んだ籐は古くなって乾ききり、すっかり色が抜けている。絹地のほうも似たようなものだった。長い年月がたつうちに、青は空の色より淡くなり、白は雲の色より白んでいる。

オーブリーは風に震える大きな塊をひっぱり出した。山をなす絹地――気球に乗る連中は、確か球皮《エンベロープ》とか呼んでいた――は、今はバスケットにも錆びついたバーナーにもつながれておらず、きれいにたたんでしまってあった。エンベロープの裾に並んだ十個あまりのリングからはそれぞれ細いロープがぶら下がっているが、ロープはきちんと一つに束ねてあって、先端の鉄のDカンも几帳面《きちょうめん》に一カ所にまとめてある。

絹地を出してみると、バスケットはひどく傷んでいた。底が破れて今にも抜けそうだ。もとは四角い形状のはずが、角の一カ所で籐がちぎれて壊れかけていた。強風にあおられた気球が猛スピードで固い雲に激突して、雲の上を何百メートルか引きずられ、すさまじい勢いであちこちにぶつかるうちに籐がちぎれ——そんな光景がまざまざと目に浮かぶ。

「**余を置き去りにせんと目論み……**」と、太ったマーシャルは絶望の果てに書き残した。だが、壊れた熱気球で飛び立とうとする者などいるわけがない。バーナーに点火しようものなら、バスケットの残骸はたちまちばらばらになってしまうだろう。

オーブリーはすべすべする古い絹地をつまんで指のあいだでこすってみてから、慎重に折り目をひらいて目の前に広げていった。そうしながらも、頭を空っぽにしておこう、頭を高い青空のように曇りなく虚ろに保とうと、必死で努める。二十分近くかかって、ようやくぜんぶ広げることができた。とてつもない大きさの絹地のエンベロープ。小さな平屋くらいならすっぽりくるんでしまえそうな大きさだ。縫い目が何カ所か、すっかりすり切れて糸になっていた。あとの部分の布は白昼夢のように薄い。膝元にはエンベロープと別にしてきちんと束ねたロープ、目の前にはどこまでも広がる絹地。こうしてみると、気球はおもしろいほどパラシュートに似ていた。

余を置き去りにせんと目論み……

くたびれ果てたオーブリーはジュニコーンにまたがる気力もなかったが、案ずるまでもなかった。見まわすと、ジュニコーンは消えていた。

オーブリーは体を引きずるようにして洒落者《しゃれ》の気球乗りと死んだ女のあいだに横になった。足元の雲からふわふわの毛布をひっぱり出してもいいが、霧や霞はもうたくさんだ。代わりに、気球の絹地を引き寄せて体に巻きつけ、胸にしっかりロープの束を抱きしめる。ピストルが脚に食い込んでいるが、ジャンプスーツのファスナーをおろして取り出すほどの不快な感触ではなかった。

それにしても、銃弾の寿命はいったいどれくらいなのだろうか。

19

「死ぬのって、ものすごくきつい仕事と似てる」葬儀のあとの会食で、ハリエットがいった。白のブラウスときちんとしたグレイのジャケットという格好がたとえようもなく清楚《せいそ》だった。「健康なときは、どんなことをしても闘いつづけたいって思うじゃない？　命の最後の一滴まで搾り出しても、って。でも、ガンはね……。へとへとになって、身を委ねればどんなに楽だろうって気にさせるんでしょうね、きっと。最高にいい気持ちのうたた寝みたいに」

二人はジューンの実家にいて、ジューンの兄たちといっしょに裏のポーチでパブスト・ブルーリボンを飲んでいた。

長兄のブラッドは網戸に寄りかかっていた。肩越しの午後の日射しがまぶしい。次兄のロニーはローンチェアに寝そべっていた。さっき腰をおろした拍子に舞い上がった埃と花粉が、金色の日射しのなかでまだキラキラと躍っている。ハリエットはロニーのローンチェアの肘掛けにちょこんと腰かけていた。

「ほんとわからないものだね」オーブリーは別の椅子だった。「誰が寿命まで長生きして誰がしないかなんて」

ロニーは早くも酔っ払っていた。一メートル近く離れたオーブリーのところまで、ビールのにおいが漂ってきた。汗のにおいが漂ってきた。

「ジューンはたった一日で、病院のベッドを離れもしないで、三倍長生きするやつらよりいろんなことをやってのけたけどな」ロニーは意味ありげにこめかみをつついた。「このなかで。このなかの時間は伸縮自在だ。考えることでなんだって体験できる。本気で想像できれば、体験したのといっしょなんだよ。前に聞いたけど、あいつ、十五のときからスティングとつきあってたんだってさ。このなかで」ロニーは思わせぶりにトンと一つこめかみをつついた。「いろんなホテルの部屋のこととか、ニースのオープンカフェで二人でお茶してたら雨が降ってきたこととか、みんな覚えてるって。それがあいつの才能。あいつには二つの素養があったってわけだ――想像力と、ガンと」

ゾッとするような組み合わせだとオーブリーは思った。酔っ払いの口からしか聞けない類いの叡智《えいち》だ。想像力は心のガン。頭のなかに入れて持ち歩く、現実には生きることのない人生――それは増殖しつづける、息が止まるまで。ためしにこのさき自分のいない人生をハリエットが過ごすことを想像してみたら、ほんとうに息が止まりそうになった。

「あのリストはどうなのよ?」ハリエットが訊いた。「代わりにやってくれってジューンがわたしに頼んだいろんなことは? スカイダイビングとか、アフリカでサーフィンとか」ハリエットはまた泣きだしていた。泣いていることに自分でも気づいていないように見えた。彼女はすぐ泣いた。美しく泣いた。「わたしに残した後悔リストはどうなのよ?」ロニーとブラッドはかぶりを振った。ハリエットは疑問と希望を湛《たた》えた大きな目で兄弟を見やった。ジューンが大事な親友に残した思いがけない形見をこれから見せてくれるんでしょうね、といわんばかりのまなざしだった。

「あれはあいつがやりたかったことじゃない」ロニーがいった。「あいつがきみにやらせたいと思ったことだ。自分で頭のなかでやってみて、おもしろかったことばかりだから」またしてもこめかみをトン。ビールで頭痛にならなくても、このトンでなりそうだ。

「最初にやるのはなに?」オーブリーは訊いた。

ハリエットは無表情にこっちを見やった。オーブリーの頭を不吉な考えがよぎる――この人は一瞬ぼくの存在を忘れていたんじゃないだろうか。

「ジューンのためにスカイダイビングする」ブラッドがいった。「もう予約した」

「ジューンといっしょにスカイダイビング、よ」一日中持ち歩いていた小さなジュニコーンを撫でながら、ハリエットは訂正した。

「いつ行く?」オーブリーはまた訊いた。

「ええとね、オーブリー、無理しないでいいのよ」ハリエットはいった。「高いところ、苦手でしょ」

「抗不安薬を飲みはじめてから、高いところなんて意識したこともないよ」オーブリーはいった。「おかげさまでね。人生でいちばん大事な人たちといちばん大事なことをいっしょにやるってときに、ビビってなんかいられない」

ハリエットはいった。「オーブリーはもうジューンのためにすごくいろんなことをやってくれてるわ。わたしたちのバンドを聞けるものにしてくれたし。あの子、あなたのこと大好きだったのよ」二人のあいだを隔てる空間に身を乗り出して、オーブリーの腿にそっと触れる。「最後の二カ月はいつもいつもその話ばっかりだった」

「ジューンはきみのことだっておんなじように思ってたよ。きみの話題がお気に入りだった」

ハリエットははぐらかすようにほほえんで、こういった。「ほかにはジューンとどんな話をした？」

ハリエットが話題を変えようとしている気がしたが、オーブリーには意図がわからなかった。「さきへ進んでほしいっていわれた。それはぼくの希望でもある。ジューンのリストの一番目をすぐにでも実行したいくらいだよ」

「その意気だ」とロニー。「飛ぶまであと六週間だからな」

オーブリーはわずかに顎を上げて了解とうなずいた。そのくせ、不安でみぞおちがぎゅっと縮まった。六週間なんてすぐじゃないか……。その不安が顔に出たのだろう。ハリエットがうるんだ心配そうな目をそっと向けて――なんだよ？　どうしてロニーの膝なんかにすわることになったんだよ？

酔っ払いロニーの膝に乗っているに等しい状態のハリエットを見て、オーブリーは動揺した。柄にもなく怒りが込み上げてきた。

「もちろん、みんなで想像のなかでスカイダイビングするっていうのでもいいけどね」オーブリーは思わず口走った。「金もかからないし」

ロニーが顔をしかめた。「んで、ヘタレになれってか」

「本気で想像したらほんとにやったのといっしょだって、さっきいってなかったっけ?」

「なんだよ、それ」ロニーは泣きだした。「おれは妹を亡くしたばっかりなのに、揚げ足なんか取るなよ」

20

十一時間あまりたってから目を覚ましたとき、そういうことかと、やっとわかった。それくらい何カ月も前にわかっていてよかった。そう、ジューンがハリエットを忘れてさきへ進めといったのは、オーブリーのためを思ってのことではなかった。あの「さきへ進め」は、ハリエットのためを思っていったのだ。ハリエットは優しすぎて――優柔不断というかたもできるが――オーブリーに「とっととわたしの人生から出てって」とはいえなかった。だが、あの会食の日にそれとなくいおうとしていたのは、つまりはそういうことだった。ほかにはジューンとどんな話をした？

〈スライシー・トーヴ〉でのあの夜、オーブリーがあの場を乗っ取ったとき、ハリエットとジューンはたぶん手すさびのささやかなバンド活動の休止に踏み切る一歩手前だったのだろう。オーブリーは必要以上に、そして、二人が望む以上に事を大きくしてしまった。ハリエットとジューンは人生のなかにオーブリーの居場所を作ってくれたが、それは彼が強引に割りこんで自分の欲望を二人の無邪気な楽しみに重ねあわせたからでしかなかった。

要するに、地上にいる人間でオーブリーの不可解な失踪から立ち直れないのは、生みの母だけというわけだ。ほかに待ってくれている人は、下には一人もいない。当然だ、そういう相手を作る努力をしてこなかったのだから。広大な平原を走り過ぎる雲の影のように、下界にほとんど痕跡を残してこなかったのだから。そう考えると、無性に腹が立ってきた。下にもどりたい思いがいっそう募《つの》った。

オーブリーはすり切れた折り目を手掛かりにして、見つけたときと同じ状態に気球をたたんだ。気球が通常のものより大きめに作られているのに、ロープのほうは一カ所で束ねるとずいぶん細くなるものだ（束ねた部分が男の腰の幅くらいだった）と、たたみながら感心する。

片腕にかさばる絹地の塊、もう片腕にロープの束をかかえて、オーブリーはふわふわとうねる雲のあいだを歩きだした。息が白い。震えが止まらなかったが、寒さのせいなのか怒りのせいなのかわからなかった。ハリエットになんとも思われていないのにあんなふうに夢中になったことが恥ずかしかった。セスナから飛びおりるのをやめようとしたことが恥ずかしかった。二十三歳になろうというのにまだ人生についてなに一つ知らないことが恥ずかしかった。羞恥心というものが武器の一種で、銃よりもずっと威力があるといわんばかりに、オーブリーは自分の羞恥心にしがみついた。

コートスタンドもベッドもバスタブも、元どおりの場所に残っていた。コートスタンドのスカイダイビング用ハーネスの隣に、かさばる絹地をひっかけた。これを手元に置いておく意味があるとしたら……いや、その意味はあまり真剣に考えたいものではなかった。

今はまだ。銃があるうちは。この銃はかつては自殺するのに使われた。だがオーブリーは、これがもっと違う、もっと満足できる形の脱出の可能性を与えてくれると思っていた。絹地とロープのほうは、あとで役に立ってくれるだろう――ほかがぜんぶだめで、ほんとうに自殺しようと心が決まったときに。

すばやくヘルメットを手に取ってきちんとかぶると（防具なしで戦《いくさ》に臨むべからず、という持論に従ってのことだ）、宮殿のほうを向いた。天に届きそうな尖塔《せんとう》群と堂々たる胸壁。その中央にひときわ高くそびえるドーム。前に一度あれにのぼろうとして、追いかえされた。自分があのときなにから追いかえされたのか、今こそ確かめなくてはならない気がした。雲はてっぺんにあるなにかを守っている。守っているなにかがあるのなら……そのなにかをネタに脅しをかけることができるかもしれない。

オーブリーは城門めざして出発した。あの生クリーム色の球体のてっぺんにたどりつけたら、そこでなにを目にすることになるのだろう。むちゃくちゃで、ちょっとバカバカしいかもしれないが、じつは考えていることがあった――あそこには操縦パネルがあるのだ。ハッチがあって、それが秘密の操縦室に通じている。無数のライトがまたたくその小さなカプセルには、黒い革張りの操縦席が納まっている。そして、真っ赤なレバーが一本。その脇には〝上〟〝下〟の文字。我ながらほれぼれするようなイカレた考えだ。オーブリーは思わず笑いだした。

宮殿を囲む濠に着いたときも、まだ笑いが止まらなかった。ふと見ると、跳ね橋が上がっていた。中庭へ向かって大きくひらいた門とオーブリーとを隔てるのは、幅四メートルのなにもない空間だった。

笑いがひっこんだ。

21

眼下に広がる皺だらけの緑の大地は、夜明けの光を浴びてバターを思わせる金に輝いていた。谷に落ちる丘陵の影が、まるで湖のようだ。赤い納屋と銀のサイロが見えた。無数の深い溝が刻まれたペールグリーンの農地。点在する黄色いボタンは干し草の山だろう。雲のハリエットが濠の向こうでこっちを見ていた。まとったドレスが不安げに揺れている。ギリシャ彫刻の顔には諦めと怯えがうかがえた。

オーブリーの鼓動が、手で打ち鳴らされる太古のドラムの響きになった。

「ぼくが足を踏み出したらどうする？　ほっとく？　でも、落とせるんだったら、とっくに落としてないか？」彼はハリエットに問いかけた。「それはここのルールに反する――ぼくはそう考えてる」

ほんとうにそう考えていいのかどうかはわからない。だが、雲島は気球乗りたちが死んだあとも遺体を守りつづけている。その後の長い年月のあいだずっと手放さずにいる。いつでもエリー湖の上空に漂っていってこっそり放り出せるにもかかわらず、だ。つかまえたものは、逃がさない。自分がこの仮説を証明する気でいると自覚すると、傷ついた内臓がゆっくりとでんぐりがえるような気がした。

「きみが見せるものは一つも本物じゃない。この濠だってそうだ」オーブリーはいった。

目を閉じて、片足を上げる。胸郭の内側で肺が強ばる。タマが痛いほど縮み上がる。

オーブリーは足を踏み出した。

そして、落ちた。落ちながら、ぱっと目をあけた。

飛びおりると同時に、目の前の雲が泡立ち、あふれるように飛び出してきた。オーブリーの体が傾いていって、虚空でよつんばいになった瞬間、沸きかえる霧がもくもくと体の下に入りこみ、つかまえてくれた。

うねる霧は濠の向こうまでどんどん伸びつづけ、とうとう細い橋になって虚空に架け渡された。雲のハリエットはどこだ？　オーブリーはあたりを見まわしたが、彼女は溶けて消えていた。

ふらつく足を踏みしめて、なんとか立ち上がる。入口のアーチ通路は雲の落とし格子でふさがれていた。オーブリーは頭を下げて突進した。

雲の格子がバンジージャンプのショックコードそっくりにぐにっと伸びて、ボウリング用のボールに似たヘルメットの表面を押し包んだ。それでも力任せに突き進む。小さく一歩。また一歩。落とし格子が糸かなにかのように歪み、たわむ。次の瞬間、いきなり格子が破れて、オーブリーは顔から中庭に放り出された。

起き上がって大広間に足を踏み入れる。

待っていたのはハーレムだった。白いうえにも白い、しなしなとした女が二十人以上。華奢な大理石の完璧さで、乳白色の絹をまとった者もいれば、素っ裸の者もいる。広々とした空間にカウチとベッドが配されていて、その上で女たちが腕を絡め、脚を絡めて身をくねらせ、もつれあっていた。

ほかの女たちが白い目と白い顔に欲望をたぎらせ、すべるような足取りで近づいてきた。一人が背後の見えないところからしがみつく。背中にぴったり押しつけられる枕のような乳房。うなじに唇。雲のハリエットはもう目の前にひざまずき、ジャンプスーツのファスナーに手を伸ばそうとしていた。

オーブリーはハリエットの顔を手の甲で払いのけた。背後の女の腕から身をよじって抜け出すと、すさまじい力でしがみついていた女の両手がちぎれて霧散した。裸体を掻き分けて進む。最初のチェロ講師からジェニファー・ローレンスまで、オナるときお世話になった女たちが押し寄せてくる。腕を振りまわしてそれを払いのけながら前進した。引き裂かれた女たちが、真珠色をしたぼろぼろの霧の吹き流しと化す。

オーブリーは大階段をのぼった。大食堂では戦士の一団が待ち構えていた。群れなす巨大マシュマロマン。身長三、四メートルで、雲でできた綿みたいな棍棒《こんぼう》やら巨大ハンマー《ブレイド》やらを手にしている。作りは下にいた女たちより大ざっぱだった。腕も手もこむぎねんどをまるめてくっつけたみたいで、現実の人体というよりコミックの人体っぽい。最後に殴りあいの喧嘩をしたのはたしか九歳のときだが、ここは受けて立つしかないだろう。オーブリーの呼吸が速まった。血が沸き立つ。

　戦士の一人が振り上げた雲のハンマー（ヘッドの大きさが感謝祭のターキーくらいある）が、胸を直撃した。驚くほど痛かった。胴体が揺さぶられるほどの重たい衝撃。それでも殴られた瞬間、オーブリーはハンマーヘッドをつかまえた。そのまま手を離さずに勢いよく体を回転させて、ひねるようにハンマーをひっぱった。

　この手のもの――固い雲でできているもの――は、つなぎ目が弱い。そのはずだ。そうでなければ曲がったり動いたりできない。ひっぱられたハンマーに、敵の腕がもげてくっついてきた。オーブリーは勢いを止めず、三百六十度まわりきったところで手を離した。押し寄せる巨人の群れめがけて、腕付きハンマーがくるくる回転しながら飛んでいく。一人が腰のあたりで真っ二つになって、上半身が床に転がった。弧を描いて跳ね上がったハンマーが、後ろにいたノロマの頭を吹っ飛ばす。

　雲のグラディエーターどもが拳を握り、棍棒を振りかざして四方八方から襲いかかってきた。

　オーブリーは手近なやつの腕をもぎ取った。棒切れで雑草を薙《な》ぎ払《はら》う子供よろしく、鎌の要領で最初に押し寄せた一団を薙ぎ払うと、腰まで浸《つ》かるカスタードの洪水にでも飛びこんだように、敵を掻き分け押しのけ進みつづけた。

　マシュマロマンどもが後退する。オーブリーの拳よりも、上唇をめくって歯を剥き出した顔に――陽気な憤怒の形相に――恐れをなしたとみえる。雲には信念と呼べるほどのものがないのだ。オーブリーが落下するのを見過ごせなかったように、本気で傷つける勇気もない。オーブリーのほうはそんな遠慮とは無縁だった。大食堂の中央まで進むころには、冷気のなかであえぎ、汗だくになり、一人きりになっていた。

宮殿の奥へと歩を進めたが、奥にはほとんどなにもなかった。正面のエントランス部分と大食堂まで考え出した時点で、雲はアイデア切れになったらしい。高いアーチをもう一つくぐると、ふたたびドームの足元にたどりついていた。

てっぺんははるか彼方、数百メートル上だ。見上げているうちに軽い立ちくらみのような感覚に襲われた。それから、もっとよくない気配が――ガラスめいた黒い真珠の幽霊が、思考のふちにひっかかっている。

長く、強く息を吐き出すと、オーブリーはのぼりはじめた。

22

「止まれ」の命令が、実体を持つもののようにすさまじい力でぶつかってきて、オーブリーはガクンとのけぞった。意識がもどると、すでに六メートルあまりのぼっていた。まばたいて涙を払い、手を伸ばすと、雲の断崖に指先を押しこんだ。

雲の殴打がふたたび襲う。傷つきながらもなお這い進む狩蜂に止《とど》めを刺そうと踏みつけるような攻撃だった。

だが、オーブリーは這い進むのをやめなかった。雲を押しやった。

うるさい、と吼える。声には出さない。反射的な、荒々しい思考。

涙があふれる。まばゆいばかりに白い球体のてっぺんがぼやけ、二重になってから、一つにもどった。まだ途中だった。二十四、五メートルしかのぼっていない。

精神攻撃を仕掛けてくるのがどんなやつだか知らないが、どうやらためらっているらしい。きっと、どなりかえされるのに慣れていないのだ。さらに十数メートルのぼったあたりで傾斜が緩やかになってきた。そろそろふつうに立っても大丈夫だろう。ふらつく足で立ち上がろうとしたとき、黒い真珠がまた攻撃を仕掛けてきた。卑劣な不意打ち。オーブリーはよろめいた。片足がすべって、バランスが崩れる。そこで後ろにひっくりかえれば下まで四十メートル近く転げ落ちていたところだが、逆に前へと倒れることになった。つっぷした衝撃で肺の空気が一気にぜんぶ押し出される。緩やかな曲線を描く雲の床に叩きつけられたオーブリーは、うつぶせの大の字になったまましばらく動けなかった。

「うう……ひどいやつだな」なんとか膝をついて体を起こし、それから立ち上がる。

大丈夫、行ける。凍《い》てつく空気が肺を突き刺し、ヒューヒューと喉が鳴る。やがて、また電気的なハム音が聞こえてきた。いや、聞こえるというより感じるといったほうがいい。すぐ足元だ。ホームに電車が入ってくるときのような感じ。のぼるにつれてハム音は大きくなり、やがて低い、機械的なうなりになった。ビートルズの《アイ・フィール・ファイン》のイントロで一音だけ響くフィードバック奏法を連想させる。

ドームのてっぺんまであと五十歩というところで、オーブリーは足を止めた。体が揺らぐ。頭がずきずき疼いた。耳もだ。

ここへ来て初めて、オーブリーは雲ではないものの上に立っていた。ピューターを思わせるくすんだ銀色は雲にそっくりだが、こんなに硬いものは初めてだ。しかも、厚さ三センチに満たない霧の絨毯《じゅうたん》に隠されて、それはまぎれもなくそこに存在していた。

膝をついて霧を払いのける。ここでは霧も濃くなる意思がないというか、量そのものが足りないらしい。あらわれた球体の一部は、真珠だったらまさしく世界最大級だろう。なにしろ、十階建てのビルくらいの真珠だ。黒くはないので、きれいに成形した丸氷と形容するほうが近い。ただし、氷は冷たいが、これは温かくて変圧器みたいにうなっていた。それだけではない。内部になにか見える。ぼんやりしたなにかの形。ウナギのようでもある。氷ではないなにかの内部で凍りついたウナギ。

行く手の雲を手で払いのけながら、オーブリーは這い進んだ。ここでは霧も抵抗しなかった。やがて、金色のワイヤーに出くわした。ごくごく細いワイヤーが一本、雲に覆われたガラスではないガラスの表面を走っている。三、四メートルさきに、また金色のワイヤーが一本。すぐに三本目、四本目を見つけた。金色のワイヤーは、球体を包む繊細な網を形作るかのように、一本残らず頂点めがけて這わせてあった。

一本のワイヤーの上に手をついた拍子に、手の平に冷たい息吹を感じた。かがみこんでよく見ると、ワイヤーには無数の細かい穴が等間隔に並び、そこから白い霧が噴き出していた。

この不可解な雲を形成する物質の源はここだったのか。真珠は金糸の外套《がいとう》をまとい、その金糸が空気より軽く人間の皮膚より丈夫な霧を吐き、かくして変装用の雲が生まれるというわけだ。こいつは魔法的存在ではない。機械装置だ。

この発見をきっかけに、すぐまた新たな考えが浮かぶ。これからはもう踏みつけられることはないだろう……。現に、一本目の金糸を見つけてからは、あの黒いガラスの鎚矛《メイス》の精神攻撃は一度も受けていなかった。

ここは防御網の内側だ、とオーブリーは思った。なぜだかわからないが、確信があった。

こいつはここではぼくと戦えない。身を隠すこともできない。

氷ではない丸氷のなかをもう一度金のワイヤーごしに覗いてみると、凍ったウナギがもう一匹見えた。男の腿くらいの太さがある。それにしても、この極細ワイヤーはどこに通じているのだろう。オーブリーは薄い霧を払いのけながら、ワイヤーをたどってのぼっていった。

ついにてっぺんに到着した。唇をすぼめて薄い霧を吹き飛ばすと、この十五分間あまり耳を悩ませていたものの正体がやっと見えた。球体の頂点に鎮座している、美しい金箔《きんぱく》貼りの深皿を伏せたようなもの。そこからきらきら光るワイヤーが何百本も、ホイールキャップから伸びるスポークのように放射状に伸びていた。たえまなく電気的なうなりを発しているのは、この深皿だった。腕の細い毛に、皮膚の表面に、五臓六腑《ごぞうろっぷ》に、音を感じる。

オーブリーは腕で額をぬぐいながら立ち尽くした。ふと目を転じて、金の深皿の下、ガラスではない巨大ビー玉のなかを覗きこむ。自分が見ているものがなんなのか、一瞬わからなかった。やがて、気づいた。そのとたん、気が遠くなりそうなめまいに襲われた。

顔――。滑らかな灰色の球体のなかに納まっているのは、頭部だった。デカ頭で知られるマッコウクジラの頭部よりもさらにでかい。こっちに向いた片目が見えた。閉じているが、ひらけば差し渡しが大型の浴槽《ホットタブ》くらいあるだろう。もっと下のほうに、触手めいた髭《ひげ》があった――例のウナギだ。両方とも消防用ホース顔負けに太い。この生物がどんな色かはよくわからなかった。球体内のものはなにもかも、冷たい鼻汁みたいな冴《さ》えない緑っぽい灰色をしていた。

オーブリーはいつのまにかその場に正座していた。真珠のてっぺんの金の深皿は、あいかわらずハミングしている。氷ではない丸氷の内部のものは、きっと死んでいるか、死に近い昏睡《こんすい》状態にあるのだろう。だが、こいつを隠している装置のほうは、壊れもせずに動いているようだ。

目の隅でなにかがちらりと動き、彼は振り向いた。数メートル向こうに雲のハリエットがいた。不安げに手を揉《も》みしぼっている。ウェディングドレスにふさわしいような灰白いドレスの裾が、足元の鋼色をしたガラスではないガラスを撫でる。

オーブリーは球体のなかの顔を指さした。

「あれはなんだ？　あそこにいるのはきみ？」と声をかける。「本物のきみなのか？」

どうやら雲のハリエットには通じなかったらしい。やはり、写真でいっぱいの雑誌をパラパラめくる子供とおなじなのだ。だが、そのときハリエットが自分を抱きしめ、必死といってもいいような顔でかぶりを振った。

ちがう。そうか、ちがうのか。だとすると（こんどこそ正解に近いといいのだが）、下にいるやつは、何者だか知らないが、死んでいる。彼女は――雲は――どちらかというと……なんだろう？　監視ドローン？　ペット？

オーブリーは少し身をかがめ、裏返しになった金箔貼りの深皿に手をのせてみた。電球用ソケットに指をつっこんだみたいな感覚。すさまじいショックが走り、全身が硬直して歯がぎりぎりと嚙みあわされた。同時に、目の前で何十個もフラッシュが焚《た》かれたかのように、一瞬、銀色の光で視力が奪われる。ただし、この感電の原因は電流ではなかった。五十万ボルトの孤独——人を殺せそうなくらい強烈な飢餓感だ。

オーブリーは手を引きはがすと、まばたいてぎらつく光の残像を追い払った。雲のハリエットは怯えたようにこちらを見ている。

オーブリーは左手で胸を押さえた。痺れたようにチクチク疼く。

「ごめん」彼はいった。「残念だけど、ここにずっとはいられない。きみはぼくを殺してしまう。独りぼっちにするのはかわいそうだけど、行かせてくれ。これ以上いっしょにいるのは無理なんだ」

さっぱりわからないという顔で、ハリエットが見つめる。

オーブリーは驚きはしなかったものの、ぐったりするような落胆を覚えた。知覚と共感能力を持つこの雲の生命体がいつごろ生み出されたのか知らないが、その目的はただ一つ——球体のなかの頭部を隠し守ることだ。この地に至る旅にも耐えきれなかった、巨大で、物言わぬ頭部を。

そして、雲の意識が奉じるルールはただ一つ——積荷が発見されないようにすることだ。地上におりるわけにはいかない。球体のなかのもの——一軒家サイズの生首——を危険にさらしそうな人間を解放するわけにはいかない。生きている雲が気球乗りたちを逃がさなかった——といっても、楽しませようとはしたはずだ——のは、孤独を嫌ったからでもあるだろう。オーブリーを逃がしてくれないのもおなじ理由だ。ただ、終わりのない孤独の苦しみを一時的に和らげるにはオーブリーのたった一つの命を犠牲にするしかないということが、雲にはわかっていなかった。

たぶん、ほんとうには死がわかっていないのだろう。気球乗りたちはずっといっしょにいて、球体内の生き物とおなじように静かで動かなくなっただけだくらいに思っているのかもしれない。それ以前に、生きている雲はどれくらい事の次第を理解しているのか。どれくらい理解できているのか。球体内の頭部は、車二台用のガレージ・サイズの脳味噌《のうみそ》を持っていそうだ。いっぽうで、感情と思考を備えた雲は……あれは小さな金の深皿に閉じこめられた電気回路のようなものでしかない。

「地上におりなくちゃならないんだ」オーブリーはいった。「どこかにぼくをおろしてくれないかな。山の上にでも置いていけばいいよ。約束するからさ、ここのことはぜったい誰にもいわないって。信じてくれ。ぼくの心が読めるんだから、嘘じゃないってわかるだろう？」

ハリエットは、ひどく悲しげな、真剣な顔でかぶりを振った。

「わからないかな。頼んでるんじゃないから。お願いじゃない。提案だよ」オーブリーはいいつのった。「頼む。おろしてくれ。そうしたら、こんなもの使わないですむ」

オーブリーはポケットから銃を取り出した。

23

遠くの音に興味を惹かれた犬そっくりに、ハリエットは小首を傾《かし》げた。銃がなんなのか知っていたとしても――前に使われたときその場にいあわせたはずだから、知らなかったらおかしいが――彼女はなんの反応も見せなかった。オーブリーはそれでも説明する必要を感じた。「これはピストルだ。すごいダメージを与えられる。ぼくはきみを傷つけたくないんだ。このなかにいるきみの友だちもね。でも、ぼくをちゃんとどこかにおろしてくれないなら、そうするよ」

ハリエットはかぶりを振った。

「ぼくは、ぜったい、おりるんだ」オーブリーは自分のことばを強調するために、深皿を三回、一回ごとに力を強めながらピストルで小突いた。コン――ゴン――ガンッ。

三回目で、微風にそよぐティッシュペーパーみたいに、ハリエットの雲の体が細波立った気がした。彼女は一歩あとずさった。そもそも近づくことさえできないのだろう。このあたりでは雲が薄くて、ドームを覆うのもやっとの状態なのだから。

雲のハリエットのせいで、実際に銃を使う羽目になりそうだった。まさかこんな展開になろうとは考えてもみなかった。ここまでのぼって、彼女が隠していたものに向けてピストルを振り立てればそれで充分だと思っていた。だいいち百五十年以上前の弾薬が使えるかどうかもわからないし、仮に使えたとして、こうして踏みつけているものを撃ち抜ける可能性は低い。足元の巨大真珠は〝遠い遠いところ《ア・ロング・ウエイ・アウエイ》〟からやってきたわけで、十九世紀の寝取られ男が持っていた豆鉄砲の鉛玉よりもすごいものに耐えられるように作られているはずだ。

この銃がよくてあと一回しか撃てないことを、ハリエットは知っているだろうか。いや、確信はないのだろう。だが、追い詰められた者の直感で知っている。だめだ、最後まで演じきらなくては。とことんやり抜かなくては。ただ、銃が使えることを証明するために空に向けて撃つだけにするか、思い切って丸氷か金の皿を撃つか、オーブリーはまだ決めかねていた。この作戦に効果がありそうなら、このままつづけるしかない。進んで引き金を引くしかない。

「こんなことさせないでくれ」オーブリーは訴えた。「もうほんとに撃つしかなくなるじゃないか。頼むよ」

ハリエットは愚直な願いを込めた熱っぽい目でこっちを見つめている。

ピストルには細くて精巧な撃鉄が四つ、銃身一つに一つずつ、コンパクトにまとまってついていた。頭に浮かんだのは、『アウトロー』のジョージー・ウエールズがタンブルウイードの転がるなかで荒っぽく正義を遂行しようとするときみたいに、ガチンと派手な音をたて四ついっぺんに親指で撃鉄を押し下げるイメージだった。実際に親指一本で撃鉄を起こそうとして、オーブリーはまごついた。撃発準備位置に移動しない。ピストルをおろして調べてみた。まつわりつく錆《さび》のレースでぜんぶが一塊になっていた。本来は一度に一つずつ動く作りなのだ。オーブリーは一つ目の撃鉄と格闘した。歯を食いしばって、まるまる一分近く滑稽な奮闘をつづけた。だが、びくともしない。何度も何度も力を込めた。ドラマチックな脅しの効果がどんどん薄れていくのが感じられる。

次の瞬間、いきなり機械的なカチッというれしい音が響き、錆の粉が散って、撃鉄が起きた。手がずきずきする。今の奮闘で手の平がへこんで、群青色の痣になっていた。次の撃鉄にとりかかる。こんどは両手の親指をかけて、力まかせに押し下げた。イラつくほど頑固なピクルスの瓶の蓋をあけようとしている気分だ。やっとのことで、さっきとおなじように、撃鉄が急に緩んで撃発準備位置に移動した。オーブリーは大きく息をついた。自信めいたものが湧いてきて、三つ目の撃鉄に両手の親指をかけて、力いっぱい押し下げようとした。

ところが三つ目の撃鉄は、たわいなく動いた。拍子抜けするほどの軽さに、オーブリーは思わず指を離した。撃鉄が落ちる。同時に、おんぼろ自動車のバックファイヤーめいた熱い閃光と耳障りな咳《せ》きこみ音をほとばしらせて、銃弾が飛び出した。

地獄の業火が顔のまん前で燃え立って鼻孔を焼く。銃身は金の皿ではなくて、滑らかな灰色の球体の湾曲した表面に斜めに向いていた。銃弾が球面で跳ねて、細い金のワイヤーの一本を切り裂く。切断された金のワイヤーがきらきら輝く無数の氷晶めいたものをまき散らしはじめる。銃弾が当たった球体表面に一筋の細いひびが走る。

たえまなくつづくブーンブーンという低い音が変化して、ひずんだ響きを帯びはじめた。音の変化に、シュウシュウまき散らされる微粒子に、ガラスではないガラスの球面に走るひびに、オーブリーはうろたえた。銃を見つめてから、怖くなって投げ捨てた。武器を捨てる――これはあれだ、あらゆる殺人者がとっさにとる自然な行動だ。銃はガラスにぶつかって球面をすべり落ちていき、急激に渦巻きはじめた霧に呑まれてあっというまに視界から消えた。

オーブリーは雲のハリエットをさがして見まわした。彼女はよろよろとあとずさっていくところだった。あとずさりながら溶けていくようすが、なにがなし『オズの魔法使』終盤の魔女を連想させた。早くも腰まで溶けて、泡立つ霧に呑まれかけている。すでに両腕がないせいで、ますますギリシャ彫刻っぽい雰囲気だ。

オーブリーはくるりと向きを変えた。ここからだと雲島の全景が見渡せる。すぐそこに光塔《ミナレット》と塔が見えた。崩れかけている。みるみるうちに塔が一つ震えてたわみ、飛沫《しぶき》を上げて崩れ落ち、ホイップクリームの巨大な震える山になった。別の一つがまんなかから折れて、ズボンのチャックを確かめようと身をかがめたみたいな格好になった。宮殿の向こうの雲は強風に蹂躙《じゅうりん》されていた。表面は一様に切り刻まれ、乱れて波立つ雲を突風がつかまえては水飛沫さながらに吹き散らす。

オーブリーは恐怖のあまり動けなくなっていた。彼を動かしたのは、溶解する宮殿でも沸き立つ雲でもないし、切断されたワイヤーからシュウシュウ噴き出す毒（たぶん）の微粒子でもない。足元を見た瞬間、動こうという意志が生まれた。

真下のバカでかいグロテスクな顔の目が片方、うっすらとあいたのだ。まぶたの下の目玉は黒い斑点が散った深紅で、死んだ蠅《はえ》が何匹も浮かぶ血を閉じこめたボールを思わせた。どろりと眠たげな視線が動く。右。左。そして、オーブリーのところでぴたりと止まった。

オーブリーは走った。選択の問題ではない。考える暇などなかった。とにかく脚を動かして——今はヘタレるな、ぼくの脚——真珠のてっぺんから、忌まわしい顔から、ますます大きくなっていくスズメバチの羽音めいた金の皿のうなりから、遠ざかった。

球体の緩やかな曲面を走って走って、渦巻く霧のなかに飛びこむ。不意に足の下の滑らかで固い表面が急斜面になって、踵が体の下から前へすっぽ抜けた。尻餅をついてそのまま三十メートルあまりを一気にすべり落ちたあげく、やっとのことでうつぶせになって手掛かりをつかむ。そこからはチンパンジーのように雲をつかみ、ぶら下がり、離し、つぎの手掛かりをまたつかみ、スピードをコントロールしながら下までさらに三十メートルあまりを落下した。あと五メートルというところで、壁を蹴って飛びおりる。足が下についたら例のゴムめいた衝撃が来るだろうと思っていたら、ふつうの雲とおなじように突き抜けた。恐怖の一瞬——

——と思ったら止まった。雲が分厚くなって押し包んでくれたらしい。濡れた砂に腰まで埋まった気分だ。半分埋まっているあいだに、大食堂のようすが目に入った。倒壊して廃墟《はいきょ》と化している。爆弾の直撃を受けたようなありさまだった。両側には崩れた壁が岩山みたいにそそり立っていた。床は枕を思わせるやわらかい丸石がごちゃごちゃと寄り集まっているだけだ。

オーブリーはもそもそと這い出して、瓦礫《がれき》のあいだをよじのぼりはじめた。そのときでさえ、重なりあった半固体の雲の塊が奔流に押し流されて浮かんだり沈んだりしているような感覚があった。足元のこの不安定な塊がいつ転がりだして放り出され、仄白いうねりを突き抜けてまっさかさまに下の大地まで墜落するか知れたものではない。雲の密度というか、凝固する力が、失われようとしていた――いや、頭に浮かんだことばは、正確には〝密度〟ではない。必死でスライムの山をよじのぼりながら思いついたのは、〝自己イメージ〟ということばだった。

大階段を三段飛ばしで駆けおりた。おりきる前に、最後の八段がぼこぼこと泡立って溶けだした。オーブリーは足を取られてけつまずき、スピードの出た橇《そり》から放り出されて顔から雪につっこむ子供のように、雲のなかをすべり落ちて床につっぷした。

起き上がって、大広間の床に散らばる女たちの変形した体をつぎつぎ跳び越えて移動する。幻影の恋人たちの残骸が鉤爪めいた手を伸ばしてつかみかかってくる。ミルクスープと化した床に浮き沈みする無数の頭。崩れた顔に浮かんだ怯えの表情。最後の頭を踏みつけて、オーブリーは城門めざしてひた走った。

濠の跳ね橋は消えているかもしれないと思いながらも、溶けかけた落とし格子のぐにゃぐにゃの糸に勢いよくつっこんだ。冷たい、露《つゆ》に濡れた蜘蛛《くも》の巣に顔がひっかかったみたいな感じがした。落とし格子をすり抜けて、全速力で走りながら目を上げる。天高く弧を描く跳ね橋は、中央部が崩れていた。それだけではない——たもとのほうで縮みかけていて、みるみるうちに壕の両岸めがけてひっこんでいく。下界から解き放たれた熱気球みたいに、胸の奥で心臓が跳ねた。なにも考えず、足を緩めず、オーブリーはスピードを上げた。一歩、二歩、細く萎えた橋の残りを踏み台にして、跳ぶ。

一メートルの余裕を残して壕を跳び越え、よろけて転んだ。起き上がって急いで振りかえると、ちょうど宮殿が崩れて、巨大テントがつぶれるようにぺしゃんこになるところが見えた。ふと、七歳のころの記憶がよみがえる。ベッドに飛び乗って体をぎゅっと丸めてワクワクしながら待っていると、父親がシーツを宙でパンッと広げてから掛けてくれた。ふわりとやさしく舞い落ちてきた、あのときのシーツ——まるでパラシュートのように。

パラシュート——かつて熱気球のエンベロープだった絹地——は、ちゃんとコートスタンドに掛かったままだった。もっとも、コートスタンドのほうは重さで倒れかけていた。その向こうのベッドは形を保てなくなっていて、今は世界最大級の溶けたマシュマロにしか見えない。

オーブリーはスカイダイビング用ハーネスをひっつかむと、ジャンプスーツを着たままの脚をつっこんで、タマに食いこむのもかまわずにひっぱり上げた。肩をすぼめて上半身のストラップを装着したとき、泣き声が聞こえた。トンネルを通過する地下鉄の轟音と警笛を足して二で割ったような、すさまじい音。雲全体が震えたように感じた。とっさにあの巨大な怪物のおぞましい顔が浮かび、身の毛もよだつ忌まわしい考えで頭がいっぱいになった。**起きた！　巨人が起きたぞ！　豆の木をおりろ！**

エンベロープを手に取った瞬間、コートスタンドがヌードルのようにぐんにゃり崩れた。オーブリーは雲島の縁《へり》めざして駆けだした。走るうちにも足元がどんどん緩んでいって、あっというまに膝まで沈む。

ロープの束を絹地のなかから探り出すと、雲島の岸の向こうの青空めざして必死で足を動かしながら、大昔の錆びついたDカンをハーネスのカラビナに取り付けていった。これからやろうとしていることは自殺も同然で、狂気の沙汰で、失敗は必至だ。だったらどうして心の片隅がヒステリックな笑いを懸命にこらえて震えている？

骨董品《こっとうひん》のDカンはぜんぶで十二個。四個をハーネスの前側に、四個を背中側に嵌めて、残りはぶら下げておく。まだ絹地をしっかりとかかえたまま目を上げると、雲のハリエットが雲島の縁《へり》とオーブリーのあいだに立ちふさがっていた。汚れきったぬいぐるみのジュニコーンを、二人のあいだにできた子供みたいに腕に抱いている。不実な夫に自分たちを捨てさせまいとしているかのようだ。

オーブリーは頭を下げてハリエットにつっこんだ。さらに二歩で雲の縁《へり》から飛び出した。煉瓦のように、オーブリーは落ちた。

24

一直線に足から落ちた。二百五十メートルほど落ちたところで、絹地の束を腕から放す。パラシュートをひらくやりかたなどまったく知らないので、とりあえず体から遠くへ放り投げた。

オーブリーはさらに落ちた。大きな螺旋《らせん》を描きながら下へ、下へ、下へ。絡まった絹地が紐状《ひもじょう》になってどんどん繰り出されていく。

足元で下界がくるくる回転する。整然と並ぶ緑の長方形。こんもりと木々で覆われた丘の連なり。スルメみたいな形の小さな集落。精巧な作りの骨の槍《やり》を思わせる白い尖塔が三つ、はっきりと見えた。教会だ。遠くの空と陸の境目が、広範囲に薄青く染まっている。少したってから、あれは五大湖の一つか、ひょっとすると大西洋かもしれないと思い当たった。

風が息をさらっていく。顔の皮膚が頭蓋骨に沿って細波立つ。落ちる速度が上がる。ぐんぐん上がる。ロープがひっぱられ、ビシッという音とともにぴんと張る。頭上で楽しげに暴れる絹地の紐《ひも》がばたばたと風にはためき、揺さぶられる。こんなもので——一人の気球乗りが百五十年も前に遠く孤独なあの雲島に残した代物なんぞで墜落死が食い止められると考えるとは、ほんとうに狂気の沙汰以外のなにものでもない。

だが、年代物のパッチワークのぼろ布がどれほど役立たずのゴミであれ、オーブリーは自分自身がパラシュートみたいにひらいていくのを感じていた——喜びが徐々に広がっていくのを感じていた。体を前に倒して両手両足を広げ、ジャンプマスターがエアロブレーキングとかいっていたエビ反りポーズをとる。

キャルだ。あのジャンプマスターの名前。頭に突然ぽんと浮かんだ。クールなキャル。まちがいない。どうして忘れたりしたのだろう？

回転が止まる。オーブリーは青々とした大地めがけて落ちていった。墜落死すると決まったわけではないにしろ、今感じている喜びですぐにも死にそうな気がした。目から涙があふれだす。頬が緩んでいく。

25

高度千八百メートルに達したあたりで、紐状に長く伸びていた絹地がほどけて風をはらんだ。バンッとすさまじい音をたててエンベロープが弾け、ウェイターが威勢よく宙に広げたテーブルクロスのように、大きくうねって一気にひらく。オーブリーは十五メートル近い距離をぐんっとひっぱり上げられ、内臓が置いてきぼりを食らった気分を味わわされてから、降下を再開した——ただし、こんどはもっとゆっくりだ。だしぬけに訪れた平穏。タンポポの綿毛になってやわらかな八月のそよ風に漂っている感じだった。また暑くなってきた。顔に当たる日射しが、ジャンプスーツを着こんだ体をじんわりと焙《あぶ》る。

顔を仰向《あおむ》けると、白い星をちりばめた青と赤の絹地のドームが広がっていた。パッチワークの生地がすり切れたところから、太陽の光が透けて見える。

地面が迫《せ》り上《あ》がってきた。ほぼ真下には黄色くなりかけた牧草地。向こうのほうには松並木。牧草地の東の境界には二車線道路の黒い帯。その帯を赤いピックアップトラックが走ってきた。荷台にボーダーコリーが見える。犬がオーブリーに気づいて吠《ほ》えたてた。遠くから平板な吠え声が小さく届く。北には農場主の家と煤《すす》けた裏庭、手前には今にも倒壊しそうな納屋。オーブリーは目を閉じた。金色の花粉の、乾いた土の、熱くなったアスファルトのにおいがする。

目をあけると、牧草地が猛烈な勢いで迫ってくるところだった。もしかすると、着地は地上への暢気《のんき》な降下のように穏やかにはいかないかもしれない。次の瞬間、踵が接地した。激突のすさまじい衝撃が恐ろしい痛みを伴って尾骨まで駆けのぼった。

気づけば、ガサガサ鳴る黄色い草のなかを走っていた。驚いた無数の蝶《ちょう》が行く手で華やかな乱舞をくりひろげる。頭上のみすぼらしいパラシュートはまだ解放してくれなかった。オーブリーをぐいっと吊り上げて落としてからまた引きずり上げてと、ヨーヨーのようにもてあそんで牧草地を引きずりまわした。地上風をいっぱいにはらんで浮き上がるたびに、野太いうなりが響きわたる。オーブリーはひたすら走った——というより、止まれなかった。足を止めたらパラシュートに引きずられる。彼は鋼索のように固く張りきったロープと格闘しながら、前側のカラビナを外しにかかった。

前方は車道だった。手前はフェンスで、ずらりと並ぶ傷んだ木の杭《くい》に錆びた有刺鉄線が三本、間隔をあけて平行に張りわたしてある。パラシュートがまたもやふくらんで、体がひっぱり上げられた。オーブリーは膝を胸元に引き寄せ、宙吊りにされたままフェンスの上ぎりぎりのところを通過した。

フェンスを越えたところで足をおろすと溝のなかだった。よろめいたとたん、容赦なく車道のまんなかに引きずり出された。あわてて後ろに手をまわし、ハーネスの背中側のカラビナをひっつかむ。一個外れた。もう一個。路面がジャンプスーツ越しに膝を焼く。急いで立ち上がってぴょんぴょん跳ねまわったあげく、三個目のカラビナを探りあてて外した。腰をひねって最後の一個を手探りする。突然カラビナが外れ、オーブリーは黄色い破線のセンターラインの真上に胸から倒れこんだ。

顔を上げて派手なおんぼろパラシュートの行方を追うと、道路の向こうにあるオークの大木の梢《こずえ》に吸いこまれていくところだった。絹地はそこであっというまに破けて、力なく枝からぶらさがった。

オーブリーは仰向けに寝転がった。腰が痛い。膝が痛い。喉はサンドペーパーみたいにカサカサだ。硬質な青を湛えたまばゆい空に、あの雲島を探す。あった、あそこだ——ふわふわしたほかのちぎれ雲とほとんど見分けがつかない、白い大きなホイールキャップ。ハリエットがいったとおり、どう見てもマザーシップだ。あれがＵＦＯだといいだしたのはハリエットだった。彼女は正しかった。

唐突に、あれに対して——雲のハリエットがオーブリーのためにしつらえようとした家に対して、説明のつかない愛情が込み上げてきた。なんだか自分が今もふわふわと浮かんでいる気がした。しばらくはこんなふうにふわふわしたままかもしれない。

道路に寝転んでいると、北から黒いキャデラックが走ってきた。近づくにつれてキャデラックはスピードを落とし、オーブリーを大きく迂回《うかい》して、すぐ脇に止まった。

運転手——嵐雲色の太い眉の下で青い目を怒らせた老人——がパワーウィンドウをおろ

した。「道のどまんなかでなにやっとる？　轢《ひ》かれても知らんぞ、バカ者が！」

オーブリーはいやな顔一つせず、肘をついて体を起こした。「どうも。ここ、どこですか？　ペンシルベニア？」

運転手は細面の顔を強ばらせてオーブリーをにらみつけた。バカ者呼ばわりされたのはこっちだといわんばかりだ。「いったいなんのクスリをやっとるんだ？　警察を呼ぶぞ！」

「ペンシルベニアじゃないんだ？」

「ニューハンプシャーだよ」

「ひゃー、そうなんだ」すぐに道路から移動できるかどうか覚束《おぼつか》なかった。背中には熱いアスファルト、顔にはきらきらした日射し。すばらしく居心地がいい。急いでなにかしないといけないわけでもない。

「まったく」老人はいった。唇から唾が飛ぶ。「ふわふわしおってからに」

「ですよね」

老人はウィンドウを上げると車を発進させた。オーブリーは首をひねって見送った。

やっと車道を独り占めだ。オーブリーは立ち上がり、尻の埃をはたき落として歩きだした。上から見えた農場の家はそれほど遠くない。人がいたら電話を借りよう。ぼくは無事だと、やっぱり母さんには知らせたほうがいいかもしれない。

棘の雨

高山真由美［訳］

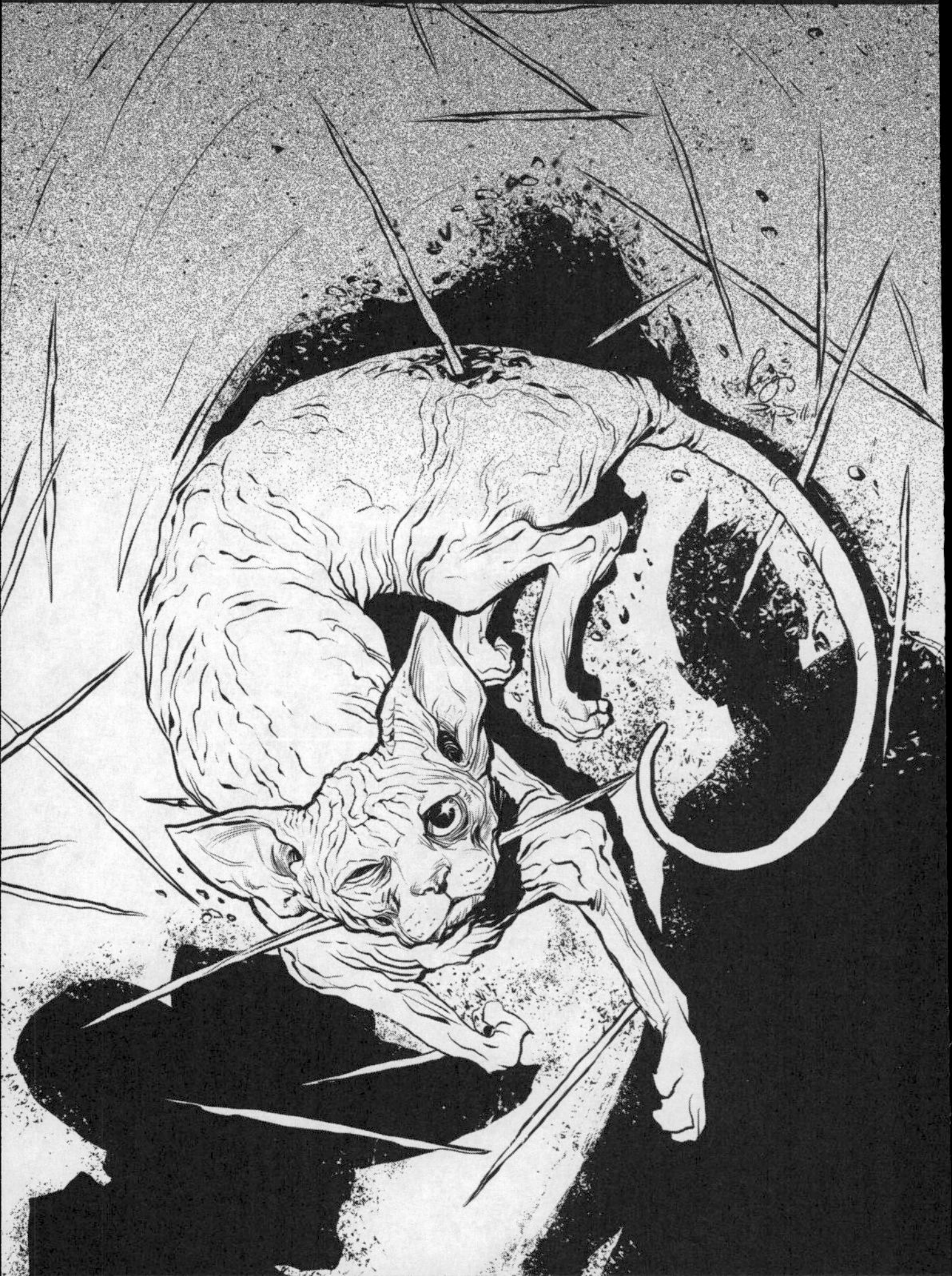

RAIN

高山真由美
Mayumi Takayama

青山学院大学文学部卒業、日本大学大学院文学研究科修士課程修了、英米文学翻訳家。ロプレスティ『休日はコーヒーショップで謎解きを』(東京創元社)、ロック『ブルーバード、ブルーバード』(早川書房)などがある。

雨が降ったとき、ほとんどの人が外でその雨に捕まった。もしかしたら、なぜそんなに大勢が最初の土砂降りで死んだのか疑問に思う人もいるかもしれない。その場にいなかった人々は、〝ボールダーの住民は、雨が降ったら屋内に入るくらいの常識もないのか？〟というかもしれない。まあ、話を聞いてほしい。誰もが覚えているだろうけれど、あれは八月最後の土曜日のことで、とても暑かった。それで、午前中はどんなふうだったか？　雲ひとつなかった。空はずっと見ていると目が痛くなりそうなほど青く、家のなかになんかとてもいられなかった。エデンの園の第一日めかと思うくらいすばらしい日だった。

誰もが戸外でやることを見つけた。ミスター・ウォールドマンは――最初に死ぬことになった人だが――そのときは屋根の上にいて、新しい屋根板をハンマーで打ちつけていた。シャツを脱いでいたので、老人の痩せた背中は茹《ゆ》でた蟹《かに》みたいに真っ赤に日焼けしていたが、本人は気にしていないようだった。ロシア人ストリッパーのマーティーナは、わたしのアパートメントの階下《した》に住んでいて、この日はがらくただらけの埃《ほこり》っぽい庭で日光浴をしていた。ひどくちっぽけな黒のビキニしか身につけていなかったので、マーティーナをずっと見ていると、機械に二十五セント硬貨を入れなければならないような気分になった。隣は朽ちかけた大きなコロニアル様式の建物で、窓が全部あいていた。そこには〝彗星教《コメット・カルト》〟の人たちが住んでいた——エルダー・ベントと、イカレた〝家族〟の面々。三人の女たちが、ほかの家族全員とおなじ銀色のガウン姿で、頭に儀式用のホイールキャップをかぶって外にいた。そのうちのひとり、悲しげで虚《うつ》ろな、グレープフルーツみたいな顔をした太った女がグリルでソーセージをひっくり返しながら焼いており、青い煙が通りの先まで運ばれて、人々はおなかを鳴らした。あとのふたりは木のガーデンテーブルでフルーツサラダをつくろうとしていて、ひとりはパイナップルを切り、もうひとりはザクロの実をはずしていた。

わたしはといえば、〝ドラキュラくん〟と時間をつぶしながら、世界でいちばん愛する人の到着を待っていた。ヨランダが、彼女の母親と一緒にデンヴァーから車でこちらへ向かっていた。ヨランダはわたしのところに引っ越してくるのだ。

〝ドラキュラくん〟はテンプルトン・ブレイクという名の少年で、わたしの家から通りをはさんだ向かい、ミスター・ウォールドマンの隣に住んでいた。ヨランダとわたしはアーシュラのためにときどきテンプルトンを預かった。アーシュラはテンプルトンの母親で、去年夫が亡くなってからひとりで子育てをしていた。アーシュラが手間賃を払おうとすることもあったが、わたしたちはたいてい、べつのかたちで何かしてくれればいいからと説得した。そしてピザを何切れか食べさせてもらったり、庭で採れた新鮮な野菜をもらったりした。わたしはふたりを気の毒に思っていた。アーシュラは小柄でほっそりした親切な女性で、接触恐怖症気味だった。触れられることに耐えられないのだ、そんなことでよく子供ができたなと思うけれど。九歳の息子のほうは、四十歳の社会学者の語彙を持ち、ほとんど家を出ることがなかった。いつもどこかしら具合が悪く、大量の抗生剤と抗ヒスタミン剤の世話になっていた。最初の雨が降った日、テンプルトンは何回もぶり返していた溶連菌感染症の治療中で、薬のせいで日光に過敏になっていたため外に出られなかった。あの日、ボールダーでは健康で元気いっぱいの子供たちが大勢死んだ。町じゅうの親が子供を外に追いだし、子供たちは夏の終わりの輝かしい一日を外ではしゃいで過ごしていたからだ。一方、テンプルトンが生き延びたのは、病気のせいで外で楽しむことができなかったからだ。考えさせられる話だ。

日光が肌に触れただけでフライになるといわれていたので、テンプルトンはドラキュラ生活の真っ最中で、黒いシルクのマントをはおり、プラスチックの牙一対をつけて歩きまわっていた。きょうは母親も家にいたが、わたしが家の脇のガレージの暗がりのなかでテンプルトンの相手をしていた。そわそわして何も手につかなかったからだ――いい意味で。ヨランダがこちらへ向かっている。母親と一緒にデンヴァーからの一時間のドライブに出かける直前に電話をくれていた。

わたしたちはつきあって一年半になるところで、ヨランダはこれまでにもたくさんの気《け》怠《だる》い午後をジャックドー・ストリートにあるわたしのアパートメントで過ごしたけれど、両親に打ち明けてからまだ一年にしかならなかったので、正式にわたしと一緒に暮らしはじめるまえに、両親がその事実に慣れる時間を取りたがった。ヨランダのいうとおり、彼女の両親には慣れるための時間がいくらか必要だった――まあ五分か、たぶん十分くらいは。ヨランダがいったいどうして両親に愛してもらえなくなるかもしれないと考えたのかはわからない。驚いたのは、ふたりがすぐにわたしまで愛してくれたことだった。

ドクター・ラスティドとミセス・ラスティドは英領ヴァージン諸島の出身で、ヨランダの父親のドクター・ラスティドは聖公会の牧師であり、心理学博士でもあった。母親はデンヴァーに画廊を持っていた。ふたりが乗っているプリウスのバンパーステッカーを見ただけで――〝選挙は運転のようなもの：R《リバース》（共和党の頭文字でもある）なら後退、D《ドライブ》（民主党の頭文字でもある）なら前進〟――わたしたちは大丈夫だとわかった。娘から打ち明けられた翌日、ドクター・ラスティドはポーチのポールに掲げてあったヴァージン諸島の旗をおろし、代わりにLGBTを支持する虹色の三角旗をあげた。ミセス・ラスティドはハイブリッド車につける新しいバンパーステッカーを手に入れた。ピンクの三角形に重ねて〝愛は愛〟と書かれたステッカーだった。家に卵を投げつけられたとき、ふたりはひそかに誇らしく感じていたんじゃないかと思う――隣人たちの偏狭をひどく怒っているようなふりをしていたけれど。

「彼らがどうしてあんなに不寛容なのか、理解できないよ」ドクター・ラスティドは大きな、よく響く声でいった。「ヨランダは通り沿いに住む子供たちの半分を育てたも同然なのに！　おむつを替えたり、子守唄を歌ってやったりして。それなのに匿名のメモをワイパーの下にはさまれたりするんだよ、おまえの子供は変態だ、ベビーシッターをしたときの代金をすべての親に払い戻すべきだ、とかなんとか書いたメモを」ドクター・ラスティドはさもうんざりしたようにかぶりを振って見せたが、じつは面白がって目を輝かせていた。よい説教師はみな、心に小さな悪魔を住まわせているものだ。

　ヨランダと両親は夏をヴァージン諸島で過ごし、親戚を訪ねたりしていた。わたしは置いてけぼりだった——ひとりぼっちのハニーサックル・スペック、ジョー・ストラマーそっくりの二十三歳のレズビアンといえば住んでいるブロックではわたしだけ。コロラド大学ボールダー校で法律を学ぶ学生で、お金の使い方は保守的で、馬が大好きで、噛みタバコの元愛用者（ヨランダにいわれてやめたのだ）。そんなわたしは、もうひと月半もヨランダを腕に抱いていなかった。だからこの日の午前中は、ヨランダとその母親が来るのを待つあいだ、カフェインの過剰摂取ですっかりおちつきをなくしていた。

　遊び相手として小さなドラキュラがいたのはラッキーだった。ガレージの奥にスチールのラックがあり、自転車を吊ってあるのだが、テンプルトンは体をわたしに持ちあげさせ、膝を使ってそこから逆さに、コウモリみたいにぶらさがるのが好きだった。本人によれば、毎晩コウモリになって飛んでまわり、新鮮な犠牲者を探しているらしい。おりるのは自分でできた——わたしがラックの下にマットレスを置いたから。準備ができると、テンプルトンは彼らしくもなく宙返りをして足から着地した。しかし上に戻るのは誰かに持ちあげてもらわないと無理だった。最初の雷鳴が聞こえたころには、何度も何度もテンプルトンをすくいあげてラックにぶらさげたせいで、わたしの腕は伸びきったゴムみたいになっていた。

最初の雷には不意を衝《つ》かれた。外の通りで二台の車が衝突したのかと思い、ひらいたままのガレージのドアへと急いだ。神経の昂った頭には、ヨランダと彼女の母親が衝突事故にあっている絵がすでに浮かんでいた。さんざん心配しなきゃならないとわかっていても、やっぱり恋人がほしいと思うなんて妙なものだ。くじで当たったお金に税金がくっついてくるようなものだろうか。

しかし道路に残骸はなく、空はそれまでとおなじように青く明るかった。すくなくともわたしに見える範囲では。けれども風は強かった。通りの向こう側、〝彗星教〟の信者たちが住んでいる場所のあたりでは、風が紙皿の山をさらって、草のなかや道路にまき散らしていた。その風に雨のにおいがした。とにかく雨が降ったときと似たにおいだった。採石場の香り、粉砕された岩の香気。頭を外に出して傾け、山頂を見やると、空母ほどもある黒く巨大な積乱雲がすばやくフラティロン岩を覆いはじめていた。そういうことはこれまでにもときどきあったが、このときは雲があまりにも黒いので驚いた——黒に、傷のようなピンク色のハイライトがあった。ハイライトは夕暮れどきに目にするような、やわらかく、幻想的なピンクだった。

そう長いあいだ雲を見つめていたわけではなかった。なぜならまさにそのとき、ヨランダとその母親がジャックドー・ストリートに現れたからだった。ふたりの乗った明るい黄色のプリウスには、てっぺんにベルベットの肘掛け椅子がくくりつけてあった。ふたりは通りの向かい、わたしの家のまえに車を停《と》め、こちらへ歩いてこようとした。ヨランダが、大きな叫び声をあげながら助手席から飛びだした。ヨランダはひょろりとした若い黒人の女で、女らしさを戯画化したような真ん丸いお尻がコウノトリみたいに細い脚の上にのっている。ヨランダは幸せを感じるとよく大きな声を出し、会えてうれしいと思う相手のまわりをまわって足を踏み鳴らすおかしなダンスをしたりする。ヨランダがそれをわたしのまわりで二回やったところで、わたしはヨランダの手首をつかんで引き寄せ……まあ、すこしばかり腰の引けたハグをして、ヨランダの背中をぽんぽんとたたいた。あとになってどんなに後悔したことだろう――ウエストに腕をまわしてぎゅっと体を押しつければよかった、キスをすればよかった、と。だけどわたしは田舎育ちだった。誰だってひと目見れば、わたしがどんな人間かわかるだろう。白のタンクトップに、トラックの運転手みたいな髪形を見れば、わたしが男勝りのレズビアンだと見当がつくはずだ。けれども人まえでは〝まわりなんか知ったこっちゃねえ〟という心意気をすっかりなくしてしまい、触れたりキスをしたりするのも恥ずかしく、じろじろ見られたり敵意を向けられたりするのを避けたかった。ヨランダの姿を見て胸が痛くなるほど心臓が膨らんだけど、愛する人を抱きしめるより、母親のほうとよりしっかりハグをした。つまり、最後の抱擁はなかった。最後のキスも。わたしはずっと後悔を抱えたまま残りの人生を送るのだ。

わたしたちはヴァージン諸島からの帰りのフライトのことでちょっとおしゃべりをして、それからわたしは引っ越しのためのヨランダの大荷物をからかった。「ほんとうにこれで全部？　トランポリンも忘れてないといいけど。カヌーは？　どこか車のなかに詰めこんできた？」

しかしそんなに長くは話さなかった。またもや雷が鳴り響き、ヨランダは跳びあがって大声をあげた。激しい雷雨が大好きなのだ。

「ヨ・ラン・ダ！」マーティーナがローンチェアから呼びかけてきた。ロシア人ストリッパーのマーティーナはアンドロポフとともに階下に住んでいた。ヨランダとはじゃれあうような関係で、ちょっと気のあるそぶりを見せることもあって、わたしはそれをあまりよく思っていなかった。べつに嫉妬しているわけじゃなく、マーティーナが恋人を苛立《いらだ》たせるために階上のレズビアンたちと仲のいいふりをしたがっているだけのような気がしたからだ。アンドロポフは不機嫌そうな太りすぎの元化学者だったが、いまでは配車サービスのウーバー社の単発仕事で走りまわるだけの身だった。「ヨ・ラン・ダ、あんたのかわいいあれが濡《ぬ》れちゃうよ」

「なんていったの、マーティーナ？」ヨランダは、先生の話を聞く子供のように朗らかに、無邪気に尋ねた。

「そうだよ、もう一回いってくれない？」わたしはいった。

マーティーナは意味ありげな視線をこちらに寄こしていった。「椅子だよ、雨に濡れちゃうっていってんの。大きな雲が来てるからみんな濡れちゃう。急いだほうがいいよ。気持ちよくお尻をおちつけられる場所がほしいんでしょ」マーティーナはわたしに向かってウィンクすると、雑草のなかから携帯電話を取りあげ、一瞬後には笑いまじりの軽い調子のロシア語で誰かとおしゃべりをはじめていた。

下品なことをいっておきながら、英語は第二外国語だからといって、自分が何をいっているかわからないふりをするマーティーナを見ているといらいらした。しかしそんなことにこだわっている時間はなかった。次の瞬間には誰かに袖を引っぱられていて、あたりを見まわすと、ドラキュラくんがいつのまにか通りに出てきてわたしたちと一緒にいた。テンプルトンはマントを頭上に持ちあげて日射しから顔を守っており、光沢のある黒いひだの下から覗《のぞ》くようにしてわたしを見た。テンプルトンもヨランダが好きで、荷ほどきパーティーに入れてもらえないのはいやなのだ。

「ねえ、テンプルトン」わたしはいった。「あんたが外にいるのをお母さんが見てるよ。もう棺のなかで眠るふりはしなくてもいいの?」

まさにぴったりのタイミングで、テンプルトンの母親の大声が聞こえてきた。「テンプルトン・ブレイク!」そして声の主が、バター色の快適そうなランチハウスの正面階段の上に姿を現した。「入りなさい! いますぐ! ハニーサックル!」この最後の言葉はわたしに向けられたものだった。テンプルトンがふらふらしているのはわたしのせいだといわんばかりに。アーシュラは身震いせんばかりだった――息子の健康は重大問題なのだ。

そしてじつのところ、アーシュラが息子の身を案じる気持ちがわたしの命も救った。

「いま連れていくよ」わたしはいった。

「じゃあ、わたしたちで椅子をなかに入れておくわね」ヨランダの母親がわたしにいった。

「そのままにしておいて。すぐ戻るから」わたしはふたりにいった――これがふたりへの最後の言葉になった。

わたしはテンプルトンを通りの向こうへと歩かせた。屋内に入るべきかどうかは誰にもわかっていないようだった。雷雲は、広大な空に屹立《きつりつ》する黒いエベレストだった。五、六分のあいだひどい土砂降りになったあとにはまた晴れて、暑いながらも快い天気に戻るのだろうと誰もが思っていた。しかし次に雷が轟《とどろ》き、稲妻の青い閃光《せんこう》が雲のなかをパッと照らすと、人々はいくらか動いた。

屋根板を直していたミスター・ウォールドマンは、ハンマーをベルトにさげ、梯子《はしご》に向かって屋根の傾斜をおりはじめた。マーティーナはもう電話を切っており、たたんだローンチェアを持ってポーチにいた。好奇心と興奮の入り混じった様子で暗くなりつつある空を覗いている。アンドロポフが車を回転させるようにして入ってきたときも、マーティーナはまだポーチにいた。黒のクライスラーはスピードを出しすぎていて、かん高いブレーキの音をたてて停まった。アンドロポフはすぐに飛びだし、乱暴にドアをしめた。アンドロポフが激怒しつつがらくただらけの庭を横切るあいだ、マーティーナは薄笑いを向けていた。アンドロポフの顔は真っ赤だった。母親がピエロとセックスしている写真でも見せられたかのようだった。

私はアーシュラに向かって愛想よくうなずいて見せた。アーシュラは疲れと非難の滲《にじ》む表情で首を横に振り――テンプルトンが病人らしくふるまうのを忘れると、アーシュラはいつだってぐったりするのだ――室内に戻った。わたしはテンプルトンをガレージへ連れていき、抱きあげて、彼の父親の作業台のまえのスツールに座らせた。父親はすでにいなかった――酔っぱらって車で道路からサンシャイン・キャニオンへ飛びだして死んだのだ――が、hとeの欠けた手動のタイプライターを遺《のこ》しており、テンプルトンはそれでドラキュラの物語を書いていた。いまのところ六ページで、すでにトランシルヴァニアの田舎娘ほぼ全員の血が流されていた。わたしのために面白くて血なまぐさい話を書いて、といってテンプルトンの髪をくしゃくしゃにすると、わたしはヨランダとその母親のところへ戻りはじめた。だが、ふたりのもとにたどり着くことはなかった。

ヨランダはプリウスのリアバンパーの上に立ち、太いゴムひもと格闘していた。母親は手を腰に当てて道端に立ち、善意たっぷりにヨランダを応援していた。〝彗星教〟のやかましい女たちのひとりは通りにいて、紙皿を拾っていた。グリルでソーセージを焼いていた太った女は、あきらめ混じりの不機嫌な表情で積乱雲を睨《にら》むように見あげた。ミスター・ウォールドマンは梯子のてっぺんの横木にちょこんと腰かけていた。アンドロポフはマーティーナの手首をつかんで捻《ひね》ると、引きずるようにしてアパートメントのなかへ連れていった。嵐が襲ったときのみんなの様子はこんなところだった。

私道へ一歩踏みだすと、何かに腕を刺された。痛みの衝撃が襲い、次いで看護師に注射器を突き立てられたあとのような、痛みをともなう痺《しび》れがあった。最初はアブにでも刺されたのかと思った。それから自分のむき出しの肩に目を向けると、一滴の血の鮮やかな赤が目についた。何かが皮膚に突き刺さっていた——金色の棘《とげ》だった。わたしは鋭く息を吸いこんで、その棘を小刻みに揺すりながら抜くと、立ったままそれを凝視した。棘は五センチくらいの長さで、針状に尖《とが》った琥珀色《こはくいろ》のガラスのピンみたいだった。宝石のようにきれいだった。わたしの血で鮮やかな赤に染まったこれはとくに。どうやって刺さったかはわからなかった。かなり硬質でもあった。石英とおなじくらい硬かった。ひっくり返して眺めまわすと、棘は嵐の空の不気味なピンク色を捉えて光った。

ミスター・ウォールドマンが悲鳴をあげ、ふり返って見ると、ちょうど首のうしろの何かをたたいているところだった。わたしを刺したそのおなじアブが、ミスター・ウォールドマンのことも刺したかのようだった。

そのときにはもう、雨が迫ってくる音が聞こえていた。すさまじくガタガタいう音がして、しかも音はどんどん大きくなっていた。ほんとうにうるさかった。何千個もの画鋲《がびょう》が鉄のバケツにあけられたみたいな轟音《ごうおん》だった。どこか丘の上のほうで、車の盗難防止装置の警報音がブーッブーッブーッと鳴りだした。足もとの地面が揺れたような気がした。

怖いと思う気持ちはもちろんあったが、そのときわたしの身に降りかかったのは恐怖よりもっと大きなものだった。わたしは突然、大惨事の予感に襲われ、胃がでんぐり返ったように感じた。ヨランダの名を大声で呼んだが、近づいてくる雨のガチャガチャいう音にかき消され、ヨランダに聞こえたかどうかはよくわからない。ヨランダはまだリアバンパーの上にいた。そして顎をあげ、空に見入った。

テンプルトンがわたしを呼んだ。心配そうなその声は、実年齢どおりの幼い少年のものに聞こえた。うしろを向くと、迫りくる雨の轟きに引かれてテンプルトンがガレージの入口まで出てきていた。わたしはテンプルトンの胸に手を当てて、ガレージのなかへ押し戻した。そのおかげでテンプルトンは死ななかったし、わたしも死ななかった。

ふり返ったちょうどそのとき、通りに雨が降りだした。アスファルトではパチパチと音をたて、車に当たるとピンッピンッと鳴った。頭のなかのある一部では雹《ひょう》だと思い、べつの一部では雹ではないとわかっていた。

道路で紙皿を拾い集めていた〝彗星教〟の女が、ひどく唐突に目を大きく見ひらいて怒りだした。誰かにお尻をつねられたとでもいわんばかりに。そのころには、棘が道路を打ち、あちこちに飛び散っているのが見えた――金と銀の棘が。

梯子の上では、年老いたミスター・ウォールドマンが硬直していた。一方の手は、すでにうなじに当てられていた。そして今度はもう一方の手が腰のくぼみに当てられた。ミスター・ウォールドマンは棘に何度も刺されるうち、梯子の上で無意識にジグを踊りはじめた。次の段へと落ちた右足が横木を踏み外し、ミスター・ウォールドマンは梯子にぶつかり、体をひっくり返されながら、地面へと真っ逆さまに落ちた。

雨が強くなってきた。グリルのまえにいた丸々と太った女は、まだ顔を空に向けていて――逃げようとしなかったのはこの女だけだった――わたしの見ているまえで鋼のような棘の土砂降りに引き裂かれた。女が着ていた皺《しわ》だらけの銀のガウンがあちこちに引きつれた。見えない犬が乗っかって襲いかかっているみたいだった。女は両手を持ちあげた。向かってくる軍隊に投降するかのように。手のひらから前腕にかけて何百もの棘が突き刺さり、薄桃色のサボテンみたいに見えた。

ミセス・ラスティドは頭をさげたままゆっくり体をまわし、車から二歩離れ、すぐに決心を変えて車に戻った。そしてやみくもな手探りでドアの取っ手を見つけた。腕じゅうに棘が刺さっていた。肩にも。首にも。ミセス・ラスティドは運転席側のドアと格闘し、なんとかドアをあけて車内へ這《は》い進んだ。けれども体が半分だけ運転席に入ったとき、フロントガラスが勢いよく割れてミセス・ラスティドの体に降りそそいだ。ミセス・ラスティドはくずおれ、動かなくなった。脚がまだ道路にはみだしていた。丸くむっちりとした太腿の裏側が密集した針山になっていた。

ヨランダはリアバンパーから跳びおりてわたしのほうを向き、ガレージに駆けこもうとした。ヨランダがわたしの名を叫ぶのが聞こえた。わたしはヨランダへと二歩踏みだした。だが、テンプルトンがわたしの手首をつかんでいて、放そうとしなかった。わたしはテンプルトンを振り払うことができず、かといってテンプルトンにくっつかれたまま外へ出ることもできなかった。ふり返ると、恋人はすでに膝をついていた。そしてヨランダは……

ヨランダは……。
ヨランダ。

雨は長くはつづかなかった。八、九分くらいで徐々にやみはじめた。そのころには何もかもがこまかいガラス状のものでできたブランケットに覆われており、日射しが戻ってくるときらきらと光を反射した。通り沿いの窓という窓はすべて割れていた。ミセス・ラスティドのプリウスは、小さなハンマーで千カ所以上打たれたように見えた。ヨランダは膝をつき、額を道路につけて、頭を腕で覆っていた。ぼんやりしたピンク色の霞《かすみ》のなかでひざまずいていた。わたしの愛する人は、血まみれの洗濯物の山みたいに見えた。

最後の小雨が降り、パチパチと音をたてた。誰かがグラス・ハーモニカを演奏しているような、きれいな響きの音だった。その音がやむにつれ、代わりにべつの騒音が聞こえはじめた。誰かが悲鳴をあげていた。警察車輛《しゃりょう》のサイレンがもの悲しく響いた。車の警報装置が鼓動を打つように鳴った。

テンプルトンはいつのまにかわたしの手首を放していた。あたりを見まわすと、テンプルトンの母親がわたしたちと一緒にガレージのなかにいて、息子に腕をまわしていた。アーシュラのほっそりした知的な顔はショックでこわばり、眼鏡の奥の目は見ひらかれていた。わたしは何もいわずにふたりのそばを離れ、私道へとさまよいでた。とたんにいくつか棘を踏み、痛みに悲鳴をあげた。一方の足をあげると、スニーカーの底に棘が突き刺さっていた。全部引き抜いて、立ち止まったまま改めてひとつを観察した。それは金属ではなく、水晶のようなものでできていた。見ると、宝石みたいに小さな面があるのがわかった。それが先へいくにつれてせばまり、先端では髪の毛ほどの細さになっている。ふたつに折ろうとしても折れなかった。

わたしは道路に出た。足をすべらせるようにして棘を先へ先へと押しやり、これ以上刺さらないようにしながら歩いた。ヨランダは私道の入口にいた。わたしは膝をつき、きらきらした細い棘の上に体重をかけたときの痛みは無視した。空がひらいて棘を降らせたのだ。わたしはその考えをようやく受け止めようとしていた。

ヨランダは水晶の土砂降りをよけようとして腕で頭を覆っていた。しかしたいしたちがいはなかった。屋根の下に逃げられなかったほかの人たちとおなじように、ずたずたに引き裂かれていた。ヨランダの背中には棘が密集していて、まるでヤマアラシの毛皮みたいだった。

抱きしめたかったけれど、いまやヨランダはきらきら輝く棘の固まりだったので、簡単にはいかなかった。なんとかできたのは、頬と頬が触れあうくらい顔を近づけることだけだった。

そばにうずくまっていると、ヨランダが出ていったばかりの部屋にいるような気がした。

ホホバオイルと麻の甘い香りがした。ドレッドヘアのつやつやした房に使っていたスタイリング剤のにおいだった。ヨランダの明るい、太陽のようなエネルギーが通り抜けていったのがわかったが、ヨランダ自身はもうどこかべつの場所にいた。ヨランダの手を取った。わたしは泣かなかったけれど、もともと泣き虫ではないのだ。ときどき、自分のその機能は故障しているんじゃないかと思う。

ゆっくりと、残りの世界がわたしのまわりに満ちはじめた。車の警報装置の吠《ほ》えるような音。悲鳴や泣き声。ガラスがチリンチリンと鳴る音。ヨランダの身に起こったことは、この通りの端から端までにおなじように起こっていた。ボールダーじゅうで起こっていた。わたしはヨランダにキスできる場所を見つけて――左のこめかみには棘が刺さっていなかった――肌に唇をつけた。それからヨランダをそこに残したまま、彼女の母親を確認しに行った。ミセス・ラスティドは青いフロントガラスの雪崩の下でうつぶせになり、輝く棘が刺さってヤマアラシの毛皮で覆われたようになっていた。顔が横に向けられていたため、頬にたくさんの棘が刺さり、下唇が一本の棘に貫かれていた。目は大きく見ひらかれ、飛びだしている。驚きの表情の奇怪なパロディだった。棘は背中にも刺さっており、とくに腰のあたりに密集していた。

スマートキーがイグニションのそばにぶらさがっていたので、わたしは衝動的にスイッチを入れてパワーをオンにした。ラジオが息を吹き返した。ニュース番組のレポーターが息苦しそうな早口でしゃべっていた。レポーターの男は、デンヴァーに異常気象が起こり、空から棘が降っているので屋内に留《とど》まるように、といった。男がいうには、産業事故なのか、強力な雹の一種なのか、火山から噴出したものなのかは不明だが、屋外でこの雨に捕まった人々は死亡した可能性が高いとのことで、町じゅうから火事の知らせと、通りで死亡した人々に関する報告が続々と届いているらしい。それからレポーターはこういった。「エレイン、ぼくの携帯電話に連絡をくれ、きみと娘たちは屋内にいて無事だといってくれ」そしてＦＭ放送の真っ最中に泣きだした。わたしはレポーターのすすり泣きをしばらく聞いてから、車のパワーを落とした。

　プリウスの後部にまわってハッチバックドアをあけ、なかをあさってヨランダの祖母がヨランダのためにつくってくれたキルトを見つけた。それを持ってヨランダのそばへ戻り、体を包んだ。棘が足の下でバリバリ、ギシギシと鳴った。階段の上のわたしのアパートメントまで運ぶつもりだったが、キルトで包み終えるか終えないかのうちに、アーシュラ・ブレイクがヨランダの体の向こうに現れた。

「うちに運びましょう、ハニーサックル」アーシュラはいった。「手伝うから」

もの静かで力強いアーシュラのおちついた態度と、ヨランダとわたしの面倒を見ようとするてきぱきとした手際に接して、わたしはその午後初めて泣きそうになった。胸がいっぱいになり、つかのま息もできないほどだった。

　わたしはうなずき、ふたりでヨランダを持ちあげた。アーシュラは頭を、わたしは足を持ち、そのまま歩いてブレイク家まで、こぎれいな庭のあるバター色のランチハウスまで戻った。いや、庭はこぎれいだったというべきか。いまやデイリリーもカーネーションもぼろぼろにちぎれていた。

わたしたちはヨランダを薄暗い玄関ホールに横たえた。テンプルトンが数歩離れたところからわたしたちを見ている。プラスチックの牙は口からはずれ、テンプルトンは親指をしゃぶっていた。おそらくもう何年もまえにやめたはずの習慣だった。アーシュラは廊下の奥へと姿を消し、ベッドカバーを持って戻ってきた。そしてふたりでミセス・ラスティドの遺体を回収しにまた外へ出た。

ふたりを並べて玄関ホールに横たえると、アーシュラはわたしの肘にごく軽く触れ、わたしを居間に誘導してソファに座らせた。そしてついていないテレビを凝視するわたしを置いたまま、紅茶を淹《い》れに部屋を出ていった。ボールダーじゅうが停電していた。部屋に戻ってきたとき、アーシュラはアイリッシュ・ブレックファストの入ったマグと、電源から引き抜いたノートパソコンを手にしていた。モデムは動かなかったが、携帯電話を介した通信でインターネットに接続できた。アーシュラはコンピューターをわたしの正面のコーヒーテーブルに置いた。わたしは暗くなるまでそこから動かなかった。

その後どんなふうだったかは、コロラドにいてもいなくても、まあ、わかるだろう。わたしがアーシュラのノーブランドの黒いノートパソコンで見たのとおなじものを、たいていの人はテレビで見たことと思う。レポーターたちは外に出て棘を蹴散らし、被害を記録した。嵐が残した六キロ幅の帯状の傷跡は、山をくだってボールダーを抜け、デンヴァーへとつづいていた。西向きのすべての窓が砕かれた超高層ビルがあり、四十階の高さから外を眺めている人々がいた。乗り捨てられた車がでたらめに通りに並び、スクラップ置き場に運ばれるのを待っていた。大きなショックを受けたコロラドの住人たちは、テーブルクロスやカーテンやコートを手に通りにさまよい出て、歩道で遺体を見つけては布で覆った。あるレポーターがカメラに向かって大声でしゃべっているうしろを、棘のたくさん刺さった放心状態の男が死んだヨークシャーテリアを抱えて通りすぎていった映像を覚えている。犬は目のある血まみれのモップみたいに見えた。男の顔は血だらけで表情がなかった。百本以上の棘が突き刺さっていたと思う。

公式見解では――ほかに信頼に足る説明がなかったので――テロとされた。大統領は安全な場所へと姿を消したが、ツイッターのアカウントから全力で反応した。大統領の投稿はこうだ――〝われわれの敵は自分が何をはじめたかまるでわかっていないのだ！　目にもの見せてやれ!!　#Denver　#Colorado　#America〟。副大統領は、生き残った人々と亡くなった人々のために持てる力のすべてを使って祈りを捧《ささ》げると約束した。一昼夜のあいだひざまずいたまま祈ると誓った。絶望した人々を助けるために、国のリーダーたちが自由になるリソースのすべて――ソーシャルメディアとイエス・キリスト――を駆使しているというのは、なんとも心強いではないか。

午後遅く、あるレポーターがひとりの男を見つけた。男は縁石に腰かけて脚を組み、自分のまえに広げた四角い黒のベルベットの上に、あらゆる色の繊細な棘を並べていた。一見すると、路上の時計売りのようだった。男は棘のコレクションを宝石商のルーペでひとつ、またひとつと観察していた。レポーターの女が何をしているのですかと尋ねると、自分は地質学者で、棘を分析しているのだと男は答えた。この棘は閃電岩《フルグライト》です、と男は断言した。閃電岩とはなんですかとレポーターが尋ねると、水晶の一種ですと男は答えた。その日の夜になるころには、ケーブルテレビのどのチャンネルでも専門家たちが似たようなことをいっており、分光分析だの結晶成長だのといった話をしていた。

閃電岩が雲のなかで形成されたことは以前にもあった。火山が爆発したときにはいつ起こってもおかしくない現象だった。雷で灰が短時間のうちに高熱になると、水晶の牙ができあがるのだ。だが、ロッキー山脈ではもう四千年以上火山は噴火しておらず、また、閃電岩がこんなに完璧な小さな棘へと結晶したのは初めてだった。化学者も地質学者も、起こったことの説明となる自然な過程を考えつかなかった——つまり、今回のことは不自然な過程の結果であるはずだった。誰かが空を毒する方法を見つけたのだ。

結局、何がわたしたちを襲ったかはわかったが、どうしてそれが起こったかはわからなかった。CNNのウルフ・ブリッツァーが、もしかしたら産業事故の結果ではないのかとある化学者に尋ねたところ、化学者はもちろんその可能性もあると答えたが、神経質そうな怯《おび》えた表情から、その化学者にもさっぱりわかっていないことが見て取れた。

飛行機の墜落事故もあった。一機だけで二百七十人の死者が出た。その飛行機はまっすぐ雲のなかを突き進んだのだった。座席にシートベルトで留められたままの黒焦げの遺体が、コルクのようにバー湖に浮かんだ。数百メートル離れたところから尾翼部が丸ごと見つかった。州間高速七六号の北へ向かう車線で、ぶすぶすと黒い煙をあげていた。デンヴァーじゅうで航空機が墜落し、空港から半径百三十キロほどの地域全体が墜落機で飾られた。

ある時点で、わたしは意識朦朧《いしきもうろう》とした状態から――次々明らかになる大惨事によって突き落とされた深い自失の状態から、9・11のときにわたしたち全員がかけられたのとおなじ呪縛から――浮上し、わたしが生きていることを両親が知りたがるかもしれないと気がついた。次いでべつの考えも生じた――ドクター・ラスティドに、妻と娘の身に起こったことを誰かが知らせなければならない、そしてその誰かとはわたしにほかならない。土曜日の朝のことだったので、ドクター・ラスティドはふたりとともにボールダーに来ることなく、家に残ってその夜の礼拝のための説教を書いていた。向こうからまだ連絡がないのは不可解だった。よくよく考えてみたが、その事実が暗に意味するものは気に入らなかった。

まず、自分の母親に電話をかけてみた。不仲は問題にならなかった。どんな人だってそうだろう。膝を擦りむいたとき、飼い犬が車にはねられたとき、空がひらいて棘の雨を降らせたとき、母親を求めるのは人間の本能だ。しかし母親にはつながらなかった。不快な雑音以外は何も手に入らなかった。もちろん、母親が電話に出たって不快な雑音を聞かされるだけだったかもしれないけれど。

父親にもかけてみた。父親は三番めの妻とユタ州にいるのだが、やはりつながらなかった――長いノイズが聞こえてきただけだった。携帯電話の回線がパンクしているのを意外には思わなかった。誰もが誰かに電話しているのだ。それに、まちがいなく中継塔だって甚大な被害を受けているはずだった。実際のところ、アーシュラがコンピューターをインターネットに接続した状態に保てていることのほうが驚きだった。

ドクター・ラスティドにかけたときには、電話がつながることを期待していなかった。ほかの誰にもつながらなかったのだから。けれども八秒の通信の中断のあと、呼び出し音が鳴りだし、気づくと電話に出ないでほしいと願っていた。それを思いだすといまでも気分が悪くなる。しかし妻と娘を失ったことをドクターに伝えなければならないと思うと、不安で全身がずきずきした。

呼び出し音は鳴りつづけ、それからドクター・ラスティドの声が聞こえてきた。やさしく感じのいい楽しそうな声で、メッセージを残してください、あなたの声が聞けるととてもうれしい、といっていた。「こんばんは、ドクター・ラスティド。できるだけ早く電話をください。ハニーサックルです。お話があります――電話してください」何があったかを録音で知らせるようなことはできなかった。

わたしは電話をコーヒーテーブルに置き、ドクター・ラスティドがかけ直してくるのを待ったが、電話は来なかった。

アーシュラとわたしは夜遅くまでネット配信の動画を見た。ときどき通信が切断され、画面がフリーズした——一度など、それが二十分近くつづいた——が、必ずもとに戻った。そのままだったらノートパソコンの充電が切れるまで見つづけたかもしれない。けれどもCNNの配信が切り替わり、六歳か七歳くらいの児童でいっぱいのスクールバスがひっくり返った映像が流れはじめると、アーシュラは立ちあがってブラウザをとじ、コンピューターの電源を落とした。わたしたちは一日の大半を一緒にソファに座って過ごした。紅茶を飲みながら、一枚のブランケットをふたりで膝にかけて。

いつのまにか、わたしは無意識にアーシュラの手を取っており、アーシュラもしばらくそのままにしてくれた。アーシュラにとってはたやすいことではなかったはずだ。夫が亡くなるまえはちがったのかもしれないけれど、わたしが知るようになってからのアーシュラは、息子以外の人間との接触にほとんど耐えられなかった。アーシュラは植物のほうが好きだった。農業科学の学位を持っており、もしかしたら月でトマトを育てることもできるのかもしれない。最良の肥料について、あるいはいつ畑に水やりをすべきかについてくだらないことを相手がいいださないかぎりほとんど話すこともなかったが、それでもアーシュラなりの気遣いはあり、やさしいと感じさせることさえあった。

アーシュラはふたりの脚を覆っていたブランケットを取り、わたしの体にかけた。その夜わたしがこのソファで寝ることがとっくに決まっていたかのように、温かく香りのよい土のベッドに種を植えるかのように、アーシュラはわたしを包むようにしてソファにブランケットをたくしこんだ。こんなふうに誰かに寝かしつけてもらったことなど、もう何年もなかった。父は質の悪い酔っぱらいで、わたしが新聞配達をして稼いだお金を盗み、〝愛〟を売り物にしている女たち《たち》に使った。わたしがベッドに入るときに家にいたことなどほとんどなかった。母はわたしが男の子みたいな格好をすることにずっとうんざりしていて、小さな女の子じゃなくて小さな男になりたいのなら、夜ひとりで寝ることくらいできるね、といった。しかしアーシュラ・ブレイクは、わたしが彼女の子供であるかのように、ものすごくやさしくブランケットでくるんだ。おやすみのキスをしてくれるんじゃないかと半分期待するほどだった。それはなかったけれど。アーシュラはこういった。「ハニーサックル、わたしもヨランダのことはほんとうに残念に思ってる。あなたにとって大事な人だったのはわかってる。わたしたちにとってもとても大事な人だった」それだけだった。ほかには何事もなかった。その夜は。

ソファを使わせてもらえたのはありがたかったけれど、アーシュラがいなくなると、わたしはブランケットを持って玄関ホールへ行った。そこに並んだ死んだ女ふたりの横にひざまずき、ちょっとばかり祈りを捧げた。いや、はっきりいえば、天上のあのお方にすこしばかりいってやりたいことがあった。わたしはいった——いくら世のなかがまちがっているとしても、ヨランダやミセス・ラスティドのように善良な人々だって大勢いる。もし神が、そういう善良な人々を棘の雹で殺すことが何か正しい目的を果たすための役に立つと思っているなら、こっちからひとつふたつ啓示を与えてさしあげたい。確かに、世界はひどい罪でいっぱいだが、サマーキャンプに向かう小さな子供たちの一団を穴だらけにしたところで、そういう罪はただのひとつも消えやしない。いわせてもらえば、この二十四時間の神の仕事ぶりには心底失望したので、もし埋め合わせをしたいと思うなら急いでもらいたい。わたしたちのもとに棘の嵐を送りこんだ人間が誰であれ、そいつをいますぐ打ちのめしてもらいたい。それに、ドクター・ラスティドは大人になってからの人生のすべてを福音を広めることに費やし、寛容になること、キリストの望むような人生を送ることを人々に説いてきたのだから、神はすくなくともドクター・ラスティドを生かしておき、彼が喪に服すあいだ面倒を見ることくらいできるだろう。これはぜひとも伝えておきたいのだが、ドクターの愛する者たちを奪うなんて、父なる神は最低最悪の冷血漢だとわたしは思う。ドクターのこれまでの奉仕に対してそんな返礼しかできないとは、なんともけっこうなことではないか。同性愛者であることの利点のひとつは、キリスト教的価値観においてはすでに地獄行きが決まっているので、神にちょっとばかり本音を明かしたいと思ったら、それを遠慮する理由などひとつもないというところだ。

神に向かって悪態をついたらへとへとになり、疲労に負けてヨランダとミセス・ラスティドのあいだに寝そべった。キルトを引っぱって自分の体にかけ、ヨランダの腰のあたりに腕を置いた。一日じゅうコンピューターを眺めていただけなのに、これほど疲れているなんておかしなものだった。深い悲しみは重労働とおなじなのだ。塹壕《ざんごう》を掘って一日を過ごしたかのように消耗させられる。あるいは、墓を掘って過ごしたかのように。

いずれにせよ、床の上のヨランダの横で体を丸め、おやすみのおしゃべりをたくさんした。わたしを家族の一員にしてくれたことを一生涯感謝しつづける、と話した。一緒に馬鹿やって過ごすことがもうできないなんてものすごく残念、ともいった。ヨランダのあけっぴろげで大きな笑い声を聞くといつでも幸せな気分になったし、いつか自分でもそんなふうに笑えるようになりたいと思ってた、とも話した。それから口をとじ、できるかぎりのやり方でヨランダを抱きしめた。スプーンが重なるようにぴったり体を寄せることはできなかった——キルトにくるまれていてさえ、ヨランダの背中に刺さった何百本もの棘が当たって、ぎゅっと抱きしめることができなかった。わたしはヨランダに腕をまわし、腿をヨランダの脚のうしろにくっつけた。そうやって、ようやく眠りに落ちた。

一時間か二時間すると目が覚めた。何かが変わったからだったが、それが何かはわからなかった。かすんだ目であたりを見ると、頭のすぐ上にテンプルトンが立っていた。ドラキュラのマントを肩にはおり、親指をしゃぶっている。もう何日も外に出ていなかったので、暗がりで見ると死人のような顔色だった。ドラキュラの王、死者の居留地を訪ねる、といった趣。最初はテンプルトンのせいで目が覚めたのかと思ったが、ちがった。すぐにテンプルトンが教えてくれた。

「あの人たち、歌ってる」

「あの人たちって誰？」わたしはそう尋ねたが、すぐに黙って耳を澄ました。するとわたしにも聞こえた。

十人以上のきれいな歌声が、八月の暖かい夜気に乗って運ばれてきた。全員でフィル・コリンズの《テイク・ミー・ホーム》を合唱していた。しばらくまえから歌っていたらしい。わたしが目を覚ましたのはテンプルトンが頭上に立っていたからではなく、その声が聞こえたからだった。

ドアのまんなかにはまった四角く分厚い窓ガラス越しにそっと覗いた。〈七次元のキリスト教会〉の全員が外にいるようだった。みんな輝く銀色の頭巾とローブを身につけ、ロウソクを入れた紙製のランタンを手にしている。仲間の遺体――外でランチをつくっていた三人の女――を回収し、埋葬布代わりの銀色の気泡シートでくるんであった。遺体はアルミホイルに包まれた異様に大きなブリトーに見えた。信者たちは、遺体を中心にして二重の円をつくっていた。内側の輪の人々は時計回りに歩き、外側の輪の人々は反時計回りに歩いた。全員がどんなにイカレているかを考えなければ、美しいとさえ思える情景だった。

わたしはテンプルトンを抱きあげ、廊下の先の子供部屋まで連れていって、ベッドのなかに戻した。テンプルトンの寝室の窓はほんのすこしあいており、〝彗星教〟の人たちの歌声が深く豊かにはっきりと聞こえてきた。エルダー・ベントに騙《だま》された哀れな怠け者の一団にしては、歌はうまかった。

すこしのあいだテンプルトンの横に寝そべって、寝かしつけることができるかどうか試してみた。ヨランダの魂は雲の上に行ったと思うかとテンプルトンが尋ねた。どこかに行ってしまったことは確かだ、もう体のなかにはないから、とわたしは答えた。ママがいってたけど、パパは雲の上からぼくを見てるんだって、とテンプルトンはいった。コウモリになればいつだって空にパパを探しにいけるよ、ともいった。空へ出かけることはよくあるのかと尋ねると、毎晩だよ、だけどまだパパは見つからないんだ、とテンプルトンはいった。わたしはテンプルトンの眉にキスをした。ヨランダが〝ぶるぶるスポット〟と呼ぶ場所で、このときもテンプルトンはかすかにうれしそうな身震いをしたので、わたしは満足だった。今夜はどこにも飛んでいかないで、もう寝る時間だよとわたしがいうと、テンプルトンは真面目な顔でうなずいて、もう二度と飛ばないよ、といった。いまじゃ空は棘だらけで、まっとうなコウモリにとっては安全じゃないからね。それから、またあんな雨が降ると思うかと訊《き》いてきたので、もう降らないと思う、だってあんな事が何度も起こるなんて想像できる？　とわたしは答えた。このあとわたしたち全員が何を乗り越えなければならないかを、もしこの夜知っていたら、自分にはとても無理だと思っただろう。

もう何も考えないでとテンプルトンにいい、立ちあがって窓をしめ、おやすみとつぶやいた。顔に笑みを浮かべていられたのは廊下に出るまでだった。わたしは愛する人たちの遺体をよけて歩き、いい香りのする湿った夏の夜気のなかへ出ていった。

歌はあと何時間か取っておいて、人々が眠ろうとしているときはやめてと教団の人たちに頼むつもりだったが、近づくにつれ、合唱よりもっと腹の立つものが目についた。三人のたくましい若者が芝地の端にいて、ミスター・ウォールドマンも一緒だった。通りを越えて引きずってきたらしい。三人は、例の銀色に光る緩衝材でミスター・ウォールドマンを包むのに忙しかった。エルダー・ベントが数歩離れたところから見ている。ベントの禿《は》げ頭には、太陽系の地図のタトゥーがブラックライトインクで入れてあった。水星、金星、地球、火星、土星、海王星が頭の上でぼんやりと青灰色に光り、ゴブリンみたいな緑色の太陽のまわりを動く惑星の軌道が、蛍光の点線で描かれていた。エルダー・ベントは以前は空中ブランコ曲芸師だったという噂《うわさ》があり、その噂を裏づけるような体つきをしていた。無駄のない筋肉に縄のような腕。そしてほかの人たちとおなじように銀色のガウンを着ていた。それから、金色の大きな天体観測儀《アストロラーベ》を、金の鎖で首からさげてもいた。男たちだけに許された装飾品だった。

わたしは彼らを〝彗星教〟と呼んでいるけれど、それは手抜きのからかい文句でしかなく、彼らの信条を的確に要約しているわけではない。信者は大半が中年で、見た目からして変わっていた。信者のひとりは家の火事で子供を三人亡くしたのだが、あたしの子供たちはみんな死んでないの、と笑みを浮かべて話すのだ――新しい、七次元の存在になっただけ、と。ときどき口のなかに九ボルトの電池を入れている男もいた。男がいうには、さまざまな宗教の大物たちが海王星から送信している〝メッセージ〟を受けとるためらしい。声が聞こえるわけではなく、銅の風味のある電池のエネルギーとして彼らのアドバイスやアイディアを味わうのだという。ある女性信者は斜視で、緊張すると、まるで口に虫が飛びこんだかのように唾を吐く発作を起こすことがあった。べつの信者は、腕じゅうにスマイルマークの傷跡があった。わざとそのかたちに傷をつけたのだ。

信者たちと話そうとすると――あんな馬鹿げたことを信じ、あんな恥ずかしい真似《まね》をするのをまのあたりにすると――悲しくなった。信者たちはみんなこの世の終わりを待っていた。そして当面は、死後に第七次元の存在へと移行するためにいかに魂の準備をするかについて、エルダー・ベントから教示を受けているのだ。エルダー・ベントは、星図の勉強やラジオの修理で信者たちを忙しくさせておいた（修理したラジオを毎週土曜日のストリートマーケットで売っていた)。主の最後の契約は言葉で書かれるのではなく、一種の電気回路のような図形で示されると全員が信じていた。わたしには、こうしたことすべてを理解できるようなふりはできない。ヨランダのほうが、エルダー・ベント率いる変わり者の一団にわたしよりも寛容で、通りで彼らに出くわしたときも、つねに愛想よく接していた。そういう意味でも、ヨランダはわたしより人間ができていた。わたしが最も苛立ちを感じるタイプの人々を、ヨランダは最も気の毒に思っていた。

このときのわたしはいらいらしていたし、なだめてくれるヨランダもいなかった。わたしは道を渡って彼らの庭の端へ、三人の若者がミスター・ウォールドマンを銀色の梱包材《こんぽう》で包もうとしている場所へ行き、それが遺体にかぶせられるまえに隅を踏みつけた。

ミスター・ウォールドマンをSF風の埋葬布で包んでいた信者たちは驚いた顔でわたしを見あげた。三人は、エルダー・ベントの教団のなかで最年少だった。ひとりは細身で背が高く、金色の顎ひげを生やし、髪は肩まであったので、『ジーザス・クライスト・スーパースター』の舞台でイエス・キリストを演じることもできそうだった。ふたりめは丸々とした若者で、小さくて湿った温かい手をしているだろうとひと目でわかるタイプだった。三人めは白斑のある黒人で、黒い顔がびっくりするほど明るいピンクでまだらになっていた。三人とも何かいおうとして口をあけたが、誰も何もいわなかった。エルダー・ベントがさっと片手をあげて、黙るようにというしぐさをした。

「ハニーサックル・スペック! この快い晩に、散歩かな?」

「ここからデンヴァーまでのあいだに住む六、七千の人々がずたずたに引き裂かれたばかりなのに、何が快いのかさっぱりわからない」

「六、七千の人々の魂が、粗末な容器から抜けだしたんだ」――エルダー・ベントはそばの遺体を示した――「そして次の段階へと移行した。彼らは解放されたんだよ！ いまやあらゆる場所にいる。第七次元にいる彼らのエネルギーが、現実のひび割れの向こうに見える。宇宙を支える暗黒物質のようなものだ。彼らは次の大きな送信のための準備をしている」

「わたしが知りたいのは、なぜミスター・ウォールドマンがあんたの家の前庭に移行してるのかってことなんだけど。どうしてミスター・ウォールドマンが誰かの食べ残しみたいにアルミホイルに包まれたがってると思うわけ？」

「彼は先触れのひとりなんだよ！ ほかの大勢とともに道をつくったんだ。彼の犠牲を称《たた》えるのは悪いことじゃない」

「ミスター・ウォールドマンはあんたたちのために犠牲になったわけじゃない。彼はあんたのカルトの一員じゃなかった。この人はシナゴーグに通ってたのよ、頭のおかしい人たちの家じゃなくてね。だからミスター・ウォールドマンが称えられるとしたら、彼の宗教の教えによって称えられるべきでしょう、あんたの宗教じゃなくて。この人のことは放っておいたら？ 毒入り《ア・ダムド・シング》のクールエイドでも飲んで彗星に乗ってなさいよ、このハゲタカ！ あんたなんて、何ひとつ知りやしないくせに」

細身で長身、暗闇に光る頭をしたオタクのエルダー・ベントは、わたしに向かって輝くように笑いかけた。どんなにぼろくそにいわれようとまったく関係なく、エルダー・ベントはいつでも笑いかけるのだ。かわいい腕白坊主を相手にしているみたいに。

「ところが知っているんだよ」エルダー・ベントはいった。「呪われたもの《ア・ダムド・シング》については、じつによく知っている。この星は呪われている、私はそれを知っている！　まさに今年の十一月二十三日午前五時に世界が終わると私は予言していて、それがいまや……終末のはじまりだ！」

「二年まえの十月にも世界が終わるっていってたじゃない？　あれはなんだったの？」

「私は二年まえの十月二十三日に終末が到来するといったんだよ、そしてそれはほんとうに来た。ただ、進行の速度が遅かったんだ。少数ながら、兆候に気がついていた観察者たちもいる」

「確か二〇〇八年にも世界が終わるっていってなかった？」

　エルダー・ベントはとうとうわたしに失望したような顔をした。「われわれにぶつかることが確実だった小惑星が、何千もの祈りの力が合わさったおかげでそれたのだよ。三次元の世界を去るために完璧な心の準備をする時間ができたわけだ。しかしいまやその日、その時間が迫っている！　そして今回、われわれが終末を避けることはできない。喉から幸せな歌を奏でて終末を歓迎するのだ。歌とともに、この人生に幕をおろす。仕上げの歌を、すこしまえから歌っているんだよ」

「歌うのは朝まで待ってもいいんじゃない？　眠ろうとしてる人もいるんだから。それに、どうせ歌うなら、フィル・コリンズはやめてくれない？　わたしたち、きょうはもう充分つらい思いをしたんだから」

「歌詞は問題じゃないんだよ！　歌うことで生じる喜びだけが重要なんだ！　われわれはその喜びを、電池のようにためておく。充電はほぼ完了し、われわれはもういつでも旅立てる！　そうじゃないかな？」エルダー・ベントは信者たちに水を向けた。

「いつでも旅立てます！」信者たちは大声でそう返した。ベントの骨ばった禿げ頭の星図を凝視し、すこしばかり体を揺らしながら。

「いつでも旅立てる」エルダー・ベントは穏やかにそういい、平らな腹のまえで指を組んだ。頭のタトゥーは暗闇で光るが、拳の星はただの黒インクで刻まれていた。こちらは刑務所にいたときに入れたものだった。エルダー・ベントは妻と継子たちに対する犯罪で、二年のお勤めをしていた。ベントは彼女たちを夏じゅう屋根裏にとじこめ、朝には全員で分けるようにと大さじ一杯の水を与え、夜にはやはり全員で分けるようにと〈ニラ〉のビスケットをひとつだけ与えて、一日じゅう惑星軌道の図を描かせた。誰かが口ごたえをしたり、その〝勉強〟に加わらなかったりすると、ほかの者たちに蹴らせていうことを聞かせた。ある晩、星の観察のために外へ出ることが許されたとき、妻がベントから逃げだした。警察はベントを刑務所に放りこんだが、ベントはそこに長くはいなかった。どうやらその第一条を根拠として、自分の宗教を実践する権利を即座に申し立てたのだ。憲法修正権利とやらには、正しい音で讃美歌《さんびか》を歌わない信者を飢えさせたり虐待したりすることも含まれるらしい。さらに悪いことに、継娘たちはベントが自由の身になるとすぐ彼のもとに戻った。姉妹はいまでは敬虔《けいけん》な信者だった。すらりとしたきれいな姿でホイールキャップをかぶり、エルダー・ベントのすぐうしろに立って、ふたりでわたしを睨んでいた。

ベントがべらべらしゃべっているあいだに、ミスター・ウォールドマンのまわりにしゃがんだ三人の間抜けから注意がそれてしまった。三人はそのチャンスを利用して、またミスター・ウォールドマンを包みはじめていた。銀色のホイルがカサカサいう音が聞こえたので、三人が繭をつくり終えるまえに、わたしはまた緩衝材を踏みつけた。

「あんたたち、そんなことやってると、思ったよりずっと早く終末が来るかもね」わたしは若者たちにいった。

三人が心配そうな顔を向けると、エルダー・ベントはすぐに長い指を一本立てて何かの身振りをした。三人の若者は立ちあがり、遺体から離れた。

「ミスター・ウォールドマンのためにユダヤ教の方式で七日間の喪に服する者が誰かいると思うかね、ハニーサックル？　妻はすでに亡くなっている。息子は海兵隊員で、どこか外国に配属されているんだが、現在の危機的状況を考えれば、彼が父親の死を知るのはいつになることか。それに、息子が知らせを聞いたとしても――仮に知らせが耳に入ったとしても――ボールダーに戻ってこられないかもしれない。硬質な雨は降りはじめたばかりだからね。もっと降るはずだ、まちがいないよ」

「もっと降るはずだ」キリストのような見かけの若者がくり返した。そして自分の首にかかったアストロラーベをいじった。「そのための準備ができているのはぼくたちだけだ。ぼくたちだけがこれからどうなるかわかって――」

しかしここでエルダー・ベントが指一本を立てた手をさっと振り、若者を黙らせた。それからベントは言葉を継いだ。「誰かがミスター・ウォールドマンの人生に栄誉を授けるべきじゃないかな？ どんな儀式でも、何もしないよりいいのでは？ なんの害にもなるまい？ もし息子がボールダーに現れたら、除隊した家族がここに戻ってきたら、そのときには彼がふさわしいと思うやり方で死を悼めばよかろう」エルダー・ベントはいったん口をつぐんでからつづけた。「あるいは、きみが引きうけてもいい。どんな葬儀をするつもりだね、ハニーサックル？ きみが彼のために七日間の服喪《シヴァ》をおこなうつもりか？ やり方は知っているのかね？」

それはベントのいうとおりだった。気に食わなかったが、わたしには面倒を見なければならない死者がほかにいるのも事実だった。

「とにかく……すくなくとも歌声は抑えてもらいたいの」わたしは力なくいった。「通りの向こうに、眠ろうとしている子供がいるんだから」

「きみもわれわれとともに歌うべきだよ、ハニーサックル。今夜はひとりでいるべきじゃない。われわれのもとへ来て座ればいい。ひとりでいては駄目だ。怖がらなくていい。不安は苦痛より悪い、そうだろう？ 自分自身を解き放つんだ。雨への恐怖、われわれへの恐怖、死滅することへの恐怖を手放せ。まだ遅すぎることはない。いまここで人類の最終章が書かれているとしても、みなで互いに愛しあって幸せになるんだ」

「けっこうよ。もしわたしたち全員がまもなく死ぬとしても、わたしは正気のまま人生を終えたいの。シートメタルのスカートをはいてフィル・コリンズのヒット曲を歌いながら死ぬんじゃなくてね。尊厳ある死ってやつよ」

エルダー・ベントは悲しげな、憐《あわ》れむような笑みをわたしに向け、『スター・トレック』のスポックを思わせるハンドサインをして見せた。スポックを思いだすと、わたしはまた悲しくなった。ヨランダとわたしはふたりとも、映画でスポック役を演じたザカリー・クイントに夢中だったのだ。

エルダー・ベントはお辞儀をして、銀色のガウンをサラサラいわせながら向きを変えた。〈レイノルズ〉のアルミ箔《はく》でつくったプロムのドレスみたいなものを着て悠々と歩きまわる姿を見ていると、そんな人を宗教指導者として真面目に受けとめるのはむずかしかった。ぽっちゃりした若者と白斑のある若者はミスター・ウォールドマンの遺体のほうへまた身を屈《かが》めたが、キリストみたいな見かけの若者はふさふさした黄色い髪を指で梳《す》き、わたしのほうへ半歩踏みだした。

「ぼくたちが知っていることをもしあんたも知っていたら」金髪の若者は小声でいった。「自分も入れてくれって懇願するだろうね。きょうの出来事に対して準備ができていたのは、ぼくたちだけだった。頭のいい女なら、ちょっとは考えるんじゃないかな。この人たちはほかに何を知っているんだろう――わたしの知らない何を知っているんだろうと、自問したほうがいいんじゃないか」

脅しのようにも聞こえたけれど、彼が芝居がかった動作でシュッと向きを変えたときに棘を踏んでかん高い悲鳴をあげたので、効果は台無しになった。若者がすり足で遠ざかるのを見ていると、目の端で何か明かりがちらつき、わたしの注意を捉えた。わたしはそちらに視線を向けた。

アンドロポフが、一階の自分のアパートメントにいた。石油ランプを持ってガラスの向こうに立ち、睨むようにこちらを見ていた。いや、わたしを睨んでいた。胃のあたりがおちつかなくなるような目つきだった。

アンドロポフがベニヤ板をガラスのほうへ持ちあげると、板に隠れて姿が見えなくなった。次いでドン、ドンとハンマーを打ちつける音が聞こえてきた。アンドロポフは窓を板でふさぎ、自分とマーティーナを封じこめていた。

アーシュラのソファの上で目覚めると、居間は明るい日射しであふれ、コーヒーの香りと温めたメープルシロップのにおいがした。テンプルトンが小さなマグでエスプレッソを飲みながら、わたしのそばに立っていた。ドラキュラのマントが小粋に肩からさがっていた。

「ほんとうにテロリストだったんだよ」なんの前置きもなくテンプルトンはいった。「あとね、カンザス州ウィチタに棘が降る確率は六十パーセントだっていってる。ワッフルにピーカンナッツは入れる？」

フランネルのパジャマを着たアーシュラが、ガスコンロの上のワッフル焼き器の様子を見ていた。アーシュラはまたノートパソコンでニュース番組を流していた。あの朝のニュースの内容は誰もが知っているだろう。絶対に見たはずだ。『デンヴァー・タイムズ』と『ニューヨーク・タイムズ』と『ドラッジ・レポート』に手紙が届いたのだ。綴《つづ》りにいくつかあやしいところのあるその手紙は、午前中ずっと映しだされ、議論の的になり、侮蔑の的にもなった。

各位

あなたがたの破滅の日が来た。アッラーの怒りにも匹敵する巨大な嵐が降りかかり、血が道路を染めるだろう。埋葬を待つあまたの遺体が公園にあふれ、広大な蛆《うじ》の農場となる。ムスリムの土地から石油を奪うための戦争や、アメリカからムスリムを追いだそうとする人種差別主義の法律を罰するため、百万もの棘が降りそそぐだろう。すぐに9・11を平穏な日として懐かしくふり返ることになるだろう。

学校や教会の名前が画面の下のほうに流れた。大吹雪ですべてが閉鎖されるときみたいに。このときも、最初は閉鎖された場所のリストだと思った。ひとつめのワッフルを食べているうちにやっと、それが遺体を運びこめる場所のリストだと気がついた。

デンヴァーの都市部ではすくなくとも七千五百人が死亡したと伝えられていたが、一日の終わりにはこの数字ははるかに増えるだろうというのが当局の予測だった。画面に結婚式が映った。赤いドレスを着て、体じゅうに棘の刺さった花嫁が、夫のなれの果てを抱えて泣き叫んでいた。花婿はみずからの体で妻をかばい、ずたずたに引き裂かれていた。結婚して一時間も経《た》っていなかった。雨が降りはじめたとき、ふたりは戸外の大型テントの下でダンスをしていたのだ。花嫁は夫と、姉妹ふたりと、両親と、祖父母と、姪《めい》たちを亡くしていた。

　CNNは報道番組『ザ・シチュエーション・ルーム』に化学者を呼んでいた。化学者はわたしたちがすでに知っていることから話しはじめた。硬質な雨の正体は結晶した閃電岩で、〝石化した稲光〟と呼ばれることもある。その化学者によれば、閃電岩は自然に発生することもあるが、ボールダーとデンヴァーに降ったこの結晶は人工的につくられた新しいもので、どこかの研究所で設計されたものにちがいない、でなければコロラドに降った棘がここまで工業製品のように完全なかたちをしていることの説明がつかない、ということだった。化学者はウルフ・ブリッツァーにこう説明した――誰かが、おそらく農薬散布用の簡素な飛行機を使って、棘の種を雲に植えつけた可能性がある、いや、その可能性が高い、と。この解説はテロ説を支えるものだった。

　化学者はこうもいった。今回の硬質な雨では、ふつうの閃電岩の場合には決して起らなかったことが起こっている、つまり、棘は水と一緒に降るのではなく、水を吸収し、得られる水分をすべて利用して硬化している。結晶するのに稲妻を必要とせず、ありふれた静電気で事足りる。

　ウルフ・ブリッツァーは、ウィチタ郊外で棘の雨が降っているといい、これはボールダーに棘を降らせたのとおなじ雲なのかと、お気に入りの化学者に尋ねた。化学者は首を横に振って、上部成層圏に何百万もの棘の種があり、それが一種の塵《ちり》のように雲のなかに集まるのかもしれない、と答えた。そのうちの一部は針やピンとなって降り、べつの一部はすこし大きくなったあとに割れたり砕けたりして、新たな結晶の種をつくり、先々の雲の成り立ちに影響を与えるという。ウルフは、それはもっと簡単な言葉でいうとどういうことか、と尋ねた。化学者は鼻梁《びりょう》の上へと眼鏡を押しあげ、現実問題として、棘の雨は永続的に地球の気候の一部になるかもしれない、この新しい人工の閃電岩はみずから再生産をくり返すもので、いまも大気のなかにある、といった。いくつかのケースをモデル化してみる必要があるが、最終的には地球上の雨雲がすべて結晶の畑になる可能性がある、ともいった。化学者はそれをSF作家になぞらえて〝ヴォネガットのシナリオ〟と呼び、最終的にはふつうの雨は過去のものとなるかもしれない、といった。

カメラが自分に向いていることをウルフが忘れたように見えたのはそのときだった。ウルフは病人のような顔でその場に佇《たたず》んだ。すこしすると、ウルフは口ごもりながらウィチタで進行中の事態を見てみましょうといい、子供に見せないよう、親たちに警告をした。そのときにはすでに、アーシュラはシンクに身を屈めて、てきぱきとカップや平鍋を洗い、水切りかごに入れて乾かしはじめていた。けれどもニュースのこの部分が耳に入ると、コンピューターを切ってバッテリーを節約したほうがいいかもしれない、と穏やかにいった。ほんとうはこれ以上テンプルトンに大量死の映像を見せたくないのだと、わたしにもわかった。

わたしはシンクのまえでアーシュラと並び、濡れたグラスをタオルで拭きはじめた。そして低い声でいった。「エルダー・ベントはこの秋に世界が終わるといってる。CNNの化学者もおなじ意見みたい。吐きそう。何もかもがひどいありさまで、どうしたらいいかわからない」

アーシュラはしばらく黙ったままワッフルの鉄板をスポンジで洗っていた。それからいった。「チャーリーが亡くなったあと、わたしはそれまでに経験したことがないほど孤独で、不安で、無力だと感じた。最悪なのは無力感だった。自分が何もできないことに、腹が立ってしかたなかった。夫を取り戻すこともできない。人生をもとの状態に戻すこともできない。起こったことを巻き戻して変えることもできない。あなたがどう感じているかは理解できる。わたしもう、すべてが失われた孤独な場所、世界の果てみたいな場所に行ったことがあるから。わたしが知っている、まえに進むための唯一の方法は、愛した人が望むであろう行動を取ること。あなたが残された時間をどんなふうに使うことをヨランダが望むか、考えてみて。それもヨランダを身近に感じるひとつの方法だから。もし不安で、気持ちが悪くて、自分のためにどう生きたらいいかわからないなら、ヨランダのためだったらどう生きるか考えてみて。そうすればもう無力だとは感じないはず。何をすればいいかわかるはずよ」

言葉が尽きると、アーシュラはわたしの頭のてっぺんをおちつきなくぽんぽんとたたいた。まるで、嚙みつかれるんじゃないかと心配しながら大きくて珍しい犬を撫《な》でるかのように。不器用な愛情表現だったが、アーシュラにとってはそれを示そうとするだけでたいへんなことなので、わたしはとてもありがたく思った。それに、アーシュラは自分の抱いている苦痛が垣間《かいま》見《み》えるほど奥までわたしが入りこむことを許したのだ。それは誰かをハグするより勇気のいる行為だった。

アーシュラは、もしよければすこしのあいだテンプルトンを見ていてもらえないかしら、庭の棘を集めてしまいたいから、といった。わたしはガレージに腰をおちつけ、テンプルトンが岩塩の容器の上に立って金属製の手動タイプライターのキーをたたくのを見守った。このタイプライターは父親がテンプルトンに遺した唯一の品だった。わたしは額に収められた博士号の学位記――テンプルトンの父親がコーネル大学から受けたもの――の下に座った。テンプルトンはまさに、青白い顔をした神経過敏な天才たち、人類のべつの一員と一緒にいるよりスライドグラスにのせた微生物と過ごすほうがくつろげる人々の直系の子孫だった。チャーリー・ブレイクの死因が事故だったのか、それとも何杯か酒を飲んで故意にガードレールの隙間から車ごと谷へ転落したのか、わたしははっきりとは知らなかった。ヨランダがアーシュラと一緒に遺体の身元確認をしに行き、わたしはテンプルトンの面倒を見るために残った。あとでヨランダから聞いたところによれば、チャーリーは解雇されたばかりだったらしい。会社は南部に移転する予定で、チャーリーの研究と彼の最良のアイディアをすべて取りあげ、本人は連れていかないことにしたのだ。十年にわたる勤務に対してチャーリーが受けとったのは、別れの握手と金色のiPadだけだった。事故のせいでチャーリーの頭蓋骨は脳にめりこんだが、そのiPadは傷ひとつない状態で事故車から回収された。アーシュラはそれをヨランダにあげた。アーシュラにとっては見るのも耐えられなかったからだ。

テンプルトンがキーをたたくあいだ、わたしは座って考えた。ヨランダなら、わたしに何をしてほしいと思うだろう。携帯電話の電池が三十パーセントほど残っていたので、それを使ってヨランダの父親にまた電話をかけようとした。今回は留守番電話にさえつながらなかった。わたしはひらいたままのガレージのドアへと歩いた。ロッキー山脈の上には何キロもの青空が広がり、丸々とした雲の島がいくつか散っているだけだった。

アーシュラは芝生のまんなかでレーキにもたれて立ち、わたしをじっと見た。足もとにはきらめく水晶のかけらの小山ができていた。

「何を考えているの？」アーシュラが尋ねた。

「これから雨になると思う？」

「あとで小雨くらいは降るかもしれない」アーシュラは慎重に答えた。

「ドクター・ラスティドに会いに行くべきじゃないかと思って。ヨランダのお父さんなんだけど。娘の身に何が起こったか、誰かが知らせる必要がある。わたしがドクター・ラスティドのところへ行くほうが、来てもらうより簡単だから。ドクターは六十四歳で、トライアスロンをやるようなタイプじゃないし」

「どこに住んでいるの？」

「デンヴァー」

「そこまでどうやって行くつもり？」

「歩かなきゃならないと思う。車で移動なんてできそうにないし。道路がこんなに棘だらけじゃあね」

「五十キロくらいあるってわかってる？」

「うん、知ってる。だからこそ、行くなら早く行ったほうがいいと思って。いますぐ出かければ、あしたの夜までには戻れるだろうから」

「あしたの夜までには死んでるかもしれないじゃない、もしまた土砂降りになったら」

わたしは首を引っかいた。「まあ、空は注意して見るようにするし、もしすこしでも暗くなったら屋根のある場所を探すよ」

アーシュラはレーキの柄をぎゅっと握り、顔をしかめながらすこしのあいだ考えこんだ。

「わたしはあなたの母親じゃないから」とうとう口をひらくと、アーシュラはいった。

「だから行くなとはいえない。でも定期的に連絡を入れて、どこまで進んだか最新情報を知らせてほしい。そして戻ったらまっすぐここへ来て、テンプルトンに無事な姿を見せて。あの子が心配しなくてすむように」

「イエス、マーム」

「銃を貸してあげられればよかったんだけど」

「なぜ？」わたしは心底驚いていった。

「だってこうなると法なんてあてにならないし、街へ行けば怯えた住人でいっぱいなわけでしょう。けさ起きて、毒された世界と向きあった人々のなかに、まえまえから抱いていた大いなる妄想を実行するのにためらう理由なんかないじゃないかと思った人がいてもおかしくない」アーシュラはまたすこし考えて、それから眉をあげていった。「ちょっと錆《さ》びてるけど、大きな山刀《マチェーテ》があるから持っていって。藪《やぶ》をたたき切るのに使っているの」

「ううん、遠慮しとく」わたしはいった。「もしけんかになったら、相手に当たるのとおなじくらい、失敗して自分の膝をぶった切る可能性もありそうだから。マチェーテはあなたが持っておいて。大通りを外れないようにするつもりだから、明るいうちはそう心配することもないと思う」

わたしはガレージに戻った。テンプルトンはタイピングを終えていて、コウモリになる準備ができているという。わたしはテンプルトンのウエストをつかんで持ちあげ、自転車のラックから逆さまにぶらさげた。テンプルトンは、すべって落ちてもいいようにと敷いてある染みだらけの汚いマットレスの上でぶらぶらと揺れた。

「ねえ、少年」わたしは話を切りだした。

「全部聞いたよ」テンプルトンはいった。「話してるのが聞こえた」

「わたしのことは心配しないで。もし雨が降ったら、覆いの下に逃げるから。大丈夫。わたしがいないあいだ、あんたもちゃんと家のなかか、ガレージのなかにいるんだよ」

「どうせママが外に行かせてくれないよ」

「そうだね、あんたのママならそうだろうね。コウモリになって外を飛びまわれる日々はもう終わったの。そういえば、デンヴァーにいるあいだに連邦航空局に寄れるかもしれない。あそこの人たちに、あんたがやってたことを話しちゃおうかな。ライセンスもないのに夜にパタパタ飛びまわっていたって。もう絶対飛べないように、羽を切られちゃうかもね」

「そんなのやめて」テンプルトンはいった。

「止められるもんなら止めてごらん」

テンプルトンはヘビのようにシューッといいながらプラスチックの牙を剝《む》きだした。わたしはテンプルトンの髪をくしゃくしゃにして、じゃあ行ってくるね、といった。

「ヨランダとお母さんのことは心配しないで」テンプルトンは真面目な顔でわたしにいった。「あなたが戻ってこなかったら、ママがなんとかするから。たぶん、庭に埋めるんじゃないかな」

「よかった。ふたりの養分で何かおいしいものを育ててくれるといいけど。ヨランダはたぶん、トマトの木になってよみがえるって考えが気に入ると思う」

「ママは人にハグをするのが好きじゃないんだ」テンプルトンは逆さにぶらさがったままそういった。マントが垂れて、床につきそうだった。「ハグしてくれる?」

「もちろん」わたしはそうした。

デンヴァーまで徒歩で向かうのがどんなに厳しいか実感するには、通りの向こうまでぶらぶら歩くだけでよかった。道路は鋼のように硬い棘のカーペットで覆われていて、そのカーペットの厚みは一センチ強はあった。一本がスニーカーの底のやわらかいゴムを突き抜けて右足の土踏まずに刺さった。愚かにも縁石に腰をおろしてそれを引き抜こうとしたら、棘がさらに三本お尻に刺さり、わたしは金切り声をあげて跳ぶように立ちあがった。

外階段をのぼって、二階にある自分のちっぽけなアパートメントへ向かった。階下のアンドロポフのアパートメントからは騒音があふれていた。アンドロポフは音楽プレーヤーをかけており、オペラらしきロシアの音楽が高々と鳴り響いていた。建物の後方へ向かうにつれ、今度はおなじくらいうるさくがなりたてるテレビの音が聞こえた。ヒュー・グラントが、神の声のように轟く茶目《ちゃめ》っ気《け》たっぷりな声で、機知に富んだことをいっている。思いだしてもらいたい。ボールダー全域で停電がつづいているのだ。つまり、アンドロポフの機器類はすべてバッテリーで動いているはずだった。

わたしはほうきとモップで自分のアパートメント全体の掃除をし、ヨランダを迎える準備をした。ビャクダンとセージのオイルの壜《びん》をあけておいたので、部屋全体に高原のような甘い香りが漂っていた。

ここには四部屋しかなかった。居間が小さなキッチンへとつづき、奥に寝室と書斎があった。床は古いマツ材で、ずっとまえに塗ったニスが琥珀がかった黄色に変色していた。家具はほとんどなく、ベッドと安っぽい布団がカントリーシンガーのエリック・チャーチのポスターを貼った下にあるだけだった。たいした部屋じゃなかった。でもわたしたちはその布団の上で寄り添い、そこで一緒にテレビを見て、ときにはキスをしたり抱きあったりもした。ヨランダは以前からお気に入りの枕をわたしのアパートメントに置いていたので、寝室を覗くとその枕が目に入った。長くて平べったい枕で、色褪《いろあ》せた紫の枕カバーがかかっていて、ベッドのてっぺんにきちんと置いてある。それを見ると、遠征する気力が消え失せてしまい、またもや胸が張り裂けそうになった。

しばらくのあいだヨランダの枕に寄り添って横になり、枕に体をぎゅっと押しつけていた。枕はヨランダのにおいがした。目をとじると、ヨランダが一緒にベッドにいて、朝一番によくしたような、眠け混じりのだらだらしたおしゃべりをするために、ちょっと休憩しているだけのように思いこむこともできた。わたしたちはどんなことについても楽しい言い合いができた。ふたりのうちカウボーイハットがより似合うのはどちらか。ニンジャになる訓練をするにはもう遅すぎるか。馬にも魂はあるのか。

しかし暗く孤独な気分に長く浸っていることはできなかった。階下があまりにもうるさすぎた。どうしたらあんなことができるのかわからなかった――ひとつの部屋でロシアのアリアを聴き、べつの部屋でヒュー・グラントのおしゃべりを聞いているわけだが、どちらも中くらいのわめき声ほどの音量だった。ふたりはけんかしているにちがいない、とわたしは思った。お互いに相手を苛立たせようとしているのだろう。平鍋をぶつけたり、ドアを力任せにしめたりといった猛烈な騒音が階下から漏れてくるのは、これが初めてというわけでもなかった。

わたしはベッドから跳びおりて、静かにしろという意味をこめて床をどんどんと踏み鳴らした。すぐにふたりのうちの一方が壁を蹴ってきた。あまりに長いあいだ強く蹴るので、建物全体が揺れた。わたしはさらに激しく床を踏み鳴らし、あんたなんか怖くないと相手に伝えた。するとアンドロポフもさらに強く壁を蹴った。わたしはふたりの子供じみたゲームに引きずりこまれていることに突然気がつき、やめた。

水のボトルを何本かバックパックに放りこんだ。チーズとパン、使える場所が見つかったときのために携帯電話の充電器、マルチツール、ほかにも必要になるかもしれないと思えるがらくたを詰めた。それからトップサイダーのスニーカーを蹴るようにして脱ぎ、カウボーイブーツをぐいと履いた。黒くて銀色の縫い目のある、爪先にスチールのついたブーツだ。出かけるとき、ドアに鍵はかけずにおいた。かけても意味がないからだ。雨のせいで外の踊り場に面した窓が割れていたし、警察はそこここで起こる小さな盗難にかまっていられるほど暇ではないだろう。もし誰かがやってきてわたしの所持品をほしいと思うなら、持っていけばいい。

アンドロポフの家からの騒音で内臓が震え、頭のなかにブンブン音が鳴り響いた。道理をわきまえたふつうの人間が我慢すべき限界を超えていた。最後の怒りの発作に抗《あらが》わず、きびすを返してポーチをドタドタと歩き、ドアを強くたたいた。いったいなんのつもりなのか訊いてやろうと思った。しかしそこに立ったまま拳が痛くなるまでドアをたたきつづけても、誰も出てこなかった。確かにうるさかったが、そこまでうるさくはなかった。わたしがドアをたたく音は絶対に聞こえているはずだった。

部屋のなかのふたりに無視されて、わたしはいらいらした。窓のそばに行き、次いでべつの窓も見に行ったが、どちらも内側から板で覆われていた。玄関先のポーチに守られて、ガラスは割れていないのに。

正面の階段を降り、建物の東側にまわった。棘は西側から斜めに降ってきたから、建物の東側の窓は無傷だった。アンドロポフはここでもガラスの内側から厚板を打ちつけていた。ひとつめの窓は完全にふさがれていた。だが、ふたつめの窓には、板と板のあいだに三センチくらいの隙間があった。背伸びすると、その隙間からなかを覗くことができた。

暗い廊下の先で、薄汚いバスルームへ通じるドアがひらいたままになっていた。プラスチックのチューブが何本も、バスタブからシンクへとよじれながら伸びていた。ガラスのビーカーが便器の上に置かれ、その横には、液体の入った四リットルサイズの容器があった。液体は水かもしれないが、アンモニアとか、何かほかの透明な化学薬品である可能性のほうが高そうだった。

わたしはさらにもうすこし背伸びをし、バスルームの床に何があるか見ようとした。すると額が窓ガラスにぶつかった。すぐにアンドロポフの目が隙間に現れた。怒りか、あるいは恐怖のせいで血走って膨れた、取り乱したような目だった。ぼさぼさの眉毛は黒く、伸びすぎていた。膨らんだ鼻の毛穴まで見えた。アンドロポフは激した声で唾を飛ばしながらロシア語で何かいい、窓に黒いカーテンを引いた。

コロラド大学ボールダー校のキャンパスをずんずん歩いているときだった。地上十二メートルほどの木のなかに男を見つけた。黒いウィンドブレイカーを着て赤いネクタイをしめた男が、胃のあたりを枝に貫かれ、逆さまといっていいくらい傾いた状態でそこにいた。わたしは男の真下を歩いた。男は両腕を差し伸べ、目を大きく見ひらいていた。まるでここから降りるのを手伝ってくれといおうとしているみたいだった。どうして男があんな上に行きついたのか、わたしにはどうしてもわからなかった。

涼しい朝で、ノーリン・クアッドと呼ばれる大学の中庭には葉の繁《しげ》ったオークの大木のおかげで木陰がたくさんできていたが、ふだんどおりの日曜日の午前中であるかのように自分を騙すことはできなかった。血の染みたジョシュ・リッターのTシャツを着た女が、身を振り絞るようにしてすすり泣きながらわたしのそばを駆けていった。あの女がどこから来てどこへ行くのかは誰にもわからない。彼女の悲しみの原因はなんなのか、どこに慰めを求めているのか、慰めは見つかるのかどうかもわからなかった。

遊歩道には細い水晶でできた輝く棘が無数にあり、すべての寮で窓ガラスが割れ、死んだ鳩《はと》が草の上に散らばっていた。あたりには晩夏の芳香が立ちこめていたにちがいない——焚火《たきび》やコロラドトウヒのにおいがしていたはずだ——が、いまはジェット燃料の悪臭が鼻をついた。

建物と建物のあいだの薄暗い小道を進み、石のアーチから野外劇場——シェイクスピア劇や何かを上演するための舞台——を覗いてみて、やっとヘリコプターに気がついた。テレビ局のヘリが石畳に墜落していた。操縦席はぺしゃんこにつぶれ、金属と砕けたガラスと血でできた巣のようになっていた。銃撃されたかのように、機体じゅうに穴やへこみやくぼみができていた。ということは、木の上の男はこれに乗っていたのだ。ヘリが墜落するとわかって、飛びおりようとしたのだろう。もしかしたら、オークの木が受けとめてくれると思ったのかもしれない。実際受けとめたわけだが。

わたしはブロードウェイに出た。ブロードウェイは四車線の大通りで、ボールダーのこの地域をまっすぐ貫いている。沿道に出ると、実際どれほどひどい事態になっていたのか初めてわかった。乗り捨てられた車の列が、見とおせるかぎりずっと向こうまでつづいていた。車はみなフロントガラスが砕け、あばたのようなへこみや棘が貫通した穴が何百もできてボコボコになっていた。道をそれて縁石に乗りあげている車もあった。ほんとうにぼろ切れ《ラグ》のようになったラグトップも見つけたし、不動産屋のロビーにピックアップトラックが停まっているのも見た。嵐から逃げるために厚板ガラスの窓に突っこんだのだろう。べつの誰かは、リンカーン・コンチネンタルをバスの発着所に乗り入れていた。雨から避難して人々が寄り集まっていた。プレキシガラスの仕切りのある長いブースに突進したのだ。アクリル樹脂に血が飛び散っていたが、すくなくとも遺体は片づけられていた。

二ブロック先まで道を進むと、穴だらけの長距離バス《グレイハウンド》が停まっていた。ドアがあいており、いちばん下のステップに座った男が足を道に投げだしていた。手足の長いラテン系の男で、青いデニムのシャツを着ていたが、喉もとのボタンしか留めていなかったので、剝きだしの胸が見えた。男は咳《せき》を抑えようとするかのように拳を口に当てていた。その男が弱々しい泣き声をあげているのかと思ったが、声は猫のものだった。

痩せこけて毛のない、恐ろしい見た目の猫が通りにいた。コウモリのような大きな耳をした、全身皺だらけのやつだった。前脚で自分の体を引きずってゆっくりと円を描くように動きながら、もっと楽な姿勢を見つけようとしていた。臀部《でんぶ》に一本と、喉に一本、棘が刺さっていた。

体の大きな男は静かに泣いていた。静かに、ひどくつらそうに。顔は脂ぎった長い髪の房で縁取られている。鼻は一度ならず折れているようだったし、目の端の傷痕に皺が寄っていた。過去に酒場で百回くらいけんかをして、そのうちの九十回は負けたかのような見かけだった。黒い髪と、磨いたチーク材のような赤みがかった濃い肌の色からして、カウボーイのような雰囲気もすくなからずあった。

わたしは歩く速度を落とし、道路にいる猫のそばにしゃがんだ。猫は真緑の目で、途方に暮れたようにわたしを見つめた。わたしは毛のない品種の猫が好きではなかったが、このみじめな猫のことはひどく痛ましいと思わずにいられなかった。

「かわいそうなチビちゃん」わたしは声をかけた。

「おれの猫だ」大男がわたしにいった。

「ああ、ほんとうに気の毒に。猫の名前は？」

「ロズウェル」男は声を詰まらせた。「朝からずっと探してたんだ。名前を呼んだりしてさ。バスの下にいた。見つけなければよかったような気もする」

「本気でそう思ってるわけじゃないんでしょ」わたしはいった。「さよならをいう機会に恵まれたんだから。愛する者には何より大事なことじゃない？　猫はあんたに会えてうれしいはず。どんなに苦しんでいようと」

男は目をギラギラさせていった。「恵みとは何かってことについて、あんたはずいぶんひねくれた、クソみたいな考えを持ってるんだな」

「そういう言葉は好きじゃないんだけど」わたしはいった。「でも、気が動転しているみたいだから見逃してあげる。あんたの名前は？」

「マーク・デスポット」

「それ、ほんとうの名前じゃないでしょう」

「リングネームだ」男はそういってシャツをすこしひらき、ゴシックブラックレター体のXのタトゥーを見せた。文字は胸筋から腹部にかけて広がり、胸骨のところで交差していた。「おれは総合格闘技のプロなんだ。いまは五勝七敗だけど、最後の四試合は負けなしだった。あんたは誰だ?」

「ハニーサックル・スペック」

「それこそ本名かよ?」

「わたしのリングネームだと思ってよ」

男は一瞬、まだ口のそばに当てていた拳の向こうから、当惑したようにわたしを見た。それから惨めな気分に負けたかのように、肩を持ちあげてまたすすり泣いた。泣きながら、鼻水と唾を飛ばした。ラブストーリーで悲劇を演じる映画スターというのは、現実よりもはるかに美化された存在なのだなと思った。

ロズウェルはマークからわたしへと視線を移し、弱々しく震える小声で鳴いた。体も震えていた。わたしは猫の綿のような脇腹を撫でた。この小さな生き物は、これ以上ないくらいはっきり、楽にしてほしいと訴えていた。

「何をしてやればいいかわからない」マークはいった。

「あんたがこの子のためにできることは、もうひとつしか残されてない」

「無理だよ!」マークはまた勢いよく泣きだした。「とんでもない。おれたちは十年のつきあいなんだから」

「十年は、猫にしたら長生きだよ」

「南はトゥクムケアリから北はスポケインまで、どこでも一緒だったんだ。手もとに着替えのシャツ一枚のほかはなんにもなかったときでも、おれにはこいつがいた。駄目だよ、おれにはとてもできない」

「そう、もちろんできないよね」わたしはいった。「いいから撫でてあげて。この子は慰めを求めてる」

マークは大きくてごつい手を伸ばして、まるで新生児の顔を撫でる男のようなやさしさでロズウェルの頭をさすった。ロズウェルは目をとじて、頭をマークの手に押しつけ、やわらかくゴロゴロと喉を鳴らした。身を横たえているのはべたべたする血溜まりのなかだったけれど、脇腹には明るい日光が当たり、額には友達の手があった。

「おお、ロズウェル」マークはいった。「おまえほどいい友達はいないよ」

マークは手を口もとへ戻し、新たに涙を浮かべ、目をとじた。いまが最良のタイミングだと思ったので、わたしは手を伸ばし、一方の手でロズウェルの頭をつかみ、もう一方の手で首をつかむと、強くしっかりと捻った。父の古い農場で鶏にしたのとおなじように。

マーク・デスポットが目をパッとひらいた。そしてショックで体を硬直させた。

「何をした？」マークはほんとうにわかっていないみたいに訊いた。

「終わらせたの」わたしはいった。「この子は苦しんでいたから」

「いやだ！」マークは怒鳴った。だが、わたしに怒鳴っているようにも、わたしがしたことについて怒鳴っているようにも思えなかった。マークは猫を連れていってしまった神に向かって怒鳴っていた。自分自身の不幸な心に向かって怒鳴っていた。「ああ、くっそ！ああ、くそ、ロズウエル」

マークはバスのいちばん下のステップからすべり降り、膝をついた。ロズウェルは赤い血の飛び散ったなかに体を丸めて横になっている。マーク・デスポットはくたっとした猫の体を両手ですくい、引き寄せて持ちあげ、抱きしめた。

わたしが腕に触れると、マーク・デスポットは肘でわたしの手を払いのけた。「おれに近寄るな！」マークはわめいた。「おれはこんなことは頼まなかった！　あんたにはこんなことをする権利はなかったのに！」

「ごめん。だけどこうするのがいちばんよかったの。その猫はひどく苦しんでいたんだから」

「だからって誰が頼んだよ？　おれが頼んだか？」

「ロズウェルを助けられる方法はなかった」

「それでも先を急ぐことなんかなかったんだよ、この薄汚いレズめ」マークはいった。

「あ、あ、あんたを助けられる方法こそないね」

罵倒は気にしなかった。マークは傷ついていたのだから。全世界が傷ついていた。

わたしはバックパックのなかをかき回して、マーク・デスポットに水のボトルを差しだした。マークはわたしのほうを見ようともしなかったので、わたしはそれをマークの腰のそばの路上に置いた。近くで見ると、マークは最初に思ったよりも若かった。わたしとたいしてちがわないかもしれない。汚い言葉や子供じみた態度をまのあたりにしても、マークには同情を覚えた。わたしもこの世界でひとりぼっちだったから。

立ちあがってまた歩きはじめ、三ブロックほど進んだところで偶然うしろが目に入ると、マーク・デスポットがわたしのあとをつけてきていた。酔っぱらいみたいにふらつきながら、三十メートルほどうしろにいて、わたしがそちらを見ると、マークはすばやく顔をそむけ、砕けた窓ガラスの向こう――中古家電店の暗い店内――を凝視した。マークは白い麦わらのカウボーイハットをどこからか取りだしていた。それを頭にかぶって喉もとに赤いバンダナを巻いていると、さっきよりずっと若々しいカウボーイのように見えた。マークにあとをつけられていることがわかると、わたしはおちつかない気分になった。すこしばかりしゃべったときの印象では、マークは衝動的で、未熟で、感情のままに行動するタイプの人間に見えた。もしかしたら、わたしは人の心を傷つけてまわるサディストで猫殺しの常習犯だと思われたのかもしれない。そしてマークは握った拳で怒りを表明するためについてきたのかもしれない。あるいは、勝敗の記録を六勝に伸ばそうとしているのだろうか。不運にもドラマ『ラバーン&シャーリー』のスクイギーにそっくりな見かけをした、ひとりぼっちのレズビアンを、引きずっていって殴り倒そうとしているのかもしれない。

けれどもわたしは歩きつづけ、もう一ブロック進んだところで息がつけた。もしマークがわたしに飛びかかろうとしていたなら、そのチャンスはもうなかった。ブロードウェイを南にくだってロウアー・シャトークアのあたりに出ると、絶え間なく人けがあったからだ。すごい轟音がして、タイヤにチェーンを巻いた巨大なダンプトラックが、目のまえの通りに入ってきた。輝く水晶の棘がトラックのタイヤの下で砕けた。汚れた黄色のジャンプスーツを着て、肘まであるゴム手袋をはめた大柄な男が、トラックの後部に乗っていた。男の向こうの平台には、遺体が縦三列に並べられていた。

トラックは放置された車のあいだを縫って進んだが、よける余地のないときにはそのまぶつかっていって残骸をどかした。そのトラックは、のろのろ進んでいたほかのダンプトラックの一団に加わった。一団は列をなして高校のうしろにあるフットボールの競技場へと入っていった。

ボールダーの住人の半分はいそうだった。垢《あか》まみれの顔をした子供たちや、部屋着姿の老婦人たちが、呆然《ぼうぜん》としたまますまよっている。そばまで行くと、フィールドのヤードラインに沿って、一方のゴールからもう一方のゴールまで、死んだ人々が何列も並べられているのが見えた。トラックが遺体を集めてまわり、そのあとを追ってきた家族たちは、愛する者の亡骸《なきがら》がきちんとした扱いを受けているか確認していた。

全員がすすり泣き、フィールドが泣き声と悲鳴のコーラスでギリシャ悲劇の舞台のようになっているところが思い浮かぶかもしれないが、人々のふるまいはそれよりずっとましだった。わたしたちは保守的な中部地域《ハートランド》の住人であり、あまり騒いだりしない。大騒ぎするのは無作法に思えるのだ。眠れなかったか、あるいはまだショック状態にあるせいで泣きわめく元気すらない人がおそらく大半だろうと思われた。そんなふうに悲しみに打ちひしがれた人々がまわりにたくさんいるなかで、服を引き裂いたり髪をかきむしったりするのは行儀が悪いような気がするのだ。

フィールドの端に折りたたみ式のテーブルがいくつかあり、二グループの係員が配置されていた。ひとつはオフィス用品販売店〈ステープルズ〉のチームで、もうひとつはマクドナルドの一団だった。マクドナルド・チームは何カ所かで炭火をおこしていた。トラックの発するディーゼルの悪臭のなかに、マックマフィンやバーガー類のハッピーで脂っこいにおいが嗅ぎとれた。

二十人くらいの人の列がテーブルへとつながっていた。なぜ自分が列に並んだのかはよくわからない。たぶん、空腹を感じさせるあのにおいのせいだろう。あるいは、ここにヨランダとその母親のための場所があるかどうか確かめようと思っていたのかもしれない。もしかしたら、人ごみに紛れていればマーク・デスポットが興味をなくし、わたしのあとをつけるのをやめるだろうと思っただけかもしれない。マークはまだそこにいた。わたしのことなど見ていないようなふりをしていたが、まだフィールドの外れをうろついていた。

わたしは順番を待った。テーブルに到達すると、どでかい眼鏡をかけて〈ステープルズ〉の赤いシャツを着た、背の高い、グズな女がこういった。「誰かをお探しですか？　それとも、誰かを運んできたんですか？」女のまえには、マニラ紙のタグがいっぱいに詰まった袋と千枚通しのセットがあった。

「いまはそのどちらでもありません。ここはどんなふうに運営されているんですか？」

「〈ステープルズ〉のスタッフが、あなたの愛する人のご遺体にタグをつけて、後々のためにフィールド上の位置の記録を保管します。〈ステープルズ〉の顧客還元サービスのアカウントをお持ちでしたら、埋葬の情報をすべて電子メールでお送りすることもできます。わたしたちは地元ボランティアと協力し、〈ステープルズ〉のすばらしい商品やサービスを提供し、広くボールダー地区の復旧に無償で関わっています」女はおきまりの台詞《せりふ》を条件反射のように暗唱した。

「もしかしたら、友人とそのお母さんを連れてくるかも。まだわからないんだけど。運んでくるにも遠くて」

「ピックアップトラックを手配できますよ。三、四日かかるかもしれませんが」

「そのときまでフィールドにスペースが残ってる？」わたしは尋ねた。

女はうなずいた。「ええ、確実に。第一陣を午後一時に埋葬するので。六つの異なる宗教の祈りが捧げられ、〈シズラー〉がレストランから食事を配達してくれます」女はゴールポストの下に何台かある、土や石を積んだトラックを指差しながらいった。「第一陣を土で覆ったら、次のグループはその上に埋めることになります。一区画につき三人を埋葬しようとしているんです」

「考えてみる」わたしはいい、女はうなずいた。それから、女の横に立っていた十代の若者が、ポテトのLサイズかエッグマックマフィンはいかがですか、と訊いてきた。マクドナルドは、愛する人を亡くしたあなたにお悔やみを申しあげます、ともいった。世界の終わりであっても、忘却の彼方《かなた》へ向かう途中でまだドライブスルーに寄ることはできる、というわけだ。

　もちろん、みんな善意からこうして働いていた。人々が愛する者を横たえるのを手伝い、全員に食べ物が行きわたるように気を配っていた。空から棘の雨が降ると、社会のどの部分がいちばん強いかがよくわかる。アメリカ人が得意なのは、流れ作業用の組み立てラインをつくることだ。空から降ってきた棘で数千人が引き裂かれてからまだ二十四時間も経たないというのに、わたしたちはハッピーセットを詰めるかのように効率よく死者を埋葬している。

　わたしはフライドポテトをがつがつ食べながらその場を離れた。遺体が百メートル近い長さのカーペットのように敷きつめられたそばを歩いているときに食欲などあるはずがないと思うかもしれないが、いくつもいくつもくり返される模様というのは、しまいには壁紙みたいに感じられるようになるものだ。それが花であれ、遺体であれ。

　ポテトがなくなり、指についたおいしい油もなめてしまうと、口に残った塩気を流すために、ボトル半分の水をひと息に飲んだ。ときおり視界の隅に小さくかすかなきらめきや閃光が見えた。もしかしたら日射しが飛び散った棘に反射していただけかもしれないし、あるいは軽くめまいがしているのかもしれなかった。意識が遠のくほど長く歩いたわけではないけれど、まえの晩によく眠れなかったせいで疲れているのかもしれない。

　いくらも進まないうちに、またマーク・デスポットが目についた。一ブロックほどうしろをぶらぶら歩いている。マークはすぐに視線を落とし、フットボールのフィールドのほうに興味があるようなふりをしたが、まだわたしのことをつけているのがわかった。わたしは道をそれて、ポテトの後味を流すラテがほしいかのように、角のスターバックスに向かった。もちろん、ドアは施錠されていた――どんな馬鹿だって店があいていないことは想像がついたはずだ――が、ひらいていると思いこんでいるふりをしてハンドルを強く引いた。そしてなかに誰かいるかのように、着色ガラスの向こうを覗いた。ほんとうは明かりも消えていたし、ドアに貼り紙がしてあった――人類終了につき休業。しかしわたしは親指を立て、うなずいてみせた。なかの誰かに脇のドアを使えといわれたようなふりをして。

建物の角をするりと曲がり、曲がってすぐに厚底のブーツでできるかぎりの猛ダッシュをした。スターバックスの反対側には太い帯状の駐車場があって、そこもやはり何千本もの水晶の棘で埋め尽くされ、きらきらと光の輪を放っていた。〈ホールフーズ・マーケット〉のまえにアラジンの宝物が全部ぶちまけられたみたいに見えた。

駐車場を半分まで横切ったところで、誰かが停めたブドウ色のキアの車体のうしろに身をひそめ、車体下部とアスファルトの隙間から覗くようにしてスターバックスのほうを見張った。するともちろん、いくらも経たないうちにマーク・デスポットがぶらぶらと角を曲がってきて、あちこち覗きながらわたしを探した。それから、まるでマーク自身が誰かにつけられているとでもいうように肩越しにふり返った。つかのま迷っている様子だったが、マークは向きを変えて来た道を戻っていった。

わたしはしゃがみこんだまま、いーーち、にーーーい、とゆっくり百まで数えた。それから立ちあがり、駐車場を出てベースライン・ロードを進み、有料高速道路へのスロープをのぼった。

高速道路の入口は木挽《こび》き台でふさがれているかと思ったが、スロープはがら空きで、火のついたらしきハッチバックの焼け残った骨組みが放置されているだけだった。ひとたび高速道路に出てしまえば、黄色い点線をたどっていくだけで、とくに何かに止められることもなくデンヴァーまであっさり行けるはずだった。雨が降ったのは、さわやかな八月の土曜日、午前十時になろうとするころだった。嵐が来たとき、高速道路上の車はほとんどが時速百十キロを超えるスピードで走っていた。対空射撃のなかに突っこんでいくようなものだったのではないだろうか。屋根の剝《は》がれた黒いコルベットが目についた。屋根がねじれてうしろに持ちあがり、車内の赤い革のシートは挽肉《ひきにく》のようになっていた。もう一度よく目をこらすと、シートは赤い革ではなかった。もとは白い革で、そこに座っていた人たちの身に起きたことのせいで赤く染められたのだ。

高速道路を歩いている人はほかにもいて、彼らは残骸をあさっていた。ショッピングカートを押している中年のレディもいた。彼女がメルセデスの脇で立ち止まり、グローブボックスをかきまわすのが見えた。四十歳くらいで、灰色の髪をピンクの花柄のスカーフで包み、整ったこぎれいな身なりをしており、ＰＴＡによくいるタイプのママのように見えた。女は血の染みのある誰かのハンドバッグをあさり、何枚かの紙幣と、ゴールドのブレスレットと、『フィフティ・シェイズ・フリード』を一冊見つけ、それをみんなカートに入れてから先へ進んだ。

一キロちょっと先の道の反対側では、オレンジ色のジャンプスーツを来た人々が何か仕事をしていた。何をしているのかは、遠くて見えなかった。

車のなかで雨に打たれて死んだ人々さえ気にしなければ、散歩にうってつけの朝だった。携帯電話のバッテリーは残り二十五パーセントくらいまで減っていたけれど、人間の声が聞きたくなったので、ニュースか何かやっていないかとイヤホンを耳に入れた。

だから例の彗星教の若者たちが近づいてきたのも聞こえなかった。わたしが捕まったのはそのせいだった。

ニュースで聞いたところでは、テロリストが棘の雨を降らせたことを示す証拠が初期の調査で見つかっており、黒海の周辺地域でなんらかの操作がおこなわれている可能性があった。その地域を拠点とする会社が、実際に試薬を使って研究所内の一定の条件下で人工の閃電岩をすばやくつくりだすことに成功していた。大統領はさっそくツイッターで〝聖書の言葉による反論〟と〝聖戦〟を約束し、イスラム教徒たちはすぐに〝降れば土砂降り！〟という言葉の意味を知ることになるだろうと宣《のたま》った。われわれからもすぐにシャワーを降らせることになるだろうが、ただ、それはちまました水晶の棘などではなく、デイジーカッター弾になるだろう、と。

それから、コロラド州プエブロでの猛烈な土砂降りの話が流れてきた。すべて棘で、それが天然ガスのタンクを破裂させて大爆発を引き起こし、コロラド・スプリングスで地震として観測されるほどの衝撃を引き起こしたらしい。火事は町の半分を呑《の》みこみ、棘の散った道路を進むことができずトラックが近づけないため、効率的な消火活動ができないという。気象学者がいうには、プエブロに降った水晶の棘はデンヴァーのものより大きく、親指の長さとおなじほどで、ダーツの矢くらいはあるという。化学エンジニアがその事実の持つ意味を説明しようとしていたが、わたしは彼の話を聞くことができなかった。ちょうどそのとき、誰かに棍棒《こんぼう》らしきもので頭を殴られたからだ。

ものすごい勢いで倒れたので、自分の体が地面を打った瞬間を覚えていない。気絶したわけではなかった。それよりは、家のなかの明かりがちらちら点滅したような感じだった。頭のなかでそういうちらつきが起こり、意識がはっきりしたときには両手両足をついた状態で星を見ていた。これは言葉の綾《あや》ではなく、文字どおりの意味だ。わたしはカップの受け皿サイズの銅の円盤を見おろしており、そこに星座が刻まれていたのだ。わたしの血が円盤の一端を飾っていた。

彗星教の若者たちが、高速道路脇の腰の高さくらいまで繁った金色の雑草のあいだから出てきた。アルミホイルのガウンをまとい、すばやく動いた。ミスター・ウォールドマンを包もうとしていた三人だった。キリストそっくりの若者が、自分のアストロラーベをわたしの頭めがけて投げたのだった。あとのふたりも首からアストロラーベをはずし、大きな輪を描くように振りまわしていた。回転する金色の大メダルは、アボリジニがディジュリドゥを吹きならしているかのような、ブンブンという音をたてた。

倒れたせいで手と膝が擦りむけた。道路には輝く鋲が敷きつめられていた。頭のてっぺんに触れると、目のまえで青い光がチカチカした。まるで頭蓋骨に犬釘《いぬくぎ》を打ちこまれたかのように、頭が強くずきずきと痛んだ。視力が戻ってくると、右手の指が五本ではなく十本見え、そのすべてが血で濡れていた。一方の耳にはまだイヤホンがはまっていて、誰かがしゃべるニュースの断片が聞こえた。低く奇妙な、水中で発したような声だった。「そーらがほんとにおーちてくるなどしーんじらーれなーいでしょうううがあ、おーわかーりでしょうううかあ、いまーまさにおちーているのです……」

なぜ彗星教の若者たちがわたしにけんかを売りたがるのかわからなかったが、その場にぐずぐず残って尋ねてみる気にはなれなかった。さっと立ちあがって走ろうとしたが、頭を強打されたせいで吐き気がしてふらついた。あちらへこちらへとよろよろ歩いていると、彗星教のべつの道化がアストロラーベを放り、それがわたしの腰のくぼみに当たった。刺されたような痛みが走った。膝が折れ、わたしはまた倒れた。顔が先に地面についたので、顎全体に閃電岩の棘が刺さった。運のいいことに、そのときにはもう道の端まで歩いていたので、倒れた先は固いアスファルトではなく藪のなかで、土手を一メートルほど転げ落ちた。

イモムシがふわふわの繭にくるまれたらこんな感じだろうな、と思った。音は聞こえたし、目もすこしは見えた——何もかもがぼやけて像をはっきりとは結ばなかったけれど。しかし四肢がなくなったように感じられた。腕も脚も麻痺《まひ》しており、骨がなくなったみたいだった。頭のなかも空っぽで、痛みらしきものすら感じなかった。痛みを覚えるだけの感覚がなかった。

三人が押し寄せてきた。わたしには三人の向こうも見えた。わたしたちの動きが、ショッピングカートを押しているPTAママみたいな女の注意を引いたらしかった。女は何が起こっているのか見ようと首を伸ばした。緊張したような顔に、興奮の色も見えた。

太った若者が女の視線に気がついて声をあげた。「おいおい、くそっ、こんなところでやるべきじゃなかったんだよ、ショーン、人に見られて——」

「黙れ、パット」キリストに似た若者がいった。もちろん、太った若者の名前はパットだった。こんなにパットらしいパットは見たことがなかった。

ショーン——アルミホイルのガウンを着たキリスト——は、土手からPTAママのほうをちらりと見あげた。

「これは彼女のためなんです」ショーンは女に向かっていった。「この人は頭がおかしいんです。ぼくたちは、彼女の面倒を見るために家に連れて帰ろうとしているんですよ。だろ、ランディ?」

白斑のある黒人の若者が熱烈にうなずいた。「薬が切れるとこんなふうになるんです。誰も彼もが自分を追いかけてくると思いこんでいるんですよ」

「そんな考えをどこから思いついたのかしら」PTAママはいった。

「この人のiPhoneがほしくないですか?」ランディは勢いこんでいった。ランディの声には不満そうな、苛立ったような響きがあった。ランディは地面に落ちたわたしの電話を拾い、土をはらって女に差しだした。「新しいやつです」

「7?」

「7プラスですよ！　持っていってください。トラブルはごめんなんで」

「そのとおり」ショーンがいった。「ぼくたちは彼女にとって――ぼくたち自身にとっても――最善のことをしようとしているんです。あなたがあなた自身のためにやっているのとおなじことですよ……警察はそうは思わないかもしれませんけど。警官なら、あなたが盗みを働いていると思うかもしれない。ほんとうは、あなたは生き延びようとしているだけなのに。そうでしょう？」

女の顔がすこし暗くなった。「わたしが何かをもらった相手は、文句をいわない人ばかりよ」

「そうでしょうね。で、この女は頭が弱くてすぐヒステリーを起こすので、家族が面倒を見る必要があるんです。だけど人によっては、こんなふうに引きずって家に連れ帰るのを虐待というかもしれない。いちばんいいのは、他人に口出ししないことなんですけどね。そうは思いませんか？」

女はしばらくのあいだそれに答えずに、ランディの手のなかの電話をまっすぐ見つめつづけた。「まえから大きいモデルを試したかったのよ。だけどロックがはずせないでしょ」

「はずせますよ。指紋認証ってやつだから」ショーンはいった。

ショーンがランディに向かってうなずくと、ランディは身を屈めてわたしの手をつかみ、親指をセンサーに押しつけた。カチリと音がして、携帯電話のロックが解除された。

ランディがそれを放ると、ＰＴＡママは両手で受け止めた。例の引きつったような、神経質そうな声でランディはいった。「すぐにセキュリティをリセットしたほうがいいですよ、またロックがかかるまえに」

「楽しんでください」ショーンがいった。「発想を変えよう《シンク・ディファレント》――ぼくたちはそうしますよ！」

女は笑った。「そうね！　そのかわいそうな子の面倒をよく見てあげて」女はきびすを返し、わたしの電話をいじりながらぶらぶらと行ってしまった。

携帯電話を失ったことを思うと、胸が痛んだ。あれにはヨランダからのメッセージが全部入っていた。ヨランダはよく空の写真を送ってきた。小さな白い雲の固まりが浮かんだ西部の広い青空の写真に、こんな添え書きがしてあった。**まんなかの雲はわたしのペットの一角獣**とか、**山の上にかかっているあの雲は、シーツの下に隠れたあなた**とか。まえに一度、山の上の湖の写真を送ってきたこともあった。湖は一キロ四方の鏡のようで、雲がひとつ映っていた。そのときの添え書きはこんなふうだった。**この水面が空を抱いているのとおなじように、わたしはあなたを抱きしめたい。**

あのPTAママがわたしの電話を持って行ってしまうのを見ているしかないなんて、アストロラーベで頭を強打されるよりもっと悪かった。もう一度最初からヨランダを屍衣《しい》で包むようなものだった。

ランディとパットとショーンは、女が遠ざかるのを怯えた悪党の目で見ていた。こんなにイカレた格好のイタチ野郎の一団はなかなか見られるもんじゃない。わたしは動こうとした――両手両足をついて立ちあがろうとした――が、そうしようと考えただけで、すすり泣きとうめき声の中間のような音が出てしまった。それで連中の意識がこちらに戻った。三人はまたわたしを囲んだ。

「どうしたらいちばんいいかわかるか？　なあ？　おい？」パットがいった。パットはいつもムッとして息を切らしているような若者で、彼がいうことはたいてい誰も聞いていなかった。「なあ？　このクソ女は殺しちまうのがいちばん簡単だと思う。こめかみに棘をたたきこめばいいんだよ。雨に当たって死んだわけじゃないなんて、誰にもわからないだろ」

「探知者たち《ザ・ファインダーズ》にはわかる」ショーンがいった。「探知者たちにはおまえの頭のなかの殺人者が見えるだろう。そうなれば、おまえの量子エネルギーは放置され、なんの準備もできていないほかの連中全員のものとともに崩壊するだろう」

まあ、そんなようなことをいっていたと思う。わたしには、カッコウの托卵《たくらん》のような彼らの神学理論はたいして理解できなかった。探知者たちというのはたぶん知性の階級の高い人々で、魂が量子エネルギー？　エルダー・ベントのつくり話を、『フラッシュ・ゴードン』みたいな昔のコミックを下手につくりかえただけのような代物を、鵜呑《うの》みにできる人がいるなんて信じがたいことだった。しかし人間は本来群れで生きる動物であり、大半の人は仲間内で名誉ある地位を保つために受けいれなければならないものはなんだろうと熱烈に、丸ごと受けいれるのだろう。現実と、孤独と、幻想と、共同体のどれを取るかという選択肢があったなら、人はいつでも友人を持つことを選ぶのだろう。

「心配しなきゃいけないのは探知者たちのことだけじゃない」ランディはそういって洟《はな》をすすり、手で鼻の下をぬぐった。「この女はヨランダとヨランダの母親を通りの向かいの家に運びこんだ。ほら、あのドラキュラみたいな子供がいる家だよ」

「ああ、ブレイク家だな」ショーンがいった。「あの連中なんかどうだっていいだろう？」

「いや、ハニーサックルから二度と連絡がなかったら、あの女が妙に思うんじゃないか？きっとこいつからの連絡を待ってるだろ」

「もしアーシュラ・ブレイクとその薄気味の悪い息子が問題になるようなら、またそのときに対処すればいい。これからこの女に対処するのとおなじように」ショーンはいった。「刑務所に入れられる心配はしなくていい。今年が終わるころには、人類は絶滅しているだろうからな。おれたちを入れておける刑務所なんかないんだよ。七次元へと通じる脱出トンネルがあるんだから！」

妙なものだ。世界はいつだって何かしら罠《わな》を用意してくる。自分にはそこに引っかかる理由など何もないと確信しているときでさえ。ヨランダをくるんでさよならをいったあと、わたしは電源から引き抜かれたような、日々の活動に必要な心の充電がもうできなくなったような気がしていた。自分は人間社会という大きくて活発な攪拌機《かくはん》からはじき出された回路基板みたいなものだと思っていた。誰かのために働くこともなく、何かの問題を解決するようなこともなく、人さまに差しだせるような役に立つ能力もなかった。ヨランダがいなければ、わたしなど旧式のハードウェア同然だった。

そんなときに、ショーンがアーシュラとテンプルトンまで巻きこむといいだした――わたしがショック状態にあったとき家に置いてくれて、食事をさせ、面倒を見てくれたふたりを。恐怖で身震いが起き、そのおかげでようやく手足にいくらか力が入った。しかしだからといって事態が好転したわけじゃなかった。両手と両膝をついて起きあがろうとしたのだが、ショーンにブーツでお尻を押されて、また顔から地面にたたきつけられた。鼻孔を泥でいっぱいにし、胸に棘が突き刺さるのを我慢しつつそこに横たわっていると、わたしのせいでアーシュラとその息子の身に何かあったらとても耐えられない、という思いがこみあげた。

「ああ、そうだな、ショーン！　大閃光《ザ・ビッグ・フラッシュ》がやってくる！」ランディがいった。「ふた月半も経つころには、アーシュラ・ブレイクも、その子供も、ハニーサックルも、混乱した残りの人類もろとも死体になるだけだ。そしておれらは探知者たちとともにある！」

「おれたちだけの宇宙のつくり方を学ぶんだ」パットが押し殺した恭しい声で囁《ささや》いた。

「じゃあ……だったらどうする？」ランディはそういい、ざらついた舌で乾いた唇をなめた。「とじこめておくのか？」

「いや。もっといい方法がある。救うんだよ」ショーンはいった。「エルダー・ベントのもとへ連れ帰り、覚醒させる。さあ、この女を包むんだ」

ショーンは、大きな四角にたたまれた、皺だらけのホイルのような生地をバックパックから引っぱりだし、わたしの横の地面に広げた。ほかのふたりがカーペットを丸めるようにしてわたしを包んだ。蹴ってすこしでも包みをゆるめようとしたのだが、あまりにも体が弱っていたせいでまともに抵抗することもできず、一分も経ったころには両腕をぴったり脇につけた状態でぐるぐる巻きにされ、ぴかぴか光る丈夫な生地で足首から喉もとまですっかり包まれていた。ショーンが黒い絶縁テープを手に片膝をついて、銀色の覆いをきつく留めているあいだに、わたしはたっぷり唾をため、ショーンの目に向けて吐きかけた。

ショーンはひるんだ。パットが金切り声をあげた。「汚《きたね》え!」

ショーンは目をぬぐってわたしを睨みつけた。「ぼくがあんたなら、唾は取っておくけどね。エルダー・ベントの見方では、精神エネルギーが体を置いて出ていくための準備をするには、肉体の苦しみが必要なんだ。つまり、これから数カ月は水もたいして飲めないってことだ」

「肉体の苦しみが精神エネルギーの増強に効くっていうなら」誰かが上の道路から呼びかけてきた。「おれがおまえたちをフル充電してやるよ。ろくでなしどもめ、高電圧の攻撃を受ける準備をしろ」

全員が顔を向けた。そこにいたのはマーク・デスポットだった。スターバックスでまいたと思っていたのに。マークは石のように冷たい顔つきで、カウボーイハットの下からこちらを睨んでいた。シャツがパタパタとひらめき、赤銅色の胸一面に刻まれた堂々たるXの黒文字がはっきり見えていた。マークの右手は固く握られ、拳になっていた。拳の指のあいだからは棘が突きでている。

わたしのまわりにいた三ばか大将には、一瞬だけマークをぽかんと見る時間があった。マークはすぐに攻撃に移り、帽子が吹き飛ぶほどのスピードで土手の脇を降りてきた。三人のうち、武器になるアストロラーべをまだ持っていたのはランディだけだった。ランディがそれを首からはずしているあいだにマーク・デスポットは彼に狙いを定め、全体重をかけて右の拳を突きだした。マークの拳がものすごい勢いでランディに当たり、ふたりはともに倒れこんだ。ランディの顔の横には、園芸用のレーキで殴られたみたいな傷ができていた。マーク・デスポットの棘をはめた拳はランディの頬に赤く深い溝を掘り、傷は頬の内側まで貫通していた。

　パットという名前の若者が悲鳴をあげ、向きを変えて逃げだした。パットはわたしの体に両足でつまずいて地面に倒れた。パットはこれで、逃げるための一度きりのチャンスを無駄にした。このときにはすでにマーク・デスポットは立ちあがっており、熱中症の犬みたいに唸《うな》っていた。マークがパットに追いついて尻を蹴ると、パットはまたうつぶせに倒れ、平らに伸びて咳きこんだ。マークは攻撃をつづけた。パットの襟をつかみ、頭をうしろにぐいと持ちあげると、パットの鼻をぎゅっと握って恐ろしい捻りを加えた。かん高く鋭いパキッという音がした。誰かが磁器の皿を踏んだような音だった。いまにいたるまで、わたしはこんなにいやな音をほかに聞いたことがない。マークがパットを放すと、ぼっちゃりした若者は身もだえしながら地面に倒れた。痙攣《けいれん》しているみたいだった。

キリストそっくりのショーンは、この間ずっと身動きひとつしなかった。目を見ひらき、顔を硬直させて、凍りついたように立ち尽くしていた。けれどもパットの鼻が折れた音が聞こえると麻痺状態を脱し、向きを変えて脱兎のごとく駆けだした。地べたに友達を残したまま逃げるような腰抜けの卑怯者《ひきょうもの》でも、量子エネルギーに問題はないらしい。

マーク・デスポットは突進していって三歩で追いつき、アルミホイルのガウンの背中を引っつかむと、ショーンの足が浮くくらいぐいと持ちあげた。ショーンが倒れるとマークは右膝をぐっと引き、その膝をショーンの頭蓋底にたたきこんだ。これがリングで戦うときのマークの姿なら、マークを負かした男たちとは絶対に会いたくないと思った。

ショーンはマークを見あげたが、パニックを起こした馬みたいに目をぎょろぎょろさせていた。マークがショーンの顔を踏みつけようとしたところで、わたしは大声をあげた。

「待って!」

マークは苛立ちもあらわに顔をしかめてわたしを見た。わたしが女らしく、やさしく接するのを期待したらしかった。わたしは体を左へ揺らし、次いで右へ揺らし、それでようやく坂を転がり落ちてショーンにぶつかり、横に止まることができた。

わたしたちは体を伸ばして隣に並んだ。わたしは銀色の覆いに包まれて。ショーンは草の上で胸にマークの足をのせられて。

わたしはマーク・デスポットの顔を見あげていった。「こいつら、わたしをつけてたの?」

マークは額に皺を寄せてわたしを見おろした。「午前中ずっとね。あそこでロズウェルと一緒に座っていたとき、最初に見かけたんだ。二ブロック離れてあんたをつけてた。なんだか様子が変だったから、おれもついていって、こいつらがあんたをどうしたいのか確かめようと思った。すくなくともそのくらいはしてもいいと思ったんだよ。すこし経っておちついたら、なんだかあんたに借りがあるような気がしてね」

わたしたちの目がしっかりと合った。だが、それはほんの一瞬だった。マークは顔を赤らめて目をそらした。

わたしは首を捻ってショーンの放心したような、怯えたような顔を覗きこんだ。「一体全体なんだってあんたと頭の空っぽなあんたの友達は、三対一でわたしに襲いかかるためだけに十キロ近くもあとをつけてきたのよ？　そりゃあ確かにその衣装とか、しゃべり方とか、イカレた考え方をからかったりはしたけど、ほかにわたしがあんたたちに何をしたっていうの？」

ショーンが口をひらいたとき、出てきたのはかすれた細い声だった。「あんたはしゃべるつもりだっただろう！　デンヴァーまで歩いてFBIに会いに行って、ぼくたちのことを話すつもりだったんだろう。エルダー・ベントその人が、雨が降るのを知っていたと、やつらにしゃべるつもりだっただろう。彼は知っていたんだ！　予告されていたんだよ！」

「予告されていたって、どういうこと？」

「何がやってくるか、彼は知っていた。時間も日にちも知っていたんだよ、準備のできている者だけを残して、無知な者たちが切り倒されるときをね。生き残るのはぼくらだけだ！」

わたしはつかのまそれについて考えてからいった。「で、エルダー・ベントはどうしてわたしがFBIに行くなんて思ったの？ 七次元の連絡係から情報を受けとったの？」

ショーンは下唇を噛んだ。自分はすでにしゃべりすぎていると思ったらしかった。マーク・デスポットが左足に体重をかけ、ショーンの胸を圧迫すると、破裂するような勢いで空気が出た。

「ロシア人だよ！」ショーンは叫んだ。「あいつがメッセージを残したんだ！ ぼくたちが何をしているかあんたは知っている、もしあんたを止めなければ、エルダー・ベントはFBIに連行されるだろう、雨について知っていることがあるのだから。そう書いてあったんだ」

「アンドロポフがメッセージを残した？」

ショーンは小さな笑い声のような喘《あえ》ぎを漏らした。「ああ」それからゾッとするようなロシア訛《なま》りでいった。「〝ミス・オニサックを止めなければ！ あの女はFBIに話す気だ〟。あいつの場合、当局に近隣を嗅ぎまわられるのが、ぼくら以上にいやなのさ」

「誰がアンドロポフと話をしたの？」わたしは尋ねた。「誰がメッセージを受けとったの？ アンドロポフはほかに何かいわなかった？」しかし結局、話はそこまでで終わった。

この間《かん》ずっと、ランディという名の若者は、背の高い雑草のなかをこっそり這って遠ざかりつつあった。道の端まで到達すると、ランディは立ちあがって逃げだした。マーク・デスポットはランディが逃亡を企てているのを見ると、さっきわたしを倒した大きなアストロラーベを引っつかんだ。マークはわざわざ金色のチェーンを使ったりせず、フリスビーのように投げた。飛んでいったアストロラーベはランディの後頭部に当たり、これがスラップスティックな漫画の一場面だったらすごく面白いだろうと思えるような、ゴーンという音をたてた。ランディは崩れるように倒れた。

この出来事の進行中に、ショーンはなんとか膝立ちになっていた。一方の手で刃がきらめいた。すぐにわかった――わたしのナイフだ。バックパックに入れてきた小さなマルチツールの一部だった。ショーンがそれをマークの腎臓に突き立てるより早く、わたしは体をよじって脚を突きだし、ショーンの脚をなぎはらった。ショーンはうしろにひっくり返って土手を転げ落ちた。ショーンの頭は土手の下のコンクリートでできた浅い溝にぶつかり、骨が砕けるような不快な音をたてた。

わたしは大声でマークを呼び、ちょっと見て、わたしがたったいまショーンを殺してしまったわけではないことを確認して、と頼んだ。マークは斜面のいちばん下まで行ってショーンの横に膝をつき、脈を取って、目を覗きこんだ。それから傷のある顔に残念そうな、がっかりしたような表情を浮かべ、わたしを見あげた。

「運が悪かったな」マークはいった。「こいつは大丈夫だと思う。気を失ってるだけだ」

マークは歩幅の広い駆け足でわたしのそばに戻ってくると、身を屈めてテープを剝がしはじめた。

「スターバックスで見失いそうになったよ」マークはいった。

「だけどこいつらをまくことはできなかったみたいね。この三人につけられてるのがわからなかったなんて馬鹿みたい。こんな服装なら、点滅灯なみに目立っていたはずなのに」

「誰かを尾行しようと思ったら、ひとりより三人でやるほうが簡単だからな。それに」——マークは真鍮《しんちゆう》の筒がふたつくっついたものを手に取った——「こいつらはすこし離れてもついていけた。下でのびてるあんたのボーイフレンドが双眼鏡を持っていたから」

このときにはすでに、マークは銀色の包みをほどいてくれていた。包みの素材はアルミホイルみたいに見えたが、キャンバス地のように丈夫だった。日射しが反射して目に入った瞬間、自分はたぶんもうすこしで彼らに気づくところだったのだとわかった。ときどき、視界のほんとうに端っこのほうがちらちら光るのに気がついて、めまいがしているのかなと思ったことが記憶にあった。それがこの三人だったのだ。うしろに離れ、ドア口に隠れたりしながら、遠くからわたしをつけていたのだ。

マークは気まずそうな顔をしてわたしの視線を避けながら、銀色の大きな梱包用シートをたたんだり広げたりしていた。マークが何を思いわずらっているかはわかる気がした。

「さっきすごく動揺してたときに、あんたがわたしにいったことについては、気にしないで」わたしはマークにいった。「もう貸し借りなしだよ。いや、それ以上かも。ロズウェルにあんなことをしなきゃならなかったのは、ものすごく残念に思ってる」

マークはうなずいた。「ああ、まあな」

「あんたのほんとの名前は？　マーク・デスポットなんて、五歳児を喜ばせるジョークみたいじゃない？」

マークは目をむいて、それからいった。「デソートだ。こんな名前じゃ金は稼げない」

マークはあたりを見まわし、彗星教の道化師たちに目を向けていった。「あんたには、こいつがいってたことの意味がわかったのか？」

わたしは身を起こして伸びをした。ショーンがべらべらしゃべっていたことの一部は、エルダー・ベントの信者なら誰でもいいそうな宇宙に関するいつもの戯言《たわごと》だった。けれどもショーンのスペース・アカデミー風の戯言に、何か大事なことの断片が混じっていたような気もした。頭のなかのもつれを解いて、いくらかでも意味のあることを見つけられるかどうか考えるには、もっと時間が必要だった。

わたしが答えずにいると、マークがすこし不安そうにつぶやいた。「こいつは、エルダー・ベントとかいう人物が……何が起こるか知っていたといってた。やつらはみんなそのための準備をしていたって。どう思う？　もしかしたら……」マークの声は徐々に小さくなって途切れた。

わたしにもわからなかった。だから答えなかった。代わりにこういった。「どこかのクソババアが、わたしのｉＰｈｏｎｅプラスを手に入れるために、この白人奴隷の斡旋《あっせん》業者どもにわたしを引き渡した。で、ふり返りもせずに歩き去った」

「ショッピングカートを押してた女か？　見かけたよ」マークはそういって地面からカウボーイハットを拾い、頭にかぶった。

「まあ、電話をなくすことなんて最悪の事態とはいえないけど。もしかしたら、終末思想の信者でいっぱいの家の地下にある湿っぽい独房で、やつらのイカレた願いをかなえるために無理やり何か、想像もつかないようなことをさせられていた可能性だってあったわけだから」すぐにも立ちあがって、彗星教の若者たちの頭を蹴ってまわりたい気持ちになった。しかしきょうは暑かったし、先はまだ長かった。「こいつらが起きあがって、またわたしを――それにあんたのことも――追いかけないようにするには、どうしたらいいと思う？」

マークはショーンの双眼鏡をひらいて、高速道路を覗いた。「あれは受刑者たちがハイウェイで働いてるんだな。州警察の監視下で、棘を片づけている。あそこまで行って、足《あし》枷《かせ》をはめるべき人間があと三人いるって話したらどうだ？　おれがこの光るロープを巻きつけてテープで留めておくよ、あんたが留められてたみたいに。そうすれば逃げられないだろ」

マークが手を差しだし、わたしはその手を取った。マークが引っぱって立たせてくれた。わたしたちはすこしのあいだ、くたびれた仲間同士のように黙ったまま一緒に佇んだ。マークはまぶしそうに目を細くして青い空を見あげた。

「こいつらのいうことが正しいと思うか？　いまがこの世の終わりだと思うか？　今世紀は人類最後の世紀だって、それが事実だって、まえにおばがいっていたんだよ。ヨハネの黙示録を読んで理解できる人間なら誰でも、審判の日が近づいていることがわかるはずだって」

「こんな血のめぐりの悪いやつらが何かひとつでも正しいことをいってるなんて絶対思いたくない」わたしはいった。「だけどいい考えがある。もしあと何日か世界が持ちこたえたら、ジャックドー・ストリートの白い家、建物の外に階段がついてる家に遊びにきてよ。そこにわたしがいなければ、通りをはさんだ向かいにあるバター色の小さなランチハウスまで探しにきて。その家には友達のアーシュラが息子と一緒に住んでるの。ビールでも飲みながら、マーク・デスポットよりもっといいリングネームをみんなで考えるなんてどう？」

マークはにやりと笑って、青いデニムのシャツのまえをひらいた。「もう遅いよ。胸にこんな大きなXがあるのに、ほかの誰になれるっていうんだよ？」

「ゲーム改造ツールマン・Xターミネーターとか？」

「成人指定の男・Xレイティドなら考えた。だけど試合には子供もたくさん来るからな。親たちに誤解されるようなのはまずい」

「助けてくれてありがとう、マーク」わたしはいった。「雨に当たらないように気をつけて」

「そっちもな」マークはわたしにいった。

マークはわたしの手を握ってから、向きを変えてショーンのところまで土手を降りた。わたしはマークがショーンのガウンと格闘しはじめるまで、だらだらその場に居残っていた。マークがショーンの腕を内側に押しこみ、ガウンをきつく巻きつけているのが見えた。もうマーク・デスポットに会うことはないだろう。もっと話すことがあればよかったのに。しかし大事なことはすでに全部話したように思えた。どんなに感謝しても感謝しきれない相手というのはいるものだ。だから一度伝えたら、あとは黙ったほうがいい。あんまり感謝されすぎても困ってしまうだけだろうから。

わたしはきびすを返し、水晶の棘をブーツの底でつぶしながら、真昼の陽光のなかを歩きはじめた。うしろから、マーク・デスポットがテープを引きちぎる最初の大きな音が聞こえてきた。

暑いなか、塵まみれの高速道路を一時間半歩いて、戸外で作業中の受刑者たちのところに着いた。わたしが近づくと、乗り捨てられた赤いアウディのボンネットにもたれていた州警察官が身を起こし、ミラーサングラス越しにこちらを凝視した。

警官の後方には、背中に最厳重警備《スーパーマックス》の文字のあるオレンジ色のジャンプスーツを着た囚人がざっと三十人ばかりいた。大半がデッキブラシを手にして路上の棘を掃いていたが、六人くらいは二人一組になって、苦心しつつ車から遺体を引きだしては平台トレーラーの上へ放っていた。トレーラーは、草の上に停められた途方もない大きさのジョンディア社のトラクターにがっちり繫《つな》がれている。タイヤはそれだけでドアくらいの高さがあり、分厚くどっしりしていたので、水晶の棘のいちばん鋭いやつが刺さっても、パンクすることはないように思えた。

何人かの州警察官が動けそうな車にエンジンをかけ、東行きレーンと西行きレーンのあいだの中央分離帯へと動かしていた。デンヴァーまでの道をきれいにしたのだ。道路はひらけていて、空っぽで、静かだった。遠くの下方に、薄青い超高層ビル群がそびえていた。

「何か用か？」アウディにもたれて座っていた警官が尋ねた。警官は肩に立てかけた象撃ち用のライフルをちょっといじった。

　多くの囚人が棘を掃く手を止めて顔をあげた。受刑者たちは午前中ずっとその作業をしており、そういうにおいがした。むっとするような男臭さが、乗り捨てられた車の内張りに染みこんだ血の腐った肉のようなにおいと混じりあっていた。ひと晩で何万もの蠅《はえ》が生まれていて、たくさんの蠅がたてる羽音で大気が震えるようだった。

「あっちの道を行った先に、話をしてもらったほうがよさそうな三人の若者がいます。わたしがボールダーからデンヴァーへ向かって歩いていると、その三人が突然襲ってきて、この世の終わりを喧伝《けんでん》するカルトの拠点へわたしを連れていこうとしました。もうすこしで誘拐されるところでしたが、善きサマリア人が現れて三人を容赦なくたたきのめし、わたしを助けてくれました。三人は、自分たちが着ていた銀色のガウンにくるまれて、テープで留められているはずです。それから、ショッピングカートを押している女がいて、三人からわたしのｉＰｈｏｎｅプラスを渡されると、誘拐については見て見ぬふりをしました。だけどこの女をわざわざ探してもらう必要はありません。携帯電話なんて、国家的な危機のただなかにあるいまは、心配するに当たらないちっぽけな問題ですから」

「髪に血がついてる」レイバンのサングラスをかけた警官がいった。

「イエッサー。チェーンで殴られました」天文機器で攻撃されたとはいいたくなかった。それでわたしの話の信憑性《しんぴょうせい》が高まるとは思えなかったから。

「見せてごらん」警官はいった。

わたしは頭をさげ、打たれたところを身振りで示した。警官は硬くざらついた指で髪をかき分け、それから手を引っこめると、赤くなった指先を制服の腰のところでぬぐった。

「これは縫う必要があるな」ぶっきらぼうで冷淡な、ユル・ブリンナーみたいな口調だったが、それでも警官はわたしの怪我《けが》を気遣って調べ、手に血がついてもいやな顔をしなかった。やさしい手と、固く抑揚に乏しいしゃべり方が特徴のこういう男たちは、西部によくいるタイプだった。馬や犬は本能的に彼らになつき、卑怯者や臆病者は本能的に彼らを恐れる。この手の男たちは、まああの夫になり、よい警察官になり、最高の銀行強盗になる。警官は半分ふり返りながら大声でいった。「ディレット！　このお嬢さんをちょっと縫ってもらえるか？」

州警察の制服を着た痩せっぽちの男、膝と喉ぼとけばかりがやけに目立つ男が、トラクターのうしろの平台に立ち、ピッチフォークを使って遺体を動かしていた。男は手を止めて、わかったというしるしにグレーの制帽を振って見せた。

責任者らしきさっきの警官がわたしの顔を見おろしていった。「いずれにせよ、この道路を歩くのは駄目だ。いまは非常事態なんだから。誰かが死にそうにでもならないかぎり、戸外にいたらいけないよ」

「誰かが死にそうなんじゃなくて、すでに死んでるの。わたしのガールフレンドとその母親が嵐にやられたので、ガールフレンドの父親に知らせるためにデンヴァーに向かっているんです」

警官はわたしから顔をそむけ、首を横に振った。たったいま自分のチームが試合の終盤で大逆転を食らったかのように。警官はお悔やみを口にしたりはせず、こういった。「で、あんたはずっと歩くつもりだったのか？　ボールダーからデンヴァーまで？　また雨が降ったらどうするんだ？」

「車の下に隠れるかな、たぶん」

「ときどき、しゃべっている相手が礼儀正しいのか馬鹿なのか、区別がむずかしいことがあるな。今回はどっちなのか、よくわからない。だが、とにかく何人か連れて高速道路を歩いてみるよ。もしその誘拐魔の一団に出くわしたら、無線で連絡する。あんたのことは、警官のディレットがデンヴァーまで父親から借りたトラクターに乗せていってくれるよ。どっちみちいっぱいになった死体を街まで引っぱっていかなきゃならないからな。あんたは向こうの警察で供述をしてくれ」

「イエス、サー」わたしはいった。「もし雨が降ったら、あなたたちはどうするの？　あなたたち全員？」

「屋根の下に避難して、雨がやんだらまた掃除をはじめる。通れるように片づいていなかったら、道路なんかなんのためにあるっていうんだ？　政府が道路すら通れるようにしておけないなら、そんな政府なんかいったいなんの役に立つ？」警官は浮かない顔で空を見あげてつづけた。「世界の墓碑銘がこんなふうだったら悲しくないか？　〝民主主義は雨のため中止となりました。人類のシーズンは追って通知があるまでのあいだ停止します〟」

いまおれはすごく詩的なことをいったぞ、と仮に思っていたとしても、日に焼けたタフな、ユル・ブリンナー似の顔にその気持ちは表れていなかった。

「晴れがつづくといいですね」

「それから、雲が水でなく岩を降らせているあいだは、作物を育てようなどとは考えないように」

「イエス、サー」

　ダイヤモンドのように輝く無数の棘がゆるく砂利のように敷きつめられた上を歩いて、わたしはトレーラーのほうへ向かい、痩せっぽちのディレットに挨拶をした。バンパーにのぼって、とディレットはいい、わたしの頭皮を見てくれた。

妙な話だが、脅威に満ちた長い悪夢の週末のなかで、このときがいちばん楽しかった。ディレットのことはすぐに好きになった。『オズの魔法使』の案山子《かかし》とおなじくらいひょろっとしていて関節がゆるそうで、人懐っこくもあった。ディレットはラテックスの手袋をはめてわたしの頭皮の傷を縫った。とても注意深く、そっと縫ってくれて、まったく痛みを感じなかったので、これで終わりといわれたときには驚いた。その後、チキンサラダのサンドイッチとオレンジソーダはいかが、と訊かれた。わたしは両方受けとり、トレーラーのバンパーに腰かけて、顔に当たる日射しを楽しみながら食べた。種入りのライ麦パンは日が当たって温かくなっており、ソーダの缶は冷たい水の汗をかいていた。わたしはつかのま、生き返ったような気がした。

囚人がひとり――病的な肥満体という説明が当てはまるタイプの男――トレーラーの上の死んだ人々のあいだに座っていた。左のブーツを脱いでいて、左足はミイラのように包帯でぐるぐる巻きにしてあった。ティーズデイルという名前が見えたが、このときはそれ以上のことはわからなかった。話をしたのはもっとあとになってからだった。

シュワシュワと甘いソーダの最後のひと口をちょうど飲みこんだところで、抑揚のない雑音混じりの声がディレットの腰のトランシーバーから聞こえてきた。ユル・ブリンナー似の警官だった。

「ディレット、聞こえるか？　どうぞ」

「聞こえてる」

「ぴかぴかの銀色の衣装に包まれた三人の男を見つけた。そこにいるお嬢さんとイカレたボーイフレンドのミスターXに襲われたといってる。これから三人とも逮捕するよ。もし誘拐で起訴できなくても、この犯罪的なファッション・センスで有罪にできるだろう。そっちはひとまず積み込みを終えて、トレーラーをデンヴァーまで引っぱっていってくれ。アップタウン・アヴェニューのところで降りて、積み荷をアイススケート場に運ぶのを忘れずに。もし今夜のCNNニュースにその積み荷の写真が出るようなことがあったら、運がよくても交通指導員に格下げだぞ。これは州知事直々の命令だ、わかったな？　どうぞ」

「了解」ディレットはいった。ふたりとも無線で〝死体〟という言葉を一度も使わなかったことに、わたしは気がついた。

ディレットとティーズデイルは数分かけて皺の寄ったオレンジ色の防水シートで収穫物を覆い、バンジーコードで積み荷を留めた。それから三人でディレットのトラクターの運転席によじのぼった。肥満した囚人はまんなかに座った。ディレットはティーズデイルの一方の手首を、ダッシュボードの下の鉄の棒に手錠でつないだ。

ディレットのジョンディア・トラクターはタイヤの上に納屋がのったような大きさで、運転台に座ると、道路までたっぷり三メートルはありそうだった。家庭用の小型トラクターとはまったくちがった。ディレットがトラクターを走らせると、エンジンが轟音をたて、振動で歯茎から歯が抜けるんじゃないかと思った。

「何をしたの？」わたしはティーズデイルに尋ねた。

「大家の首を弓のこで切り離した」ティーズデイルは陽気な声で答えた。「正当防衛だったんだが、体重に問題を抱える人間に対して偏見のない陪審員なんかどこを探しても見つからなくてね」

「そうじゃなくて」わたしはいった。「その足をどうしたのか訊いたつもりだったんだけど」

「ああ。二十センチの棘を踏んだんだ。ブーツの底をぶち抜いて踵に刺さったんだよ。この極大サイズの体のせいさ。おれの人生で不幸なことが起こるときは、いつだって肥満が原因なんだ」

「いたた！　二十センチ？　からかってるの？」

「いや」ディレットが代わりに答えた。「ぼくが抜いたよ。セイウチの牙みたいな大きさだった」

「そんなに大きな棘があるなんて知らなかった」

「イーニドの話を聞いてないんだな」ティーズデイルがいった。

ディレットは顔を曇らせ、陰気な様子でうなずいた。

「イーニドがどうしたの？」わたしは尋ねた。「オクラホマ州のイーニド？」

ディレットがいった。「かなりやられた。ニンジンくらいの大きさの棘が降ったんだよ。屋内にいた人も死んでる。嵐がつづいたのはほんの二十分程度だったけど、それで街の人口の半分以上が消えた。嵐は東に向かって進んでいて、先へ行くほどひどくなってる。きらめく塵は――これが育って水晶になるんだけど――偏西風に乗ってアメリカを渡っているんだ」

「まあ、警告がなかったとはいえないけどな」ティーズデイルが満足げな声でいった。

「棘の雨が降るかもしれないなんて、いつそんな警告があったんだ？」ディレットはティーズデイルに尋ねた。「〈ウェザー・チャンネル〉でいってたけど、ぼくが聞き逃したっていうのか？」

「これは地球規模の気候変動なんだよ」ティーズデイルはいった。「もう何年も、いろんな連中がいつづけてきたことだ。アル・ゴアとか。ビル・ナイとか。おれたちが耳を貸さなかっただけだろ」

ディレットは、ティーズデイルが口をあけて鳩が出てきてもそこまで驚かないだろうというくらい、唖然《あぜん》とした顔をした。「気候変動だって、馬鹿な！　これが気候変動なわけないだろう！」

「だってほかにどう呼んだらいいんだよ。いままでは雨といえば水が降っていた。それがいまじゃ、金と銀の刃みたいなものが降ってくる。まさに気候の変動じゃないか」ティーズデイルは親指で顎をこすりながらつづけた。「次は幽霊だ」

「幽霊の雨が降るってことか？」

「霧の代わりに幽霊が立ちこめるんだよ。霧に死者の顔がつくんだ、いまは亡き人々の顔がね」

「だったら、晴れがつづくように祈ったほうがいいな」ディレットはいった。「霧のなかに幽霊が押し寄せるなら、あんたの大家が現れて、滞納分の家賃を払えっていうかもしれない」

「ありがたいことに、いま住んでるのは乾燥した山の気候のなかだからね」ティーズデイルは悦に入った様子でいった。「どんな風が吹いてきても向きあうつもりだよ。たとえ空気の代わりに混じりけのない悲しみが強風になって吹いてきて、悲嘆を逃れるために避難するはめになったとしてもね。もしかしたら、今度は気温の代わりに時間が上がったり下がったりするかもしれないな。冬が来るころには十九世紀になっているかも。まあ、いまわかってるかぎりでは、おれたちは知らないうちに未来にスリップしてしまったのかもしれないが」

ディレットはいった。「そうやって夢でも見てればいいさ、ティーズデイル。幽霊は現れないし、感情の土砂降りもないよ。ぼくたちが直面している問題は単純明快、化学兵器戦争だ。9・11の背後にいたアラブ人たちが、今回も裏にいる。大統領には、連中を国内に入れたことからしてまちがいだったとわかっているんだよ、それで今回のことが起こったわけだからね。国家安全保障局から発表があったばかりだが、硬質な雨を降らせる技術を開発した会社はアラブから融資を受けていた。やつらはアメリカ人の研究者を使って科学技術を開発し、のちにそのテクノロジーをイランの本部に持ち帰ったんだ。連邦議会は宣戦布告の準備をしている。やつらは自分たちの放った嵐がかなりの攻撃になったと思っているようだが、これからどうなるかは半分もわかっていない。大統領はすでに核兵器を使うと断言した。最終的には、そのおかげでまたいくらか変わった気候になるかもしれないな。イランにはそんなに雪が降るとも思えないから、放射性降下物が顔に降りそそげば、やつらにとってはいい気晴らしになるだろうさ」

そのころには、デンヴァーのはずれのクローバー型立体交差まで到達していた。ディレットは高速道路を降りて国道二八七号に出た。有料高速道路を降りると、まわりの様子が悪化した。車は道の端に押しのけられていたが、アスファルトは割れたガラスや水晶の棘に覆われていた。ファストフードの〈テイスティ・フリーズ〉から脂っこい黒煙が雲のようにあがっていたが、小火《ぼや》を消しとめようとする者はいなかった。

さらに十五分ほど大きな音をたてながら進むと、遊歩道沿いのアイススケート場に到着した。一ヘクタールのアスファルトに囲まれた大規模屋内スケートリンクだ。公用車らしき黒い車が十台くらい、搬入・搬出口周辺に停まっていた。ほかにも、救急車が何台かと、警察車輌が寄り集まった固まりと、囚人輸送用の大きな装甲車が二台、それに霊柩車《れいきゅうしゃ》の一団が見えた。ディレットは、ガレージタイプのステンレスのドアに車を寄せると、トラクターをまわし、慎重にバックして、とじたシャッターの真ん前に平台をつけた。

「遺体をここに置くの?」わたしは吐き気を覚えつつ尋ねた。何年もまえ、うちの両親がまだ一緒に暮らしていたころ、〈ディズニー・オン・アイス〉のショウを見にここに連れてきてもらったことがあった。

「ここなら冷やしておけるから」ディレットがやかましくクラクションを鳴らすと、誰かが搬入・搬出口のてっぺんにあるふつうサイズのドアをあけた。

赤毛でそばかすのある、ドラマ『リバーデイル』のアーチーそっくりな警官が出てきた。ディレットは窓をあけ、リンクへつながるシャッターをあけてくれと叫んだ。アーチー似の警官は首を横に振り、ザンボニー社の製氷車がどうのこうのと大声でいったが、トラクターのたてる轟音のまえでは何を叫んでいるのかさっぱりわからなかった。ふたりはしばらくのあいだ、お互いにまったく意味の伝わらない大声のやりとりをくり返し、最後にはディレットが運転席側のドアをあけて踏み板の上に立った。

ディレットがまっすぐに立ったと思った瞬間に、ティーズデイルが左足を——包帯を巻いた悪いほうの足を——突きだし、ディレットの尻を蹴った。ディレットはすこしのあいだ馬鹿みたいに両腕を振りまわし、やがてアスファルトの地面に落ちた。

ティーズデイルは運転席側のドアをすばやく引いてしめ、ハンドルのうしろにすべりこんだ。そしてトラクターのギアを入れた。手錠のはまった右手はハンドルには届かなかったが、ギアを操作するには完璧な位置だった。トラクターはガタガタと音を立てながら駐車スペースを横切りはじめた。

「ちょっと、自分が何やってるかわかってる?」わたしはティーズデイルに尋ねた。

「自由に向かって突っ走っているんだよ」ティーズデイルはいった。「これだけのことが起こっているいま、連中はおれを追ったりはしないさ。カナダに家族がいるんだ」

「カナダまでこのトラクターを運転していくつもり? 遺体を八十体も引きずったまま?」

「まあね」ティーズデイルは穏やかにいった。「それは追々考える」

『リバーデイル』のアーチー似の警官が踏み板に跳び移った。わたしたちが道路に出るまえに捕まえようと、アーチーは全速力で走って駐車スペースを横切ってきたのだ。ティーズデイルは運転席側のドアを強くすばやくあけ、アーチーをドアで殴るようにして振り落とした。

トラクターは走りつづけ、徐々に速度もあがった。時速五十キロに達しようかというときに、道路に入ろうとしてティーズデイルがぐいとハンドルを切り、縁石に乗りあげかけた。するとバンジーコードが一瞬伸び、遺体が平台の上をすべって外に飛びだして、投げ捨てられた丸太のように歩道を転がっていった。

「わたしを降ろしてくれるつもりはある？　それともカナダのユーコン州かどこかへ向かう狂乱の疾走につきあわせる気だった？」

「いつでも好きなときに跳びおりてくれてかまわないが、残念ながらまだスピードを落とすわけにはいかなくてね」

「じゃあ、待ってる」

「もし工具店のそばを通ったら、ひとっ走りしておれのために弓のこを取ってきてくれたりしないかな？　おれが手錠を切って外せるように。そうしたらあんたが探してる人のところまで乗せていくよ。おれにしたらちょっと寄り道になるけど」

「あんたが前回弓のこを使って何をしたか考えると、その買物を頼むなら誰かほかの人を探してっていうしかない」

ティーズデイルは理解を示してうなずいた。「もっともだ。まあ、一般家庭用の道具を使った実績がそんなに多くなくてよかったよ。いい忘れていたが、大家の妻にはハンマーを使ったんだ。だが、殺したわけじゃないよ。彼女は元気だ。確か、また脚を完全に使えるようになったばかりだったと思う」

わたしのほうはそれから十五分間、脚を完全に使えないままでいた。ティーズデイルは止まることなく疾走しつづけ、カーブでは急ハンドルを切ったので、角を曲がるたびにトレーラーから死体が投げだされた。どんな馬鹿でもたどれるような跡を残してるよと、わざわざいったりはしなかった。十トンのトラクターを盗むような男は、目立たないようにしようなどとは考えていないものだ。

最後には、V字形に折れ曲がったトラクター&トレーラーで封鎖してある交差点に行きつき、それをよけるには縁石を乗り越えていって信用組合まえの小さな緑地を横切るしかなくなった。この新しい地形へとハンドルを切るには、速度を落として這うようなスピードで走る必要があった。ティーズデイルは親しげな視線を寄こした。

「ここでどうだ？」

「カナダよりマシね」わたしはドアをあけた。「じゃあ、気をつけて。もう誰も殺さないでね」

「努力するよ」ティーズデイルはそういうと、考えこむような顔でルームミラーを覗きこみ、後方のごつごつとした稜線《りょうせん》を見た。「空から目を離さないように。雲ができてきてるぞ」

ティーズデイルのいうとおりだった。氷のように冷たそうな雲が山の上に広がっていた。積乱雲ではなかったが、いかにも小雨を長時間降らせそうな、巨大な蒸気の固まりだった。

わたしが踏み板に立つとすぐに、ティーズデイルはトラクターのギアを戻した。わたしは跳びおり、ティーズデイルが轟音をたてながら去るのを見送った。

トラクターが視界から消えると、携帯電話をごそごそと探し、警察に電話をかけてティーズデイルの計画を知らせようとした。ジーンズのポケットを二回確認してからやっと、もう電話を持っていないことを思いだした。この近くでどこに行けば警官が見つかるかまったくわからなかったけれど、ドクター・ラスティドの家に行く道は知っていたので、わたしはまた歩きだした。

重い足どりで街なかへと進んでいると、背後で風が起こった。高層ビルの深い谷間を抜ける風だった。風は雨のにおいがした。

デンヴァーの中心部に入ると、静けさに打たれた。車が走っていない。店があいていない。グレナーム・プレイスを歩いていると、あけ放たれた三階の窓から女の泣き声が聞こえてきた。その声はブロックじゅうに響いた。通りには一面に棘が散らばり、午後遅い時間の光のなかで銀色と薔薇色《ばらいろ》に輝いていた。パラマウント・シアターまえにある高く縦に長い看板にも嵐は激しく打ちつけており、PARAMOUNTの看板が〝R　OU　T〟になっていた。残りの文字は外れて通りに落ちていた。

女が通りをふらふらと歩いていた。サイズの合わないウェディングドレスを着て、金色の針金と水晶の棘を材料とした手づくりのティアラをかぶっている。肘までの長さのシルクの手袋をはめ、重そうなカーペットバッグを運んでいた。近づいてみると、ドレスはずたずたで、頬は流れたマスカラで汚れていた。女はしばらくわたしと並んで歩いた。あたしは終末の女王なの、と女はわたしにいい、あたしにキスして忠誠を誓ったら一万ドルあげる、ともいった。そしてお金があることを証明するためにバッグをあけてみせた。バッグには束になった現金がいっぱいに詰まっていた。

キスはやめておく、とわたしは女にいった——好きな人がいるから、浮気はしないのだと告げた。そのお金をいくらか使って、通りを離れ、ホテルの部屋にでも入るべきだ、雨が降りそうだから、ともいった。悪天候なんか怖くない、と女はいった。雨粒と雨粒の隙間を縫って歩けるから、と。わたしには無理、とわたしはいい、わたしたちは次の角で別れた。

まちがった印象を与えたくないのでいっておくと、街全体が大災害後の荒れ地と化していたわけではなかった。州兵がイースト・コルファクス・アヴェニューをほぼ一キロ半にわたって整備しており、いくつかの店先に救護所が設置されていた。フィルモア公会堂に大々的な本部と情報センターもできていた。公会堂正面のひさしには、〝ボトル入りの水、応急手当て、避難所情報〟を提供できますと謳ってあった。発電機が騒々しい音をたて、いくつか明かりのついている場所もあった。錬鉄製のフェンスは、人々の顔写真のコピーで埋め尽くされていた。顔の下に名前と、〝嵐以降行方不明、連絡を乞う〟という文言が書かれていた。

わたしが見かけた兵士たちは怯えたような赤い顔をして、避難所を見つけろと人々をどやしつけていた。てっぺんに拡声器をつけたハンヴィーが通りを行ったり来たりしながら、〈ナショナル・ウェザー・サービス〉からの情報を流していた。ボールダーからデンヴァー都市圏にかけて低気圧のエリアができつつあり、一時間のうちに雨が降ることが予想されます、と女の声がいっていた。彼女はどういう雨かはいわなかったし、その必要もなかった。

わたしは北へ向かい、東二十三番街へと曲がり、そのまま歩いてシティパークに入った。長い徒歩旅行の最後の一区画だ。いままでに見たなかでいちばん静かで、いちばん悲しみに満ちた場所だった。動物園が近づくにつれ、わたしは歩く速度を落とした。

十八輪トラックが通りに停められており、トレーラーの平台に成体のキリンが寝かされていた。脚が横から飛びだし、長い首は曲げられて、頭が胸についている。安全帽をかぶった男が小さなクレーンを動かし、重いタイヤの下で水晶の棘が鋭い音をたてて折れていた。男はクレーンを十八輪トラックに寄せて停めた。油圧ブレーキがキーキーと音をたて、クレーンの操縦者はキリンの赤ん坊が入ったネットをおろした。男は子供を母親の脚のあいだにそっと置いた。どちらも血と汚物で汚れていた。きょう一日のあいだにいろんなものを見てきたけれど、ほかの何よりもその姿に胸が痛んだ。

あたりには悪臭が立ちこめていた。左を見ると広い緑の草原があり、死んだライオンと、死んだセイウチと、死んだガゼルがきちんとつがいで並べられていた。恐ろしい行進か何かみたいだった。向かう先はノアの箱舟の残酷なパロディ、死んでもう戻ってくることのないものすべて、救われることのないものすべてが乗る船だ。ペンギンの死骸の山もあり、三メートル近い高さになっていた。一週間まえの魚みたいな腐臭がした。

低く垂れこめる空の下、奇妙な真珠色のぼんやりとした明るさのなか、最後の数百メートルの陰鬱な道をわたしは重い足どりで歩いた。縫った頭がひどく痛み、脈打つようなずきずきする痛みが吐き気を誘った。ドクター・ラスティドの家が近づけば近づくほど、着いてしまうのがいやになった。さまざまなものを見てきたあとで、何かいいものが見つかると想像するのは不可能だった。ちっぽけな慈悲を望むことさえ、いまではひどく子供っぽく思えた。

ドクター・ラスティドとその家族は、シティパークの東にあるチューダー様式のきれいな煉瓦《れんが》の家に住んでいた。縦仕切りのあるマリオン窓のあいだに蔦《つた》が這っているような建物で、C・S・ルイスがJ・R・R・トールキンとスコッチでも飲みながらお気に入りの古いドイツ詩について語りあっていそうな家だった。一方の端には小さな塔まであった。その塔のてっぺんの円い部屋がヨランダの寝室だったので、訪ねてきたときにはいつも上に向かって大声で呼びかけたものだった。「おーい、ラプンツェル、髪を垂らして」

歩をゆるめつつ、前庭に足を踏み入れた。家の両側のポプラの木立で葉が震えた。家は暗くて物音ひとつしなかったが、それがどうしてこんなに心をざわつかせるのか、はっきりとはわからなかった。通り沿いの大半の家がおなじように暗くて静かだというのに。

通りをはさんだ向かいでは、小柄でがっしりした男がコンクリートの私道から棘を掃きだしていた。だが、その手を止めて男はわたしを凝視した。この男とは顔見知りだった。五十代で、角ばったフレームの眼鏡をかけ、保守的な髪形をして、冷ややかな非難の空気をまとった男だった。てかてかした、けばけばしい緑色のトレーニングウェアを着こんでおり、それを見てわたしは放射線とか、〈グリーンジャイアント〉とか、クレイアニメの『ガンビー』を連想した。

ドアを二回ノックして、返事がなかったので、掛け金を外して顔を突っこんだ。「ドクター・ラスティド？ いないんですか、ドクター？ わたしです、ハニーサックル・スペックですよ！」もう一度呼びかけようとしたところで、階段のいちばん下にいやな感じの影が見えたので、わたしは家に入った。

ドクター・ラスティドはキッチンに入りかけた場所で顔を下にして倒れていた。グレーのベストと白いオックスフォードシャツを着て、きっちり折りめのついたチャコールグレーのスラックスを穿《は》いていた。黒いソックスを履き、靴はなし。一方の頰が黒い木の床についていた。金縁の眼鏡をかけていないと、剝きだしのその顔は途方に暮れているように見えた。両手はミトンをはめたように包帯を巻いてあり、オックスフォードシャツには裂けめと血の染みがあったが、その傷で死んだわけではなさそうだった。真っ逆さまに階段を落ちたせいで亡くなったのだ。首に触れてみると、腫れていた。折れたのかもしれない。

長い距離を歩いて伝えたくもないメッセージを運んできたのに、いまやそれを受けとってくれる人もいないのだ。わたしは疲れて、頭痛がして、胸が痛んだ。わたしが両親にカミングアウトしたとき、父は自分の娘がレズビアンになるくらいならレイプされて死んだほうがマシだったと手紙に書いてきた。母はわたしが同性愛者であることを認めるのをただ単に拒み、わたしの恋人には目も向けず話しかけもしなかった。ヨランダとおなじ部屋にいたときは、ヨランダのことが見えないふりをした。けれどもドクター・ラスティドはいつだってわたしがそばにいるのを喜んでくれた。あるいは、もしそうでないとしても、つねにそのふりをする努力をしてくれた。わたしたちは一緒にビールを飲み、野球を見た。晩ごはんを食べながら、おなじ右派の政治家たちをこきおろし、だんだんそれがエスカレートして、どちらがより創意に富んだ言葉で——卑語を使わずに——彼らを侮辱できるか競争した。そしてやがてヨランダとミセス・ラスティドに、お願いだから何かべつの話をしてちょうだいといわれるのだ。においも好きだった、といったら変だろうか？　アフターシェーブローションのベイラムの香りがふわっと漂ってきたり、ほんとうは吸ってはいけないことになっているパイプのにおいがかすかにしたりすると、わたしはいつでも居心地よく、満ち足りた気分になった。ドクター・ラスティドは文化の香りがした。良識の香りがした。

電話はつながっておらず、そこに大きな驚きはなかった。わたしは部屋から部屋へと漂い、いまは亡きラスティド一家の博物館をさまよった。うろつきながら、はっと気がついた。ここに誰かが住むことはもう二度とないだろう。あの大きなストライプのソファに腰かけて、ミセス・ラスティドがいちばん好きそうな番組——最新のイギリスの料理番組『ザ・グレート・ブリティッシュ・ベイキング・ショウ』や、ドラマ『バーナビー警部』——を見る者はもういないのだ。キッチンの戸棚に並んだ紅茶の缶を吟味して、レディ・ロンドンデリーにしようかアールグレイ・クレームにしようかと考える者ももういない。

わたしは塔の階段を昇り、ヨランダの部屋へ向かった。最後にひと目見ようと部屋のドアをあけるまえから、深い悲しみで喉が締めつけられた。

ヨランダの円い部屋はピンクと黄色でしつらえられ、くりぬいたバースデーケーキのようだった。いつもどおりの浮かれた乱雑さをそのままにして部屋を出たらしかった。洗濯していない衣類の山が部屋の隅にあり、スニーカーが片方だけ机のまんなかに置かれ、ドレッサーの引出しは半分がひらいたまま。宝石類はジュエリーボックスにしまう代わりにドレッサーの上に散らかしてあり、ストッキングがベッドの足のほうに干してあった。わたしはスカーフを取りあげ、そこに顔を押しつけて、かすかなヨランダのにおいを吸いこんだ。部屋を出たときには、ローブのように肩にブランケットをはおっていた。外は八月だったけれど、ヨランダの部屋は晩秋のように感じられた。

階段を降り、主寝室をちょっと覗いた。ドクター・ラスティドの金縁の眼鏡がまだサイドテーブルにのっていて、ベッドカバーには皺が寄り、大柄な男性の体の刻印が残っていた。タッセルシューズがベッドの下からすこしだけ突きでている。額に入ったわたしたち全員の写真――ドクター・ラスティドと、ミセス・ラスティドと、ヨランダとわたしが、エステスパークに旅行したときの写真――が、表を上にしてベッドのまんなかに置かれていた。たぶん、妻と娘を心配して眠れぬ夜を過ごしたのだろう。そしてわたしたち全員が一緒に写った写真を胸に抱いて、うとうとしたのだろう。

ヨランダとミセス・ラスティドの写真ならほかに何千枚もあっただろうに、ドクターがわたしも入った一枚を選んで抱きしめたのかと思うと、声をあげて泣きたくなった。わたしがこんなに、どうしても好かれたいと思ったのは、ヨランダの両親だけだった。わかるだろうか。わたしはヨランダと恋に落ちただけではなかった。ヨランダの家族も愛したのだ。最初は面食らった。彼らがあまりにもたびたび抱きあったり、キスしたり、笑ったりして、お互いの存在を楽しみ、決してあら探しをしないように見えたから。わたしはクロスワードパズルなんて気にかけたこともなかったのに、ドクター・ラスティドがそれを好きだと知ると、自分でも毎日iPadでやりはじめた。ミセス・ラスティドがジンジャークッキーをつくるのを手伝ったのは、ただそばにいるのが心地よく、ヴァージン諸島独特の詩のようなアクセントでつぶやかれる彼女の独り言を聞くのが好きだったからだ。

ブランケットを写真と一緒にその場に置き、わたしはまた外に出た。そして虹色の旗の真正面に立った。旗は正面階段の両脇に立っている煉瓦の柱にボルトで留められた、傾いた旗竿《はたざお》から伸びていた。向かいのガンビーはガレージの入口まで後退しており、娘もそこに姿を現していた。娘はたぶん十四歳くらいで、摂食障害があるかのような痩せ方をしていた。頰が落ちくぼみ、目の下には隈《くま》ができている。やはりトレーニングウェアを着ていた。黒に紫のラインが入ったウェアで、尻に〝ジューシー〟の語が入っていた。十四歳の娘にそんなものを着せるなんて、いったいどういう父親なんだろう。

「ここで人が死んでるんだけど、知ってた？」わたしは尋ねた。

「あらゆる場所で人が死んでるよ」ガンビーはいった。

「ここの人は殺されたの」わたしはいった。

十四歳の娘がビクッとして、手首にはめた銀のバングルを神経質そうにぐいと引っぱった。

「殺されたとは、どういう意味だ？　もちろんそうだろうさ。きのうはおそらく一万人くらいの人が殺されたんだから。外で雨に捕まった人全員だ。この通り沿いの住人の四分の一も含めてね」ガンビーは静かに、悲しみも、あるいは関心もほとんどない様子で話した。「ドクターは雨に殺されたわけじゃない。誰かが驚かして、階段から突き落としたせいで首の骨を折ったの。何か聞こえなかった？」

「もちろん聞こえたさ。人々は一日じゅう悲鳴をあげ、泣きわめいて、騒ぎつづけている。ジルとジョンのポーター夫妻がけさこの通りを歩いていったが、ずたずたになった十歳の双子をひとりずつ抱えていたよ。ポーター夫妻はひと晩中、娘たちを探していた。おれは見つかりますようにと祈ったが、もしかしたら見つからないように祈るべきだったかもしれないな、あの子供たちの状態を考えると。少女ふたりはひっくり返した手押し車の下に一緒に隠れていたんだが、手押し車はひどく錆びていて、棘を食い止められなかった。母親のジルは、子供たちが死んでしまったといって泣きわめいていたが、ジョンが手の甲で引っぱたいて黙らせたんだ。その後、恐ろしいものを聞くのはもうたくさんだと思って、それからずっと叫び声や悲鳴に注意を払っていないんだよ」ガンビーは怠惰な、さして興味もなさそうな目で自分の手首を一瞥してから、視線をまたわたしに戻した。「審判だったのさ、もちろん。うちの娘が助かって運がよかったよ。この通りの人間はみんな、あんたのガールフレンドに子供の世話を任せたことがあるからな」

冷たくてべとべとした感触が、うなじから背骨へと広がった。「それを詳しく話したいわけ？」

「きのう起こったことは、以前にも起こっている——ソドムとゴモラに」ガンビーはわたしに告げた。「おれたちは、自分たちの種があんたたちの種とつきあうのを許してしまった。まるで、そこに払うべき代償があることを知らないかのように。警告を受けたことなどなかったかのように。そこの男は聖職者を名乗っていたな」家のほうを見てうなずきながら、ガンビーはつづけた。「だったらわかっていてもよさそうなものだったのに」

「父さん」十代の娘が、怯えたような震え声でいった。わたしの顔つきを見たからだった。

「そうやってしゃべってなさいよ」わたしはいった。「あんたは天で報いを受ける心配はしなくていい。この地上にいるうちに受けるはずだからね」

ガンビーは向きを変え、娘の肘をつかんでガレージのなかへと引っぱった。途中でそばを通りすぎたグレーのベンツには、ケニアのどこかで村から馬鹿者が逃げだしている、と書かれたステッカーが貼ってあった。ガンビーが娘に階段をのぼらせ、玄関のドアに向かっているあいだに、わたしはまた声をかけた。

「ねえ、ちょっと、いま何時？」

ガンビーはさっきとおなじように何もつけていない手首を見おろし、次いで思いだしたように手をポケットに突っこんだ。それから娘の尻をぴしゃりとたたき、早く家に入れと急《せ》かした。ガンビーは一瞬ためらい、ふり返ってこちらを睨むと、わたしをやりこめるための最後の侮辱のひとことを探した。だが、何も出てこなかった。それから身を震わせ、家への階段の最後の二段をさっさとのぼると、バタンとドアをしめた。

わたしはラスティド一家の家に戻った。静けさが気圧の変化として感じられそうだった。チューダー様式の煉瓦の建物の内側は標高がちがうかのように、独自の気候のなかにあった。もしかしたらティーズデイルは正しかったのかもしれない。今後は、感情が天気や大気の変化になって表れるのかもしれない。明かりは銀色と灰色で、気分もそんな感じだった。気温はわびしさをすこし下まわるあたりをふらふらしていた。

主寝室のキングサイズのベッドで丸くなり、ヨランダのブランケットをかけて、みんなで一緒に写ったエステスパークの写真を抱きしめた。できることなら泣いたかもしれなかった――だが、まえにもいったとおり、わたしは世にいう泣き虫だったためしはない。わたしの母が泣くのは、人を操るためだった。父が泣くのは、酔って自己憐憫《れんびん》に浸っているからだった。だから涙を流している人を見ても軽蔑しか感じなかったのだが、その後、初めてヨランダが泣いているのを見たときには胸が締めつけられた。たぶん、わたしたちにもうすこし時間があったら、ヨランダから泣き方を教わったかもしれない。もしもっと一緒にいられる時間があったら、心地よい、健康な涙の流れで感染した場所を洗い流す方法を覚えられたかもしれない。

いまのところは、ただ丸くなってちょっとまどろんだだけだった。そして目覚めると、また雨が降っていた。

屋根に当たるやわらかなカチッカチッという音は、水滴とはちがう、もっとくっきりした鋭い音だった。寝室を出て、あいたままの玄関までふらふらと歩き、外を覗いた。雨は光る棘となってしとしとと降りつづいている。棘は仕立屋が袖を留めるのに使う針と同程度の大きさだった。敷石にぶつかって跳ね返り、チリンチリンときれいな音をたてた。とてもすてきな音だったので、わたしは温かい夏の雨に試しに触れるかのように、手のひらを上にして手を外に突きだした。痛い！ 一瞬で手のひらがサボテンになった。そのあとは、雨音もそんなにきれいだとは思わなくなった。

卵とチーズと黒豆のブリトーを食べながら、棘を一本一本引き抜いた。ラスティド一家は天然ガスを使っていて、コンロの火がついた。温かい食べ物でおなかがいっぱいになるのは心地よかった。わたしはそれを主寝室で、鉄のフライパンから直接食べた。

食べ終わると、ガレージから梱包用のブランケットを取ってきた。ドクター・ラスティドを寝室へと運び、体を伸ばして完全に覆った。そして全員で写った写真をドクターの腕のなかに置いた。それから、あなたの娘と、あなたの一家とともに過ごせて感謝しているとお礼をいっておやすみのキスをすると、自分も眠りに落ちた。

雨は午前二時ごろにはやみ、通りの向かいのガンビーが主寝室に忍びこんできたときには、わたしはすでに起きて耳を澄ましていた。相手が梱包用のブランケットのかかった床の上のふくらみをよけて、ベッドの横にこっそり近づくあいだ、わたしは動かなかった。ガンビーは枕に手を伸ばし、膝をマットレスの端についた。神経を昂らせ、緊張で体を揺らしている。そして脚を震わせながら、ブランケットを引きおろし、顔に枕を押しつけた。ガンビーの背中がわたしのほうに向いていた。わたしは梱包用のブランケットを払いのけ、床から立ちあがった。しかし鋳鉄のフライパンに手を伸ばしたときには、枕の下の人物がもがいていないことにガンビーも気づいていた。枕を引きはがして彼がうっとりと呆《ほう》けたように見つめていたのは、ドクター・ラスティドのしんとした穏やかな顔だった。ガンビーには小さな悲鳴を発する時間はあった。彼が半分ほどふり返りかけたところで、わたしはフライパンを思いきり振った。

緊張していたので気合いを入れすぎて、思ったより強く殴ってしまった。フライパンが当たるとゴーンという音が響いた。ガンビーは体じゅうの力が抜けたように四肢を投げだした。頭は横を向いていた。木の幹を打ったような感触だった。眼鏡と鼻と、歯が何本か砕けた。まるで絞首台に立っていたかのように——刑の執行人が足もとの落とし穴をひらいたかのように——ガンビーはくずおれた。

わたしは一方の足をつかんでガンビーを廊下へと引きずった。次いで廊下のどん詰まりにあるドアを通って、車二台のガレージへと階段を三段降りた。ガンビーの頭がすべての段にぶつかったが、わたしは顔をしかめることすらしなかった。ドクター・ラスティドの大きくて黒いクラウン・ビクトリアが手前に停まっていたので、トランクのふたをポンとあけ、ガンビーの体を持ちあげてなかに放りこんだ。そしてトランクのふたを勢いよくしめた。

ロウソクの明かりで探しまわって、ドクター・ラスティドの電池式のハンドドリルを見つけるのに十分くらいかかった。わたしは引き金を握り、トランクに空気穴を一ダースほどあけた。あした、そんなに暑くならなければ、ガンビーはすくなくとも昼までは大丈夫だろう。

侵入者にフライパンで一発食らわしたあとには、まえとおなじようには眠れないもので、日が昇ったときには、もう出発する準備ができていた。わたしはガレージを通って外に出た。肩にかけたバックパックには、新しい水のボトルと軽めのピクニック・ランチが入っている。出ていくときに、ガンビーがトランクを蹴って出してくれと泣きわめいているのが聞こえた、といえれば劇的な満足感が得られただろうが、実際にはトランクからはなんの音もしていなかった。もしかしたら、死んでいたのかもしれない。ちがうと断言することはできない。

　夜間の雨に洗い流されたおかげか、空は鮮やかに青く、陽光がきらめいていた。路上に降り積もった新しい棘も輝いていた。

　ガンビーの娘が私道のいちばん下にいて、怯えたように目を見ひらいてわたしを凝視した。きのうとおなじ、紫色のラインの入った黒のトレーニングウェアを着て、きのう手首にはまっていたのとおなじ銀のバングルをきょうもしていた。話しかけるつもりはなかった——双方の安全のために、知り合いになるのを避けることが重要に思えた——が、彼女が緊張した様子でわたしのほうへ一歩踏みだし、声をかけてきた。

「父を見ませんでしたか？」娘は尋ねた。

　道で足を止めると、足の下で棘が音をたてた。「見た」わたしはいった。「だけどあんたの父親にはわたしが見えなかった。運が悪かったね」

　娘は一歩さがった。一方の手の指が胸をかきむしった。わたしは大またで道を数メートル歩いてから、自分を抑えきれなくなって戻った。娘は身を固くした。逃げたがっているのがわかったが、身がすくんでその場に釘《くぎ》づけになっていた。細い首で血管が脈打っているのが見えた。

　娘の手首のバングルをつかみ、ぐいと引き抜いた。三日月形の刻印のある銀のブレスレット。わたしはそれを自分の腕に通した。

「これはあんたのじゃないでしょ」わたしはいった。「よくつけていられるね」

「父が……いってた……」娘は喘ぐようにいった。浅く速い息をしており、声が小さかった。「ヨランダには、長年のあいだにベビーシッター代として千ドル払った、ヨランダのりょ、両親はそれを、は、払い戻すべきだったって。あの人たちはヨランダみ、みたいな、ひ、人とか、あなたみたいな人に、子供の世話をさせるべきじゃなかったって！」最後の言葉を吐きだしながら、娘の顔が醜く歪《ゆが》んだ。「あの人たちには貸しがあるっていってた」

「あんたの父親には確かに何かしら貸しがあったんでしょうよ。で、わたしがそれを返した」わたしはそういうと、娘を残して立ち去った。

今回は公園の外を歩いた。ペンギンの死骸の山を見たくなかったし、その山のにおいも嗅ぎたくなかった。

十七番街はシティパークの南の境界となる通りだが、そこには州兵の分隊が配備され、さまざまな片づけをしていた。何人かはハンヴィーで車の残骸を道路の外に押しやっていた。べつの何人かはデッキブラシをせっせと動かして、新しく降った棘でできた光るカーペットをアスファルトからどけていた。しかし全員がやる気のなさそうな、まとまりのないやり方で作業をしていた。意味のない労働を割り当てられたことがわかっているときの態度だった。これはタイタニック号からティーカップで水を汲《く》みだそうとするようなものなのだ。デンヴァーは救いようがなく、彼らにもそれがわかっていた。

けれども道路の担当ならまだ運がいいほうだった。ほかの何人かの兵士たちは遺体を袋に詰め、縁石に沿って並べる仕事を割り当てられていた。コメディ番組の『パークス・アンド・レクリエーション』で、袋詰めのごみを回収してもらうために残していくのとおなじように。

十七番街とフィルモア・ストリートの交差点を過ぎたあたりに、公園への洒落《しやれ》た入口があった。つやのあるピンク色の石でできた壁が招くような半月形をなし、奥の緑の広がりへと――ビリヤード台の表面のようになめらかな芝生へと――ひらいている。格子状の鋳物のベンチがひと組、公園入口の両脇にきれいに並べてあった。一方のベンチの下に、年配の夫婦が一緒にもぐりこんで昨夜の小雨を避けようとしたらしいが、ベンチはその役には立たなかった。

カラスがふたりを見つけ、ベンチの下に入って年配の女性のほうの顔をつついていた。迷彩服を着た兵士が近づいてきて身を屈め、カラスに向かって大声をあげたり手をたたいたりした。カラスはびっくりしたように跳びあがり、口に何かをくわえてベンチの下からぴょんぴょんと出てきた。数メートル離れたところからは、やわらかく茹でた卵がぷるぷる揺れているように見えた。だが、近づくにつれ、カラスがくわえているのは眼球だとわかった。カラスはそのふっくらした真珠色の獲物をくわえたまま歩道を歩き、血の足跡を残した。兵士は急いで三歩で縁石まで歩き、わたしの目のまえで吐いた。ひどい咳のあとにしぶきがつづき、胆汁と卵のにおいがした。

しぶきがかからないように、わたしはちょっと離れたところで立ち止まった。兵士は平均的な身長の黒人で、ふわふわの小さな口ひげをたくわえていた。彼はまた戻し、咳をして、唾を吐いた。わたしは水のボトルを差しだした。兵士はそれを受けとってぐいぐい飲み、もう一度吐いた。それからまた長く、ゆっくりと水を飲みこんだ。

「ありがとう」兵士はいった。「あのカラスがどこへ行ったか見た？」

「なぜ？」

「あいつを撃ってやろうと思ってさ。カラスじゃなくて、ブタみたいだったから。彼の目玉はあいつの胃袋より大きいよ」

「彼女の目玉ね」

「ふん」兵士は弱々しく身を震わせた。「なんでもいいから何かを撃ちたいんだよ。きみには想像もつかないだろうけど、何か役に立つかたちでどこかに弾丸をぶちこみたくてたまらないんだ。本物の兵士になれればいいんだが。五十パーセントの確率で、あしたの夜明けまでにジョージアの地に派遣されることになりそうなんだ。そこで死んだってかまうもんか」

「ジョージア？」わたしは尋ねた。「今回のことに、チャーリー・ダニエルズが絡んでるとか？」（チャーリー・ダニエルズは、《悪魔はジョージアへ》というヒット曲で知られるカントリー・ミュージック、サザンロックのミュージシャン）

兵士は悲しそうな笑みをわたしに向けていった。「おれも似たようなことを考えたよ。だけどそのジョージアじゃない。いまいったのは、イラクとロシアのあいだにあるクソ溜めみたいなジョージアのことだよ。なんでもかんでもアル・フリグ・イ・スタンとか、エル・ドゥーシュ・イ・スタンみたいにいう場所」

「ロシアの隣っていった？」

兵士はうなずいた。「昔はロシアの一部だったと思う。このクソみたいな、棘の雨を降らせる雲を夢見た化学者たちは、そこの会社で働いている。もとはアメリカの会社だったんだ、信じられないかもしれないが。統合参謀本部は大軍で攻撃したがってる。Dデイ以来最大の地上作戦だ」

「さっき五十パーセントの確率っていったよね?」

「大統領が電話でロシアに確認しているんだ。コーカサス地方に何発か核兵器を落としてもかまわないかって。あのずんぐりした指でボタンを押したくてたまらないんだろうよ」

この四十八時間のあいだに見てきたことを思えば、敵に数百メガトンの打撃を与えるという考えは、ほとばしるような満足感を与えてくれてもいいはずだった――が、わたしはおちつかなくなっただけだった。不安な、そわそわした気持ちになった。どこか行くべき場所があるような。何かするべきことがあるような。外出して家を離れているときに、コンロの火をつけっぱなしにしてきたんじゃないかと突然心配になるような感じだった。けれどもこの不安を解消するために何をすればいいかは、さっぱりわからなかった。

「悪人を打ちのめしたいなら、わざわざ地球を半周する必要なんかないよ。まさにこのデンヴァーにひとりいる」

兵士はうんざりした顔をわたしに向けていった。「泥棒だったら力になれない。たぶん、デンヴァー警察が苦情を受けつけてくれる」

「殺人犯ならどう?」わたしは尋ねた。「捕まえる時間はある?」

兵士の顔から疲労がいくらか抜け、ほんのかすかに姿勢までよくなった。「どういう殺人犯？」

「わたしはきのうボールダーから歩いてきたの。ガールフレンドのお父さん、ドクター・ジェイムズ・ラスティドがどうしているか確認するために。そして彼が玄関ホールで死んでいるのを見つけた。階段から落ちて、首が折れたのね」

兵士の体からすこし力が抜け、肩が落ちた。「で、殺人だとわかったのは……どうしてだ？」

「ドクター・ラスティドはほかのたくさんの人々とおなじように外で雨に降られたけれど、軽い怪我を負っただけで家のなかに入ることができた。自分で包帯を巻いて、寝室で休んで回復しようとした。ドクターが目を覚ましたのは、階上《うえ》の娘の寝室で誰かが動きまわる音がしたからだと思う。ひどく驚いて、眼鏡さえかけずにまっすぐ階上に行って、誰がいるのか確かめようとした。たぶん、娘が帰ってきたと思ったのかもしれない。でも階上に着いてみると、そこにいたのは泥棒だった。そして対決があった。次に起こったことは、神と襲撃者しか知らないはずだけど、ドクター・ラスティドは揉《も》めているうちに階段から落ちて、致命的な怪我を負ったんだと思う」

兵士は後頭部をかいていった。「そういうことなら、州兵は犯罪現場に連れていかないほうがいいな。捜査する術《すべ》を知っている誰かが必要だ」

「調べることなんか何もないよ。ドクター・ラスティドを殺した男は、ドクターのクラウン・ビクトリアのトランクにとじこめてあるから。男は昨夜、わたしのことも殺そうとして家に来たんだけど、わたしのほうもそのつもりで準備してあって、フライパンで思いきり男を殴ったの。窒息することはないはず――トランクのふたにドリルでいくつか穴をあけておいたから――だけどひどく暑くなるかもしれないから、すぐに行ったほうがいいかも」

わたしがそういうと、兵士の目玉が飛びだしそうになった。「その男はなんであんたまで殺そうとしたんだ?」

「そいつがドクター・ラスティドを殺した犯人だって、わたしが見破ったのがわかったから。トランクにとじこめた男は、ラスティド一家全員に敵意を持っていたの。ドクターの娘でわたしのガールフレンドのヨランダ・ラスティドが、昔そいつの娘のベビーシッターをしていたんだけど、ヨランダが同性愛者だってわかると、男は恐慌をきたして、いままで払ってきたベビーシッター代を一セント残らず返せとドクターに迫った。ドクターは当然拒否した。それで、雨が降ったあと、この隣人はガレージから車が一台なくなっていることに気がついて、家に誰もいないと思ったんでしょうね。何かしら盗んで、長年の貸しを清算するいいタイミングだと判断した。男はヨランダの宝石箱をあさっていることを正当化しようとしたんだろうけど、ドクターはちがう見方をした。ふたりが揉みあっているうちに、侵入者は腕時計を落とした。あとで、わたしがこの隣人に、ドクターの家から何か物音が聞こえなかったかと尋ねたとき、時間を確認しようとして何もついていない手首を見てた」

「あんたはその男が手首を見たからってだけで、ガールフレンドの父親を殺したと決めつけたのか？」

「男の娘がヨランダのブレスレットをつけていたのもよくなかったね。見てすぐにわかった」わたしは自分の手首を持ちあげ、兵士に銀のバングルを見せた。「けさ、返してもらったけど。それに、隣人がやったことについて仮に少々の疑問があったとしても、午前二時にラスティドの家に入りこんで、わたしを枕で窒息させようとした時点で疑問の余地はなくなった」

兵士はすこしのあいだわたしを見つめてから、ふり返って通りでデッキブラシを押していた同僚ふたりに声をかけた。「掃除の合間の息抜きがほしくないか？」

「何をするんだ？」ひとりが尋ねた。

「偏屈者の殺人犯を捕まえて、留置場に放りこむ」

ふたりは顔を見あわせた。デッキブラシにもたれていたほうがいった。「いいんじゃねえか？　世界が終わるのを待ってるあいだに、ちょっとやることができたってわけだ」

わたしと一緒にいた兵士がいった。「よし、行こう。ハンヴィーに乗ってくれ」

「駄目、わたしは行けない。悪いけど、ドクター・ラスティドの家にはわたし抜きで行って」

「どういうことだ、行けないって？　その男をデンヴァー警察に引っぱっていったら、連中はあんたの証言をほしがるだろうに」

「証言ならする。だけど警察からは、ジャックドー・ストリートのわたしの家に連絡してもらわないと。ドクター・ラスティドの娘をボールダーに置いてきているの。彼女のところに戻らなきゃならない」

「ああ」兵士はわたしから顔をそむけた。「そうだな。わかった。彼女も親父《おやじ》さんのことを知りたいだろうしな」

わたしがそばに戻ろうとしているその彼女は父親についての知らせを待っているわけではなかったけれど——父親とおなじように死んでいるのだから——それはいわなかった。兵士には思いたいように思わせておくつもりだった。わたしが進む妨げにならないように。とてもじっとしてなどいられない、おちつかない気分だったので、ドクター・ラスティドの家に戻ってもう一日デンヴァーで過ごさなければならないかもしれないと思うと耐えられなかった。

どこに行けばドクターと襲撃者が見つかるか説明し、証言が必要になったときにわたしがボールダーのどこにいるかも話した。

「もし警察が供述をほしがればだけどな。もしこれが裁判になれば、だ」兵士は不安そうな目を空に向けた。「雨がつづくようなら、陪審裁判なんて数カ月のうちに懐かしい思い出に早変わりだ。すぐに開拓時代の正義に戻るだろう。罪人はその場で吊《つ》るすんだ。時間と手間の節約になる」

「目には目を？」わたしはいった。

「わかってるね」兵士はいい、ふり返ってカラスを睨みつけた。「気をつけたほうがいいぞ、薄汚いけだものめ」

半ブロック向こうにいたカラスは、わたしたちに向かってやかましく鳴いた。それから獲物を持ちあげると、羽をひらいて難儀そうに飛びたった——そうして事態が悪くならないうちにその場を離れた。

もうすこしで有料高速道路というところで、ディレットのトラクターに出くわした。細い木の柱が並んだフェンスを突き破ったあと、塵まみれの区画に置き去りにされていた。サウス・プラット川――轟音をたてて流れる茶色い濁流――にかかった橋のほんのすこし手前だった。昨夜の雨のせいで、フロントガラスにはクモの巣状のひび割れがいくつもできていた。運転席側のドアは、暗がりのなかでひらいたままになっていた。

踏み板にのぼってなかを覗いた。車内には誰もいなかったが、血のついた百ドル札が散らばっていた。手錠はダッシュボードの下の鉄の棒からぶらさがっている。一見すると汚らしい生のソーセージらしきものが運転席に残っていた。わたしは身を寄せ、睨むようにして見つめ、それが何か見きわめようとした。親指だ、と気がついて慌てて身を引いたせいで転がり落ちそうになった。胃がでんぐり返った。手錠から手を抜けるようにと、誰かがティーズデイルの親指を切り離したのだ。それから謎の共犯者は、出血を紙幣で止めようとしたのだろう。血のついた白いシルクの切れ端が床に落ちていて、助手席の足もとに何か光るものがあった。車内に手を伸ばし、わたしはそれを拾った。偽物の金のティアラだった。

ティーズデイルと終末の女王が出会ったのかどうか、確かなところはわからない。ティーズデイルが逃げられるように女王が彼の手の一部を切断し、ウェディングドレスをちぎって包帯代わりにして巻いたり、カーペットバッグから紙幣を出して傷に当てるパッドにしたりしたのかもしれないが、断言はできない。ふたりが一緒にカナダに行ったのかどうか、はっきりしたことはいえない。でも、行ったかもしれない。

もしかしたら、終末の女王はティーズデイルに、雨粒の隙間を縫って歩く方法を教えたのかもしれない。

トラクターをそこに残して歩きつづけた。トラクター泥棒になりたくなかったし、ティラノサウルス・レックスみたいな大きさの乗り物を動かせる自信もなかった。しかし車に乗れたらどんなにいいか、とは思った。有料高速道路のデンヴァー・ボールダー間を、道端の熱く乾いた草むらをたどって歩くには七時間かかった。靴ずれができてくたびれ果てるまで歩き、そのあともさらにもうすこし歩いた。

州警察と最厳重警備棟の囚人たちは、この日は八車線の高速道路のどこにもいなかった。たぶん、きのうの逃亡事件があったあと、囚人を路上で整備人員として使うのはリスクが高すぎると判断したのだろう。あるいは――こちらのほうがありそうだが――意味がないと思ったか。昨夜の雨のせいで、道路は真鍮のスポークのように細く尖った水晶がいっぱい詰まった雨樋《あまどい》のようになっていた。きのうの掃き掃除はまったくなんの役にも立っていなかった。

路上にいるのはわたしひとりではなかった。たくさんの人々が乗り捨てられた車を物色し、戦利品を探していた。しかし今回は誰にも煩わされなかった。静かなウォーキングだった。通りすぎる車もなく、空を行く飛行機もなく、話しかけてくる人もいなかった。ほとんどなんの音もせず、聞こえてくるのは蠅の羽音だけだった。おそらくあの三十キロの路上にあった残骸のなかでご馳走《ちそう》にありついた蠅の数は、コロラド州の全人口より多いだろう。

ボールダーで高速出口のスロープをおりていると、心臓が跳びあがるほどの轟きが聞こえてきた。ときどき、雷と砲撃を比べていう人がいる。いま聞こえたそれは、大砲が発射された音というよりは、大砲に撃たれたときに聞こえそうな音だった。頭上には薄くかすんだ青空が広がっていた。最初は、雲などひとつもないように見えた。次いで、雲の幽霊といってもいいようなもの、空母がカヤックに見えるほど大きくそびえる青い山のようなものが目についた。ただ、それはそこにあるようには見えなかった。身を入れずに描いた雲のスケッチのようで、山頂の上空にかすかに鉛筆で描かれたみたいだった。午後の気温は上がっていて、一日の終わりにはまた猛攻撃が――いままでよりさらに強く――はじまるのではないかと思われた。嵐になりそうだと思ったのは、一回の大きな雷鳴だけのせいではなかった。午後遅い時間のこの大気の薄さのせいでもあった。どんなに深く息を吸いこんでも、心臓と肺に充分に酸素が行きわたらないような感じがした。

〈ステープルズ〉とマクドナルドの従業員もいなくなっていて、フットボール場は無人だった。土工機械が点在し、フィールドそのものは乾いた黄色い芝土の層に覆われ、最近の死者たちは隠されていた。なけなしの墓標として、番号の振られた白いポールが列ごとに並んでいる。フィールドを三重に埋め尽くすだけの死者がボールダーにいることは確実だと思うが、計画は打ち切りになったようだった。町全体が静かで、動きもなく、歩道にもほとんど人がいなかった。町が次の最悪の打撃に備えてみずからを鋼で覆っているかのような、恐ろしい印象があった。

締めつけられたような静けさが何ブロックもつづいたが、ジャックドー・ストリートは沈黙とは無縁だった。アンドロポフは、わたしが出かけたときとまったくおなじように、音楽プレーヤーとテレビを大音量でつけっぱなしにしていた。その音は通りの端にいても聞こえた。そのこと自体、興味深かった。町じゅうが停電しているというのに、アンドロポフには動力源があるのだ。発電機か、ただ電池がたくさんあるだけか。

通りの音はそれだけではなかった。エルダー・ベントの家が気楽な歌声で振動していた。最初は讃美歌を歌っているように聞こえたが、よく聞いてみるとピーター・セテラの《グローリー・オブ・ラヴ》だった。暑く長い一日を、意味もない蝿のハーモニーだけを聞いて歩いて過ごしたあとに感極まったような歌声を耳にするのは妙なものだった。

自宅に近づくと、テンプルトンがガレージのひらいたドアからこちらを見ているのがわかった。影の縁ぎりぎりのところまで来ていたが、いつもどおりそこで止まっていた。日に当たるとどんなに気分が悪くなるかよくわかっているからだ。肩にマントをはおっていて、わたしが近づくのが見えると両腕を大きく広げ、牙を剝きだして見せた。わたしが人差し指と中指を重ねて幸運を祈るサインをつくると、テンプルトンは素直に暗がりのなかへ引っこんだ。

わたしはアーシュラの家を見ながらしばらく通りに佇んだ。あの家に入っていってソファに座り、足を休めることができたらどんなにいいだろうと思った。アーシュラは日射しで温めて淹れた紅茶を出してくれるかもしれない。あとで、夜に涼しくなったら、ヨランダのそばに寝そべって、銀のブレスレットをわたしの手首からヨランダの手首に移してもいい。

それから、アンドロポフのアパートメントの板を打ちつけられた窓と、その向こうの騒音について考えた。あの不愛想な太ったロシア人が近所を訪ねていって、オニサックがFBIに告げ口をして面倒を起こそうとしているとエルダー・ベントに伝えたことを思った。あの元化学者が最初の雷雨の直前に大急ぎで帰宅した様子と、マーティーナの腕を乱暴に引っぱって、抗議する彼女を家のなかに押しこんだときの顔つきを思いだした。それに、建物の脇へまわって窓から覗いたときには、プラスチックのチューブや、ガラスのビーカーや、透明な化学溶液か何かが入った四リットルサイズの容器が見えた。アンドロポフはロシアのどの地域の出身だろう？　どこかジョージアの近くから移ってきたのではないか？

また雷鳴が轟いた。空気を震わす大音声《だいおんじょう》だった。じっくり考えれば、おそらくアンドロポフを一階のアパートメントから誘いだすためのずる賢い方法を思いついただろう。そして主《あるじ》が不在のあいだに部屋に忍びこみ、バスルームをもう一度見ることもできただろう。しかしながら、もしひと晩待ったとして、アンドロポフがわたしの帰宅を知ったら、彼のほうがわたしに向かってくるかもしれなかった。

結局、あらゆる策略は過大評価されているのだ、ここはネルソン提督もいったとされているように、〝まっすぐ正面から〟攻めるほうがいいと判断した。わたしは一方の膝をついてバックパックから水のボトルを取りだすと、縁石の上に並べた。次いで水晶の棘を集めはじめた。バックパックが三分の二くらい埋まるまで棘を詰め、大理石の入った袋とおなじくらいの重さにして、ファスナーをしめた。それから一回持ちあげて感触を確かめ、アンドロポフのポーチの階段をのぼった。

ドアを一回、二回、三回と、フレームのなかでがたつくほど強く蹴り、大声でわめいた。「移民局だ、イワン、あけろ！　ドナルド・トランプがあんたをシベリアに送り返せといってるぞ！　そっちがわれわれを入れないつもりなら、ドアをぶち壊すまでだ！」

わたしは脇へよけ、壁に体をつけて待った。

ドアが勢いよくひらき、アンドロポフが太ってたるんだ顔を突きだした。「おれの一物をあんたの穴に移住させるぞ、このレズビアンのクソおん――」アンドロポフはそれ以上いうことができなかった。

バックパックを両手で持って頭のてっぺんに打ちおろすと、アンドロポフはくずおれて片膝をついた。望みどおりの位置だった。わたしは膝をアンドロポフの顔のまんなかにめりこませ、鼻の折れるポキリという音を聞いた。アンドロポフはうめき声をあげ、両手両足をついた。錆びた大きなレンチを一方の手に持っていたが、それを使うチャンスを与えるつもりはなかったので、カウボーイブーツの踵でアンドロポフの拳を踏みつけた。骨の折れる音がした。アンドロポフは悲鳴をあげてレンチを放した。

レンチを拾い、アンドロポフをまたいで玄関ホールへと入った。暗く、飾りけがなく、白カビのすっぱいにおいと体臭がこもっていた。緑色の花柄の壁紙が剝がれかけ、水の染みのある漆喰《しっくい》の壁が下に見えていた。

左へ曲がると、むさくるしい居間だった。ソファとサイドテーブルは、人々が歩道に並べて隣に〝無料〟と書いた段ボールの立札を置くような代物だった。二リットルのコカ・コーラ・ゼロのボトルでつくったマリファナ用の水煙管があり、そのなかには下痢便みたいな茶色い液体が十二、三センチほど入っていた。

iPodがモーフィーのモバイルバッテリーに接続してあり、その隣に大きなブルートゥーススピーカーがあった。引きつったようなシンセサイザーのくり返しが、ボン・ボンというビートの上にかぶさって聞こえた。電源につながるケーブルを音響デッキから引っこ抜くと、サンクトペテルブルクの電子音楽が切れた。しかしアパートメントはまだ轟くような騒音に満たされていた。どこか奥のほうで、徐々に大きくなるバイオリンをバックにヒュー・グラントががなりたてていた。その下から、くぐもった怒りの叫びが聞こえてきた。

居間と寝室のあいだの短く薄暗い廊下をつまずきながら歩いた。馬のペニスのかたちをした巨大なホットピンクのバイブレーターが足もとに転がっていた。よろめいて一方の手を右側のドアにつくと、そのドアがひらき、まえに覗いたせまく薄汚いバスルームが見えた。

アンドロポフはそこを自分の研究室にしていた。わたしは化学者とはほど遠いけれど、そこは確かに、アンドロポフがシンクいっぱいの水晶――黄色がかった白のガラスの破片――をつくった場所のように見えた。ブレーキ液とラベルの貼られた茶色の水差しが――なんでブレーキ液？――バスタブのなかにいくつか置かれていた。ゴムのチューブが、琥珀色の液体の入った複数のフラスコをつないでいた。部屋全体に、マニキュア液の強いにおいがした。

くぐもった叫び声がさっきより近かった。わたしはバスルームを出て寝室へ向かった。マーティーナが大きな真鍮のベッドの上にいた。両手をうしろにまわした状態で、手錠をかけられていた。黒い革のブレスレットが右足首に巻かれ、延長コードの一方の端がそれに留められている。他方の端は輝く真鍮のベッドの支柱の一本に、入念に結びつけてあった。

シーツがマーティーナの骨ばった軽い体の下でもつれていた。デボラ・ハリーのようなよじれたブロンドの前髪の下から覗きこむようにしてこちらを見る様子は、目のぱっちりしたキツネが荊《いばら》の繁みから外を覗いているみたいだった。アンドロポフはマーティーナの口にダクトテープを貼っていた。すぐそばのドレッサーの上にノートパソコンが広げてあり、『ノッティングヒルの恋人』らしき映画が最大音量で再生されていた。マーティーナはわたしを睨みつけ、自由になるほうの足で壁を蹴った——きのうとおなじやり方で。マーティーナにとってはこれが助けてくれと知らせることのできる唯一の方法だったのだ。マーティーナはなんとか膝立ちになろうとして右へ左へと身をよじり、腰骨の尖ったところを宙に突きあげた。ほとんどポルノだった。白くなめらかな肌をした二十二歳のストリッパーが、安っぽい白の下着と、布巾として使ったほうがよさそうなほどすり切れて薄くなった、ぴっちりしたラモーンズのTシャツという姿でもがいているのだ。

しかしわたしが足を止めたのは、マーティーナがアンドロポフの寝室に監禁されていたのを見つけて驚いたせいではなかった。サイドテーブルの上のガラスのパイプのせいだった。黄色がかった水晶の固まりが入っている。その水晶はもはや死を招く雨のようには見えず、だんだん例のあれに見えてきた。

ちゃんと全部理解しようとして、脳みそが目に追いつくのを待っていると、イカレたロシア人が押し入ってきた。アンドロポフはわたしのそばをよろよろと通りすぎ——部屋は暗く、床はすっぱいにおいのする汚れた洗濯物でいっぱいだった——それからふり返って、わたしとマーティーナのあいだに立った。アンドロポフの顔の下半分には血がべったりついていて、骨の折れた左手は胸にぎゅっと押しつけられていた。ごわごわしたひげのある頬を涙が流れ落ちた。

「マーティーナに近づくな、このレズビアン！　この女はあんたと一緒になんか行かない」

わたしをレズビアンと呼ぶその呼び方が、自分が知っているいちばん汚い言葉を吐きだすかのようなそのいい方が、わたしの冷静さを吹き飛ばした。わたしは平手でアンドロポフをはたいた。言葉は出てこなかった。ただこの太った、哀れで馬鹿みたいな顔を引っぱたきたいという圧倒的な欲求があるだけだった。わたしがそれを実行した瞬間に、アンドロポフは爆発したかのように全身を揺すって泣きはじめた。

わたしはアンドロポフをよけて歩き、マーティーナの口からテープをむしり取った。そのとき彼女の口からあふれでた四文字言葉を全部ここに書いたら、きっとこのページは燃えだすだろう。

ようやくすこしおちついてくると、マーティーナはこういった。「あたしは出ていこうとしたの、そしたらこのイカレたゲス野郎にとじこめられたんだよ、きょうでもう二日も！　このイカレた、見下げ果てた、クソのかけらが！」マーティーナはアンドロポフのほうへ体を伸ばし、できるかぎり近づくと、アンドロポフの頭に唾を吐いた。「二日も『ノッティングヒルの恋人』をかけっぱなしにしやがって、鍵をはずしたのはトイレに行くときだけ！　こいつはクソみたいなドラッグを吸いすぎなんだよ！」

アンドロポフはマーティーナに顔を向け、両手で頭を抱えて惨めにすすり泣きながらいった。「おまえがこのレズビアンと一緒に逃げるなんていうから！　おれを逮捕させて、プッシーを食わせてくれる女たちと一緒に住むって、この世の終わりっていうときに女たいったよ、本気だよ！ あんたなんか刑務所に百万年入ってればいい！」

 アンドロポフは訴えかけるような、哀れな、錯乱した目でわたしを見た。「毎日、いつも、マーティーナは裸同然の格好であんたたちに自分の体を見せびらかしてた。いつも、おれに電話してきては、あんたたち両方と寝るつもりだといってた。相手が女じゃなきゃイかないって、それでおれを笑って――」

それからふたりはロシア語で怒鳴りあい、マーティーナはまたアンドロポフに唾を吐いた。ふたりがそうやって騒ぎつづけるのを見ていると、わたしの頭は割れそうになった。アンドロポフが一方の腕を引いて、マーティーナを手の甲ではたこうとしたので、わたしはレンチでアンドロポフの腹を打った――そんなに力は入れなかったが、体内から空気をたたきだし、アンドロポフが体をふたつ折りにする程度には強く。アンドロポフは傾き、膝をついてから横向きに倒れて体を丸め、身を振り絞るようにして泣いた。これほど惨めな光景もめったにないだろう。

わたしはアンドロポフをよけて歩き、『ノッティングヒルの恋人』を止めた。ノートパソコンのそばにクロムめっきの鍵を見つけ、試しにこれで手錠を外してみることにして、マーティーナと一緒にベッドの端に腰かけた。パチンと音をたてて手錠がはずれた。マーティーナはあざのできた手首をさすった。

「不潔な、最低のふにゃチン野郎」マーティーナはそういったが、声は低く、身を震わせていた。

わたしは水晶の入ったガラスのパイプを手に取った。「これは何？」

「こいつがあたしを黙らせるために使ったドラッグ」マーティーナはいった。「まえにも出て行こうとしたことがあるんだけど、殴られて、首を絞められた。売り物のドラッグを使うの。頭のおかしい人殺しなんだ。こいつがあたしを殴るのは、もうファックできないからなんだよ！」この最後の言葉はアンドロポフに向かって投げつけられた。

「ドラッグの種類は？」

「クリスタル・メス」マーティーナは下唇を嚙んで、足首の留め金と格闘しはじめた。

「オーケイ」わたしはいった。「ほかにも教えてほしいことがあるんだけど。アンドロポフはジョージアの出身じゃないよね？」

マーティーナは額に皺を寄せた。「え？　ちがう。モスクワ」

「で、この人は空から降ってきた水晶のつくり方は知らないよね？」

「どういうこと？　やだ、まさか」マーティーナは吠えるような、耳障りで聞き苦しい笑い声をあげた。「こいつはただの駄目な薬剤師だよ。天才なんかじゃない」

「愛してるよ」床の上で体を丸めたまま、アンドロポフはマーティーナにいった。「おまえが出ていくなら、おれは自分を撃つ」

このときにはもう、マーティーナは足首のストラップをはずしており、ベッドから跳びだしてアンドロポフを蹴りはじめた。

「上等だよ！　願ってもない！　あたしが弾を買ってきてやる！」

アンドロポフはいまいる床の上の場所から逃げようとはしなかった。マーティーナの足は何度も何度もアンドロポフの尻に当たった。

もうたくさんだった。わたしはレンチをベッドに落とし、楽しそうなふたりは放っておくことにした。

ポーチに立って手すりにもたれ、山と夏の香気のある、澄んだ、さわやかな空気を吸いこんだ。騒ぎを聞きつけたらしく、彗星教の信者が何人かポーチに出てきており、そのなかには娘たちを両脇に従えたエルダー・ベントもいた。娘ふたりはブルネットの美人で二十代前半、おそろいの儀式用のホイールキャップを頭にかぶっていた。エルダー・ベントの秘蔵っ子だけがかぶれる上等の帽子だ。五九年式ランサーの貴重なホイールキャップで、モノクロ映画に出てくるUFOみたいに見えた。

マーティーナがものすごくタイトなジーンズを穿いて出てきた。潤滑油を使わずにあれが穿けたなんて驚きだった。マーティーナはわたしの横に立ち、ひどく乱れた髪を顔からうしろへ押しやった。

「ちょっと助けてほしいんだけど」マーティーナはいった。

「たったいま助けたばっかりじゃない」

「しばらくのあいだ警察は呼ばないで」マーティーナは苛立ったような、憑《つ》かれたような目をわたしに向けた。「あたしはあたしで法律の問題を抱えてるから」

「そう。わかった」しかし気がつくとマーティーナを見ることを避けていたし、わたしの声は嫌悪感で腐食されていた。

マーティーナのことは気の毒だったし、無事でよかったとも思うけれど、だからといって好きにならなきゃいけないかといえば、それはちがった。マーティーナは、楽しんでいたのだ。階上《うえ》に住むレズのベッドに飛びこんでやるといってアンドロポフをからかい、男のプライドをめった打ちにするための棍棒としてわたしたちを利用した。硬い雨が降った日にも彼女はそれをしていた。だからアンドロポフはあんなに急いで帰ってきたのだ。嵐から逃れるためでなく、恋人を殴るために。表し方はちがっても、マーティーナもガンビーと――レズビアンだからといってヨランダを嫌った隣人と――たいして変わらなかった。マーティーナにとっては、わたしたちは〝人間〟ではなく、家のそばにあるただの染みだった。安っぽいスリルがほしいときに無知な恋人にいやがらせをするための道具だった。

たぶんわたしの声に滲んだ侮蔑をいくらか感じとったのだろう。マーティーナは態度をやわらげ、優美な足どりで一歩わたしに近づいた。「ヨ・リン・ダーのことは残念だった。すごく特別な人だった。彼女が死ぬところは窓から見えた」矢車草のような青の目に、恥ずかしそうな、罪悪感のようなものが浮かび、マーティーナはこうつけ加えた。「ルディにいったことについては謝る。あたしもふたりと一緒にレズビアンになるっていったこと。最低だよね」マーティーナは肩をすくめ、次いで長いまつげから涙を払うようにまばたきしながら微笑《ほほえ》んだ。「あんたはほんとにすごくかっこいいよ。きょう、どうしょもないあたしを助けてくれた。ミス・メープルがランボーかロッキーとつくった子供みたいだよ」

マーティーナはわたしに背を向け、どこかから見つけてきたぴっちりしたレザーコートのポケットに両手を入れて、階段をおりた。水晶の棘がヒールに踏まれてパリパリと音をたてた。

「どこへ行くの？」

空気が重かった。息を深く吸うのに意志の力が必要なほど重かった。わたしは十分以内に家に入るつもりだった。幽霊のようだった遠くの積乱雲が、黒く、中身の詰まった、のしかかるような固まりに変わっていた。空の顔にできたひどい腫瘍みたいだった。

マーティーナはふり返り、肩をすくめて答えた。「たぶん大学に行く。そこに友達がいるから」それから苦々しげに笑った。「ちがう、嘘。そこにドラッグを売れる相手がいるから」

「だったら、よくしてもらえるね。行きなよ。寄り道しないで。天気がひどくなりそうだから」

マーティーナは入念に抜いて整えた眉の下から空を見あげ、うなずいてから向きを変えた。いちばん上の段に座って見ていると、最初は歩いていたマーティーナが、やがて小走りになった。

ちょうどマーティーナが角を曲がって姿を消したとき、背後でパッとドアがひらき、アンドロポフがよろめきながら出てきた。血と鼻水が上唇の上で固まり、目はひどく血走っていた——まるでウォッカの壜だけを相手にしながら、二十四時間寝ずにいたかのように。「マーティーナ！」アンドロポフは叫んだ。「マーティーナ、戻るんだ！　戻ってきてくれ、おれが悪かった！」

「忘れなよ」わたしはいった。「あの飛行機はもう行っちゃったよ」

アンドロポフはポーチの端までふらふらと歩き、わたしの横にがくりと座りこむと、頭を抱えて力なく泣いた。

「もうおれには誰もいない！　何もかも滅茶苦茶《めちゃくちゃ》だ！　みんな死ぬっていうときに、おれには友達も女もいない」アンドロポフがすごく大きく口をあけたので、奥歯まで見えた。彼は吠えるような大声で泣きわめいた。「おれはどこに行ってもひとりぼっちだ！」

「ここに来れば私たちがいる」エルダー・ベントが穏やかにいった。「あなたにはなすべき仕事があるし、知るべき秘密がある——眠るためのベッドも、見るべき夢もある。ルドルフ・アンドロポフ、あなたの声はわれわれとともにある。ともに歌って世界の幕をおろそうではないか」

わたしが自分の考えに沈みこみ、アンドロポフが自分の悲しみに溺れているあいだに、エルダー・ベントはこちらのポーチの下まで来ていた。ベントはいちばん下の段のそばに立ち、ウエストのあたりで手を組んで、穏やかな笑みを浮かべていた。嵐のまえの午後の神秘的な光のなかで、ベントの頭皮の惑星は淡く輝いて見えた。

ベントの娘たちと信者の小さな代表団がガウン姿でベントのうしろにいた。娘たちはそっとハミングをしはじめた。聞き覚えはあるがはっきりとは思いだせないようなメロディだった。げんなりするほど感傷的で、かえって悲しくなるような曲だった。

アンドロポフは大きく見ひらいた、張りつめた目でベントたちを凝視し、呆然とした表情を浮かべていた。

あのレンチを取りあげたまま持っていればよかったかも、と思いながら立ちあがり、数歩さがって、自分とイカレた集団のあいだにポーチの手すりをはさんだ。

「全員で合唱することが、鎖につながれて歌うためのいい練習になるってわけね」わたしはいった。「州警察からまだ何もいってきていないようなら、運がよかったと思うことね。高速道路でわたしを襲った三人は捕まった。次はあんたかもしれない」

「警察なら、やってきて去っていったよ」エルダー・ベントはそういって、弁解がましい笑みを浮かべた。「ランディとパットとショーンは、私に知らせずに行動したんだ。ドアの下にはさまれたアンドロポフのメモを最初に見たのがあの三人で、どうするか私と話しあわずにきみを襲うことに決めたんだよ。それが私を守ることになると信じていたんだね――まるで私に法を恐れる理由があるみたいじゃないか！　そう、私は嵐が来ることを知っていたが、予言能力があることは過失ではない。自分でそのメモを見て、娘たちからショーンとその友達が出かけていったと聞いたとき、私はすぐに地元の警察に警告の連絡を入れたよ。警察が襲撃を未然に防げなかったことはほんとうに、たいへん遺憾に思っている。だが、もちろん、いま当局はひどく手薄だからね。きみに怪我はなかった、そうだろう?」

アンドロポフとわたしはほぼ同時に口をひらいた。ロシア人はいった。「メモって?」

わたしはいった。「ちょっと待って、アンドロポフはメモを残したの? ショーンはメッセージを受けとったといってたから、わたしは留守番電話の録音か何かだと思ってた。そのメモがアンドロポフからだって、どうしてわかったのよ? 署名があったの?」

エルダー・ベントは口の一方の端をあげ、歪んだ笑みを浮かべた。「きみの名前が、かなり面白い表音の綴りで書いてあってね。〝オニサック〟と。書き手は明白だ」

「メモを残したって?」アンドロポフの声は、心底困惑しているように聞こえた。「きっと半分くらいハイだったんだな。そのメモのことは覚えていない」

「いいことだ」エルダー・ベントはいった。「すべて忘れるといい。メモも。マーティーナも。悲しみも。いまこの瞬間にいたるまでの人生を全部。きみが望めば、きょう、いまこのときから新しい人生がはじまるのだ。きみはコミュニティを、ひとりぼっちにならなくていい場所を探している。そしてわれわれはきみを探していたんだよ、ルディ! もしきみに意義ある仕事をするつもりがあり、なおかつ、きみを愛しきみから愛されることだけを望む人々とともに暮らすつもりがあるのなら、われわれはきみのためにここにいる。ハローという準備はできている」

　これを合図に、ベントのうしろにいた娘たちがライオネル・リッチーの《ハロー》を歌いだし、あなたが探し求めていたのはわたしたちではないか、とアンドロポフに尋ねた。

もしわたしがこのときこんなに混乱して呆然としていなかったら、きっと吐き気を催していただろう。

しかしアンドロポフはインスピレーションを受けたかのように彼らを見つめた。頬の上の涙が乾いた。エルダー・ベントは一方の手を差しだし、アンドロポフはその手を取った。禿げてひょろりとした狂気の修道士が、ロシア人の手を引いて立たせ、階段の下へと導いた。彗星教の信者のひとりが近づいていき、アンドロポフの首にアストロラーベをかけ、頬にキスをした。アンドロポフは驚いてそのペンダントを見おろし、魅了されたように指で触れた。

「星の地図だよ」エルダー・ベントがいった。「持っていてほしい。もうすぐみなでそこへ行くからね。きみに迷子になってもらいたくないんだ」

一団はアンドロポフを囲み、無邪気で無意味な甘い声で歌いながら芝生を横切っていった。彼らがひとり、またひとりと隣の建物のなかへ消え、音楽が徐々に弱まると、べつの音が取って代わった——誰かが撃鉄を起こしたみたいな、鉄がぶつかる大きな音だった。ただ、銃でないことはわかっていた。音はくり返し聞こえた。手動のタイプライターだった。

アーシュラの家のほうへ顔を向け、ひらいたままのガレージの扉を見た。わたしの立っていた場所からは、なかが暗いことしか見て取れなかった。

わたしは通りを渡った。暑さと、長距離を歩いたことと、悪と戦ったことで疲れ果てていた。ただし、それだけじゃなかった。わたしが疲れを感じた最大の理由は、自分がすべてを見ていながら何もわかっていなかったと気づいたからだった。このガレージで過ごした時間はそれなりに長かったのに。

テンプルトンは父親の作業台のまえにいた。古いタイプライターのキーに手が届くように、岩塩が入っていた白いプラスチックの容器の上に立っていた。

「やあやあ、テンプルトンくん」わたしはいった。

「こんにちは、ハニーサックル」テンプルトンは顔をあげずにいった。

「少年よ、お母さんはどこにいる？」

「家のなか。寝てる。それかたぶん、コンピューターのまえ。たいていコンピューターのまえにいて、天気を見てるんだ」

わたしはテンプルトンのうしろに腰をおろして、彼の髪をくしゃくしゃにした。「ねえ、テンプルトン？　毎晩空を飛んで、雲のなかにお父さんがいないか探してるっていってたよね？　それって夢の話？」

「ちがうよ」テンプルトンはいった。「ママと一緒に行くんだ。農薬散布用の飛行機で。ぼくはコウモリのふりをして」

「そっか」わたしはそういい、作業台の上のほうにかかった額へと視線を向けた。テンプルトンの父親がなんの博士号を持っているか考えたことはなかったが、彼の専門分野が工業化学だったとわかっても驚かなかった。テンプルトンの父親を解雇した会社は、まだアメリカ国内のどこかにオフィスを置いているのだろうか。それとも、完全にジョージアに移転したのだろうか。ミスター・ブレイクの会社は南部に引っ越したの、とヨランダはいっていた――自然なとりちがえだ。誰かがジョージアへ移ったと聞いたら、ふつうはロシアのそばだとは思わないだろう。

「テンプルトン、ちょっと見たいものがあるんだけど」わたしはいった。「ほんの一瞬、そこからおりてもらえない？」

テンプルトンは素直に白いプラスチックの容器から跳びおりた。わたしは容器のふたをこじあけ、銀色に輝く塵を覗きこんだ。一見、塩のように思えるが、指を突っこんでみると砕けたガラスに触れたようにチクチクした。わたしは腰のところで手をぬぐい、立ちあがった。

テンプルトンは数歩さがり、タイプライターのまえの自分の場所を譲ってくれた。わたしは銀色のキャリッジ・リリース・レバーを押して、新しい行に文字を打ちはじめた。小さな鉄のハンマーがガチャ、ガチャ、ガチャと落ちる……不発のhとeを除いて。わたしはハニーサックル（Honeysuckle）のつもりで〝オニサック（onysuck）〟と書いて手を止めた。報道機関に届いた手紙の単語の綴りを思い返した。〝アッラー〟は本来つくはずのhが欠けてAllaになっていたし、〝あまたの遺体〟はほんとうならbodiesとなるところ、eを避けてbodysと綴ってあった。

「よう、ヘミングウェイ、何を書いてるんだ？」背後から男の声が聞こえた。

わたしは勢いよくふり向いた。心臓が、テンプルトンのタイプライターのキーとおなじくらいうるさい音をたてていた。

マーク・デスポットがガレージの入口のそばで、立ったままわたしのほうを覗きこんでいた。背が高く、手足の長い、筋骨隆々とした格闘野郎が白い麦わらのカウボーイハットをかぶり、青いデニムのシャツのボタンを首もとだけ留めてマントのようにひらひらさせ、胸もとの凝ったXの文字を見せていた。

「マーク！」わたしは歓声をあげた。「どうしてここに？」ほんとうは理由などどうでもよかった。友達の顔を見るほどうれしいことはない。

マークは薄暗いガレージに入ってきた。外はだんだんと日が暮れてきているようだった。

「どうしてだと思う？　あんたを探しにきたんだよ」

「ここに？　どうしてここにいるってわかったの？」

「自分でいったんじゃないか、シャーロック。覚えてるか？　もし通りの向こうの大きな白い家にいなかったら、バター色のランチハウスを覗いてみろっていっただろう。何か飲み物はないかな？　これをあんたに返そうと思って、半日歩いてきたんだよ。そうしたら途中でひどく喉が渇いちまってね」マークはうしろのポケットから、長方形のなめらかな黒いガラスを取りだした。

「わたしの電話！　どうしてあんたがそれを持ってるの？」

マークは額の上のカウボーイハットのつばを親指でぐいとうしろへ押した。「あんたからそれを取りあげたレディに追いついて、丁重にお願いしたんだよ。コツは魔法の言葉、〝プリーズ〟を使うことだ。すごくよく効くんだよ、相手の足首を持って逆さにしながらいうとね」

「こっちにちょうだい」

「受けとれ」

マークはアンダーハンドでゆるく山なりに投げた。電話はわたしの胸に当たって手のなかに落ちてきた。わたしは一瞬つかみかけたが、電話はわたしのつるつるの指をすり抜けて落ち、コンクリートに当たってカチャリと音をたてた。そのうえ最後の仕上げとして、わたしはそれを蹴ってしまった。電話が作業台の下にすべっていくのが音でわかった。

「あ、やだ！」わたしは大声をあげた。「あんたの電話を貸して」

「六時間まえに充電切れしてる。火はないのか？」

わたしは両手両足をつき、作業台の下の暗がりに這って入った。そこはネズミと、埃と、錆のにおいがした。

「誰かに話さなきゃならないのよ。FBIとか」わたしはいった。「そのタイプライター、見た？　eがないでしょ。hも！」

「それでFBIに捜査しろって？　アルファベットに対する犯罪は、連中の管轄外だと思うぞ」

クモの巣に顔を突っこんでしまい、鼻から糸をむしり取った。錆びたドライバーの先端に手のひらをついてしまい、わたしは息を吐くような小声でいった。「なんにも見えやしない」

「探すの手伝ってあげるよ」テンプルトンが両手両足をついて、わたしと一緒に作業台の下にもぐりこんできた。

「ほら」アーシュラがいった。「懐中電灯があるわ。すこしは助けになるんじゃない？」

「ありがとう、アーシュラ」わたしは思わずそう返した。ほんの一瞬、ＦＢＩに電話して誰のことを話すつもりか忘れていた。

それからすぐに、体の内側が冷たくズキリと痛んで、わたしは凍りついた。アーシュラはわたしたちが話すのを聞いてガレージにそっと入ってきたのだ、ちょうどわたしが作業台の下を這っているときに。わたしは円を描くようにしてまわり、外のアーシュラとマークを覗いた。

「ありがとうございます、マーム」マーク・デスポットはそういってアーシュラから懐中電灯を受けとると、それを作業台の下に向けて、スイッチを入れた。わたしは口をあけて叫ぼうとしたが、うまく息が吸いこめなかった。肺が空気でいっぱいにならなかった。マークはアーシュラのもう一方の手に何があるかを見ていなかった。マークは身を屈めて作業台の下のわたしを見た。「だけど、いっておくが、誰かに電話をかけたくても、あんたの電話でも無理だったろうよ。そっちも充電切れしてたからな。自然の法則みたいなもんだ。何かが必要になればなるほど、その必要なものは動かなくなるんだよ」

「ほんとうにそうね」アーシュラはいい、マチェーテでマークの背中を打った。

誰かが箒《ほうき》でカーペットをはたいたような音がした。マークの脚がふらつき、膝が折れた。アーシュラは伸びあがって両手を思いきりあげ、全身の力をこめてマチェーテを振りおろした。マークは懐中電灯を落とした。懐中電灯はほんのすこし右へ転がり、光線がガレージのドアの外へ向いたので、テンプルトンとわたしのいる場所は影になったままだった。マチェーテが肩甲骨のあいだから離れると、マークは足から力が抜けたようにうしろへぐらりと傾いた。そして弱々しい悲鳴をあげながら床に倒れた。

わたしは急いで作業台の奥へ逃げ戻った。

「テンプルトン」アーシュラはまえに身を乗りだしていった。たったいま人をほぼ真っ二つにしたばかりなのに、そんなことなどなかったかのようなおちついた、穏やかな顔をしていた。「出てきなさい、テンプルトン。ママのところへ来て」アーシュラはテンプルトンのために左手を伸ばした。右手はマチェーテを握ったままだった。

テンプルトンはショックで麻痺したかのように動かなかった。わたしはテンプルトンの首に腕をまわし、さっきの錆びたドライバーの先をテンプルトンの目の下に当てた。

「さがって、アーシュラ」

その瞬間までのアーシュラは、声も表情も完璧に平静だった。けれどもいま、アーシュラの顔はトマトの色になり、首には筋が浮いた。

「その子に触らないで!」アーシュラは叫んだ。「まだ子供なのよ!」

「子供なら通りにもいっぱいいる」わたしはいった。

「みんな棘だらけになってね。もうひとりくらい子供が死んだって、誰も気にしないよ。あんたを除いて」

テンプルトンがわたしの腕のなかで震えた。わたしも脚が震えており――作業台の下にしゃがんでいたからだ――頭は燃えるようだった。わたしの声にはたっぷりと毒が含まれていて、自分のいったことを自分でも信じそうになった。

「あなたはそんなことしないわ」アーシュラはいった。

「しないと思う？　あんたが世界じゅうの何よりこの子を愛してるのはまちがいない。それがどんな感じかはわたしにもわかる。ヨランダに対してまさにおなじように感じていたから」

アーシュラは一歩さがった。アーシュラの呼吸の音が、コンクリートとアルミでできた洞窟のようなガレージに反響した。外で雷が爆発的な音をたて、床を震わせた。

わたしはカニみたいな歩き方でまえへ進み、テンプルトンも一緒にじりじり進ませた。

「その子は何も知らないのよ、ハニーサックル」アーシュラはおちつきを取り戻そうとしながらそういったが、声の震えは抑えきれなかった。「お願いよ。わたしにはテンプルトンしかいないの。その子の父親はすでに奪われてしまった。その子まで奪わないで」

「わたしに失ったものの話をしないで。コロラドはいま、愛する人を失った人々でいっぱいだけど、それも全部あんたが理性的な方法で夫の死を悼むことができなかったせい。ふつうの人とおなじように、故人の思い出のために木を植えるだけじゃ駄目だったわけ？」

「ここが、この国が、夫の人生を奪ったのよ。わたしの大事な人の人生を。ジョージアの企業家が束になって、チャーリーの人生をかけた仕事を盗んだの──彼のアイディアを、彼の研究をすべて盗んだ。そしてこの国は、夫には十セントを要求する資格もないといった。彼らは夫の将来を盗み、夫はそれに耐えられなかった。だから今度はわたしが彼らの将来を盗んでいるの。大統領は核攻撃を許可した。ジョージアの国土全体が三時間まえに放射性の灰と化した。コロラドのことをいえば──このおぞましい拝金主義国家のほかの場所もそうだけど──誰も夫の権利を認めなかった。夫のアイディアの力を正当に評価しなかった。さて。みんなようやくその力を正しく評価しようって気になってきたんじゃない？　どう？」

わたしは作業台の下から出ようとして、台の端に頭をぶつけ、白目を剝きそうになった。テンプルトンは外へ駆けだすこともできただろうに、逃げだせるはずだったその瞬間にはまだひどく怯えていたのだろう。わたしはドライバーの先端を、テンプルトンの右目の五ミリほど下に当てたままでいた。

「なんでエルダー・ベントの信者にわたしを追わせたのかわからないんだけど」わたしはいった。

「わたしたちが毎晩飛んでいることをあなたは知っているって、テンプルトンがいっていたから。わたしたちの農薬散布用飛行機のことを、あなたが連邦航空局に告げ口するつもりだっていうんだもの。完全に信じたわけでもなかったけれど、でもね、人はいつだってそうやって捕まるものじゃない？　例えば銀行強盗の犯人が、テールランプが切れているからという理由で停車を命じられたりするでしょう？　わたしには危ない橋を渡る余裕はなかった。あなた個人に恨みがあったわけじゃないのよ、ハニーサックル。それはわかってもらえるといいんだけど」

わたしはアーシュラと自分のあいだにテンプルトンを置いたまま、体をまわし、背中が私道に向くようにした。マークが指のゆるく丸まった一方の手を弱々しく持ちあげるのが見え、かすかにうめくのが聞こえた。すぐに助けを呼べばマークは生き延びるかもしれないと思った。わたしは私道へと後退しはじめた。

「駄目！」アーシュラが大声でいった。「やめて！　その子を外に出さないで！」

「馬鹿いわないで。それも嘘でしょう。日光でアレルギーを起こすような薬を、ほんとうに飲んでいるわけじゃない。あんたがそばで見ていないときもテンプルトンが雨に捕まったりしないように、そういう話を聞かせただけなんでしょ。止まらないで、テンプルトン」

「駄目よ！　もうすぐ雨になるから！」アーシュラは叫んだ。

「さあ」わたしはいった。「行くよ、テンプルトン。ダッシュするからね」

うしろを向き、テンプルトンをまえにして私道へと押しだした。その瞬間、稲妻の一閃《いっせん》が走り、世界が陰画になった。次いで雷がすさまじい大音量で鳴った。わたしたちは走った。わたしは左手でテンプルトンの肩をつかみ、右手にはドライバーを握っていた。道路を渡っていると、何かが腕を刺すのを感じた。見るとダイヤモンドのように輝く棘が上腕に刺さっていた。

上空のうなりはどんどん大きくなっていた。土砂降りというより雪崩のように、力を増大させながら近づいてくる。通りの向こう端が動く壁に――降ってくる水晶でできた、閃光を発する、鮮やかな白のカーテンに――呑みこまれるのが見えた。尖った三角形が躍り、消え、また現れた。万華鏡のなかに見えるイメージのように。

エルダー・ベントの家まではたどり着けそうになかった。棘がひとつわたしの手に当たり、弾丸のように貫通した。わたしは悲鳴をあげ、ドライバーを手放した。

わたしはまだテンプルトンの首のそばをつかんでいたので、あと四歩押して、ミセス・ラスティドの車のうしろに到達した。テンプルトンの頭のてっぺんに手を置き、ぐっと押して膝をつかせると、自分も隣に並んだ。棘が背中のくぼみに当たった。十センチを超える冷たい水晶だ。またべつの棘が、左肩の上に当たった。わたしはバンパーの下に頭を入れ、身をくねらせるようにして奥へ進んだ。マントを引っぱってテンプルトンも一緒に進ませた。ほかの物音をすべて消し去る、耳をつんざくような雷の咆哮《ほうこう》の向こうから、アーシュラがテンプルトンの名を叫ぶのが聞こえた。

車の下に入るまで、テンプルトンはわたしがドライバーをなくしたことに気がついていなかったと思う。わたしは腹這いになり、車の下部と地面にきつくはさまれてほとんど身動きできずにいた。テンプルトンがもがきはじめた。わたしはマントをつかんだが、マントはテンプルトンの体からはずれてしまった。

テンプルトンを捕まえようとまた突進すると、車の下部に頭をぶつけた。ここ何分かで頭を痛めつけるのは二回めで、今回はちょうど縫った場所をぶつけてしまった。目のまえで、黒い太陽のある銀河系が爆発して消え、星図とエルダー・ベントの七次元が遠くの端に見えた気がした。視界がもとに戻ったときには、テンプルトンはミセス・ラスティドのプリウスの下から抜けだしていた。

「ママ！」テンプルトンは叫んだ。その声は、降りしきる雨の音にかき消されてほとんど聞こえなかった。地面が揺れた。貨物列車が轟音をたてながらまっすぐ向かってくるあいだ、線路に手足を伸ばして寝そべっているかのようだった。

テンプルトンが体の向きを変えて家に駆け戻ろうとするのが見えた。棘が腿のうしろに、踵に、背中の上のほうに当たり、テンプルトンは私道の入口で顔から転んだ。母親がテンプルトンに到達したのはその場所だった。

テンプルトンは立ちあがろうとして片膝をついた。アーシュラは自分の体でテンプルトンを覆った。子供の上で体を丸め、腕で包みこんだ。アーシュラがテンプルトンを下へ、自分の体の下へと押しこんだとき、とうとう最大級の雨が襲った——すべてを破壊する八月の雨が。

話さなきゃならないことはだいたい話したと思う。

テンプルトンはボールダーコミュニティ病院の集中治療室に運びこまれた。母親が彼のもとにたどり着くまえに、十五センチの棘が右の肺を貫通していたからだ。だがアーシュラは最悪の事態からテンプルトンを守り、テンプルトンは二週間まえに退院して州の児童養護施設へ移った。

わたしが聞いたところでは、アーシュラ自身は結局、八百九十七本の棘を体に受けた。一面に棘の突き刺さった赤い絨毯《じゅうたん》のようだった。死ぬときに、息子が生き延びること、自分が息子の命を救ったことが、わかっていたならいいのだが。アーシュラがわたしたちに――世界に、空に――したことは、どうしたって許せるものではないけれど、どんな母親にも子供を守れなかったと思いながら死ぬようなことにはなってほしくない。正義と残酷さはおなじものではない。それがわかっていれば、自分の頭のなかで正しさを追求することと、アーシュラ・ブレイクのような人間になることのちがいもわかるはずだ。

これはすべて五週間まえのことで、誰もが知っているとおり、その後、輝く塵は対流圏全体に広がってしまった。最後に水の——棘でない——雨が降ったのはチリの沿岸部で、九月のなかばだった。それ以来、棘以外の降下物は放射性の灰だけになった。アメリカ軍はジョージアを核兵器で攻撃し、チャーリー・ブレイクの水晶の雨の構想を発展させた会社を消し去った。おかげで水晶生成のプロセスを逆行させることができたかもしれない化学者の大多数も死んでしまった。イスラム過激派組織のISISは、水晶の雨はユダヤ人化学者の研究成果だとするフェイクニュースに引っかかり、イスラエルに向けてロケット弾を発射した。これに応じてイスラエルは半ダースのミサイルでシリアを完全に破壊した。ついでにテヘランも攻撃した。ロシアはこの国際的混乱に乗じてウクライナを急襲した。ジャカルタでは、幅広の刀剣のサイズの棘が降り、一時間で三百万人近くが死亡した。これは核による攻撃を受けたのとおなじくらいひどい数字だった。アメリカ大統領の最新の動きとしては、自前のウェブストアでブリキの傘を売りだしたことが挙げられるだろうか。一本九ドル九九セント、メイド・イン・チャイナ。あの男は金を稼ぐ方法を知っている、と認めざるをえない。

すべてがまったくの悪夢というわけでもない——まあ、それに近い日もあったけれど。チャーリー・ブレイクの同僚のひとりにアリ・ルバイヤートという名の研究者がいて、ジョージアが三百万度近い高温で焼かれたときにはロンドンに滞在していた。水晶の生成はルバイヤートの専門分野ではなかったが、彼はノートパソコンのなかにきわめて重要なファイルを保持していた。これをもとにケンブリッジの科学者たちが手早く中和剤をつくりだした。水晶の成長を止め、雨をふつうの水に戻せるかもしれない化学物質である。研究所内では五〇パーセントの確率で成功しているが、外の世界ではどうなるのか、確かなところは誰にもわからない。

ヨランダは、よく雲の写真を送ってきては、それが何に見えたかを話してくれた。これはふたりだけの楽園の島で、わたしたちは残りの日々をフラダンスのスカートを穿いて、お互いにパイナップルを食べさせあいながら過ごすの、とか。あれは煙をあげている大きな銃で、月を撃つのに使うの、とか。ほかにも、神さまのカメラというのもあった。わたしたちがキスしているときに写真を撮るそうだ。しかしこれから先は、雲を見ても大量破壊兵器にしか見えなくなりそうだった。

いまの世界の状況はこんなふうだ――誰もがインターネット(いや、インターネットの残骸というべきか)を注視し、中和剤をまくためにドローンがヒースロー空港から飛びたつのを目撃しようとしている。もし飛びたてるなら。今夜のイギリスの該当地域の降棘確率は六十パーセントだった。

わたしもそれを見るつもりだ。マーク・デスポットと一緒にソファに座って。マークは以前のアンドロポフのアパートメントに入居したので、たびたび足を引きずって階段をのぼり、わたしの様子を見にくる。まわりにいるゴロゴロと喉を鳴らす動物は、もうすぐ半ダースになりそうだ。マークとわたしはせっせと近所の猫を助けていた。いや、ほんとうのところは、わたしが助けて、マークがかわいがっていた。馬鹿げた名前をつけたりもする。支払期限《ビル・デュー》とか。トム・モローみたいなドラマの登場人物の名前とか。マークの運動能力は以前とおなじというわけにはいかないけれど、すぐにまたナンパしに出かけられるようになるさ、と本人は断言している。

電力があり、しかもウェブにアクセスできるのは、世界の四分の一以下だが、今夜はそれができる誰もが公開の科学実験チャンネルに合わせるだろう。月面着陸以来の高視聴率ではないだろうか。隣では、きっと彗星教の人たちも見ているだろう。エルダー・ベントとその娘たち、それにアンドロポフは、中和剤がうまく効かないほうがいいと思っている。世界の終わりをいまから二週間後の予定として書きこんであるからだ。もうまちがえるのは絶対にいやだと思っていることだろう。

わたしはといえば、指を重ねて幸運のサインをつくり、心は特大の希望でいっぱいだ。気象学者の予測によれば、今週末には大きな暴風雨前線がロッキー山脈を通過するらしい。アリ・ルバイヤートの化学式がうまく機能すれば、水の大雨が降るだろう。失敗すれば、水の代わりに棘や針が降るだろう。

もし本物の雨が降ったら、わたしは駆けだしていって雨のなかで踊るだろう。これから先ずっと、子供みたいに水たまりを踏むだろう。

どんな人生にもすこしの雨は降るものだ、という諺《ことわざ》がある。

そうあってほしいと思う。

著者あとがき

本書収録の作品は四年のあいだに、いずれも手書きで書きあげたものだ。いちばん最初の作品「スナップショット」――当初の題名は「スナップショット、一九八八年」――は、二〇一三年に長篇『NOS4A2-ノスフェラトゥ-』のプロモーションツアーに出ているあいだに、オレゴン州ポートランドで書きはじめた。最終的にこの作品はノート二冊と、一九五〇年代風インテリアで統一されたありふれたダイナーで出された紙のランチョンマットの裏を埋めて完成した。ひとたび書きあげると、二冊のノートとランチョンマットを輪ゴムでまとめ、束のままで棚にしまいこんだきり、存在さえ忘れていたも同然だった。

『ファイアマン』という四冊めの長篇、それもすこぶる長大な作品を書きあげたのは二〇一四年の秋だ。ちなみに『ファイアマン』もやはり手書きで書いた――この作品にはロイヒトトゥルム1917という大判のノートが四冊半も必要だった。完成後、大判ノートの後半が白紙で残っていた。これほどたくさんの紙がただ無駄になるのは見るに忍びなく、残りページを利用して書いたのが「雲島」だ。このころ、いま自分は短めの長篇を一冊にあつめた作品集をつくっているのではないかという思いが頭をかすめた。

読者としてのぼくが愛する小説の大半がこの長さの作品だ。中篇小説はどこをとっても必要不可欠、いっさいの無駄がない。短篇小説なみの効率のよさを示しつつ、しかし、もっと長い小説に匹敵する深い性格造型をあわせもつ。中篇小説は、足のむくまま気のむくままののんびりした旅ではない。自動車競技でいえばドラッグレース。作者はアクセルをフロアまで踏みこみ、おのれの〝語り〟を一気に崖から飛びださせる。生き急いだのちに美しい死体を残すのは、人の生き方としては褒められたものではないが、こと小説にとってはすばらしい計画だ。

わが最愛の小説であるチャールズ・ポーティスの『トゥルー・グリット』は、二百ページをわずかに越えるだけという短さだ。今世紀に刊行された小説のおそらく最高傑作であるデイヴィッド・ミッチェルの『クラウド・アトラス』は、緊密に組みあげられた六篇の中篇がテーマ面からからみあい、優美なあやとりのような物語をつくりあげている。ニール・ゲイマンのもっとも完成度の高い作品『道の果ての海』（未訳）にはひとつとして無駄な文章が見あたらず、長さは二百ページに満たない。ホラーやファンタジーといった分野は、二万五千語から七万五千語の分量でひときわ栄えてきた。ウェルズの『タイムマシン』や『宇宙戦争』、スティーヴンソンの『ジキルとハイド』、あるいは簡潔にして引き締まったリチャード・マシスンの大半の長篇、スーザン・ヒル（わが親戚にあらず）の比類なき『黒衣の女』。こうした作品なら一気に──あるいは休憩を一回はさむだけで──読みおえたくなる。こうした作品なら、のどにかけられた手のように感じたくなる。

ぼく自身についていうなら、表紙から裏表紙まで七百ページという長篇をふたつばかり書きあげると、そのあとは——もし可能なら——とにかく肉を落として引き締めることがとりわけ重要に感じられてくる。大長篇に含むところはなにもない。魅惑に満ちた大きな世界を見つけ、その世界を探険し、どっぷり没入するのは大好きだ。とはいえ叙事詩のように長大な作品だけを書いていると、ディナーパーティーでの退屈な客になる危険をおかすことになる。いみじくもDJのクリス・カーターがいうとおり——歓迎されても長居は禁物、長居をすれば二度と歓迎されなくなる。

「棘の雨」は、ぼく自身と、野放図なほど長大な世界破滅テーマのわが長篇『ファイアマン』を茶化したい気持ちから生まれた作品だと思う。ぼくは、他者に先んじて自分をからかうことに価値があると信じる者だ。この中篇を書いたのは大統領選挙が過熱していた二〇一六年の前半で、当初は作中の大統領は疲れはてて難題に苦しめられてはいても、基本的には有能な女性だった。また結末ももっと明るかった。選挙がおわったあとは……事情が変わった。

「こめられた銃弾」は二〇一六年の秋にようやく書きあげたが、それでも本書収録作のなかではいちばん古い作品だ。というのも、二〇一二年にコネティカット州ニュータウンの小学校で児童二十人を含む二十六人の死者が出た銃乱射事件が起こってから、ずっと頭のなかにあった作品だからだ。この中篇は、ぼくたちが国をあげて〈銃器〉に熱狂している現象を解明したいという思いで書かれている。

そうはいっても、わが政治的スタンスはぼく個人のもの。マイク・コール退役中尉（元合衆国沿岸警備隊）は「こめられた銃弾」に目を通し、銃器や軍務といった分野でぼくの記述が事実に即したものになる手助けをしてくれた。しかし、ぼくがどじを踏んでいてもマイクの責任ではないし、いかなる意味でもマイクがぼくの意見や立場に同調していると思わないでほしい。マイクは自分の意見を——自作の長篇小説なり、出演しているテレビのリアリティ番組〈ハンテッド〉なり、あるいはツイッターなりで——十二分に表明できるし、じっさい表明している。おなじことは、事実確認のために「こめられた銃弾」を閲読して、フロリダ州における法と無秩序という分野で超一級の調査結果をもたらしてくれたラス・ドーアにもいえる。

この中篇集では作品それぞれを、異なるアーティストたちのイラストが彩ってくれている。「スナップショット」でフィーチャーされているのはゲイブリエル・ロドリゲスのイラスト。ザック・ハワードは二葉のすばらしい画で「こめられた銃弾」に武装をほどこした。チャールズ・ポール・ウィルスン三世は二点のヴィジュアルで「雲島」を飾った。またレネイ・デ・リズとレイ・ディロンのチームには、くっきり鮮やかで目の保養となるイラストを「棘の雨」に寄せてもらった。諸氏の職人技と心くばりのおかげで、本書はいっそう美しい書物になった。

ハーパーコリンズ社は、デニス・ボウトシカリス、ウィル・ウィートン、スティーヴン・ラング、そしてケイト・マルグルーという四人のパフォーマーのうるわしい声の贈り物をつかって、『怪奇日和』のすばらしいオーディオブックを制作してくれた。四人全員に感謝している——ぼくの声になってくれてありがとう。

「スナップショット」の初期バージョンは、ホラー専門誌〈セメテリーダンス〉の合併号に掲載された。この作品に最初の居場所を与えて厚遇してくれたブライアン・フリーマンとリチャード・チズマーの両氏に感謝。

この『怪奇日和』を見栄えのいい一冊にするために、実に多くの方々がその才能と努力をかたむけてくれた。アメリカでは以下の方々――まず、わが編集者のスーパースターであるジェニファー・ブレール、オーウェン・コリガン、アンドレア・モリター、ケリー・ルドルフ、タヴィア・コワルチャック、プリヤンカ・クリシュナン、そしてリアーテ・ステーリク。モーリーン・サグデンはぼくの著作のすべてで校閲を担当し、毎回決まってぼくの文章をずっと鋭く明晰なものに引きあげてくれた。海をわたってイギリスで本書をいつくしみ、はぐくんでくれたのは以下の人たちだ――編集担当のマーカス・ギップス、クレイグ・レイエナール、ジェニファー・マクメネミー、ジェニファー・ブレスリン、ローレン・ウージー、ジョー・カーペンター、マーク・ステイ、ハンア・メシュエン、ポール・スターク、ポール・ハッシー、ジョン・ウッド、そしてケイト・エスピナー。

母と父はそれぞれの作品が書きあがるたびに目を通して、いつもの励ましと推敲上のヒントをくれた。弟で作家のオーウェン・キングは本書『怪奇日和』を一読し、いくつもの鋭い指摘をしてくれた。ジル・ボサは親切にも完成間近の原稿を読んで、凡ミスの数々を直してくれた――ひとつの作品とあまりにも長くいっしょに過ごして、真正面からこっちを見つめているような不具合すら見えなくなると、この手の凡ミスが滑りこんでくる。初期段階から最後に本が誕生するまで、ずっと本書のお世話をしてくれたエージェントのローレル・チョートと、映画やテレビの世界で『怪奇日和』の代理をつとめるショーン・デイリーに感謝を。支援と配慮と助言をたまわったドクター・デレク・スターンにも謝意を表したい。

最後に――日ざしあふれる日にも嵐の日にも変わりなく、ともに日々を過ごしてくれる三人の息子たちに感謝する。そしてわが愛をジリアンに――どんな天気の日にも最高の伴侶、最高の友人であることに変わりない。

ジョー・ヒル

二〇一七年三月

ニューハンプシャー州エクセター

解説

東雅夫

『天気の子』（二〇一九）を御存知だろうか？

『君の名は。』（二〇一六）の大ヒットで知られる新海誠が、原作・脚本・監督を務めた最新のアニメーション映画である。

ちょうどこの原稿に着手する直前、ツイッターのタイムラインで、「（RT言及）『天気の子』、言われてみれば悪人がほぼいない『夜叉ヶ池』だ……。」（ミステリ評論家の千街晶之氏による八月十日付けツイート）などと、文豪・泉鏡花の妖怪戯曲『夜叉ヶ池』との共通点を指摘する声が散見されたので、あわてて上映館に駆けつけることになった。

なるほど『夜叉ヶ池』では、岐阜と福井の県境付近にある山麓の村が、龍神《りゅうじん》の怒りを体現した巨大な山津波で壊滅するが、『天気の子』では異常気象による長雨で、近未来の東京が水没に瀕《ひん》することとなるのだった。

奇《く》しくもそのとき、私の鞄《かばん》の中には、本書『怪奇日和』のゲラが入っていた。

ちょうど「棘の雨」にさしかかったところで――

> 雨が降ったとき、ほとんどの人が外でその雨に捕まった。
>
> もしかしたら、なぜそんなに大勢が最初の土砂降りで死んだのか疑問に思う人もいるかもしれない。その場にいなかった人々は、〝ボールダーの住民は、雨が降ったら屋内に入るくらいの常識も

ないのか？〟というかもしれない。まあ、話を聞いてほしい。

――という出色の冒頭部分に始まる、圧倒的なストーリーテリングに魅了されて、映画館へ向かう途中も（もちろん戻りの時間にも）、ゲラから目を離せなくなったのだ。

久方ぶりに味わう問答無用の、そして至福の読書体験となった。

ヒルのデビュー作『20世紀の幽霊たち』（二〇〇五）が二〇〇八年に邦訳刊行された際、私は巻末解説で――「喜悦の念とともに本書のゲラを一心不乱に読み耽りながら私は、この丹念に造りこまれた一巻の作品集が、現代ホラーの歴史に新たな一時代を画するに足るパワーを秘めた逸品であることを、強く確信した」と記したが、あれから十余年の歳月を経た今、当時の直感が、まことに正鵠《せいこく》を射ていたことに深い歓《よろこ》びを感じている次第。

さて、本書は、現代米国におけるモダンホラー／怪奇幻想文学の旗手として活躍を続けているジョー・ヒルの中篇集で、それぞれ異なるタイプの奇想横溢《おういつ》する四作品が収められている。書名の原題はSTRANGE WEATHER（二〇一七）で、直訳すれば『奇妙な天気』といったところか。以下、収録順に所感を記そう。

「スナップショット」*Snapshot*

アルツハイマーと老老介護、そして謎めいた魔性の男をめぐる物語。

とりわけ、怪しいポラロイド（風の）カメラを手にして暗躍する、通称「フェニキア人」のキャラクターが素晴らしい。作中の「幽霊に色があるのなら、荒れ狂う寸前の八月の激しい雷雨の色だ」という目の覚めるように鮮烈な一節から、私はレイ・ブラッドベリの名作長篇『何かが道をやってくる』に登場する、あの忘れがたい「避雷針を売る男」を懐かしく想起した。

もとよりそのルーツは、これまた米国幻想文学における卓越した幻視者のひとりであるハーマン・メルヴィルの短篇「避雷針売り」へとさかのぼるものだろう。ちなみにブラッドベリは若い頃、メルヴィルの代表作『白鯨』の映画脚本を手がけている（そのときの体験を描いた『緑の影、白い鯨』という長篇もある）。メルヴィル、ブラッドベリ、ヒルと、見え隠れしながら続くアメリカン・ナイトメアの系譜。

不穏な予兆に満ちた迫りくる雷雨のイメージは、「気象」を共通のモチーフとする本書の通奏低音となってゆく。

最後に明かされる、怪カメラの驚くべき正体は、いかにも作者が好みそうなテイストだ。

「こめられた銃弾」*Loaded*

少女時代、あこがれの幼馴染《おさななじみ》を警官の誤認で射殺された黒人女性ジャーナリスト。

不名誉な除隊、DV（家庭内暴力）による家庭崩壊を経て、内なる暴力衝動に駆り立てられるショッピングセンターの警備員。

ガンマニアの経営者と不倫を続ける若い女性店員。

マスコミ受けを最優先に考えて立ち回る警察署長。

そして刻々と広がりゆく山火事の猛煙……現代米国社会のさまざまな病巣を抱えた登場人物たちの錯綜《さくそう》する軌跡が一点に交わるとき、未曾有《みぞう》の惨劇が。

本書の収録作品中では最もリアリスティックな異色作だが、どこに着地するのか最後まで予断を許さぬ緊密な構成が光る。そしてこの容赦ない幕切れよ。

「雲島」*Aloft*

ここで一転、『ノンちゃん雲に乗る』ならぬ、オタク青年が雲に乗る奇想天外な物語が幕を開ける。ふとしたきっかけから、女性デュオとの交流が始まり、やがて音楽トリオを結成したチェロ奏者の内気な青年。叶《かな》わぬ片思いの果て英国留学に旅立った彼のもとに届いたのは、デュオのもう片方の女性が、不治の病に倒れたという報《しら》せだった。

亡き女友達の遺《のこ》した願いで、決死のスカイダイビングに初挑戦した青年は、なぜか自在に実体化する奇妙な雲塊に着地してしまい……。

どことなく日本産のテレビ・ゲーム画面にも通ずるような、一見のどかだが空恐ろしい異世界の描写が魅力的だ。続く「棘の雨」における恐怖の雨雲との対比・照応も鮮やかである。

「棘の雨」*Rain*

おそらくは本書が編まれる一契機になったのではないかと思われる、全篇の白眉というべき傑作。

ＬＧＢＴ（セクシュアル・マイノリティ）とテロとカルトと世界の終わりをめぐる気宇壮大な物語だ。

八月の炎天下、米国の一地方都市に突如として降りそそぐ、奇妙な雨。それは水滴ではなく、万物を切り裂く鋭い棘状の結晶体から成っていた。主人公の女性は、熱愛期間を経て正式に同居することになった恋人（こちらも女性）とその母親が、死の雨に見舞われ無残な最期を遂げるさまを目の当りする。恋人の父親に妻子の死を知らせるため、彼女は単身、おびただしい屍体《したい》と棘に覆われた幹線道路を、一路デンヴァー目指して歩き始めるのだが……。死臭ただようなか、仮設の埋葬所へと次々に運び込まれる大量の遺体、懸命の救助活動をおこなう軍隊と警察、企業ボランティアにより開設された救護所……二〇〇一年九月十一日に米国で、二〇一一年三月十一日にはこの日本の東北で、まぎれもない現実と化した光景が、抑制の効いた筆致で描き出されてゆく。

混乱に乗じて暗躍するカルト教団、イスラム組織によるテロと断じて核攻撃に踏み切る政府……まさに今この現実と地続きの近未来恐怖絵図が繰り広げられたあげく、終盤に至って明かされる驚愕《きょうがく》の真相とは？

平成が終わり令和が始まる絶妙なタイミングで邦訳刊行された本書は、米国のみならず日本においても、ことのほか身に迫る、同時代の物語《モダンホラー》たりえていると思う。

そう、この世には、ホラーや幻想文学でなければ語りえない現実《リアル》が、たしかにあるのだ。

二〇一九年八月　HPL生誕の日に

ハーパーBOOKS

怪奇日和《かいきびより》

2019年9月20日発行　第1刷

著　者　ジョー・ヒル
訳　者　白石 朗《しらいし ろう》 他
発行人　フランク・フォーリー
発行所　株式会社ハーパーコリンズ・ジャパン
東京都千代田区外神田3-16-8
03-5295-8091（営業）
0570-008091（読者サービス係）

印刷・製本　株式会社廣済堂

定価はカバーに表示してあります。

Printed in Japan
ISBN978-4-596-54123-9